KB267900

현대소설의 구성과 표현기술

윤충의

국학자료원

소설은 쓰기로 존재하기 시작해서 읽기로 존속이 이루어진다. 소설이 읽히지 않으면 소설을 쓰는 일도 무의미하게 된다. 그동안 소설은 서사양식의 대표적 지위를 누려왔지만, 현대의 정보화사회에 진입하면서 소설의 위세는 열세를 면하지 못하게 되었다. 현대사회는 생활 속에서 서사구조를 더 많이 활용하고 있지만, 그것을 소설에서 찾는 것이 아니라 동영상문화나 인터넷문화로 대용하고 있다. 이러한 사회적 분위기는 양방향 소통의 문화를 정착시켜 나가기 시작하였고, 이것은 이용자의 자기참여가 이루어지는 놀이 문화의 양상으로 전개되고 있다. 이러한 사회적 여건이나 분위기와 함께 소설 창작도 그 방법을 다시 한 번 되돌아보아야 한다.

현대의 독자들이 소설의 읽기를 퍼즐 맞추기나, 미로 찾기와 같은 놀이로 인식하는 상황에서, 작가가 일방적으로 어떤 주제나 의미를 일방적으로 전달할 수는 없게 되었다. 작가와 독자의 소통이 이루어져야 한다.

그렇다면 독자와 소통하며 읽기의 재미를 불러올 수 있는 쓰기의 방법은 무엇일까. 그것은 먼저 창작의 방법이 견실해야 한다. 읽기의 재료가 되는 창작물의 구조에 짜임새가 없다면, 읽기의 문제에 앞서 작품의 기준에 미달하는 것이다. 이 책에서는 창작의 능력을 제고하기 위한 방법으로, 소설의 구성에 관한 그동안의 논의를 검토한 다음, 구성의 유형이 서로 다른 작품들을 분석하여, 사랑과 이별의 구조, 문제와 해결의 구조, 떠남과 돌아옴의 구조, 결여적 상황과 해소의 구조, 자기정체성의 혼란과 회복의 구조, 탐색과 발견의 구조, 상대비하와 자기부정의 구조 등으로 구분하여 제시하여 보았다. 소설의 구조를 유형별로 나누어 본 것은 소설 창작에 입문하려는 이들이 습작의 표본으로 삼거나, 새로운 소설의 구조를 생산하게 하는 창의적 동력을 제공하기 위한 것이다.

소설은 사상으로 쓰지 않고 언어로 쓰는 것이다. 소설을 소설로 성립하게 하는 기본적 조건은 문자로 표현하여 문장을 만드는 것이다. 소설의 문장에 생동감을 부여할 수 있는 문장의 표현기술의 한 방법으로 직관이 있다. 직관이란 그동안 논리와 이성으로 나누어 놓은 것들의 본질 또는 본성을 파악하는 방법과 표현방식이다. 나누어진 것들의 차별적인 것에서 동일성과 동시성을 포착하는 방법이다. 이러한 직관적 표현은 소설의 지적구조에 감성적 상상력을 접맥시키는 것으로 문자언어를 이미지 언어로 표현하는 적합한 방법이 될 것이다.

이제 소설은 가르침이나 재미를 주는 단계를 지나, 지적인 놀이의 도구가 되었다. 현대사회의 놀이문화가 소설의 읽기에도 적용된 것이다. 소설은 차례를 따라 읽으면 되는 것이 아니라, 의문을 가지고 탐색하고 추론하여 무엇을 발견해 내는 과정을 이행하는 독자의 읽기 재료가 되었다. 이러한 읽기의 방법으로 이 책에서는 구조적인 수사적 표현기술방법으로 풍자와 해학에 관하여 논의하였다. 풍자와 해학은 읽기의 결과적 기능이며, 이러한 결과를 도모하는 과정에 기여하는 풍자적 표현기술 방법으로는 고발과 반어·역설, 아이러니와 우언·우화의 방법이 있고, 해학의 수사적 방법으로는 아이러니와 유모어, 기지, 지혜·슬기의 방법이 있음을 말했다. 그리고 이러한 용어들의 어원에 대해서도 간단하게 고찰하였다. 이러한 표현기술방법은 무거운 주제의 무게를 덜어주는 글쓰기에 도움이 될 것이다.

서사양식은 이제 소설의 독점물이 아니다. 인쇄매체에 의존하는 소설은 때로 시대에 뒤떨어진 양식으로 간주될 수도 있다. 그러나 소설은 문자적 기록으로서, 언어적 문자가 가지는 지시적 의미의 한계를 넘어, 인간의 상상력과 감성의 창조적 능력을 매개하는 기능을 가진 것이다. 그리고 소설은 이념이나 시대에 종속되는 것이 아니라 세상을 사는 주체들의 이야기로 인간을 구원해야 한다. 이러한 소설의 기능은 소설의 튼실한 구성과 수사적 표현기술방법을 탐색하여 발견에 이를 때, 그 효용성이 제고될 것이다.

끝으로 이 책에서 줄거리를 요약한 작품들의 명성을 훼손하지 않았을까 걱정된다. 다만 소설구성의 방법들을 설명하기 위해 불가피한 것이었으므로, 필자들의 양해를 기대한다. 독자들이 이 소설작품들의 문학적 성취를 경험하기 위해서는, 다시 원작을 독서하는 것이 가장 바람직하다.

2010년 11월 저 자 씀

Ⅰ. 한국소설의 형성

1. 한국소설의 형성과정

소설에 대하여 관심을 갖게 된 역사는 오래되었다. 서사구조의 기본을 산문적 '이야기'라고 볼 때, 소설의 기원적 형태는 신화나 설화가 그 시작이라는 것이 일반적 견해이다. 그런데 역사서나 불경의 경우에도, 그것이 소설의 기원과 직접적으로 연관이 있다고 단정하여 말하기는 어려워도, 적어도 그의 형성단계에서 긴밀하게 기여했다고 생각한다.

소설은 발생 내지는 형성과정에서 역사 기술서에 의지하게 된다. 특히 역사서들의「열전」에는 서사적 요소들이 들어있다. 서사적 요소가 무엇인가를, 구체적이고 조밀한 논의에서 벗어나 일반적으로 말한다면, 소설의 구성요소로 일컬어지는 인물과 사건과 배경이 들어있는 것이다. 아리스토텔레스의『시학』에 근거하면, 서사구조에서 인물을 행동하게 하는 동기는 성격과 사상이며, 사건의 결합이 있고, 발견과 급전(急轉)이 있어야 한다.[1] 고 했다. 이에 따라 역사서의 열전을 들여다보면, 그것이 서사문학의 원형

---

[1] 아리스토텔레스, 천병희 역 :『시학』(문예출판사, 1988), 63쪽, 48쪽.

이라는 것을 알 수 있을 것이다.

역사서와 소설의 상관관계는 이야기의 구성방법에서도 감지되고 있다. 역사서가 기전체(紀傳體)의 기술방법을 따를 때, 전(傳)은 전기(傳記)로서, 인물의 일대 사적(事蹟)을 기록하는 것으로, 그 안에는 사건이 있고, 그것에 대한 원인과 해결에 대한 방안이 들어 있으며, 인물의 삶의 태도가 나타나 있다. 구성방법을 생각해 보면,『삼국사기』의「본기(本紀)」와「열전(列傳)」에 고소설의 전개 방법이 그대로 들어있다. 고소설의 구성은 일반적으로 "도입부에서 배경·가계(家系)·태생(胎生)에 대한 내용으로 일으켜서(起), 전개부에서는 비운(悲運)·역경으로 이어서(承), 회운(回運)으로 반전시켜서(轉), 종결부에서 행운(幸運)으로 결말(結末)"[2]을 삼는다.

『삼국사기』(1145)에서 소설구성의 형태가 보이는 기록들의 구성을 보면 고소설과 상통하는 점이 있다.「고구려 본기」의 <동명성왕>조의 구성은「출생의 신이(神異)함 → 천부적 재능의 출중함 → 시기와 모함 → 회피와 도움(물고기와 자라의 다리놓기) → 위업의 달성(건국)」이다. 이러한 구성은 통과제의형 고소설의 원형이다.「열전」의 <김유신> 조의 전개는,「출생의 우여곡절과 출신의 고귀함 → 중심인물의 비범한 행적들(기지, 계책, 충성심, 인품 등) → 부수적 인물들의 행적들 → 치적(삼국통일의 중추적 역할) → 부연(후대에 사대부의 지표로 추앙)」으로 이루어져 있다. 이 방법은 조선조의 군담 소설류의 원형으로 간주된다.

「열전」에는 보통사람들의 이야기도 들어있다. <온달>조의 구성은,「출생의 비천함 → 우연한 연분 → 도움의 거절과 회유(誨諭) → 묵인(默認) → 공적(功績)·영화(榮華) → 이별(죽음)」의 순서로 이루어졌다. 이 구성은 이후에 나타나는 '온달설화 구조'들의 시작이다.「설씨녀(薛氏女)」는「한미(寒微)하고 고단(孤單)한 출신/용모와 행실의 단아함 → 문제적 상황의 발생 → 남의 도움으로 문제 해결 → 보은(報恩)의 신표 교환(거울) → 보은

---

2) 정주동 :「풀롯론」,『고대소설론』(형설출판사, 1986.8), 181쪽.

실현의 난관 → 신표의 확인과 약속의 이행」의 과정을 거쳐 전개되어 있다. 이러한 구성은 고소설의 구성과 맥락이 닿은 것으로 역사서의 이야기가 소설의 구성에도 작용하고 있음을 보여주는 것이다.

이외에도 『삼국사기』의 41권에서 50권까지의 「열전(列傳)」에는 80여 인물의 전기가 기록되어 있다. 을지문덕, 김인문, 을파소, 박제상, 최치원, 설총, 계백 등의 정·관계 인물의 전기가 기전체(紀傳體)로 기록되어 있고(권41~47), 향덕(向德), 백결(百結)선생, 김생, 솔거, 효녀 지은, 도미(都彌)의 아내 등 음악, 글씨, 그림, 효행, 정절의 본보기가 되는 평민의 이야기가 있다(권 48~49).

그리고 열전 권 제41의 「김유신(金庾信)」 상(上)에는 고구려의 선도해가 곤경에 처한 김춘추에게 계책을 일러주는 대화에 <거북과 토끼의 이야기>가 들어있다. 권 제46 「설총(薛聰」 조에는 설총이 신문왕에게 들려 준 이야기인, 화왕(花王＝牧丹)이 처음으로 들어왔을 때의 이야기가 실려 있다.

역사서의 인물에 대한 기록이 소설과 상관되는 한편, 소설과 같은 이야기 구조의 원형으로 이해할 수 있는 것은 설화이다. 설화가 문자로 기록되어 전래된 시기는 고려조부터이다. 이 시기의 설화를 전해주는 문헌은 『삼국유사』(1281~83)가 있다. 『삼국사기』(1145)에도 설화가 일부 실려 있지만, 『삼국유사』는 한국 설화의 원전(原典)이다. 「기이(紀異)」에는 단군왕검(檀君王儉), 고주몽(高朱蒙), 박혁거세(朴赫居世) 등의 건국신화, 김알지, 김유신, 김춘추, 연오랑, 세오녀, 도화녀와 비형랑, 만파식적(萬波息笛), 수로부인, 무왕(武王) 등의 인물과 기물에 관한 설화가 있다. 「탑상(塔像)」에는 조신(調信)의 환몽(幻夢) 설화, 「감통(感通)」에 <김현감호(金現感虎)>가 들어 있고, 「효선(孝善)」에는 손순(遜順)의 매아(埋兒), 빈녀양모(貧女養母) 등이 기록되어 있다. 『삼국유사』에는 신화·전설·신앙·효와 정절에 관한 초인적이고 초현실적인 기이한 일과 행적 등을 예로부터 내려오는 사적(事蹟)으로 다루고 있다. 이 책에는 삼국사기에서 볼 수없는 환몽적이고 신이(神異)한 요소와 인물들의 이적(異蹟)들이 사건을 해결하는 극적 요소로 활용되고 있다.

불경의 전래와 함께 전해진 선승(禪僧)들의 행적을 기록한 문헌도 소설의 형성과정에 기여했다고 생각된다. 『해동고승전』(1215)과 『삼국유사』의 「의해(義解)」, 「신주(神呪)」, 「피은(避隱)」 등에 고승의 행적과 이적(異蹟) 등의 설화가 실려 있다.

『고려대장경(高麗大藏經)』의 『조당집(祖堂集)』3)은 선종(禪宗)의 역사를 기록한 것인데, 선사의 행적을 중심으로 엮어내고 있다. 비바시불(毘婆尸佛)로부터 석가모니불까지의 과거 7불과, 대가섭존자(大迦葉尊者)를 시작으로 서천(西天) 28조, 중국의 초조(初祖) 달마(達摩)에서 당나라말 오대(五代)까지의 선사 222인에 대한 깨달음의 행적이 기술되어 있다. 이 중에는 "신라와 고려의 승려 13명"4)에 관한 기록도 있다. 『조당집』의 인물의 기술은 일생의 행적만이 아니라 깨달음과 가르침의 지표가 되는 법어, 게송, 선문답 등이 함께 어우러져 있어서 선승의 간략한 행적만을 기술한 다른 저술과 차이가 있다. 그리고 조선의 『석보상절』(1447)은 석가의 일대기를 기술한 한글 판본으로서, 사건과 상황의 전개가 계기적으로 기술되어 있다. 이들 불경에 들어있는 선승들의 행적을 기술하는 가운데 이루어진 극적 사건들과 상황은 고소설에서 극적 사건·상황을 설정하고 해결하는 실마리를 제공하였다고 생각된다.

이 시기 이후에 조선조의 『금오신화(金鰲新話)』(1435~1493)로 시작되는 조선조 소설의 구성과 기술방법 그리고 주제의 유형5)은, 그 이전 시기

---

3) 동국대학교 부설 동국역경원 편 : 『조당집』 1, 2(동국대학교 부설 동국역경원, 2001).
4) 용운 역해 : 『조당집』 상, 하(미가출판사, 2006) 위의 책 2의 "책머리에"
　*중국에서의 조당집은 선승 정(靜), 균(筠)이 편집하여 952년에 간행된 바 있음.
5) 이에 대하여,
　정주동 : 「유형론」, 『고대소설론』(형설출판사, 1986), 250~360쪽에서, 조선조의 소설을 비현실적인 것과 현실적인 것으로 분류하고, 비현실적인 것으로 전기(傳奇)소설, 신괴소설, 환몽소설을 말하고, 현실적인 것으로는 염정소설, 윤리소설, 역사소설, 가정소설, 의인

에 쓰인 역사 기록과 설화에 그 원형이 제시되어 있다. 『삼국사기』의 「본기」와 「열전」, 『삼국유사』의 「기이」에 서술된, 인물들의 행적을 시간의 순서대로 서술하는 기전체(紀傳體) 형식은, 근현대소설 구성 방법의 기준으로 '플롯'에 대한 논의가 있기 이전의 '이야기' 기술의 보편적인 방법으로 조선조의 소설에 일반적으로 적용된 것이다. 영웅소설, 군담소설, 역사소설로 일컬어지는 작품들의 경우는 기전체의 양식이 두드러진다.

조선조의 「추성지(僦城誌)」, 「의승기(義勝記)」, 「화사(花史)」, 「화왕전(花王傳)」, 「별주부전」, 「장끼전」, 「두껍전」 등의 우화소설 내지 의인체 소설들은 고려말의 가전체문학으로 알려진 작품들에 앞서 쓰여진, 『삼국사기』의 「김유신」 조의 <거북과 토끼> 설화와, 「설총」 조의 <화왕(花王)> 이야기에서, 대상을 의인화하여 풍자와 교훈을 제시하는 주제표현 방법을 배웠다고 생각한다.

『삼국유사』의 「기이」의 건국신화들과, <도화녀, 비형랑(桃花女, 鼻荊郞)>과 「감통」의 <김현감호(金現感虎)> 등에서 보이는, 인물이 시간과 공간을 초월하고, 삶과 죽음의 경계를 넘나들고, 인간과 초월적 힘의 교류가 이루어지고, 초월적 힘으로 과정과 결과가 결정되는 전기적(傳奇的) 요소들은 『금오신화』와 같은 전기소설에서만이 아니라, 조선조 소설들의 전개과정에서 빈번하게 발견되는 것이다. 『삼국유사』, 「탑상」의 조신(調信) 설화의 환몽(幻夢)적 구조는, 조선조의 『구운몽』, 『옥루몽』과 같은 작품의 형식적 모태이다. 『삼국사기』의 「열전」에 드러나는 충·효·사랑·정절 등은 조선조의 소설에서도 중심적인 주제가 된다.

소설에 대한 현대의 이론들은 소설이 작가의 상상력으로 생산된 허구라고 말하고 있다. 그러나 실제로 소설의 생산과정을 따라가 보면, 그것이 역

소설, 사회소설, 풍자소설, 군담소설, 그리고 기타류로 구분하여 기술했다. 역사소설과 군담소설은 역사상의 실전(實戰)에서 구국적 인물의 전기를 역사소설로, 허구적 전쟁소설은 군담소설로 구분하여 설명하고 있다.

사나 현실에서의 어떤 사실, 즉 작가의 주관적 가치판단이 적용된 사실에 대한 보고일 수도 있고, 사실에서 무엇인가를 덜어내고 허구적인 것을 더한 것이기도 하며, 또는 완전한 허구일 수도 있다. 그런데 어떤 경우이든 그것은 직접 서술방법이나, 우회 서술방법으로써 우화, 풍자, 희화(戱畵), 해학, 전기(傳奇), 환몽의 기법 등을 활용한 것들이다. 이러한 소설 구성의 재료나 기술 방법은 이미 설화에서 추출할 수 있고, 조선조의 소설에도 이러한 기술 방법들이 다양하게 적용되어 있고, 전기적(傳奇的) 요소가 전개과정에 스며있는 경우도 많다.

전기적 요소는 현대인의 일상적 관점에서 보거나, 공자의 가르침[6]을 현실주의의 화두로 삼은 조선조의 성리학적 입장에서 본다면, 현실에서 벗어난 황당무계한 것이다. 그러나 신앙 또는 종교적 입장에서는 현실만이 아니라 전생이나 내세를 내세우고 종교적 이적(異蹟)과 신이(神異)함을 말한다. 더구나 세상살이가 어지럽고 앞날에 대한 희망이나 기대를 갖지 못하고, 암울한 현실에서 벗어나고자 하는 염원이 강한 시기에는, 인간과 혼백, 이생과 전생이 인간의 의식 속에 공존하고, 불가항력에 대한 두려움과 신통력에 대한 기대감이 상관관계를 가지게 될 것이다. 그러므로 이 시기의 전기적 요소를 지금의 기준에 빗대어 비하하거나 부정할 것이 아니라, 그 시대의 작가와 독자가 가진 의식의 한 단면으로 이해해야 할 것이다.[7] '전기'는 의식의 범주만이 아니라, 조선조 소설의 특징을 제시하는 기법으로서도 인정하여야 할 것이다. 이와 대비하여 현대소설에서는 전기적 요소나 환몽적 요소는 거의 없지만, 내면의식의 흐름을 경험적 사실처럼 기술하고

---

[6] 공자 : 『논어』, 「술이」, 공자는 괴이한 힘과 어지러운 신에 대해서는 말씀하지 않았다.
(子不語怪力亂神)
[7] 중국의 志怪와 傳奇소설에 대하여, 魯迅은 다음과 같이 말한 바 있다.
"당시에는 대체로 저승과 이승의 세계가 비록 존재하는 방식은 다르지만, 사람이나 귀신이 모두 실재한다고 생각했기 때문에, 기이한 일을 서술하는 것과 인간의 일상사를 서술하는 것은 진실과 허망함의 구별이 없다고 보았던 것이다."
- 노신, 조관희 역주 : 「中國小說史略」(서울, 살림, 1998), 96쪽.

있다.

조선조의 고소설에서 근대소설에 이르는 개화기의 소설 양식은 신소설이다. 19세기 말의 개항으로부터 시작된 개화기의 문화 교류는 이전 시대의 사정들에 비하여, 급격하게 이루어진 일방적인 것이었다. 서구 문화의 유입으로 동양과 서양이라는 공간적 거리와 전근대에서 근대라는 시간적 차이가 함께 밀려들었기 때문에, 이 시기의 처음의 상당한 기간은 문화적 갈등을 회피할 수 없었을 것이다.[8] 이러한 상황에서 주권회복과 근대적 개화사상이 소설의 주제적 내용이 되면서 주요한 읽을거리가 되었다.

신소설은 구성 방법이나 기타의 형식적 측면에서 조선조의 소설과의 현저한 차이가 드러나지는 않는다. 다만 조선조의 소설과 신소설에서는 다소간에 차이가 있다. 소설의 문장에서는 다음과 같은 변화가 일어났다. 조선조의 지식인 계층은 소설을 읽었고, 평민층에서는 전기수(傳奇叟)의 이야기를 들었다. 읽는 소설은 문어문이 대부분이었고, 듣던 소설이 기록된 것은 구어문이다. 청중과 직접 대면하여 보여주고 들려주던 판소리를 기록한 판소리계 소설은 구어문과 율문이 섞이어 있다. 그러나 신소설은 잡지, 학회지, 신문, 단행본 등의 문자매체를 통해서 전달되었으므로 '읽는 소설'이 되었고, 당시의 언문일치운동[9]에 힘을 입어, 언문일치의 문장이 중심 문체가 되어 갔다. 서술 방법에서는, 듣는 소설의 서술자가 작중 인물이면서 서술 내용의 감상자 내지는 해설자이기도 했지만, 신소설에서는 감상자 및 해설자로서의 역할이 훨씬 감소하였다. 소설의 표현기술방법에서는, 신소설이 성행했던 시기가 제한적이었기 때문에, 조선조 소설에서와 같은 다양한 표현기술형식이 사용되지는 않았다. 조선조의 전기적 형식은 거의 감소하였고, 환몽적 형식은 사건 전개를 예고하는 꿈으로 제한되었다. 우화적 형식과 풍자형식의 작품도 생산되었지만, 직접적 서술에 의한 전개가

[8] 윤충의 : 「신소설의 화자와 인물에 대한 연구」(고려대학교 대학원, 석사학위 논문, 1982), 7쪽.
[9] 윤충의 : 『한국 근대소설론 연구』(고려대학교 민족문화연구소, 1994.7), 43~44쪽.

주류를 이루었다.

신소설은 이광수의 「무정」이 그 결정판이다. 언문일치의 산문적 문장, 작가나 인물의 보수적 가치관이 내재된 상태에서 계몽적 개화사상 및 신사상이 표면화되어 있는 점, 시간적 경과에 따른 전개, 사건 전개의 우연성, 작가 또는 서술자의 작중 개입 등이 신소설에서 더 나아가지 못하고 있다. 그런데 이 작품은 최초의 근대적 장편 소설로 평가받기도 한다.

근대 소설의 시작은 단편 소설들로부터 이루어졌다. 1920년대 초에 「창조」, 「백조」 등의 동인지와 「개벽」, 「조선문단」 등의 잡지에 발표된 작품들 중에는 언문일치의 문장, 소재의 현실성, 시간과 공간의 현재성, 전개상의 극적 상황의 설정, 소시민 내지는 평민적인 인물들, 주제의 계몽성 탈피 등의 요소들로 근대소설로서의 면모를 갖추기 시작했다.

김동인의 「약한 자의 슬픔」(1921), 「감자」(1925), 염상섭의 「표본실의 청개구리」(1921), 「만세전」(1922), 나도향의 「뽕」(1925), 전영택의 「화수분」(1925) 등은, 가난하거나 힘없는 자의 무기력한 삶을 그대로 보여주는 관찰적 사실주의 경향의 작품들이다. 이와 함께 현진건의 「운수 좋은 날」(1924), 「B사감과 러브레터」(1925)는 희화적(戱畵的) 기술방법을 선보이기 시작했다. 이들 작가는 당시의 주권회복의 유보라는 시대적 상황에 따르는 현실의 암울함 때문에 감상적(感傷的) 낭만주의의 요소와 결합된 사실주의적 경향이 중심이 되었다. 이후에 1931년 제1차 「카프」 검거 사건이 있기까지는 신경향파 및 프롤레타리아 계급문학과 민족주의 문학운동의 대립이 있었다.

1930년대는 낭만주의와 사실주의적 경향의 작품이 많이 생산되었다. 낭만주의 계열의 작품으로는 주요섭의 「사랑손님과 어머니」(1935)와 같은 서정적 작품, 이효석의 「돈(豚)」(1933), 「메밀꽃 필 무렵」(1936), 김동리의 「무녀도」(1936), 정비석의 「성황당」(1936) 등의 토속적 작품이 발표되었다.

어둠과 억압의 시대에서, 소설의 사실주의적 작품들은 우회적이고 간접적 창작방법을 사용하기도 했다. 채만식의 「레디 메이드 인생」(1934), 「치숙(痴叔)」(1938), 「태평천하」(1938)에는 폭로와 고발에 따른 풍자적 수법이 적용되었고, 김유정의 「금 따는 콩밭」(1935), 「소낙비」(1935), 「봄봄」(1935), 「동백꽃」(1936) 등의 인물 희화적인 애상적 해학은 그의 인물들이 암울한 현실에서도 좌절하지 않고 살아남을 수 있는 존재의 긴 끈을 만들어 냈다. 박태원의 「천변풍경」(1936)은 서울 청계천변의 중인 및 하천민의 생활풍속의 외면 풍경을 50개 안팎의 삽화들의 접속형식으로 엮어냈고, 객관적 묘사에서 벗어나지 않으려고 애쓴 작품이다.

이상의 「날개」(1936)는 인물의 내면적 자의식을 표면으로 끌어올린 심리주의적 경향의 작품이다. 염상섭의 「삼대」(1931)는 가족사 소설 내지는 연대기 소설이다. 이외에도 이광수, 김동인의 역사소설, 이광수, 이무영, 심훈의 농촌·농민소설이 있다.

작품의 주제로는 사회적 삶에 관한 의식이 주류를 이루었다. 주권 상실과 함께 봉건 사회에서 근대로 이행되는 과정에서의 문제들에 대한 관심을 통해서, 인간의 역사적 존재에 대한 인식이 분명하게 나타났다. 프롤레타리아 계급문학이 나타났고, 소시민과 지식인의 삶의 고뇌와 무기력함과, 사회적 존재로서의 의미를 생각하기 이전의 기본적 생존마저 위협받고 있는 하층민의 생존 방식이 작품의 주요한 주제가 되었다. 농촌소설과 역사소설은 역사적 존재를 일깨우는 간접적 매재로서의 기능을 하고 있었다.

서정적 낭만이 주제가 되기도 하였다. 현실의 문제들을 건너뛰어서 인간의 사랑과 인정의 정리가 작품으로 형상화되었다. 한편으로는 인간의 본성적 존재 의미를 탐구하기도 했다. 인간의 내면 의식을 드러내기도 하고, 원초적 정신을 토속적 신앙에서 추출하려는 노력도 나타나 있다.

이 시기는 서구의 문예사조적 경향들이 서구에서의 시간적 차이를 뛰어넘어, 짧은 기간 안에 한꺼번에 밀려들어와 한국 근대 소설의 다양성에 관여하고 있다. 작가 의식과 작품의 구성, 표현기술 방법 등에서 근대적 면모를 갖추게 되었다.

1940년대 전반의 암흑기를 벗어나 해방으로부터 한국 전쟁에 이르기까지의 시기는 정치적·사회적으로 혼돈의 시대였다. 해방과 함께 민족의 새로운 앞날을 열기 위한 열정이 이념적 도구에 휘둘려, 포용과 화합 대신 좌우의 대립이라는 갈등과 반목으로 나타났고, 결국 민족과 국토가 남북으로 나뉘게 되었다. 그리고 1950년 초의 한국전쟁은 이념의 갈등으로 인한 분단 상황을 고착시켰다. 이 시기가 한국문학의 주요한 화두가 되어온 분단과 통일, 그리고 민족문학에 대한 논의의 원점이다. 이 시기는 식민지 삶에 대한 자기비판, 민족의 주체가 되는 전통의 계승으로부터 분단의 상흔들, 고향 상실에 따른 공동체적 삶에 대한 희구, 전쟁의 폐허 속에서의 절망적 상황에서의 생존 문제, 인간의 삶의 본질과 존재의미 등이 소설의 주요한 과제 또는 주제가 되었다. 해방 이후의 소설에 나타난 작가의 주체의식은 민족·자유·평등·인간애에 바탕을 두고, 절대적·상대적·다원적 관점의 가치판단 기준으로 인간의 역사적 삶과 사회적 삶, 그리고 인간 존재의 본질을 조명하려고 하였다. 내 나라와 새 나라를 만들려다 파생한 이념적 대결, 분단으로 이루어진 공동체와 가족의 해체, 이념의 도구화와 삶의 본질 훼손, 이념의 맹목성과 허구성 등과 같은 민족의 역사적 상흔들이 아직도 아물지 않은 상처로 남아 있다. 남북 상잔의 전쟁은 극한적 상황에서 삶에 대한 절망과 회의 속에서 끝없이 삶의 본질이 무엇인가라는 질문을 던지게 했다.

1960년대의 4·19와 5·16의 역사적 상황은 자유와 민주에 대한 인식을 발현시켰고, 상대주의와 개인주의적 가치관이 사회에 저변화되기 시작하였다. 이 시기에 문학의 순수·참여 논쟁이 다시 시작되었다. 1970년대에서 1990년대 전반까지의 산업사회에서는 도시 노동계층의 성장에 따른 제반 문제들, 계층 간·지역 간의 갈등과 대립, 맹목적 물신주의, 공동체의 파괴와 기성 가치관의 붕괴, 새로운 가치관의 생성, 노동과 분배의 문제 등의 사회적 상황이 문학의 과제가 되었다. 이 시기에는 민족문학·민중문학·노동문학, 리얼리즘·모더니즘 등에 대한 관심과 논의가 이루어졌다.

소설은 정치권력의 중심이동과 산업화로 인한 사회 변화에 따라 발생하게 된 사회와 인간의 갈등 및 일상적인 삶의 아픔에 초점을 맞추어 왔다. 농촌 해체와 도시화에 따른 가치관의 변화와 갈등, 농촌의 궁핍한 생활상과 도시 변두리 서민의 애환, 부랑노동자의 고향 상실, 부의 축적·출세·명예를 얻기 위한 위선·기만·협잡, 노사의 갈등, 상대적 빈곤감, 정치나 조직의 폭력적인 힘에 대한 저항 등이 작품의 주제적 저변을 이루고 있었다.

한편 사회와 인간의 관계를 말할 때의 인간은, 개별적 개인이 아니라 적어도 그가 소속한 특정한 집단을 대표한다. 그러나 인물이 개별적 개인인 경우에는, 그 인물의 현실과 이상이 불화를 말하는 작품들도 있고, 사회적 조건과는 관계없이 인류나 민족의 삶 속에 지속적으로 작용하는 인간 존재와 삶의 본질이 무엇인가를 해명하려는 노력도 끊이지 않고 있었으며, 인간과 자연의 서정적 감성들을 형상화해내고 있었다.

1970년대로부터 1990년대에 들어서기까지의 소설에는, 간접적이고 우회적인 표현기술방법들이 드물게 나타났다. 사회적 혼란과 정치적 갈등, 그리고 불합리한 권력이 사회의 표면에 나타났을 때에는, 이것을 간접적으로 비판하고 부정하는 풍자, 은유 내지는 상징의 방법을 합성하여 변죽을 울려서 복판의 일을 깨우쳐 주는 풍유(諷諭, Allegory)의 기법을 적용한 작품들이 있다. 풍자나 아이러니가 나타난 작품으로는, 이 시기 이전에 계용묵의 「별을 헨다」(1946), 「바람은 그냥 불고」(1947), 장용학의 「요한시집」(1955), 김성한의 「오분간」(1955), 「바비도」(1956), 전광용의 「꺼삐딴 리」(1962), 정한숙의 「닭장관리」(1963), 서기원의 「반공일」(1965) 등이 있고, 1970년대에 접어들어서 김주영의 「도둑견습」(1975), 조세희의 「난장이가 쏘아올린 작은 공」(1976), 이청준의 『비화밀교』(1985), 『벌레이야기』(1985)

등이 보인다.

이러한 기술방법은 암울하고 억센 힘의 억압이나 감시 또는 제재를 비켜가기 위한 방법으로서만이 아니다. 작가의 표현기술방법에 대한 관심과 독자의 읽기도 고려된 것이다. 작가가 감추고 묻어두어서 숨기고, 독자는 추론하고 느끼면서 그것을 찾아내게 하는 창작방법이다.

한편 주제나 인물의 동일성을 바탕으로 삼는 연작 소설의 생산이 많아졌다. 연작소설의 시작은 김시습의 『금오신화』(1435~1493)이었고, 공간적 배경의 동일성을 바탕으로 삼은 작품의 모음도 연작 소설로 삼는다면, 박태원의 『천변풍경』(1936)도 여기에 해당한다.

이 시기의 연작 소설로는 최인훈의 『총독의 소리』(1967, 1968, 1970), 이문구의 『관촌수필』(1972~1977), 『우리동네』(1977~1981), 윤흥길의 『아홉 켤레의 구두로 남은 사내』(1977), 조세희의 『난장이가 쏘아올린 작은 공』(1978), 양귀자의 『원미동 사람들』(1987), 이청준의 『남도사람들』(1988), 박영한의 『왕룽일가』(1988) 등이 있다.

한편, 근현대의 역사와 가족사에 근거를 둔 장편대하소설들이 발표되었다. 이것은 신문과 잡지에 오랜 기간을 연재한 것으로 본격적 전업 작가의 등장을 의미하기도 한다. 홍명희의 『임꺽정』(1928~1939) 이후에, 유주현의 『조선총독부』(1964~1967), 『대원군』(1965~1967), 안수길의 『북간도』(1959~1967), 박경리의 『토지』(1969~1994), 홍성원의 『육이오』(1970~1974), 이병주의 『지리산』(1972~1978), 황석영의 『장길산』(1974~1984), 김주영의 『객주』(1978~1984), 최명희의 『혼불』(1980~1996), 조정래의 『태백산맥』(1983~1989) 외, 이문열의 『변경』(1986~1997) 등이 있다.

1990년대부터 2000년대는 정보화 사회로 진입하여 이행되어가는 시기이다. 정보화 사회에서는 구성원들이 어느 일정한 정도의 정보를 공유할 수 있다. 그런데 이러한 정보의 공유화는 개성적이고 특징적인 차이를 말소시키거나 용해시켜 버린다. 정보의 대중화는 이 지역의 특징적 음식 문화와 저 지역의 음식 문화의 차이를 없애 주듯이, 우리 문화와 세계 문화의 개별성과 공통성을 희석시킴으로써, 문화적 획일화 내지는 공동화가 이루어지게 했다. 문학은 이러한 정보화 사회의 현상과 함께 포스트모더니즘적 경향과 결합하여 기존의 가치관으로 이루어진 개성마저도 해체하면서, 인간의 존재에 대한 내면적 탐색과 소설의 기술 방법에 대한 새로운 발견을 꿈꾸게 되었다.

과거의 독자는 알지 못하는 것에 대한 새로움이나 호기심으로 소설을 읽기 시작했고, 정치·사회·경제·문화적 권력의 힘에 대한 거부와 동감으로 읽기를 계속했고, 사회 변화와 가치관의 혼재에서 자기 확인의 한 방편으로 소설을 읽어냈다. 이러한 읽기에는 주제가 중심이 되었다. 그런데 민족, 자유, 평등, 분배, 소외, 노동, 인간애와 같은 주제는 독자의 관심에서 멀어지고, 젊은 예비 독자계층은 영상서사물이나 인터넷 서사물에 자주 등장하는 악마, 괴물, 불합리적 기괴, 신통력, 마법, 환상, 공포, 가상적 행성여행과 외계인 같은 공상적 영역에 흥미를 느끼고 있다. 옛날의 지과(志怪)와 전기(傳奇)가 재현된 듯한 형국이다. 우리 사회의 일상에는 소설이 주제를 형성하기 위해 상상력을 동원해 만들어 낸 사건들보다 더 다양하고 복잡 미묘한 상황들로 가득 차 있다. 이런 상태에서 주제에만 매달려 글을 쓰게 되면, 소설이 자기의 한계를 벗어나기가 어려울 것이다.

이 난제를 해결하기 위해서는, 소설의 표현기술방법에 대한 관심을 제고함으로써, 소설과 독자의 소통이 막힌 것을 열어 나가야 할 것이다. 이와 함께 소설의 길이에 대한 고려도 함께 이루어져야 한다. 신세대뿐만 아니라 기성세대도 정보기기를 통한 정보의 접속과 이용에 익숙해지면서 속도의 경쟁 속에서 살게 되었다. 자연과학의 연구성과들이 각종 산업과 문화적 생산에 광범위하게 관여하면서 사회 변화의 속도도 엄청나게 빨라졌다. 이러한 사회적 여건은 독자의 독서에도 영향을 끼치게 되었다. 긴 문장보다는 짧은 문장을 선호하게 되고, 작품의 길이도 지금보다 줄어들게 되었다. 앞으로는 단편 소설의 길이도 조절되어야 하고, 장편소설의 양식도 대하소설보다 연작 소설이 유용한 방법 중의 하나가 될 것이다.

이제 독자는 소설에서 무엇인가를 배우기 위해서 읽지 않을 것이다. 이제까지의 많은 작품들에게서 가르침을 받아왔기 때문이다. 더 이상 소설에서 계몽을 받으려고 하지 않을 것이다. 소설의 읽기는 깨우침을 거쳐 흥미와 감명 시기를 지나서 놀이와 재미가 되었다. 작가와 독자가 승부를 가리는 놀이 형태가 되어야 한다. 그러기 위해서 소설의 구성과 함께 표현기술 방법이 독자의 읽기에 기여해야 한다. 소설의 주제에 도달하기 위해서, 미로찾기, 조각퍼즐 맞추기, 역전의 역전과 같은 방법들이 치밀하게 조립되어야 한다. 작가는 숨기고 독자는 탐색한다. 작가는 숨겨서 드러내고, 독자는 탐색하여 찾아내게 하는 창작방법이 주요한 과제가 되었다.

2. 소설의 개념과 범위

1) 중국소설의 개념과 범위

동양문화권에서 패설(稗說), 화본(話本), 연의(演義), 전기(傳記), 전(傳), 기(記), 몽(夢), 소설(小說) 등으로 부르던 이야기 구조에 대한 명칭은, 서구의 소설이 유입되면서 '소설'이라는 용어가 대표적인 명칭으로 자리매김을 해 나가게 되었다.

소설이라는 용어가 처음 쓰인 문헌은 『장자(莊子)』(B.C. 약 369~289?)의 「외물편(外物篇)」이다.

> 무릇 낚싯대를 매어 걸고 작은 도랑이나 냇물에 나아가 잡어나 붕어를 기다리는 사람들이 큰 물고기를 잡는 것은 어려운 일이다. 소설(小說)을 꾸며서 현령(縣令)의 (자리나) 구하려는 사람은 큰일을 이루기에는 거리가 멀다.[10]

---

10) 장자, 이석호 역 : 「외물편」, 『노자·장자』(삼성출판사, 1982.1), 445쪽.

> (… 夫揭竿累, 趣灌瀆, 守鯢鮒, 其於得大魚難矣, 飾小說而干縣令, 其於大達
亦遠矣.)
> 　　　　　* 번역문 중 ( ) 안의 내용은 필자가 이해를 돕기 위하여 첨가한 것임.
> 　　　　　이하의 한문 번역문의 경우도 동일함.

　위의 기술 내용에서는, 냇물이나 도랑에서 작은 물고기 잡는 일과 같은 소설의 도리로는 한 고을을 다스리는 일밖에는 할 수 없다고 하였다. 그렇다면 군자가 마땅히 추구해야 하는 도란 어떤 것인가. 장자는 이에 앞서 임(任)나라 공자(公子)의 낚시 이야기를 했다.

> 　거대한 낚시와 굵은 낚싯줄을 만들어 50마리의 거세(去勢)한 소를 미끼로 삼아, 회계산에 걸터앉아, 동해에 낚시를 드리우고 아침마다 낚시를 했으나, 일 년이 되어도 잡지 못하다가 이윽고 (거대한) 약어(若魚)를 낚아 올렸다. 그것을 갈라서 말렸는데, 제하의 동쪽에서 창오산 북쪽에까지 이 약어로 배불리 먹지 아니한 자가 없다. 후세에 이르러, 작은 재주로 풍설(風說)을 하는 무리들이 모두 놀라서 서로 그 이야기를 주고 받았다. (任公子爲大鉤巨緇, 五十緇以爲餌, 蹲乎會稽, 投竿東海, 旦旦而釣, 期年不得魚. …任公子得若魚, 離而腊之, 自制河以東, 蒼梧已北, 莫不厭若魚者 已而後世輇才風說之徒, 皆驚而相告也.)[11]

　이 내용은 임나라의 공자(公子)가 동해에서 오랜 세월을 기다려 마침내 낚아 올린 '약어'(若魚, 물고기같은 형상의 것)로 작은 고을 하나가 아니라, 천하의 백성을 구휼(救恤)하여 구세제민(救世濟民)한 경륜(經綸)을 말한 것이다. 그러니까 '소설'로는 천하를 다스리는 도를 가르치는 도구로 삼기란 어렵다는 것이다. 이러한 내용으로 미루어 보아, 소설이라는 것은 지금 우리가 일상적으로 말하는 허구적 창작물의 개념과는 다른 것이다.
　그렇다면 천하를 경륜할 도란 무엇인가. 이에 대한 답변은 먼저 이 물음

---

11) 위의 책, 445쪽.

의 근거가 된 『장자』에서 찾아보아야 할 것이다. 이 저서는 인간의 인위적인 것을 부정하고 자연의 본성을 그대로 따라야 한다는 무위자연(無爲自然)의 도를 말했다. 이 도의 원리를 인간과 사물에 대입하면 그것은 덕(德)이 된다. 인간은 옳고 그름이나 선악을 초월하여, 본성인 덕으로 돌아가야 한다. 그 덕은 자연과 인간, 인간과 인간 사이에 구별이 없는 평등을 행동으로 구현하는 것이다. 이것이 장자가 말하는 천하경륜의 도이다. 그런데 장자가 살았던 전국시대(B.C 403~B.C 221)나 그 이전의 춘추시대는 봉건제후 국가가 난립했던 시대로, 이들 국가들은 자기 나라의 부국안녕이나 천하통일의 대업을 이루기 위해 새로운 정치이념과 사회제도를 모색하게 되었고, 이에 대해 수많은 학파와 학자가 자기의 사상을 세상에 알리려 했다. 유가·도가·법가·묵가·음양가·농가 등의 제자백가의 학설이 발표되고, 이 학설들이 제후국가들에게 영향을 미치게 되었다. 이러한 시대적 정황을 고려하면, 장자가 말한 '소설'이라는 것은 장자 자신이나 그의 유파와는 다른 제자백가의 학설들을 비하하여 말한 것으로 판단된다. 이렇게 보면 이 시기의 '소설'이라는 것은 정치·사회사상과 그의 실천방안들을 말하는 것이다.

이 시기의 소설의 개념은 장자보다 앞서 춘추시대(B.C. 770~403)에 공자(B.C. 551~479)가 천하경륜의 도리를 설파하면서 설명한 '소도(小道)'의 개념과 유사한 것이다. 공자의 사상적 언술의 기본적 태도는 "옛 것을 익혀서 새로운 것을 안다면, 스승이 될 수 있다(『논어』, 「위정편」, 子曰, 溫故而知新, 可以爲師矣)."라는 것이다. 공자가 말한 '옛 것'이란 일반적으로 알려진 것처럼, 주(周) 왕조의 제도를 말한다. 공자는 "주나라는 2대(夏와 殷)를 거울삼고 있어서, 문화가 융성함이 이를 데가 없다. 나는 주(周)를 따른다(『논어』, 「팔일편」, 子曰 周監於二代 郁郁乎文哉 吾從周)."라고 했다. 주나라가 쇠퇴하여 사회적 혼란이 심해진 춘추시대에는 사회질서를 회복할 새로운 정치사상이 필요한데, 공자는 그것이 하나라와 은나라의 문물을 이어받은 주나라를 근본으로 하는 분명한 전거(典據)를 바탕으로 이루어져야 한다고 말한 것이다. 당시 사회에 횡행하던, 앞 시대에 근거하지 않은 임기응변의 가설들을 부정하는 것이다. 그래서 기초적 작업으로 "(옛 것을) 기술하지만 지어내지는 않았고, 옛 것을 믿으며 몰두하여(『논어』, 「술이편」, 述而不作, 信而好古)," 춘추시대의 민요를 중심으로『시경』을 엮고, 상대로부터 주나라에 이르기까지의 정사(政事)에 관한 문서를 수집하여 『서경』을 편찬하고, 노나라의 사적을 기록한『춘추』등을 펴냈다. 모두 옛 것을 익혀서 그를 바탕으로 새로운 사회·정치사상을 내 놓은 것이다. 이 외에『주역』과『예기』의 내용을 익혀서, 새로운 나라를 다스리고 세상을 구제할 군자(君子)의 덕으로『논어』의 말씀들을 남겼다. 이러한 언행과 행적으로 보아, 공자가 말한 '소도'는 주나라의 문물과 제도를 전거로 삼지 않은 모든 정치·사회적 논의들을 가리키는 것이다. 실제로는 유가(儒家) 이외의 각종 제세구민의 학설들을 말하는 것이다.

그래서 "길거리에서 듣고서 길거리에서 말하는 것은 덕을 버리는 것(『논어』, 「양화편」, 道聽而塗說, 德之棄也)"이라고 하였다. 이것은 입에서 입으로 전해지는 말은 전거가 없는 것이며, 자기의 마음속에서 삭혀서 생각을 숙성시키지 않은 풍문일 따름이니, 이러한 것을 믿고 행동하는 것을 경계한 것이다. 공자는 실증할 근거가 없으면 믿지 않았다.[12] 그리고 "비록 소도라도 볼만한 것이 있기는 하지만, 원대하게 나아가는 데에는 이것이 방해물이 될까 두려우니, 군자는 소도를 돌아보지 말아야 한다(『논어』, 「자장편」, 雖小道必有可觀者焉 致遠恐泥是 以君子不爲也)."고 가르쳤다. 이때의 소도는 장자의 '소설'과 맥락이 닿은 것이다. 공자는 유가(儒家) 이외

---

12) 孔子 :『논어』, 「팔일편」
　　夏의 禮에 대해서는 말할 수 있지만, 杞나라는 증거가 부족하다. 殷나라의 예는 내가 말할 수 있으나, 宋나라는 증거가 충분하지 못하다. 문헌이 부족한 때문이다. 넉넉하다면 내가 그것을 실증할 수 있을 텐데(子曰 夏禮吾能言之 杞不足徵也 殷禮吾能言之 宋不足徵也 文獻不足故也 足則吾能徵之矣).

의 가르침들을 소도라 했을 것이고, 장자는 자기의 견해 이외의 것을 소설이라고 했을 법하다.

이와 더불어 공자는 제자들에게 상도(常度)에서 벗어난 "괴이한 것, 완력으로 하는 일, 도리에서 어긋난 일, 귀신에 대해서는 말씀하지 않았다(『논어』, 「술어편」, 子不語 怪力亂神)." 그리고 계로(季路)가 죽은 이의 영혼과 자연의 신을 섬기는 일을 물었을 때, "살아있는 사람도 섬길 수가 없는데, 어찌 죽은 이의 혼령을 섬길 수 있겠느냐."라고 했다(『논어』, 「선진편」, 季路問事鬼神 子曰 未能事人, 焉能事鬼). 이러한 문답에는 당시를 살던 사람들에게는 죽은 이의 영혼과 자연의 신령함에 대한 인식이 보편화되어 있었다는 것을 보여 주기도 하지만, 공자가 보이지 않는 비현실적 존재에 치우치는 것을 경계하고 있음을 보여주는 것이다.

공자가 전거가 없는 도청도설(道聽塗說)과 괴력난신(怪力亂神)을 경계한 것은 유가(儒家)를 제자백가와 차별화하는 기본적 입장이다. 이러한 태도는 후대에 허구적 소설의 전기적(傳奇的) 요소에 대하여, 유가가 소설의 폐해와 무용론을 제기하는 준거가 되는 것이다.

그런데 앞에서 인용한 『장자(莊子)』, 「외물편」에는, "작은 재주로 풍설(風說)을 하는 무리"와 "소설을 꾸미는" 일은 연관이 있어 보인다. 소설을 꾸미는 일이 풍설로 이루어진다는 말인데, 풍설(風說)[13]이 직접적 이야기가 아니라, 간접적으로 비유하여 말하는 방법이라면, 이 시기에 이미 소설 작법에 대한 언급이 이루어진 것으로 이해할 수도 있을 것이다. 이때의 소설은 문학 쟝르로서의 소설은 아니지만, 풍설은 이야기 형식의 전달방법이라고 생각된다.

소설의 이야기 개념이 나타나기 시작한 것은 한대(漢代)에 이르러서이

---

13) 風은 『시경』에서 민요의 뜻으로 쓰였지만, 민요를 매개로 "아랫 사람을 교화하고, 윗사람을 간언한다"(『毛詩』, 「國風」 <周南關雎詁訓傳第一>, 上以風化下 下以風刺上)면, 風은 비유개념을 안고 있는 諷으로 이해해야 한다.

다. 환담(桓譚, 약 B.C. 23~A.D. 50년)의『신론(新論)』에는 "소설가와 같은 무리는 자잘한 이야기를 합하여 모으고, 비유적 문장을 취하여 (본래 이야기와) 비슷하게 하여서, 짧은 글을 지었다. 자기 몸가짐을 바로하고 집안을 다스리는 데는 권할 만한 말이 있다(若其小說家 合叢殘小語 近取譬論 以作短書 治身理家 有可觀之辭)."[14]라고 하였다. 이 견해에 근거하면, 소설은 형식이 짧은 이야기이고, 표현기술방법에 비유가 활용되어 있으며, 주제적 의미를 개인의 몸가짐과 집안 다스리기(修身齊家)에 두고 있는 것이다. 이 견해를 구체화하면, 소설은 천하를 경륜할 대의명분을 세우지 못한 정치와 윤리적 도리에 관한 언술들, 주장의 전거(前據)가 없어서 허황된 것, 비현실적이고 허상적인 것을 실재하는 것으로 인지하는 것들에 대한 말과 글을 일컫는 것이라고 생각할 수 있을 것이다.

그러나 이 시기 이후에 논의된 견해들에 따르면, 소설의 범주와 그 내용이 이보다 광범위하다는 것을 알 수 있다. 유흠(劉歆)의『칠략(七略)』을 간추려『한서』의「예문지」를 완성했다는 반고(班固, A.D. 32~92년)는 "소설가 무리는 대개가 패관출신에서 나왔다. 길거리나 마을에서 하는 이야기들을 얻어 들은 것을 바탕으로 지은 것이다(小說家者流 蓋出於稗官 街談巷語 途聽途說者之所造也)."[15]라고 하였고, 소설가를 15가로 열거하고 소설의 편목(篇目)을 기재하고 있으나, 그 저술이 거의 전해지지 않으므로 그 내용을 구체적으로 알 수가 없다.

당(唐)나라 때에 이르러 장손무기(長孫無忌, 594?~659) 등이 편찬한『수서(隨書)』의「경적지(經籍志)」에서는 도서의 분류를 경(經), 사(史), 자(子), 집(集)으로 하여 소설을 '자부(子部)'에 포함시켜 25부 155권을 제시하고 있다. 여기에 열거한 편목을 보면 당대의 소설의 내용과 범위를 알 수 있다. 내용을 따라 구분해 보면 다음과 같다.

---

14) 方正耀 著, 洪尙勳 譯 :『中國小說批評史略』(을유문화사, 1994), 39쪽.
15) 위의 책, 39~40쪽.

"첫째는 우스운 이야기류(笑話類)로 「소림(笑林)」이나 「소원(笑苑)」 등이고, 둘째는 잡다한 이야기로 서로 주고받는 종류(雜說應對)의 작품으로 「잡대어(雜對語)」나 「요용어대(要用語對)」 등이며, 셋째는 사람의 풍모를 서술한 작품으로 「세설(世說)」이나 「경림(琼林)」 등이고, 넷째는 예술품이나 기물(器物)을 소개하는 작품으로 「고금예술(古今藝術)」이나 「기준도(器准圖)」 등이다. ……… 그는 귀신이나 도사(道士) 및 허황된 이야기는 도가류(道家類)에 집어넣었고, 거리의 이야기에는 속하지 않는 예술품이나 기물(器物)을 소개하는 작품을 첨가했다. 이는 분명 그의 관점에서 제자 10가[16] 중 다른 아홉 유파에 포함시킬 수 없다고 생각되는 작품을 모두 소설에 집어넣은 것으로 보인다."[17]

그가 소설의 편목으로 정한 것 이외에도, 귀신과 도사에 관한 이야기, 역사서의 고증이나 누락된 이야기 등도 소설의 범주에 속한 것이다. 그리고 25편목 중에서 위의 예시에서 빠진 「쇄어(瑣語)」 편은 자질구레한 이야기이고, 「해이(解頤)」는 편명을 보아, (이야기가 아주 흥겨워, 또는 아주 교묘하게 설명되어) 저절로 입이 벌어지는 이야기이고, 「이어(邇語)」는 통속적인 이야기를 모은 것이다. 이와 같이 소설은 특정한 범주를 넘어서게 되었다.

당대(唐代)의 유지기(劉知幾, 661~721)도 그의 저술인 『잡설(雜說)』에서 소설의 분류를 시도하여 그 종류를 열 가지로 나누었다. 첫째는 작자가 살고 있는 시대를 기록한 편기(偏紀)요, 둘째는 자신이 알고 있는 천하 인물의 사적(事迹)을 편집한 소록(小錄), 셋째는 사관(史官)의 기록에서 빠진 것을 보충한 일사(逸事), 넷째는 거리나 마을의 횡설수설한 짧은 이야기인 쇄언(瑣言), 다섯째는 각 지방의 빼어난 선비와 영민한 인재에 대한 기록

---

16) 제자십가(諸子十家) : 유가(儒家), 묵가(墨家), 도가(道家), 법가(法家), 음양가(陰陽家), 명가(名家), 종횡가(縱橫家), 잡가(雜家), 농가(農家), 소설가(小說家).
17) 위의 책, 43쪽.

으로서의 군서(郡書), 여섯째는 훌륭한 가문에서 선열(先烈)의 덕행을 기록한 가사(家史), 일곱째는 현명한 선비와 정숙한 여인의 착한 행실을 적은 별전(別傳), 여덟째는 삼라만상 중에서 괴이한 사물의 기이한 이야기인 잡기(雜記), 아홉째는 전국의 다양한 산물과 풍속을 기록한 지리서(地理書), 열째는 제왕의 고을과 역대 성현들의 흔적들에서 장래의 귀감이 될 내용을 기록한 도읍부(都邑簿)로 나누어 놓고 있다.[18]

이러한 견해들을 보면, 소설의 범주나 경계가 아주 광범위하다. 소설의 제재나 범주가 가장 광범한 것은 송대(宋代)의 이방(李昉) 등이 편집한『태평광기(太平廣記)』(978)이다.『태평광기』500권은 한대(漢代)에서 북송(北宋) 초기까지의 7000여 편의 이야기이다. 이 책은 92유형의 큰 갈래와 150여 유형의 작은 갈래로 구분되어 있다. 각 고사는 일반적으로 인물명을 제목으로 삼았으나,[19] 일부는 소재명을 제목으로 달기도 했다.『태평광기』에 수록된 고사는 신선귀괴(神仙鬼怪)에 관한 것이 150권, 인과응보(因果應報)에 대한 것이 33권, 영이(靈異)와 재생(再生)의 내용을 담은 것은 13권이 된다.[20] 이것은 고대 민간풍속과 위진 남북조 이래 지괴소설의 흥성을 반영하고 있다. 또한「잡전기(雜傳記)」(권 484~492)에는 당대(唐代)의 전기(傳奇) 작품이 수록되어 있다.[21]

이외에 현인·선비·호협이나 협객·무뢰배·부인(婦人) 등의 인물들, 충성·의리·정절·슬기·기지·희화(戱畵)적 이야기, 문장·음악·그림·글씨에 대한 품평, 술·음식·놀이기구, 산술·점복·의술·관상, 자연물·곤충·동물에 얽힌 고사 등이 수록되어 있다.

소설의 범주는 위에서와 같이 시대를 거듭해 나가면서, 그 외연이 점점

---

18) 위의 책, 44~47쪽.
19) 李昉 등 모음, 김장한 外 옮김 : 태평광기, 1~21(學古房, 2000.12.10~2005.1.30), 제1권, 13쪽.
20) 위의 책 1권 13쪽 및 21권(총색인) 참조.
21) 위의 책 1권 13쪽.

더 넓어져 갔다. 소설의 개념이 한대(漢代) 이전에 경서(經書)와 사서(史書)에 들지 못한 정치·사회윤리와 관계된 이야기들에서 시작되어, 이 시기에 이르러서는 소설의 범주가 신귀·사람·사물·천문·지리·예술 등에까지 넓어졌다. 그리고 소설이라는 용어가 출현했던 시기의 소설의 역할이 수신제가(修身齊家)에는 더러 도움이 될 수 있다는 교훈적 기능을 가졌으나, 이때에는 호기심과 재미를 제공하거나, 종교 또는 이념적 담화, 예술적 감상 등에도 이야기의 형식을 빌려 쓰고 있고, 이러한 말과 글을 소설이라고 포괄해서 말하고 있다.

소설에 대한 이러한 인식은 지금 우리가 말하는 문학 양식으로서의 소설과는 차이가 있다, 일반적으로 이러한 소설을 패관문학 또는 패관소설이라고 부르기도 한다. 그러나 패관문학(소설)이라는 용어에 대한 해설은 가언항설(街言巷說)이라는 설명 이외의 구체적 언급을 찾기가 어렵다. 그리고 가언항설의 소재와 범위가 어느 정도인지를 알 수가 없다. 다만 이것은 개인의 창작이 아니며, 오랜 기간에 걸쳐 여러 사람이 이야기의 내용을 더하고 덜어내고 다시 살을 붙여낸 공동저술이다. 그리고 패관문학이라는 용어는 한대(漢代)라는 특정 시기를 지시하기 때문에, 그 다음 시대에 이루어진 동일한 유형의 이야기를 가리키는 용어로는 적합하지 않다.

이러한 소설은 이야기 형식을 갖추고 있지만, 그의 소재가 사람과 문물을 모두 포괄하는 것이다. 경서와 사서에 들지 않는 모든 인문(人文)이나 문화(文化)에 대한 이야기이다. 그런데 지금을 기준으로 삼을 때, 소설은 서사양식으로서 작가의 허구적 상상력이 지어낸 산문이고, 예술적 미의식과 주제적 진실성을 가져야 한다고 논의되고 있다. 그리고 구성요소로 주요한 것은 인물·사건·배경인데, 사건은 인물들이 겪는 갈등을 중심으로 이루어지는 것이다. 이러한 기준을 근거로 하면, 앞에서 이제까지 말해온 소설의 개념과 범주는 근현대적 의미의 소설과는 상당한 차이가 있는 것이다. 그러므로 이 글에서는, 인물의 갈등과 해소 과정이 들어있는 이야기를 문학양식으로서의 소설의 기본적 형태로 보고, 이러한 유형과 여기에 사물과 자연, 천문, 지리 등에 관한 이야기들을 모두 포괄한 소설의 범주를 현재의 소설과 구분하여, 이 글에서는 인문소설 또는 문화소설이라고 부르려 한다. 그리고 당분간 지금의 문학 양식과 유사한 것을 문학소설 또는 소설이라고 부르겠다.

문학양식으로서의 소설에 대한 인식은, 역설적으로 소설을 부정하는 견해 속에 나타나 있다. 명대(明代)의 전여성(田汝成)은 「서호유람지여(西湖遊覽志餘)」에서 이렇게 말했다.

> 전당(錢塘)의 나관중(羅貫中)이란 자는 남송(南宋) 시대의 사람으로 수십 종의 '소설'을 편찬했다. 그리고 그 가운데 <수호전(水滸傳)>은 송강(宋江) 등의 인물과 관련된 사건을 서술한 것인데, 간사한 도적들이 속임수를 써서 위험에서 벗어나는 교묘한 계책을 매우 상세하게 적어 놓고 있다. 그러나 모든 사건의 발단을 거짓되게 꾸며서 읽는 사람들의 마음 씀씀이를 망쳐 놓았다. 그의 자손은 삼대(三代)까지 모두 벙어리였으니, 하늘의 도는 이처럼 마땅한 응보를 해 주는 것이다.[22]

그는 『수호전』이 인물과 관련된 사건을 서술했다고 전제하고, 인물들이 위험에서 벗어나는 교묘한 계책을 상세하게 적어 놓았고, 사건의 발단이 거짓되게 꾸며져 있기 때문에, 이러한 소설이 읽는 사람들의 마음 씀씀이를 망쳐 놓았다고 말했다. 이러한 소설 부정론에는, 오히려 소설의 허구성과 함께, 소설이 사건의 기술이며, 사건을 해결해 나가는 구성의 과정이 있다는 것으로, 이 작품이 문학적 소설의 형태를 갖추고 있다는 것을 말해주는 것이다.

문학적 소설의 원시적 형태를 설화로 보면, 설화적 유형의 변화 내지 발전 단계는 위진 남북조(魏晉南北朝, 220~589)의 지괴소설(志怪小說)과 지

---

[22] 방정요 저, 홍상훈 역 : 앞의 책, 181쪽.

인소설(志人小說)로 이어진다.

『수신기(捜神記)』로 대표되는 지괴소설은 신선·귀신·음양오행에 관한 이야기가 줄기이다. 지인소설의 모음인『세설신어(世說新語)』에는 당시 500~600명의 문인과 명사들의 일화가 기술되어 있는데, 이 이야기들은 모두 신귀하고 도선(道仙)적인 색채를 벗어나 실존인물의 언행, 풍모 등을 중심적으로 묘사하고 있다.[23]

당대(唐代)에 이르러서는 전기(傳奇)가 유행하였다. 전기소설은『고경기(古鏡記)』,『유의전(柳毅傳)』과 같은 신괴류,『유선굴(遊仙窟)』,『이혼기(離魂記)』,『곽소옥전(霍小玉傳)』,『이와전(李娃傳)』,『앵앵전(鶯鶯傳)』등의 염정류(艶情類),『침중기(枕中記)』,『남가태수전(南柯太守傳)』류의 풍자류,「규염객전(虯髥客傳)」,「섭은랑전(聶隱娘傳)」과 같은 호협류가 성행하였다.[24]

송대(宋代)에는 여러 기예(技藝) 중의 하나인 설화(說話)가 있고, 설화를 말하는 이야기꾼의 화본(話本)에는 다음과 같은 소설의 형태가 있다.

"설화에는 네 종류가 있는데, 첫째는, '소설(小說)' 혹은 '은자아(銀字兒)'라고도 하는 것으로, 남녀 간의 연분이나 신령스럽고 괴이한 이야기와 '전기(傳奇)' 같은 것이다. '설공안(說公案)'은 모두 칼이나 방망이를 쥐고 입신출세하는 이야기이다. '설철기아(說鐵騎兒)'는 무사들의 전쟁 이야기이다. '설경(說經)'은 불경(佛經)을 이야기한 것이고, '설참청(說參請)'은 주인과 손님이 참선(參禪)하여 도를 깨우치는 따위의 이야기이다. '강사서(講史書)'는 전대의 역사의 흥망성쇠를 이야기로 전하는 것이다."[25]

이들은 다음 시대의 소설 형성과도 연락이 닿아 있다.『대당삼장취경시화(大唐三藏取經詩話)』는 중국 장회소설의 시작일 뿐만 아니라, 명대 오승

---

23) 이수웅 :『중국문학사』(다락원, 2001.8), 125쪽.

24) 위의 책, 174~175쪽.

25) 방정요 : 앞의 책, 51쪽.

은(吳承恩, 1500?~1582?)의 『서유기(西遊記)』의 근거이며, 오대사평화(五代史平話)는 나관중(羅貫中, 1330?~1400)의 『삼국지연의(三國志演義)』의 조상이다.[26] 『대송선화유사(大宋宣和遺事)』 중의 양산박(梁山泊) 이야기는 시내암(施耐庵, 1296~1370)의 『수호전(水滸傳)』의 저본이 되었다.[27]

명대(明代)에 이르러서 본격적으로 눈으로 읽는 장편·단편 소설이 성행하였다. 송·원대에도 화본 소설이 있었으나 그것은 들려주는 이야기의 대본이었다. 명대의 장편 소설은 장(章) 또는 회(回)로 나뉘어져 있어서 장회소설(章回小說)이라고도 하는데, 『삼국지연의(三國志演義)』·『수호전(水滸傳)』·『서유기(西遊記)』·『금병매(金瓶梅)』가 가장 대표적이다.

난릉(蘭陵)의 소소생(笑笑生)이 지었다는 『금병매』를 제외한, 세 작품은 오래전부터 그들의 저본이나 모태가 된 작품들을 토대로 이루어진 작품이다.

단편으로는 빙몽룡(憑夢龍, 1574~1645)이 간행한 『유세명언(喩世明言)』, 경세통어(驚世通言)』, 성세항언(醒世恒言)』의 삼언(三言)과, 능몽초(凌濛初, 1580~1644)의 『초각박안경기(初刻拍案驚奇)』, 『이각박안경기(二刻拍案驚奇)』의 이박(二拍)에 일백수십 편의 작품이 있다.[28] 그리고 구우(瞿佑)의 전등신화가 있다.

명대의 대표적 장편 소설들은 그 시기까지의 소설을 유형화한 것이다. 『삼국지연의』는 진수(陣壽, 233~297)가 지은 정사(正史) 『삼국지』에 근거를 두고 있는 것으로, 역사적 사실에 허구를 첨가한 것이다. 이 작품은 역대 사서(史書)들, 즉 『사기』와 같은 기전체(紀傳體) 사서들에 들어 있는 명신(名臣), 용장(勇將), 제후, 관료, 서민들의 열전과, 송대의 '강사서'와 연락 관계가 있다. 그보다 가깝게는 원대(元代) 지치(至治)년간(1321~1323)에

---

26) 김학주 : 『중국문학사』(신아사, 2007.8), 343~344쪽.
27) 이수웅 : 앞의 책, 235쪽.
28) ① 김학주 : 앞의 책, 408~420쪽.
　　② 이수웅 : 앞의 책, 328~332쪽 참조.

"신안(新安) 우씨(虞氏)가 간행한 『전삼국지평화(全三國志平話)』를 개편[29]한 것으로, 『삼국지연의』는 앞 시대의 소설류를 자료로 삼아 새로 구성한 역사소설이다. 이 작품은 역사를 소설로 전환할 수 있는 모범을 보여준 작품으로서, 후대의 역사소설과 영웅소설의 본보기가 되는 것이다.

『수호지』는 앞 시대의 의협, 호협, 국가 권력의 무모함에 저항하는 인물들의 이야기와 송대(宋代)의 '설공안', '설철기아', 당대의 전기 중의 호협류 등을 모두 포괄하는 의인(義人) 호협소설이다.

『서유기』는 위진남북조 시대의 불경의 윤회사상과 인과응보의 이론, 불가(佛家)의 고승들의 깨달음의 행장(行狀)이나 이적(異蹟)에 지괴소설의 요소 등이 가미되어 있고, 송대의 '설경'와 '설첨청', 당대의 전기 중의 신괴류를 이어온 작품의 계열이 재해석의 과정을 거쳐 이루어진 신이(神異)소설이다.

『금병매』는, 앞 시대의 염정류가 사랑과 이별의 곡진함을 환몽적 요소와 곁들여 말한 것과는 달리, 시기·질투·교태·음모와 술수가 난무하는 그 시대와 사회의 정황이 그대로 드러나 있는 인정세태소설이다. 이 작품들은 인문소설의 단계를 벗어나 문학소설의 유형을 가름하는 대표적인 본보기가 되는 것이다.

소설이라는 명칭은 명·청대 소설의 제목이나 서발문에 그대로 쓰이고 있다. 작품이나 책의 제목은, 기(記)·전(傳)·지(志)·연의(演義)·신어(新語)·외사(外史)·야사(野史)·통언(通言)·유문(遺文)·기관(奇觀)·잡설(雜說) 등으로 기록되어 있지만, 문학의 장르로서는 소설이라는 용어가 지속적으로 쓰이고 있다.

빙몽룡(憑夢龍)의 편찬한 화본집의 제목이 『고금소설(古今小說)』이고, 명말(明末)의 장무구(張無咎)는 『북송삼수평요전서(北宋三遂平妖傳序)』에서 "소설가는 진실한 것을 올바르다고 여기고 허구적인 것을 기이하다고

---

[29] 정범진 : 『중국문학사』(학예사, 2007), 308쪽.

여긴다.(小說家以眞爲正, 以幻爲奇)"[30]라고 했고, 명대의 소화주인(笑花主人)의 『금고기관(今古寄觀)』(1628~1644?) 서(序)에는 "소설이란 정사(正史)에서 다루지 않는 것들이다.(小說者正史之餘也)"라고 기술했다.

청대(淸代)의 기록으로는, 장 조(張潮)의 『우초신지(虞初新志, 1683)』자서(自序)에서 "고금의 소설들은 손가락으로 다 꼽을 수 없이 많다(古今小說家言指不勝僂)"라 했고, 채원방(蔡元放, 1752년 전후)의 「정정 동주열국지 선본독법 일절록(訂正 東周列國志 善本讀法 一節錄)」에서는 "'열국지'는 다른 소설과 같지 아니하다(列國志與別本小說不同)"는 기록이 보이고, 태평한인(太平閑人)의 「석두기 독법 일절록(石頭記 讀法 一節錄)」,[31] 석화(石華)의 「회도 경화연(繪圖 鏡花緣)」 원서(原序), 나부거사(羅浮居士)의 「신루지(蜃樓志)」 서(序) 등에 소설이라는 용어가 사용되고 있다.[32]

청말민초(淸末民初, ~1910년대)의 시기에는 양계초(梁啓超)가 사회개량을 위하여, '소설계 혁명'이라는 구호를 제출한 후, 소설이라는 용어가 일상적으로 사용되었다. 「신소설」(1902)이라는 잡지가 창간되었고, 이 잡지의 논설란에는, 문학에서의 소설의 위치와, 사회에서의 소설의 힘, 소설계 혁명의 필요와 방법 등이 논의되었다. 소설계 혁명은 서양소설을 번역하거나 소개하면서 시작되었다.[33] 이 시기에는 앞 시대에 소설을 지칭하는 다른 용어들을 대신하여 '소설'이라는 용어로 대표되었다. 그 이후에 노신(魯迅)은 중국의 문학소설을, 강사(講史), 신마(神魔)소설, 인정(人情)소설, 풍자소설, 화류(花柳)소설, 협의(俠義)소설, 견책(譴責)소설 등으로 분류했다.[34]

---

30) 최봉원 외 :『중국역대소설서발역주』(을유문화사, 1998.8), 125, 127.
31) 『석두기』(다른 제목은 『홍루몽』)는 1791년경에 간행되었음.
32) 최봉원 外 : 앞의 책, 170, 173, 176, 178, 248, 250, 297, 299, 323, 341쪽 참고.
33) 진평원 지음, 이보경·박자영 옮김 :『중국소설사』(이룸, 2004.4), 309, 318쪽.
34) 노신 :『중국소설사략』, 앞의 책.

2) 한국 소설의 개념과 범위

우리나라에 소설이라는 용어가 처음으로 된 기록은 고려조 이규보(李奎報, 1168~1241)의 『백운소설(白雲小說)』[35]이다. 이 문집은 저작 연대가 비슷한 시기의 『파한집』(1260)이나 『보한집』(1254)의 체재로 보아, 홍만종의 『시화총림』(1652)에 실린 시화만이 아니라, 풍속·풍물·인물의 일화·문담(文談)이 실려 있는 인문소설집의 성격을 지닌 것이다. 이러한 추정을 그만 두고, 시와 시화·시평만이 수록되어 있더라도, 이규보의 '소설'은 인문소설을 가리키는 용어이다.

고려조에 소설이라는 용어는, 백운화상 경한(景閑, 1299~1375)의 법어(法語)의 편명(篇名)인 「신광사입원소설(神光寺入院小說)」[36]과 「흥성사입원소설(興聖寺入院小說)」[37]에도 들어있다. 이 글들은 백운화상이 신광사와 흥성사의 주지로 취임하면서 설법을 편 내용이다. 이곳에서의 소설은 인문소설로서의 소설과 같은 개념은 아니다. 다만 짧은 설법이라는 뜻으로 쓰인 듯하다.

조선조에는 『세종실록』 27년(1445)에 『치평요람(治平要覽)』을 편찬하고, 정인지 등이 왕께 아뢰는 글에, "옛 역사의 기록들을 두루 모으고, 소설의 글들까지 널리 가려내어"[38] 정치의 근본이 되는 것들을 수록하였다는

---

35) 『백운소설』은, 조선조 홍만종(洪萬宗, 1643~1725)의 『시화총림(詩話叢林, 1652)』에 이 문집명이 기록되어 있다. 『시화총림』은 그 서문에서, "여러 사람들이 저술한 책들을 모아서, 시화에 대한 부분만을 골라 뽑아서 한 질의 책으로 만들고 이름을 시화총림이라 붙였다(合諸家所著 而專取詩話 集成一編 名之曰 詩話叢林)"라고 했다. 실제로 여기에는 고려조 이제현의 『역옹패설』의 시화도 수록되어 있는데, 『역옹패설』에 실려있는 40편 즈음의 시·시화 중에서 13편만이 선별되어 있다. 그렇다면 『백운소설』에 실린 시화라는 것도 『시화총림』에 실린 28편만이 아닐 것이다. 한편 이규보(1168~1241)와 비슷한 시기의 문집인 이인로(1188~1260)의 『보한집』의 체재를 보면, 『백운소설』의 내용이 시·시평·시화만이 아니라, 풍속·풍물·건축 등에 대한 일화와 문담(文談) 등이 실려 있을 법하다.
36) 석찬선사 편, 박문열 역 : 『백운화상어록』(청주 고인쇄박물관, 1998), 21쪽.
37) 간호윤 : 『한국고서설비평연구』(경인문화사, 2002), 9쪽.
38) ①유택일 편 : 『한국고소설비평자료집성』(아세아문화사, 1994), 9~10쪽.

기록이 있는데, 이곳에 '소설'이라는 용어가 쓰였다. 이때의 소설의 개념도, 「치평요람」이 국가의 흥망, 군신(君臣)의 옳고 그름, 정교(政敎), 풍속, 인륜 등에 관계된 사례들을 채록하여 기록한 것으로, 사대부 행실의 귀감을 삼으려는 내용이라는 것을 고려하면, 인문소설의 범주에 해당하는 것이다.

조선조의 어숙권(魚叔權 : 1468~1542)은『패관잡기』(稗官雜記)에서 「동국소설(東國小說)」[39]을 소개했는데, 고려의 이인로(1152~1220)의『파한집』(1260), 최자(1188~1260)의『보한집』(1254), 이제현(1287~1367)의『역옹패설』(1342) 등과, 조선조의 강희안(1417~1464)의『양화소록(養花小錄)』, 서거정(1420~1488)의『동인시화』(1474),『태평한화(太平閑話)』(1477),『필원잡기(筆苑雜記)』(1487), 강희맹(1424~1483)의『촌담해이(村談解頤)』, 성현(1439~1504)의『용재총화(慵齋叢話)』(1525), 김정(1486~1520)의『제주풍토기(濟州風土記)』등과 함께 김시습(1435~1493)의『금오신화(金鰲新話)』가 같은 자리에 소개되어 있다. 어숙권과 비슷한 시기의 이제신(李濟臣, 1536~1584)의 「청강소설(淸江小說)」(1567)도 친구들과 교류한 말과 글에서 견문한 것을 기록한 것인데, 소설이라는 제목이 붙어 있다. 이 외에도 임란 이후에 이수광(1563~1628)의『지봉유설(芝峯類說)』(1614) 자서,[40] 유몽인(柳夢寅, 1559~1623)의『어우야담(於于野談)』(1622) 권3, 학예편[41]에도 소설이라는 용어가 사용되고 있다.

이때의 소설이라는 용어는, 근대적 의미의 서사적 구조를 가진 것이 아니라, 경서(經書)와 사서(史書)를 제외하고, 시화(詩話), 풍물, 해학적 기문(奇聞), 인물의 일화(逸話), 기지(機智)가 있는 야담, 골계(滑稽), 들으면 입

---

② 간호윤 : 위의 책, 10쪽, 세종실록 권 107 · 21.
세종 27년 3월 계묘, "是月 治平要覽成 右參贊鄭隣趾等上箋曰……徧掇舊史之錄 旁採小說之文…"
[39] ① 魚叔權 : 「稗官雜記」(大東稗林 27 : 국학자료원, 1992), 407쪽.
② 어숙권, 柳擇一 編 :『韓國古小說批評資料集成』(아세아문화사, 1994), 62쪽.
[40] 유택일 : 앞의 책, 78쪽.
[41] 유택일 : 앞의 책, 77쪽.

을 떡 벌어지게 하는 해이담(解頤談), 원예(園藝)에 대한 소견과 감상, 가전
(假傳), 가언항설(街言巷說)류의 패설(稗說), 설화 전기(傳奇)류 등으로 재
미와 깨달음을 주는 모든 기록물의 통칭으로 인문소설의 범주에 해당하는
것이다.

이와 같은 소설의 개념과 범주의 형성과정에는 중국문헌의 독서도 일정
한 작용을 하였을 것이다. 한국은 중국과 지리적으로 인접하여 있기 때문
에 양국 간의 문화적 교류가 지속적으로 이어져 왔다. 이 글에서는 양국 간
의 문화 내지는 문학의 발신과 수신 관계를 고증하지 않고, 단순하게 시간
적으로 선행하는 내용을 제시하면 다음과 같다.

소설의 원류가 되는 신화, 전설을 실은 『산해경(山海經)』(漢代 : B.C. 202
~A.D. 220)이 백제에서 A.D. 284년에 일본에 들어갔다고 하니,[42] 적어도
그 이전에 백제와 삼국에 유입이 되었을 것이다. 통일신라시대에는 당나라
와의 교류가 보편화되었고, 유·불·선교가 수입되었으므로, 사서류(史書
類)와 함께 그에 따른 서적의 유입이 많았을 것이다.

고려에 이르면 서적의 수입과 장서에 대한 관심이 높았음을 알 수 있다.
"『고려사』, 「세가(世家)」에 의하면, 6대 성종 9년(990년)에 수서원(修書
院)을 서경에 두고 사적(史籍)을 초(抄)하여 장치[43]하였다. 고려의 장서 수
준은 송나라가 멸실된 서적을 구하기 위하여 고려에 의탁하는 정도였다.
송나라에서 고려에 구입을 주문한 도서 목록[44] 중에서는, 한대(漢代)이전
의 역사 기록으로, 나중에 서경(書經)으로 불리는 상서(尚書), 역경(易經)인
주역(周易), 송나라 범엽(范曄)이 지은 후한(後漢)의 정사(正史)인 동관한기
(東觀漢記), 사승(謝承)의 후한서(後漢書), 고대 제후·선현들의 일화·우
화를 수록한 유향(劉向)의 설원(說苑), 전국시대의 책사·모사들의 문장을

---

42) 정주동 : 『고대소설론』(형설출판사, 1986.8), 26쪽.
43) 정주동 : 앞의 책, 26쪽.
44) 위의 책, 27쪽.
  - 정인지 등, 『高麗史』上 世家 卷第十 宣宗(아세아문화사, 1972), 201~215쪽.

모은 유향의 칠록(七錄), 한서 예문지의 바탕이 된 유흠(劉歆)의 칠략(七略), 정치·사상 등의 지식을 종합한 유안(劉安)의 회남자(淮南子), 노자(老子), 노(魯)나라의 역사서 춘추(春秋), 반고집(班固集), 허유(許由)와 소부(巢夫) 등 은사(隱士)들의 청담(淸談)설화를 담은 혜강(嵇康)의 고사전(高士傳), 제갈량의 삶을 소재로 한 제갈량집(諸葛亮集), 남북조시대의 신이한 고사를 모은 간보(干寶)의 수신기(搜神記), 유가(儒家)사상의 새 이론을 담은 환담(桓譚)의 신론(新論) 등의 서적이 들어 있다. 여기에는 경사자집(經史子集)만이 아니라, 소설가류의 이서(異書)도 들어 있다.

『태평광기』는 13세기 고려 고종때(1214~1259)에 전래해 있었다.[45] 『지봉유설(芝峯類說)』, 『고려사』, 「악지」(樂志)」 등에 언급되어 있는 고종조의 여러 선비들이 지었다는 「한림별곡」 8장 중 제2장에 "태평광기 사백여권"이라는 대목이 보인다.[46] 유향(劉向)이 지은 『열녀전(烈女傳)』은 조선 태종 4년(1404)에 수입되었고, 중종 38년(1543)년에 번역되어 『국문열녀전』이 나왔다.[47] 조선조의 문학적 소설의 시작을 여는 김시습의 『금오신화(金鰲新話)』(1465~1471)의 모본이라는 구우(瞿佑)의 『전등신화(剪燈新話)』(1398)는 『매월당시집(梅月堂詩集)』에 「제전등신화행(題剪燈新話行)」이라는 독서후기로 보아 조선(1567~1608) 초기에 유입되었을 것으로 보인다.

『삼국지연의』는 조선조 선조 초에 들어와 임진왜란(1592~1598)을 계기로 군담 소설을 일으키는 동인이 되었다.[48] 『삼국지연의』가 문헌에 나타난 것은 이익(李瀷)(1681~1763)의 성호사설(星湖僿說)에 기대승(奇大升, 1527~1572)이 이에 대하여 언급했다는 기록[49]에 근거한다. 『서유기』

---

[45] 정규복 : 『한국문학과 중국문학』(국학자료원, 2001.5), 18쪽.
[46] 정주동 : 『고대소설론』(형설출판사, 1986.8), 26쪽.
[47] 정주동 : 위의 책, 44쪽.
[48] 정규복 : 『한국문학과 중국문학』(국학자료원, 2001.5), 17쪽.
[49] 위의 책, 17쪽.

가 한국에 들어온 것은, 허균(1569~1618)의 『성소복부고(惺所覆瓿藁)』
에 의하면 대개 광해군(1608~1623) 전후로 짐작된다.[50] 『水滸誌』가 우
리 문헌에 최초로 나타난 것은 허균의 『성소복부고』와 동시대의 이식(李
植, 1584~1647)의 『택당문집(澤堂文集)』에도 보인다.[51] 이러한 소설들
의 수입에 따른 독서가 조선조의 문학소설의 유형 형성과정과 관계가 있다
는 것은, 고소설 연구자들의 일반적인 견해이다.

　그러나 삼국지연의, 수호지, 서유기 등의 중국 소설류의 수입과 독서가
이루어지고, 임란(1592~1598)과 병란(1636~1637)을 겪으면서 지식인의
자기반성과 진보의식이 대두되고, 평민의 각성과 함께 정치·사회에 대한
관심이 높아졌고, 이에 따른 소설에 대한 의식도 달라졌다. 이 시기에서 조
선후기에 이르기까지 허균의 홍길동전을 비롯하여, 군담소설, 사회소설,
염정소설, 가정소설, 풍자소설, 우화소설 등이 번안·창작되었고, 설화·
판소리가 소설로 정착되었다. 인문소설에서 문학소설로 자리매김을 하기
시작한 것이다.

　조선조에 소설을 부정하는 자리에 거론되는 소설도 문학소설의 범주에
해당하는 것이다. 기대승은 『삼국지연의』가 "허망하고 터무니없는 말이
매우 많았다."[52]라는 말을 들었다고 했고, 이 식은 『수호전』을 부정했고,
이 익(李瀷, 1681~1763)은 『수호전』과 『삼국지연의』의 폐단을 말했고,
이덕무(李德懋, 1741~1793)는 『서유기』와 『삼국지연의』가 정사(正史)와
인심을 어지럽힌다고 하였다.[53] 이들이 이 소설들을 부정하는 이유는 문
학소설의 본질인 허구성 때문이다.

---

50) 위의 책, 18쪽.
51) 정주동 : 앞의 책, 47쪽.
52) 간호윤 : 앞의 책, 56쪽.
53) ① 이 식 : 『택당별집』 권 15·22 / 유택일 : 앞의 책, 83~85쪽, 113쪽.
　　② 이 익 : 『성호사설』, 경사문 3·39 인사문 / 유택일 : 앞의 책, 83쪽.
　　③ 이덕무 : 『청장관전서』, 영처잡고 1 / 유택일 : 앞의 책, 111~112쪽.

이 시기의 소설에 대한 명칭은, 임란 전에 불리던 패관소설, 패설(稗說), 패관잡기 이외에 "잡가소설(택당별집), 십가소설(十家小說, 미암일기), 송인소설(宋人小說, 서포만필), 통속소설(서포만필), 명말소설(明末小說, 소제집)"[54] 등이 있는데, 이들은 대체로 문학 소설을 가리키는 용어들이다.

소설이라는 용어는, 조선 중·후기에 부정과 긍정이 자리에서 두루 쓰였다. "김춘택(1670~1717)의 『북헌집』, 이양오(1737~1811)의 『반계선생 문집』, 이우준(1801~1867)의 『몽유야담』, 만와옹의 『일락정기』" 등에서 사용되었다.

개화기에 이르면 소설의 용도가 국민의 의식개혁의 수단이라는 시대적 요구와 맞물려서 긍정적으로 용인되기에 이르고, '소설'이라는 명칭이 문학소설을 가리키는 일반 개념으로 통용된다. 박은식(1859~1925)은 『서사건국지』 서문[55]에서 고소설의 모든 허구성과 비윤리성을 비판하고, 애국사상과 구민혈심(救民血心)을 분발케 하기 위해, 이 책을 내게 되었다고 했다. 신채호(1880~1936)도 「근금국문소설저자의 주의」와 「소설가의 추세」[56]에서 고소설의 폐해를 말하였지만, 위기에 국면한 현실의 문제를 타개하기 위해서는 감화력이 높은 '소설'을 수단으로 삼아 국민을 계몽하려고 하였다. 이로서 소설은 그동안 지속되어 온 부정적 견해들의 속박에서 벗어났다. 이해조는 「화의 혈」[57]의 서언과 후기, 「탄금대」 후기[58]에서 현실 반영과 허구성을 소설의 본질로 인식하였다.[59]

한편 개화기로부터 유입되는 서구의 로망, 노블, 픽션은 각각 역사적인 형성과정과 성격이 다르지만, 모두 '소설'이라는 용어로 통일되어 수용되

---

54) 유택일 : 앞의 책, 66쪽, 86쪽, 90쪽, 91쪽, 97쪽.

55) 박은식 : 「서사건국지」 서, 『역사전기소설』 6(아세아문화사, 1979), 197쪽.

56) 신채호 : 『단재 신채호 전집』(형설출판사, 1987) 하 17쪽, 별집 81쪽.

57) 이해조 : 『신소설·번안(역)소설』 제8권(아세아문화사, 1978), 3쪽, 102쪽.

58) 이해조 : 『한국신소설전집』 제5권(을유문화사, 1968), 268쪽.

59) 이에 대해서는, 윤충의 : 「소설의 허구성 인식」, 『한국근대소설론 연구』(고려대학교 민족문화연구소, 1994), 47~66쪽 참조.

었다. 그러니까, '소설'이라는 용어는 개화기 이전의 설화, 전기(傳奇), 우화, 환몽, 역사를 포괄하는 이야기이던 것이, 개화기 이후에는 초자연적 요소를 포함하고, 독자가 자신의 이상과 상상을 투영하기에 적당한 낭만주의적 성향의 로망[60]이나, 한 개인의 주관 내지 경험적 시선으로 사실의 재현을 본질로 하는 노블[61]을 모두 내포하는 개념으로 이해하고 운용하게 되었다.

---

[60] 한국문학평론가협회편, 『문학비평용어사전』 상(국학자료원, 2006), 554쪽 참고.
[61] 위의 책, 398쪽 참조.

Ⅱ. 소설의 유형

1. 소설의 일반적 유형

소설의 읽기나 창작에 앞서 소설의 유형을 구분해 보는 일은, 읽기에 대한 이해나 창작의 방법에 대한 이정표를 마련하는 것이다. 이 이정표는 시작에 앞서 앞으로의 방향을 대강 제시하지만, 읽기와 창작의 결정적인 규범을 지시하는 것은 아니다. 소설의 유형은 이미 발표된 작품을 그 대상으로 삼아서 공통적인 유사성을 말하는 것이므로, 이제까지의 소설의 경향을 파악하는데 도움이 되고, 소설 구성의 방법과 앞으로의 방향을 가늠하게 해 주는 매개재가 될 것이다.

소설의 유형을 말한다고 하더라도, 특정한 모형을 세워 놓고 그것에 대입하여 전체를 조망한다는 것은 어려운 일이다. 이 글에서는 그동안 발표된 논의들에 대하여, 임의적인 구분 기준을 세워, 포괄적으로 검토해 보려고 한다.

소설의 유형을 가장 일반적으로 구분하는 기준은 작품의 길이에 따른 것이다. 길이에 따르는 구분은 흔히 원고의 분량이나 글자의 수를 기준으로, 단편소설·중편소설·장편소설로 나눈다. 여기에 장편보다 길이가 더 긴 대하소설·연대기 소설, 그리고 단편보다 짧은 꽁뜨와 엽편(葉片)소설 이 있다. 그런데 단편·중편·장편소설의 구분은 분량보다는 중심사건과 부수적 사건 또는 중심인물과 부수적 인물의 다양성과 복합적 연락관계의 정도로 가려보아야 한다.

창작물의 전문성과 오락성에 따라서는 순수소설·대중소설·통속소설 로 나누고, 시대적으로 구분하면, 고소설·신소설·현대소설이 있다.

문장·문체를 기준으로 삼으면, 판소리계소설·설화계소설(구어체소 설)·문언소설(문장체소설)·서간체소설·일기체소설 등이 있다.

소재의 현실성과 관련하여, 사실소설·환상소설·환몽소설·영혼소 설·유토피아소설·전기(傳奇)소설이 있다.

수사적 표현 기술 방법이 적용된 것으로는, 알레고리 소설·상징소 설·풍자소설·아이러니소설·우화소설·가전(假傳)소설·의인(擬人) 소설 등이 있다.

인물·시간(시대·역사)·공간과 연계하여서는, 영웅소설·군담소설 ·악한소설·소시민소설·역사소설·연의(演義)소설·시대소설, 농촌소 설·전원소설·해양소설·궁중소설·가정소설·여정(旅程)소설 등이 있다.

창작의도에 따라서, 계몽소설·자성소설(고백소설·자전적 소설), 풍 속소설(세태소설), 제의적 소설·성장소설(교양소설), 이념소설·프롤레 타리아 소설·신경향소설·노동소설·농민소설, 윤리소설·정치소설, 불교소설·기독교소설 등의 작품이 있다.

문예사조의 경향으로는, 낭만주의소설·자연주의소설·사실주의소설 ·초현실주의소설·의식의 흐름소설·심리주의소설·실존주의소설 등 으로 구분한다.

구성방법에 기대어 보면, 액자소설, 연작소설(피카레스크소설, 옴니버 스소설), 회장체(回章體)소설 등이 있다.

2. 전개의 중심동인(動因)에 따른 소설 유형

이야기 전개의 중심 동인(動因)이 무엇이냐에 따라서, 행동소설, 성격소설, 극적소설로 나누기도 한다. 에드윈 뮤어[1]는 소설의 유형을 나누면서, 패턴이나 리듬 또는 시점 등에 따르는 것을 반대하고, 플롯을 기준으로 삼고 있다. 그는 스토리 안의 일련의 사건과 그것을 함께 결합하는 원리[2]를 플롯이라고 말했다. 그는 플롯의 핵심을 사건 전개의 방법으로 설명하고 있다. 이러한 이해를 전제로 그의 소설 유형론이 시작된다. 그의 견해는 다음과 같다.

행동소설[3]은 일련의 사건 자체가 중심이 되는 것이고, 사건에 대한 작중인물의 반응은 부수적인 것이다. 행동소설에서 작중인물은 대체로 일련의 사건이 필요로 하는 정도의 성격만을 지니고 있는 것이다. 행동소설의 사건은 사소한 한 사건이 예기치 못한 결과를 가져오고, 이 결과가 많은 사건으로 확대되고, 사건들이 복잡하게 얽히고, 얽혔던 그 사건들이 풀려나갈 때, 독자는 흥미를 느끼고, 그 흥미가 즐거움을 주는 것이다. 행동소설은 우리의 욕망에 일치하는 것이고, 지식에 일치하는 것은 아니다. 인간은 질서나 규범에서 벗어나는 욕망을 현실에서는 이행할 수 없으므로, 행동소설은 이러한 욕망을 실현하여 독자에게 대리만족을 주는 것이다.

행동소설에서는 개별적인 사건이 중요성을 가지는 한편, 성격소설[4]에서는 상황(Situation)이 전형적일 수도 있고 일반적일 수도 있다. 성격소설에서 일련의 사건은 등장인물의 심리적 내면의 발전이나 정신적 변화에서 비롯되지 않는다. 성격소설에서 필요한 것은 인물의 다양한 속성을 내보이

---

[1] Edwin Muir : *The Structure of The Novel* (New York, Harbinger Book, Harcourt, Brace & World, Inc, 1975).
[2] 위의 책, 16쪽.
[3] 위의 책, 19~23쪽.
[4] 위의 책, 23~40쪽.

는 것인데, 이 소설들은 처음부터 작중인물에게 정해져 있는 것이다. 『허영의 시장』에 등장하는 인물들의 약점·허영·허세 등은 그들이 소설에 등장할 때부터 드러나서 작품이 끝날 때까지 그대로 유지되는 성격이다. 포스터는 이러한 인물을 '평면적'이라고 한다. 이 인물들은 성격의 불변성과 완결성을 가지고 있는데, 이것이 성격소설의 인물들이 가지고 있는 본질적인 특징의 하나이다. 이러한 성격소설에서 변화하는 것은 인물들의 성격이 아니다. 우리들이 그들의 성격에 대해서 가지고 있는 지식이다. 성격소설의 인물들은 현실적이고, 작가는 그들이 가진 성격의 어느 한 면만 보이는 것이 아니라, 여러 상황을 만나게 하여 그들의 성격의 모든 면을 보여주는 것이다.

극적소설[5])에서는 사건들을 결합하는 원리인 플롯과 이미 결정된 성격을 가진 인물의 거리는 없어진다. 작중인물은 플롯을 보존하는 수단의 한 부분이 아니고, 플롯이 단순히 작중인물의 주위를 짜 맞추는 틀도 아니다. 극적소설에서 이 둘은 서로에게 영향을 미치는 관계이다. 인물에게 주어진 특성이 일련의 사건을 결정하는데 영향을 주고, 일련의 사건은 인물을 변화시킨다. 성격소설의 인물은 처음부터 결정된 고정적 인물이지만, 극적소설의 인물은 변화하는 인물이다.

제인 오스틴의 경우에는 성격이 다음 사건에 영향을 주고 난관에 봉착하게 한 뒤에, 다른 환경에서 성격의 힘으로 그 어려움을 해결하기도 한다. 하아디의 소설의 참된 힘은 결말을 향하여 긴장의 변화가 발전되어 간다. 『오만과 편견』은 서로 자기 자신에게 충실한 인물들로 사건이 진행된다. 사건을 필연적으로 진행시키는 것은 이들의 성격이고, 사건을 통해서 인물들의 성격이 서서히 드러난다. 극적소설에 있어서 일련의 사건과 인물들의 성격과의 조화는 본질적인 것이다.

사건의 진행에는 양면성이 있다. 사건의 진행이 인물의 성격의 전개를 그

---

[5]) 위의 책, 41~61쪽.

리게 되면 내적 진실성을 갖게 될 것이고, 행동의 발전을 보이면 외적 진실성을 갖게 된다. 극적소설에서는 이 두 가지 측면이 함께 이루어져야 한다.

성격소설은 현실의 외면에 직접 관계되고, 외면의 밑에 숨어 있는 것도 외면과 조화되는 것이 아니라, 모순되어 있는 것이다. 성격소설에서는 오히려 모순되거나 부조화된 상황에 그 의미가 감추어져 있는 것이다. 성격소설은 외면과 진실, 인물들이 사회적 외면에 자기를 나타낼 때와 실제의 사람 됨됨이의 대조를 밝혀내는 것이다. 그러나 극적소설은 외면적으로 그러난 것과 진실이 일치하는 것이다. 곧 성격은 행동이고, 행동은 성격이다. 일련의 사건에 대한 결말이 성격묘사의 결말이 되는 것이다.

극적소설에 대한 이해를 분명히 하기 위해 성격소설과 플롯의 전개를 비교하면 다음과 같다. 성격소설의 플롯은 원심적이고 극적소설의 플롯은 구심적이다. 성격소설의 사건은 단일한 인물이나 중심적인 한 인물로 시작해서 가상적인 사회의 원둘레로 확장된다. 극적소설에서는 이와 반대로 둘이나 그 이상의 인물로 시작된다. 즉 원둘레의 몇 개의 점에서 출발하여 하나의 구심점으로 집중시키는 것이다. 성격소설의 인물은 장면이 변하고, 사회적 존재의 양상이 다양하더라도 대체로 변하지 않는다. 극적소설에서는 공간적 무대가 한정적이고 변하지 않고, 인물들의 완성된 인간적 영역을 제시하는 것이다.

위의 내용은 에드윈 뮤어의 견해를 개략적으로 이해한 것이다. 그는 행동소설의 경우는 문학적 가치 평가를 유보했고, 성격소설은 다양한 인물의 성격과 풍속을 보여주는 그림으로써 존재가치를 인정했고, 극적소설은 경험적 양상의 이미지라고 말하면서, 이 두 종류의 한계가 지켜져서, 인간의 다양성에 대한 소설 특유의 의미를 우리에게 주기를 기대하고 있다. 그는 이외에도 연대기소설과 시대소설에 대해서도 논의하고 있지만, 앞의 세 유형에 대한 논의가 그의 기본적 견해이므로, 이 글에서는 제외하기로 한다.

3. 산문양식으로서의 소설 유형

소설의 산문양식 수용과 관련한 소설유형으로는 노스럽 프라이(Northrop Frye 1912~1991)의 견해가 있다. 그는 산문픽션의 유형을 소설, 로맨스, 고백, 아나토미로 구분하고 있다. 이 유형의 구분은 소설의 유형을 구분하는 논의에도 유효하게 적용할 수 있다. 소설의 개별성과 함께 소설과 다른 유형들의 연락관계를 소설의 유형을 나누는 기준으로 선택할 수 있기 때문이다. 그의 의견[6]을 따라가 본다.

‘소설’은 실재의 인간을 창조한다. 소설가는 인격을 취급한다. 이 경우의 등장인물들은 퍼소나, 즉 사회적인 가면을 쓰고 있다. 소설가는 인물이 활동할 수 있는 안정된 사회의 틀을 필요로 하며, 대부분은 지나치게 소심하다로 말해도 좋을 만큼, 사회와 현실의 인습에 관한 내용을 그의 범위로 다룬다.

‘로맨스’는 소설보다 더 오래된 형식이다. 로맨스 작가는 소설과 비교하면 개성을 취급한다. 영웅적 기질과 순결을 엄숙하게 하는 로맨스의 등장인물들은 사회적 관계와는 거리가 있는 존재이며, 몽상에 의해서 이상화되기도 한다. 로맨스 작가가 아무리 보수적이라 할지라도, 그의 글에는 무언가 허무적인 것 또는 야성적인 것이 계속 나올 가능성이 있다. 로맨스 작가는 인간 심리의 원형을 나타내는 인물을 창조하는 데까지 확대된다. 로맨스에서 우리는 칼 융이 말하는 리비도, 아니마, 그림자 등이 각각 주인공, 여주인공, 악역 등에 반영되고 있음을 본다. 로맨스가 아주 자주 소설에서 볼 수 없는 주관의 강렬함이나, 우유(寓喩)의 암시가 들어있는 것은 이 때문이다. 이러한 우유적 암시를 생각해 보면 로맨스가 사회적 입장으로부터의 ‘도피’라고 여기는 것은 부당하다.

---

[6] Northrop Frye : *Anatomy of Criticism* four Essays(Princeton University Press, New Jersey, 1973), pp.303~314.

‘고백’은 자서전과 같은 형식이 일련의 이행을 거쳐서 소설과 한데 합쳐지는 형식이다. 대부분의 자서전은 창조적인, 픽션적인 충동에 의해서 고취된다. 이 충동은 작가의 생활에서 있었던 사건과 경험 중에서 하나의 통합된 패턴을 만드는데 쓸모있는 것만을 선택하려고 한다. 그런데 이 패턴이라는 것은, 작가가 그의 자아와 동일시해 오고 있는 초월적인 더 큰 무엇일 수도 있으며, 단지 그의 인격과 태도에 있어서 일관성있는 어떤 것일 경우도 있다. 이러한 산문픽션의 형식을 ‘고백’이라고 부른다. 이러한 자서전과 같은 형식 이외에 ‘사상’이라고 해서 전혀 문학으로 인정되지 않고, 종교나 철학으로 인정되지 않는 산문 작품들을 고백형식으로 인정하게 되면, 그들은 산문양식으로 명확한 위치를 얻게 된다. 또한 고백에도 단편 형식이 있다. 수필이 그것이다. 몽테뉴의『수상록』은 여러 개의 수필로 구성되어 있는 고백인데, 여기에는 다만 장편고백형식이 갖는 지속적인 이야기만 빠져 있다. 고백은 내향적이지만 그 내용은 지적이다.

아나토미(Anatomy)는 외향적이고 지적인 산문픽션의 형식이다. 아나토미7)의 형식은 그리스의 메니포스(Menippos)적인 풍자 또는 로마의 바로(Varro)적인 풍자를 기원으로 삼는다. 메니포스적 풍자는 인간의 여러 가지 정신적 태도를 다룬다. 현학자, 고집쟁이, 괴팍스런 사람, 벼락출세자, 사기꾼, 광신자, 온갖 종류의 탐욕스럽고 무능한 전문가들의 사회적 행동을 다루는 것이 아니라, 그들의 아전인수격인 인생관을 다룬다.

이것은 추상적 관념과 이론을 다룰 수 있다는 점에서는 ‘고백’을 닮고 있다. 인물의 악과 어리석은 행위에 대해서 소설가는 사회의 병이라고 생각하나, 메니포스적 풍자가는 그것을 지성의 병, 한계를 모르는 일종의 현학적인 버릇이라고 생각한다.

---

7) 아나토미(anatomy)는 ‘해부’ 또는 ‘분석’으로 번역되지만, 이 글에서는 그의 내용적 이해에 근거해서 ‘현학적 잡문’으로 이해한다. 이 현학적 잡문에는 아이러니가 개입될 수도 있을 것이다. 아나토미는 현학적 인물을 경계하지만, 그 방법은 현학적인 데서 벗어나지 못한다.

로맨스와 종종 혼동되는 산만한 이야기 형식을 사용하는 경우에 로맨스는 일차적으로 영웅의 위업에 관심을 갖지만, 메니포스적 풍자가는 이야기의 줄거리와는 거리가 있는 지적 공상의 자유로운 활동과 커리캐처를 낳는 익살스러운 관찰에 의존한다.

메니포스적인 풍자의 단편형식은 보통 대화 또는 회담이다. 여기에서는 성격의 갈등보다는 관념의 갈등에 극적인 흥미가 주어진다. 이러한 형식은 반드시 늘 풍자적인 태도를 취하는 것이 아니라, 보다 순수하게 공상적인 또는 도덕적인 논의로 변해 가기도 한다. 또한 운문과 산문이 혼합되어 있고, 관조적 아이러니가 나타나기도 한다.

작가 또는 필자의 충만감을 대비할 때, 소설가는 인간관계나 사회현상의 철저한 분석에 의해서 자신의 충일감을 나타낸다. 메니포스적 풍자가는 지적인 주제와 태도를 취급하면서, 주제와 관련되는 방대한 박식을 차례로 동원해 펼쳐보이므로, 현학적인 적들에 대해서는 그들 자신의 전문어를 눈사태처럼 퍼부어서 꼼짝 못하게 함으로써 자신의 충일감을 보인다. 메니포스적 풍자와 박학의 과시를 결합시킨 것은 바로(Varro)인 것 같다. 이러한 메니포스적 풍자라는 용어는 번거롭고 그리고 현대에서 오히려 오해를 낳고 있으므로, 부르기에 편리한 '아나토미'(Anatomy)라는 말을 채용하는 편이 좋겠다.

프라이는 위와 같이 형식이라는 관점에서 산문의 주요한 흐름, 소설·로맨스·고백·아나토미가 서로 얽혀 있음을 말하고 있다. 이 형식들은 각각 독자적인 형식에만 배타적으로 집중하는 경우는 드물다고 했다. 『백경』8)에서는 야성적인 사냥이라는 로맨스의 주제가 확대되어서 고래에 대한 백과전서적인 아나토미로 바뀐다. 고백과 아나토미의 통일은 『의상철학』9)에서 나타나고, 『파멜라』10)에서의 소설·로맨스 그리고 고백, 『돈키

---

8)『Moby Dick』, 미국의 소설가 H. 멜빌(1819~1891)의 장편소설(1851).
9)『Sartor Resartus』, 토머스 칼라일(1795~1881)의 자서전적 저서(1836).

호테』[11]에서의 소설·로맨스·아나토미, 프루스트[12]에서의 소설·고백·아나토미, 아풀레이우스[13]에서의 로맨스·고백·아나토미, 『율리시스』[14]에서는 소설·로맨스·고백·아나토미에 연관되는 요소들이 나타나고 있다[15]고 했다.

프라이의 소설 유형은 소재의 범주와 기술내용 또는 기술방법에 따른 구분이다. 인물과 소재의 현실성과 비현실성, 내면의식이나 관념적 내용, 아이러니한 풍자와 현학적 기술 등이 소설의 유형을 가르는 기준이 되면서, 동시에 이들의 복합적 적용이 소설의 여러 양상으로 나타난다는 것을 말하고 있는 것이다.

---

10) 『*Pamela*』, 영국의 사무엘 리처드슨(1689~1761)의 소설(1740년 작품).
11) 『*Don Quixote*』, 스페인 세르반테스(1547~1616)의 소설(1605년 작품).
12) Marcel Proust(1871~1922), 『잃어버린 시간을 찾아서』(1913~1928).
13) Lucius Apuleius, 2세기 경의 로마의 작가, 『황금당나귀』(170년 경).
14) 『Ulysess』, 아일랜드의 제임스 조이스(1882~1941)의 장편소설(1922).
15) Northrop Frye : 앞의 책, 313쪽.

Ⅲ. 구성에 따른 소설 유형

소설의 구성방법이 무엇인가를, 어느 한 특정기준에 근거해서 말하기는
어렵다. 앞에서 말한 일반적 소설 유형들의 경우에도 그 나름대로의 구성
방법이 있게 마련이다. 이야기 전개의 중심동인이 무엇인가에 따르는 구성
방법과 산문양식들의 복합적 양상들, 처음·중간·끝이 있어야 한다거나,
발단에서 전개와 위기과정을 거쳐 정점을 지나 결말에 이른다는 논의들은
모두 구성방법을 가리키는 것이다.

이 글에서는 그러한 여러 방법들 중에서, 시간의 진행과 그와 관련한 마
디이야기, 즉 화소(話素)의 배열방법에 따른 구성방법에 대하여 의논하려
고 한다. 이에 앞서 그동안에 이루어진 소설의 구성에 관한 견해들을 간략
하게 점검해 보고, 소설의 유형을 구분하기 위해 필요한 이야기의 진행시
간, 이야기 구성의 단위, 이야기의 배치방법 등과 같은 소설 구성에 필요한
일부 용어에 대하여 설명하기로 한다.

1. 소설 구성에 관한 견해들

작가가 '소설을 쓴다'는 것은 소설에 필요한 재료들을 모아서 어떤 차례를 따라서 엮어내는 것을 말한다. 이 재료들을 크게 구분하여 인물, 사건, 배경이라고 일컬어왔다. 그런데 이러한 재료들이 그 자체로는 소설이 될 수 없다. 이들이 서로 어떤 관계를 가지고 작가가 말하려고 하는 것을 드러냈을 때, 그 얽히고설킨 얼개를 구성이라고 말한다.

구성을 가리키는 플롯(plot)에 대한 논의의 시작은 아리스토텔레스의 『시학(詩學)』으로 거슬러 올라간다. 그는 플롯에 해당하는 개념을 "행동의 모방" 또는 "사건의 결합"[1]이라고 설명하고, 행동의 원인을 성격과 사상[2]이라고 했다.

그는 사건의 결합 방법을 설명했는데, "한 사건이 다른 사건으로 「인하여」 일어나는 것과, 한 사건이 다른 사건에 「이어서」 일어나는 것 사이에는 큰 차이가 있다."[3]고 말했다. 이러한 견해는 20세기 초에 논의된 소설의 구성방법에서, 스토리와 플롯을 구분하는 기본 개념으로, 소설의 전개가 인과적 관계 또는 계기적으로 연쇄된다는 것을 이미 말해 놓은 것이다.

20세기에 들어서서 러시아의 형식주의자들과 토도로프, 포스터 등은 소설의 문예학적 위상을 제고하기 위해, 플롯을 기존의 '이야기'형식과 구분하려고 노력했는데, 앞서 있어온 계기적 이야기 형태를, 소설로 구성되기 이전의 재료적 개념으로 설명하며, 각각 파불라 · 이야기 · 스토리라고 이름을 지어 불렀고, 인과적 필연성에 따라 이루어진 소설의 구성을 쉬제 · 담화 · 플롯 등의 이름으로 구분하고 있다.

플롯의 유형으로는, 클라이맥스를 갖는 '팽팽한 플롯'과 극적 곡선의 기복이 심하지 않은 '느슨한 플롯'으로 구분[4]하기도 하고, 대단원이 없이 정

---

[1] 아리스토텔레스, 천병희 역 : 『시학』(문예출판사, 1988), 48쪽.
[2] 위의 책, 같은 쪽.
[3] 위의 책, 63쪽.

점에서 끝냄으로써 독자에게 대단원을 맡기는 경우나, 중심사건 이외의 삽입되는 작은 이야기들을 허용하여 유연성을 가진 '열려진 이야기' 형태와, 독자에게 마무리를 제시해 주거나, 필연성에 따라 엄격하게 조직된 '닫혀진 이야기' 형태로 나누기[5]도 한다.

플롯의 구성단계를 사건이나 긴장의 정도에 따라 제시한 견해들로는, 아리스토텔레스가 처음·중간·끝이 있어야 하고, 그 안에 역전과 발견이 들어 있어야 한다고 했으며, 브룩스와 워어렌은 발단·분규·정점·대단원으로 전개과정을 설명했고, 프라이타크는 희곡의 구조를 설명하면서, 도입·상승·정점·하강·파국의 5단계로 나누었는데, 이것은 소설의 플롯 구조에도 원용되어, 소설도 이와 대등한 구성단계를 거치는 것으로 논의되어 왔다.

플롯의 구성단계를 인물의 행동과 관계에 초점을 맞춘 의견으로는, 포스터가 소설의 패턴이라고 제시한 '모래시계'꼴과 '커다란 고리(環)'꼴[6]이 있다. 이 구분은 인물의 만남과 헤어짐을 기준으로 삼았는데, 모래시계꼴은 관계가 없던 인물들이 어떤 상황 때문에 서로 만나게 되고, 일정한 목적이 이루어진 뒤에는 각각 상황과 처지가 달라져서 헤어지게 되는 과정의 이야기를, 모래시계 윗부분의 모래가 허리를 거쳐 아래로 내려가는 양상에 비유했다. 커다란 고리꼴은 처음에 만났던 사람들이 헤어져 각각 이러저러한 만남과 경험을 한 후에 어떤 기회에 다시 만나게 되는 과정의 구성방법이다.

토도로프는, 인물들의 상호관계에 대하여, 언어학을 모델로 삼아 기술했다. '욕망·의사전달·참여'를 행위자의 기본적 술부라고 정해놓고, 이

---

⁴⁾ Richard Eastmann : *A Guide to the Novel* (San Francisco, 1965), p.14.

⁵⁾ 롤랑 부르뇌프·레알 웰레, 김화영 편역 : 「스토리와 서술」, 『현대소설론』(현대문학사, 1999.3), 80~81쪽.

⁶⁾ E. M. Forster : Aspects of the Novel (Penguin Books, New York, 1977), pp.134~136.

들의 관계망이 작품구조에 근본적인 역할을 한다고 믿는다. 욕망은 사랑의 형태로 나타나는 것이고, 의사소통은 속마음을 타인에게 털어놓는 행위로 나타나고, 참여는 도움을 주고받는 형태로 나타난다. 다른 모든 관계는 이 세 가지 기본 술부에서 파생하는 것으로, 파생은 대립의 법칙과 수동의 법칙으로 이루어진다고 하였다. 대립하는 경우로는, 사랑에 대립하는 증오와, 속내를 털어놓음에 대하여 그 비밀을 누설하는 행위, 그리고 도움에 대하여 거절이나 방해하는 경우를 말했다. 수동의 경우는, 사랑하는 행위에 대하여 사랑받는 행위, 도와주는 행위에 대하여 도움을 받는 행위 등으로 그의 원리들을 설명했다. 그리고 이 관계들의 움직임과 변화를 묘사하기 위해서는 행동의 법칙이 필요하다고 하였다.[7]

행동이나 사건의 배열방법에 따라 플롯의 유형을 구분하기도 하였다. 토도로프는 여러 개의 이야기를 차례로 연속시키는 배열 방식을 '사슬모양의 배열'이라고 했고, 두 가지 이상의 이야기를 동시에 전개하는데, 한 가지 이야기를 잠시 중단하고, 처음 이야기를 다시 계속하는 전개방법을 '교차식 배열'이라고 했다. 그리고 '상감기법'에 대하여 설명했는데,[8] 이것은 격자소설 또는 액자소설로 알려진 방법이다. 바깥 이야기와 안 이야기로 구분되는 이 방식은, 바깥 이야기와 안 이야기의 인물이나 화자가 동일하기도 하고, 다르기도 하다. 한편 상감(象嵌)이라는 것이 어떤 재료의 표면에 여러 가지 무늬를 파고 그 속에 다른 재료를 박아 넣는 기술이나 방법이라는 것을 생각한다면, 어떤 작품에 그 주제나 인물됨됨이 또는 사건을 암시하여 제시해 주는 일화·고사 등을 삽입하여 넣는 것을 상감기법이라고도 말할 수 있을 것이다. 이상은 플롯의 구성에 대한 이제까지의 견해들을 대강 검토한 것이다.

---

[7] 롤랑 부르뇌프·레알 웰레, 김화영 편역 : 앞의 책, 77~78쪽.
[8] 위의 책, 129~131쪽.

2. 소설의 형식적 구성요소

요즈음의 소설은 작가와 독자의 숨바꼭질이다. 작가는 무엇인가를 덮어 두고 다른 나머지를 보여주거나, 이것과 저것을 섞어서 조금씩 보여주다가는 숨기고, 다시 열어 보이는 과정을 겪게 한다. 독자는 그러한 과정에서 말하고 있는 것이나 보여주려는 것을 찾아서 어떤 의미나 미적 형상을 맞추어 나간다. 독자가 짜 맞추어낸 결과가 작가의 의도와 반드시 일치해야 할 일은 아니다. 작가는 숨겨서 보여주고, 독자는 찾아서 맞추어 보는 일이 소설의 쓰기와 읽기의 본질이다.

이러한 쓰기와 읽기의 묘미는 구성의 방법으로 이루어진다. 구성의 방법을 말하려면, 그것의 요소들이 무엇인가를 먼저 생각해 보아야 할 것이다. 일반적으로 구성의 요소를 인물·사건·배경이라고 한다. 그런데 이들 구성요소들은 소설의 주제적 의미나 작가의식을 구현하는 내적인 요소들이다. 이러한 내적 요소들을 엮어나가는 구성의 틀을 마련하는 일에는 형식적 구성요소들이 필요하다.

형식적 구성요소로는 이야기를 진행하는 시간과, 이야기 재료들의 크기, 이야기의 구조와 배열방법, 서술자의 서술방법, 문장의 유형, 수사적 표현기술방법 등이 있다. 문장의 유형과 수사적 표현기술방법에 대해서는 다른 항목에서 의논하기로 한다.

1) 이야기의 진행시간

소설론에서 시간은 여러 범주에서 의논이 이루어질 수 있다. 자연현상, 또는 자연의 섭리를 인간의 존재와 연계시키는 자연·우주적 시간, 인간을 사회와 역사적 존재로 이해하는 사회·역사적 시간, 개인적 경험과 주관적 기호를 중심으로 삼는 개인적 존재의 시간이 있다.

소설 창작에서 시간을 말할 때, 작가가 창작에 반영하는 작가의 경험적 시간이 있을 수 있고, 인물이 작품의 진행과정에 경험하는 인물의 경험시간이 있다. 그런데 이야기의 진행시간은 작가의 경험이나 인물이 겪어내는 시간과는 다르다. 이때의 시간은 이야기를 이끌어가는 서술자의 진행시간을 말하는 것이다. 서술자가 독자에게 이야기를 제공하는 시간의 차례이다.

소설에서의 시간은 인물의 경험적 시간과 서술자의 서술시간으로 나누어 볼 수 있다. 인물의 경험적 시간에는, '경험하고 있는 시간'과 '경험한 시간'이 있다. 인물이 경험하는 시간은 처음에서 시작하여 중간을 지나서 끝에 이르는 순행적 시간이다. 인물이 현재의 사건·상황을 겪어 나가다가 어떤 동기로 과거로 되돌아 갈 수는 없다. 그 과거는 현재 진행되는 사건·상황에 앞선 것으로, 시간의 순서가 뒤로 되돌아 갈 수는 없다.

인물이 경험한 사건이나 상황의 시간 순서를 바꿀 수 있는 것은 서술자가 이야기를 진행해 나가는 서술의 시간에서이다. 서술자가 서술하는 시간은 인물이 현재 경험하고 있는 시간과 이미 과거에 경험한 시간이다. 서술자가 이 시간들을 어떻게 배합하느냐는 이야기의 전개 방법과 사건이나 상황에서의 필요에 따라 차례가 정해질 것이다. 이때 서술자의 서술시간은 인물의 경험적 시간의 현재와 과거를 넘나드는 것이다. 이러한 시간의 구성은 역순행적이다.

인물의 경험적 시간과 서술자의 서술시간의 차례가 일치할 수도 있다. 작가가 알지 못하던 것, 새로운 것이나 신기한 것을 독자에게 알려주고 깨우쳐 주는 것이 소설 창작의 목적이라고 생각하던 시기에는, '고생 끝에 즐거움이 온다, 역경 속에도 굽히지 않고 노력을 하면 반드시 성공한다.'라는 경우에 걸맞는 인물의 일대기를 적어나가는 것이 소설 구성의 방법이었다. 인물이 어떤 고난들을 이러저러하게 헤쳐 나갔다는 것을 보여주려니까 사건의 연속체가 되었다. 인물이나 사건은 여럿이어도 이야기의 줄거리는 하나였고, 인물의 경험적 시간과 서술자의 서술시간은 소설의 시작에서 끝에 이르기까지 함께 순행적으로 진행 되었다.

　소설의 서술시간은, 작품이 시작되는 시간을 기준으로 삼았을 때, 현재 진행시제와 과거완료시제가 함께 들어있다. 인물이 이미 겪은 일과 지금 겪어나가는 일이 함께 짜여져 있다. 인물이 지금 겪어나가는 일을 시간의 차례에 따라 서사적 구성을 한다면, 이때의 소설의 시간적 구성은 순행적이다. 소설에 나타난 처음의 시간으로부터 끝에 이르기까지 순행적 서술시간이 운영된 것이다.

　서사적 구성이 순행적일 때는, 대체로 인물이 겪어나가는 일들을 차례대로 보여주거나 말해주는 것으로, 작가가 독자에게 일러주어야 할 것·새로운 것·신기한 것을 알려주거나 깨우쳐서 감화시키려 할 때, 작가가 독자보다 지적 우선순위에 있을 때에, 자주 운영되던 방법이었다.

　그런데 이야기의 전개 내용에 인물들의 과거의 경험적 사실들을 삽입하는 경우에는, 서사의 시간이 현재로부터 과거로 되돌아갔다가 현재로 복귀하고 다시 과거로 돌아갔다가 현재로 환원하는 시간 진행의 반복이 이루어진다. 이런 경우의 시간은 순행적 시간에 대해서 역순행적(逆順行的) 시간 구성이다. 순행적 시간을 따른 구성이 계기적이거나 인과적(因果的)이라면, 역순행적 시간의 구성은 과인적(果因的)이라고 할 수 있다. 계기적 구성에서는 사건의 전개에 작품 내의 필연성이 요구되지는 않는다. 다만 작품 외적인 일상에서의 관습이나 상식 또는 인지상정이 작용하여 전개가 이루어진다. 길을 떠나면 누군가를 만나게 되고, 그의 처지를 동정해서 도움을 주는 인물이 생긴다. 도와주다보니 정분이 생길 터이다. 그러나 사회적 신분을 넘어설 수 없어서 그들은 헤어진다. 이와 같은 얘기는 필연성이 있어 보이지만, 그것은 작품 외적인 일상의 관습적 요소들이 작가와 독자에게 작용하는 것이다.

　인과적 구성은 원인이 앞서고 결과가 뒤따르는 것이다. 물론 그 원인은 작품 안에서 발생하는 것이다. 그러나 이때에는 시간의 역전이 이루어지지 않고 순행적으로 진행된다. 과인적 구성을 하는 경우에는 시간적으로 늦게 이루어진 결과가 앞서고 그것의 동기가 되는 원인이 뒤따르기 때문에, 시간의 역행이 이루어진다. 현재에서 과거로, 과거에서 현재로 되돌아오는 역행과 순행의 반복이 역순행적 진행이다. 그런데 역행적이라고 할 때에는 현재로부터 과거로 계속하여 시간의 순서를 거슬러 올라가야 하는 것이므로, 작가의 특정한 의도가 개입되어 있지 않다면, 이러한 구성은 창작의 일반적 방법에서는 이루어지기 어렵다.

역순행적 시간의 진행은 인물의 과거 경험적 사실에 대한 회상으로 이루어진다. 회상은 과거의 사실이라 하더라도, 현재에서는 실제가 아닌 관념의 범주에 드는 것이다. 이러한 관념에 대한 서술은 상상력에 따른 정신의 작용들이나 심리적 내면의식을 불러들이기가 수월하고 의식의 전환이 가능하다. 이러한 의식의 전환이 반복되면 의식의 흐름이 이루어진다고 볼 수 있을 것이다.

2) 이야기 구성의 단위

이야기를 전개하는 방법을 말 할 때, 계기적이라거나 인과적이라고 한다거나, 또는 의식의 흐름을 따랐다고 한다. 이러한 말들 속에는 이야기라는 것이 한 덩어리로 이루어진 것이 아니라, 여럿으로 나누어진 작은 이야기들이 연속되어 있거나, 어떠한 필연적인 것들을 매개로 이어져 나간다는 것을 뜻하는 것이다.

실제로 한 편의 소설을 큰 이야기라고 한다면, 그 안에는 작은 이야기들이 모여 있는 것이다. 이 작은 이야기는 흔히 화소(話素)라던가 에피소드(episode) 등으로 이해되고 있는데, 이 글에서는 마디이야기라고 부르기로 한다.

화소를 이야기의 최소단위라고 말하는데, 그 최소단위의 기준을 어느 정도로 한정해야 할지가 분명하지가 않다. 이것은 한 장면이나, 장면의 일정한 연속물을 가리키기도 하고, 소설의 한 문장으로 이해하기도 한다. 에

피소드는 긴 이야기에 삽입된 작은 이야기로 말하기도 하지만, 연작소설이
나 드라마의 경우는 한 편의 단편에 해당하는 분량을 말하기도 하고, 주제
나 사건 또는 인물의 심리를 암시하거나 상징하는 작품 밖의 짧은 이야기
를 일컫기도 하는 것이다. 그렇다고 마디이야기라는 것이 분명하게 구분의
기준을 정해 주는 것은 아니지만, 마디라는 용어 자체가 일정한 길이를 가
진 부분의 개념으로 인지하기가 수월하다. 마디의 큰 구분은 구성의 단계
로 설명할 수 있다. 발단·전개·위기·절정·결말을 큰 마디라고 말할
수 있다. 그리고 이러한 큰 마디들이 모여서 이루어진 이야기들, 즉 발단이
있고 전개가 이루어져 절정의 단계를 거쳐 결말에 이르는 과정을 갖춘 이
야기들이 줄기이야기이다.

　작은 마디는 시간의 변화나 공간의 변화, 그리고 인물의 등장이나 퇴장
으로도 나눌 수 있다. 그러나 상식적으로 사건이 발생해서 다음 사건으로
이어지기까지와, 인물의 심리가 작용하다가 어떤 동기로 변화할 때까지를
작은 마디의 길이라고 말할 수 있을 것이다. 작은 마디는 큰 마디 중의 어
느 한 부분을 이룬다.

　이러한 마디의 이야기가 그 나름대로 처음·중간·끝의 형식이 이루어
져 있으면 이것은 갖춘마디라고 할 수 있고, 그런 경우가 아닌 것은 안 갖
춘마디이다. 이러한 마디이야기들이 모여서 줄기이야기가 된다.

3) 이야기의 결합방법

　마디이야기로 줄기이야기를 결합하거나, 줄기이야기들로 한 편의 소설
을 구성하는 방법으로는 연쇄, 삽입, 첨가, 병렬[9] 등이 있다.

---

[9] 이러한 용어들은 다음에서 언급되었다.
　① 조남현 : 『소설신론』(서울대학교 출판부, 2005.10), 116~117쪽에서 클로드 브레몽의 견
해를 빌려, 내러티브의 기본 계기로, 연쇄, 삽입 또는 포괄형, 연합, 짝짓기에 대해 말했다.
　② 김천혜 : 『소설구조의 이론』(문학과 지성사, 1999.9), 165쪽에서, 행동이 둘 이상
존재하는 경우의 결합방식으로 '병렬'과 '삽입'을 말하고 있다.

설화나 민담에서 비롯된 이야기 구조의 원형은 주인물을 중심으로 일어나는 마디이야기들을 시간의 차례대로 엮어나가는 것이다. 마디이야기들이 계기적으로 이어져서 줄기이야기를 이루는 것이다. 소설의 원형도 현재의 시간이 진행되어가는 과정에 마디이야기들이 연쇄적으로 결합하여 이루어진 한 줄기이야기이다.

그런데 이러한 소설의 원형적 형태는 서술시간에 역전의 방법에 도입되면서 변화하게 된다. 소설의 원형적 형태는 첫 마디이야기가 모든 마디이야기 중에서 시간의 구성상 가장 먼저 이루어진 이야기이고, 다음 마디이야기는 시간의 차례를 따라서 앞의 마디이야기에 계기되는 것이다. 현재의 시간이 지속적으로 진행되어 가는 것이다.

소설의 이야기 전개에 가장 많이 쓰이는 방법은 삽입니다. 소설의 첫 장면 또는 첫 마디이야기가 그 작품의 모든 마디이야기들이 이루어진 시간의 순서를 따질 때, 가장 먼저 이루어진 것이 아니라 어느 중간의 차례에 해당하는 것이고, 그 첫 마디이야기가 현재 진행 시간의 시작이라면, 그보다 시간의 순서가 앞선 이야기들은 과거의 시제에 해당하게 된다. 인물의 과거 경험적 사실이 된다. 이것은 현재진행의 시간에서 서술되는 줄기이야기의 어느 과정에 삽입되는 것이다. 물론 과거 경험의 삽입은 시간의 순서대로 이루어지는 것은 아니다. 현재의 상황에서 무엇인가에 매개되어 과거의 경험이 현재의 시간에서 재현되는 것이다. 그 매체는 시간・공간・사물・인물의 대화・사건적 상황 등으로 특정하게 어떤 제한이 있는 것은 아니다.

한편 현재진행시제의 이야기가 줄기이야기이고, 과거 경험적 시제의 이야기가 줄기이야기인 경우에는 과거의 경험을 마디로 나누어 현재시제로 진행되는 이야기의 중간 중간에 삽입해 넣는다.

줄기이야기에 마디이야기를 삽입하는 경우는 주인물의 중심이야기의 전개에 보조적 이야기를 끼워 넣거나, 보조적 인물의 이야기를 삽입시켜

이들의 견해에서 사용한 용어들은 이 글에서의 개념과 모두 일치하지는 않는다.

넣을 수 있다. 또한 작품 외적인 인물의 사건적 일화(逸話, episode)를 삽입하여 주제나 사건 또는 인물의 심리를 암시할 수가 있다.

첨가의 방법은 줄기이야기의 앞뒤에 마디이야기를 덧붙이는 것이다. 첨가되는 마디이야기는 줄기이야기의 이정표 역할을 한다. 마디이야기는 줄기이야기가 이루어진 내력을 말해 주거나, 줄기이야기와 상관되는 인물의 특정한 행위를 제시하여, 줄기이야기로 건너 들어가게 하는 징검다리의 역할을 맡는다. 이때 마디이야기와 줄기이야기의 중심인물은 동일할 수도 있고 다르기도 하고, 이 마디는 처음과 끝에 또는 처음에만 제시되어 있거나, 작품의 처음과 중간, 그리고 끝에 삽입되어 있는 경우도 있다. 흔히 액자소설, 격자소설로 일반화된 구성방법으로 이야기의 처음과 끝에 마디이야기를 붙이는 방법을 일컫는다.

병렬의 구성은 마디이야기와 줄기이야기 모두에 적용되는 방법이다. 병렬되는 이야기는 서로 교체되어 가면서 진행되고, 때로는 접점을 이루거나 교차점이 형성될 수도 있지만, 일반적으로는 평행상태가 지속된다. 한 줄기 이야기에서 이루어지는 마디이야기의 병렬적 전개는 사건에 대한 작가의 가치판단이 유보된 객관적 전개가 이루어지고, 주제적 의미의 판단에 독자의 역할이 증대되는 열린 구성의 방법이다.

줄기이야기는 그 이야기 한 편이 독립적으로 한 작품으로 인정되는 것이지만, 이들을 병렬적으로 구성하면 연작소설이 된다. 일반적으로 논의되는 주제가 동일하고 인물이 서로 다른 옴니버스(Omni-bus)식 구성이라든가, 1인칭 서술자로서의 인물이 동일하지만, 사건과 상황은 서로 차이가 있는 피카레스크(Picaresque)형식은 줄기이야기의 병렬이다.

4) 이야기의 이중구조

소설의 원형적 구조는 현재시간만이 진행되는 표면적 시간의 단층구조이었다. 그러나 과거의 경험이 현재의 사건 전개 과정에 삽입되는 창작방법 즉, 서술시간이 역순행하는 경우에는, 소설이 시작되기 이전에 인물이 겪은 이야기와 인물이 겪어나가는 이야기로 나뉘는데, 인물이 지금 겪어나가는 이야기는 겉이야기이고, 이미 과거에 겪은 이야기는 속이야기이다. 겉이야기와 속이야기가 모두 줄거리를 갖춘 줄기이야기일 때도 있고, 어느 하나는 줄기이야기이고, 다른 것은 마디이야기일 수도 있다.

겉이야기와 속이야기는, 한 인물의 과거와 현재 이야기에서만이 아니라, 주인물의 이야기와 상대인물의 이야기나, 인물과 그 인물을 관찰하여 서술하는 인물과의 관계에서도 구분하여 볼 수 있다. 겉이야기와 속이야기 중에서 어느 쪽이 그 작품의 주제를 드러내는 것이냐에 따라서는 중심이야기와 보조이야기로 나누어 볼 수 있다.

이 글에서는 겉이야기와 속이야기의 구분을 주인물의 현재 행위를 기준으로 나눈다. 주인물이 지금 겪어나가는 과정이 겉이야기이고, 주인물의 과거에 겪은 경험에 해당하는 이야기가 속이야기이다. 어떤 작품에서는 작가가 한 인물과 다른 인물을 주인물과 상대인물로 설정하지 않고, 독자의 판단에 맡겨둔 채, 각 인물의 이야기를 교체하면서 대등하게 진행해 나가기도 한다. 이런 경우는 겉이야기와 속이야기의 구분을 독자가 판단하게 하는 것이다.

겉이야기와 속이야기의 이중구조에 관한 견해는 주제적 관점에서도 논의될 수 있다. 알레고리소설 또는 우화소설의 경우에는 겉이야기만 표면에 제시되어 있고, 풍자하고자 하는 속이야기는 작중에 드러나 있지 않다. 이런 경우에는 주제적 의미로는 이중적이지만, 실제적 서술 과정에서는 이중구조라고 말하기 어렵다. 표면적 주제와 그것이 암시하는 함축적인 내면주제를 제시한 경우에도 구조의 이중성이 아닌 주제의 복합성으로 말해야 할 것이다. 액자소설로 일컬어지는 구성방법에서는, 중심이야기를 이끌어 들이기 위해서, 그의 앞뒤에 첨가한 마디이야기들을 겉이야기로, 중심이야기를 속이야기로 구분하기도 한다. 이 글에서 겉이야기와 속이야기는 인물이 경험해 나가는 시간과 경험한 시간을 구분하여 그 기준으로 삼았다.

5) 서술자와 서술방법

앞에서 소설의 구성을 작가와 독자의 숨바꼭질이라고 말했는데, 독자는 이제 작가의 단순한 가르침이나 알려줌을 거부한다. 작가의 어떤 선동에 흥분하여 앞장서거나 등을 떠밀려 나서지도 않는다. 독자는 이제 지적 충만감을 만나거나 깨달음을 발견하기 위한 탐색의 과정에 보다 더 관심을 갖게 되었다. 작가가 이끌어 가는 대로 선선히 따라 나서는 것이 아니라, 소설의 읽기를 능동적으로 수행하려는 것이다. 이러한 사정은 사회적으로 지적 분위기가 보편화되었고, 정보의 다양화와 전달의 대량화, 지식과 지혜, 문화·예술의 역사적·질량적인 축적과 그것의 다양한 활용 등으로 독자의 앎에 대한 욕구가 어느 정도 완화되었기 때문이다. 작가는 이제 독자의 감성을 자극해서 정감적 반응을 조절하는 구성방법을 지양하고, 독자의 탐색에의 욕구를 부추기고 다시 누그러뜨려 주는 이야기의 틀을 엮어나가야 한다.

이야기의 틀을 이루는 재료는 인물의 행위·성격·심리, 자연적·사회적인 배경, 상황·사건, 재료의 배열 방식, 작가의식 등이 있다. 이러한 재료들은 적당한 질량으로 나누어 독자에게 전달할 때, 나누어진 재료들의 질량을 정보라고 하고, 그 정보를 제공하는 역할을 서술자가 맡게 된다. 작가는 서술자를 대리인으로 내세워 작품의 날줄을 놓고 한 올 한 올 이야기를 엮어 나간다. 서술자는 독자의 탐색과 발견의 욕구를 적당하게 조절하도록 정보를 제시하여야 한다. 독자의 읽기는, 지적 관심이나 호기심으로 시작하여, 의아해하고 궁금하다가 탐색에 나서, 어떤 사건이나 상황, 인물의 행동이 어떻게 될 것이라고 예상하기도 하는데, 그 예상이 빗나가기도 하고 맞아 떨어지기도 할 것이다. 때로는 절정 또는 마무리 즈음에서 모든 상황과 사정이 역전하는 진행과정을 거치면서 새로운 깨달음을 발견하기에 이른다. 사건이나 행동보다는 읽기과정의 우여곡절이 독자의 소설읽기에 대한 욕구를 충분하게 해소해 줄 수 있다.

읽기에 적당하게 서술자가 정보를 전달하는 방법을 순서없이 대강 제시해 보면 다음과 같다. 일상으로 지내다가 어느 덧 속내 말하기, 숨기고 조금씩 드러내기, 처음과 끝이 있는 마디를 나누어서 보이기, 순서를 바꾸거나 건너뛰기, 능장부리고 딴청하기, 감질나게 둘러대기, 어긋내기, 뒤집기, 한 자락에 다른 자락 갈기, 엿보이고 빗나가게 하기, 오해와 불신 쌓기, 속임수와 계략 드러내 보이기 등과 같은 얼개짜기의 방법을 적용할 수 있다.

6) 소설의 형식적 구성요소들의 실제

위에서 우리는 소설의 형식적 구성요소들에 대해서 논의했다. 여기에서는 이론적 논의들에 대한 실제의 보기를 들어 이해를 도우려고 한다. 그 대상으로 삼은 작품은 김문수의 「덧니」이다. 이 작품을 요약하면 다음과 같이 전개되어 있다. 아라비아 숫자는 소설이 시작된 시간에서부터 결말에 이르기까지의 현재시간의 진행이다. 알파벳 소문자는 인물의 과거에 경험한 시간이다. a는 주인물의 상대인물인 '덧니'에 대한 회상이고, b는 아내, c는 친구 배명기, d는 주인물 자신에 대한 기억이다. 알파벳 대문자 E는 인물의 경험 외적 일화이다.

1. 치과의 김성준은 한 쪽 입꼬리 부근의 덧니를 살짝 드러냈다간 이내 감추어 버리곤 하는 매혹적인 어떤 웃음을 떠올리고 있었다.
2. 전화를 몇 차례 했지만 계속 통화 중이었다. 오후 다섯 시가 다 되어간다. 그는 마음이 초조했다. 한 번 전화기만 붙잡으면 시간 가는 줄 모르는 아내의 모습을 눈 앞에 그리며 씨근거렸다.
3. 그는 진료를 돕는 막내 처제인 미스 리를 불렀다. 그녀의 발랄한 젊음이 덧니를 살짝 드러내며 웃는 매혹적인 용모의 여학생을 연상시켜 주었다.
    a1. 그 여학생은 그의 옛날 짝사랑이었다. 군수의 딸이어서 남들은 <사또>

라는 별명으로 불렀지만, 그는 <덧니>라고 불렀다.

4. 미스 리에게 아내에게 전화를 걸어 아침에 벗어 놓은 와이셔츠 주머니의 명함에서 그 사람의 전화번호를 알아내라고 했다.

5. 김성준은 또 혹시 명함이 주머니에 있는 채로 세탁기 속에 들어간 것이나 아닌지 모르겠다고 생각했다.

   b. 결혼 일 년쯤 후에 대학 병원 치과 레지던트로 일했던 때, 경제적으로 압박을 느끼며 살 때, 구내식당 식권 이십여 일치를 빨래와 함께 빨아버린 아내의 무신경함이 불현듯 생각났다.

6. 그는 배명기가 자기 전화를 기다리다 못해 다른 데에 약속이라도 했다면 낭패라고 생각했다.

   c. 배명기는 그의 중고등학교 동창이었다. 학창시절엔 서로 수석을 다투었지만, 서로 격려하는 처지였고 친밀한 우정을 나눈 사이다. 대학에 진학한 후에는 서로 만나는 횟수가 뜸해졌고, 군대 제대 후에는 완전히 연락이 끊겼다가 불혹의 나이를 넘기고 지난 밤 무교동에서 우연히 해후했다. 배명기의 명함을 받고, 긴 얘기는 내일 만나 하기로 했다. <사또> 그러니까 <덧니>의 얘기를 하자고 했다. 내일 다섯 시에 전화하기로 하고 헤어졌다.

7. 그는 콩밭에다 서슬칠 만큼 성미가 급한 배명기가 기다릴 리가 없다고 헛기침만 토해냈다.

8. 배명기에게서 전화가 왔다. 배명기의 소나기 같은 핀잔을 듣고 자기 전화번호는 어떻게 알아냈냐고 물었다. 배명기는 전화번호부는 삶아 먹자는 물건이냐고 했다. 그는 아차 싶었다. 그런 간단한 생각도 못한 것을 나이 탓으로 돌렸다.

   d. 지난 봄, 막내 동생 결혼식장에서 고종누이의 사진을 찍어 주다 초점이 맞지 않았다. 카메라에 이상이 있다고 생각해서 DP점에 갔다가 상점 주인에게서 카메라에 문제가 있는 것이 아니라 손님 눈에 이상이 있다는 말을 듣는다. 안과 병원에서 받은 시기능 검사 결과는 노안이었다.

9. 그는 배명기와 광화문 근처 다방에서 저녁 일곱 시에 만나기로 약속했다.

10. 약속 시간 전에 도착한 그에게 배명기는 뭣 때문에 일찍 나온 거냐고 능청을 떤다. 그는 옛 애인의 얘기를 듣는 게 어지간히도 급했던 모양이라고 비아냥대는 것으로 느껴져 겸연쩍게 웃어 보인다.

배명기는 보신을 시켜주겠다며, 요 근처에 보신탕을 아주 잘하는 집이 있다고 했다. 작년까지만 해도 꽤나 즐겼는데 어머니가 못 먹게 하셨다고 했다. 그 까닭은 부처님께서 전생에 개였다는 이유였다.

    E.   부처님께서 제자들에게 재미난 설법을 하셨다. 아득한 옛날 인도에 꽃놀이를 즐기는 한 임금이 있었다. 꽃놀이 타고 나갔던 수레의 가죽이 비에 젖어 퉁퉁 분 것을 개들이 모두 뜯어 먹었다. 임금은 화가 나서 개들을 잡아 죽이라는 명령을 내렸다. 신하들은 궁중에 있는 개들은 그냥 놔두고 궁 밖의 개들만 보는 대로 잡아 죽였다. 개의 우두머리가 몰래 임금에게로 가서 죄를 진 개만 벌할 것을 요구했다. 우두머리 개는 이상한 풀을 뜯어다 먹여 가죽을 뜯어 먹은 개를 가려냈다. 그것을 보고 크게 뉘우친 임금은 절대로 죄 없는 사람들이 억울하게 희생당하는 일이 없게 어진 정치를 베풀었다. 부처님은 말씀을 끝낸 뒤, "그 우두머리 개는 전생의 나요, 또 여러 개들은 나의 권속이다."라고 하셨다.

11.   배명기의 이야기를 듣고 난 그는 불만이 그득한 목소리로 쓸데없는 이야기나 한다고 했다. 배명기는 설마하니 아직까지 사또를 못 잊어하는 것은 아니냐고 반문하고, 그는 못 잊어 해서 안 될 이유도 없잖느냐고 했다. 그는 만약 사또(덧니)와의 사랑이 이루어졌다면, 지금쯤 아주 행복한 부부가 되어 있을 것이라고 생각한다.

    a2.   그가 배명기의 먼 친척이 되는 동갑나기 동생뻘인 그녀를 처음 발견한 것은, 집안 어른의 심부름을 온 배명기의 집에서였다. 덧니를 살짝 드러냈다간 이내 감춰버리는 그녀의 매혹적인 웃음이 강력한 전류처럼 그의 가슴에 파고들었다. 그는 그녀의 포로가 되었고, 모든 생활이 그녀와 연관되지 않은 것이 없었다. 그러나 깊고도 넓은 사랑을 도저히 문자로 표현할 수 없었기 때문에, 그는 자신의 사랑을 그녀에게 전할 수가 없었다. 더구나 사또의 덧니 때문에 의과대학을 지망하겠다던 애초의 뜻을 바꾸어 치과대학에 지원을 했다.

    a3.   그의 고백을 들은 배명기는 자기의 귀를 의심하면서, 사또에 대한 것을 모두 털어 놓았다. 그녀에게는 이미 정해진 배필이 있었다. 그 사내는 사관학교 생도였는데, 둘도 없이 친밀한 친구사이인 아버지들이 자기네 아

들 딸들을 배필로 정한다고 굳은 약속을 한 터였다.

12. 지금도 그는 당시에 가슴 아팠던 일이 너무나도 선명했다. 배명기는 꿈을 깨라고 했다. 그는 덧니 얘기나 하라고 재촉한다. 배명기는 사또의 남편이 월남전에서 오년 전에 전사했다고 말하고, 사또를 지금까지도 사랑하고 있냐고 물었다. 그는 냉큼 대답하지 못한다. 배명기는 보신탕집 주인이 거의 진찰을 받아야 할 형편이라며 그만 가 보자고 했다. 님도 보고 뽕도 따자며 그의 손목을 잡아끌었다.

13. 그들이 도착한 집에서 한복으로 성장한 여인이 그들을 맞는다. 배명기는 어디서 본 것 같지 않느냐고 묻고, 그는 내가 아는 여자냐고 반문한다. 그는 님도 보고 뽕도 따자던 배명기의 말을 생각하고는 이내 그녀가 다른 사람이 아닌 바로 그 사또임을 확신할 수 있었다.

14. 그는 심장이 울렁거렸다. 그러나 막상 그녀를 대했을 때 그 울렁거림이 씻은 듯이 사라졌다. 그녀의 모습에서 그 <덧니>의 모습을 전혀 찾을 수가 없었다. 아무리 애를 써도 옛날의 그녀와 전혀 연관이 지워지지 않았다.

15. 배명기가 두 사람들 번갈아 가리키며 소개를 했다. 한 사람은 치통을 고생하는 환자가 되었고, 다른 사람은 진찰할 치과의사가 되었다.

16. 그녀가 앓고 있는 이는 오른쪽 입꼬리 부근의 바로 그 덧니였다. 충치가 오랫동안 방치되어 치수염으로 발전한 것이었다. 그녀의 숨결에 얹혀 역한 냄새가 미간을 찌푸리게 했다.

17. 그는 내일이라도 당장 그 썩은 덧니를 모두 뽑고 치료를 받아야 한다고 말했다. 그녀는 소싯적에 모두들 덧니를 매력적이라고 무던히들 부러워했다며 미련을 버리지 못했다. 그에게는 그녀의 덧니가 이제는 발치(拔齒)를 서둘러야 하는 환부에 지나지 않았다.

이 작품은 지나간 낭만에 대한 미련의 덧없음을 이야기한 작품이다. 위에서 요약한 내용은 이 작품이 전개된 차례대로이다. 작품의 서술시간을 따른 것이다. 이것을 위에서 형식적 구성요소들에 대하여 언급한 내용들에 대입해 보려고 한다.

이야기 진행시간은 역순행적이다. 이 작품의 인물의 경험시간(A)을 순서대로 나열하면 이렇다.

A : a1 · a2 → a3 → b → d → c → 1 → 2 → 3 → 4 → 5………10 → E
→ 11……16 → 17

a1에서 17에 이르는 과정이 작중 인물의 경험시간이다. 다시 이것을 이 작품의 서술시간(B)대로 나열하면 다음과 같다.

B : 1 → 2 → 3 → a1 → 4 → 5 → b → 6 → c → 7 → 8 → d → 9 → 10
→ E → 11 → a2 → 12……… → 17

이 작품의 인물이 경험한 시간대로 서술해 나갔다면 순행적 시간 구성이었을 터이지만, 위와 같이 소설의 서술시간은 주인물이 경험한 A의 '6'번째 마디이야기를 현재진행시간의 시작인 B의 1로 서술을 시작하였다. 그러므로 A의 첫번째에서 다섯번째에 해당하는 a1 · a2, a3, b, c는 서술을 시작하는 현재 시간의 진행과정에서는 인물이 회상하는 내용으로 삽입되는 마디이야기들이다. 이때 시간은 역행하지만, 다시 현재진행시간이 계속되어 순행의 시간으로 이어지고, 이러한 시간의 역행과 순행이 반복되어 서술되고 있다.

이야기의 구성단위로서 마디이야기들은 대략 위의 작품의 1+2+3+4의 내용이 한 마디이야기가 되고, 5+6+7+8+9의 내용이 또 한마디가 될 것이다. 10~17에 이르는 내용이 한 마디가 된다. 여기에 a1+a2+a3가 한 마디가 되고, b, c, d, E가 각각 한 마디이야기라고 볼 수 있다. 그런데 위에서 요약한 내용을 관심있게 검토해 보면, 한 '제재'를 단위로 나눈 이야기도, 다시 소재나 상황 또는 표현기법상의 필요, 예를 들어 숨겼다가 드러내거나, 호기심을 유발한 다음에 보여주는 등의 방법에 따라, 더 작은 마디로 나누어 서술해 나갔다는 것을 짐작할 수 있다.

이야기의 결합 방법을 말하면, 이 작품에는 첨가와 병렬의 방법은 없다. (1+2+3+4), (5+6+7+8+9), (10~17)의 각 마디이야기들의 장면 전개는 계기적이거나 연쇄의 방법으로 이루어졌다. 그리고 a1 · a2 · a3, b, c, d, E의 과거 경험을 가리키는 마디이야기들은 현재의 시간으로 진행되는 줄기이야기의 중간에 삽입시켜 결합한 것이다. 이 마디이야기들은 중심인물인 '그'(김성준)의 과거 경험들인데, a1·a2·a3은 상대인물에 대한 경험적 회상이고, b은 보조인물인 주인물의 아내에 대한 기억이고, c도 보조인물로서 주인물의 친구에 관한 회고이며, d은 주인물 자신의 일을 적어 놓은 것이다. 삽입되는 경험적 마디이야기들은 주인물과 상대인물의 이야기만이 아니라, 보조인물들과의 관계도 모두 포함된다. 또한 E의 이야기처럼 작중 인물의 경험 밖의 이야기, 즉 에피소드(일화)를 끼워 넣기도 한다. 이러한 마디이야기의 삽입은 현재진행과정의 어떤 계기나 사물·인물 등을 매개로 하여 이루어진다.

위에 이루어진 마디이야기들 중에서, 상대인물에 대한 회상에 해당하는 a(a1＋a2＋a3)이야기를 모두 합하면 처음·중간·끝을 갖춘 마디이야기인데, 이 마디를 다시 a1, a2, a3의 세 마디로 나누어 삽입한 것이며, b와 c는 안갖춘마디 이야기이고, d와 E는 갖춘마디 이야기이다.

이 작품의 형식적 시간 구조는 이중적이다. 앞에서 말한 것과 같이, 중심인물의 현재의 경험과 그 진행과정에서 과거의 경험적 사건이 드러난다. 이럴 때 현재의 진행시간을 겉이야기라고 했고, 과거에 대한 회상의 시간을 속이야기라고 말한 바 있다. 이때의 겉과 속은 주제와의 관계로 말한 것은 아니다. 다만 서술자의 서술시간과 인물의 경험시간을 기준으로 삼은 시간 구분의 관점에서 의논한 것이다.

3. 소설의 구성적 유형

소설의 유형은 앞에서 말한 것과 같이 갈래를 나누는 기준이 무엇이냐에 따라 다양하게 논의되어 왔다. 이 글에서는 구성방법에 따라 그 유형을 가늠해 보려고 한다. 구성방법으로는 서술시간과 이야기의 결합방법을 중심으로 삼는다.

서술시간을 기준으로 삼아 시간의 진행이 순행적이면 평면적[10] 구성으로 보고, 시간의 역순행적 진행으로 현재와 과거의 이중적 시간 구조가 이루어지는 작품을 입체적 구성방법을 적용한 것으로 설정한다. 이들은 다시 이야기의 결합방법에 따라 각각 단일구성[11]과 복합구성으로 구체화된다.

평면적 단일구성은 이야기의 원형적 구성방법이다. 이야기의 서술시간의 진행이 처음 장면을 시작으로 삼아 계기적으로 전개되어 위기와 정점을 지나 결말에 이르는 순행적 구성방법이다. 이러한 구성방법에서 사건·상황은 주인물을 중심으로 이루어지고, 상대인물이나 보조인물 등의 행위는 주인물과 직접적인 관계만이 서술되고, 상대인물이나 보조인물의 개별적이고 독자적인 행위에 대한 서술은 제한된다. 그러나 이 경우에도 사건의 필연성을 제공하는 복선이나 암시의 기술방법이 적용되고, 마디이야기의 전개는 연쇄적이거나 인과적으로 이루어진다.

평면적 복합구성은 평면적 단일구성에 마디이야기를 삽입하거나, 마디이야기들을 병렬하는 구성방법이다. 이때의 마디이야기는 상대인물이나 보조인물들의 개별적 현실 경험을 서술한 것이다. 시간의 중층구조를 이루게 되는 과거 경험적 일화는 이 구성방법에 해당하지 않는다.

입체적 단일구성은 소설의 서술시간에 현재와 과거가 나란히 놓이는 시간의 이중구조이다. 입체적 단일구성은 인물들이 겪은 과거의 경험을 현재의 상황·사물·대화·시간·공간 등을 매개로 현재의 계기적 진행과정에 삽입하는 방법이다.

입체적 복합구성은 위의 입체적 단일구성 방법에 줄기이야기의 앞·뒤

---

[10] 평면적, 입체적이라는 용어는 E. M. Forster가 *Aspects of the Novel* (Penguin Books, New York, 1977), 73쪽에서 인물의 유형을 가리키는 개념으로 사용했다.

[11] 단일구성, 복합구성이라는 용어와 상관되는 '단순한 플롯', '복잡한 플롯'은 아리스토텔레스가 『시학』(천병희 역, 문예출판사, 1988.3), 63쪽에서 사용하였다. 그는 주인물의 운명의 변화에 '급전이나 발견'이 없는 것을 단순한 구성으로 보았다.

로 마디를 첨가하는 경우와, 중심인물이나 서술자를 교체하여 마디이야기나 줄기이야기를 병렬하여 구성하는 방법을 말한다. 이러한 방법은 한 작품 안에서 복합적으로 사용되기도 한다.

일반적으로 입체적 구성이라고 하면, 표면적 행위와 내면적 심상의 복합이나, 현재와 과거, 작품 안의 인물의 경험과 작품 밖의 역사적 인물의 행적, 경험적 실재와 관념의 영역 등을 넘나드는 이른바 '의식의 흐름' 등도 이 범위에 해당하는 것이다. 그러나 이글에서는 위에서 논의한 의견을 기본으로 삼는다.

구성에 따른 소설의 유형에 대한 실제를 보기로 한다.

1) 평면적 단일구성 – 소설구성의 원형

주요섭의 「사랑손님과 어머니」를 읽어 보기로 한다. 이야기의 줄거리는 다음과 같다.

1. 나는 금년 여섯 살 난 처녀애입니다. 내 이름은 박옥희이구요. 우리집 식구는 세상에서 둘도 없이 곱게 생긴 우리 어머니와 외삼촌이 있습니다. 우리 어머니는 금년 나이 스물네 살인데 과부랍니다. 외할머니 말씀을 들으면 우리 아버지는 내가 이 세상에 나오기 한 달 전에 돌아가셨고, 어머니와 결혼한 지는 일 년 만이고요. 아버지의 본 집은 어디 멀리 있는데, 마침 이 동리 학교에 교사로 오게 되어, 어머니는 시집으로 가지 않고 여기서 살게 되었대요.

2. 아버지 사진을 한 두 번 보았는데, 참말로 훌륭한 얼굴이야요, 언젠가 한 번 어머니가 나 없는 동안 몰래 장롱 속에서 무엇을 꺼내보다가 얼른 감추는 것을 보았는데 그게 아마 아버지 사진인 것 같았어요.

    아버지가 돌아가시기 전에 우리가 먹고 살 것을 남겨놓고 가셨대요. 그래도 반찬 사고 과자 사고 할 돈은 없대요. 그래서 어머니가 다른 사람의 바느질을 맡아서 해 주지요.

3. 큰외삼촌이 아버지의 옛날 친구시라는 낯선 손님을 모시고 왔습니다. 나는 낯

선 손님이 사랑에 계시게 된다는 말을 듣고 즐거워졌습니다. 사붓이 절을 하고 나와, 어머니에게 사실을 말했습니다. 어머니는 벌써 안다는 듯이 대수롭잖게 대답을 하더군요.

4. 그 아저씨는 첫날부터 내게는 퍽이나 고맙게 굴고, 나도 꼭 마음에 들었어요. 어른들 얘기로는 아버지와는 어렸을 적 친구인데, 먼 데 가서 공부를 하고 돌아와 우리 동리 학교 교사로 오신대요. 내가 사랑으로 나가면 그 아저씨는 나를 무릎에 앉히고 그림책을 보여 줍니다. 가끔 과자도 주고요.

5. 어느 날 점심 잡수는 걸 구경하다가 아저씨가 삶은 달걀을 좋아하시는 걸 알았어요. 나는 어머니에게 사랑아저씨가 나처럼 삶은 달걀을 제일 좋아한다고 소리를 질렀어요. 어머니는 떠들지 말라고 눈을 흘기십니다.

6. 어머니는 달걀 장수 노파가 오면, 열 알도 사고 스무 알도 사고 그래선 두고두고 삶아서 아저씨 상에도 놓고, 또 으례 나도 한 알씩 주고 그래요. 아저씨도 두었다가는 나에게 주세요. 나는 달걀을 아주 실컷 많이 먹었어요.

7. 나는 유치원에 가서 노래도 배우고 춤도 배워요. 우리 방의 윗간에도 유치원 풍금과 똑같은 것이 있는데, 어머니는 아버지가 돌아가신 후에는 이때까지 뚜껑도 한 번 안 열어보았다고 했어요.

8. 아저씨가 와 계신 지 벌써 한 달이나 되었지요. 나는 거의 매일 아저씨 방에 놀러갔습니다. 아저씨는 나를 아주 귀애해 주셨어요. 어머니는 아저씨를 귀찮게 한다고 말리지만, 기어이 가려고 하면, 머리도 곱게 땋아주시고 새 저고리를 내어주시는 때도 있었습니다.

9. 어떤 토요일 오후였습니다. 아저씨와 뒷동산에 올라갔다 돌아오는 길에 유치원 동무가 "옥희가 아빠하구 어디 갔다 온다."고 하였습니다. 그래서 나는 "난 아저씨가 우리 아빠래문 좋겠다."고 했더니, 아저씨는 얼굴이 빨개져서 "그런 소리 하문 못써."하고 말하는데, 그 목소리가 몹시 떨렸습니다.

10. 이튿날 어머니와 함께 예배당에 갔는데, 하, 바로 거기 아저씨가 와 앉아 있겠지요. 나는 어머니 귀에다 입을 대고, "저기 아저씨도 왔어."하니까, 어머니도 얼굴이 홍당무처럼 빨개졌군요.

11. 하루는 유치원에서 돌아오니, 대문간에서 나를 늘 마중하던 어머니가 보이지 않았어요. 오늘 엄마를 좀 골려야겠다고 생각하고 벽장 안에 숨었다가 잠이 들

었어요. 깨어보니 어두운 벽장 안이 무서워 엉엉 울기 시작했어요. 어머니가 달려들어 나를 안아 내리고 "요 망할 것아"하면서 내 엉덩이를 몇 번 때렸습니다. 나는 더욱 더 소리를 내서 울었습니다. 어머니도 따라 울면서, "난 너 하나믄 그 뿐이야. 세상 다 일이 없다."하면서 그냥 자꾸자꾸 울었습니다.

12.　　이튿날 어머니를 울게 했던 생각이 나서, 어머니를 기쁘게 해드릴려고 유치원 방의 꽃을 두어 개 얼른 빼들고 달음질쳐 나왔지요. 집에 오니 "그 꽃은 어디서 났니? 퍽 곱구나"하고 어머니가 말씀하셨어요. 그래 잠깐 망설이다가, "응, 이 꽃 사랑 아저씨가 엄마 갖다주라구 줘."하고 나도 모르게 거짓말이 불쑥 튀어 나왔어요. 꽃을 들고 냄새를 맡고 있던 어머니는 무엇에 놀란 사람처럼 화닥닥했습니다. "옥희야, 그런 걸 받아오문 안돼."하는 어머니의 목소리는 떨렸습니다. 어머니가 그 꽃을 내버릴 줄 알았는데, 꽃병에 꽂아서 풍금 위에 놓아두었습니다. 꽃이 시들자, 어머니는 꽃을 잘라 찬송가 갈피에 곱게 끼어두었습니다.

13.　　내가 꽃을 갖다 주던 날 밤에 어머니는 풍금을 탔습니다. 어머니가 풍금을 타시는 것은 오늘이 처음이었습니다. 유치원 선생님보다 더 잘 타시는 것이었습니다. 어머니는 풍금 곡조에 맞춰 노래를 부르기 시작했습니다. 노래소리가 사르르 없어지고, 어머니는 아무 말씀도 없이 나를 그냥 꼭꼭 껴안는 것이었습니다. 우리 어머니의 새하얀 두 뺨 위로 쉴 새 없이 두 줄기 눈물이 흘러내리는 것을 나는 보았습니다.

14.　　하루는 아저씨가 하얀 봉투를 서랍에서 꺼내어 엄마에게 드리라고 했습니다. 지난 달 밥값이라구요. 어머니는 그 봉투를 들고 어쩔 줄을 모르는 듯이 초조한 빛이 나타났습니다. 어머니 손을 바라보니 거기에는 지전 몇 장 외에 네모로 접은 하얀 종이가 한 장 잡혀 있는 것입니다. 어머니는 그 글을 읽으면서 금시에 얼굴이 파랬다 발갰다하고 손은 와들와들 떨리어서 그 종이가 부석부석 소리를 내게 되었습니다. 그 날 밤에 어머니는 자기 전에 주기도문을 암송하면서, "시험에 들지 말게"를 자꾸만 되풀이해서, 내가 끝을 마쳤습니다.

15.　　요새 와서 어머니는, 어떤 때는 퍽 유쾌하셨습니다. 밤에는 때로는 풍금도 타고, 찬송가도 부르셨습니다. 그러나 그 독창은 소리 없는 울음으로 끝을 맺는 때가 많은데, 그런 때면 나도 따라서 울었습니다. 그러면 어머니는 나를 안고 내 얼굴에 돌아가면서 무수히 입을 맞추어 주면서, "엄마는 옥희 하나믄 그뿐이야,

응, 그렇지……." 하시면서 언제까지나 우시는 것이었습니다.

16. 어떤 일요일 날, 유치원 방학하고 난 그 이튿날이었어요. "옥희야, 너 아빠가 보고 싶니?" "응, 우리두 아빠 하나 있으문" 어머니는 한참동안 천장만 바라보시더니, 옥희가 이제 아버지를 새로 가지면 세상이 욕을 한단다. 옥희 어머니는 화냥년이라 이러구 세상이 욕을 해. 옥희는 커서 시집두 훌륭한 데 못가구. 공부해서 훌륭하게 돼두, 그까짓 화냥년의 딸, 이러구 남들이 욕한다. 이렇게 혼잣말하시듯 드문드문 말씀하셨습니다. 그리고 옥희는 언제나 어머니 곁을 떠나지 말고 나중에 조선서 제일 훌륭한 사람이 되어도 같이 살자고 했습니다.

17. 그날 밤 저녁밥 먹고, 어머니는 내 머리를 새로 빗겨 주시고, 새 옷을 꺼내 입혀주시고는, 새로 다린 하얀 손수건을 내 손에 쥐어주면서, 아저씨께 갖다 드리고 오라고 하셨습니다. 나는 접어진 손수건 속에 무슨 발각발각하는 종이가 들어 있는 것처럼 생각되었습니다. 아저씨는 손수건을 받는데, 이전처럼 빙그레 웃지도 않고 얼굴이 몹시 파래졌습니다. 어머니는 밤이 늦도록 풍금을 타셨습니다. 그 구슬프고 고즈넉한 곡조를 계속하고 또 계속하면서.

18. 여러 밤을 자고 난 어떤 날 오후에 아저씨가 짐을 싸느라 분주하겠지요. 내가 손수건을 갖다드린 다음부터는 나를 보아도 퍽 슬픈 사람, 무슨 근심이 있는 사람처럼 아무 말도 없이 나를 물끄러미 바라다보기만 하십니다. 그랬었는데 이렇게 갑자기 짐을 꾸리는 것을 보고 나는 놀랐습니다. 아저씨는 기차타고 멀리 떠난다고 했습니다. 그리고 서랍에서 이쁜 인형 하나를 꺼내 내게 주었습니다. 나는 어머니에게 아저씨가 또 오느냐고 물어보았지만, 어머니는 대답이 없으십니다. 아저씨가 가시다가 찻간에서 잡수시랜다고, 어머니는 달걀을 삶아서 손수건 싸 놓고 소금도 조금 싸서 한 귀퉁이에 넣었습니다.

19. 그날 오후에 아저씨가 떠난 다음, 어머니는 뒷동산에 바람이나 쐬러 올라가자고 하셨습니다. 뒷동산에 올라가면 정거장이 빤히 내려다보입니다. 저편 산모퉁이에 기차가 나타났습니다. 어머니는 기차가 저편 산모퉁이 뒤로 사라질 때까지, 그리고 굴뚝의 연기가 하늘 위로 모두 흩어져 없어질 때까지 가만히 서서 그것을 바라보았습니다.

20. 뒷동산에서 내려오자 어머니는 뚜껑을 열어두었던 풍금을 닫고, 이전 모양으로 반짇그릇을 얹어놓으십니다. 그리고는 찬송가 갈피에서 빼빼마른 꽃송이를

집어내시더니 내다버리라고 나를 주셨습니다.

그러자 옆 대문이 삐걱하더니 달걀 장수 노파가 광주리를 이고 들어왔습니다. "인젠 우리 달걀 안사요. 달걀 먹는 이가 없어요."하시는 어머니 목소리는 맥이 한 푼 어치도 없었습니다. 그래서 아저씨가 주신 인형 귀에다 내 입을 갖다 대고 가만히 속삭였습니다. 얘 우리 엄마가 거짓부리 썩 잘하누나. 떼를 좀 쓰구 싶다 만 우리 엄마 얼굴이 어쩌문 저리두 새파라졌을까? 아마 어데가 아픈가 보다라 고요.

이 작품은 당시의 사회적 관습을 어길 수 없었던 젊은 미망인의 애틋한 사랑을 담아 놓은 작품이다. 어린 눈을 서술자로 삼아 중심인물들의 행위 와 심상을 서술·묘사하였다.

이 작품의 진행은 현재의 시간이 계기적으로 이어져 시작에서 결말에 이르고 있고, 중심인물들의 경험적 과거에 대한 회상은 보이지 않는다. 다 만 시작 부분에서, 아버지에 대한 서술자의 진술내용이 시간적으로는 과거 에 해당하는 부분이지만, 이것은 서술자의 현재적 진술부분이고, 소설의 서술시간이 진행되어 가는 중간에 과거로 거슬러 올라간 것이 아니므로, 진행상의 시간의 역전이 이루어진 것은 아니다.

일반적으로 계기적 진행은 시간의 변화나 공간의 이동으로 이루어진다. 여정(旅程)소설류는 공간을 이동하면서, 그 공간에서 생긴 만남과 헤어짐 을 말하는데, 그 만남과 헤어짐만을 떼어내서 본다면, 그 마디이야기는 필 연성이 개입되어 있기도 하겠지만, 전체적 진행은 계기적으로 이루어진다 고 볼 수 있다.

이 작품에서 위의 요약 내용을 따라가 보면, 4의 '첫날', 5의 '어느 날', 8 의 '벌써 한 달', 9의 '어떤 토요일', 10의 '이튿날', 11의 '하루는', 12의 '이튿날', 14의 '하루는', 15의 '요새', 16의 '어떤 일요일', 17의 '그날 밤', 18의 여러 밤을 자고 난 '어떤 날', 19의 '그날 오후'에서와 같이 시간의 변 화에 따라 마디이야기들이 계기적으로 이어져 갔다.

그런데 이 시간 변화의 안쪽에서는 마디이야기들이 연쇄적으로 진행되고 있다. 연쇄적 진행은 어떤 상황이 동기가 되어 사건이나 인물의 행위가 발생하고, 또 그것이 원인이 되어 다른 결과를 가져오고, 다시 그것을 동기로 삼아 이야기가 진행되는 것이다. 이 작품은 이야기의 소재와 인물의 관계를 중심으로 연쇄적 전개가 이루어진다.

먼저 '달걀'을 소재로 하는 전개는 이렇다. 이 작품에서는 요약 2에, 먹고 살 것은 있으나 반찬 사고 과자 사고 할 돈이 없어서 어머니는 삯바느질을 하고, 아버지의 친구인 아저씨를 하숙생으로 들이게 된다. 그런데 5에서, '나'는 하숙생 아저씨가 달걀을 좋아한다고 말한다. 그래서 6에서는 어머니가 달걀을 많이 사 놓는다. 그러다가 20에서는, 아저씨가 떠나가자, 달걀장수 노파가 오지만, 어머니는 먹는 이가 없다고 달걀을 사지 않는다.

'꽃'의 경우를 보기로 한다. 요약 12에서, 나는 어머니를 기쁘게 해 드리려고 유치원 방의 꽃을 두어개 빼어다 어머니에 주고, 사랑 아저씨가 엄마 갖다주라고 했다고 거짓말을 한다. 어머니는 꽃병에 꽂아 풍금 위에 놓았다가 꽃이 시들자, 찬송가 갈피에 곱게 끼어둔다. 20에 이르러서는 아저씨가 떠나자 어머니는 찬송가 갈피의 꽃을 내다 버리라고 나에게 주었다.

'풍금'은 13에서 어머니가 아저씨에게 꽃을 받았다고 생각한 날 밤에 처음 풍금을 탔다. 14의 아저씨에게서 네모로 접은 하얀 종이를 받은 후에도 때로는 풍금도 타고 찬송가도 불렀다. 20에 와서는, 아저씨가 떠난 후에, 어머니는 열어두었던 풍금을 닫고, 예전처럼 반짇그릇을 얹어 놓는다.

'편지'와 관련한 것은, 14에서 아저씨가 밥값과 함께 네모로 접은 하얀 종이 한 장을 받고, 어머니는 시험에 들지 말게 해 주십사고 주기도문을 왼다. 그 후에 이로 인한 15와 16에서 어머니의 심리적 동요와 자기 다스림이 연쇄되어 있고, 17에서 나는 어머니의 심부름으로 손수건과 함께 '발각발각하는 종이'를 아저씨에게 전한다. 18에서 아저씨는 짐을 꾸려서 떠났다. 어머니와 아저씨의 이별이고 애틋한 사랑의 결말이다.

위에서 본 것과 같이 연쇄적 전개는 동기와 그에 따른 결과들의 연속이
다. 이 작품은 여러 개의 소재를 매개로 하여, 인물의 행위 또는 심상의 변
화, 그리고 사건·상황이 전개되어 결말에 이르는 연쇄적 연결과정을 보
여주었다. 한 사물에서 다른 사물로 이어지는 관계가 인과적 연쇄가 아닌
때에는, 시간의 흐름이나 공간이동의 계기적 방법으로 전개가 이루어진다.
이 작품은 시간의 변화로, 연쇄적인 사건·상황의 마디이야기들을 연결해
놓았다. 계기와 연쇄의 복합적 전개방법을 활용한 것이다.

2) 평면적 복합구성

평면적 복합구성은 줄기이야기에 마디이야기를 삽입하거나, 마디이야
기를 병렬하여 구성하기도 한다. 그런데 삽입하거나 병렬되는 마디이야기
의 시제는 현재 진행되는 시간과 동일한 시간에 이루어진 것이어야 한다.
그렇지 아니하고 시간의 층위가 다른 과거 경험에 대한 인물의 회상이 삽
입되어 형상화 된 경우는 평면적 복합구성이라고 부르기는 어렵다.

다음에 박태원의 『천변풍경』안의 제2절 「이발소의 소년」의 줄거리를
간추려 보겠다.

1. 민주사는 근년에 이르러 이발소 의자에 앉을 때마다, 아무리 싫어도 자기 나이
   를 헤아려 보게 된다. 작년에 얻어들인 안성집과 사이의 나이 차이가 현격한 것을
   생각하지 않을 수 없었다. 민주사는 올해 천명(天命)을 알았고, 그의 작은 마누라
   는 꼭, 그 절반인 스물 다섯 살이었다. 그 젊은 계집에 대한 경영이 두통거리인 것
   에 생각이 미치자 그의 마음은 우울해졌다. 그냥 임시의 최정제 말고, 근본적으로
   정기를 왕성하게 하는 약이나, 무슨 술법이 있다면, 돈 천원쯤 아깝지 않다고, 그
   는 그렇게까지 생각하였다. 그러나 그것이 용이한 일이 아니라고 새삼스러이 느
   껴지자, 그는 이내 그것을 단념한다. 그리고는 "무어, 돈이 제일이지. 지위가 제일
   이지."라고 생각한다. 민주사는 자칫하면 입 밖에까지 내어 중얼거릴 뻔한 것에
   스스로 놀라, 혹시나 남이 눈치채지 않았을까 하고 거울 속에서 다른 이들을 찾으

려니, 저편 행길로 난 창 앞에 앉아 있는 이발소 아이놈의 얼굴이 이편을 향하고 있는 것과 시선이 마주친다. 어째 그놈이 자기의 마음을 환하게 들여다 본 것 같아 순간 엄숙한 표정을 지었다.

2.　소년은 민주사에게 흥미를 가지고 있지 않았다. 그는 다시 유리창 너머로 석양 녘의 천변길을 오고가는 행인들에게 눈을 주었다. 소년은 이발소에서 손님들의 잔심부름이나 하고, 머리를 감아주는 그것뿐으로, 틈틈이 밖을 내다보면서 결코 권태를 느끼지 않는다. 그렇게 매일 내다보고 있는 중에 양쪽 천변을 늘 지나다니는 사람들에 관한 여러 가지를 누구한테 배우지 않아도 저절로 알게 되었다.

3.　낡은 노동복에 때묻은 나이트 캡을 쓰고, 아무렇게나 막되어 먹은 거지 둘째 대장은 다리 밑 거지들이 동냥해 들인 돈으로 술도 사먹고 밥도 사먹는다.
　신전집 가죽신 가게 주인의 장구대가리 처남이 아까 한나절 아이를 보아주더니, 물지게를 지고 천변에 나온다. 어린 마음에도 그가 딱하게 생각되었다.

4.　문득 창 앞을 느린 걸음으로 점잖게 지나는 중년 신사를 보자, 제풀에 명랑한 웃음이 떠올랐다. 그 신사는 몸이 뚱뚱하고 배가 앞으로 쑥 나왔다. 그는 눈, 코, 귀, 입이 모두 크다. 그 중의 코는 벌렁코에 새빨갛게 주독이 들었다. 그러한 얼굴에다, 그 위에 그가 애용하는 중산모를 얹었다. 깊이 눌러 쓰는 일 없이, 머리 위에 사뿐 얹어 놓은 채 걸어 다녔다. 더구나 남 앞에서 즐겨 꺼내보는 금시계의 시계 줄은 도금한 것인데, 그것이 십팔금인 것으로 남이 알아주기를 은근히 바라는 듯하다. 그의 태도와 걸음걸이가 점잖으면 점잖을수록, 소년은 속으로 우스웠다. 그는 자기 매부가 부회의원인 것을 다시없는 명예로 알고, 온 가족을 인솔하여 백화점 식당으로 가서 점심을 먹는 취미를 가졌다. 그는 광고 모퉁이 큰 길거리에서 포목점을 경영하고 있다. 오늘도 소년은 신사의 뒷모양이 배다리를 건너 골목 안으로 사라지자, 천변 너머 맞은 편 카페로 눈을 주었다.

5.　<평화>라는 옥호를 가진 카페의 외관은 보기에 언짢고 또 불결하였다. 소년은 조금 아까부터 밖에서 안을 기웃거리는 오십 줄에 든 조그맣고 낡은 부인네에게 호기심을 가졌다. 그 카페의 여급 하나꼬의 어머니다. 아무에게나 물어본다든가 그러는 일도 없이 딸 만나보는데 그렇게도 어려워한다. 밖으로 나온 기미꼬가 문득 제 동무의 어머니를 발견하자, 아까 목욕갔다고 말해 준다. 소년은 하나꼬의 어머니가 난처한 얼굴로 생각에 잠겼다가, 큰길로 향하여 걸어가는 것을 보고, 아

마, 목욕탕으로 찾아가나 부다. 또 돈 좀 해 달라구 왔나……. 혼자 생각을 하며 고개를 조금 돌려, 저편 한약국집에서 젊은 내외가 나오는 것을 본다.

6. 그들 젊은 내외가 의가 좋다는 것은 이 이발소 소년 혼자의 의견이 아니다. 동경 어느 사립대학 영문과를 졸업한 큰아들이 역시 그해 봄에 '이화'를 나온 '신식여자'와 '연애'를 한다는 소문은 빨래터에서 굉장하였다. 완고한 한약국집 영감이 그들에게 선뜻 결혼을 허락하여 준 것은, 참말 뜻밖의 일이었다. 영감은 개화하였다는 칭찬을 동리에서 받았다. 젊은 내외에 대해서는 뒷공론이 있었으나, 그들의 사랑은 참말 진실한 것인 듯싶다.

7. 한약국 안 사랑방 주인영감을 바라보았다. 그가 당대에 자기 한 사람의 손으로 볏천이나 실하게 한다고 하니, 소년의 눈에는 허울은 별로 좋지 못한 약국 영감이 은근히 우러러 보이는 것이다.

주인 영감과 이야기를 마치고 시골손님이 밖으로 나왔다. 행색이 초라했다. 서사 일을 보는 홍서방이 약 곳간에서 큼직한 약부대를 끌어내는 것이 곁눈에 띄었다. 저녁 찬거리를 장만하러 귀돌어머니가 바구니를 들고 대문을 나오는 것을 본다.

8. 귀돌어멈의 왼편으로 열칠팔 세씩 된 색씨가 세 명이 내려온다. 의주통 공장이 파한 것이다. 그 중 웃기 잘하는 색씨가 가히 미인이라 할 인물로, 수표다리께 사는 곰보 미장이의 누이다. 소년은 그가 얼굴값 하느라고 행실이 단정하지 못하다는 소문을 들어 알고 있다. 행실이 단정하지 못하기는 이 색시의 형 되는 사람이 오히려 더하여, 남편이 살았을 때에도 사내가 한둘은 아니었던 모양이라고 남들의 뒷공론이 대단하다.

9. 천변으로 창이 난 신전집의 작은 아들의 방에서 풍금소리가 들려왔다. "바그다드의 추장", 물론 소년은 곡명을 알지 못하지만, 그냥 귀로 듣기만 하여도 절로 신이 난다. 그러나 이 봄에 대학을 마치면 의사로 나서게 되는 그는, 재주 한 가지는 제일이라는 칭찬을 듣지만, 가운이 기울어지는 것과 함께 모든 악기들을 처분하고, 이제 하나 남은 낡은 풍금으로 심사를 위로할 뿐이다.

소년은 신전 편을 바라본다. 누구하나 찾아들지 않고 파리만 날리고 있다. 큰아들이 한약국집에서 얻어온 어제 신문만 뒤적거리고 있다. 소년은 어린 마음에도 남의 사정을 딱하게 여기고 있었으나, 사람들은 그의 그러한 갸륵한 심정을 알아줄 턱이 없다.

10.　소년은 정신없이 그러고 앉았다가, "인마, 뭣에 또 정신이 팔렸니? 어서 선생
님 머리 감아 드리지 않구……." 들어온 지 얼마 안 된 게 주인 행세를 하려드는
김서방이 소리를 꽥 지른다. 소년은 은근히 골이 나서, "내가 인마예요? 내 이름
은 어엿허게 재봉이에요." 볼이 멘 소리를 하고, 민주사의 뒤를 따라 세면대로
걸어갔다.

이 작품은 민주사라는 인물이 이발을 하는 동안, 이발소에서 막심부름
하는 소년이 유리창 밖으로 내다본 천변사람들의 이야기이다. 이야기의 시
작과 끝부분 그리고 인물들의 형편에 대한 소년의 심정을 작가의 전지적
시점으로 서술하고 있지만, 전개과정은 소년의 관찰자적 입장에서 진행된
다. 그러다가도 인물들의 형편에 대한 소년의 심정을 작가 전지적 관점에
서 서술하고 있다. 이 작품의 전개는 소년을 중심인물로 삼아 이야기가 전
개되는 것이 아니다. 소년은 관찰자이고, 그 관찰대상이 되는 인물들의 마
디이야기가 병렬되어 서술된 것이다.

한편 요약 1에서 민주사의 이발이 시작되고, 요약 10에서 이발이 끝나
머리를 감는 내용을 첨가로 보고, 요약 2에서 9까지 소년의 관찰을 중심이
야기로 보면, 이것은 중심이야기의 앞뒤에 마디이야기를 '첨가'한 구성방
법으로 볼 수 있다. 이러한 구성방법은 모든 인물들의 마디이야기들이 현
재의 표면적 시간으로 진행되고 있다는 점에서 평면적 구성방법이고, 평면
적 구성방법이 중심인물과 보조인물의 이야기를 계기적·연쇄적으로 서
술하는데 대해, 이 이야기는 여러 인물들의 이야기를 병렬하고 있고, 앞뒤
에 중심이야기와는 다른 마디이야기를 첨가하는 기법을 사용하고 있다. 이
러한 구성방법을 평면적 복합구성의 한 방법으로 고려해 볼 수 있다.

이 작품에서는 인물의 과거행적이 들어있기도 하다. 가령 요약 8의 귀돌
어멈에 관한 내용은 다음과 같다. "……귀돌어멈이 한약국집으로 안잠을
살러 들어온 것은, 지금으로부터 2년 전, 지금 유치원에 다니는 막내딸 기
순이가 세상에 나오던 바로 그해 가을이다." 이 내용 다음에 현재에 이르

기까지 한약국집에서 귀돌어멈이 겪은 이야기 같은 것은 더 이상 나타나 있지 않다. 이러한 요약적인 과거의 서술은 현재진행에서 과거로 시간을 역행시키는 기능을 하지 못한다. 인물에 대한 과거 행적의 요약적 설명은 서술의 진행 시간의 이중구조에 해당하지 않는다. 이 작품은 인물들의 마디이야기가 '병렬'되어 있고, 중심이야기의 앞뒤에 마디이야기가 '첨가'되어 있는 구성방법을 가진 것으로, 구성이 복합적이다. 그러나 시간의 역순행이 일어나지 않는 평면적 구성방법이 적용된 것이다.

3) 입체적 단일구성

(1) 겉줄기 이야기에 속마디 이야기 삽입

평면적 구성에서는 줄기이야기의 진행 시간이 앞으로 지속되어 간다. 여기에 한 줄기이야기에 등장하는 인물의 회상과 관계된 마디이야기들이 삽입되면, 시간의 흐름은 과거로 거슬러 올라갔다가 현재로 되돌아오게 되는 과정이 반복된다. 시간의 역순행이다. 이러한 구성방법이 입체적 단일구성이다. 현재의 진행시간에 삽입되는 마디이야기들은 소설의 서술이 시작된 시간 이전에 인물이 겪은 과거의 경험이다. 이 경험은 처음 · 중간 · 끝의 구성을 가진 요약적인 경우도 있고, 다만 어떤 사건이나 상황에 대한 간단한 서술일 경우도 있다. 그리고 처음과 끝이 있어도 그것이 시간이 순서대로만 삽입되는 것은 아니다. 줄기이야기의 인물이 만나는 상황이나 심리 또는 관념, 사물, 인물의 대화 내용 등에 따라 그 순서가 달라지기도 한다. 불연속적인 인물의 경험들일 때도 시간의 순서를 따르는 것은 아니다. 줄기이야기에 삽입되는 마디이야기로는 인물의 과거 경험만이 아니라, 줄기이야기의 주제를 암시하는 일화가 삽입되기도 한다. 이때는 시간의 역전이 일어나지는 않는다.

김승옥의 「무진기행」을 대상으로 삼아, 줄기이야기에 마디이야기를 삽입하여 구성한 입체적 단일구성의 경우를 보기로 한다. 이 작품의 시작은, "버스가 산모퉁이를 돌아갈 때, 나는 '무진(Mujin)10km'라는 이정비(里程 碑)를 보았다."로 시작한다. 주인물 '나'가 무진에서 사람들을 만나고 겪어 나갈 이야기의 시작이다.

소설의 시작 시간 이전에 주인물이 겪은 경험적 이야기를 시간의 순서를 따라 적어보면 다음과 같다. 줄기이야기에 마디이야기가 삽입되어 진행되어 가는 과정을 살펴보기 위해, 줄기이야기의 시간적 순서는 아라비아숫자로 표시하고, 소설의 시작보다 앞서는, 인물의 과거 경험에 해당하는 마디이야기는 영어의 알파벳에 아라비아숫자를 붙이기로 한다. 다음의 마디이야기는 소설의 시작에 앞선 인물의 과거 경험이다.

a1.　나(윤희중)는 6·25사변으로 대학의 강의가 중단되어 귀향하였는데, 홀어머니의 만류로 의용군의 징발도 국군의 징병도 기피하고 골방에서 숨어 지냈다. 전선을 택하고 싶어도, 만류하는 홀어머니 때문에 모멸과 오욕을 웃으며 견뎠다.

a2.　무진의 바닷가 방죽 위의 집에서 방 한 칸을 얻어 더러워진 폐를 씻어내고 있었다. 그 때 '쓸쓸하다'는 단어 하나로 모든 것을 대신하여 친구들에게 편지를 썼다.

a3.　멀고 가까운 곳에서 들리는 개구리 울음소리들을, 나의 감각 속에서 반짝이고 있는 수없이 많은 별들로 느끼곤 했고, 별을 바라보고 있으면, 도달할 길 없는 거리 때문에 가슴이 터져 버릴 것 같았던 때를 기억했다.

a4.　나이가 든 뒤, 서울에서의 실패로부터 도망할 때거나, 무언가 새 출발이 필요할 때 무진으로 갔다.

a5.　동거하고 있던 여인이 달아나 버렸고, '빽이 좋고 돈 많은 과부'와 결혼했다.

a6.　제약회사 주주총회에서 전무 인준이 날 때까지, 무진에 내려가서 긴장을 풀고 오라고 아내와 장인이 권유했다.

이들 상황이나 행위는 플롯의 전개과정에서 과거 경험적 심상으로 소설의 진행에 참여한다. 이 이야기들은 시간의 차례로는 앞과 뒤가 있는 것이지만, 하나의 줄기이야기를 이루기 위한 시작·중간·끝이 없는 단순한 마디이야기이다. 현재 진행의 과정에서 상황·심리·관념 등이 매개되어 회상하게 되는 마디이야기이다. 이들이 이 작품의 전개과정에서 어느 위치에 들어 있는지는 다음의 전개 내용에서 알 수 있다.

「무진기행」의 처음부터 끝까지의 플롯은 다음과 같이 진행되었다.

1.   무진의 이정표가 나타났다. 무진으로 가는 버스의 승객들이 무진은 명산물 하나 제대로 없이 척박하다고 말했다.

2.   무진의 명산물인 안개. 사람들로 하여금 해를, 바람을 간절히 부르게 하는 안개.

3.   바람이 버스 안의 나를 반수면 상태로 끌어넣는다.

4.   햇빛의 신선한 밝음과 살갗에 탄력을 주는 정도의 공기의 저온, 그리고 해풍에 섞여 있는 정도의 소금기로 수면제를 만들어 보고 싶다고 공상한다.

> a6.   제약회사 주주총회에서 전무 인준이 날 때까지, 무진에 내려가서 긴장을 풀고 오라고 아내와 장인이 권유했다.

> a4.   나이가 든 뒤, 서울에서의 실패로부터 도망할 때거나, 무언가 새 출발이 필요할 때 무진으로 갔다.

> a1.   대학의 강의가 중단되어 귀향했는데, 홀어머니의 만류로 의용군의 징발도 국군의 징병도 기피하고 골방에서 숨어 지냈다. 전선을 택하고 싶어도 만류하는 홀어머니 때문에 모멸과 오욕을 웃으며 견뎠다.

5.   버스가 무진 읍내로 들어섰다. 6월 하순의 강렬한 햇볕이 끓고 있는 무진 읍내의 정경.

6.   신문지국에서 "나"에 대해 수근거림을 들었다.

7.   학생들의 하학과 직장인들이 퇴근하는 거리 풍경. 출퇴근이 실없는 장난이라고 생각했다.

8.   모교의 국어교사인 후배인 박선생이 방문했다. 그는 '나'가 다니던 회사의 합병으로 실직했을 때의 나를 기억했고, 나의 결혼에 대한 소문과 출세한 동기 '조'가 세무서장으로 근무한다는 소식을 전했다.

> a5.   동거하고 있던 여인이 달아나 버렸고, 나는 '빽이 좋고 돈 많은 과부'와 결혼했다.

9. 친구인 '조'의 집을 방문했다. 조의 집에서 그의 손님들과 인사, 그 곳에서 모교 음악교사인 하인숙을 만났다. 그녀는 졸업연주에서 『나비부인』 중에서 「어떤 개인 날」을 불렀다고 했다. 그녀는 청승맞게 광녀의 냉소같이 "목포의 눈물"을 불렀다. 박선생은 그것이 딱해서 자리를 떠났다.

10. 집에서 집으로 돌아왔다. 하선생과 동행했는데, 갈림길에서 하선생이 바래다 주기를 바랐을 때, 그녀가 '나'의 인생에 끼어듦을 느꼈다.

   a3. 멀고 가까운 곳에서 들리는 개구리 울음소리들을, 나의 감각 속에서 반짝이고 있는 수없이 많은 별들로 느끼곤 했고, 별을 바라보고 있으면, 도달할 길 없는 거리 때문에 가슴이 터져 버릴 것 같았다.

11. 하인숙이 '나'를 오빠라고 부를 테니, 자기를 서울로 데려가 달라고 간청했다. 나는 생각해 보겠다고 말했다. 다음날 바닷가에 함께 가기로 약속했다.

12. 잠자리에 들어 하인숙과 주고받는 얘기를 생각해 보았다. 서울에 가고 싶다는 그 여자의 안타까운 음성, 나는 문득 그 여자를 껴안고 싶은 충동을 느꼈다.

13. 어머니 산소에 성묘를 했다. 방죽 길을 걸어 돌아가다 방죽 비탈에서 죽은 술집 여자를 보았다. 나는 이 여자가 내 몸의 일부처럼 느껴졌다.

14. 집으로 돌아와 세무서장 조의 쪽지를 보았다. 바쁜 것을 자랑스럽게 여기는 조는 바쁘다는 것을 서투르게 바빠 한다. 조는 하인숙이 자기를 귀찮게 쫓아다니지만, 결혼하기에는 그녀의 집안이 너무 허술하다고 했다. 그러나 한번은 함께 절에 놀러 가서 어떻게 해보려다 무안을 당했다고 했다. 나는 그 여자에게 감사했다.

15. 하인숙을 방죽에서 만났다. 그녀는 나에게 서울에 데려다 주기를 기대하고, 나는 서울보다는 이곳이 더 낫다고 말했다. 그녀는 내 손을 뿌리쳤다.

   a2. 방죽 위의 집에서 방을 얻어 더러워진 폐를 씻으며 살았다. 그때 '쓸쓸하다'는 단어 하나로 모든 것을 대신하여 친구들에게 편지를 썼다.

16. 방죽 위의 집에 도착했다. 그 방에서 그 여자의 조바심을 빼앗아 주었다. 그 여자에게, 세상에 착한 사람이 있을까라고 물었을 때, 착하게 보아주려는 마음이 없으면, 아무도 착하지 않다고 말했다.

17. 바닷가로 나갔다. 하인숙은 '자신이 싫어지는 것'을 경험했다며, 서울로 가고 싶지 않다고 했다. 나는 손을 내밀어 그 손을 잡는 사람이 있으면, 그 사람을 가

까이 끌어 당겨 주기로 했다. 그 여자에게 '사랑한다'고 말하고 싶었다.

18.　　읍내로 돌아오면서, 하인숙은, '나'가 여기 있는 일주일 동안 멋있는 연애를 할 계획이라고 말하고, 나는 그녀에게 내 힘에 끌려서 서울까지 가게 될 것이라고 말했다.

19.　　빨리 귀경하라는 아내의 전보를 받았다. 나는 전보('나'의 현실)와 타협안을 만들었다. 무진을, 안개를, 배반을, 무책임을 마지막으로 한번만 긍정하기로 하고, 그리고 주어진 한정된 책임 속에서만 살기로 약속하였다.

20.　　나는 하인숙에게, 당신은 내 자신이기 때문에 사랑한다, 당신을 햇볕 속으로 끌어 놓기 위하여 있는 힘을 다할 작정이니, 나를 믿으라고 편지를 썼다가 찢어 버렸다.

21.　　나는 무진을 떠나며 심한 부끄러움을 느꼈다.

이 작품을 시간의 순서대로 늘어놓으면, a1 → a2 → a3 → a4 → a5 → a6 → 1 → 2 → 3 → 4 → 5 → 6 → 7 → 8 → 9 → 10 → 11 → 12 → 13 → 14 → 15 → 16 → 17 → 18 →1 9 → 20 → 21과 같다.

그런데 플롯의 구조는 1 → 2 → 3 → 4→a6 →a4 →a1 → 5 → 6 → 7→ 8 →a5 →9 →10 →a3 →11 →12 →13 →14 →15 →a2 →16 →17 →18 →19 → 20 → 21의 순서로 진행되었다. 과거의 경험적 상황이나 사건들이, 소설의 현재 시간이 진행되는 중간 중간에 삽입되어 심상으로 작용하고 있다.

마디이야기가 줄기이야기에 삽입되는 계기 또는 연관관계는 다음과 같다. a6은 인물이 무진에 도착할 즈음에, 무진에 오게 된 계기를 말한 부분이고, a4는 무진이라는 공간이 매개가 되어 그곳에서 겪었던 젊은 날의 고뇌를 말했다. a1은 무진에 오기 위해 광주역에서 내려 역구내를 빠져 나올 때 본 미친 여자를 보았을 때, 불현듯 인물의 앞에 되살아난 지난 날 무진에서 겪은 어두운 기억이다. a5는 인물과의 대화중에 결혼에 대한 이야기가 나왔을 때, 화자가 서술한 내용이다. a3은 집으로 돌아가는 논길이 동기가 되어 회상한 관념이다. a2는 방죽 위의 집이라는 현재의 공간이 동기가 되어, 같은 공간에서 있었던 과거경험에 대한 서술이었다.

삽입된 내용들은 공간, 어둡거나 불안한 상황, 대화의 소재 등이 동기가 되어 인물의 경험적 회상으로 서술되었다. 이 내용들은 이 작품의 주제나 인물의 가치관을 이해하는 단서가 되기도 한다. 과거의 경험을 삽입한 부분에는 '나'의 추상적 순수(a1)와 현실적 욕망(a5, a6)이 모두 드러나 있다. 이러한 마디이야기는 a6 → a4 → a1 → a5 → a3 → a2의 순서로 현재진행 시간에 삽입된 것으로, 그것이 시간의 순서보다는 줄기이야기의 공간, 상황, 대화의 소재 등의 여건을 매개로 삼아 삽입되어 있다.

「무진기행」은 현실적 욕망을 따라 사는 인물이 잠시 고향으로 돌아가, 어두운 과거를 되짚어 생각하게 되고, 그 어두운 시절을 보상하려는 인물의 심리를 포착한 작품이다. 그러나 인물이 자신의 결여적 과거에 대한 보상을 직접적으로 현실에서 이루어 내기는 어려우므로, 그는 자기의 과거와 같은 어두움을 겪고 있는 다른 인물을 통해서, 지난날의 자기 결여를 대리보상하려는 의도를 갖게 된다. 인간은 사회적 존재가 되기 이전의 유년기, 또는 지금을 기준으로 과거를 되돌아 볼 때가 있다. 햇빛이 충만한 푸른 시절이었던지 어둡고 음습한 그늘이었던지의 구분이 없이, 지난날의 기억을 떠올리게 된다. 그리고 결여된 과거일수록 그것을 보상하려는 잠재심리가 있다. 이 작품에서 '나'가 하인숙에게 햇볕 속으로 끌어 놓기 위하여 있는 힘을 다할 작정이라고 편지를 쓴 것은 자기 대리보상의 심리이이다. 그러나 곧 편지를 찢고, 무진을 떠나며 부끄럼을 느꼈다는 것은 현실의 욕망을 향해 떠나는 처지에 지난날의 어두움을 대리보상으로 씻어 내려 했던 자책감의 발현일 것이다.

줄기이야기에 마디이야기를 삽입하는 것은 인물의 과거 경험적 사건·상황 이외에도 그 작품의 주제나 인물의 성격, 사건의 정황 등을 암시하는 경구적·우화적 일화·고사 등을 삽입할 수 있다. 이런 경우만이 아니라, 이청준의 「소문의 벽」에서는 관찰서술자인 '나'가 박 준이라는 인물의 실체를 보여주기 위하여 박 준이 썼다는 소설, 그와 관련된 주간지의 인터뷰 기사, 자전적 중편소설 등의 형식을 빌어서, 그 내용을 요약적으로 또는 특정부분을 구체적으로 삽입하고 있다. 이러한 경우도 마디이야기 삽입의 범주에 든다.

(2) 겉마디 이야기에 속줄기 이야기 삽입

소설의 전개를 시간으로 볼 때, 인물이 현재 겪어나가는 이야기와 과거에 겪은 이야기로 나눌 수 있다. 이런 경우에 현재 겪어 나가는 이야기는 현재의 시간에 노출되어 있으므로 겉이야기라고 부르고, 과거에 겪은 경험에 해당하는 부분은 속이야기라 한다. 그리고 그 이야기가 발단에서 결말에 이르는 처음·중간·끝이 갖추어져 있는 것을 줄기이야기라 하고, 그렇지 못하면 마디이야기이다. 그런데 겉이야기나 속이야기가 각각 모두 줄기이야기일 경우도 있고, 어느 한이야기가 줄기이야기이고 다른 이야기는 마디이야기일 수 있다. 속이야기가 줄기이야기일 때는 이것을 마디이야기들로 나누어 겉이야기의 진행과정에 삽입한다.

속이야기가 줄기이야기이더라도 겉이야기는 줄기이야기가 아닌 마디이야기일 수도 있다. 우리는 이러한 보기를 최 윤의 「하나코는 없다」에서 살펴볼 수 있다. 겉이야기에 속이야기를 삽입하는 것은, 인물의 의식이 현재와 과거의 시간을 넘나들고, 행위와 관념 사이를 오가면서 이루어 놓은 것이다.

우선 이 작품의 겉이야기를 간단히 말하면 이렇다. 아내와의 불화로 로마로 출장을 서둘러 결정한 '그'는 일을 마치고 베네치아로 간다. 리알토 다리 근처에 숙소를 정하고, 다음날 산 마르코 광장과 성당을 견학한다. 지루함을 느낄 뿐이다. 그의 머릿속에는 다른 시간과 장소를 헤매고 있다. 베네치아 근처 작은 도시에 있는 하나코, 장진자에게 주저하고 망설이다가 전화를 했다. "반가워요. 오세요." 그녀의 모든 것이 예전과 같은 듯했지만, 무언가 달라져 있었다. "그렇게 날 몰라요? 그렇게도?" 장진자의 목소리는 함정이 많은 수수께끼같이 느껴졌다. 그는 미로투성이의 도시를 목적지도 없이 걷는다. 하나코를 만나지 않고 로마로 돌아왔다. 아내와의 불화를 해소하리라 생각했다. 서울의 술자리에서 이탈리아 여행을 침이 마르게 칭찬했다. 그는 승진하여 만족하게 살고 있었다. 어느 날 그는 영어판 홍보 잡지에서 촉망받는 독창적인 디자이너 하나코의 인터뷰 기사를 보았다.

이러한 겉마디이야기에다 하나코와의 만남과 겪음과 헤어짐을 회상하는 속줄기 이야기를 시간의 차례와 무관하게 분절하여 삽입하고 있다.

다음은 「하나코는 없다」의 줄거리를 대강 정리해 본 것이다.

1. 로마에서 일을 끝내자 그는 기차로 저녁 늦게 베네치아에 도착했다.
2. 여행 안내책자를 보고 무의식중에, '겨울 안개에 조심하라. 그리고 미로 속으로 들어가라. 그것을 두려워할수록 길을 잃으리라.'는 경구를 조립해 냈다.
3. 이탈리아 거래처 직원이 예약해 둔 여인숙. 물과 안개의 도시, 구시가 중심에서 멀지 않은 리알토 다리 근처에 위치해 있다고 했다.
4. 그는 이탈리아에 도착한 이래 점점 잦아드는 용기를 길어 올리기 위해, 혹은 그 용기를 부추기는 무언가에서 도망하는 것처럼 베네치아에 와 있었다.
    a13. 오륙개월 전 즈음인가 K의 전화가 있었다. 고등학교 때부터의 친구, 대학시절의 공범자, 사회에서의 동업자. 그와 K는 대학의 전공과 관계없는 모자 전문가가 되었다. 그와 K 그리고 서너 명의 동창들은 한달에 두어 번은 만났다.
    a14. K가 우연히 생각이 났다는 듯이, 하나코가 이탈리아에 있다고 했다. 궁금해 할 것 같아서 알려준다고 했다.
    a1. 하나코, 한 여자를 지칭하기 위한 그들 사이의 암호이다. 모두들 대학졸업을 앞 둔 상태에서, 그들 중 하나가 한 여대생을 소개했다. 키가 유난히 작고, 낮은 목소리로 가끔 논리를 벗어난 그들의 객기에 대해 진지한 표정으로 아주 심각하게 질문을 던지던 여자. 그들 모두를 당황케 만들던 여자.
    a12. 그녀의 용모는 눈에 띄지 않는 반면, 코 하나는 정말 예뻤다. 그래서 붙

여진 별명, 하나코. 그녀를 생각하면서 맨 먼저 떠올리는 것은 숨기고 싶은 그들 모두의 작은 실수였다. 별명으로 불러야 마음이 편한 상대를 누구나 한명 쯤 숨겨 가지고 있다면 그 대상은 하나코였다.

a2. 그들이 모일 때, 그녀는 늘 똑같은 여자 친구 한 명을 대동하고 그들의 모임에 합세했다. 그녀는 재치있는 농담도 하고, 오호! 하는 감탄사까지 유발시키는 발언도 할 줄 알았다.

a3. 하나코는 전화를 받으면 그들과의 만남을 한번도 거절한 일이 없었다. 그녀의 어조는 늘 진지했다.

a4. 그들은 그녀가 어떤 대학에서 미술을 전공했다는 것 외에, 그의 구체적 전공이나 집안에 대해 아는 것이 거의 없었다. 전화번호와 편지봉투에 적힌 주소만을 알 뿐이었다.

a9. 그녀가 그들의 모임에서 사라져버리기까지, 어느 누구도 그녀가 어느 날 그들의 부름에 대답하지 못할 곳으로 사라져 버리리라고는 한순간도 생각해 본 적 없었다.

5. 역 근처에서 지도 한 장을 사들고 여인숙의 위치를 찾았다. 바포레토라고 불리는 배를 탔다.

6. 베네치아에서 그가 상상할 수 있는 것은 아주 어두운 것들뿐이었다. 그가 베네치아에 온 것은 K의 조언 때문이 아니었다. 그의 목적지는 이 도시에서 아주 가까운 다른 도시의 한 주소였다.

7. 낡은 4층짜리 건물의 여인숙의 방에서 내려다 본 한적한 밤의 거리는 완벽히 비어 있었다.

8. 가까이에서 배가 지나면서 물살을 가르는, 외로움을 자극하는 평화로운 소리, 저처럼 부드러이, 곤두선 삶의 비늘을 쓸어 줄 얼굴이 있다면. 왜 어디를 가나 무너지는 소리뿐이람. 그는 자신의 감상에 당황하고 있었다.

a5. 그들은 하나코가 대학을 졸업하기 전에 미술학원에서 아이들을 가르친 적이 있다는 것, 전공이 조각이라는 정도의 얘기를 들은 적이 있는 듯했다.

9. 자그마한 방. 그는 망설이다가 수화기를 들고 잠시 윙하는 소리를 듣고 있다가 수화기를 다시 놓았다.

b1. 아내와 삶. 4년이라는 시간. 사소한 일로 생긴 말다툼이 두 사람의 존재

를 뿌리째 흔든다. 서로를 부정하기 위해 필수불가결한 정기적인 말다툼.

    b2.   아내와의 불화가 없었다면 이탈리아 출장을 서둘러 맡았을까. 그리고 하나코의 소식을 기억하고 그녀의 이탈리아 주소를 알아냈을까.

10.   대체 이곳에서 무엇을 하며 이틀을 보내야 한담. 그는 서서히 잠이 들었다.

11.   이튿날 아침, 창밖은 온통 소란스러운 안개. 간단한 식사를 마치고 방으로 들어왔다.

12.   혼자 하는 여행은 질색이군, 그는 생각했다. 먼 그림자처럼 어두운 강변을 걷는 하나코의 뒷모습이 슬쩍 스쳐 지나갔다.

13.   그는 전화번호가 적힌 수첩을 펼쳐 들었다. 하나코의 전화번호. 그때 있었던 작은 불편한 사건, 그 정도의 일은 지금쯤 아마 다 잊었을 거야. 하나코가 이 나라에서 무엇을 하고 있는지 가벼운 궁금증이 일었다.

14.   전화번호는 베네치아 근처의 작은 도시의 지역번호를 달고 있었다. 왜 그는 그 순간 수도원이나 혹은 그 비슷한 정적의 공간이 뇌리에 떠올랐는지 알 수가 없었다.

15.   그는 전화번호를 눌렀다. 아무도 전화를 받지 않았다. 슬며시 수화기를 내려놓았다. 미루고 싶은 숙제를 연기하고 난 사람의 마음으로.

16.   리알토에서 산 마르코 광장까지 아무에게도 길을 묻지 않겠다고 그는 생각했다. 지나가고 있는 사람들에게서 그는 막연히 하나코를 닮은 누군가를 찾고 있었다. 하나코 하면 물이 연상되었다. 그래서 모두 그 강변으로의 여행을 생각했는지도 몰라.

    a6.   그들은 하나코와 따로 만나기도 했다. 그녀가 택하는 장소는 자주 지나치는 거리의 아주 평범한 곳이었고, 편안한 등받이 좌석이거나, 각별한 장식, 독특한 모양의 찻잔 등 꼭 인상에 남을 한 가지 특징이 있는 곳이었다. 그리고는 이상한 힘에 이끌려 고해성사라도 하듯이, 어느 누구에게도 말할 수 없었던 구질하면서도 내밀한 자신의 얘기를 그녀에게 하는 것이다.

17.   갑자기 목이 말라 카페에 들러 카푸치노를 한잔 마셨다. 산마르코 광장으로 가는 길을 찾아 수많은 골목과 작은 광장과 작은 다리들을 건넜다.

    a10.   하나코와 그들 사이에 연락이 두절된 지 일 년여가 넘은 다음에, 술 취한 J가 전화를 걸어 왔다. J가 열렬한 구혼을 했을 때, 하나코에게서 자기

가 그런 편지의 적합한 수신자인지를 한번 생각해 보라는 답장을 받았
고, 그 일주일 후 자기는 다른 여자와 결혼날짜를 잡았다고 했다.

    a11.   하나코가 자취를 감춘 후, 그들은 주고받던 하나코의 편지를 서로에게
읽어주던 때가 있었고, 그 즈음에 한 술자리에서 그녀에게 하나코라는
별명을 붙여 주었던 것 같다.

    a7.   그가 한번은 어디서 읽은 시구를 베껴서 멋을 부려본 적이 있었는데, 그
녀는 "시 제목을 알아맞히는 수수께끼 놀이를 하자는 거지요?" 라는 농담
어린 답장을 보내왔다. 그는 하나코와는 자존심이 상할 일이 없었다. 일이
덧나도 우리는 친구라고 그녀가 무마했다.

18.   멀리 산마르코 광장의 첨탑이 보였다. 인파, 두 마리의 금박 사자, 유난히 살진
비둘기떼가 보였다. 성당을 방문했다. 전 세계인이 경탄하는 교회에 발을 들여
놓고도, 머릿속은 다른 시간과 장소를 헤매고 있었다.
한국말을 하는 다정한 부녀, 집에 두고 온 딸을 생각했다. 이제 겨우 두 살. 그는
답답함을 누르며 출구를 나섰다.

19.   부두 쪽으로 갔다. 공중전화 부스가 그의 시선을 끌었다. 그의 주위에서 싸움
이 일어났다. 경찰의 제지로 싸움이 끝나고 모였던 사람들이 흩어지자 공중전화
부스가 바로 드러났다. 서울이 아니라 바로 옆의 작은 도시에 전화를 했다. 하나
코를 찾았다. 그에게 익숙한 밝은 하나코의 목소리, 그는 장황하게 설명을 붙이
며 로마로 돌아가기 전에 만나고 싶다고 했다. "반가워요, 오세요." 그녀는 실내
장식 디자이너로 일하고 있다고 했다.

20.   그녀는 모든 것이 예전과 같아 보였지만, 무언가가 달라져 있었다. 그는 갑자
기 힘이 조금 빠지는 것을 느꼈다. 그녀에게 방해가 되지 않겠느냐고 물었을 때,
"나를 그렇게 몰라요?" 하고 반문했다. J씨처럼 전화만 하거나, P씨처럼 차 한
잔도 제대로 마시지 않고 떠난다든가 하지는 말라고 했다.

    a15.   여행을 떠나기 전 술자리의 J도 P도, 몇 달 전 K도 하나코와 직접 통화
했다고 말하지 않았었다.

21.   당장 가겠다고 호탕하게 대답한 것과 달리, 그는 좁은 수로를 따라 나 있는 골
목길을 걸었다. 낯선 도시에서 목적지도 없이 걷는 낙망한 자유. 몇 번인가, 인테
리어 디자이너, 장진자의 목소리가 들렸다. 그렇게 날 몰라요? 그렇게도? 그것은

함정이 많은 수수께끼처럼 점점 더 깊이 그를 미로 투성이의 한 도시 속으로 이끌었다.

22. 이제 그가 탄 로마행 밤기차가 떠날 것이다. 기차가 서서히 움직이기 시작했다. 기차의 속력이 빨라졌고, 멀리 보이는 바다는 시야에서 사라져버렸다. 공연히 무언가 아주 먼 곳에서 다시 한 번 무너지는 느낌을 남기고서.

   a8. 그 일은 대체 어떻게 일어났던 것일까. 그들 중 두 명이 중고차를 샀다. 운전 연습 겸 내려 온 곳이 낙동강가 갈대밭 근처의 식당. 그들 다섯과 하나코와 그녀의 여자친구의 흥분되었던 여행분위기는 조금씩 우울하고 불안정하게 변화했다. 노래를 불렀다. 악을 써댔다. 노래라면 질색인 하나코에게 노래를 시키고 말리는 실랑이가 계속되었다. 하나코의 머리가 볼품없이 흐트러져 있었다. 누군가 그런 몰골을 가리키며 웃음을 터뜨렸다. 광란의 웃음이었다. 하나코와 그 친구는 미친 듯이 웃으며 가방을 집어 들고 어둠 속으로 걸어 나갔다. 어느 누구도 그녀들의 위험한 걸음을 되돌리려 따라 가지 않았다. 하나코는 이렇게 그들의 모임에서 사라졌다. 그 후 그들 사이에 그녀, 장진자가 언급될 때 하나코로 명명되었다. 그녀에 대해 얘기하고 싶은 마음과 자제의 욕구가 절충된 별명이었다.

23. 로마에 내리자마자 서울에 전화를 걸리라. 그의 마음은 예전에 비해 한 치도 바뀐 것이 없다고.

24. 서울에서 그는 술자리를 마련했다. 이탈리아의 여행에 대해 침이 마르도록 칭찬했다. 그들은 이튿날 출근을 위해 흩어졌다.

25. 그렇게 날 몰라요? 하나코의 음성이 그의 귓가에 울리기도 했지만, 그는 먹어가는 나이에 걸맞는 위치로 승진했기 때문에 바빴다.

26. 그 달의 영어판 홍보 잡지에는 '동양의 매력을 의자에 담는 한쌍의 한국인 디자이너, 귀국 전야의 인터뷰' 기사가 있었다. 하나코와 그녀의 친구, 촉망받는 독창성을 지닌 디자이너. 이탈리아와 한국에서 동시 개점할 사업 절차와 계획을 다루었다.
하나코의 얼굴은 오똑하게 돋아난 코가 더욱 부각되어 보였다.

위에서 1~26은 겉이야기가 현재 진행되어 가는 순서이고, a1~a15와

b1 · b2는 인물이 겪은 이야기의 유형별 구분과 시간의 차례이다. a는 ‘그’가 겪은 하나코와의 과거 경험이고, b는 아내와의 갈등에 대한 기억인데, 이것들은 ‘그’가 현재 겪어나가는 이야기의 줄기에 삽입해 넣은 속이야기이다.

속이야기는 시간의 순서대로 삽입되지 않는다. 하나코에 대한 기억은 a1의 만남으로부터 시작되지만, 이 작품에는 육 개월 전 즈음의 K의 통화 내용부터 삽입되어 있다. 이것은 하나코와 관계된 기억의 시간에서 열세 번째의 차례이다. 삽입된 내용은 그때마다 매개되는 것이 있지는 않다. 하나코라는 인물을 제시한 다음에는 때때로 그녀와 관계된 상황이나 행위가 삽입되고 있다. 일단 기억 속에 되살아나면, 매개되는 사물이나 상황 · 분위기 · 시간 · 공간 등의 제시가 없이도 하나코에 대한 회상이 자유롭게 이어지고 있다.

이 작품의 속 이야기의 삽입 순서는 내용은 a13 → a14 → a1 → a12 → a2 → a3 → a4 → a9 → a5 → b1 → b2 → a6 → a10 → a11 → a7 → a15 → a8 와 같이 전개되었다. 이러한 순서를 보고 있으면, 속이야기의 구성이 시간의 차례대로 기록되는 것이 아니라는 것을 알 수 있다. 구성의 처음과 끝을 정하면, 그 중간 과정의 사건과 상황에 대해서는 시간의 순서로부터 자유로울 수 있을 것이다.

이 작품은 현대 사회인의 익명적 삶에 대한 보고이다. 익명의 사회에서는 자기에 대한 정보가 드러나 있는 사회 구성원이 받는 구속에서 자유로울 수 있다. 이 때 그는 불특정 다수의 한 개체가 된다. 불특정한 개인에게는 규제가 없고, 개인의 행위에 대한 책임도 회피할 수 있다.

이 작품에서 인물들은 ‘그’와 ‘그들’, ‘하나코’와 ‘그녀의 친구’로 제시되어 있고, 특정한 이름이 없다. 그리고 그와 그들은 서로 하나코와 어떤 만남을 가졌는지 알지 못한다. 그것은 하나코가 그들의 익명성을 보장하고, 때로는 무례함이나 사회에서 어긋나거나 일시적 격정에 치우친 감정

등의 어처구니없는 일도 감싸 안아서 보호했기 때문이다. 하나코는 그들의 작은 실수에 대해 규제하거나 책임을 묻지 않았다. 이것은 현대인이 서로 경쟁하고 부딪쳐 살게 되면서부터 마음속으로 그리워한 삶의 방식이며, 그런 점에서 하나코는 그들에게 휴식의 그늘이었다. 그는 아내와의 “아무것도 아닐 수 있는 가장 진부하고 지루한 서로의 약점이 가장 비하되어 드러나는 불화” 때문에 이탈리아 출장을 서둘렀다. 아내와의 결혼생활에서는 익명적 삶이 보장될 수가 없었다. 자기의 노출이다. 베네치아로 간 그는 하나코라는 그 익명의 그늘에서 자기 노출의 상처를 치유하려 했지만, 이제는 하나코도 무언가 달라졌다고 느꼈다. 그 때 그곳에서 그녀는 J와 P의 이야기를 했다. 숨겨서 감싸는 것이 아니라 드러내 보여주게 된 것이다. 그는 익명적 삶의 한계를 알게 된다. 즉 자기를 규제하고 책임을 지는 일이 삶의 방식이라는 것을 생각하게 되었다.

(3) 겉줄기 이야기에 속줄기 이야기의 삽입

한편, 현재의 시간에서 진행되는 겉이야기보다 인물의 과거경험을 회상한 속줄기 이야기의 비중이 높고, 그 속줄기 이야기가 단독으로의 이야기 구조를 갖추고 있는 경우도 있다. 이런 경우에도 속줄기 이야기는 여러 개의 토막이야기로 나뉘어, 현재 진행의 과정에 삽입되어 있다. 그런데 과거의 경험이 시간의 순서대로 삽입되는 것은 아니지만, 비교적 시간의 차례를 지켜나가는 경우도 있다. 이문열의 「금시조」를 읽어보기를 바란다. 논의의 편의를 위해 먼저 겉이야기를 간추리면 대개 다음과 같은 골격을 가지고 있다.

1.   무엇인가 빠르고 강한 빗줄기 같은 것이 스쳐간 느낌에 고죽(古竹)은 눈을 떴다. 묵향이 콧속으로 스며들었다. 묵향으로 보아 추수가 다녀간 것이 틀림없었다. 사람을 부를까 하다가 다시 마음을 돌리고 누웠다.

2. 고죽의 눈길은 병실 모서리에 걸린 석담 선생의 진적에 머물렀다. '金翅劈海 香象渡河(금시벽해 향상도하).' 그가 일평생 싫어하면서도 두려워하고, 이르고자 하면서도 넘어서고자 했던 스승의 가르침이 거기 들어 있었다.

3. 잘 모아지지 않는 시선으로 문께를 보니 매향(梅香)이 들어서고 있었다. 그러나 아니었다. 추수였다. 네 어미를 기억하느냐고 물었다. 사진밖에는……. 추수는 방안 공기를 갈아넣은 후 조용히 방을 나갔다.

4. 미음 한 공기를 마신 고죽은 억지로 몸을 일으켜 세웠다. 거의 넉달 동안 하루도 거르지 않고 도심의 화랑가를 돌며, 자신의 작품이 나오면 무조건 거두어 들였다.

5. 고죽은 만득자 같이 유별난 애정을 느끼는 제자, 초헌의 부축을 받고 차례로 화방을 돌았다. 여섯째 화방에서 낯익은 글씨 한폭을 찾아냈다. 운곡의 난초 한 폭과 교환했다.

6. 초헌의 부름에, 고죽은 회상에서 깨어나며 천천히 몸을 일으켰다. 작품을 거두어 무엇에 쓰려는가고 화방주인이 묻자, 다 쓸데가 있다고 하였다.

7. 권학문(勸學文) 한 편을 거둬 들이기 위하여 시립도서관으로 갔다. 융통성 없는 관장과 언성을 높이다가 혼절해 버렸다. 고죽이 눈을 뜬 것은 오후 늦게였다. 추수 곁에 낯익은 얼굴이 하나 있었다. 첫 번째 수호제자(受號弟子)인 난정(蘭丁)이었다.

8. 난정이 대나무 두 폭을 가지고 왔다. 옛날의 교활함은 보이지 않았다. 추수가 재식 오빠에게 전화가 왔었다고 했다. 윤식이에게도 연락할까고 물었다.

9. 내가 진정으로 열렬하게 사랑했던 것은 무엇이었을까. 고죽은 비애와도 흡사한 회상 속으로 빠져 들어갔다. 가장 세차면서도 일생을 되풀이된 충동이 미적 충동이었고, 거기에 충실한 것이 그의 서화이었다. 고죽은 자기의 예술이 그 본질과는 다른 어떤 것에 얽매이는 것을 못견뎌 했다. 나는 구하던 것을 얻었던가. 그러다가 고죽은 혼절한 듯이 잠이 들었다.

10. 고죽이 다시 눈을 뜬 것은 이미 날이 저문 후였다. 재식이와 윤식이도 와 있었다. 각각 어미가 다른 불쌍한 것들, 몹쓸 아비였다. 이제 너희에게 남기는 약간의 재물이 아비의 부족함을 조금이라도 메꾸어 줄런지.

11. 금시조가 날고 있었다. 수십 리에 뻗치는 거대한 금빛을 퍼득이며 푸른 바다 위를 날고 있었다. 날개 짓은 화려한 비상의 자세였고, 거룩함의 얼굴에서는 여의주

가 찬연히 빛나고 있었고, 입에서는 화염과도 같은 붉은 꽃잎이 뿜어져 나와 아름
다운 구름처럼 푸른 바다 위를 떠돌았다. 그런데 그 거대한 등 뒤에 그가 있었다.
꿈이었다.

12.   고죽은 상체를 가만히 일으켰다. 초헌을 불렀다. 벽장과 문갑에서 그동안 거둬
들인 서화를 꺼내라고 했다. 불을 밝게 하고 하나씩 펴보이게 하였다. 한 폭 한
폭 자평을 해 나갔다. 오랜 원수의 작품을 대하듯 준엄하고 냉정한 평이었다. 임
모(臨摸)나 집자(集字)의 부실함, 교졸(巧拙)과 천격(賤格)을 탓하며, 모두 왼쪽으
로 제쳐 놓았다. 결국 오른 쪽으로 넘어간 서화는 단 한 폭도 보이지 않았다.

13.   그의 일생에서 그가 단 한 번이라도 보고자 했던 것은 바로 새벽꿈에서와 같은
금시조였다. 고죽의 서화론은 대개 두 가지로 요약될 수 있었다. 하나는 서예는
의(意)에 있는 것이 아니라 정(情)에 있으며, 글씨보다는 그림으로 파악되어야 한
다. 다음으로는 물화와 심화의 구분이다. 물화는 사물을 있는 그대로 표현하면서
거기에다 사람의 정의(情意)를 의탁하는 것이고, 심화란 사람의 정의를 드러내기
위해 사물을 빌어오되, 그것을 정의에 맞추어 가감하고 변형시키는 것이다. 그 둘
의 관계는 우열 관계가 아니라 선택적일 뿐이다. 따라서 고죽의 금시조는 그런 서
화론의 바다에서 출발하여 미적 완성을 향해 솟아오르는 관념의 새였다.

14.   그는 주위의 만류에도 불구하고 상체를 일으키더니 초헌을 불렀다. "이걸 싸
서 밖으로 가지고 나가거라. 장독대 옆 화단이다." "나는 저것들로 일평생 나를
속이고 세상 사람들을 속여 왔다." "이것들을 남겨두면 뒷사람까지도 속이게 된
다." "불을 질러라" 그제야 방안이 술렁거렸다. 초헌이 까닭 모르게 노한 얼굴이
되어 고죽을 노려보더니, 말리려는 사람을 제쳐 버리고 불을 질렀다. 어떤 사람
에게는 고죽 일생의 예술이 타고 있었고, 고죽의 삶 자체가 타는 듯도 보였다.
그러나 그때 고죽은 보았다. 그 불길 속에서 홀연히 솟아오르는 한 마리의 거대
한 금시조를. 찬란한 금빛 날개와 그 힘찬 비상을.

이러한 겉이야기에 삽입되는 속이야기의 대강의 줄거리 내용은 다음과
같다.

(1)   몽롱한 유년에도 아무도 없이 아침을 맞은 날들은 수없이 떠오른다. 어머니가

아버지의 탈상도 참지 못하고 떠난 후, 숙부의 서책 냄새 배인 방에서 아침마다
홀로 깨어 일어났다. 열 살의 나이에, 숙부는 상해로 국외 망명을 하고, 고죽은
석담의 집에 의탁된다. 석담은 웅혼한 필재와 유려한 문인화로 한말 3대가의 한
사람으로 꼽히기도 하는 인물이었는데, 그는 그를 문하에 거둘 뜻이 없었다. 그
가 신학문을 익히도록 소학교로 데려갔다.

(2) 석담 선생은 처음 그를 숙부로부터 떠맡을 때부터 차거운 경계로 대했다. 그는
신학문에 대한 동경도 외면한 채, 가망없는 석담 선생의 살림을 맡아 꾸려나갔
다. 사람들은 그를 갸륵하게 여겼지만, 그때부터 그의 가슴에는 석담 선생을 향
한 애증의 불꽃이 타오르고 있었다. 그는 문인들이 잊고 간 선생의 체본, 선생이
버린 파지나 동도들과 주고 받다 흘린 것들을 주된 체본으로 삼았다. 작은 글씨
는 스스로 만든 사판(沙板)이나 분판(粉板)에 선생의 문인들이 쓰다버린 몽당붓
을 주워서 익혔고, 큰 글씨는 남의 상석(床石)에 개꼬리 빗자루로 쓴 후 물로 씻
어 버리곤 했다.

(3) 그러던 어느 날, 빈집을 홀로 지키게 된 그는, 선생의 벼루에 먹을 갈고 붓과 귀
한 화선지를 꺼내, 해서(楷書)로 안체(顏體)의 쌍학명(雙鶴銘)을 임사(臨寫)했다.
차츰 그는 고심참담하면서도 황홀한 경지로 빠져들었다. 그는 돌연한 호통소리
에 정신을 차렸다. 석담 선생의 얼굴에는 노기보다 까닭 모를 수심과 체념이 서
려 있었다. 그 곁에는 선생의 친구 운곡 최선생이 서 있었다. 운곡은 그가 천품을
타고 났다고 말했다. 석담은 그가 재기로 도근(道根)이 막힌 생래의 자장(字匠)이
라 가르침을 전하지 않았다고 했다. 고죽은 운곡의 권유로 겨우 석담의 문하에
입문하게 된다.

(4) 고죽이 운곡 선생의 중매로 아내를 맞은 것은 스물두 살 때의 일이었다. 고죽의
정신은 집안 살림과는 먼 곳에 쏠려 있어서, 생계를 꾸려가는 것은 그녀의 몫이
었다. 고죽에게 아내와 아이들은 거북살스러워도 참고 입어야하는 옷과 같았다.
견디다 못해 아내는 친정으로 의지해 갔다. 고죽이 매향과 살림을 차리던 그해
였다. 그 후 오빠의 권유로 개가했다.

(5) 그가 문하에 든 후에도, 추사의 서결(書訣)을 외우도록 한 외에는 가르침에 인색
하였다. 꼬박 3년이 지난 후에 딱 한마디를 덧붙였다. "숨을 멈추어라." 입문한
지 10년에 가까워지면서 그의 솜씨는 선생의 동도들에게까지 은근한 감탄으로

오르내리게 되었지만, 선생은 이제 겨우 흉내를 낼 수 있을 뿐이라고 냉엄하게 잘라 말했다.

(6) 스물일곱 때의 일이다. 조급한 성취감에 빠진 그는 스승에게 알리지도 않고 문하를 빠져 나왔다. 석 달 간의 성공적인 유력 끝에, 글씨와 그림을 받아가고 대신 가져온 곡식 한 짐을 지어 호기가 만장하여 돌아 왔다. 석담은 뜻밖에도 필낭을 벗게 하여 곡식 꾸러미에 얹고 성냥을 그어대어 불을 붙였다. 아침에 붓을 쥐기 시작하여 저녁에 자기 솜씨를 자랑하는 보잘 것 없는 환쟁이를 제자로 기른 적이 없다고 했다. 그 뒤 용서를 받는데 꼬박 2년이 걸렸다. 사면을 받던 날 글귀를 받았다. 글을 씀에, 그 기상은 금시조가 푸른 바다를 쪼개고 용(龍)을 잡아 올리듯 하고, 그 투철함은 향상이 바닥으로부터 냇물을 가르고 내를 건너듯 하라.

(7) 서른다섯, 두 번째로 석담 선생의 문하를 떠난 그는 10년 가까운 세월을 떠돌며 보냈다. 고죽이 진주에 들렀을 때, 서화를 아는 관공서의 장들과 개화된 지방 유지들이 그를 청했다. 매향은 그 술자리에 불려나온 기생 중의 하나였다. 누가 오늘 저녁에 선생을 모시겠느냐고 하니까, 그녀가 쪼르르 다가와 다홍치마를 걸었다. 고죽은 그녀의 화선지같이 흰 속치마에 석담의 것인 매화를 그려 넣는다. 그는 매향과 넉달을 보낸다. 각자의 형편 때문에 미움도 원망도 없이 헤어졌다. 자신의 씨로 지목되는 딸아이를 낳았다는 소문을 들었다. 그는 별생각 없이 추수(秋水)라는 이름을 지어 보냈다. 그 후 매향은 어떤 부호의 첩으로 들어앉았다가 젊은 목숨을 스스로 끊었다고 했다.

(8) 석담이 불안해하고, 그가 스승을 경원하도록 만든 것이 세월과 더불어 드러나게 되었다. 서로의 예술관이랄까가 달랐다. 석담 선생의 글씨는 힘을 중시하고 기(氣)와 품(品)을 숭상했다. 그러나 그는 아름다움을 중히 여기고 정(情)과 의(意)를 드러내고자 힘썼다. 석담 선생은 서화를 심화(心畵)로 여겼고, 그는 물화(物畵), 즉 자신의 내심보다는 대상에 충실하려고 하였다. 그리고 예도(藝道)논쟁이 있었다. 석담은 예는 도의 향(香)이며, 법은 도의 옷이다. 도가 없으면 예도 법도 없다고 했고, 그는 예는 도의 향이 아니라 도에 이르는 문이라고 하였다. 그는 스승에게서, 서권기(書卷氣)와 문자향(文字香)을 애써 채우려 하지 않고, 오직 붓끝과 손목만 연마하여 선인들의 오묘한 경지를 자못 여실하게 시늉만하고, 요망스런 말로 오히려 앞사람의 드높은 정신적 경지를 평하려 든다는 질책을 받는다.

(9) 　불행한 사제가 돌아서는 날이 왔다. 고죽이 서른여섯 나던 해였다. 그 무렵 고
죽은 묵향과 종이먼지 속에 흘러가 버린 청춘과, 조국이 어려운 처지에 장부로
서 이 땅에 태어나 한평생을 먹이나 갈고 붓이나 어루면서 보내도 괜찮을 것인
가라는 자기 승인의 문제로 허망했다. 그런데 그 가을 어느 날 스승의 서화에 대
한 집착에 까닭 모를 심화가 치밀어, 종이에 먹물을 적시는 일에 도가 있은들, 자
기를 속이고 남을 속이는 일이라고 대든다. 고죽은 불의의 통증으로 이마를 감
싸며 엎드렸다. 노한 석담이 벼루 뚜껑을 집어던진 것이다. 그리고 너는 진작 저
자거리에 나앉았어야 할 천골이라고 고함을 치며 가라고 했다. 결국 그 자리가
그들의 마지막 자리였고, 다시 돌아온 것은 스승의 시신이 입관된 뒤였다.

(10) 　석담 문하를 떠나온 후, 한동안 고죽은 스승이 자기를 내쳤다고 믿었다. 차츰
거리의 갈채와 속인들이 던져주는 푼돈에 익숙해지고, 갖가지 쾌락에 탐닉하면
서 진실로 스승을 버리고 떠나온 것은 그 자신이라는 생각이 들었다. 그러다가
고죽에게 한 계기가 왔다. 허참봉이라는 친일 지주의 식객으로 있을 때, 공교롭
게 운곡이 찾아들었다. 핀잔과 함께, 석담이 그가 돌아올 것을 믿고 있다는 말을
듣는다.

(11) 　허참봉에게 작별을 고한 그는 그 길로 오대산의 어느 산사에서 당분간 머물게
되었는데, 희미하게 바랜 벽화 하나를 우연히 보게 된다. 머리는 매와 비슷하고
몸은 사람을 닮았으며, 날개는 금빛의 거대한 새였다. 가루라(迦樓羅)라고 했다.
금시조 또는 묘시조(妙翅鳥)라고 불리기도 한다고 했다. 그 때까지 스승이 말해
준 머릿속의 금시조는 추상적 비유에 지나지 않았다. 이제 그 퇴색한 그림을 대
하는 순간, 고죽은 잠깐이기는 하지만, 거대한 금시조가 금빛 날개를 퍼덕이며
구만리 창천을 선회하다가, 세찬 기세로 심해를 가르고 한 마리 용을 잡아 올리
는 광경을 본 듯한 착각마저 들었다. 스승을 이해할 것 같았다. 이튿날 행장을
꾸려 산을 내려 왔다.

(12) 　이미 스승은 돌아가신 후였지만, 후회와도 같은 심정으로 석담선생의 문하로
돌아 왔다. 운곡이 관상명정(棺上銘旌)을 쓰라고 했다. 석담의 유언이었다. 석
담과 고죽 그들 사제간의 일생에 걸친 애증이 흔적없이 사라지는 순간이었다.

(13) 　고죽은 10년 가까이나 두문불출 스승의 고가를 지켰다. 새로운 수업에 들어
갔다. 추사와 새롭게 만났지만, 추사의 예술관은 학문과 예술의 혼동으로만 보

였다.

(14) 그가 추수의 얼굴을 처음 대하게 된 것은 그녀가 도시의 여학교로 진학하게
       된 뒤의 일이다. 그러다가 그들 부녀가 한집에 기거하게 된 것은 근년의 일이다.
       얻어 산 할멈이 죽자 다시 홀로가 된 그에게 월남전에서 남편을 잃은 추수가 찾
       아 든 것이다.

(15) 재식은 본처에게서 난 아들이었다. 거지와 다름없이 떠도는 것을 찾아왔을 때
       열여섯이었다. 윤식은 마지막으로 데리고 살던 할멈에게서 난 아들이었다. 겨
       우 열세 살 때 어머니를 잃고, 이복누이인 추수의 손에 자랐다.

(16) 난정이 스스로를 석담 선생의 제자라고 내세우면서 고죽은 단지 사형이라고
       떠벌리고 다녔고, 여러 사람 앞에서 자신을 욕한 고죽을 모욕죄로 법정에까지
       불러들였다. 10여 전의 일이었다.

이야기를 원래대로 그 차례를 따라가 보면,

1 → (1) → 2 → (6) → (2) → (3) → 3 → (7) → (14) → 4 → (5) → (8) →
(9) → 5 → (10) → (11) → (12) → 6 → (13) → 7 → (16) → 8 → (15) → (4)
→ 9 → 10→11→12 → 13 → 14와 같은 순서이다. 시간의 차례를 정할
수 있는 속이야기도 작품의 실제적 구성에서는 그 자체의 시간의 역전이
일어났는데, 그것은 과거 경험의 토막이야기를 불러오는 것이 시간의 순서
가 아니라, 현재 진행에서 회상을 일으키는 매재에 의존하기 때문이다.

이 작품의 인물은 스승의 심화론(心畵論)에 대하여 진정한 서화가 물화
(物畵)이어야 함을 굽히지 않고, 예술이 정치적 이념이나 학문적 성취, 종
교적 각성에 침해받지 않고, 주체성을 획득하고, 예술가로서 그 특유의 인
간성을 승인받기를 갈망했다. 그는 마음을 비움으로써, 독자적인 미적 성
취 또는 예술적 완성을 상징하는 관념의 새, 금시조를 비로소 보게 된다.
작가는 그러한 인물을 통해, 자기를 버림으로써 비로소 얻을 수 있는 예술
혼을 보여주고 있다.

4) 입체적 복합구성

(1) 중심이야기의 앞·뒤에 마디이야기 첨가

겉이야기와 속이야기로 구성된 입체적 단일구성으로 이루어진 중심이야기가 전개되기에 앞서, 화자가 앞으로 전개될 중심이야기의 인물에 대해 보고하거나 사건이나 주제를 암시하는 서술 부분이 있다. 앞에서 시작된 이러한 정보는 줄기이야기가 끝난 다음에 다시 이어져서 마무리가 된다. 중심이야기의 앞과 뒤에 첨가가 이루어진 경우이다. 이것은 일반적으로 액자소설·격자소설로 알려진 구성방법을 일컫는다. 첨가부분은 이야기의 형식이 아니라, 인물이나 주제에 관한 단편적인 서술자의 진술이다. 어떤 경우는 첨가 부분이 마디이야기가 될 수도 있겠지만, 대체로 서술적 장면으로 이루어진다. 김동인의 「배따라기」, 김동리의 「무녀도」, 최인훈의 「무서움」, 권지예의 「뱀장어 스튜」 등에서 사용된 창작구성 방법이다. 첨가부분의 서술자와 줄기이야기의 서술자는 각각 다를 수도 있고, 동일할 수도 있다.

「뱀장어 스튜」는 소설 창작의 현장에서 활용되고 있는 여러 가지 구성방법을 적용하고 있는 작품이다. 이 항목에서 설명할 첨가 장면과 함께 다른 구성방법도 함께 살펴보겠다.

이 작품에서 인물들이 현재 겪어나가는 이야기는, 석 달 동안 가출했다 돌아온 '여자'에게 '남편'이 삼계탕을 끓여 주기 위해, 스튜 냄비에 닭을 앉히고, 중간불로 조절한 다음, 타이머를 1시간에 맞게 맞추어 놓는다. 그리고 남편은 그녀를 침대로 데려가서 성행위를 하고, 그녀는 잠깐 잠이 든 남편을 바라보고 있다. 그리고 타이머의 종소리가 난다는 간단한 마디이야기이다. 이러한 줄거리에 여자의 '남편'과 '남자'와 '어머니' 그리고 '여자 아이'에 대한 경험적 회상이 삽입되어 있다.

이 작품의 중심이야기는 현재시간으로 진행되는 마디이야기들에 인물들이 이미 경험한 마디이야기들이 삽입되어 있는 구조이다. 겉이야기에 속이야기가 삽입된 구조이다. 여기에 앞과 뒤 그리고 중간에 마디이야기가 첨가된 구성방법이 사용되었다.

이 작품은 첨가부분(로마 숫자 소문자 표기), 현재 시간으로 진행되는 마디이야기(아라비아숫자표기), 인물들의 과거 경험(알파벳표기, a는 여자, b는 남편), 인물의 경험 외적인 경험인 우화(알파벳 대문자 F)로 구성되어서, 현재 진행되는 마디이야기에 첨가와 삽입이 함께 어우러진 구성방법이다. 이들을 개략적으로 요약한 내용들은 다음과 같다.

(i)　말년의 피카소가 마지막 여자에게 바치는 헌사가 붙어있는 '뱀장어 스튜'란 그림은 내게 쓸쓸한 감동을 준다. 인생이란 화려하지도 않고 더군다나 장엄하지도 않으며, 다만 뱀장어의 몸부림과 같은 격정을 조용히 끓여 내는 것이 아닐까. 스튜냄비의 밑바닥처럼 뜨거움을 견디고 살아내는 것인지도 모른다. 신이 조절하는 타이머에서 종소리가 날 때까지 말이다. 그러자 한 여자가 떠올랐다. 이슬비 내리는 파리 근교의 낡은 아파트 부엌으로 조용히 들어서고 있는 그녀.

*

1.　그녀는 이제 다시 집으로 돌아왔다. 석 달 만이다. 밖에는 여전히 이슬비가 내리고 있고, 그 사실은 그녀가 바로 이곳에 왔다는 존재감을 비로소 느끼게 해준다. 약간의 변화가 있었다. 먼지와 바퀴벌레가 는 것이다. 준 것도 있다. 남편의 체중과 은행의 잔고.

2.　그녀는 바퀴벌레 집 안의 벌레들을 들여다본다. 벌레집의 지붕을 눌러 알집들을 터뜨린다. 남편이 부엌으로 들어서다 눈살을 찌푸린다.

3.　남편은 그녀가 씻어 놓았던 닭을 끌어다 닭의 꽁무니에 대추와 인삼뿌리를 쑤셔 넣으며 말했다.

　　b1.　남편은 어린 시절, 처음으로 닭을 잡다가 겪은 죄의식으로 닭을 먹지 못했다. 그러나 군대에 갔다 오고부터 다시 먹었다.

4.　남편이 끓는 냄비 안에다가 닭을 안쳤다. 그녀는 조리대 근처의 덫 가까이에서 얼씬거리는 바퀴벌레가 그 안으로 들어가는 것을 보고 싶어 안달한다. 들어가

서…… 죽는 날까지 남아 있는 생에 치를 떨다 죽어버려라.

5. 그러다 바퀴벌레 집안을 들여다본다. 죽은 어미 바퀴벌레의 꽁무니에서 나온 알이 부화되어 기어 나오고 있다. 소름이 끼쳤다.

6. 남편이 넓적한 손바닥으로 바퀴벌레의 집을 위에서 잽싸게 눌러버린다.

7. 갑자기 남편에 대한 익숙한 느낌이 밀려오는 것 같다. 살의였다.

8. 남편은 바퀴벌레를 죽인 손으로 그녀의 목덜미를 어루만진다. 그녀에게 살의를 느끼는 게 분명했다.

9. 남편은 스튜 냄비의 불을 중간으로 조절하고, 타이머를 1시간에 맞추었다. 그리고 그녀를 침대로 데려갔다.

10. 남편은 오른 손목의 푸른 정맥을 가로지른 자벌레처럼 오돌도톨하게 남은 흉터와, 오래전 자궁에서 아기를 꺼내느라 생긴 가시돋친 철사줄같은 혼적을 애무한다. 둘 다 남편과는 상관없는 상처들이다.

    a2. 그가 처음으로 상혼에 입술을 대던 순간 그 상처들이 치유되고 있는 느낌이었다. 모욕감을 느끼게 하지 않고도, 그 상처를 핥아주는 남자는 남편이 처음이었다. 남편은 아무것도 묻지 않았다.

    a3. 그런데 함께 산 지 오년이 지난 어느 날, 목적지 없는 여행 중 남편이 왜 왼손잡이도 아니면서 오른 손목에 상처를 냈냐고 물었다. 그녀는 마지막 순간까지 망설였던 자신이 비겁하게 느껴져 처참한 기분이 들었다. 남편이 오른손목에 입술을 가만히 대고 있어주기를 바랐으나, 그런 일은 일어나지 않았다. 삶에는 어느 순간 균열의 순간이 있다. 돌아보니 그 여행이 그랬다.

    a4. 노르망디 지방의 에트르타라는 바닷가의 절벽 위의 작은 교회에서 한국에서 입양된 여자아이를 만났다. 그 애의 양부모는 언젠가 부딪칠 존재의 비밀에 대한 준비로, 그 애의 어머니나라에 대해 이야기해 주기를 간곡히 요청했다. 그러나 그녀는 거칠게 차를 출발시켰다. 갈증이 났다. 몸이 몹시 떨려서 남편의 두 팔이 그녀를 꽁꽁 묶어두기를 바랐지만, 그런 일은 일어나지 않았다. 대신 남편은 차 밖으로 나가 천천히 오줌을 누었다.

*

(ii) 나는 그녀가 왜 그날 밤 쫓기듯이 떠났는지를, 그리고 수년 후 세느강변의 아파

트 부엌에서 바퀴벌레의 알주머니를 터뜨리는가를 생각해 보았다. 우리는 미로와 같은 삶의 궤적을 완벽한 목걸이로 만들어 보려 하지만, 꼭 꿰고 싶은 구슬을 놓치는 적도 있을 것이다.

*

F.　이 도시에 작은 동물원이 하나 있습니다. 암수 한 쌍과 새끼 네 마리의 원숭이 가족이 살았답니다. 그러나 어느 날 암컷이 없어졌답니다. 사육사가 문을 잠그는 것을 잊었다고 합니다. 암컷은 우리로 돌아오지 않았습니다. 원숭이 우리의 문은 더욱 완강한 자물통으로 잠겨 있답니다. 그런데, 그런데 말이죠…… 불행히도 원숭이는 잠긴 문은 못 연답니다.

a12.　잠이 깼다고 생각하는 순간, 여자는 익숙하지 않은 장소에서 새날을 맞고 있다는 것을 알았다. 도마질 소리도 들려왔다. 옷을 찾았으나 아무데도 없다. 망설이다 여자는 그냥 벗은 채로 나간다. 삼년 만에 만난 남자는 그다지 많이 변하지는 않았다. 남자의 섹스는 난폭했다. 여자는 남자와 섹스를 할 때마다 아귀진 그의 손아귀에 목이 졸리는 순간을 생각했다.

a9.　어제 여자는 삼년 만에 남자의 휴대폰으로 전화했었다. 남자는 말하곤 했었다. "오고 싶을 땐 언제든지 와, 난 항상 열려 있으니까, 아니 난 문이 없어. 황야에 서 있는 정자야. 네가 저물녘의 새처럼 깃들이길 원한다면, 내 정자의 처마에서 언제든 쉬어." 여자가 한국에 나와서 남자의 처마 밑에서 단 하루를 달게 쉬고는 떠나곤 했다. 하지만 이번에는 여자는 전화하는 게 두려웠다. 다시 떠날 데가 없었던 것이다. 여자에게 남자는 늘 돌아가기 위해서만 머무는 집이었기 때문이다.

a8.　며칠 전 남편의 편지를 받았다. "당신의 여행이 장기화되든 어쨌든 당신의 자유오. 또는 돌아오지 않는다 해도 나로선 어쩔 수 없소. 당신은 자유로운 여자니까. 당신의 여행이 빨리 끝나길 바라오. 마음속에 당신을 향한 쪽문을 잠시 열어 두리라. 그러나 명심하오. 나는 기약 없이 당신을 기다리고 싶은 마음은 추호도 없소.

a6.　여자는 늘 뭔가를 망설였고, 남편은 그야말로 속수무책이었다. 남편은 질리지도 않고 그림을 그렸지만, 그림은 팔리지 않았다. 여자는 파리의 면

세점의 한국부 남성용품 코너에서 일을 했지만, 얼마 후 외환위기가 닥치자 해고되었다.

a7.　어느 날인가의 말다툼이후 여자는 남편을 몸 안으로 받아들이지 않았다. 남편은 떨리는 날숨 끝에 "더러운 창녀 같은 년!"이라고 내뱉고 집을 뛰쳐나갔고, 여자는 남은 생이야말로 벗어놓은 창녀의 스타킹이 아닐까 생각했다. 그러자 온몸이 저리게 쓸쓸해졌다.

a10.　남자에게 전화했을 때, 대낮인데도 당장 나와, 자유로를 달려 겨울의 강으로 갔다. 이 남자였나, 팔을 벌려 서까래가 되고 처마가 되어 여자를 깃들게 하는 남자가.

a1.　여자는 스무 살에 남자를 만나 사랑을 한 이후, 남자가 자신을 가두어두길 바랐다. 여자는 남자 몰래 아이를 낳았다. 하지만 남자는 바람을 막고 집을 지어줄 수 있는 사람이 아니었다. 결국 아이는 여자의 부모의 강권으로 어느 먼 나라로 입양보내졌다. 여자에겐 최초의 태동의 기억과 함께 아랫배에 아이가 열고 나온 흔적만이 희미하게 남게 되었다.

a5.　황혼이 되면 어머니가 생각난다. 황혼녘만 되면 치매로 고생하는 어머니는 당신의 신을 내놓으라고 떼쓰셨다. 어머니는 솔미재라는 지명에 집착했는데, 아버지에게 시집오기 전에 남몰래 사랑한 총각이 고향의 강건너 솔미재에 살았었다. 한 평생 어머니의 마음의 고향은 어디였는지.

a11.　남자가 몸을 돌려 기습적인 입맞춤을 했다. 여자의 루즈가 남자의 얼굴에 뭉개진 대신 남자의 향수냄새가 여자의 목덜미에 들러붙었다.

a13.　샤워를 끝낸 여자는 남자와 아침식사를 했다. 남자가 샐러드 접시와 커피 잔을 치우다 말고 여자를 번쩍 안아 식탁 위에 앉힌다. 여자는 자신이 모래밭의 두꺼비집인 것처럼 생각됐다. 속의 공동(空洞)을 넓히느라 손을 넣어 모래를 파내고 속을 비우는 찰나 무너져 내리는 모래집. 남자는 갈퀴손처럼 여자를 한없이 비우고, 여자는 부서져 내리고 늘 그랬다. 집착이 없는 관계. 이게 무슨 사랑이야? 여자는 자신을 좀 더 비워내기 위해 남자를 몸속 끝까지 받아 들인다.

a14.　남자는 혼자 있다는 게 등이 시릴 정도로 쓸쓸함이 느껴진다고 했다. 아이라도 하나쯤 있으면 할 때가 있다고 했다. 여자는 수년 전 에트르타

에서 만났던 한국소녀의 눈동자를 떠올렸다. 지금쯤 제법 처녀꼴이 날 그의 아이가 유럽 어느 나라에서 자라고 있다는 걸 말한다면, 이 남자의 표정은 어떻게 변할까. 여자의 감은 눈에서 눈물이 비어져 나와 눈썹 쪽으로 흘러갔다.

11. 그녀는 섹스를 끝내고 잠깐 잠이 든 남편을 바라보고 있다. 한 순간의 깊은 상처는 긴 세월동안 흉터를 남긴다. 함께하는 세월동안 남편은 그녀의 흉터를 핥아 줄 것이고, 그것이 사랑이 아니어도 괜찮을지도 모르겠다.

*

(iii) 남편은 집으로 돌아온 그녀에게 삼계탕을 끓여주고 싶어 했다.

나는 그녀를 보고 있다. 삼계탕이 끓고 있는 동안 그녀는 고즈넉한 평화로움에 젖는다. 살아서 펄떡이는 것들을 모두 스튜냄비에 안치고 서서히 고아내는 일. 살의나 열정보다는 평화로움에 길들여지는 일, 그건 바로 용서하는 일인지 모른다. 그녀는 이제 집으로 돌아온 것이다.

*

12. 타이머에서 종소리가 난다.

이들을 창작의 실제에서 그 차례를 따라가 보면, i → 1 → 2 → 3 → B1→ 4 → 5 → 6 → 7 → 8 → 9 → 10 → A2 → A3 → A4 → *ii → *F → A12 → A9 → A8 → A6 → A7 → A10 → A1 → A5 → A11 → A13 → A14→ 11 → *iii → 12(*표는 작가가 장면 전환에 사용한 표시임)와 같이 전개되고 있다. i~iii이 서술자의 진술인 첨가 부분인데, 이 작품은 특이하게도 첨가내용이 처음과 끝에만이 아니라, 장면을 전환하는 표시를 해놓고 중간에도 첨가했고, 뒤의 첨가의 다음에도 현재진행의 내용을 슬쩍 덧붙이는 구성적 치장을 사용했다. 그리고 현재의 진행은 순행적이고, 인물의 경험 삽입은 순행과 역행적 시간 배열이 혼합되어 있다. 이것은 앞에서 말한 바와 같이 과거의 경험을 삽입하는 것은 시간의 순서가 아니라, 현재 진행과정의 상황이나 매개물에 따라 차례가 정해지는 것이다.

이 작품은 구성방법과 함께 상황이나 주제에 대한 상징적 처리로, 읽기의 재미를 더해 주고 있다. 남녀의 성행위를 모래밭에서 두꺼비집 파기에 비유했다. 황혼녘이 되면 신발을 찾아 신는 어머니의 행위를, 인생살이라는 목걸이를 꿰고 싶었으나, 그러지 못하고 흘려버린 구슬을 찾아 떠나려는 행위로 설명했다. 그리고 주제적인 뱀장어 스튜나 삼계탕 끓이는 일을, 인생살이에서 격정을 서서히 누그러뜨려 살의나 열정보다는 평화로움에 길들여지는 일에 대비하고, 그것은 인생에서 용서하는 일이라고 했다.

이 작품의 현재 마디이야기는 「돌아옴 → 주제의 상징적 행위화(삼계탕 끓이기 : 격정을 누그러뜨리고 용서함)」으로 짜여져 있고, 인물의 경험적 과거는 「떠남의 계기 → 떠남 → 만남과 겪음 → 결핍에 대한 회상 → 헤어짐」으로 이루어졌는데, 이 내용이 현재 시간에 진행하는 마디이야기에 삽입되어 있다. 여기에 작품의 처음과 중간, 그리고 뒤에 화자의 주제적 진술이 첨가되어있다.

(2) 겉 · 속이야기 병렬

우리는 병렬적 구성방법의 보기로 임철우의 「붉은 방」을 읽어보기로 한다. 그 내용을 자의적으로 요약하면 다음과 같다.

하나
요즘 신문은 얼굴이 없고, 기사 속엔 목소리가 없다구.

몽땅 껍데기뿐이다. 신문을 읽으면서 나는 우리가 모두 두껍고 무표정한 데드 마스크를 쓰고 있는 건 아닐까 싶다고 생각한다.

나는 오늘도 아침 출근 시간에 맞추려고 허둥거리며 종종걸음을 친다. 전세금을 올려 주려면 오늘 학교 장학금고에서 돈을 빌려야 한다. 버스를 놓치지 않으려고 달음질치듯 부지런히 걷다가 연립주택 모퉁이를 마악 돌아섰을 때 곤색 잠바들을 만났다.

낯선 사내들이다.

"오기섭 선생이쇼?"

“잠깐 함께 가 볼 데가 있소.”

“이, 이게 무슨 짓이오. 누구요, 당신들은.”

“가 보면 알 거 아냐.”

“세상에, 이런 무법천지가 어딨소.”

“무법천지라구. 이 봐, 법 없이 설쳐 대는 쪽은 당신야.”

나는 그 간의 행적에 대해 어떤 혐의점이 숨겨져 있는지 분주히 기억을 헤집어댄다. 혹시? 눈앞이 아찔해 온다. 북으로 올라갔다는 소문만 남긴 채 종적이 없었던 그 큰아버지가 모종의 어마어마한 지령을 받고 간첩이 되어 현실로 나타난 것일까. 별일이야 있을라구. 나는 어떤 불길한 예감을 한사코 부인하려 애쓰며 뇌까린다. 오늘은 자그마치 여섯 시간이나 수업이 있는 날이다. 내 수업은 누가 해 준담. 나는 불현듯 자질구레한 것들에 대해 절실한 애정과 그리움을 난생처음 확인하고 그것들을 빼앗아가려 하는 무엇인가에 대해 분노와 공포로 무릎을 떨기 시작한다. 차는 어느덧 거대한 백색 건물 안으로 기어 들어가고 있었다.

둘

목욕탕 문을 나서자 담배 한 갑을 샀다. “명색이 교회 집사라는 양반이 골초라니원.” 여편네가 줄줄줄 쏟아 놓는 핀잔이다. 그나저나 이번 녀석은 아주 악질이었다. 참 알 수 없는 일이다. 며칠 동안 실갱이를 한 끝에 마지막으로 조서를 다 꾸며 놓고 나면, 허탈감이랄까, 아쉬움 같기도 하고 한편으로는 무엇인지 모를 것에 대한 지독한 분노와 자포자기식의 절망감 같은 게 불쑥불쑥 치밀어 오르곤 하는 것이다.

우리 집은 공터 반대편 이층 양옥이다. “현관으로 들어서자 막내딸이 아빠아, 하고 양팔을 벌린 채 달려든다. 아이구 내 새끼.” “여고 졸업반인 큰 딸은 오늘도 밤이 늦어서야 학교에서 돌아올 것이다.” 중학교에 갓 들어간 아들 녀석 한기는 할머니가 “내 방 한가운데 똥을 갈겨 놓았단 말예요.” 하고 지레 울음을 쏟아 놓는다. 아내는 난 도대체 언제까지 이렇게 노망난 늙은이의 똥오줌을 받아야 하느냐고 퍼부어댄다. “옘병할, 이게 무슨 지랄인가. 난 왜 이리도 재수라곤 손톱만큼도 없는 놈일까. 어머니 때문이다.” “그렇다 이건 모두 아버지 탓이라고 생각한다. 노망난 어머니를 내게 남겨 놓고 간 것도, 내게 전쟁의 추악하고 소름끼치는 기억들을 남겨 준 사람도 아버지였다.”

아버지는 경찰이었다. 전쟁이 터졌다. 아버지는 우리를 낙일도에 남겨둔 채 육지로 소집을 받아 떠났다. 할아버지는 우리를 외가로 보냈다. 인민군이 낙일도에서 철수하기 전, 할아버지와 할머니, 큰아버지와 작은아버지 내외 등 일가족이 빨갱이들에게 떼죽음을 당했다. 아버지의 눈은 빨갛게 핏발이 서 있었다. 아버지는 원수를 갚아 줄 테니 똑똑히 봐 두라며, 면사무소에 담벼락에 두 남자를 세워 둔 채, "직접 자신의 총으로 쏘아 죽이는 광경을 내 눈 앞에서 보여 주었다."

나는 자리에서 발딱 일어나 바지와 검은 색 가죽 잠바를 꺼내어 입는다. 아내가 모레 점심 때는 목사님이 심방 오시는 날이니 꼭 집에 오셔야 한다고 했다.

(중략)

일곱

"집으로 돌아가게 되리라는 말을 정말 믿어도 좋은 것일까." "뭔가 사정이 달라졌으리라 예감을 한 것은 저녁 무렵부터였다." 그들은 내 몸에 상처의 흔적이 남아 있지 않은 상태에 안도하는 눈빛이 역력했다. "이봐요, 오 선생. 날 원망하겠지만 불구속 처리하게 된 게 누구 덕인지 감사해야 할 거요." "이보쇼 오기섭 씨. 모든 일은 없었던 걸로 하고 서로 상쾌하게 잊읍시다." "이거 다 나라와 민족을 위해 일하다 보니까 부득이 생긴 일 아뇨. 참, 밖에 나가서 말조심하시구려." 이건 경고라기보다는 충고요. "허허. 자, 악수나 하고 헤어집시다."

철대문을 나서자, 사내들 중 하나가 자기의 저고리를 벗더니 내 머리에 씌운다. "내가 감쪽같이 사라져 버린 그 동안에도 세상은 변함없이 돌아가고 시간은 여느 때처럼 흘러갔다. 그리고 이제 나는 아무도 눈치채지 못하는 사이에 다시 그 곳으로 돌아가고 있다."

"그 자들은 인간과 세상에 대한 소름끼치는 환멸과 증오로 찢겨져 버린 내 육신을 다시 내 집 앞에다가 내팽개친 채 유유히 사라져 버린 것이다. 그러자 가슴 속에서 무언가 뜨겁고 단단한 불덩이 같은 것이 꿈틀거리기 시작한다." 그것은 분노였다.

여덟

차가 떠나고, 철제 대문이 쿵 소리를 내며 닫혔다.

왠지 까닭 모를 허탈감이 몰려온다. 허전하기도 하고 뭔가 대단히 아까운 것을 놓쳐 버린 듯한 아쉬움이 마음속에서 부글부글 끓어오르기 시작한다. 문득 창유리에 비치는 오랜 세월 고통과 증오와 분노로 찌들려 온 나 자신의 모습을 본다. 난 네가 싫다. 널 죽이고 싶다. 나는 유리창 저 편에서 나를 쏘아보고 있는 그 흉측스런 얼굴의 사내를 향해 까닭 없이 마구 고함을 치고 싶은 충동을 간신히 억누른다.

언제부터인가 이 붉은 방에 들어서면 마음이 차분히 가라앉음을 느끼곤 한다.

나는 기도를 올리기 시작한다. 어느 새 성스러운 은총과 기쁨이 내 온몸을 따뜻하게 감싸기 시작하고 있음을 느낀다. 그리고 마침내 그것이 이 붉은 방안을 가득히 채우기 시작하고 있다.

이 작품은 권력과 이념의 폭력이 인간의 육신과 정신을 얼마나 학대하고 소진시켜 가는지를 말해 주고 있다. 우리 사회에 여전히 현재하고 있는 이념적 갈등이 과거에는 이념의 폭력으로, 현재에는 권력의 폭력으로 깊은 상처를 만들고 있음을 보여주고 있다. 이 작품의 구성은 1인칭 주인물이 서술하는 방법을 채용하였다. 그런데 1인칭의 주인물이 둘이다. 한 인물은 영문을 모르는 채 붉은 방으로 끌려가 수난을 당하는 고등학교 교사인 오기섭이고, 다른 인물은 체재의 권력을 대리하는 형사인 최달식이다. 이 작품은 전체가 여덟 마디이야기로 나누어져 있다. '하나', '셋', '다섯', '일곱'이라고 각각 작은 제목을 붙인 마디이야기는 오기섭이 서술자인 '나'이고, '둘', '넷', '여섯', '여덟'은 최달식이 서술자인 '나'이다. 모두 '나'의 이야기로서, 피해자와 가해자가 모두 서술자로 각 마디이야기의 앞에 나서 있는 병렬구성이다.

이 작품의 경우에 병렬구성은 사회·역사적 사건과 상황을 바라보는 작가에게 어느 정도 객관적 태도를 유지하려는 의도를 읽게 한다. 만일 이 작품의 구성이 피해자를 중심인물로 삼고 가해자를 상대인물로 삼아서 줄기이야기를 계기적으로 구성하였다면, 이야기가 진행되어 가는 빠른 속도 때문에 독자는 가해자의 가혹함과 피해자의 억울함을 감정적으로 수용했을 것이다. 그러나 병렬적 구성방법으로 독자의 감정이 고조될 즈음에 주체를 바꾸어 진행함으로써, 감정의 완화와 함께 상대인물의 입장을 생각해 볼 기회를 제공해서 호흡을 조절하게 해준다. 이러한 방법은 작가가 어느 한 편에 지나치게 기울지 않으려는 자기 조절의 방법이며, 그만큼 작가의 의도를 제한함으로써 독자의 읽기의 폭을 넓혀 주는 것이다. 이러한 병렬구성은 장면이나 이야기의 전환으로 작가는 가치판단에 직접 개입하지 않고 어느 정도 객관성을 유지할 수 있고, 독자는 작가의 의도에서 벗어나 스스로 읽을 수 있는 여유를 준다. 병렬구성에서 한 장면 또는 마디이야기에서 다음으로 건너가는 과정이 연극에서의 막간(幕間)과 같은 구실을 하여, 읽기의 긴장과 호흡을 조절하게 해 주는 것이다.

위에서와 같은 구성의 따른 소설의 유형들은 현재 진행의 시간이 순행적으로 계기되거나 연쇄된 구성을 평면적 구성으로 설명하였고, 인물이 현재 겪어 나가는 이야기와 과거 경험한 사건·상황이 겉이야기와 속이야기를 이루고 있는 것을 입체적구성이라고 하였다. 그리고 마디이야기들의 연쇄, 삽입, 첨가, 병렬의 방법에 따라 단일구성과 복합구성으로 나누어 설명해 보았다. 이러한 구성의 유형이 창작방법에 대한 대강의 윤곽을 파악하는 도구 개념이 되기를 기대한다.

Ⅳ. 소설의 주제 구현을 위한 탐색

소설의 이야기를 꾸려가는 과정은 작가가 말하려고 하는 주제를 담아가는 일이다. 소설의 모든 요소들은 서로의 연락관계를 통해서 주제를 표출해 내는데 이바지해야 한다. 모든 구성요소들은 주제라는 과녁을 향하여 날아가는 화살들이다. 이 화살들이 과녁의 초점에 모이는 정도에 따라 소설의 성공여부가 가름나게 된다.

1. 소설의 주제 · 제재 · 소재의 위상

소설의 주제는 이야기가 담고 있는 인간의 삶에 대한 작가의 해석이요, 독자의 이해이다. 주제는 작가의 세계인식이나 현실인식 또는 인간의 본성적 삶에 대한 정신에서 비롯되는 것이다.

그런데 주제는 추상적이고 관념적인 개념이다. 때로는 상징적이어서 현실 체험적 사실감이 없다. 이 체험적 사실감을 제공하는 것이 이야기이다. 이야기 안에 말하고 싶은 주제적 의미를 경험적 사실처럼 가공하는 것이 소설의 구성이다.

　주제를 구체화하기 위해서는, 주제의 동기나 재료가 필요하다. 일반적으로 모티프라고 하는데, 이 글에서는 '제재'라고 말하겠다. 모티프라고 할 때, 이에 대한 여러 견해들은 '관념적 개념'이나 '감각적 재료'를 구분하지 않고 함께 아울러 논의하고 있는데, 이 글에서는 주제를 일반화한 상위개념으로 삼을 때, 주제를 구현하는 특수화한 중간개념을 제재라고 부르고, 제재에 종속하는 감각적·경험적 재료를 소재라고 말하겠다. 제재(題材)나 소재(素材)에 대한 개념은 사전적 의미로는 구분을 분명하게 해 내기는 어렵다. 모두 '바탕이 되는 재료', '기초가 되는 재료', '근본이 되는 재료'로 설명이 되어 있다. 그런데 이 두 개념에 대한 한자의 뜻1)을 보면, 제(題)는 ① 제목, ② 나타내다, ③ 이마(額) 등의 의미를 가진 것이고, 소(素)는 ① 비어있다(空), ② 질박(質朴)하다, ③ 바탕(本) 등의 뜻이 있는 것이다. 이 내용들로 제재와 소재를 차별화하기 위해 조금 생각의 깊이를 더해 보면, 제재가 어떤 내용을 드러내기 위한 포괄적 개념이고, 소재는 내용을 형상화하기 위해서 기본이 되는 구체적 개념으로 이해할 수 있을 것이다. 실제로 주제라는 용어가 그 저작물의 내용을 표시하거나 대표하는 개념이라는 것을 생각하면, 제재를 중간개념으로 하고, 소재를 하위개념으로 삼는 것에 커다란 무리는 없어 보인다. 간단한 예로, '사랑'을 제재로 삼아서, 그의 소재를 '밤하늘의 별', '약속' 등으로 매개하여, '순결한 사랑'이라는 주제를 끌어낼 수 있다. '힘'을 제재로 삼을 때에는 '회사 내의 직급'이나 '업무' 등을 소재로 해서, '자기중심적인 힘의 폭력'이라는 일반화된 상위개념으로서의 주제를 형상화한다고 할 때, 이들 개념의 상관관계를 설명할 수 있다.

---

1) 양주동·이가원·민태식 감수 : 「한한대사전」(동아출판사, 1966.12), 1472, 1172쪽.

앞에서 요약해 본 『사랑손님과 어머니』의 주제는 '결혼에 대한 당시의 사회적 관습 때문에 이루지 못한 애틋한 사랑'이다. 이 작품의 제재는 사랑이고, 사랑을 사실적으로 구현하기 위해서 달걀, 꽃, 풍금, 편지 등과 같은 소재를 이용하였다.

위의 예에서 보는 것처럼 주제는, 이야기를 통한 제재에 대한 작가의 해석이고 이해라고 볼 수 있는데, 주제는 제재를 구체적으로 형상화한 결과물이다. 이때 상위·중간·하위의 구분은 개념적 범위의 크기나 높이에 의한 것이 아니라, 도달하고자 하는 목표를 상위라고 하고, 그것에 이르는 과정으로서의 중간과 하위개념으로 구분한 것이다. 결과를 중심으로 나눈 개념이다.

소설의 주제는 제목과 연락관계가 있지만 차이가 있다. 주제는 제재를 이야기로 구성하여 드러낸 세상살이에 대한 작가의 태도와 생각이다. 우리가 사랑을 제재로 한 작품을 읽고 주제가 무엇이냐고 물을 때, 이 작품의 주제는 '사랑의 진실'이라던가, '사랑은 진실하다'와 같은 명사구나 문장으로 말한다. 이때 주제를 표현하는 문장의 내용은 직서적이다. 암시하거나 상징하기보다는 내용을 요약적으로 또는 포괄적으로 이해하는 것이다.

한편 제목은 독자를 이야기로 이끌어 들이는 창구이다. 독자의 관심을 끌어 작품으로 안내하는 힘을 가져야 한다. 제목은 작품의 내용을 포괄적으로 압축한 것이거나, 제재나 주제를 그대로 제시하거나, 그것을 비유 또는 상징으로 함축하여 표제로 삼은 것이다. 고소설에서는 「홍길동전」, 「춘향전」, 「옥단춘전」, 「이춘풍전」, 「홍부전」 등과 같이 인물의 이름으로 제목을 삼았다. 김동인의 「감자」, 김유정의 「동백꽃」, 황순원의 「소나기」 등은 작품의 소재를 그대로 제목으로 삼은 경우이다. 「동경」(오정희), 「금시조」(이문열), 「웃음소리」(최인훈), 「소문의 벽」(이청준), 「회색 눈사람」(최윤), 「숨은 꽃」(양귀자), 「얼음의 도가니」(최수철), 「별을 사랑하는 마음으로」(윤후명), 「환멸을 찾아서」(김원일), 「나그네는 길에서도 쉬지 않는다」

(이제하), 『고기잡이는 갈대를 꺾지 않는다』(김주영), 「가자, 우리의 둥지로」(윤정모), 「어젯밤 들렸던 총성에 대해 설명해 드리겠습니다」(최수철), 「누군들 초장부터 꾼으로 태어나랴」(이청준) 등의 제목은 작품의 내용을 압축하여 비유·상징으로 제시한 것으로, 제목이 명사나 명사구, 문, 문장의 형식으로 표현되었다.

이처럼 주제와 제목은 상관관계를 가지면서도 차이가 있는 것이다. 주제는 작품의 제재에 대한 작가의 직접적 해석이지만, 제목은 주제나 제재 또는 인물의 이름 등을 그대로 쓰거나, 주제를 다시 비유하고 상징하여 작품의 첫머리에 붙여 놓은 것이다.

2. 주제를 구현하는 방법

주제를 구현한다는 것은 작가의 창작과정을 말하는 것이다. 독자의 입장에서 보면 주제를 추론하는 것인데, 결과적으로 보면 유사한 과정을 거쳐 주제에 도달하게 된다.

소설의 주제는 결말에 이른 사건·상황에 대한 인물의 태도나 언행이 중요한 역할을 한다. 그것에 대한 이해와 의미부여가 일차적으로는 주제에 근접하는 것이다. 그런데 결말만을 떼어내서 그것만으로 주제가 무엇이라고 말하기는 어렵다. "주제는 소설 속에 용해되어 있어야 한다."[2] 작가는 소설의 시작부터 전개되어 결말에 이르기까지 그 안에 담겨있는 인물의 성격, 배경, 상황에서 드러나는 분위기, 사건과 상황, 인물의 행동이 전개되어 가는 과정에 복선·암시·상징 등의 방법을 구현하여 결말로 이끌어 가야 한다. 이 글에서는 전개과정에서 숨겨 놓은 주제 구현에 중심이 되는 소설의 장치들과 결말이 어우러져 이루어지는 주제 구현의 방법을 의논하

---

[2] 정한숙 : 「현대소설창작법」(웅동, 2000.9), 33쪽.

려고 한다.

1) 상징과 결말

소설의 상징은 감각적 사물로 관념적 주제의식이나, 주제와 상관되는 분위기를 보여주는 표현기술 방법이다. 이것을 소설구성의 다른 표현기술 방법인 복선이나 암시와 비교하면, 복선이나 암시는 숨겨져 있다가 작품의 진행 과정에서 실재하는 사건·상황으로 드러나는 것이고, 상징은 숨겨놓은 의미가 직접적인 사건·상황으로 나타나지 않는 것이다. 다만 배경적 분위기나 사물의 형상적 분위기 등으로 묘사된다. 상징은 전개과정에서 인물의 행위, 또는 주제적 의미에 관여한다.

상징과 결말로 주제를 구현하는 창작방법은 김승옥의 「무진기행」에서 볼 수 있다. 다음은 주인물 '나'가 무진의 명산물로 꼽은 '안개'에 대한 서술 내용이다.

> 안개는 마치 이승에 한(恨)이 있어서 매일 밤 찾아오는 여귀(女鬼)가 뿜어 내놓은 입김과 같았다. 해가 떠오르고, 바람이 바다 쪽에서 방향을 바꾸어 불어오기 전에는 사람들의 힘으로써는 그것을 헤쳐 버릴 수가 없었다. 손으로 잡을 수 없으면서도 그것은 뚜렷이 존재했고, 사람들을 둘러쌌고, 먼 곳에 있는 것으로부터 사람들을 떼어 놓았다. 안개, 무진의 안개, 무진의 아침에 사람들이 만나는 안개, 사람들로 하여금 해를, 바람을 간절히 부르게 하는 무진의 안개, 그것이 무진의 명산물이 아닐 수 있을까!

이 장면이 상징하는 의미를 추론하기 위하여, 인간의 인격형성과 관계된 논의를 잠깐 들여다보아야 할 것 같다. 인간의 인격형성에 기본이 되는 에너지를 정신에너지3)라고 한다면, 이 정신적 에너지는 인간이 사회화되

---

3) J. 야코비 외, 설영환 옮김 : 『융 심리학 해설』(선영사, 1997.3), 112쪽.
　* 칼 융은, 사람의 퍼스낼리티(personality)가 일하기 위해서 사용되는 에너지를 정신적 에

기 이전, 즉 의식의 작용을 받기 전의 자연 상태에서는 본성적 욕구로 작용한다. 이것은 인간의 생존을 위한 모든 생리적 요구들이다. 그런데 인간이 사회적 존재라는 것을 깨닫게 될 때, 이 정신적 에너지는 사회적 욕망을 포함하게 된다. 이 정신적 에너지는 본성적 욕구와 사회적 욕망을 양면으로 삼는다. 인간의 본성적 욕구의 일부는 사회적인 자기인식과 함께 사회적 욕망으로 변이하지만, 사회적 욕망이 방수로를 따라 흐르지 못하고 막혀버리면, 다시 본성적 욕구가 사회적 욕망을 대리하게 된다.

이 작품의 시작 부분에 해당하는 위의 인용문의 '안개'는 "사람들로 하여금 해를, 바람을 간절히 부르게 하는" 것으로, 사회적 실현을 갈망하게 하는 사회적 욕망에 해당하는 것이다. "안개는 마치 이승에 한(恨)이 있어서 매일 밤 찾아오는 여귀(女鬼)가 뿜어 내 놓은 입김과 같았다."는 부분에서, '이승의 한(恨)'을 사회적 욕망으로 대체해 보면, 무명(無明)한 사회적 욕망의 절박함을 말하는 것으로 이해할 수 있다. 그러니까 안개로 상징이 되는 무진이라는 공간은 사회적 욕망을 실현할 수 없는 공간이기 때문에, 오히려 그 욕망을 팽배시키는 매개적 공간이고, 욕망의 분출통로가 없기 때문에 본능적 욕구가 방출되는 곳이다. 이러한 사회적 욕망과 본능적 욕구라는 양면성이 안개로 상징되었고, 이 작품의 인물들의 행위가 이러한 상징적 분위기와 어우러져 전개된다.

먼저 하인숙에게 무진은 사회적 욕망의 실현이 막혀버린 공간이다. 대학에서 성악을 전공한 그녀는 무진에서는 타인의 요구로 '목포의 눈물'을 부르고 있었다. 자기정체성이 타인의 의도에 따라 왜곡되고 있는 것이다. 그녀는 서울에서 잠시의 휴가로 고향인 무진에 내려온 '나'(윤희중)을 만나, 서울로 데려가 달라고 한다. 나는 서울에서의 생활은 책임뿐이라고 하

너지라고 부르고, 이 형식의 에너지를 '리비도'라고 하였다. 그에 의하면, 자연상태에 있어서의 리비도는 욕망-굶주림, 목마름, 성적 욕구 및 정서-이고, 의식에 있어서의 리비도는 노력하기, 소망하기, 바라기로서 표현된다고 하였다.

지만, 하인숙은 이곳은 "책임도 무책임도 없는 곳"이라면서, "하여튼 서울에 가고 싶"다고 한다. 하인숙이 서울에서 어떤 욕망을 실현하려고 하는지는 분명하지 않다. 다만 욕망의 폐쇄회로인 무진에서 벗어나고 싶은 사회적 욕망의 발현일 뿐이다.

'나'에게도 젊은 시절의 무진은 욕망이 폐쇄된 공간이다. 6·25 사변으로 모두가 전쟁터로 몰려갈 때, '나'는 홀어머니 때문에 골방에 처박혔다. 전선을 택하고 싶어 하는 나의 욕망은 홀어머니의 만류로 실현되지 않는다. 사회적 욕망의 분출이 막힐 때, 본능적 욕구가 대리적 작용을 한다. '나'는 골방 속에 숨어서 수음을 한다. '나'가 무진에 내려와, 제약회사 주주총회에서 전무로 인준되기를 기다리는 동안도 사회적 욕망의 실현이 정지된 상태이다. 이때에도 '나'는 무진읍내에서, "눈부신 햇살 속에서, 정적 속에서 개 두 마리가 혀를 빼물고 교미를 하는 것"을 보거나, 서울에 가고 싶다고 안타까운 음성으로 말하는 그 여자를 문득 껴안고 싶은 충동에 사로잡혔다거나, 통금해제의 사이렌이 사라져 갔을 때 창부와 그 여자의 손님이 교합하리라는 엉뚱한 생각을 한다거나, 약을 먹고 죽은 술집여자를 향하여 이상스레 정욕이 끓어오름을 느꼈다는 것은, 욕망의 실현이 지연될 때, 사회적 욕망이 막힌 자리에 들어선 본능적 욕구가 고개를 든 것이다.

안개로 상징된 본성적 욕구와 사회적 욕망의 양면성은 결말 부분에 이르면, '사회적 책임'의 상대편에 서게 된다. '나'는 아내의 전보를 받고, '나'의 전무 승인을 확인해 주는 전보와 타협하면서, "한 번만 마지막으로 한 번만, 이 무진을, 안개를, 외롭게 미쳐가는 것을, 유행가를, 술집 여자의 자살을, 배반을, 무책임을 긍정하기로 하자."고 하였다. 이러한 내용과 관계된 이 작품에서의 사건이나 상황은 모두 그 인물들의 사회적 욕망의 분출 통로가 닫혀져 있는 상황에서 일어난 것이었고, 그 때 '나'는 본성적 욕구의 충동을 느꼈던 정황들이다. 그런데 그것을 '배반·무책임'과 한 자리에 놓은 것은, '나'가 자기역할에 따른 사회 윤리적 책임을 느끼는 사회적 인간으로 자기 정리를 하기 시작했다는 것을 의미한다. '나'는 하인숙에게 편지를 쓰지만 찢어버린다. 그것은 전보와 아내에 대한 배반과 사회적 인간으로서의 무책임을 벗어나려고 했기 때문이다. 이런 정황을 바탕으로, 그가 무진을 떠나며 부끄러움을 느꼈다는 것을 이해하면, 인물이 사회의 윤리도덕적 일탈에 대한 자기반성으로 볼 수도 있을 것이다. 이러한 관계에서 이 작품의 주제를 생각해 보면, 현실과 영합하여 사회적 욕망을 실현한 현대인의 삶의 방식을 보여준 것이라고 볼 수 있다.

상징과 주제와의 관계는, 이 작품과 같이 작품 안에 싱징적 요소가 내재되어, 작품 전체의 구성과 밀착시킨 경우도 있고, 작품 외적인 우화적 요소를 삽입하여 주제를 상징하기도 한다.

그런데 이 작품은 배경적 상징과 결말의 관계와 함께, 반전과 결말의 관계로도 주제적 의미의 해석이 가능하다. 이 작품의 주제적 복합성 때문이다.

2) 반전과 결말

아리스토텔레스는 반전이란, "사태가 반대 방향으로 변화하는 것을 의미한다"[4]고 말하고 있다. 그러나 정반대의 방향뿐만 아니라, 이제까지 진행되어 온 사정과는 다른 방향으로 전개되는 경우도 반전으로 생각한다. 이러한 반전과 결말의 관계로 주제를 추론할 수 있다. 이 항목에서는 위에서 논의한 김승옥의 「무진기행」을 대상으로 계속해서 논의하기로 한다.

이 작품의 반전은 '나'의 상대인물인 하인숙에게서 먼저 일어난다. 세무서장인 '나'의 친구 조의 집에서 만난 하인숙은 나에게 "앞으로 오빠라고 부를 테니까 절 서울로 데려가 주시겠어요?"라고 하며, '나'가 서울로 데려가 주기를 바란다. 여자는 계속해서 서울로 데려가 주겠노라는 '나'의 다짐을 받으려 하지만, '나'는 생각해 보겠다고 말한다. 그 후에 서울에 가고

---

4) 아리스토텔레스, 천병회 역 : 『시학』(문예출판사, 1988.3), 64쪽.

싶다는 그녀의 안타까운 음성을 생각하고서, '나'는 그 여자를 껴안고 싶은 충동을 느끼고, 그 여자를 어떻게 해 보려다 무안만 당했다는 친구 조의 이야기를 듣고, 나는 그 여자에게 감사해 하기도 했다. '나'가 방죽 위의 어느 집에서 "누군지가 자기의 손에서 칼을 빼앗아 주지 않으면 상대편을 찌르고 말 듯한 절망감을 느끼는 사람으로부터 칼을 빼앗듯이 그 여자의 '조바심'을 빼앗아" 준 다음부터 반전이 시작된다. 그 일이 있은 바로 다음에도 여전히 서울에 가고 싶을 뿐이라고 말했지만, 얼마 후에 "선생님, 저 서울에 가고 싶지 않아요."라고 말한다. 하인숙의 생각에 반전이 이루어진 것이다. 이러한 반전에는 당연히 반전의 계기나 동기가 있어야 한다. 그것이 결말을 이루는 매개가 되기도 하기 때문이다. 그 계기는 하인숙이 나에게 "자기 자신이 싫어지는 것을 경험하신 적이 있으세요?"라고 한 물음 속에 들어있다. 이 물음은 자신의 심정을 반영한 것이다. 여자는 자기혐오 내지 자기조소의 상태에 이르게 되었다. 그러면서 곧 의식의 저편으로 밀어놓았던 자기존재를 확인하게 된 것이다.

이것이 표면에 나타난 동기이지만, 심리학적인 관점에서 생각을 해 보면, 인간의 욕구 중에 인정수용욕구(認定受容欲求)에 연관하여 이해할 수 있다. 즉 사회적 인정 욕구는 타인이 어떻게 평가할 것인가에 대한 생각이기 때문에, 인정을 얻으려는 동기(접근 행동)와 비난을 피하려는 동기(회피 행위)에 근거한다.[5]

이 작품에서 하인숙은 '나'를 처음 만났을 때, 졸업 연주회 때 '나비부인' 중에서 '어떤 갠 날'을 불렀다고 말했다. 그리고 여자는 "처음에 뵈었을 때, 뭐랄까요. 서울 냄새가 난다고 할까요. 퍽 오래 전부터 알던 사람처럼 느껴졌어요."라고 했다. 이것은 나에게 인정을 얻으려는 동기에서 나온 것이다. 그리고 세무서장 조의 집에서 '목포의 눈물'을 부른 것을 딱하게 생각한 '나'가, 유행가를 부르지 않으려면 거기에 가지 않는 게 좋겠다고

---

5) 김경회 :『성격』(대우학술총서・인문사회과학34), 민음사, 1988.11), 63~64쪽.

했을 때, "정말 앞으론 가지 않을 작정이에요. 정말 보잘것없는 사람들이에요."라고 한 것은 비난을 피하려는 동기에서 비롯한 것이다. 하인숙의 인정에 대한 욕구는, 오빠라고 부를 테니 서울로 데려가 달라고 시작해서, 몇 차례 반복적으로 부탁을 한다. 그러다가 '나'가 그 여자의 조바심을 빼앗아 주었을 때, 여자는 서울에 가고 싶지 않다고 한다. 여자의 심리적 반전이 이루어졌는데, '나'가 여자의 조바심을 빼앗아 주었다는 것은 '나'가 여자를 인정하였음을 의미하고, 여자는 '나'에게 인정을 얻게 된 것이다. 여자는 인정에 대한 욕구를 충족함으로써, 더 이상 '나'의 인정을 받을 필요가 없게 된 것이다. 이러한 인정욕구의 내면적 심리가 반전의 계기가 된 것이라고 볼 수 있다. 여자는 이제 '어떤 갠 날'을 불러 주겠다고 했다. 하인숙은 이제 자기정체성을 확인한 것이다.

이러한 반전에는 그 이전에 반전의 단서가 계속 제공되어야 한다. 이 작품에서 하인숙이 졸업 연주회 때 '어떤 갠 날'을 불렀다고 한 것이나, '나'의 친구 세무서장 조가 어떻게 해 보려 했을 때, 결혼하기 전까지 절대로 안 된다라고 했다거나, 자기 자신이 싫어지는 것을 경험한 적이 있느냐고 한 물음 등은 반전의 단서들이다. 이 단서들은 독자들이 알고 있는 것들이, 진실이 아니라는 것을 알게 되었을 때 느끼게 될, 의외성이나 배신감을 긍정적이고 지적인 호감으로 전환시켜 줄 구성상의 장치이다.

'나'의 행위에도 반전이 일어난다. 여자가 '어떤 갠 날'을 불러 주겠다고 했을 때, '나'는 '어떤 갠 날'의 이별을 생각하며, 손을 내밀고 그 손을 잡는 사람이 있으면, 그 사람을 가까이 좀 더 가까이 끌어당겨 주기로 다짐하고, 나는 그 여자에게 '사랑한다'고 말하고 싶어 했다. 그런데 그의 이런 다짐에 반전이 일어난다.

다음은 이 작품의 결말 부분이다.

간단히 쓰겠습니다. 사랑하고 있습니다. 왜냐하면 당신은 제 자신이기 때문에 적어도 제가 어렴풋이나마 사랑하고 있는 옛날의 저의 모습이기 때문입니다. 저는 옛날의 저를 오늘의 저로 끌어다 놓기 위하여 갖은 노력을 다하였듯이, 당신을 햇볕 속으로 끌어놓기 위하여 있는 힘을 다할 작정입니다. 저를 믿어 주십시오. 그리고 서울에서 준비가 되는 대로 소식을 드리면, 당신은 무진을 떠나서 제게 와 주십시오. 우리는 아마 행복할 수 있을 것입니다. 쓰고 나서 나는 그 편지를 읽어 봤다. 또 한 번 읽어 봤다. 그리고 찢어 버렸다.

　　덜컹거리며 달리는 버스 속에 앉아서 나는 어디쯤에선가 길가에 세워진 하얀 팻말을 보았다. 거기에는 선명한 검은 글씨로 '당신은 무진읍을 떠나고 있습니다. 안녕히 가십시오'라고 쓰여 있었다. 나는 심한 부끄러움을 느꼈다.

　편지의 내용은 하인숙이라는 타인의 욕망에 매개된 '나'의 대행적 욕망이다. 이것은 남의 욕망을 대신해서 실현시켜주려는 욕망인데, 그것의 명분은, 옛날의 자기와 지금의 하인숙의 동일시이다. 그러나 그 편지를 찢어 버림으로써, '나'의 대행적 욕망은 반전하게 된다. '나'는 버스안에서 '당신은 무진읍을 떠나고 있습니다. 안녕히 가십시오.'라고 쓴 팻말을 보고 '부끄러움'을 느끼게 된다.

　이것을, 사회적 인간은 본성적 자아와 사회적 실현으로 이루어진 '가면적 자기(persona)'를 함께 내면에 안고 있는 이중적 존재라는 논리에 따라 이해한다면, '나'는 가면적 존재이다. 아내와의 결혼으로 이루어진 사회적 신분이 그의 가면적 실체인데, 이것은 자신의 노력으로 이루어낸 사회적 위치로 얻게 된 가면이 아니라, 남에게 의탁해서 이루어낸 타의적 가면인데, '나'는 이 타의적 가면을 자기의 사회적 실체로 받아들이고 있는 인물이다. 이러한 가면적 인물이 자신의 본성적 자아를 가면적 자기와 일치시키려는 행위, 즉 옛날의 자기의 모습이라고 단정한 하인숙을 구원하려고 한 것은, 대리인을 통해 자신의 욕망을 대행함으로써 자기보상을 하려는 심리이다. 그러나 그는 쓰고 난 편지를 몇 번이고 읽어보다가 찢어버림으로써 대리적인 자기보상을 포기했다. 무진을 떠날 때 길가 팻말에 쓰인 '당신'이라는 지칭을 대면하고, 가면적 자기에 몰입해 있던 상태에서 본성적 자아를 되돌아보게 된다. 당신이라는 지칭은 '나'가 주체이었던 상황으로 부터 다른 주체의 상대가 됨으로써, 주체와 객체의 거리만큼 자신을 돌아 볼 겨를을 가지게 하는 것이다. 그때 '나'는 본성적 자아와 가면적 자기 사이의 거리를 인지하고, 가면적 자기와 본성적 자아를 동일시하고 있던 자신을 부끄러워했다고 볼 수 있을 것이다. 이러한 반전과 결말에 따른 논의를 바탕으로 하면, 이 작품은 간헐적으로 본성적 자아의 정체가 무엇인지를 생각하면서도 가면적 존재로서 사회를 살아가는 현대인의 이중적 삶의 태도를 보여 준 것이라고 말할 수 있다.

3) 복선과 결말

복선은 다음에 일어날 사건이나 상황의 동기 또는 필연성을 미리 제시해 놓은 것이다. 이것은 작중의 인물이나 독자에게 예견할 수 있는 여지를 조금도 제공하지 않는다. 그러나 사건의 전개과정에서 예측하지 못한 돌발 상황이나 반전의 상황이 일어날 때, 복선은 그 이유를 해명해 주는 역할을 하는 것이다.

그런데 복선은 사건·상황의 필연성을 제공하기도 하지만, 주제를 결정하는 단서가 되기도 한다. 황순원의 「소나기」에서 소녀와 소년이 산에 올라갔다가 내려 올 때의, "떡갈나무 잎에서 빗방울 듣는 소리", "그러자 대번에 눈앞을 가로 막는 빗줄기"는 사건·상황적 복선이다. 빗줄기 때문에 소녀와 소년은 원두막과 수숫단 속에서 비를 긋는다. 이때 '빗줄기'는 이러한 행위의 원인이 되지만 복선은 아니다. 비가 내리면 누구나 비를 긋기 위해 은신할 곳을 찾게 마련이어서, 이러한 예측이 가능한 상황은 복선이 아니다. 복선은 아무도 모르게 숨겨져 있다가 예측할 수 없는 곳에서 일어나는 사건·상황이나 인물의 행위의 동기이다. 그러나 이 작품에서 빗줄기는 복선이 된다. 소녀와 소년이 "도랑이 있는 곳까지 와 보니, 엄청나게 물이 불어"있는 상황을 만났을 때, 그것의 원인이 먼저 내린 빗줄기라는 것을 알게 된다. 이런 경우에 이르렀을 때 비로소 '빗줄기'가 복선이 되는 것이다. 이것은 사건·상황을 위한 복선이다.

　주제를 도모하는 복선의 보기는 이효석의 「메밀꽃 필 무렵」에서 볼 수 있다. 허생원이 달밤에 길을 가면서 끄집어 낸, 뒤에도 처음에도 없는 단 한 번의 괴이한 인연, 봉평의 물방앗간에서 난데없는 성서방네 처녀와 마주쳐 인연을 맺은 이야기는, 이 작품에서 나타나는 암시들의 근원이 되는 것이기도 하지만, 특히 주제와 관련이 되는 복선으로서의 기능을 갖는다. 단 한 번의 인연이었지만, 허생원은 그 처녀와의 인연의 끈을 놓지 않고 있다. 이야기가 전개되면서 갈등관계에 있던 '동이'를 매개로 하여, 동이 어머니의 친정이 봉평이었고, 어머니는 제천에서 달도 차지 않은 아이를 낳고 집을 쫓겨났고, 아버지의 얼굴도 본 적 없으며, 고향도 모르고 지내오고 있다거나, 어머니가 동이의 아비를 한 번 만나고 싶다고는 한다든가 하는 이야기들이 허생원과 동이의 관계를 암시하는 듯하다. 이런 이야기 끝에 허생원은 다음 장을 동이의 모친이 살고 있는 제천으로 정한다. 이것은 동이의 어머니가 연분이 있던 옛 처녀일지도 모를 것이란 허생원의 속마음을 읽게 하는 것이다. 늙고 하찮은 존재인 허생원과 옛 처녀와의 물방앗간에서의 인연은 오랜 시간을 넘어서 현실적 만남의 가능성을 열어 두고 작품은 결말에 이르렀다. 이때 물방앗간에서의 인연은, 가슴에 안고 있는 한낮 애틋한 옛 추억에 불과한 것이 아니다. "옛 처녀나 만나면 같이나 살까…… 난 거꾸러질 때까지 이 길 걷고 저 달 볼테야"라고 하던 허생원에게, 물방앗간에서의 인연이 복선이 되어, 허생원에게 생명에 대한 새로운 의지와 신념을 심어준 동기로 작용하는 것이다. 이렇게 복선과 결말을 고리로 연결할 때, 이 작품의 주제를 단순히 "'사랑과 혈연의 해후라는 운명의 신비로운 트릭'이라고만 웃어넘길 수 없는"[6] 새로운 해석의 가능성이

---

[6] 송하춘 : 『발견으로서의 소설기법』(현대문학사, 1993.8), 309쪽.

열린다.

4) 암시와 결말

암시는 앞으로 전개될 사건·상황을 인물들이나 독자에게 넌지시 보여 주는 것이다. 사건·상황과 관계있는 사물·인물의 행위·상황적 분위기를 통해 예시하는 것으로, 인물이나 독자가 미리 알아차릴 수 있는 것이다.

이와 유사해 보이는 복선은 사건이나 상황을 서술하거나 묘사하는 가운데 묻혀 있다가 다음에 일어날 예측하지 못했던 사건·상황의 원인이나 동기로 구성상의 필연성을 제공하는 것이다. 이와는 달리, 암시는 어떤 일이 일어날 것이라는 것을 묵시적으로 말해 주는 것이다. 이것은 앞으로 일어날 어떤 사건·상황에 대한 간접적 예시(豫示)이다. 황순원의 「소나기」에서, 소녀가 "이 바보"하고 소년에게 던지고, 소년이 그것을 집어서 주머니에 넣고, 가끔씩 주무르는 '조약돌'은 소녀와 소년의 어떤 관계가 이루어질 것을 암시하는 매개물이다. 그리고 소녀의 분홍 스웨터 앞자락에 "검붉은 진흙물 같은 게" 들어있었는데, 그것이 무슨 까닭인지를 생각하다가, "내 생각해 냈다. 그날 도랑 건널 때 내가 업힌 일 있지? 그때 네 등에서 옮은 물이다."라고 말했었다. 이러한 연유가 있는 이 옷을 소녀가 죽기 전에 "자기가 죽거든 자기 입은 옷을 꼭 그대로 입혀서 묻어 달라구"했을 때, 분홍 스웨터의 진흙물은 소년에 대한 소녀의 정감을 암시한 것이다. 「소나기」에서 이러한 암시와 함께, 소녀의 뜻밖의 죽음으로 귀결된 결말은 독자에게 애잔한 여운을 남겨주는 유효한 표현기술 방법이다.

김원일의 「미망」에서도 암시적 결말이 이루어지고 있다. 이 작품은 표면적으로는 고부간의 갈등을 그리고 있지만, 그 내면에는 한 가족 간의 사랑과 화합을 깨뜨리는 동기가 이데올로기이라는 뼈아픈 질책이 담겨 있는 작품이다.

"'또 그느무 간칼치를 꿉었구나.'하며 아내를 타박하는 어머니의 말소리가 들렸다. 소금에 절인 갈치구이는 할머니가 가장 즐기는 반찬이었다."

위의 인용내용으로 시작된 이야기에서 서술자인 '나'의 어머니와 할머니의 갈등은 일상의 사소한 일로 시작되어서, 갈등의 근원으로 거슬러 올라간다. 할아버지와 할머니의 혼인과 어머니와 아버지의 결혼에 대한 전말이 인물들의 회고로 삽입되어 진행되고, 그들의 회고 속에서 갈등의 근원적 이유가 밝혀진다.

"할머니와 어머니 사이가 벌어진 결정적인 이유는 해방이 되고 아버지가 본격적인 좌익운동에 나서고부터였다. 아버지는 남로당 모화책이고 울산지부 조직부장책을 맡아 뛰었다." 아버지는 자연 집을 비우고 되었고, 아버지를 찾는 지서의 순경들과 서북청년단원, 대한청년단원들은 어머니를 지서로 연행해 갔다. 어머니는 전신에 피멍이 들어오기도 했고, 실신해 가마니에 실려 돌아온 적도 있었다. 그때부터 어머니는 전깃불을 비추며 저들이 들이 닥칠까봐 밤을 무서워했는데, 할머니라도 집에 있어주면 그 무섬증이 덜하련만, 할머니는 체구처럼 간이 작아 순경들이 집 출입을 하고부터는 고모네 집에 숫제 눌러 사셨다. 이런 연유가 어머니와 할머니가 갈등을 빚은 내면적 동기였다.

고부간의 갈등은 어머니의 험구와 핀잔 그에 대한 할머니의 푸념으로 진행되다가 할머니의 병세가 악화되면서 결말에 이르게 된다. 결말의 내용은 다음과 같다.

시장 입구에 있는 장의사와 윤 내과로 들르기 위해 내가 골목길을 허겁지겁 뛰어갈 때, 저 맞은편에서 어머니가 준옥이와 나란히 이쪽으로 걸어오고 있었다. 어머니는 한 손으로 준옥이와 손을 잡고, 한 손에는 비닐봉지를 들고 있었다. 나의 다급한 걸음과 얼룩진 눈을 보고도 어머니는 애써 시선을 피했다. 나중에 안 일이지만 어머니가 들고 오신 그 비닐봉지 속에는 갈치 두 마리가 들어 있었다.

그날 저녁 고모가 할머니의 유품을 정리할 때, 40여 년을 차고 다닌 낡은 비단 꽃주머니 속에서 지전 3백 원과 닳은 증명서 한 장이 나왔다. 그 증명서는 누렇게 색바랜 아버지의 손톱만한 사진이 붙은 '보도연맹 가입증'이었다.

할머니가 돌아가신 줄을 모르는 어머니는, 할머니가 좋아하시는 간갈치를 샀다고 며느리를 타박했던 그 간갈치를 사들고 오는 길이다. 이 간갈치는 시작 부분에서 고부간의 갈등을 매개했지만, 결말 부분의 간갈치는 어머니가 할머니와의 갈등 해소를 암시하는 매체로 사용되고 있다. 결말의 이 암시가 표면적인 고부간의 갈등을 해소함으로써, 그것의 원인이 되었던 이데올로기에 의한 갈등마저 화해가 이루어져, 민족공동체가 이루어지기를 바라는 작가의 기대가 여운으로 남는다. 이 작품에서 부연처럼 기술한 내용, 보도연맹에 가입했다가 6·25가 나자 일주일 만에 사라져 버린 아들을 잊지 못하는 어머니의 애틋한 모정은 이념을 넘어선 용서와 화해의 기다림의 상징으로 이해할 수 있다.

위에서와 같이 상징과 반전, 복선과 암시가 결말과 어우러져 소설의 주제를 미적 범주로 끌어올려 주고 있다는 것을 보았다. 이외에도 주제의 구현을 위해서 적용할 수 있는 전개과정의 여러 방법이 있을 수 있겠지만, 이 네 방법이 주제의 예술적 효과를 도모하는 기본적인 방법이 될 것이다.

Ⅴ. 소설 구성의 실제

소설 구성의 핵심을 간략하게 말한다면, 갈등과 해소 또는 문제와 해결
이라고 할 수 있다. 긴장·갈등의 원인이 무엇이며, 그것이 어떻게 전개되
어 가다가 무엇을 계기로 해소되었는가를 보여주는 것이다. 여기에 '누가,
언제, 어디서, 무엇을, 어떻게, 왜'에 해당하는 내용이 있어야 하고, '왜냐
하면, 그래서, 그런데, 그러나'로 연결되는 전개가 있어야 한다. 이것의 전
개과정의 순서를 일반화된 개념으로 말하면, 발단－전개－위기－절정(역
전)－결말이다. 그런데 이러한 전개과정에 대한 논의는 포괄적이어서, 부
분적이기는 하지만 보다 더 구체적 전개과정에 대하여 의논할 필요가 있
다. 여기서는 이에 대하여 몇 유형의 전개과정에 대하여 이야기하겠다. 이
러한 논의에 앞서, 갈등 또는 문제를 담는 요소들에 대하여 언급해 보려한
다. 이 글에서는 상황과 욕망의 개념 및 유형에 대하여 의논하겠다.

1. 사건의 개념과 상황의 유형

1) 사건의 개념

긴장이나 갈등은 심리적인 평형상태나 일상적 평온함이 깨지는 데서 비롯된다. 긴장이나 갈등 또는 문제를 일으키거나 그것을 담고 있는 것은 사건·상황·욕망이다.

사건이란 작품 외적인 역사적 사건이나 사회적 사건을 말하는 것이 아니다. 사건은 작품의 안에서 이루어진 것으로 인물들이 만나 긴장이나 갈등을 일으키게 하는 것이다. 인물의 욕망과 상황에 따른 인물의 행위와 심상의 변화 그 자체도 사건에 해당한다. 인물은 긴장이나 갈등을 만나면, 해소하기 위하여 그에 맞닥뜨려 행동하거나 회피한다. 또는 희생되기도 한다.

사건을 일으키는 것은 상황이나 인물의 욕망이다. 상황[1]은 사건을 배태하고 있는 사건의 외적 작용이다.

2) 상황의 개념과 유형

상황의 사전적 의미는, '어떤 순간에 있어서 어떤 개체에 어떠한 효과를 주는 (개체의 행동을 촉발시키는) 자극의 총체 또는 환경적 조건을 의미한다. 좁은 의미로는 환경이나 사태'[2]이다. 이 글에서는 상황이 어떤 효과를 유발하는 자극이나 조건의 총체라는 사전적 의미에 근거하여 논의를 계속하기로 한다. 일상적으로 통용되는 이 견해는 서사구조에 필요한 상황의 개념을 적절하게 설명하고 있다. 상황이라는 용어는 일반적으로 자연적 상황, 정치적 상황, 사회적 상황, 심리적 상황, 교육적 상황 등과 같이 영역을 구분하는 수식어를 붙여 큰 범주의 추상적 개념으로 사용하기도 한다.

---

[1] 이에 대해서는,
　윤충의 :『한국문학의 직관과 상황 그리고 표현기술』(국학자료원, 2001.12), 200~212쪽 참조.
[2] 세계철학대사전(고려출판사, 1996), 520쪽.

소설의 상황은 사건이나 인물의 행위를 일으키거나 전환시키고, 인물의 심리를 변화시키거나 평형적 상태에서 긴장으로 전이시키는 모든 계기이다. 상황은 상태 자체의 표면적 형상이 아니다. 대상에 영향을 미치는 내재적 힘이다.

상황은 다음과 같이 구분할 수 있다. 우선 인간의 사회화를 기준으로 삼아, 자연적 상황과 사회적 상황으로 나누어 볼 수 있다. 자연적 시간·공간, 폭풍, 해일, 가뭄, 장마, 돌림병, 라니냐 현상, 엘리뇨 현상과 같은 자연현상 또는 자연의 이변 등은 자연적 상황이다. 역사적 시간·공간, 관습, 자유, 평등, 소유, 분배, 소외 등과 같이 인간의 사회적 삶의 과정에서 만나게 되어, 갈등을 불러서 긴장에 이르게 하는 동인들은 사회적 상황이다.

인물의 행위와 심리에 따라서는, 사건적 상황과 심리적 상황으로 나눌 수 있다. 사건적 상황은 인물의 행위적 갈등과 긴장을 불러온다. 심리적 상황은 심리가 상태에 머물러 있을 때에는 상황이 아니다. 심리적 상태가 사건적 행위나 심리적 변화의 조건이 될 때 비로소 상황이 된다. 이외에도 일정한 기준을 세워 상황의 유형을 말할 수 있겠지만, 이 글에서는 주로 인물의 욕망과 맥락을 같이 하는 상황의 개념을 설명하려고 한다.

상황이 소설의 긴장관계에 봉사하기 위해서는 인물의 욕망과 만나야 한다. 상황은 사회·문화적 제한이나 금지만이 아니다. 한 인물의 욕망에 동조하지 않는 다른 인물의 행위와 의식, 욕망의 부딪침도 상황의 범주에 든다. 서사구조는 인물의 욕망과 상황이 얽히어 긴장을 생산하고, 긴장에 긴장을 더하고 쌓아 가다가 한꺼번에 해소시키거나, 해소를 유보한 채로 남겨 두어, 서사구조가 끝난 다음까지도 긴장을 지연시키는 구조이다. 서사문학의 전개에서의 긴장관계는, 인물의 욕망 또는 존재인식이 상황과의 만남으로 토대를 이루고, 그것은 쓰기와 읽기의 마디를 이룬다. 인물의 욕망과 관계된 유형들은 아래와 같다.

(1) 일상적 상황

우리가 살아나가는 일상은 작가 또는 작중인물의 의식이 무엇을 발견하고 탐색하며 의미화하게 될 재료의 저장고이다. 일상은 발견이 시작되기 이전, 가치판단을 적용하기 이전의 상태로서 살아있는 현장이다. 소설이 현실을 반영한다는 창작의 명제에서, 현실이란 인물의 욕망과 상황이 얽혀져 긴장을 불러일으키는 상황적 현장을 일컫는다. 사람이 사는 일상의 현장이다. 일상은 그 안에 특수성이나 전형성이 없어도 창작의 재료가 된다. 작가가 소재를 발견하거나 창작과정을 거쳐 말하려고 하는 것도 일상에서 그 빌미를 얻는 것이고, 작품 안에서 인물의 욕망이 구현되고, 상황이 욕망을 가로막는 장치들을 숨겨 놓았다가 내보이는 것도 인물의 일상적 삶이라는 배경에서 비롯되는 것이다.

현대사회에서는 특수한 상황이나 인물을 허구적으로 설정하지 않더라도, 일상적 인물이나 일상성 그 자체가 소설의 재료가 된다는 점을 생각하면, 일상은 욕망과 상황이 발생되는 배경인 동시에 그 자체이기도 하다.

(2) 매개적 상황

상황이 주체의 욕망과 만날 때, 상황은 욕망의 빌미를 제공하기도 한다. 상황이 주체의 욕망을 매개하는 것이다. 주체의 이상적 자아와 현실적 자아의 차이가 욕망을 부르지만, 그것은 아직 의식의 내면에서 잠자고 있거나, 꿈틀거리며 분출되기를 기다리는 원천적 에너지이다. 에너지의 크기나 방향이 정해져 있지 않은 상태이다. 이러한 잠재되어 있는 욕망을 의식의 표면으로 끌어올리는 것이 매개적 상황이다. 상황은 욕망의 결핍을 채워줄 대상을 결정하는 계기이기도 하다. 대상은 욕망의 크기와 방향을 정해 준다. 이와 같이 욕망을 현실의식으로 불러올리고, 대상을 정하도록 보조하는 것이 매개적 상황이다. 욕망을 제한하지 않고, 대상을 향하여 나가도록 부추기고 떠밀어 댄다. 장애물을 만나서 우회하더라도 여전히 앞으로 나아가기를 재촉하는 충동의 매개물이다. 이때 상황과 욕망은 상생(相生)의 관계이다. 매개적 상황으로 생성된 욕망은 다른 상황을 만들어 내고, 상황이 다시 욕망의 대상을 지시하고, 욕망은 대상을 따라가 주체의 결핍을 보완하는 보조적 관계이다.

(3) 제어적 상황

상황은 가치개념으로 사용되기도 한다. 관념적 가치나 사회·문화적인 현실의 규범 또는 현실적 이해관계 등을 대리하는 제어적 상황은, 우여곡절을 겪으면서 대상을 향해 나아가는 욕망의 한복판을 가로막고 제어장치로 작용한다. 상황의 제어적 기능은 대상을 향해 가는 욕망을 굴절시키거나, 그 흐름을 일단 정지시키기도 한다.

욕망이 굴절되면, 이제까지의 대상은 대상으로서의 기능을 잃게 된다. 대상을 향한 욕망의 에너지가 방향을 잃게 되고, 그것의 크기도 감소한다. 이때 욕망은 제어적 상황이 지시하는 대상을 향하여 나아가지만, 이때의 욕망은 주체의 행위가 아니라, 제어적 상황에 종속된 타의적 행위인 것이다.

상황이 욕망을 일시적으로 정지시키면, 표면적으로 욕망의 에너지는 상황이 막고 누르는 힘을 감당하지 못하고, 상황의 요구대로 떠밀려 간다. 그러나 주체의 의지가 여전히 내면화되어 있을 때, 욕망은 환유적인 우회나 전이를 통해 상황이 열어놓은 방향으로 나아가게 된다. 이때 욕망과 제어적 상황이 일시적으로 타협한 것으로 보이지만, 내면적으로는 욕망의 눈이 여전히 대상을 향하여 있고, 욕망의 에너지는 사그러지지 않은 채로 환유적 우회나 전이 속에 잿불처럼 묻혀 있다. 그렇다가 제어적 상황이 해지되면 욕망은 표면으로 드러나게 된다.

(4) 해체적 상황

　욕망이 상황 앞에 멈추게 되어 앞으로 나아가지 못하는 경우에 욕망의
대상은 상실된다. 주체의 욕망은 대상과 주체를 일치시키기 때문에, 대상
의 상실은 주체의 상실이다. 현실적 주체는 결여의 상태로 되돌아가게 되
고, 상황이 주체의 자리에 들어서게 된다. 상황이 주체가 되었을 때, 욕망
은 상황에 종속되어 좌절 또는 에너지가 소진되거나, 실제적 대상을 대리
하는 가상적 대상을 만들어, 대상성취 욕구를 실현하려고 한다. 이러한 욕
구의 실현은, 현실에서 인지하고 있던 대상을 기억 속에 존재하는 영상과
동일한 것으로 인식하는 것이다. 욕망의 가상적 실현으로 긴장을 해소하려
는 인지와의 동일성 확인[3]이다. 이때에는 현실의 객관적 인식과 내면의 주
관적 기억 영상이 구분되지 않는다. 현상적으로는 환상, 환각, 꿈, 상상 등
으로 나타난다. 이러한 현상은, 욕망이 유사성에 근거하는 은유나 인접성
에서 비롯되는 환유로 치환되어 현실의 욕망으로 표면화되었다가, 다시 원
형의 공간으로 되돌아간 것이기 때문에, 현실의 규범이나 질서를 따르지
않는다. 그러므로 이러한 경우는 논리적 인과나 추론 또는 차례를 정할 수
가 없다. 욕망의 주체는 자아정체성의 혼란을 겪게 되고, 사고와 행동의 분
열을 일으키기도 한다. 이러한 현상을 불러오는 것이 해체적 상황이다.

2. 욕망의 개념과 유형

1) 욕망의 개념적 이해

　욕망[4]은 어떻게 발생하여 작용하는가. 이에 대한 이해를 위해서 프로이
트와 라캉의 견해를 따라가 보기로 한다. 프로이트[5]는 인간의 마음에 영향

---

[3] R. 오스본 외, 설영환 옮김 : 앞의 책, 114쪽.
[4] 이에 대해서는, 윤충의 : 앞의 책, 176~183, 189~197쪽 참조.

을 주는 에너지의 원천을 생물로서의 인간에서 발견하였다. 그에 따르면, 욕망이란 이드의 충동을 따르려고 하는 본능적 욕구이다. 본능은 정신에너지의 총량이며, 이드에 자리잡고 있다. 그는 인간의 본능의 에너지를 발동시키는 주요 원천을 육체적 욕구나 충동이라고 말했는데, 욕구나 충동이 일어나면, 인체조직이나 기관에서 흥분작용이 일어나고, 그 안에 축적되었던 에너지가 방출됨으로써 긴장이 발생한다. 본능의 목표는 흥분이나 긴장으로 교란된 신체적, 심리적인 상태를 이전의 안정된 상태로 되돌리는 것이다.

본능이 그 목적을 달성하기 위한 대상이나 수단은 다양하고 복잡하게 나타나고, 서로 다른 대상이나 행위들로 대체될 수 있다. 본능은 긴장이 발생할 때마다 그것을 해소하려는 경향이 있는데, 프로이트는 이러한 본능의 회귀성향과 주기적인 되풀이 현상을 반복강박이라고 쓰고 있다.

본능의 에너지가 이드의 범주에 있을 때, 이드는 쾌락의 원리에 따르는 본능적 욕구 충족을 위해서 움직인다. 욕구해소의 가장 원초적인 형태는 반사적 행동이다. 본능의 욕구가 이드에 감각적 흥분이나 긴장으로 전달되었을 때, 이드는 생체의 운동계를 통해 이것을 해소하게 된다. 그러나 어떤 긴장이나 흥분이 반사적으로 처리되지 못하는 경우에 어느 정도의 좌절감이나 불쾌감과 같은 긴장이 계속된다. 이때 이드는 기억 속에서 긴장을 해소해 줄 대상에 대한 영상을 살려낸다. 이 과정을 일차적 과정이라고 불렀는데, 이것은 대상에 대한 주관적 기억 영상과 갈등을 해소해 줄 현재적 대상을 이드가 동일한 것으로 인식함으로써, 긴장을 해소하거나 크기를 적절한 수준까지 끌어내리려는 작업이다. 이 과정을 인지와의 동일성 확인 또는 원시적 동일시라고 부르고, 이때의 긴장해소나 완화를 원망충족이라 했다.

그런데 욕구가 반사행동이나 원망충족만으로 해소되지는 않는다. 우리

---

⁵⁾ ① 지그문트 프로이트, 박찬부 · 임홍빈 · 홍혜경 외 역 : 프로이트 전집 1～20, 열린책들, 1997.
② C. S. 홀 외, 설영환 역 : 프로이트 심리학 해설, 선영사, 1999.

가 살아가는데 필요한 여러 가지 목표를 추구하고 이행하는 인격형성 과정에서, 심리적 긴장을 현실적으로 풀어내기 위해서는 자아의 형성이 요청된다. 자아는 쾌락원리 대신에 현실원리의 지배를 받는다. 현실원리의 목표는 욕망을 충족시켜 줄 대상을 발견하거나 만들 때까지 에너지의 배설을 연기하는 데 있다.

인간은 자아의 형성으로, 실제 대상과 그 영상을 동일한 것으로 간주하는 대신에 양자간의 구분을 인지하게 된다. 이드가 개인의 욕구를 충족시켜 줄 대상에 대한 기억 영상을 제공하면, 자아는 사고와 인식능력을 통해 만들어진 행동계획에 따라 현실에서 그 대상을 찾아내거나 만들어 내는 일을 한다. 욕망은 기억 영상으로 표상된 욕구 대상과 현실의 객관적 대상의 동일시가 이루어져야 충족된다. 객관적 현실과의 동일시를 통해 주관적 표상은 자신을 실현하기 위한 자아 추진력을 갖게 된다. 그러나 자아가 본능적 욕구를 충족시키는데 실패하는 경우에는, 자아추진력은 원시적인 대상 추진력에 밀려 원망충족의 행위가 일어나게 된다.

이드는 추진력만을 갖는 반면, 자아와 초자아는 추진력과 억제력도 가지고 있다. 이드가 본능의 욕망해소를 추진할 때, 그것이 현실진단이나 현실원리에 적합하지 못하여 현실적으로 동일시할 수 없다고 판단되면, 자아는 이드를 억제하게 된다. 이 억제력은 외부적 좌절감에 따른 내적 좌절감으로, 결핍상태 또는 박탈상태에 따른 내부적인 자기 억압상태이다. 이때 좌절감, 갈등, 불안과 같은 긴장의 상태가 지속된다. 그러나 본능은 긴장을 해소하기 위하여 지속적으로 작용하게 되고, 이드는 지속적으로 본능의 요구를 추진하기 때문에, 자아는 이를 변형시켜 동일시, 대상전이, 승화, 방어기제 등의 방법을 통해 해결하게 된다.

라캉[6]은 욕망이 주체의 결여에서 비롯된다고 말한다. 결여는 표면적으

---

[6] 라캉에 관해서는 다음의 서적을 참조하였다.
　① 권택영 : 「영화와 소설의 욕망 이론」, 민음사, 1995.

로는 없는 것이다. 그러나 그것은 보이지 않고 인식할 수 없기 때문에 없는 것으로 보이지만, 있던 무엇이 제거된 심리적 상황이다. 라캉은 주체의 형성과정을 유아기로부터 단계적으로 따라가면서 주체가 결여되는 상황을 설명한다. 주체의 자아인식이 시작되는 유아기에는 주체가 대상과 자아를 구분하지 못한다. 이 시기는 거울에 비친 자기의 모습을 자아의 실체와 동일시하는 단계이다. 보여짐을 모르고 바라봄만 있는 단계이다. 그리고 그것을 올바른 것으로 믿는다. 타자나 상황을 자기와 구분하지 못한다. 오인(誤認)된 것을 진실로 믿는다. 이 단계에서는 자기가 어머니의 남근이 되고자 하는, 어머니에 대한 욕망과 어머니의 욕망을 동일시한다. 이때 자아의 욕망은 타자에 대한 욕망이요, 타자의 욕망이다. 그러나 타자에 의한 보여짐을 인식하지 못하기 때문에, 자아의 욕망이 타자에 대한 욕망이라는 것을 알지 못하고, 타자의 욕망을 자아의 욕망과 등식으로 인식하게 된다. 사회화 과정을 거치기 이전의 이러한 자아를 정신분석학에서는 이상적 자아라고 부르고, 라캉은 이러한 단계를 거울의 단계, 환상의 단계, 오인의 단계, 상상계 등의 용어로 설명한다. 이 단계에서는 인간이 추구하는 욕망이 완전하게 충족된다는 가정이 설정된다.

거울의 단계를 거쳐서 자아가 사회적 존재로 나아가는 준비과정에서, 어린아이는 아버지의 존재를 인식하면서 어머니에 대한 경쟁자로서의 아버지와 원초적인 질투를 벌이지만, 결국 아버지의 법과 질서에 순응하면서 어머니에 대한 욕망을 단념하게 된다. 어린아이는 이제 사회화의 과정으로 들어서게 된다. 아버지의 질서로 대표되는 사회화의 단계는 논리와 이성 그리고 현실적 경험의 세계로, 라캉은 이 단계를 언어의 세계인 상징계라고 불렀다. 자아가 타자에게 보여짐을 아는 단계이다.

---

② 민승기·이미선·권택영 역 : 「자크 라캉 욕망이론」, 문예출판사, 1999.
③ 아니카 르메르, 이미선 역 : 「자크 라캉」, 문예출판사, 1998.
④ 딜런 에반스, 김종주 외 역 : 「라캉 정신분석 사전」, 인간사랑, 1998.

　그런데 인간이 상상계로부터 상징계로 진입하는 단계에서 결여상태가 발생한다. 상상계에서는 타자에 대한 욕망과 타자의 욕망이 동일시되었다. 그러나 상징계로 진입하는 과정에서 아버지의 질서, 즉 사회와의 동일시로 말미암아 상상계에서의 타자의 욕망에 종속되는 타자에 대한 자아의 욕망을 희생시키게 되었다. 이 희생된 부분이 상상계의 입장에서는 결여이고, 상징계에서 보면 나머지가 된다. 상징계의 질서와 닫힌 체계에 저항하는 결여 또는 나머지의 영역이 실재계인데, 상상계와 상징계의 차이인 결여가 욕망의 동인이 된다. 그러니까 결여는 욕망에 앞서 존재하는데, 상상계의 자아와 상징계의 주체가 분열될 때, 그 차이가 욕망을 불러일으키는 것이다.

　한편 라캉은 욕망의 저장소인 무의식이 언어체계를 통해서 의식의 차원과 연속적 관계를 갖는다고 설명했다. 그는 인간이 언어를 매개로 상징계에 진입하는 것으로 보고, 이 과정을 소쉬르의 언어기호의 개념을 따라서 기표[7]와 기의로 설명했다. 이들은 서로 일치하거나 대응하는 관계가 아니라, 상호의존적인 체계 속에서 가치가 발생하는 관계로 인식했다. 기표는 구조에 의하여 결합된 언어의 물리적 요소들의 집합이다. 기표는 문자와 소리로서 담론의 물리적 지지물이다. 기의는 담론 속에 표출된 경험의 의미로서, 문장 속의 어느 개별적인 기표에 존재하는 것이 아니라 전체적인 기표들의 연속 속에 나타난다.[8] 라캉은 기표를 체계로서의 언어에 연관시키고, 기의를 발화 또는 발화의 연쇄고리에 연관시킨다. 그리고 기표와 기의를 대립된 개념으로 설정하고, 선택과 결합에 의하여 기표의 체계와 기의의 의미가 상호 유기적으로 연관된다고 보았다. 기표는 문장 속의 용어

---

[7] 일반적으로 국어에서는 음운, 음절, 단어, 통사적 구문 등으로 말할 수 있다.

[8] "익다" 라는 단어의 예를 들어 보기로 한다. 예문의 단어는 문자와 소리가 동일하다. 그러나 다음과 같이, '익다'의 기의는 전체적인 기표들의 연속 속에서 달라진다. "1) 어디서 본 듯이 눈에 익다. 2) 오랜만에 해 보는데도 손에 익다. 3) 가을 한 낮의 따가운 햇살을 받은 과일이 익다. 4) 익은 밥 먹고 선 소리한다. 5) 술이 익다. 6) 기회가 익다." 개인의 문화적 행위가 사회적 의미를 가질 때에도, 기표의 연속에서 의미가 정해진다고 말할 수 있다.

들과의 전체적인 문맥 관계에서 그것의 의미를 이해할 수 있다고 하였다. 선택은 체계로서의 언어에 연관된 것으로 어떤 코드[9])에서 사용이 가능한 여러 용어들 중에서 한 용어를 뽑는 것으로, 어떤 용어가 다른 용어로 대체될 수 있는 가능성도 있는 것이다. 결합은 발화에 보다 밀접하게 연관되어 있는 것으로, 연결·문맥·관계를 나타낸다. 선택에서 대체되는 용어들은 유사성 혹은 차이의 정도에 따라 연관되고, 이것은 은유적인 사고작용으로 기능하게 된다. 결합은 인접성의 관계에 기초하는 것으로, 사고의 영역으로부터 이웃해 있는 영역으로 도약 혹은 대체가 이루어지는 환유적 사고작용과 연계된다. 그러므로 기의가 기표의 결과물이라는 의미에서 기표들의 차이가 기의를 가능하게 하고, 기표는 은유와 환유로 이루어져 있다고 말할 수 있다.

기표의 특성을 은유와 환유로 볼 때, 욕망의 구조를 이와 연계하는 해석이 가능하다. 주체가 대상에게 욕망을 느낀다는 것은 그 대상이 자신의 결여를 완전히 채워줄 것이라고 믿기 때문이다. 그러나 주체의 욕망을 충족시킬 것처럼 보이는 대상은 결여를 보완해 놓을 대상 자체가 아니라 대체가 가능한 대상이다. 이 대체가 가능하리라 믿는 단계, 이것이 압축이요 은유이다. 그리고 욕망을 충족시키지 못하고 다시 또 다른 대상으로 자리를 바꾸는 전치, 이것이 환유이다.[10] 라캉이, 인간은 언어로 구조된 사회에 살기 때문에 주체는 기표의 지배를 받는다, '주체는 언어처럼 구조되어 있다,

---

[9]) 코드란 용어는 전달행위에 쓰이는 신호체계의 모든 경우에 해당한다. 일반적으로 음소와 음운으로부터 단어와 구문, 문장에 모두 사용할 수 있다. 예를 들어, 자음의 코드, 모음의 코드, 명사코드, 형용사코드, 동사코드, '주어＋목적어＋서술어'코드, '주어＋서술어'코드와 같이 통사적으로도 사용하는 전달자와 수신자의 신호체계의 모든 약속을 말한다. 이 글에의 코드는, 주어코드, 목적어코드, 서술어코드와 같이 사용하는 개념이다. 영어에는 문장성분을 가리키는 격조사가 없으므로, 주어의 자리에 올 수 있는 명사들을 제시하여 주어코드로 사용하지만, 국어의 경우는 주어의 자리에 올 수 있는 단어들만을 가리킬 때는 그 단어들은 동일한 범주에 소속하는 것이라고 말할 수 있고, 구조에서 주어의 역할을 할 수 있는 단어들은 동일한 코드 안에 있다고 말할 수 있다.

[10]) 권택영 : 「영화와 소설 속의 욕망이론」(민음사, 1995), 78쪽.

주체는 은유와 환유로 구조되어 있다, 욕망은 환유이다.'라고 말하는 명제들은, 인간의 언어나 욕망이 결여를 본질로 하며, 사회·문화적 현상들에서 대상을 구할 때 생기는 간격, 결코 알 수 없어서 간격을 좁힐 수 없는 차이 때문에 실재가 아닌 은유와 환유의 방식으로 나타난다는 것을 설명하는 것이다.

라캉의 욕망은 주체가 언어체계로 진입할 때, 주체의 절대적 결여, 즉 절대적 타자의 욕망이 소외됨으로써 발생하는 것이다. 욕망이 언어로 표현되는 요구로 옮겨갈 때, 욕망을 채워 줄 수 있는 것으로 믿는 대상은 실재가 아니라 허구이다. 그것은 실재가 은유 또는 환유로 나타난 허구적 대상이며 상대적 타자이다. 허구적 대상은 주체의 욕망을 충족시키지 못하고, 경험적 욕구는 어떤 상태의 긴장을 평형화하려는 본능의 재현표상의 중개로 욕망을 불러일으키고, 욕망은 실재가 아닌 허구적 대상을 만나는 관계가 반복되는 것으로 이해된다. 욕망은 주체의 결여를 보완하지 못하기 때문에 대상을 찾는 주체의 욕망은 지속된다. 결국 욕망이 추구하는 것은 욕망일 뿐이다.

위에서 읽어본 바와 같이, 프로이트의 욕망은 인간의 생리적 욕구와 인격형성 과정에서 발생하는 필요에 대한 보완이며, 라캉의 욕망은 결여에 대한 일시적 보상의 개념이다. 이들은 욕망의 반복성에 대해서도 논의하고 있다. 이 글에서는 욕망의 원천 자체에 대한 관심보다는, 그것을 인간의 존재과정에서 발생하는 긴장의 동인으로 이해하려고 한다. 그리고 욕망·욕구·요구라는 용어는 대체로 다음과 같은 개념으로 사용한다. 욕망은 본능적인 개념으로, 욕구는 학습이나 상황에 따른 경험적 의미로, 욕망의 은유·환유적인 표현으로 사용한다. 요구는 욕망이나 욕구의 언어적 표현이다. 그러나 서사구조에 관한 논의에서는 욕구를 욕망이라는 용어와 혼용할 것이다. 다음의 욕망의 유형은 발현의 계기에 다른 것이다.

2) 욕망의 유형

(1) 발생적 욕망

발생적 욕망은 상황의 매개나 대리 작용이 없이도 일어날 수 있다. 삶의 본능에 따르는 사랑의 욕구나, 죽음의 본능의 행위적 표현인 공격과 파괴에 대한 욕구, 변화와 일탈의 욕구, 심리적 열등의식에 대한 보상적 욕구, 발견에의 욕구 등은 발생적이다. 칼 융[11]의 심리학에서 인격과 행동을 형성하는 집단무의식의 대표적 유형들 가운데 하나로 지목한 '퍼소나'도 발생적 욕망의 범주에서 이해한다. 알려진 대로 퍼소나는 인간의 본성적 자아를 사회적 역할과 동일시하려는 가면 또는 겉보기인데, 본성과 가면의 차이를 동일화하려는 욕구는 발생적이다. 물론 환경이나 역할이 본성과 가면의 동일화를 매개한다고 볼 수도 있지만, 동일시하려는 욕망은 무의식에 근거하는 본능적인 것이다. 자아가 퍼소나에 지나치게 말려들거나 사로잡혀서 퍼소나 중심의 상태에서 자아를 일치시키려 한다거나, 자기의 가면을 다른 사람에게 투사하려는 욕구도 발생적이다.

물리학의 열역학 제2법칙으로 개념화되어 있는 엔트로피 원리를 인간에게 적용했을 때, 발생적 욕망은 인간의 물리적 존재가 어느 시기에는 소멸한다는 인식에서도 이루어진다. 엔트로피의 원리는, 에너지의 흐르는 방향이 높은 곳에 낮은 곳, 강한 것에서 약한 것, 있는 곳에서 없는 곳으로 삼투하여 에너지가 평형상태에 도달할 때까지 진행하는 비가역(非可逆) 현상이다. 그리고 자연계에서 일어나는 모든 비가역적 변화는 스스로 무질서한 상태에로 변화가 진행된다. 인간의 물리적 존재가 질서적 체계인 유기물에서 무기물로 전환해 가는 것은 자연의 순리이다. 그러나 이러한 순리가 진행되어 가는 시간을 지연시키려는 노력은 본능적이다. 그러나 시간의 지연은 한계가 있으며, 이때 종교적 소망을 갖게 되는데 이러한 종교적 소

---

11) C.G.융 외, 설영환 옮김 : 「융 심리학 해설」(선영사, 1997.3), 96~98쪽.

망도 발생적이다.

(2) 매개적 욕망

매개적 욕망은, 인간이 본능적 지시를 조절하여 사회화하면서, 사회적 환경이나 상황에 따른 학습과, 현실의 모순을 객관적·합리적으로 해결하는 과정에서 동기화된다. 학습과 합리화는 소유, 관계, 성취, 변화 등과 관계된다. 인간이 사회적 실존의 존재로서 정상적이고 건전하게 살기 위해서는, 인간의 욕구가 진보적인 사회존속의 방향에서 충족되어야 한다. 사회적 인간에게는 자연과의 원초적 조화를 상실한 대신, 타인과의 어떤 연관성을 가지려는 관련에의 욕구, 자신의 수동적인 역할에 만족하지 않고, 그 운명을 초월하려는 노력이 창조나 파괴로 나타나는 초월에의 욕구, 자신을 보호해 줄 정신적 주거지를 추구하는 귀속에의 욕구, 자연이나 타인과의 관계에서 자신을 주체나 객체로 인정받으려는 정체성(正體性)에 대한 욕구, 자신의 인지능력으로 가치체계를 세우고, 그것을 합리화하기 위하여 헌신하는 정향(定向)과 헌신에의 욕구12) 등이 복합적으로 작용한다. 인간의 사회적 욕망들은 자연적·사회적 상황을 경험하면서 얻게 되거나, 인위적 과정에서 이루어지는 학습을 통해 매개되는 욕망이다. 이러한 욕망들은, 소설이 자유·평등·정의, 사랑과 이별, 이성과 본능, 소유와 분배, 관계와 소외, 성취와 추락, 승인과 부정, 변화와 정체, 보수와 개혁, 개인과 역사·사회, 주체와 대상 등의 인간존재와 연관된 문제들을 해명하는 자리에서 긴장을 드러내는 도구와 재료로 이용된다.

일상적 욕망이나 때로는 감성적인 욕망의 경우에도, 타인이나 상황이 불어넣은 타의적인 것의 매개에 따른 것은 매개적 욕망이다. 서적이나 다른 사람의 말과 행동 또는 분위기도, 잠자고 있는 인물의 욕망을 불러일으

---

12) 정문길 : 「소외론 연구」(문학과 지성사, 1998.5), 132～136쪽에서 에리히 프롬(Erich Fromm)의 이론을 요약적으로 인용함.

킨다. 심리학적 측면에서 이러한 매개적 욕망은 대상에서 주체적으로 연역된 것이 아니라, 이미 타의적으로 만들어진 이미지일 때, 그것은 대상에 대하여 허구이며, 주체가 그의 결핍을 보완하기 위하여 자의적으로 발동한 것이 아니므로, 주체에 대해서도 허상이다. 주체의 추상적 욕망과 대상의 허구성 때문에 욕망이 일시적으로 충족되더라도, 근본적인 결여의 보완은 아니므로, 인간적 욕망의 대상 찾기는 반복적으로 이루어진다. 그러나 소설에서는 작가의 의도에 따라 작품의 끝에서 인물의 매개적 욕망의 매듭이 이루어진다.

(3) 대리적 욕망

인물들의 욕망을 발현시키는 동기가 매개자에게서 시작되고, 주체가 그것을 빌미로 삼아 자신의 욕망과 그 대상을 정했을 때, 주체의 욕망은 매개적 욕망이다. 매개적 욕망은 주체의 욕망을 보조하는 도구나 매체가 되는 것이다.

그런데 주체가 매개적 욕망을 그대로 모방하여 자기의 욕망을 대리하거나 매개자의 가치관이나 목표를 대신하여 이행한다고 할 때, 이것은 주체인 '나'가 매개자인 '남'을 대리하는 것이다. 주체는 나를 매개자인 남에게 대입시켜 남의 욕망을 대행하는 것이다. 이러한 주체의 욕망은 대리적 욕망이다.

인물이 신이나 어떤 인물을 숭배하여 그의 가르침을 언행으로 대리하거나, 특정한 이데올로기에 맹목적으로 종속하는 경우, 또는 다른 인물을 그대로 모방하는 것은 대리적 욕망의 전형이다. 한 인물이 대상에 대하여 어떤 욕망을 가지고 있더라도, 그것을 실현시키지 못하고 있을 때, 동일한 욕망을 가진 다른 인물의 시킴으로 자기의 욕망을 실현시켰을 때나, 한 인물의 욕망이 다른 인물의 욕망과는 다르지만, 다른 인물의 욕망을 대리함으로써 궁극적으로 자기의 욕망을 성취하는 경우에도 그 인물의 욕망은 대리적이다. 그것은 한 인물의 욕망실현이 다른 인물의 욕망을 자기가 대리함으로써 이루어졌기 때문이다.

그런데 창작의 실제에서 매개적 욕망과 대리적 욕망을 명확하게 구분하기는 쉽지 않을 것이다. 모두 매개자를 통하여 주체의 욕망이 발현되었기 때문이다. 그러나 매개자가 주체의 욕망에 영향을 미친 정도와, 주체의 개성이 자기의 욕망에 개입된 상태를 가늠하여 이들을 구분할 수 있을 것이다.

이상과 같은 상황의 유형들과 인물의 욕망은 소설구조의 긴장에 기여하는 핵심적인 도구적 내용들이다. 이제까지의 소설구조는 인물의 욕망에 의존하여 설명되어 왔지만, 사회적 상황이 주체와 자리다툼을 하는 현실에서, 서사구조의 상황은 단순한 배경적 개념은 아니며, 인물의 행위나 사건의 방향을 정해 주는 정도를 넘어서는 것으로 이해되어야 할 것이다.

3. 소설의 주제적 형상화 유형

소설의 구성방법을 일반화하거나 몇 개의 유형으로 구분하여, 수많은 작품을 특정한 틀에 넣어서 설명하는 것은 불필요하고 무의미한 것이다. 사회변화에 따른 인간의 삶의 방식이 다변화되어 있어서 이야기를 담고 있는 무수한 제재들이 있고, 특정한 제재에 대해서도 작가마다 해석이 다르고, 그러한 해석을 형상화하는 방법도 매우 다양하기 때문이다.

그럼에도 불구하고 소설의 구성유형을 논의하는 것은, 그동안 소설의 독서를 통해서 익히게 된 포괄적 유형을 제공해서, 소설 창작에 입문하는 이들이 창작방법을 익히는 학습과정에 도움을 줄 수 있지 않을까하는 생각에서이다. 이제 제시하는 유형은 수많은 유형 중에서 몇 종류에 국한되지만, 우리 소설문학에서 매우 유효한 구성방법에 해당된다. 다만 이러한 유형이 그대로 답습되지 않기를 기대한다.

이제 소설의 주제적 형상화 과정의 유형을 논의하려고 한다. 여기에는 사랑과 이별의 구조, 문제와 해결의 구조, 여정(旅程)에서의 만남과 헤어짐의 구조, 결여적 상황과 해소의 구조, 자기정체성 혼란과 회복의 구조, 탐색과 발견의 구조, 상대 비하와 자기부정 등이 있다.

1) 사랑과 이별의 구조

사랑은 인간을 존재하게 하는 본성적 생명의 원천이다. 문학은 사랑을 말하기 위하여 시작되었다고 해도 지나친 말이 아닐 것이다. 이별은 사랑의 감성적 크기와 깊이를 더해 주고, 영원한 그리움과 새로운 출발을 예정해 주는 것이다.

이러한 사랑과 이별을 소설로 말할 때 보다 효과적인 구성 방법은 무엇일까. 그에 대한 모범적 해법을 황순원의 「소나기」에서 볼 수 있다. 이 작품을 요약하여 읽어보면 다음과 같다.

황순원의 「소나기」는 한 줄기이야기로 이루어져 있다. 전원의 수묵·채색화 같은 작품이어서, 요약하면 작품의 분위기를 해치기 쉬우나, 구성에 대한 연습을 위해 임의적으로 상황 변화가 나타나는 부분에 번호를 붙여 요약했다.

1. **(만남)** 소년은 소녀를 보자 윤초시네 증손녀 딸이라는 걸 안다. 소녀는 개울에 손을 잠그고 물장난을 하고 있다.
2.   벌써 며칠째 소녀는 학교서 돌아오는 길에 물장난이다. 오늘은 징검다리 한가운데서 하고 있다. 소년은 개울둑에 앉아 소녀가 비키기를 기다리다가, 요행으로 지나가는 사람을 따라 건넌다.
3. **(관심 보이기)** 다음날도 소녀는 징검다리 한 가운데 앉아 세수를 하고 나더니, 재미있는 양 자꾸 물을 움킨다. 그러다가 하얀 조약돌을 집어내고, 팔짝팔짝 징검다리를 뛰어 건너가서, "이 바보"하고 조약돌을 집어던지고 달려가 갈밭 사잇길로 들어섰다. 갈꽃이 한 옹큼 움직였다. 소녀가 갈꽃을 안고 있었다.

4. 소년은 갈꽃이 뵈지 않을 때까지 그대로 서 있다가, 조약돌을 집어 주머니에 넣었다.

5. (정감적 행위) 다음 날부터 소녀가 뵈지 않았다. 다행이었다. 이상한 일이다. 허전했다. 소년은 주머니 속의 조약돌을 주무르는 버릇이 생겼다.

6. 소년은 전에 소녀가 앉아 물장난하던 징검다리 한 가운데 앉아 보았다. 물 속에 검게 탄 얼굴이 싫었다. 두 손으로 물 속의 얼굴을 움키었다. 소녀가 건너오고 있었다. 숨어서 내 하는 꼴을 엿보고 있었구나. 소년은 달리기 시작했다.

7. 토요일. 며칠째 보이지 않던 소녀가 개울가 건너편에서 물장난을 하고 있었다. 모르는 체 징검다리를 건넜다. 소녀가 불렀다. 못들은 체했다. 둑 위로 올라섰다. 소녀가 물에서 건진 조개의 이름을 물었다. 소녀의 검은 눈과 마주쳤다. 비단조개라고 했다.

8. 갈림길에 왔다. 소녀가 저 산 너머에 가보자고 했다. 벼 가을걷이하는 곁을 지났다. 소녀가 허수아비 줄을 잡아 흔들어댄다. 논이 끝난 곳에 도랑을 건넌다. 수숫단을 세워 놓은 밭머리를 지난다. 원두막을 지나 무우 밭에서 두 밑을 뽑아 세 입도 못 먹고 집어던진다. 산이 가까워졌다. 단풍잎이 눈에 따가웠다. 들국화, 싸리꽃, 도라지꽃, 마타리꽃들을 한 옹큼 꺾어왔다.

9. (배려) 산마루께로 올라갔다. 비탈진 곳에 칡덩굴이 끝물꽃을 달고 있었다. 꽃송이가 달린 줄기를 끊다가 미끄러져 무릎에 핏방울이 내맺혔다. 소년은 저도 모르게 생채기를 입으로 빨다가, 송진을 구해다 문질러 바르고는 그 달음에 끝물꽃 달린 칡줄기를 이빨로 끊어온다.

10. 소년은 송아지에 후딱 올라탄다. 어지럽다. 자랑스러웠다. 소녀가 흉내내지 못할 자기 혼자만이 할 수 있는 일인 것이다.

11. (헌신) 먹장구름 한 장이 머리 위에 와있다. 산을 내려온다. 떡갈나무 잎에 빗방울 듣는 소리. 대번에 눈앞을 가로막는 빗줄기. 원두막에서 비를 긋는다. 소녀는 입술이 파랗게 질리고 어깨를 자꾸 떨었다. 소년은 무명겹저고리를 벗어 어깨를 싸주었다. 비가 새기 시작했다. 수수밭의 수수단 속으로 옮겨갔다. 앞에 나 앉은 소년의 몸 냄새가 확 코에 끼얹혀졌다. 소녀는 고개를 돌리지 않았다. 비가 뚝 그쳤다.

12. 도랑에는 엄청나게 물이 불어 있었다. 흙탕물이었다. 소녀가 순순히 업히었다.

개울가에 다다르기 전에 가을 하늘도 쪽빛으로 개어 있었다.

13. 며칠동안 소녀가 뵈지 않는다. 그날도 소년은 주머니 속의 흰 조약돌만 만지작 거리며 개울가로 나왔다. 그날 소나기를 맞아 앓았다고 했다. 얼굴이 해쓱했다. 소녀의 분홍스웨터 앞자락에는 검붉은 진흙물 같은 게 들어 있었다. 그날 업혀 서 도랑 건널 때 소년의 등에서 옮은 물이라고 했다. 소년은 얼굴이 확 달아오름 을 느꼈다.

14. (정표 나누기) 갈림길에서 소녀는 대추 한 줌을 내서 준다. 그리고 소녀는 좀 있 다 자기네 집을 남에게 내주게 되었다고 했다. 이사가는 게 싫다고 했다. 소녀의 까만 눈에 쓸쓸한 빛이 떠돌았다.

15. 이날 밤 소년은 남의 호두밭으로 갔다. 소녀에게 맛보여야 한다는 생각만이 앞 섰다. 그러나 이사 가기 전에 한번 개울가로 나오란 말을 못했다. 바보 같은 것.

16. 이튿날 아버지는 윤초시네 제사상에 놓으시라고 하겠다며 닭 한 마리를 안고 있었다. 소년은 그럼 큰 얼룩수탉을 가져가라고 했다. 아버지는 실속있는 암놈 이 낫다고 했다. 소년은 공연히 열쩍어, 소잔등을 철썩 갈겼다. 쇠파리라도 잡는 척.

17. 개울물은 날로 여물어갔다. 어른들의 말이 내일 소녀네가 양평읍으로 이사간 다고 했다. 소년은 저도 모르게 주머니 속의 호두알을 만지작거리며, 한 손으로 는 수없이 갈꽃을 휘어 꺾고 있었다.

18. (정담과 이별) 그날 밤 소년은 잠결에 아버지가 윤초시댁이 악상을 당했다고 말 하는 것을 들었다. 그리고 소녀가 죽기 전에 이런 말을 했다고 하였다. 자기가 죽 거든 자기 입든 옷을 꼭 그대로 입혀서 묻어 달라고⋯⋯.

이 작품을 인물의 관계로 따져보면, 만남과 사랑 그리고 이별의 과정을 보여준 것으로, 이른바 성장기 소설에 해당한다. 한 소년의 가슴속에 묻어 둔 애틋한 사랑이야기이다.

이 소설의 구성은 만남으로 시작한다(위의 요약의 1∼2). 소녀는 적극적 이고 소년은 내성적이다. 만남은 관심을 갖게 하고 정감을 일으킨다. 그 관 심과 정감이 행동을 통해 드러난다(요약 3∼6). 이 정감은 아직 서로에게 공통된 것이 아니다. 적어도 소년은 가슴에 묻어두고 아직 열어 보이지 않고 있다. 어떤 계기를 통해서 서로의 정감이 교류될 것이다. 소녀가 저 산 너머에 가보자고 했다. 소년과의 동행이다. 가을의 들녘과 산에서 동심에 젖은 놀이들이 펼쳐진다. 그러다가 소녀는 무릎에 상처를 입는다. 소년은 저도 모르게 상처를 입으로 빨다가 송진을 구해 바른다. 소녀를 위해 송아지 잔등에 올라타 보이기도 한다. 돌아오는 길에 소나기를 만난다. 소년은 비를 맞으며, 소녀가 비에 젖지 않게 하려고 애를 쓴다. 물이 불은 도랑을 소녀를 업어서 건넌다. 소녀에 대한 배려와 헌신은 두 인물을 정들이는 바탕이 되었다(요약 7~12). 서로에 대한 정든 마음은 정표를 통해서 전달된다. 소년은 이미 소녀가 던진 조약돌을 호주머니에 넣고 만지작거리고 있었고, 소녀는 도랑을 업혀 건널 때에 분홍 스웨터 앞자락에 소년의 옷에서 물든 검붉은 진흙물이 있었고, 대추와 호두 그리고 '이왕이면 큰 닭'이 있다. 인물들은 정표(情表)를 간직하고 있다(요약 13~17). 그러나 정이 들면 이별이다. 소녀네가 양평으로 이사를 간다고 했는데, 소녀는 저승으로 돌아가고 말았다. 소년만이 알 수 있는 소녀의 한마디 정담(情談)으로 소년의 가슴은 내려앉게 되었다(요약 18).

이 작품은 인물의 관념이나 심리가 서술되어 있지 않다. 과거의 시간으로 되돌아간 적도 없다. 마디이야기의 삽입도 없다. 일상적 상황에서 이성에 대한 발생적 욕망이 발현된 평면적 단일구성 방법의 기준이 되는 작품이다. 이 작품은 다음과 같은 차례로 처음부터 끝을 이루고 있다.

만남 → 관심 보이기(호감의 표시) → 정감의 행위화 → 배려와 헌신으로 정들이기 → 정표 나누기 → 정담 → 이별

2) 문제와 해결의 구조

인간의 삶의 현장은 문제와 해결의 과정이다. 당면한 현실의 문제들, 의식주에 관계된 일상적 상황들과 관련된 생산, 분배, 소유 등에 대한 가치관

의 충돌은 기본적인 과제이다. 여기에 인간과 자연, 사회와 인간, 민족과 국가, 전통과 세계화, 과거와 현재, 현재와 미래, 지구와 우주, 관습과 일탈, 너와 나 등의 문제들이 이해관계에 따라 서로 얽히고설키어서, 우리네 세상살이의 한 복판에 놓여있다.

이러한 상황 가운데서, 우리가 일상에서 흔히 만나게 되는 고부간의 갈등을 그린 김원일의 「미망」으로 문제와 해결의 과제를 형상화하는 방법을 보기로 한다. 이 작품은 표면적으로는 고부간의 갈등을 보여주고 있지만, 그 내면에는 우리의 뼈아픈 역사적 갈등과 아픔을 담고 있는 것이다. 역사적인 무거운 주제를 일상의 문제로 바꾸어 놓은 노련한 창작방법을 보여준 작품이다.

이 작품의 줄거리는 다음과 같다. 이 작품의 아라비아 숫자 1~17은 서술자인 '나'에 의한 현재진행시간의 관찰자적 서술이고, 영문 소문자 a~e는 인물들의 과거 경험 내용이다. a는 어머니, b는 나와 아내, c는 할머니, d는 고모, e는 아버지의 과거 행적이다.

1. **(문제적 상황의 발생과 갈등)** "또 그누무 간갈치를 끓었구나." 어머니가 아내를 타박했다. 간갈치는 할머니가 가장 즐기는 반찬이었다. 어머니의 목소리는 냉랭하게 느껴졌고, 얼굴은 굳어 있었다.

    a1. c1. "저녁을 드시기 전에 두 분이 또 한바탕했어요." 아내가 말해 주었다. 어머니가 울산의 점포를 정리하고, 서울의 우리 집으로 합가한 것은 다섯 달째인데, 할머니와의 말다툼은 여섯 번째였다. 어머니 쪽에서 먼저 할머니의 마땅치 못한 행동거지를 두고 험구를 했고, 옛 모화시절의 과거까지 꺼내어 아버지까지 싸잡아 닦달을 놓았다. 할머니는 담배 질로 응어리진 한을 눌러 삭이다가 자식도 잘못 키웠고, 아무 것도 잘한 것이 없으니, 객사를 하든 약을 먹고 죽던지 그도 못하면 딸네한테라도 가야 하지 않느냐고 혼잣말처럼 대꾸한다. 할머니와 어머니의 싸움은 고모의 구슬리기로 마무리되곤 했다.

2. "할머니 왜 안 나오시냐, 같이 식사하셔야지." 내가 짐짓 한마디 했다. "자기 묵기 싫은 밥 억지로 권할 게 뭔가." 어머니가 할머니 들으란 듯 말했다. "어서 애비 나나 묵거라. 출근길 늦겠다."

3. 나는 부엌방으로 갔다. 할머니는 손톱이 타들도록 담배를 태우고 있었다. "어서 죽어야지. 굶어서라도 죽어야 이 설움을 안 받지러."

> a2. 어머니는 군청 앞에서 멸치포 장사를 벌이고 있었다. 아우가 사우디로 나가고, 장사도 힘에 부치자 평생을 모아 장만한 울산집을 정리하고 자식한테 얹혀 살려면 장남에게 붙어야 한다고 내 집으로 옮겨 왔다. 어머니는 수중에 지닌 돈을 당신 앞으로 은행에 맡겼다. 할머니는 범같은 며느리와 살게 되자 지레 겁을 먹고 속앓이를 하셨다.

4. "자, 일어나이소." "할무이가 좋아하시는 갈치도 꿉었심더." 내가 작은 소리로 말했다. 할머니는 평생 소식하셨고, 어머니는 그저 먹는 재미밖에 없다고 아무 음식이나 잘 드셨다. "나는 안 묵는다카이. 어서 니나 먹고 회사 나가거라." "부모 복, 서방 복, 자슥 복, 다 없는 ……. 원통하고 서럽은 내 팔자야. 그저 자는 잠에 꼴깍 숨 거두모 좋겠구마는…….." 할머니는 소리 죽여 흐느끼기 시작했다. 그러자 어머니가 마루에서 외쳤다. "돈 더 벌 생각 말고 한끼 입 덜어라는 옛 말도 있다. 늙은이는 놔 두고 니나 나와 묵거라."
할머니가 눈가를 훔쳤다. "어서 니나 먹고 회사 나가라. 나는 속이 끓어… 물 한 모금도 넘길 수도 없다카잉께."

5. 나는 콩나물국에 댓숟갈 밥을 말아 어느 때보다 빨리, 씹지도 않고 그것을 먹어 치웠다.

6. (문제적 상황의 표면적 이유) "그느므 속앓이병인가 먼강은 담배탓이지. 담배값만 모아도 집 한 채는 샀을 끼다."
"내가 담배 피운다고 니가 언제 시에미한테 담배 한 보루 사다준 적 있나."
"내가 와 담배 사다주노.…….담뱃재 모다 팔모 양식될 끼라고 사다 주나."
어머니가 소리나게 수저를 놓으며 악을 썼다.

7. 나는 내 방으로 건너 왔다. 아내는 어제 저녁답에 어머니가 마루 걸레질을 하다가 할머니가 흘린 담뱃재를 보고, 담배 끊는 꼴을 보면 죽어도 원이 없겠다고 한마디 한 것이 말다툼의 계기라고 말했다. 아내는 나에게 당신이 어떻게 한 마디

영을 세워보라고 했다. 나는 아내의 말을 막고 눈을 부라렸다. 나는 나 자신에게 역정을 내고 있었다.

> b1.   내가 제대를 하고, 네 밑은 네가 닦으라는 어머니의 닦달질에 견디다 못해 무작정 서울로 올라와 월부책 출판사 수금사원을 했다. 아내는 관리부 사환으로 근무하고 있었다. 우리는 눈이 맞았다. 앞으로 열심히 살아보자는 꿈 이왼 아무것도 가진 것 없이 우리는 사글셋방부터 출발했다.

8.   마루로 나오니 어머니와 아이들은 보이지 않았다. 나는 부엌방에 들렀다가 회사로 향했다. 버스에서 창밖을 내다보며 어머니와 고모로부터 흘려들은 할머니의 과거를 시름겹게 되새기고 있었다.

> c1.   할머니의 친정은 하서라는 갯마을이었는데, 열아홉에 모화 땅의 상처한 홀아비에게 시집을 왔다. 할아버지는 손 귀한 집안의 외동아들로 겨우 호구나 면하는 가난한 소작농이었다. 할머니의 친정은 친정어머니가 청상에 과수가 되어 딸 둘을 키우며 미역을 따다 호구를 면했다. 바다라고 하면 남편 잃은 원한에 사무쳐, 뱃놈에게는 절대로 딸을 안 주려고 벼르다가 모화의 할아버지와 혼삿말이 있었다. 출가한 후에는 거의 친정 나들이를 하지 않았다.

9. **(해소의 계기적 상황 발생)** 회사로 출근해 일에 쫓기다보니 잠시 집안일을 잊고 있었다. 열한 시쯤 아내에게서 전화가 왔다. 할머니가 제발 한 번만 의사를 좀 불러 달랜다고 했다.

> c2.   할머니는 속앓이 이외 다른 병을 앓은 적이 없다. 자리보전을 하더라도 한 이틀 정도 보내면 머리단장, 옷단장으로 외양을 정하게 갖추고, 당신의 옷도 손수 빨고 걸레질도 하시곤 했다.

10.   나는 아내에게 의사 선생을 모시고 가고, 고모에게 연락을 하라고 했다.

11. **(문제적 상황 해소의 단서)** 오후 두 시가 넘자, 아내가 다시 전화를 했다. 나는 부장에게 할머니가 위독하시다고 조퇴를 허락받았다. 집으로 돌아오니, 신록이 울울한 앞산을 바라보는 어머니의 눈길이 한겹 시름이 실려 있었다. 고모부는 아무래도 할머니가 세상 하직하는 거 같다고 했다. 고모는 병원 신세 한 번 못 져보고 돌아가신다며 오열을 삼키며 푸념을 했다.

> d1.   고모네가 호계역전에서 식당을 할 적만 해도 할머니를 모시고 있었고

살림살이가 그런대로 괜찮았다. 고모부가 빚보증을 잘못 서 집칸을 날리고, 노름으로 패가망신하자 할머니를 나에게 떼안겼다.

12. 고모는 이럴 때 돈 좀 풀어 놓으면 안 되냐며 성가(언니)가 정말 괘씸하다고 맵게 말했다.

    a3. 할머니는 작고 왜소한 체구였고, 어머니는 여장부답게 몸집이 컸다. 할머니는 꼼꼼하고 찬찬하며 게으른 편이라면, 어머니는 드세고 괄괄하고 남달리 부지런했다. 어머니는 시집와서 할머니의 알뜰한 살림에 배를 곯았다. 철따라 검자나 고구마를 시어머니 몰래 삶아 먹었다. 그러면 할머니는 "말 같은 여편네가 손이 커서 소도 잡아 묵을 상판이니 살림 망칠 거라고 동네방네 재잘거리고" 다녔다고 어머니가 시집살이 넋두리를 했다.

13. 담배를 태우며 할머니를 보니, 호흡이 가빠 납작한 가슴팍이 가볍게 오르내렸다.

    e1. 아버지는 향리 보통학교를 1등으로 졸업하고, 인근 군에서 한둘 입학한다는 울산농업중학교에 쉽게 입학했다. 학교를 졸업하고 직장을 마다하고 야학당을 개설하여 농민 운동을 시작했고, 왜경의 눈에 사회주의적 민족 운동으로 지목되어 지서로 들락거리기 시작했다. 그렇게 되자 결혼이나 하면 아들 마음이 잡힐까 할아버지와 할머니는 혼인을 서둘렀는데, 마침 경주에 재산을 다 날려 백수건달이 된 적빈한 유생의 막내딸과 혼인을 했는데 바로 어머니였다. 이런 이야기는 어머니가 내게 들려주셨고, 아버지 때문에 팔자를 망쳤다고 늘 한탄하셨다.

14. 나는 할머니의 의식이 있는 것 같다고 생각하지만, 고모부는 벌써 가망이 없어 보인다고 했다.

    a4, e2. **(문제적 상황의 근원적 동기)** 할머니와 어머니의 사이가 벌어진 결정적인 이유는 해방이 되고 아버지가 본격적인 좌익운동에 나서고부터였다. 아버지는 남로당 모화책이었고, 울산지부 조직부장책을 맡아 뛰었다. 지서의 순경들이 걸핏하면 아버지를 찾아내라고 어머니를 지서로 연행해 갔다.

한 번은 어머니가 실신해 가마니에 실려 돌아온 적도 있었다. 그때부터 어머니는 전짓불을 비추며 저들이 들이닥칠까 봐 밤을 무서워했다. 할머니는 순경들이 집 출입을 하고부터 호계 고모네 숫제 눌러 사셨다. 어머니가 제발 집에 오셔서 같이 계시자고 해도 한사코 오지 않았다. 그러다가 아버지가 보도연맹에 가입하여 살 길을 찾게 되자 딸네집에서 돌아왔다. 아버지는 그동안 논마지기를 몽땅 다 팔아버렸고, 6·25가 터지자 온다간다 말없이 사라져 버렸다. 할머니마저 호계 딸네 집으로 가버렸다. 어머니는 울산으로 나와 두 아들을 데리고 문전걸식을 하다가 멸치장사로 방 한 칸을 얻을 때까지 할머니는 아는 체를 하지 않았다. 어머니가 우리 형제를 매질로 키워올 때도, 그 매가 홀몸으로 세파를 이겨온 분풀이와 설움의 또 다른 표현임을 나는 안다.

15.　고모부가 장지 걱정을 하자, 나는 공원 묘지라도 서너평 사야겠다고 했다. 부엌방에서는 고모님의 질펀한 울음 속에 넋두리가 끝없이 풀어지고 있었다. 할머니의 얼굴이 아주 평온하고, 눈동자의 초점이 전혀 없었다.

16. (문제적 상황 해소 암시) 시장 입구에 있는 장의사와 윤 내과에 들르기 위해 내가 허겁지겁 뛰어갈 때, 맞은 편에서 오던 어머니는 애써 시선을 피했다. 나중에 안 일이지만, 어머니가 들고 오신 비닐 봉지 속에는 갈치 두 마리가 들어 있었다.

17. (주제의 암시적 보정<補正>) 그날 저녁 고모가 할머니의 유품을 정리할 때, 40여 년을 차고 다닌 낡은 비단 꽃 주머니 속에는 누렇게 색바랜 아버지의 손톱만한 사진이 붙은 '보도연맹 가입증'이 있었다.

　이 작품의 문제적 상황은 일상에서의 고부간의 갈등이다. 갈등을 매개한 것은 간갈치라는 반찬거리이다. 소박한 일상생활에서의 소재로 갈등을 일으켜 놓았다(요약 1). 고부간의 갈등은 어머니의 험구와 핀잔, 이에 대한 할머니의 푸념과 신세한탄이다. 문제적 상황과 갈등은 그 이유가 있게 마련이다. 그것은 할머니의 담배피우는 일(요약 6)과 관련이 있어 보인다. 그러나 담배피우는 일이 일상에서는 간혹 갈등의 원인이 되기도 하지만, 소설에서 갈등의 동기로서 설정하기는 미흡하다. 그런데 '요약 a1'에서 화자인 '나'는 어머니와 할머니의 말다툼에, 어머니가 '옛 모화시절'과 '아버지'를 싸잡아 닦달을 놓았다고 기억을 하고 있다. 이 내용으로 보면, 요약

6에서의 갈등의 동기는 표면적 이유가 됨 직하다. 이것은 숨겨진 어떤 동기가 내재된 핑계거리에 해당하는 것이다. 'a1'은 갈등의 숨은 동기가 있다는 것을 암시하는 단서가 될 것이다.

그렇다면 고부간의 갈등은 언제까지 지속될 것인가. 갈등은 또다른 갈등의 씨앗이 되기도 하지만 해소되기도 한다. 해소되는 경우에도 갈등과 마찬가지로 어떤 과정을 겪어야 한다. 해소의 계기가 있어야 하고, 갈등의 원인이 무엇인가를 말해야 하고, 해소의 상황이 이루어져야 한다. 이 작품에서는 할머니의 발병(요약 9)이 고부간의 갈등을 해소할 계기적 상황이 되었다. 그렇다면 문제적 상황의 근본적 동기가 있어야 하고, 그에 대한 해명과 이해가 있어야 해소의 방법을 제시할 수 있을 것이다. 문제적 상황의 근본적 동기는 역사를 거슬러 올라갔다. 그러다보니 관련인물들의 행적들 즉, 할아버지와 할머니의 출생과 결혼, 아버지와 어머니의 성장과 결혼(요약 a2, a3, c2, e1)이 인물들의 회상이나 전해들은 말로 소개되어 속이야기를 이루었다. 근본적 동기를 말하기 위해 그 이전의 사정들을 말해 놓은 것이다. 고부간의 근원적 동기는 '요약 a4, e2'에 구체적으로 들어나 있다. 역사의 이념적 갈등이 가족의 문제로 들어서게 된 것이다. 역사의 아픔에 뿌리를 둔 고부간의 갈등은 '요약 16'에서, 암시적 결말로 해소되었다.

이러한 해소가 이루어지기 전에, 해소가 이루어질 것이라고 독자가 예측할 수 있는 단서가 제공되어야 한다. 이 작품에서는 '요약 11'에 '신록이 울울한 앞산을 바라보는 어머니의 눈길에 한 겹 시름이 실려 있었다.'로 그 단서를 보여주고 있다. 그런데 요약 17의 내용은 이 작품의 현재시간의 진행 내용으로 볼 때, 갈등의 해소 다음에 덧붙여진 내용처럼 보인다. 그러나 이 부분은 주제의 깊이를 환기시켜주는 창작기법이다. 민족의 이념적 갈등이라는 무거운 주제를 가족사의 문제로 경량화해서 독자의 읽기에 부담감이나, 소설창작에서 반복되어 온 유사한 제재들에 대한 식상함을 덜어주고 있지만, 그것이 단순히 가족사의 문제가 아니라, 반드시 해소해야 할 민족의 문제임을 암시한 것이다. 미망이라는 작품의 제목은 할머니가 아들을 잊지 못함에 그치는 것이 아니다. 민족의 이념적 대립으로 빚어진 뼈아픈 교훈을 잊어서는 안된다는 깨우침을 담고 있는 것이다.

이 작품의 구조는 아침에서 저녁 사이에 이루어진 겉이야기와 가족들의 내력들을 말한 속이야기의 삽입으로 이루어져 있는 입체적 단일구성의 방법이 적용되었다. 상황의 유형으로는 아버지의 행방이 묘연한 이후에 어머니가 만난, 어찌할 수가 없어 죽고 싶어 했던 해체적 상황과, 고부간의 갈등이라는 일상적 상황이 들어있다. 이 작품은 중심인물의 욕망이 두드러지게 나타나 있지는 않다.

문제와 발견의 구조로 이루어진 작품의 경우는 위에서와 같이, '문제적 상황의 발생과 갈등(긴장)·상황 해소의 단서·문제적 상황의 표면적 이유·근원적 동기·해소의 계기(契機)적 상황의 발생·문제적 상황의 해소 또는 암시적 해소'에 관한 마디이야기들이, 독자가 읽기에 관심을 갖도록 적정한 위치와 방법으로 배치되어야 할 것이다. 여기에 이 작품에서와 같이 주제를 보정(補正)하는 방법도 참고할 수 있다.

3) 떠남과 돌아옴의 구조

떠남은 자의적인 주체의 선택일 수도 있고, 타의에 따른 것일 수도 있다. 자의적인 선택일 때에는 동기나 목적이 분명하지만, 타의적으로 할 수 없이 떠나는 경우에는 방황과 번민의 여정이 될 것이다.

떠나는 앞자리에는 길이 놓여있다. 이때 길은, 태어나서 죽음을 맞이할 때까지의 인생행로를 가리키기도 하고, 사물로부터 관념으로 나아가는 길을 말하기도 하고, 역사의 노정, 우주의 중심 또는 생명의 원천으로 이르는 길 등을 지시하기도 한다. 떠남이나 길의 개념은 다양하다. 그런데 여기에서 말하려고 하는 떠남이나 길은, 소설의 인물이 길을 따라 나서서 목적지를 향하여 나서는 공간과 시간의 개념이다. 떠나면 길에서 사람을 만나고 상황을 만나서 행동하고, 생각하고, 긴장과 갈등을 겪으면서 목적지 또는 목표에 도달하려고 한다. 이러한 소설의 구조는, 기대와 희망으로 찾아간 그곳에 좌절이나 허망함이 들어서 있기가 쉽다. 때로는 그곳에서 삶의 깨달음을 터득하기도 한다. 어느 경우이든 떠난 인물은 돌아온다. 돌아옴은 물리적인 공간을 되짚어 오는 여정(旅程)을 말할 수도 있지만, 관념적인 목표를 상실함에 따라 원점(原點)으로 회귀하게 된 경우나, 깨달음을 터득하여 결여상태로부터 본성적 위치를 회복한 때에도 제자리로 '돌아왔다'고 표현할 수 있다.

일반적으로 여정(旅程)소설이라고 일컫는 작품들, 즉 주말여행, 고향 방문, 죽으러 갔다가 돌아오거나, 정처 없이 떠돌다가 자기를 깨닫게 된다는 작품들이 이 구성방법에 해당하는 것이다. 여기서는 황석영의 「삼포가는 길」에서 떠남과 돌아옴의 여정을 살펴보기로 한다. 「삼포가는 길」의 플롯은, 두 개의 구조 중 하나를 주제적 관점에서 상위 구조에 삽입을 한 것이다. 이 작품은 떠돌이 인생의 귀향과정이 사회변화에 따른 타의로 좌절되어 여전히 떠돌이 인생으로 내몰리게 되는 구조와, 떠돌이 인생의 사랑을 복합시켜 놓은 것이다. 이 작품의 구성적 진행은 다음과 같다. 아라비아 숫자는 현재시간의 진행이고, 영문소문자는 인물의 회상 내용이다. a는 청주댁, b는 정씨, c는 영달, d는 백화의 과거 경험 내용이다.

1. (떠남의 준비) 영달은 매서운새벽의 겨울 바람 속에 공사판 밥집에서 도망 나와 어디로 갈까 궁리를 한다.
2. 영달은 넉달 전 이곳에 왔을 때, 공사는 막판이어서 오래 머물 수 없으리라고 짐작했다.
3. (떠남의 동기) 밭고랑을 지나 누군가 걸어와 영달을 알아보고, 천가 마누라인 청주 댁과의 관계를 들추어 내며 빈정거린다. 역에 나갔던 천가가 예상외로 이른 시각에 돌아와 현장에서 덜미를 잡혔다. 천가가 분풀이로 청주댁을 후려 패는 동안 그는 방아실에 숨어 있었다.

a. 청주댁은 군인들에게 떡장사를 했다. 열차를 타고 사내들 틈을 누비던 계집이 살림을 한답시고 들어앉았으니 따분했을 것이다. 하숙도 치고 밥도 팔았는데, 사내 재미까지 보려는 눈치였다. 까무잡잡한 얼굴에 곱게 치떠서 흘기는 눈길하며………. 영달은 어쨋든 나중엔 환장할 지경이었다.

4. **(떠남과 욕망의 매개)** 영달은 사내의 시원시원한 태도가 은근히 밉질 않아 경계심을 풀고, 행선지를 묻는다. 사내는 고향인 삼포로 간다고 했다. 그가 떠나자, 영달은 그 뒤편에 따라붙어 헐떡이면서, 월출리까지 같은 방향이니 같이 가자고 했다. 정씨는 대답이 없다.

5. 사내는 영달에게 아침은 자셨느냐고 물었다. 찬샘까진 가야 밥술이라도 먹게 될 것이라고 했다. 그 때에야 두 사람은 통성명한다. 사내는 정씨이다.

b. 정씨는 목공, 용접, 구두수선 등을 '큰집'에서 배웠다고 했다.

6. **(매개적 욕망의 단서)** 산을 돌아가 나간 길을 두고, 강을 질러 건너 찬샘골로 향했다. 정씨는 자기 고향인 삼포에는 비옥한 땅이 남아 돌아가고, 고기도 얼마든지 잡을 수 있는 곳이라고 말한다. 영달은 부러워한다.

7. 얼어붙은 강을 건넜다. 구름이 몰려들고 있었다. 정씨는 눈이 오면 길 가기가 힘들어질 것이라고 걱정스러워 했다. 산등성이에 올라섰다. 집들과 교회의 종탑과 학교운동장도 보였다. 마을은 마치 철책의 끝에 간신히 매어달려 있는 것 같았다. 그들은 읍내로 들어서, 서울 식당이라는 주점으로 들어섰다.

8. **(상대인물에 대한 소문)** 주인인 듯한 사내와 동네 청년들이 간밤에 도망친 술밥집 색시 백화를 잡을 궁리를 하고 있었다. 아무래도 월출서 기차를 탈 테니까 정거장 목만 지키면 된다고 했다. 그래도 서울식당이 백화 때문에 호가 났다고 마을 청년이 끼어들었다. 백화라면, 군화까지 팔아서라도 술을 마실 정도라고 했다. 두 사람은 국밥을 시켜 먹었다.

c. 영달이는 작년 겨울에 옥자라는 애와 살림을 살다가 실직하는 바람에 서로 헤어졌다고 했다.

9. 뚱뚱보 주인 여자가, 머리가 길고 외눈 쌍거풀인 계집년을 잡아다 주면 사례하겠다고 했다.

10. 두 사람은 눈발이 내리다가 함박눈이 펑펑 쏟아져 내리는 길을 갔다. 작은 마을을 지나고, 옛 원님의 송덕비를 세운 비각 앞에서 쉬어가기도 했다.

11.　　이정표를 알아볼 수 없어, 반대쪽에서 마주 길을 오던 노인에게 월출리로 가는 길을 묻지만, 고개가 있어 수월치 않으니, 고을 셋을 지나 감천으로 가면, 그곳에 철도가 닿는다고 일러준다.

12. **(상대인물과의 만남)** 새끼줄로 감발을 치고 눈길을 걷는다. 마을 하나를 지나고, 두 번째 마을의 노변 구멍가게에서 소주 한 병을 깠다. 송림사이를 지나가다가 소나무 아래 허연 궁둥이를 쳐들고 속곳을 올리는 백화를 발견한다.

13.　　영달이가 붙잡아다 술집 여주인에게 데려가 주겠다고 수작하자, 백화는 믿을 수 없을 만큼 재빠르게 영달이의 앞가슴을 밀어내고, 인천·대구·진해의 창녀촌을 전전한 자기의 과거 경력을 요란스럽게 들먹이며, 치사하게 뚱보 돈 먹자구 나한테 공갈 때리면 너 죽고 나 죽는다고 영달을 몰아 세운다. 옆에 있던 정씨가 자기들도 의리가 있는 사람이라 치사하다면 그런 짓은 하지 않는다고 했다. 백화는 어느 정도 누구러지고, 자기 이름은 가명이고 본명은 아무에게도 가르쳐 주지 않는다고 했다.

14.　　백화의 감당할 수 없는 거친 입담이 계속되었다. 감천 가는 도중의 마지막 마을에게서 요기나 하고 몸이나 녹여가자고 했으나, 정씨는 서둘러야 한다고 두 사람을 재촉한다.

15. **(신뢰쌓기)** 길가의 퇴락한 초가 한 칸이 보이자, 영달이가 신발이라도 말리고 가자고 들어선다. 영달이 땔 만한 것을 끌어 모아다가 봉당에 쌓아 불을 지폈다. 긴 나무를 무릎으로 꺾고, 눈물을 흘리며 입김을 불어대는 영달을 보고, 백화는 건달인 줄 알았더니 괜찮은 사내라고 한다. 백화는 자기네도 순정한 사랑이 있다고 했다.

　　　　d. **(진정한 자기찾기의 주제적 단서)** 백화는 처음에 부산에서 잘못 소개받아 술집에 팔리는 바람에 고단한 인생살이를 시작하게 되었다. 그녀는 '갈매기집'에 있을 때, 마을로 작업하러 나온, 얼굴이 화사한 군재소자에게 담배를 쥐어주고, 음식을 장만해 감옥 면회실로 그를 만나러 갔다. 옥바라지 두 달만에 그는 이등병 계급장을 달고 백화를 만나러 와, 하룻밤을 같이 보내고 전속지로 떠났다. 그런 식으로 여덟 사람을 옥바라지했다.

16.　　다시 일어나 길을 가다가, 백화가 눈 덮인 고랑에 빠져 꼼짝 못하고 주저앉아 신음을 했다. 영달이가 달려들어 싫다는 백화를 업고 감천 읍내까지 갔다.

17. **(신뢰회복)** 장터 모퉁이에서 시루팥떡을 사서 요기를 하게 됐는데, 백화는 자기를 업고 오느라고 힘이 배는 들었을 것이라고 하면서, 자기 몫의 절반을 떼어 영달에게 주고, 갈 곳이 정해지지 않았으면, 자기 고향에 함께 가자고 했다.

18. **(매개적 욕망의 발현)** 정씨가 이런 때 아주 뜨내기 신세를 청산해 보라고 권유하지만, 고심하던 영달은 자기는 능력이 없다고 거절한다. 정씨는 삼포에 가지 않겠느냐고 묻는다.

19. **(신뢰의 정감적 표현)** 영달이가 뒷주머니에서 꼬깃꼬깃한 5백 원짜리 두 장을 꺼내 차표를 사고, 삼립빵 두 개와 찐 달걀을 샀다. 영달이가 내민 것을 받아 쥔 백화의 눈이 붉게 충혈 되었다. 그 여자가 머뭇거리며 아무도 동행하지 않느냐고 묻자, 그들은 우린 삼포로 간다고 했다.

20. **(이별, 진정한 자기 찾기)** 백화는 못내 아쉬워하며 개찰구로 가다가 돌아와, 눈물에 젖은 채로 웃으며, 자기 본명은 이점례라고 말한다.

21. **(욕망의 좌절)** 백화를 보낸 후, 대합실 의자에서 잠시 눈을 붙인 그들은 옆에 앉아 있던 노인에게서 정씨의 고향 삼포에, 이제는 바다에 방죽을 쌓아 신작로를 냈고, 관광호텔을 여러 채 짓는다는 소문을 듣는다. 작정하고 벼르다가 찾아가는 고향에 대한 풍문마저 낯선 정씨는 마음의 정처를 방금 잃어버렸다.

이 작품은 겉이야기와 속이야기의 입체적 구성으로 이루어졌다. 먼저 겉이야기의 구성은 주인물이 불특정한 장소에서 떠남으로 시작된다. 주인물은 보조인물 정씨를 만나고 화자는 정씨의 빈정거림을 통해 그가 그곳에서 떠날 수밖에 없는 동기를 독자에게 알려준다(요약 a). 인물에 대한 정보를 보조적 등장인물과의 대화로 제공하였다. 주인물 영달은 보조인물 정씨를 만나서, 그가 고향 삼포로 간다는 말을 듣고, 고향으로 가는 기차역인 월출리까지 동행하기로 한다. 그러나 월출리는 눈길에 막혀 감천역까지 동행하게 된다. 이 동행은 정씨의 욕망에 얽혀서 따라나선 형편이지만, 이것은 갈 곳이 마땅치 않아서 주춤거렸던 영달의 내재적 욕망, 즉 어디엔가 정착해서 떠돌이 생활을 청산하고 싶은 욕망을 시행하기 시작한 것이다. 그가 감천역에 도착해서 백화를 고향으로 보내고 정씨의 고향으로 따라 나선

것은, "작정하고 벼르다가" 고향으로 돌아가려는 정씨의 욕망에 매개된 것이다(요약 18). 영달의 욕망은 매개적 욕망이다. 이 매개적 욕망의 단서는 요약 6에서 정씨의 고향 자랑에 있다. 그러나 곧 그들은 욕망의 좌절을 겪게 된다.

속이야기는 욕망을 시행하는 여정에서의 인물들의 만남과 이별의 과정을 이야기한 것이다. 서울식당에 들른 영달과 정씨는 백화에 대한 소문을 듣는다. 인물들이 만나기 이전에 소문으로 듣고, 현장에서 만나게 하는 인물의 소개방법이 적용되었다. 이들의 만남은 호의적인 관계가 아니다. 불편한 만남이다. 백화는 도망 중이고 영달은 주인에게 붙잡아다 주겠다고 했다(요약 13). 갈등관계이다. 갈등관계는 해소의 과정을 거치게 마련이다. 상대에 대한 신뢰 쌓기의 과정이 이루어진다. 영달은 백화의 언 몸을 녹여주려고 퇴락한 초가에서 불을 지펴주고(요약 15), 눈 덮인 고랑에 빠져 걷지 못하는 백화를 업고 감천 읍내까지 간다(요약 16). 이러한 신뢰 쌓기는 경직되었던 마음의 문을 열게 한다. 신뢰의 회복이다. 이 신뢰의 회복은 불신하던 인물에게서 진정한 인간을 확인하는 것이다. 백화는 자기 몫의 시루팥떡을 자기를 업고 온 영달에게 주고, 갈 곳이 없으면 자기 고향에 함께 가자고 했다. 화해가 이루어졌다(요약 17). 그러나 이들은 이별을 한다(요약 18, 19). 그러나 이 이별은 단순한 인물의 헤어짐을 뜻하는 것이지만, 역설적으로 타락한 삶으로부터 진정한 인간으로의 회귀를 의미하는 것이다. 백화가 자기의 본명은 이점례라고 했을 때, 그것은 의식의 내면에 짓눌려 있던 참된 자기를 찾은 것이다(요약 20). 이러한 자기 찾기에도 그 단서가 마련되어 있었다. '요약 d'의 백화의 헌신은 그녀가 진정한 인간으로서 회귀할 수 있는 가능성을 열어둔 단서가 되는 내용이다.

소설의 전개에서 '단서(端緖)'는 어떤 일을 이루어 나가는 실마리가 되는 인물의 행위나 생각 또는 사건·상황을 말한다. 암시는 앞으로 일어날 일을 비유나 상징 등으로 숨겨 놓지만, 단서는 드러내 놓은 것이다. 암시는 독자에게 제공되는 것이고, 단서는 서술자가 다음 이야기를 이끌어 낼 명분을 미리 제시한 것이다.

이 작품의 겉이야기는, '떠남 → 욕망의 매개 → (매개적 욕망의 단서) → 욕망의 시행 → (매개적 욕망의 발현) → 욕망의 좌절'의 과정으로 전개된다.

속이야기는 겉이야기의 '욕망의 시행' 과정에 '만남(불편한 만남) → 신뢰 쌓기 → 신뢰회복 → 신뢰의 정감적 표현 → 이별(진정한 자기 찾기)'로 짜인 구조가 삽입된 것이다.

이 작품의 전개를 보면, 시간보다는 공간의 이동에 따라 진행된다. 이 작품은 어느 날 새벽에서 저녁 7시까지가 시간적 배경이다. 사건·상황은 공간의 이동을 따라 진행된다. 새벽의 어느 곳에서 월출리로 가기로 한다. 들판·강·산등성이를 지나 찬샘 읍내에 도착해서 백화의 소문을 듣고, 마을 외곽에서 노인을 만나 감천으로 행선지를 고쳐 잡는다. 두 번째 마을을 지날 때 백화를 만났고, 산골 마을을 지나 퇴락한 초가에서 언 몸을 녹이고, 일곱 시 쯤에 감천 읍내에 도착했다. 장터 모퉁이에서 팥시루떡으로 요기를 하고 기차역 대합실에서 이별을 한다.

이 작품의 떠남과 돌아옴의 구조는, 백화의 경우에는 공간적 구조가 된다. 백화는 고향을 떠나 삶의 밑바닥 인생을 살다가 진정한 자기 찾기를 다짐하며 고향으로 돌아간다. 영달의 경우는 상황적 구조이다. 그의 욕망은 타인에게 매개된 욕망이었지만, 그는 그 욕망을 따라 떠난다. 그러나 그 욕망의 끝은 좌절이었으므로, 그는 욕망하기 이전의 상태인 원점으로 되돌아온 것이다. 이 경우들처럼 떠남과 돌아옴의 구조는 공간적 구조와 상황적 구조로 구분해 생각해 볼 수 있다.

이 작품은 떠돌이 인생들의 순정한 내면적 인간성과, 사회적 현실에서의 좌절이라는 상반된 양면을 함께 보여주고 있다. 이를 통해서 작가는 인간과 사회의 관계가 인간의 입장에서 이해되고 실현되기를 기대하고 있는 것이다.

4) 결여적 상황과 해소의 구조

결여는 마땅히 있어야 할 무엇이 없음을 말한다. 심리학이나 정신분석학에서는, 결여는 인간이 사회화되기 이전, 자아를 인식하기 이전에 형성된 것으로, 인간의 욕망을 일으키는 본성적 동인(動因)이라고 설명한다. 이 결여는 본성적 범주에 있는 것으로, 자아의 의식적 범주에서 갈망하던 특정한 욕망을 해결한다 하더라도 보완되거나 충족되어 해소되지 않는다. 그래서 욕망은 끊임없이 지속된다는 것이다.

소설에서는 본성적 결여보다는, 인간이 자아를 인식한 이후의 사회적 결여에 더 많이 관심을 가지고 있다. 사회적 결여는 부모 또는 가족의 부재, 경제적 결핍, 권력이나 역할의 배제, 기회의 박탈, 상대적 박탈감 등으로 실제의 생활과 관련하여, 있어야 할 것이 없음을 뜻한다. 사회적 결여는 그것의 동기가 무엇인가와 함께 소설 구성의 중요한 한 영역을 이루어왔다. 이 글에서는 임철우의 「아버지의 땅」을 읽으면서, 결여적 상황과 그것의 해소과정을 검토해 보려고 한다. 아라비아 숫자는 현재시간의 진행이고, 영문 소문자는 결여적 상황에 대한 회상 내용이다. a는 어머니에 대한 기억이고, b는 나의 경험이며, c는 '나'의 아버지에 대한 환영(幻影)이다.

1. **(문제적 상황 발생 암시)** 우리는 전입해 온 지 보름 만에 초상을 치르기 위해, 특별 휴가를 받으러 본대로 돌아가는 전입병과 함께 보급 차량을 타고 오다가 마을로 통하는 샛길 입구에서 내렸다.

2. 길 어귀에 세워 놓은 콘크리트 표지판에 새마을 승공부락이라는 글자가 엉성하게 적혀 있었다. 작은 시내는 바짝 발라 붙어 있었다. 관목들이 드문드문 깔려 있었다. 여러 개의 시커먼 덩어리들이 한꺼번에 푸다다닥 허공으로 솟구쳐 올랐다. 움찔 뒷걸음을 쳤다. 까마귀떼였다. 넓은 날개깃을 펄럭일 때마다 섬뜩한 불쾌감에 절로 고개가 움츠러들곤 했다.

3. **(문제적 상황의 발생)** 땅을 파다 말고 꽤액 비명을 지르며 삽자루를 내동댕이친 채 달아나던 오 일병의 모습이 떠올랐다. 사람 뼉다귀를 처음 봐서 그러냐는 동료

들의 이죽거림에 태연한 척해 보고는 있지만, 여태 줄 곧 어딘가 개운찮은 느낌을 지워내지 못했다.

    a1. (결여적 상황 암시) 저걸 좀 봐라이. 새들은 사람보담도 몬치 계절을 아는 법이여.” “얘야 저것은 북쪽에서 날아오는 철새란다.” “그래, 저런 날짐승도 때가 되면 제 고향으로 날아올 줄을 아는 법이란다.” 어머니는 넋 나간 사람처럼 하늘을 쳐다보고 있었다.

4. **(문제적 상황 해결의 시작)** 저만큼 옹기종기 모여 앉은 인가가 눈앞으로 성큼 다가왔다. 대략 30호나 될까. 마을 초입의 작은 구멍가게에서 노파와 작달막한 키의 노인을 만났다. 나는 마을 가까운 산기슭에서 야영 훈련 중인 부대의 일원임을 밝히고, 참호를 파다가 우연히 사람의 유골을 발견하게 되었다고 했다.

5. 노인은 뜻밖에도 지피는 게 있는 듯 고개를 주억거렸다. 그곳이 어디쯤 되느냐고 물었다.

    b1. (문제적 상황의 동기) 우리는 기동훈련을 대비한 야전진지 구축 중에 사람의 유골을 파내게 되었다. 소대장은 다시 제자리에 파묻어 버리라고 했지만, 인사계 김 중사는 아무리 족보 없는 유해라고 해도 조상을 그리 함부로 대하는 법이 아니라며, 알고 보면 그게 다 인연이 닿은 것이니, 잘못하다간 자칫 복이 될 것을 화로 바꾸게 될지 모른다고 했다. 우리는 관도 없이 묻혀 있던 뼈 조각들을 조심스레 파내기 시작했다. 앙상하게 드러난 갈비뼈에는 몇 겹이나 되는 철사줄이 감겨 있었고, 두 팔과 손목뼈까지도 치밀하게 결박되어 있었다.

    a2. 가느다란 철사줄을 보는 순간, 나는 불현 듯 어머니의 주름진 얼굴을 보았다. 새들도 때가 되면 고향으로 돌아올 줄 아는 법이여.

6. 노파는 엊저녁 꿈에 글쎄 그 어르신을 보았다고 했다. 노인은 노파에게 조상을 뵈었다는데 빈 손으로 갈 수 없는 노릇이니 술 한 병하고 뭣 좀 집어 오라고 했다. 노인은 이런 일이 꼭 남의 일만은 아니라고 하며 훌쩍 문을 나서고 있었다.

    a3. (결여적 상황의 인식) 철새들이 날아오는 가을 무렵이면, 왜 그 하찮은 새들의 이동이 어머니의 눈빛을 아득하게 풀리도록 만들곤 하는지, 그 지극히 자연스럽고도 어김없는 본능이 그녀에게만은 그토록 새삼스러운 의미를 지녀야 하는 것인지를 알지 못했다.

그러던 어느 때인가. 어머니는 어쩌면 누군가를 기다리고 있는 것인지도 모른다는 생각을 나는 하기 시작했다. 나는 우리 집엔 어머니와나 둘뿐이라는 사실에 대해서 처음으로 확실한 의문을 가지기 시작했다. 아버지는 먼 곳에서 배를 타고 나갔다가 영영 돌아오시지 못했다는 것이 어머니의 대답이었다.

    a4.   내가 중학생이 되었을 무렵, 같은 반의 먼 친척뻘 되는 녀석에게 아버지에 대한 놀라운 비밀을 우연히 전해 들었다. 어머니는 애써 태연한 얼굴로 간신히 이렇게 대답했던 것이다. 네 아버지는 눈매가 고운 분이셨다. 우리 마을엔 단 하나뿐인 학생이었고…….

    a5. **(결여적 상황의 부정적 수용)** 어머니의 변명은 끝끝내 내 마음을 어루만져 주지 못했다. 나는 아버지의 그 죄라는 것을 함께 나누어 지니고 만 느낌이었고, 아버지의 무서운 환영은 저주처럼 내 곁을 따라 다니기 시작했다. 그는 어둠 저편에 숨어서 핏발 선 눈알을 번득이며 나를 쏘아보고 있는 것이었다.

7.   우리는 노인을 이끌고 유해가 나온 자리로 갔다. 처음부터 전혀 묘 같지가 않았는데, 어떻게 해서 이런 것이 여기 묻혔는지 모르겠다고 소대장이 변명처럼 말했다. 여기만이 아니라 마을 십여 리 안팎 어디를 파 보아도 이렇듯 주인 없는 **뼈**다귀 하나쯤 찾아내기란 어려운 일이 아닐 거라고 노인은 말했다.

지리산에서 금강산까지 곧장 이어져 있다고들 하는 태백산맥의 등줄기의 가까운 이 마을에서, 노인은 밤새 총소리가 어지럽던 다음 날엔, 들녘이며 산기슭에 허옇게 널린 시체들을 모아다 묻는 일을 해야 했다고 했다.

8. **(문제적 상황의 의미화)** 노인은 **뼈**조각을 하나씩 집어 들고 수건으로 **흙**을 닦아 낸 다음, 펼쳐진 신문지 위에 가지런히 정리해 놓았다. 소대장이 "그렇다면, 이치도 아마 빨갱이었겠구만. 안 그래?"라고 했다.

노인은 "이렇게 죽어 누운 다음에까지 그런 걸 굳이 따져서 무얼 하자는 말이오, 죽은 사람이 뭘 알길래……. 죄다 부질없는 것이지 쯔쯧." 했다. 노인은 땅 속에 누운 사람의 잠을, 살아 있는 사람이 깨워서야 되겠느냐, 원통한 넋이니 죽어서라도 편히 눈감도록 해 주어야 한다고 했다.

9.   노인의 손끝에서 완강하게 묶인 줄의 매듭이 풀려졌다.

    a6.   노인이 줄묶음을 허공을 향해 그것을 멀리 내던지는 순간, 어머니가 소반

위에 떠서 올리곤 하던 하얀 물사발이 눈앞에 떠올랐다가 스러져버렸다.

c1.　광주리를 머리에 인 어머니가 모래밭을 걸어오고 있었다. 그때 그녀의 뒤를 바짝 따라오고 있는 한 사내의 환영을 보았다. 창백해 뵈는 뺨에 마른 몸집의 아버지였다. 그 환영은 어느 틈엔가 사라져 버리고 없었다.

10.　우리는 신문지로 싼 유해를 맨 처음 그 자리에 묻어 주었다. 봉분을 만들고 뗏장까지 입혔다. 노인은 술을 흙 위에 뿌려 주었다.

c2. **(결여적 상황의 긍정적 수용)** 저만치 가슴과 팔목에 철사줄을 동여맨 웬 사내가 이쪽을 응시하며 구부정하게 서 있었다. 총성이 울렸고 그는 허물어지듯 앞으로 꺼꾸러졌다. 아아, 아버지는 지금 어디에 쓰러져 누워 있을 것인가.

11.　나는 노인과 함께 산을 내려오기 시작했다. 노인은 자신도 형님을 한 분 잃어버렸다고 했다. 길잡이로 앞세워져 한밤 중 끌려갔다는 형님의 시체는 끝내 찾지 못했다고 했다. 그게 누구이든지 간에 불쌍한 영혼 하나, 늦게나마 땅 속에 편히 눕게 해 준 것만으로 다행한 일이라 했다. 눈이 내렸다.

a7.　첫 휴가를 받아 집에 도착한 날 어머니가 흔들어 깨웠다. 아버지의 생일날이라고 했다. 나는 아버지 얘기는 다시 꺼내지 말라고 했다. 나는 까맣게 잊고 있었다. 어머니가 누군가를 오랫동안 기다려 왔음을. 어머니는 울고 있었다. 그 울음은 그녀의 기다림이 까마득하게 손이 닿지 않는 곳으로 자꾸만 밀려 나가는 것을 잘 알고 있기 때문일 것이다.

12.　나는 노인을 배웅하고 오던 길을 되돌아가기 시작했다.

걸음을 옮길 때마다 소총과 수통이 부딪치며 나는 그 섬뜩한 쇠붙이의 촉감, 항상 누군가를 겨누고 열려 있는 총구의 소름끼치는 그 어둠의 깊이를 생각했다.

이 땅 위에 오랜 날들이 흘렀지만, 모든 것은 처음 그대로 풀리지 않은 매듭이 되어 남아 있었다. 이 땅의 그늘진 어디에나 가매장 된 숱한 뼈 조각들은 저 홀로 썩어가고, 그 시신을 옭아맨 철사줄은 이 순간에도 서슬을 세운 채 흙 속에서 변함없이 싱싱하게 살아 있는 것이다.

13.　어느 틈엔지 밭고랑에 수많은 까마귀들이 구물거리고 있었다. 놈들은 음산함과 불길함을 역병처럼 퍼뜨리고 있었다.

c3.　쏟아지는 그 눈발 속에서 손발이 묶인 아버지가 이따금 돌아누우며 낮

은 신음을 토해내고 있었다.

14. (문제적 상황의 현실적 인식) 아아, 무엇이 아버지의 그 불편한 잠을 또다시 흔들어 깨우려 하고 있는가.

15. (결여적 상황의 해소) 머리 위로 하염없이 함박눈이 쏟아져 내렸다. 눈송이들은 밭고랑을 지우고, 검은 새 떼를 지우고, 거대한 산의 몸뚱이마저도 하얗게 지워가고 있었다. "그것은 어머니가 새벽마다 샘물을 길어 와 소반 위에 떠서 올려 놓곤 하던 그 사기대접의 눈부시도록 하얀 빛깔이었다."

이 작품도 현재시간이 진행되는 겉이야기에 인물들의 과거 경험인 속이야기가 삽입된 이야기 구조이다. 과거의 경험적 사건에는 뼈아픈 결여적 상황이 놓여있다. 인물이 현재 겪어나가는 문제적 상황은 기동훈련을 대비한 야전진지구축 중에 사람의 유골을 파내게 되면서 시작되었다(요약 b1). 그러나 작품의 시작은 그 후 마을로 연고자를 찾아 나서는 장면으로 시작되었다. 전입병이 초상을 치르러 특별휴가를 받으러 간다던가, 섬뜩한 불쾌감을 주는 까마귀떼(요약 1, 2) 등의 암시를 거쳐 진지구축 중에 발견한 사람의 유골에 이른다(요약 3). 죽음에 대한 제재들이 형상화되었다. 여기에 결여적 상황은 어머니의 철새의 본능에 대한 감탄으로 암시된다(요약 a1). 문제적 상황과 결여적 상황이 만나게 되었다. 문제적 상황은 표면적이고 직접적이지만, 결여적 상황은 암시되어서, 어머니가 알고 있는 그 내면적 사실이 주인물인 나에게 표면적으로 인식될 때까지는 시간적인 거리가 있다. 여기에는 숨겨서 조금씩 보여주다가 내보이는 구성상의 기술방법이 적용되어 있다.

표면적인 문제적 상황은 마을의 노인을 동행해 모셔옴으로써 해결의 과정을 거치기 시작한다(요약 4). 현장에 도착한 노인은 유골을 묶은 완강한 줄의 매듭을 풀고 뼛조각을 하나씩 흙을 닦아내고 가지런히 정리해 놓고, 원통한 넋이니 죽어서라도 편히 눈 감도록 해 주어야 한다며 신문지로 싼 유해를 그 자리에 묻어줌으로써 겉이야기의 문제적 상황은 해소가 된다

(요약 8~10).

　문제적 상황이 해소되는 과정에 결여적 상황에 대한 마디이야기들이 ‘나’의 기억으로 삽입되었다. ‘나’가 결여적 상황을 인기하기(a4)까지는, 추상적 암시로 시작해서 구체적인 인식을 하게 되는 단계적 과정이 형상화되었다. 추상적 암시는 ‘어머니’가 일상적 계절의 징후인 철새의 도래에 관심을 표명하면서 시작되었다(요약 a1). 철새의 도래는 아버지의 귀환을 의미하는 매개적 변인(變因)이다. ‘나’는 어머니의 기다림을 감지하게 되고(요약 a3), ‘나’는 아버지 부재의 비밀을 알게 된다(요약 a4). 그 후에 ‘나’는 아버지의 무서운 환영을 보며, 부정적으로 수용하는 과정(요약 a5)을 겪다가, 문제적 상황이 해소되는 과정에서, 노인이 유골을 완강하게 묶은 줄의 매듭을 풀어내는데, 이 지점부터 ‘나’의 아버지에 대한 의식은 긍정적 수용으로 전이된다. ‘창백해 뵈는 마른 몸집의 환영, 가슴과 팔목에 철사줄을 동여맨 웬 사내가 총성에 허물어지듯 앞으로 꺼꾸려졌다.’와 같은 구상적 형태로 인식하기에 이르는 것이다(요약 c1, c2). 이제 ‘나’에게 아버지는 이념의 갈등으로 희생당한 한 인간으로, 더 나아가 그러한 모든 사람들이다. 이러한 결여적 상황은 현실의 문제를 넌지시 짚어보고(요약 14), 함박눈 내리는 정경으로 상징적 해소과정을 거치게 된다.

　이 작품의 구성과정을 다시 한 번 검토해 보면, 문제적 상황 발생 암시→문제 상황의 발생 → 결여적 상황의 암시 → 문제적 상황의 해결 과정→문제적 상황의 동기 → 결여적 상황의 인식 → 결여적 상황의 동기 → 결여적 상황의 부정적 수용 → 문제적 상황의 의미화 → 문제적 상황의 해소→결여적 상황의 긍정적 수용 → 문제적 상황의 현실적 인식 → 결여적 상황의 해소로 이야기가 전개되었다. 이 작품의 속이야기인 결여적 상황은 겉이야기의 문제적 상황이 해소되면서, 현실의 문제로 표면화되어 해소되기에 이른다.

　이 작품의 제목인 “아버지의 땅”은 이념적 갈등의 자리이지만, 이제는 그러한 갈등이 치유되기를 기원하는 소망의 땅이기도 하다. 뼈아픈 역사의 질곡을 되풀이하지 말아야 한다는 다짐의 땅이다.

5) 자기정체성 혼란과 회복의 구조

인간이 사회와 소통을 해야 하는 삶의 과정에는 심리적 에너지의 흐름에 막힘이 있다. 자기가 욕망하는 것과 사회가 요구하는 것 차이가 나거나 자기와 사회의 관계가 상보적이라 하더라도, 욕망을 실현할 능력의 한계로 자기 욕망의 나아갈 길이 막힐 때, '나'가 '남'과 비교하여 상대적 열등감을 느끼거나, 자기의 사회적 역할을 이행하지 못할 때, 사회적 가치관의 혼란으로 자기의 가치관 형성이 유보된 상태일 때, 자기정체성의 혼란이 일어난다.

자기정체성 혼란의 의식적 징후는 생각이나 행동의 분열로 나타나는데, 구체적으로는 이중적 또는 다중적 인격장애(해리성解離性정체장애), 가치체계의 혼란, 역할 혼란, 퇴행 행위 등으로 표면화된다. 이 글에서는 역할 혼란에 따른 자기정체성 혼란의 경우를 이상의 「날개」를 통해 그러한 소설유형의 전개과정을 검토해 본다. 이 작품은 우리의 근현대소설에서 자기정체성 혼란의 문제를 제재로 삼은 처음에 해당하는 것이다.

1. (분열된 자아표현) '박제가 되어버린 천재'를 아시오? 나는 유쾌하오. 이런 때 연애까지가 유쾌하오.
2. (배경적 상황) 33번지에 18가구가 창호가 똑같고 아궁지 모양이 똑같다. 각 가구에 사는 사람들이 송이송이 꽃과 같이 젊다. 18가구의 낮은 참 조용하다. 전등불이 켜진 뒤에는 낮보다 훨씬 화려하다. 바빠진다. 내 방 미닫이 위 한 켠에는 내 아내의 명함이 붙어 있다.
3. (자기정체성 혼란의 동기 : 역할의 전도) 나는 그들의 아무와도 놀지 않는다. 내 아내를 소중히 생각한 것이다. 내 아내는 이 함석지붕 밑 볕 안 드는 지역에서 특히 아름다운 꽃. 그 꽃에 매어 달려 사는 나는 거북살스러운 존재가 아닐 수 없었던 것은 물론이다.

4. 내 방은 가운데 장지로 두 칸으로 나뉘었는데, 아침 결에 책보만한 해가 드는 방은 아내의 방이고, 볕 안 드는 방이 내 방이다.

5. **(퇴행적 행위)** 아내가 외출을 하면, 아내의 화장대에 볕살이 비쳐 가지각색 병들이 아롱지면서 찬란하게 빛나는 것을 보는 것이 다시 없는 내 오락이다. 돋보기를 꺼내 가지고 아내만이 사용하는 지리가미(화장지)를 그슬려 가면서 불장난을 하고 논다. 아내의 손잡이 거울을 가지고 논다. 화장품 병들의 마개를 빼고 숨 죽이듯이 가벼운 호흡을 한다. 아내의 체취는 가지각색 향기의 합계일 것이다.

6. 아내의 방에는 화려한 치마와 저고리가 걸려 있다. 나는 입고 있는 골덴 양복 한 벌이 내 자리옷이었고, 통상복과 나들이 옷을 겸한 것이었다.

7. **(자폐적 행위)** 내 방은 침침하다. 축축한 이불 속의 사색 생활에서도 적극적인 것을 궁리하는 법이 없다. 내가 적극적인 것을 궁리해 냈을 경우에는 아내에게 꾸지람을 듣는 것이 성가셨다. 나에게는 인간 사회가 스스러웠다. 생활이 스스러웠다.

8. **(역할 전도의 수용)** 아내는 외출한다. 외출할 뿐만 아니라 내객이 많다. 내객이 많은 날에는 나는 온종일 내 방에서 이불을 쓰고 누워 있어야 한다. 그런 날은 나는 의식적으로 우울해 했다. 그러면 아내는 나에게 돈을 준다. 50전짜리 은화다. 아내는 금고처럼 생긴 벙어리 저금통을 사다 주었다. 나는 한 푼씩 고 속에 넣고 열쇠는 아내가 가져갔다.

9. 아내에게 내객이 있는 날 잠이 잘 오지 않았다. 나는 그런 때 아내에게는 왜 늘 돈이 있나, 아내의 직업이 무엇인가를 연구했다. 그러다가 깨달았다. 아내가 쓰는 돈은 까닭 모를 내객들이 놓고 가는 것에 틀림없다는 것을 깨달았다.

10. **(역할 전도 부정)** 어느 날 나는 은화를 벙어리에 넣는 것조차도 귀찮았고, 벙어리 돈도 사실에는 아내에게 필요한 것이지, 내게는 애초부터 의미가 전연 없는 것이었다. 아내가 가져가기를 기다렸지만 아내는 가져가지 않는다. 하는 수 없이 변소에 갖다 집어넣어 버리고 말았다.

11. **(역할 회복 소망)** 아내의 꾸지람을 기다렸지만, 아내는 아무 말도 묻지 않고 여전히 돈을 내 머리맡에 놓고 갔다. 어느덧 은화가 꽤 많이 모였다. 내객이 아내에게 돈을 놓고 가는 것이나, 아내가 내게 돈을 놓고 가는 것이 일종의 쾌감이 아닐까. 나는 그 쾌감이라는 것의 유무를 체험하고 싶었다.

12. 아내의 밤 외출 틈을 타서 밖으로 나왔다. 은화를 지폐로 바꿨다. 오래간만에

보는 거리는 경이에 가까울 만큼 내 신경을 흥분시켰다. 밤이 이슥하도록 지향 없이 이 거리 저 거리로 헤매었다. 나는 돈 5원을 아무에게라도 주어보고 싶었지만, 누구에게 주어야 할지 갈피를 잡지 못했다.

13. **(역할 회복 시도)** 지난 밤 그 돈 5원을 아내 손에 쥐어 주고 넘어졌을 때에 느낄 수 있었던 쾌감을 무엇이라 설명할 수가 없었다. 돈을 놓고 가는 심리의 비밀을 알아낸 것 같아 여간 즐거운 것이 아니다.

14. 나는 또 오늘 밤에도 외출하고 싶었다. 바지 주머니를 휘둘러 보니 2원밖에 없다. 자정 전에 집에 들어갔다가는 또 아내의 눈총을 맞는 것이 무서워, 지향 없이 거리를 방황하였다. 자정이 지난 것을 본 뒤에 집으로 가서 아내에게 돈 2원을 덥석 쥐어주었다. 아내는 아무 말도 없이 나를 자기 방에 재워 주었다. 나는 편히 잘 잤다.

15. 이튿날 아내 방에는 저녁 밥상이 조촐히 차려져 있는 것이다. 아내는 내 귀에다 대고 오늘일랑 어제보다도 좀 더 늦게 들어와도 좋다고 속닥였다. 나는 아내에게 지폐를 받아가지고 경성역 대합실 한켠 티룸에 들렀다. 잘 끓은 커피를 마셨다. 문을 닫을 시간이 되어 나는 밖으로 나섰다. 비가 온다. 비를 맞아 오한이 나고 이가 딱딱 맞부딪는다. 나는 집으로 돌아와 의식을 잃어버리고 말았다.

16. 나는 감기가 들었다. 아내는 따뜻한 물에 하얀 정제약 네 개를 준다. 나는 해열제라고 속생각을 했다. 아내는 이 약을 날마다 먹고 가만히 누워 있으란다. 나는 날마다 이불을 뒤집어쓰고, 밤이나 낮이나 잤다.

17. **(자기정체성 회복의 계기)** 나는 아마 한 달이나 이렇게 지냈나 보다. 나는 아내 방으로 가서 화장품 병의 마개를 뽑고 이것저것 냄새를 맡아보고, 돋보기 장난도 했다. 그러다가 이상스러운 것이 눈에 띄었다. 그것은 최면약 아달린 갑이었다. 아, 나는 아스피린인 줄 알고 한 달 동안 아달린을 먹어 온 것이다. 이것은 좀 너무 심하다.

18. **(방황)** 나는 그 아달린을 주머니에 넣고 집을 나섰다. 산을 찾아 올라갔다. 아무쪼록 아내에 관계되는 일은 생각하지 않도록 노력하였다. 가지고 온 아달린을 꺼내 여섯 개를 한꺼번에 씹어 먹어 버렸다. 그저 그렇고 싶었다. 나는 거기서 일 주야를 잔 것이다. 아내는 한 달 동안 아달린을 아스피린이라고 속이고 내게 먹였다. 집으로 돌아오니, 아내는 너 밤 새워 가면서 도적질하러 다니느냐, 계집질

하러 다니느냐고 발악이다.

19.   나는 포켓 속에 남은 몇 원 몇 십 전을 몰내 문지방 밑에다 놓고 그냥 줄달음박
질쳐서 나와 버렸다. 나는 어디로 쏘다니는지 하나도 몰랐다. 다만 몇 시간 후 내
가 미스코시 옥상에 있는 것을 깨달았을 때는 대낮이었다. 내 자라온 스물여섯
해를 회고해 보았다. 나는 거의 나 자신의 존재를 인식하기조차도 어려웠다. 우
리 부부는 숙명적으로 발이 맞지 않는 절름발이인 것이다. 나는 아내에게로 돌
아가야 옳은가? 가야 하나? 그럼 어디로 가나?

20. (자기정체성 회복 소망) 이 때 뚜-하고 정오 사이렌이 울었다. 나는 불현듯이 겨
드랑이가 가렵다. 아하, 그것은 내 인공의 날개가 돋았던 자국이다. 나는 어디 한
번 이렇게 외쳐 보고 싶었다.

날개야 다시 돋아라. 날자. 날자. 날자. 한 번만 더 날자꾸나. 한 번만 더 날아 보
자꾸나.

이 작품의 진행은 분열된 자아의 상태를 지적인 역설의 방법으로 서술
하면서 시작되었다(요약 1). 남편이 아내에게 더부살이를 하고 있는 역할
의 전도가 나타나있고(요약 2, 3), 이로 말미암아 일어난 자기정체성 혼란
의 상태가, 돋보기 불장난, 화장품 냄새 맡기와 같은 퇴행적 행위(요약 5),
자폐적 행위(요약 7) 등으로 형상화되어 있다. 그러면서 역할이 전도된 상
태를 수용한다(요약 8). 그러나 역할이 전도된 것을 부정 또는 회피하거나
(요약 10), 간접적으로 역할 회복을 소망하고(요약 11), 매우 소심한 방법으
로 역할의 회복을 시도한다. 본격적으로 자기정체성 회복의 계기가 된 것
은 아내가 한 달이나 감기약이라고 먹게 한 것이 사실은 수면제라는 것을
알게 되어, 아내가 좀 너무 심하다는 생각을 하게 된 이후이다(요약 17).
'나'는 방황하고 헤매어 다니다가 날개가 돋아 날아보기를 소망한다(요약
20). 자기정체성 회복의 소망이다.

이러한 유형의 작품은 배경적 상황과 함께 자기정체성 혼란에 따른 해
체적 상황이 다양한 형태로 나타나고, 정체성의 혼란의 동기가 숨겨져 있

다가 드러나게 되고, 자기 발견의 계기와 자기인식을 하는 과정을 거쳐 자기정체성 회복을 시도하는 구조로 이루어진다.

이 작품은 평면적 단일구성의 방법으로 쓰였다. 이야기가 현재시간으로 시작해서, 진행이 계속되는 동안 삽입된 내용이 없이 전개되었다. 이 작품에 나타난 상황적 유형을 보면, 주인물 '나'가 자기정체성을 상실한 상황은 제어적 상황이다. 부부관계에서 남편으로서 그리고 가장으로서의 역할이 억제된 상황이 인물의 욕망을 일시적으로 정지시킨 것이다. '나'의 욕망은 조선의 윤리·도덕을 토대로 한 남편의 역할이므로, 이것은 '나'의 본성에 따른 발생적 욕망이 아니라, 조선의 윤리 도덕이 학습해 준 매개된 욕망이다.

6) 탐색과 발견의 구조

인간의 사회적 욕망의 궁극적 목표는 욕망의 성취라고 말할 수 있다면, 발견은 성취의 바로 앞이나 중간 단계의 일이거나 마지막 결과일 수도 있다. 발견을 하기 위해서는 탐색의 과정이 이루어져야 하고, 탐색은 호기심과 의문이 그 시발점이 된다.

소설 창작 과정에서 탐색과 발견의 구조는 독자를 작품 속에 몰입시킬 수 있는 매우 유효한 장치이다. 탐색의 과정은 독자의 지적 호기심을 만족시켜, 작품의 서술자와 동행하여 전개과정에 참여하면서, 무엇을 발견하게 될 것인가를 주의 깊게 관찰해 나가게 한다. 원래 탐정소설류에서 사용해 온 이러한 구성방법은, 현대의 독자들이 소설의 읽기를 퍼즐 맞추기나 미로 찾기와 같은 놀이로 인식할 때 적절한 장치로 이용할 수 있다. 이러한 구성방법은 이청준의 작품에서 자주 발견되는데, 여기서는 그의 「매잡이」의 구성을 대상으로 삼아 보기로 한다. 그 내용을 자의적으로 요약하면 다음과 같다. 먼저 속이야기에 해당하는, 화자가 썼다는 소설 「매잡이」 부분을 정리하고, 겉이야기가 되는 화자의 탐색과 발견의 과정을 차례대로 적어보았다.

(1) 매잡이 곽서방은 버버리 한 놈을 데리고 마을을 나섰다. 마을 사람들은 할 일이 없어도 몰이꾼 노릇을 나서려 하질 않았다. 예전 사람들은 재미만으로 즐거이 몰이꾼을 청해 나서곤 했다. 꿩이라도 잡히면 아예 동네잔치가 벌어졌다. 혼사나 다른 잔치가 있으면, 그 꿩을 그 집으로 보냈다. 그러면 그 집에서도 떡시루 아니면 술 말로 답례를 해오는 것이 예사였다. 한데 요즈음에는 장거리에서 돈으로 팔리는 판국이다.

(2) 곽서방 그도 옛날에는 매 한 마리로 가는 곳마다 공술을 대접받는 한량 축이었지만, 이제는 아이들에게 참으로 기이한 거지-헐수 할수 없는 마을의 천덕꾸러기였다.

(3) 그런데 버버리는 곽서방이 매 다루는 것을 예사로 보지 않고, 꼭꼭 흉내를 냈고, 사냥길을 따라 나섰다.

(4) 꿩 잡기를 나서면 버버리가 매잡이가 되고, 곽서방은 꿩몰이가 되어야 한다. 녀석은 꿩몰이를 하면서 소리를 지를 수 없고, ‘꿩떴다’고 외쳐줄 수도 없기 때문이다.

(5) 꿩잡이에 나선 곽서방은 발길이 무디어지고, 외침소리도 자꾸만 목구멍 속으로 기어들어 가고 있었다. 산그늘이 골짜기를 메우기 시작할 때 쯤, 뜻밖에도 장끼 한 마리가 날아올랐다. 번개쇠가 떠오르더니 살처럼 골짜기로 내려박혔다. 곽서방은 무섭게 내달리다 자갈밭으로 곤두박질치고 말았다. 소년은 번개쇠놈이 다시 하늘로 솟아오르고 먼 곳으로 산을 넘어가는 것을 보았다.

(6) 돌아오는 길에 곽서방은, 한사코 매잡이 노릇을랑 그만두고 이제 다른 일을 해서 밥을 마련하라는 서영감을 생각했다. 서영감은 옛날 매잡이들의 단골 주인이었다. 그런 점이 미더워 곽서방은 가끔 떼를 쓰다시피 하며 겨우 연명을 해오는 터였으나, 이제는 마을사람 누구보다도 곽서방을 귀찮아 했고, 싫은 소리를 많이 했다. 그래서 버버리네 신세를 질 수밖에 없었다.

(7) 그날 밤부터 곽서방은, 누군가 배가 고파 인가로 내려오는 매를 잡아 주인에게 되돌려 올 때, 매값을 치러야 할 일이 걱정되었다. 매의 기별을 듣고도 모른 체하는 것은 마을이 용서하지 않는 죄악이었다.

(8) 매값을 마련해 보려고 서영감에게 사정해 보기로 했다. 서영감은 매란 놈이 곽서방에게 사람될 기회를 주느라고 그리된 것이라며 다른 일을 찾아보라고 했다.

(9) 다음날 오후, 천관리 마을을 지나온 사람이 그곳에 매가 들었다고 기별을 알려 왔다.

(10) 서영감을 다시 찾아갔다. 서영감은 매를 찾아오더라도 다시 사냥을 나서지 않는다는 조건이라고 몇 번이고 다짐을 한 끝에 쌀 한 말 값을 내놓았다.

(11) 곽서방은 일찌감치부터 장터를 나와 돌아다니고 있었다. 오정이 지나 소줏가게에서 매를 무릎 위에 올려놓고 있는 친구를 만났다. 썩 친한 사이였다. 곽서방은 기쁨을 이기지 못했다. 번개쇠는 감기에 걸려 있었다. 친구는 매값은 많이 준비해 왔냐고 물었다. 곽서방은 당장이라도 매값이라도 치를 기세로 허리춤을 뒤지는 시늉을 했다. 그러자 친구가 정말 술맛을 잃은 얼굴을 했다. 매값은 도로 가지고 가, 꾸어 온 사람에게 되돌려 주라고 했다. 그러면서 술값까지 자기가 치렀다. 곽서방에게 여전히 사냥질을 할 참이냐고 물었다. 아무 의사를 내비치지 않았다.

(12) 곽서방은 허전했다. 녀석이 매를 안겨 주고는 사례도 한 푼 받지 않고 도망치듯 자리를 비켜 버리리라고는 상상조차 못했다. 매값이 다 떨어질 때까지 술을 마셨다.

(13) 곽서방은 전과 영 사람이 달라져 있었다. 버버리 소년의 방을 차지하고 누워 내처 번개쇠를 굶겼다. 자신도 함께 굶기를 시작했다. 번개쇠를 잠 재우지 않듯이 자신도 함께 잠을 자지 않았다.

(14) 그 나흘 째 되던 날 저녁 무렵 곽서방은 닭장의 장닭 한 마리를 꺼내 들었다. 그리고 번개쇠의 다리를 풀어주고 닭을 땅 위로 떨어뜨려 주었다. 번개쇠가 허기가 가신 듯 닭을 버리고 부리를 문질렀다. 곽서방은 뒷산 솔밭에서 매를 띄워 보내려고 한사코 애를 썼다. 그날 밤 곽서방은 소년의 방으로 돌아오지 않았다.

(15) 곽서방은 윗마을 서영감에 헛간에 누워 있었다. 그는 이미 절반쯤은 죽어있는 사람 한가지였다.

다음은 '나'가 민태준의 권유로 매잡이를 만나러 찾아 나서고, 매잡이와 민태준에 대한 의문의 과정을 탐색하는 방법으로 풀어나간 겉이야기의 전개과정을 요약한 것이다.

1. **(상황의 발생)** 지난 봄 민태준 형은 이승에 있던 한 가지 흔적으로 비망록을 유물로 남겨 두고 세상을 등졌다.

2. **(의구심 발동)** 민형은 소설을 한 편도 쓰지 않은 소설가로 통하고 있었다. 우리가 그를 소설가로 마음 편히 부를 수 있었던 가장 좋은 구실은 그가 일년에 몇 번씩이고 어디론가 취재 여행을 하고 돌아온다는 점이었다. 그러나 그런 다음에도 작품을 내놓지 않았다. 그러다 그는 스스로 목숨을 끊어 버린 것이다.

3. 그가 남긴 몇 권의 비망록에 수집해 놓은 소재들은 진귀하고 귀중한 것들뿐이었다. 취재 메모라기보다는 차라리 연구노트 같은 것이었다.

4. 그는 자료 수집만 하고 다닌 것이 아니라, 내 생각으로는 꼭 한 편 우수한 작품이 있는 것이다. 사실을 고백하건데, 이「매잡이」라는 글이 이번으로 세 번째가 된다. 벌써 발표한「매잡이」와 지금 이 글은 나의 것이고, 그 다른 하나는 민태준 형의 것이다. 이 세편은 거의 같거나 비슷비슷한 것들이다. 이제 민형의 소설이 나에게 들어온 경위를 밝혀야 하겠다. 그러자면 먼저 제일 첫 번의 나의 매잡이가 씌어진 경위부터 시작해야 할 것 같다.

5. **(상황 발생의 계기)** 지난 봄, 어느 날 나를 보고 싶다는 엽서를 받고 민형을 찾은 일이 있다. 민형은 한 번도 보여 준 일이 없는 여행 비망록을 꺼내 놓고, 소재 중에서 꼭 하나 소개해 주고 싶은 게 있다고 했다.

6. 그가 소개해 준 것은 어느 지방 어느 마을에 살고 있다는 '매잡이'에 관한 것이었는데, 그날 민형의 집을 나올 때, 내가 끝내는 전라북도 어느 산골 촌락으로 여행을 떠나리라는 사실 이외에는 불확실한 상태였다. 나는 그가 건네준 여행 차편과 취재요령이 적힌 메모지를 아무렇게나 주머니에 쑤셔 넣고 돌아오긴 했으나, 아무래도 그것에 대해 소설을 쓰게 되리란 생각은 들지 않았다.

7. **(호기심 발동)** 이상하게도 그의 권유는 부채처럼 나를 강제해 왔고, 한 가지 궁금한 일이 있었다. 민태준의 행적이 여행의 관심사가 되었다.

8. **(탐색의 시작)** 그러나 마을로 들어간 날부터 나는 긴장하지 않을 수 없었다. 마을에는 '매잡이' 사건이 나를 기다리고 있었던 것이다. 내가 매잡이 소설을 쓰게 된 발단이었다.

9.　　마을은 산으로 둘러싸인 진짜 산골이었다. 40호 가량의 초가집들이 산비탈을 타고 버섯처럼 돋아나 있는 작은 산촌이었다.

10.　　마을이 밤의 정적 속으로 가라앉기 시작할 무렵에 마을로 들어갔다. 아까는 그렇게 초라하고 납작해 보이던 집들이 제법 처마들이 키를 넘고 마당들도 꽤 널찍널찍했다.

11. (난관의 동기) 민형이 일러 준 중식이라는 소년을 찾아갔다. 소년은 퍽 영민해 보이는 데가 있었는데, 수척한 얼굴 어느 구석엔가는 슬픈 그림자마저 어려 있었다. 민태준이란 사람을 아느냐고 물었다. 그 소년을 데려온 꼬마가 그는 '버버리'라고 했다. 벙어리의 전라도 사투리, 마을에서는 버버리로 이름을 대신했다. 그때부터 나는 꼬마 소년의 도움을 얻어 답답한 대화를 계속했다.

12. (문제적 인물의 발견) '매잡이'에 대해 알고 싶고, 민형이 이 마을에 와서 어떻게 지내고 갔는지 이야기해 주면 좋겠다고 했다. 그는 아주 슬픈 표정으로 낑낑거렸다. 매잡이 -그 매잡이가 지금 죽어가고 있다는 것이었다. 그 쉰 살짜리 홀아비는 어떤 집 헛간에서 언제 숨이 넘어갈지 모르는 지경이라고 했다. 옛날 자기가 밥을 얻어먹고 있던 집 헛간인데, 왜 거기에 그가 누워 있는지 본인 외에는 아무도 모른다고 했다.

13. (새로운 의문점의 발생) 내가 소년에게 자라고 했다. 소년은 매의 발에 맨 줄을 손에 감아쥐고, 배 위에 손을 얹었다. 그간의 의문점이 한꺼번에 몰려들었다. 도대체 매잡이는 어떤 사람인가. 무슨 연고로 그런 짓을 하고 있는가. 소년은 무엇 때문에 그 사내를 그렇게 가까이 하게 되었는가. 나를 이곳에 보낸 민태준은 모든 것을 다 알고 있었던 것인가.

14. (문제 인물에 대한 의문) 소년은 몇 번이나 몸을 움직였다. 매란 놈도 편한 잠을 잘 수 없을 것 같았다. 소년의 움직임에 따라 매도 같이 오르내리며 불안한 자세를 고쳐 잡곤 했다. 소년은 매에게 잠을 재우지 않기 위해 일부러 그러는 것 같았다.

15. (난관에 봉착) 다음 날 아침, 매잡이 사내에게 갔을 때 그는 벌써 반송장이 되어 있었다. 내가 민선생의 친구이며 그의 안부를 전하러 왔다고 이야기 했을 때, 사내의 눈망울이 조금 움직이는 것 같았다. 그러나 그것뿐이었다.

16.　　소년의 집으로 돌아와 아침을 먹고 잠시 쉬면서 매에게 무엇을 먹이냐고 물었을 때, 소년, 중식은 아무것도 먹이지 않는다고 했다. 매의 한 쪽 발목에는 조그

만 방울이 두 개 달려 있어서, 몸을 움직일 때마다 달랑달랑 소리를 내고 있었다. 꼬리에는 기다란 깃털 하나를 끼워 묶어 거기에 '매주인 ○리 곽돌·번개쇠'라고 서툰 붓글씨로 써 넣어져 있었다.

17.   번개쇠에게는 삼일 동안 아무것도 먹이지 않고, 한 시간 잠도 제대로 재우지 않았다고 했다. 사냥을 나서기 전에 매를 사납게 하기 위해서라는 것이다. 배가 고파야 꿩이나 토끼를 쫓고, 그래야 꿩을 오래 뜯어먹고 있지, 그렇지 않고 배가 부르면 눈알이나 빼먹고 날아가 버린다는 것이다. 배가 고파 아무 마을 인가에 내려왔다가 잡혀, 그 매를 돌려받자면 꽤나 사례를 치러야 한다는 것이다.

18. **(탐색의 재시도)** 소년은 나와 사냥을 가고 싶어 했다. 그는 아마 민형에게도 그랬을 것이다. 소년은 민형과의 경험을 생각하고 나에게도 같은 것을 기대하는지도 몰랐다. 그렇게 되어 철도 맞지 않는 사냥을 나섰다. 소년은 매잡이가 되고 나는 몰이꾼이 되었다. 소년은 산마루로 올라가 매를 띄우고, 나는 산고랑을 헤매며 꿩을 몰다가, 매가 꿩을 잡아채면, 매가 배를 채우기 전에 놈으로부터 꿩을 빼앗아 내기로 되어 있었다. 그러나 나는 꿩을 한 마리도 날려 올리지 못했다.

19.   그날의 일은 나에게 허탕이 아니었다. 돌아오는 길에 소년이 자기 매에 관한 이야기를 늘어 놓았을 때, 나의 주의를 민형의 행적보다는 눈 앞에서 기이한 죽음을 기다리고 있는 매잡이 사내에게로 고정시키게 했고, 민형의 취재 행각이나 매잡이에 대한 인식, 나를 보낸 민형의 의도 같은 것을 이해시켜 주었다. 그날 밤 소년에게서 들은 매잡이에 대한 자세한 이야기는 '나의 첫 번째 「매잡이」'라는 작품에서 빌려 오는 것이 좋겠다.

* 소설 「매잡이」 앞의 요약 내용 삽입 부분

20.   내가 갔을 때 마을 사람들조차 그 곽서방 일에 싫증을 내고 있었다. 소년이 매를 갖게 된 것은, 곽서방이 헛간에 누운 다음 날이었다. 번개쇠가 버버리 소년의 집으로 들어 왔다는 것이다. 소년은 매를 곽서방에게 가져가서는 안 될 것 같은 생각도 들었고, 자기의 매를 가지고 사냥을 하고 싶었다고 했다.

21. **(미궁에 빠짐)** 그날 저녁 잠을 청하는데, 버버리 녀석이 헐레벌떡 방으로 뛰어 들어왔다. 곽서방이 나를 찾고 있다는 것이었다. 민선생을 만나 자기 이야기를 전해 주겠냐고 꺼져가는 듯한 목소리로 물었다. 아마 민선생은 짐작할지 모르겠다고 했다. 나는 그때 곽서방이 민형과 무슨 이야기를 했었는지 물었어야 했다.

그날 밤 그는 숨을 거두었다.

22.　　나는 소년에게 주인도 죽고 없는데, 매를 산으로 보내 주지 않겠느냐고 했다. 묵묵부답이었다. 매잡이가 되고 싶은 게라고 했더니, 그 눈에는 어떤 무서운 증오 그리고 무서운 반발이 숨어 있었다. 그날로 서울로 돌아왔다.

23.　(새로운 문제적 상황의 발생) 서울에는 또 하나의 수수께끼가 기다리고 있었다. 민형이 그 사이에 자살하고 만 것이다. 나를 기다린 것은 유서 한 장과 유서에서 밝힌 비장품 두 가지 뿐이었다. 취재 노트와 밀봉한 봉투 하나였다. 유서내용은 여행에서 돌아오면 소설을 한 편 써 발표하고, 가능한 대로 자기의 취재물을 소설로 완성시켜 보고, 밀봉한 봉투는 이삼 개월 날짜가 지나서 적당한 시기에 꺼내 보라는 것이었다.

24.　　나는 매잡이 사내의 이야기만으로 한 편의 소설을 썼다. 그것이 최초의 「매잡이」였다.

25.　(새로운 의문의 발생) 민형의 취재노트에는 그가 나에게 얼핏 펼쳐 보여줬던 매잡이에 관한 기록이 뜯어져 없어졌다. 어째서 그는 그 산골로 여행을 권했나, 그리고 자기가 얻어낸 자료를 끝내 감추고 죽어 버린 것일까. 굳이 나에게 매잡이에 관한 소설을 쓰게 한 것일까. 아무것도 해명되지 않았다.

26.　(해결의 실마리) 나는 또 한번 그 시골 산골을 다녀오고 난 다음, 그러한 의문을 의식의 밑바닥까지 밀어 넣어 버리기로 마음먹었었다. 한데 오늘 아침, 민형이 적당한 시기가 경과한 후 개봉하라고 남겨둔 봉투를 찾아내게 되었다. 그것은 이백여 매 남짓한 원고지 뭉치였는데, 민형의 자필 소설 한 권이었다. 「매잡이」, 그 원고 겉장의 제목이었다. 민형의 소설은 나의 것과 줄거리가 거의 마찬가지였는데, 곽서방의 죽음까지 나의 그것과 다름이 없는 결말을 맺고 있었다.

27.　　무엇이 민형으로 하여금 곽서방의 운명에 대한 그러한 정확한 예언을 하게 한 것일까. 소설에서는 단 한가지 해답만을 암시하고 있었다.

28.　(문제적 인물의 삶에 대한 발견) 풍속이 사라진 시대. 민형은 매잡이 곽서방을 그가 살아왔던 그의 풍속으로 돌아가게 해 준 사람이다. 곽서방에게 그것은 참담한 생존의 실상으로부터의 소중한 승리이자 구원일 수 있었다. 민형의 종말, 그것은 그의 삶의 새로운 풍속화(風俗化)에 대한 마지막 저항과 결단의 몸짓은 아니었을까.

이 작품은 이청준의 대표적 구성방법인 탐색구조로 이루어져 있다. 겉이야기는, 화자인 '나'가 민태준이란 인물의 권유로 어떤 산골 마을에 사는 매잡이를 찾아 나서게 되는 탐색과, 매잡이와 민태준의 삶의 방식이 자기 영역에서 그 나름대로 최선을 다하며 살기를 고집하고, 다른 삶의 방식에 편입되기를 거부하는 인간의 모습을 발견해 가는 과정으로 이루어져 있다.

속이야기는, 매잡이가 이제까지의 삶의 방식이 세태의 변화로 지속되지 못하게 되자, 삶의 방식과 육신의 죽음을 동일한 시점에서 마감해 버린 과정을 이야기하고 있다. 이 속이야기는 화자가 민태준의 행적을 탐색해 나가는 겉이야기에서 화자가 만난 소년이 들려준 이야기를, 화자인 '나'가 「매잡이」라는 제목으로 쓴 소설의 내용으로, 위에 요약한 19번 다음에 삽입된 것이다. 겉이야기와 속이야기는 모두 '매잡이'가 개입이 되어 있어서, 겉이야기에 속이야기가 삽입되어 있는 형식이지만, 이들은 각각 매잡이의 삶과 민태준의 삶의 방식을 보여준 독립한 이야기의 구조로 보아도 손색이 없는 병렬의 구조이고, 겉과 속이 모두 '인물들의 일생이 다른 삶으로 대체되기를 거부하고, 자기의 풍속대로 살아감'이라는 주제적 결론으로 병합된 것이다.

이 작품은 구성방법이 복합적이다. '매잡이 소설' 부분의 구성은, 다음과 같은 차례를 따르고 있다. 「상황의 변화 → 삶의 방식 전환 압박 → 대체 상황에 편입 거부 → 문제적 사건의 발생 → 삶의 방식과 삶의 의미의 동일시」의 과정을 따르고 있다. '변화에 대한 거절의 구조'이다.

겉이야기는 '탐색과 발견의 구조'로 대체로 다음과 같은 구성의 과정을 이룬다. 「상황의 발생 → 호기심 또는 의구심 발동 → 탐색의 시작 → 문제적 인물의 발견 → 새로운 의문점의 발생 → 문제적 인물에 대한 의문 → 난관과 미궁 → 탐색의 재시도 → 미궁 → 새로운 문제적 상황의 발생 → 새로운 문제에 대한 의문 → 해결의 실마리 → 문제인물의 삶의 태도 발견」의 차례로 이어져 있다. 이 작품과 같은 겉이야기와 속이야기의 구조를 액

자소설의 양식으로 말할 수도 있고, '변화와 거절의 구조'와 '탐색과 발견
의 구조'로 이루어진 두 이야기가 병합적 병렬의 방법으로 구성된 것으로
도 볼 수 있을 것이다.

7) 상대비하와 자기 부정(무지한 자기 보존)의 구조

현대소설 중 사실주의 계열의 소설은 무거운 주제를 심각하고 고통스럽
게 다루어 왔다. 이러한 무거운 주제는 이데올로기의 문제를 불러들였고,
대립적 이데올로기가 중화(中和)된 현대에는 소설읽기의 기피현상을 불러
왔다. 진지한 주제의 무게를 덜어주고, 독자의 정신적 부담이나 지루함을
덜어주기 위해서는 직접적인 풍자보다는 아이러니에 기반한 창작이 요망
된다. 상대를 비하하고 자기를 부정하는 아이러니는 풍자적 요소를 담을
수 있고, 해학으로도 인물들을 구원할 수 있다. 채만식의 「치숙」은 현대문
학 초기의 작품이지만, 이러한 희화적(戱畵的) 구조를 잘 갖추고 있는 작품
이다. 이 작품은 서술자인 '나'와 상대인물인 아저씨가 등장하고, 그리고
부수적 인물로 나와 아저씨의 아내인 아주머니가 중간적 인물로 서술자의
서술로만 소개된다. 이 글에서는 서술자를 화자라고 부르겠다. '화자의 자
기비하'가 '서술자의 자기비하'라는 용어보다 더 전달의 사실감이 있기 때
문이다. 이 작품의 줄거리는 대강 다음과 같다.

1. (상대비하) 우리 아저씨 오촌 고모부 그 양반, 사회주의하다가 징역 살고 나와서,
   몸에는 몹쓸 병까지 들었지요. 재산은 서발막대 내저어야 짚검불 하나 걸리는 것
   없는 철빈입니다. 이 신세로 굴속 같은 오두막집 단칸 셋방 구석에서 사시장철 밤
   이나 낮이나 눈 따악 감고 드러누웠군요.
2. (중간자 위상 제고) 아주머니는 이십 년을 설운 청춘 한숨으로 보내고서, 다 늦게
   나 송장 여대치게 생긴 그 양반을 그래도 남편이라고 모셔다가 병수발 들랴, 먹고
   살랴, 애자진하고 다니는 걸 보면 참말 가엾어요.
3. (상대비하) 우리 아저씨는 공부한답시고 서울로 동경으로 십여 년이나 돌아다녔

고, 공부를 마치고 오더니만, 아주머니를 친정으로 쫓고, 명색 학생 출신이라는
딴 여편네를 얻어 살았지요. 그 뒤에 그 양반은 필경 붙들려가서 오 년이나 전중
이를 살았지요.

4. **(자기 동정유발)** 나는 일곱 살에 부모를 잃고 의탁할 곳이 없이 됐는데, 그때 마침
소박을 맞고 친정살이를 하는 그 아주머니가 나를 데려다 길러 주었지요. 열두 살
까지 그 집에서 자랐군요. 사 년이나마 보통학교를 다녔고.

5. **(중간자 위상 심화)** 아주머니는 꼬박 일 년 동안 구라다상네 오마니로 있으면서
월급을 고스란히 모아, 그 돈으로 방 한 칸 얻고 알량꼴량한 서방님이 놓여나오니
까 그리로 모셔 들였지요. 다 죽어가는 산송장을 삼 년 동안 할 짓 못할 짓 다 해
가면서 부스대고 납뛴 덕에 완구히 살아는 났지요.

6. **(상대비하)** 우리 아저씨라는 양반, 작히나 양심이 있으면, 어허, 내가 어서 바삐
몸이 충실해져서, 막노동이라도 해서 돈을 벌어다가 아주머니의 은공과 전날의
죄를 갚아야 하겠구나 하는 맘을 먹어야 할 게 아니냐구요. 그런데 어쨌다고 그걸
끝끝내 하지 못해서 그 발광이고?

7. **(화자의 자기비하, 무지한 맹목적 믿음)**우리집 다이쇼(주인)가 자상히 이야기 해
준 건데, 저 서양 어디선가 일하기 싫어하는 게으름뱅이 몇 놈이 놀고먹을 궁리를
했더래요. 사람이란 꼭 같이 타고났는데 누구는 부자로 살고 누구는 가난하다니
그게 될 말이냐. 그러니 부자가 가진 것을 우리 가난한 사람들하고 다 같이 고르
게 나눠 먹어야 경우가 옳다. 아 이렇게 설도를 해, 우 하니 들고 일어났다는 군
요. 아—니, 그러니 그게 생 날부랑당놈의 짓이 아니고 무어요? 사람이란 제가끔
분지복이 있어서 기수를 잘 타고 나든지 부지런하면 부자가 되는 법이요, 복록을
못 타고 나든지 게으른 놈은 가난하게 사는 법이요, 다 이렇게 마련인데 …… 억
지로 남의 것을 뺏어 먹자고 들다니 그놈들이 부랑당이지 무어요. …… 그나마
부자 사람네가 모아 둔 걸 다 뺏기고 더는 못 먹여내는 날이면 그때는 이 세상 망
하는 날이 아니오.

8.   그놈의 것 사회주의만 하더라도 나라에서 금하질 않고 저희가 하는 대로 두었
어 보아, 시방쯤 세상이 무엇이 됐을지. 위선 나만 하더라도 글쎄 어쩔 뻔 했어!
아무 일도 다 틀리고 뒤죽박죽이지.

9. **(화자의 무지 無知 한 자기 보존)** 내 이상은 이렇다. 우리 집 다이쇼가 나를 자별

히 귀애하고 신용을 하니까, 인제 한 십 년만 있으면 한 밑천 들여서 따로 장사를
시켜 줄 그런 눈치거든요. 그것을 언덕삼아 환갑까지는 십 만원을 모을 작정이지
요. 죄선 부자로 쳐도 천석꾼이니, 뭐 떵떵거리고 살 게 아니냐구요? 나는 내지인
규수한테로 장가를 들래요. 나는 죄선 여자를 거저 주어도 싫어요. 그리고 내지
여자한테 장가만 드는 게 아니라 성명도 내지인 성으로 갈고, 집도 내지인 집에서
살고, 옷도 내지 옷을 입고, 밥도 내지식으로 먹고, 아이들도 내지인 이름으로 지
어서 내지인 학교에 보내고 ………. 그리고 나도 죄선말은 싹 걷어치우고 국어만
쓰고요.

10.   우리집 다이쇼는, 사회주의인지 지랄인지는 온 세상을 뒤죽박죽을 만들어 놓
     고 나라를 통째로 소란하게 하니까 도저히 용서할 수가 없대요. 그런 일을 생각
     하면, 털어놓고 말이지 우리 아저씬가 그 양반도 여간 불측스러 뵈질 않아요.

11.   저번에도 한번 혼을 단단히 내주었지요. 아, 그랬더니 아주머니더러 한다는 소
     리가, 그 녀석 아무짝에도 못 쓰게 길이 들었더라고 그러더라나요. 내 원, 그 소
     리를 듣고 하도 어처구니가 없어서!

12.   그날도 실상은 이랬더라우. 내가 마침 쉬는 날이길래, 아주머니더러 할 이야기
     도 있고 해서 들렀는데, 아주머니는 남의 혼인집 바느질 해 주러 갔고, 아저씨 양
     반만 머리맡에 헌 언문잡지를 쌓아 놓고는 그걸 뒤져요. 나도 심심삼아 한 권 집
     어들고 떠들어 보았는데 읽을 맛이 나야지요.

13. (상대 비하의 확대) 대체 죄선 사람들은 잡지 하나를 해도 어찌 모두 그 꼬락서
     니로 해 놓는지. 맨판 까발스런 한문 글자로다가 처박아 놓으니 그걸 누구더러
     보란 말인고? 잡지야 뭐 ≪킹구≫(king)나 ≪쇼넹구라부≫(소년구락부) 덮어 먹
     을 잡지 있나요. 소설이 모두 재미있지, 망가(만화)가 많지요, 사진이 많지요. 그
     리고도 값은 좀 헐하나요. *( )안은 필자의 첨가내용임

14. (화자의 상대비판) 책장을 후르르 넘기노라니간 아저씨 이름이 있어서, 신통해
     서 쓰윽 펴들고 보았더니, 제목이 첫줄은 경제, 사회 …… 무어 어쩌구 잔주를
     달아 놨겠지요.
     "아저씨 경제란 것은 돈 모아서 부자 되라는 것 아이오? 그런데 사회주의란 것은
     모아 둔 부자 사람의 돈을 뺏어 쓰는 것 아니오?"
     "너 그런 경제학, 그런 사회주의 어디서 배웠니? 혹시 이재학(理財學)이라면 몰

라도, 경제학은 그런 게 아니란다."

"아—니, 그렇다면 아저씨 대학교 잘못 다녔소. 돈 모아 부자 되는 경제 공부를 한 게 아니라, 모아 둔 부자 사람네 돈 뺏어 쓰는 사회주의 공부를 했으니 말이지요."

"네가 사회주의를 무얼루 알구서 그러냐?, 네가 말하는 건 사회주의가 아니라 부랑당이란 말이다."

15. **(상대의 화자비판)** "사람이란 누구를 물론허구 아첨하는 것 같이 더러운 게 없느니라. 제 개성을 속여 가면서꺼정 생활에다 아첨하는 것같이 더러운 것이 없고, 그런 사람같이 가련한 사람은 없느니라. 네가 일본인 여자와 결혼을 해서 성명까지 갈고 모든 생활법도를 일본화하겠다는 것이 말이다. 네 주인 비위를 맞추고 이웃의 비위를 맞추고 하자는 것이 깊은 교양이나 어진 지혜의 판단에서 나온 것이라면 그도 모를 노릇이겠지."

16.   "그야 물론이지요. 다이쇼의 신용을 받아야 하고, 이웃 내지인들 하구두 좋게 지내야지요. 그래야 할 게 아니겠어요?"

17.   "네가 환갑까지 십 만원을 모은다고 했다던데, 세상물정이란 그리 만만한 게 아니다. 계획이나 기회를 억지루 만들어 놓아도 결과가 뜻대로는 안된단 말이다."

"아저씨는 그래서 더구나 못써요. 일 해보기도 전에 안 될 줄로 낙심 먼저 하구……."

"하늘을 꼭 올라가 보구래야만 높은 줄 아니?"

18. **(상대비하)** "아저씨 아주머니가 고맙고 불쌍하지 않으시우."

"고맙고 불쌍하지."

"알면서 그러시우."

"고생을 낙으로, 너의 아주머니만 두고 보더래도 고생이 고생이면서 고생이 아니고 고생하는 게 낙이란다."

"아저씨는 그걸 다행히만 여기시우."

"아니."

"그러거들랑 그 은공을 더러는 갚아야 옳을 게 아니오?"

"글쎄 은공을 모르는 건 아니지만…. 바빠서 원…."

19.   사람 속 차릴 여망 없어요. 세상에 해독만 끼칠 사람이니 바삐 죽어야 해요. 그런데 글쎄 죽지를 않고 도로 살아나니, 내…….

이 작품은 서술자인 '나'가 중심인물이고, 오촌 고모부가 상대인물이다. 작품의 인물이나 화자가 상대를 비하하고 자기를 내세워 합리화한다면 풍자소설이 될 것이다. 상대비하와 함께 화자의 자기비하가 함께 어우러져 독자의 웃음거리가 되면서 어떤 깨달음을 제공할 때는 희화적 소설이 된다.

일반적으로 소설의 화자는 독자에게 신뢰를 주어야 한다. 화자는 믿을 수 있는 화자와 그렇지 못한 화자로 나눌 수 있다. 독자가 화자의 언급을 의심 없이 그대로 받아들일 수 있는 경우에, 그 화자를 권위 있는 화자, 믿을 수 있는 화자라고 한다. 화자의 언급이 작가의 숨어있는 생각과 일치하지 않아서 독자가 화자의 진술을 그대로는 믿지 못할 때, 그런 화자를 믿을 수 없는 화자라고 한다.[13]

이 작품의 화자는 남의 말이나 생각을 여과 없이 자기의 가치판단의 기준으로 삼는 맹목적 화자이고, 작가의 규범이나 의도와는 생각이 다르므로, 믿을 수 없는 화자이다. 믿을 수 없는 화자가 자기과시를 하거나 자기 생각의 보전을 위한 변론을 할 때, 그것이 작가의 의도와 초점이 맞지 않는 것이거나, 오히려 작가의 의도를 위배하는 것이라면, 화자의 자기부정이 이루어지고, 결과적으로 자기비하에 이르는 것이다. 화자가 직접적으로 자기모순에 이르는 자기 부정을 하거나 자기비하를 하는 경우를 직접적이라고 한다면, 이러한 유형은 반어적 자기부정이고 자기비하이다.

이 작품은 직접적인 상대비하로 시작(요약 1)하였다. 상대비하는 반복적으로 나타난다(요약 3, 6, 10, 14, 17~19). 상대비하는 화자가 상대를 대상으로 직접적으로 서술하기도 하지만, 상대인 아저씨와 관계가 있는 그의 아내 '아주머니'를 중간자로 삼아, 중간자의 헌신과 고행을 부각시킴으로써 상대비하를 확대한다(요약 2, 5, 18). 이때 상대는 자신의 행적에서만이

---

13) ① 송하춘 : 『발견으로서의 소설기법』(고려대학교 출판부, 2002.3), 89쪽.
　② Wayne C. Booth : *The Rhetoric of Fiction* (The University of Chicago Press, Second edition 1983), pp.158~159.

아니라, 그의 주변인물인 중간자에게 가장으로서의 윤리나 도리마저 지키지 못하는 인물로 비하하면서, 화자는 상대를 돌이킬 수 없는 문제인물로 매도한다.

한편, 화자는 상대를 희화화하기 위해 대조적으로 자기과시와 자기보존을 위한 변론을 하게 된다. 우선 자기를 보호하고 자기보존을 두텁게 하기 위하여 독자에게 자기 동정(同情)을 하도록 유도한다(요약 4). 자기 동정을 통해 독자의 동정이나 신뢰를 바탕으로, 독자가 자기과시 내용을 감성적으로 공감하도록 이끌어가는 방법이다. 자기보존은 주체가 상대나 독자와의 관계에서 자기의 언행을 합리화하여 자기의 존재와 위치를 확인하는 것이다. 이 글에서 자기과시·자기보존을 위한 화자의 논리는 요약 7, 9, 10에서 화자의 생활방식이나 태도를 말하는 가운데에 들어 있다.

그런데 이러한 자기과시·자기보존을 위해서, 화자가 가치판단의 기준으로 삼은 것은 '우리집 다이쇼(주인)'이다. 주인의 말을 그대로 믿고 신용을 얻어야만 자기보존이 이루어질 수 있는 것이다. 자기의 판단이나 지혜에 근거하는 것이 아니라, 남의 생각이나 견해를 그대로 답습하고, 남의 생활 방식을 자기 생활의 본보기로 삼은 것이다. 이런 경우에 화자의 욕망은 대리적 욕망이 아니다. 대리적 욕망은 타인의 욕망을 대행하는 것이다. 이 작품의 화자는 주인의 생각이나 생활방식을 대행하는 것이 아니라, 그것들을 본보기로 삼아 그대로 모방하려는 것이다. 이럴 때 화자의 욕망은 주인에게 매개된 것이다.

화자의 매개적 욕망은 작가의 주제적 의도와는 배치되는 것이다. 화자는 현실을 객관적으로 바라보지 못하고, 왜곡된 사회적 현실을 진실로 받아들이고 있는 무지하고 맹목적인 인물이다. 그래서 화자의 무지한 자기보존의 언행으로 믿을 수 없는 화자, 인정할 수 없는 인물이 된다. 이때 그의 자기과시와 자기보존의 언행들은 독자에게 자기비하 내지는 자기부정의 아이러니컬한 인물로 이해되는 것이다.

　이 작품은 상대인물인 아저씨를 통해, 당시 지식인들의 사회주의 운동
이 현실에 맞닿아 있지 않은 무기력한 것임과, 다른 한편으로 친일론자들
의 자기부정의 모순을 동시에 희화적으로 보여준 것이다. 이 작품의 전개
과정은 극화되지 않은 화자[14]의 직접적 서술과 대화로 이루어져 극적 긴
장감이나 현장감이 떨어진다. 보다 더 사건이나 상황을 극화하였다면 희화
적 소설 쓰기에 도움이 되었을 것이다. 이 작품은 희화적 요소로, 상대비
하, 중간자의 위상제고, 화자의 자기 동정 유발, 화자의 믿을 수 없는 자기
과시 · 자기보존 등의 요소들을 적절히 배치하여 작품을 구성했다.

---

[14] Wayne C. Booth : 위의 책, 151쪽.

VI. 소설의 인물

소설은 인물의 형상화 작업이라고도 말할 수 있다. 인물의 성격이나 심리 또는 가치관을 형성해 나가는 작업이다. 인물을 형상화하는 계기가 되는 것은 상황과 사건이다. 소설에서 상황이나 사건은 인물을 드러내 주는 조건들이다. 상황과 사건으로 인물은 갈등과 긴장을 겪으면서 변화하고 성장해 나간다. 변화와 성장은 상황과 사건에 대한 인물의 태도가 결정해 주는 것이다. 인물의 태도는 성격이나 심리의 반영이거나, 형성된 가치관과도 관계가 된다.

일반적으로 소설의 인물은 일상적 인물과 다르다고 한다. 그러나 소설의 인물이 일상의 인물과 다르기만 한 것은 아니다. 흔히 소설의 인물을 통해서 사회를 조명한다고 할 때, 그 인물은 사회가 생산한 것이다. 그는 사회의 일상적 가치나 질서를 순순히 따르는 인물일 수도 있고, 사회와 맞부딪치는 인물일 수도 있다. 소설이 긴장이나 갈등을 통해서 인간의 삶의 방식을 현상적으로 제시하는 것이라면, 일상의 가치나 질서에 단순하게 순응하는 인물은 소설의 인물이 되기는 어렵다. 긴장이나 갈등이 생성되지 않기 때문이다. 그러나 일상의 인물이 일상과 조화로운 관계를 유지한다고 하더라도, 그가 겪게 되는 외적인 현상과 내면적 심리의 거리에 따른 갈등이나 긴장을 생각하면, 이러한 인물은 소설의 인물로서 조건을 갖춘 셈이다. 현대 사회의 일상은 끊임없는 경쟁과, 성공과 실패, 무질서함과 균형적인 것, 성취감과 소외감과 무력감 등이 마구 뒤섞여 있다. 이러한 일상 속에서 살아나가는 인물이라면, 소설의 인물로서의 여건을 갖추고 있는 것이다. 이렇게 보면, 소설의 인물은 일상적 인물로서 그 사회를 반영한다고 말할 수 있다.

소설의 인물은 일상에서 태어나고, 일상적 인물과 같을 수도 있고 다를 수도 있다. 소설의 인물이 일상적 인물과 다른 것은, 긴장이나 갈등적 상황에 놓여있고, 그러한 상황에서 욕망을 가지고 자기의 목표를 추구하거나, 상황을 부정하거나, 상황에 짓눌려 있다는 것이다.

1. 인물의 유형

소설은 작품의 주제적 의미보다는 인물로 기억된다. 널리 읽혀온 「춘향전」, 「무정」, 「소나기」, 「메밀꽃 필 무렵」, 「무진기행」, 「삼포가는 길」, 「소문의 벽」과 같은 작품들은 주제적 의미보다는 그러한 의미를 이루어낸 인물들의 언어와 행위를 통해서 독자의 기억에 살아 있게 된다.

인물들은 작품마다 달라야 한다. 한 작가의 다른 작품에서도 인물들은 제각기 개성을 가지고 있다. 이러한 인물들을 어떤 유형에 배정하는 일은 인물들의 독특한 이미지를 어느 정도 배제하는 일이어서 타당하지는 않다. 그러면서도 소설의 인물을 논의하는 자리에서 개별적 인물들을 열거하기는 어려운 일이어서, 모호한 유사성에 근거해서 인물의 유형을 구분하는 일은 인물의 이해에 도움을 얻게 해 준다. 먼저 이제까지 논의되어 온 인물의 유형을 살펴보기로 한다.

1) 평면적 인물과 입체적 인물

문학 이론 연구에서 인물의 유형에 대한 고전적 견해는 E. M. 포스터가 구분한 평면적 인물과 입체적 인물[1]이다. 그는 평면적 인물의 가장 순수한 형태는 단일한 관념이나 성질을 중심삼아 형성되어 있는 것이다. 이 중에서 하나 이상의 관점이 있을 때는 벌써 입체로 옮아가는 곡선이 시작되는 것이라고 하였다. 평면적 인물은 환경에 의해서 변화되지 않기 때문에 이러한 인물은 달아나지도 않고 발전하는 것을 지켜보지 않아도 작품의 어느 장면에서 등장하기만 하면, 쉽사리 알아볼 수 있는 인물이라고 하였다. 그리고 진지하거나 비극적인 평면적 인물은 싫증을 일으키는 존재이고, 희화적(戲畵的) 인물일 때가 가장 두드러진 유형이라고 했다.

입체적 인물은 비극적인 역할을 하기에 적당하고, 독자에게 어떤 감정을 갖게 한다고 했다. 입체적 인물은 작품 속의 인생에서 무궁함을 지니고 있다고 말했는데, 이는 작품 속의 환경이나 상황을 따라 다양하게 변화하는 인물임을 말한 것이다.

그는 작품에 평면적 인물과 입체적 인물이 서로 교류하는 것을 바람직하게 생각했다. 한 인물이 입체적 인물로 부풀었다가 도로 평면적 인물로 되돌아가는 경우를 제시하기도 하였다.

2) 개성적 인물과 전형적 인물

인물의 유형을 개성적 인물과 전형적 인물로 나누어 보는 견해는 일반화되어 있다. 개성적 인물은 어떤 사회의 보편적 진실이나 가치관에서 벗

---

1) E. M. Forster : *Aspects of the Novel* (Penguin Books, New York, 1977), pp.73~81.

어나는 인물이다. 그 사회에서 일반적으로 요구하는 삶을 살아나가기를 거부하고, 새로운 가치관이나 행동양식을 보여주는 인물이다. 이러한 인물은 어떠한 장면에서도 드러나게 마련이고, 소설이 진행되어가는 과정에서 앞으로의 행동을 예측하기가 어렵다. 소설은 이러한 개성적 인물을 창안해 냄으로써, 그 작품의 고유한 생명력을 간직할 수 있다.

전형적 인물은 작중 인물이나 작가 자신이 사는 시대, 사회, 집단, 계층의 이해를 반영하는 인물이다. 농경사회와 산업화 사회 그리고 정보화 사회의 전형적 인물이 각각 다르고, 사회의 변화가 끊임없는 시대에서 그 사회의 질서나 규범을 따르는 인물과, 변화를 추구하는 인물의 전형이 각각 다르게 형상화 될 수 있다. 그리고 있는 자와 없는 자, 특정한 직업에 종사하는 인물들, 특정한 생활 철학이나 가치관을 가진 인물, 연령층으로 나누어지는 인물들의 전형을 그려낼 수도 있을 것이다.

이러한 전형에 대한 인식은 그 역사가 오래고 복잡하다. 독일의 셸링이 신화적으로 균형잡힌 위대한 보편적 인물이라는 뜻으로 사용하기 시작한 전형의 개념은 『햄릿』(17c 초)의 햄릿, 『헨리 4세』(1596~1597)의 팔스태프, 『돈키호테』(1605)의 돈키호테, 『파우스트』(1790~1831)의 파우스트 등의 개성적 인물을 가리키는 개념이었다. 그러다가 발자크의 『인간희극』(1842), 죠르즈 샹드의 『프랑스여행』(1851)에 이르러 사회적 전형의 개념으로 대체된다.

테느에 있어서 사회적 전형의 이론은 헤겔주의적 이상과 결합한다. 러시아 문학사상에도 전형에 대한 강조가 나타나는데, 벨린스키는 예술가의 첫 번째 임무를 전형, 비록 개인일지라도 여전히 보편적 의미를 지니는 인물을 창조하는 것이라고 정의했다.[2] 루카치는 생계를 세우는 방식, 즉 생산방법에서 사회계급을 추출하고, 이들의 생산활동이 사회의 토대가 된다는 관점에서 이들을 전형으로 삼아, 인간과 인간, 인간과 세계의 진정한 관

---

[2] 르네 웰렉, 유재천 역 : 「리얼리즘의 개념」, 『리얼리즘과 문학』(지문사, 1985), 28~31쪽.

계를 모색하였다.

그런데 소설 창작의 실제에서 전형성을 지나치게 강조하면, 규격화, 획일화하여 생동감을 잃은 박제된 인물을 생산하게 된다. 소설창작에서 살아 있는 인물을 만들려면, 전형적 인물이지만 개성이 스며 있어야 하고, 개성적 인물이면서도 사회적 전형성이 내재되어 있어야 그 인물이 낯설지 않다.

3) 고대 희곡의 인물유형

희곡의 인물유형으로도 소설의 인물 유형을 구분하는 기준으로 삼을 수 있다. 프라이(N. Frye)는 현대소설에 등장하는 인물들의 원형을, 고대의 희극과 비극으로 거슬러 올라가 밝히고 있다. 그가 제시한 유형은 자기과장자(alazons), 꾀바른자(eiron),[3] 익살꾼(bomolochoi), 고집통이(agroikos)의 네 유형으로 나누었다.[4]

자기과장자는 자기를 실제 이상의 인물인 것처럼 가장하거나, 그렇게 되려고 안간힘하는 인물이다. 그는 허황되거나 편벽증을 가지고 있어서 곧잘 비극의 주인물이 된다. 허풍쟁이 병사나 편집증에 빠진 현학자 등이 이에 해당한다. 이러한 인물은 허위적 행위가 드러날 때, 사기꾼이 되거나 스스로를 기만하기도 한다.

꾀바른 자는 주인물의 성공을 위해 어떤 일에 대한 계책을 일러주는 인물을 말한다. 자신이 다치지 않으려고 자기를 실제 이하로 낮춰 보이는 재주를 가지고 있다. 익살꾼은 희극적인 분위기를 북돋우기도 하고, 그 분위기에 초점을 맞추는 역할을 한다. 어릿광대, 가수, 우스개 소리를 하는 자 등 재담가의 성격을 가진 등장인물들이 여기에 포함된다.

고집통이는 아리스토텔레스의 용어를 프라이가 빌려온 것인데, 보통 무

---

[3] 이 용어는, N. 프라이, 임철규 역 : 『비평의 해부』(한길사, 1982.6), 242쪽에서 차용함.

[4] Northrop Frye : *Anatomy of Criticism*, Four Essays (Princeton University Press, New Jersey, 1973), pp.172~174.

뢰한의 의미도 가지고 있다. 이런 인물 유형에는 다른 사람들과 어울리지 못하는 근엄하고 융통성이 없는 인물이 포함될 수 있다. 인색하고, 속물근성에 젖어 있으며, 꽤 까다로운 인물들 속에서 이런 유형을 발견할 수 있다. 이런 인물은 홍겹고 즐겁거나, 재미있는 분위기를 깨기도 한다.

이러한 인물의 유형 중에서 자기과장자와 꾀바른자의 싸움이 희극의 극적 전개의 기초를 이루고, 익살꾼과 고집통이는 희극적 분위기를 만들어 낸다.

4) 심리학적 인물유형

문학에서만이 아니라 인접한 심리학분야에서도 인간의 성격 유형에 대하여 논의해 왔고, 문학에서도 이를 원용해 왔다. 칼 융(C.G.Jung)은 인간의 일반적 태도를 기준으로 삼아, 내향적 성격과 외향적 성격으로 구분하고, 이것을 심리적인 기능인 사고, 감정, 감각, 직관과 결합시켜, 인물의 유형을 여덟 가지로 나누었다.[5]

외향적 사고형의 인물은 객관적 세계에 관해 최대한도로 많이 배우는 데 전력을 기울인다. 자연현상의 이해, 자연법칙의 발견, 이론 구성이 목적인 과학자가 그 표본이다. 이런 유형은 자기 성질의 감성적 측면을 억압하기 쉬운데, 억압이 너무 심하면 독선적이고, 고집통이고, 허세로 가득 찰 수 있다.

내향적 사고형은 생각이 내면으로 향해 있다. 그들의 탐구 결과는 현실과 거의 관계가 없을 것이다. 인간에게 가치를 두고 있지 않기 때문에 감동이 없으며 쌀쌀해 보인다.

외향적 감정형의 인물은 생각보다 감정을 상위에 놓고 있다. 상황이 변하면 감정도 변해서 변덕스럽다. 그들은 잘난 체하며, 감정적이며, 사치스

---

5) C.G.융, 설영환 옮김, 『융 심리학 해설』(선영사, 1997.3), 162∼167쪽.

러우며, 기분파이다. 그들의 감정은 아주 평범한 동시에 늘 최신 오락과 유형을 쫓고 있다.

내향적 감정형의 인물은 자기의 감정을 남들에게 감추고 있다. 그들은 말수가 적고, 접근하기 어렵고, 무관심하고, 그 마음을 헤아릴 수 없다. 우울 또는 의기소침에 빠져 있는 것처럼 보이는 경우가 많지만, 실제로 그들은 매우 깊고 열렬한 감정을 가지고 있기 때문에, 이따금 그것이 폭발하면 격정의 폭풍이 된다.

외향적 감각형의 인물은 앞일을 그다지 숙고하지 않고서 세상을 있는 그대로 받아들인다. 그들의 감정은 깊이가 없으며, 단지 인생에서 끌어낼 수 있는 감각을 위해 살고 있을 따름이다. 그들은 관능적 성향이 있고, 그 때문에 여러 종류의 중독, 도착, 강박에 걸리기 쉽다.

내향적 감각형은 자기 자신의 정신적 감각에 몰두한다. 예술을 통해 표현하는 경우를 빼고는, 자기 자신을 표현하기에 곤란을 느낀다. 그들은 남들에게는 늘 조용하고 피동적이고 자제심이 있는 듯이 보이지만, 사고와 감정에 결함이 있어서 그 순간 무관심할 뿐이다.

외향적 직관형은 경솔함과 불안정이 특징이다. 그들은 새로운 가능성을 발견하기 위하여 여기저기로 뛰어다닌다. 한 세계를 다 정복하기도 전에 다른 세계를 늘 찾고 있다. 오랫동안 흥미를 유지하지 못하고 정해진 일에는 싫증을 느낀다.

내향적 직관형은 예술가가 이 형의 대표자들인데, 몽상가, 예언가, 망상가, 괴짜 등도 이 형에 속한다. 이런 인물은 친구들에게 종종 수수께끼 인물로 보이며, 자신은 남들이 이해 못하는 천재인 줄 생각한다. 그는 외적 현실이나 관습과의 접촉을 유지하지 않는다. 그는 원시적 이미지의 세계 속에 고립해 있는데, 그 이미지들의 뜻은 그들 자신도 모른다. 새로운 가능성을 찾아 이 이미지에서 저 이미지로 뛰어 다니지만, 실제로 자기의 직관을 발전시키지는 못한다.

이러한 인물의 유형이외에도 정신분석학과 심리학에서 유래된 자기도취, 대리만족, 대행행위, 편집증, 우울증, 퇴행, 메조히즘, 새디즘, 아들이 어머니를 이성적으로 사모하여 아버지를 잠재적 경쟁자로 생각하는 오이디푸스 콤플렉스, 딸이 아버지에 대한 이성적인 사모의 감정으로 어머니를 시기하는 엘렉트라 콤플렉스, 남성으로서의 책임감 때문에 생기는 강박관념인 아도니스 콤플렉스, 형제 자매간이나 선후배간의 시기심인 카인 콤플렉스, 공산주의에 대한 과민반응인 레드 콤플렉스, 어른으로서의 책임을 지지 못하거나 유소년기를 지나치게 그리워하는 피터팬 콤플렉스, 모태회귀본능을 가리키는 요나 콤플렉스 등의 용어와 개념은 인물의 성격을 분석하는데 자주 이용되고 있다. 그러나 소설의 인물은 상황에 따라 어느 한 요소가 상대적으로 두드러지기도 하지만, 일반적으로 여러 요소들이 복합되어 나타난다고 생각하여야 한다. 만일 어떤 유형에 판박이처럼 맞아 떨어지면, 그 인물은 개성적 인물이 되지 못하는 셈이다.

2. 인물의 상황적 유형

소설에서의 인물 유형은 인간의 본성이나 작품 안에서 어떤 역할을 하느냐에 따라 구분하기도 하지만, 상황에 따른 태도와 처지에 바탕을 두고 논의할 수 있다. 상황은 인물을 갈등하고 긴장하게 하는 동기이다. 상황을 만났을 때, 인물은 여러 가지 유형으로 반응한다. 인물이 능동적 태도를 지니면, 욕망하거나 부정한다. 인물의 자신감이 부족하면 머뭇거리거나 망설인다. 상황이 인물보다 지배적인 힘이나 크기가 상위에 있을 때에는, 피동적 처지에서 영문 모르고 휘말리거나, 스스로 참고 견디거나, 또는 소비되고 소외당하기도 한다.

상황에 대한 인물의 태도나 처지는 어느 한 유형이 처음에서 끝까지 한

결같을 수도 있지만, 그 유형이 지속적으로 이어지지 않는 경우가 더욱 빈번하다. 인물이 상황에 대하여 어떤 욕망을 가지게 되었다면, 그 인물은 작품의 처음에서 끝까지 그 욕망을 지속하는 경우도 있다. 그러나 모든 작품에서 인물의 처음 욕망이 끝까지 이어지는 것은 아니고, 그 욕망이 좌절되어 상황을 부정하거나, 인물이 소외되는 상태로 전환되기도 한다.

상황에 대한 부정이나 인물의 소외로 시작되는 경우에도 동일하게 인물의 태도 변화가 일어날 수 있다. 부정으로 시작된 인물의 태도는 부정으로 일관할 수도 있지만, 욕망으로 태도나 처지가 바뀌기도 한다. 망설이면서 시작된 인물의 태도는 상황의 변화를 안고 욕망으로 변화하기도 하고, 자기도 모르게 휘말려 들게 된 인물이 능동적으로 상황을 열어나가기도 한다.

이렇게 상황에 대한 인물의 태도와 처지에 따른 구분을 인물의 상황적 유형이라고 말한다. 여기서는 상황에 대한 인물의 몇 가지 유형에 대해서 의논하려고 한다.

1) 욕망하는 인물

인물의 욕망이 발현되는 동기는 본능을 따르는 경우와 상황으로 매개될 때가 있다. 본능적 욕망은 인간의 삶과 죽음의 과정에서 이루어지는 모든 본능에서 이루어지는 것이다. 배고픔·목마름·졸음·성욕·모성애와 같은 삶의 본능, 공격·파괴나 변화에 대한 희구와 같은 죽음의 본능, 탐색과 호기심·접촉욕구와 같은 발견의 욕망[6]등이 인간의 본능을 따르는 원형적 본능이다.

상황은 인물의 욕망을 발동시킨다. 욕망이 나아가는 길을 조절하기도 하며 때로는 욕망을 저지하기도 한다. 상황이 발생하기 전에 욕망의 에너지는 목표와 방향이 없지만, 상황이 발생하면 그것의 힘과 크기는 목표와

---

6) 윤충의 : 「서사적 욕망과 상황」, 『한국 문학의 직관과 상황 그리고 표현기술』(국학자료원, 2001), 185쪽.

방향에 따라 조절된다. 상황이 욕망을 부추길 때, 그것은 상황이 욕망을 매개하였다고 할 수 있다. 독서나 다른 사람의 말과 행동 또는 분위기도 잠자고 있는 인물의 욕망을 불러일으킨다. 이러한 매개적 욕망은 타의적으로 만들어진 이미지이다.

욕망하는 인물은 「금시조」(이문열)에서 만나볼 수 있다. 이 작품은, 고죽이 스승과 예술관의 차이 때문에 일생을 통해 애증을 겪다가 죽음에 즈음에, 불더미의 재로 사라져가는 자기의 서화를 통해 자기를 버림으로써, 비로소 예술적 완성을 상징하는 관념의 새인 금시조를 보게 되었다는 줄거리의 이야기이다. 어린 나이에 석담에게 양육이 의탁된 고죽은, 재기가 너무 승해서 도근(道根)이 막힌 생래의 자장(字匠)이라는 스승의 판단 때문에 그의 문하에 들지 못한다. 신학문을 익히도록 소학교에 보내졌으나, 새로운 세계로의 강렬한 유혹을 억누르며 신학문을 포기하고, 자신도 모를 열정으로 석담 선생을 흉내 내고 있었다. 문인들이 잊고 간 선생의 체본(體本), 선생이 버린 파지나 동도(同道)들이 주고받다 흘린 문인화같은 것들을 그의 주된 체본으로 삼아 서화를 익혀 나갔다. 서화에 대한 그의 욕망이 발현된 것이다. 이 경우 그의 서화에 대한 욕망은 웅혼한 필재와 유려한 문인화로 한말에 세 손가락 안에 꼽히는 석담 선생에게 의탁되었으나, 그의 문하에 들여지지 아니함으로써 오히려 매개된 것이라고 할 수 있다. 고죽은 그의 재주를 아깝게 여긴 운곡의 권유로 겨우 석담의 문하에 들게 된다. 석담은 글을 씀에 그 기상은 금시조가 푸른 바다를 쪼개고 용을 잡아 올리듯하고, 그 투철함은 향상(香象)이 바닥으로부터 냇물을 가르고 내를 건너듯해야 한다고 가르친다. 그러나 고죽은, 석담이 서화를 심화(心畵)로 여기며 무엇이든 도(道)안에 있어야 한다는 석담의 예술관에 반대하고, 자신의 내심보다는 대상에 충실하려 했다. 이러한 예술관의 차이로 고죽은 스승에 대한 사모와 격렬한 미움을 함께 지니고 지낸다.

고죽이 서화를 통한 예술적 성취에 대한 욕망을 갖게 되는 계기는, 세상을 떠돌다가 오대산의 어느 산사에서 희미하게 벽화에서 금시조를 보게 된 일이다. 그때까지 그의 머릿속에 살아있는 금시조는 추상적인 비유에 지나지 않았었다. 그런데 그 퇴색한 그림을 대하는 순간 그 새는 상상의 틀에서 벗어나 살아 움직이기 시작했다. 그제야 그는 자기의 글에서 일생에 단 한 번이라도 그런 광경을 보면, 그것으로 그의 삶은 충분히 성취된 것이라던 스승을 이해할 것 같았다. 이것은 동시에 고죽의 욕망이 되었다. 한 생애를 마감하기에 즈음했을 때, 그는 자신의 일생에서 되풀이 되어 온 것이 미적 충동이었고, 거기에 충실하는 것이 그의 서화였지만, 그것이 자기에게 아무것도 줄 수 없다고 생각한다. 그는 자기의 서화를 모두 거두어 불을 지른다. 자기 부정이었다. 그러나 그는 그 불길 속에서 홀연히 솟아오르는 한 마리의 거대한 금시조를, 찬란한 금빛 날개와 그 힘찬 비상을 보게 된다. 죽음에 앞서 욕망이 실현됨을 보았다. 이러한 고죽의 욕망은 석담에게서 매개되고, 산사의 희미한 벽화로 매개되어, 예술적 승화로 매듭이 이루어졌다. 이 작품에서 인물의 욕망은 처음에서 끝에 이르기까지 지속되어 있다.

인물의 욕망은 상황으로부터의 소외로 나타나기도 한다. 「삼포가는 길」(황석영)의 정씨는 본능적인 욕망을 갖는다. 귀소본능이다. 일자리를 찾아서 떠돌이 생활을 해 오던 정씨가 영달이를 만났을 때, 그는 고향으로 돌아가는 길이었다. 삼포까지는 바닷가까지만 해도 몇 백리가 되고, 거기서 또 배를 타야 하는 곳이다. 정씨는 이제는 나이가 들어서 그곳에 가보고 싶다고 했다. 그가 기억하는 고향은 정말 아름다운 섬이고, 비옥한 땅은 남아 돌아가고, 고기도 얼마든지 잡을 수 있는 곳이다. 오갈 데가 없는 영달은 정씨를 따라 나선다. 남행열차를 타려고 길을 가는 도중에 국밥집에서 도망친 백화를 만나 동행을 하게 된다. 영달과 백화는 길을 가면서 서로 실랑이를 벌리다가 서로를 동정하고 인정을 나누게 된다. 기차역이 있는 감천에 도착해서 백화를 먼저 보내고, 대합실에서 기차를 기다리다가 만난 노인에게서 정씨는 고향소식을 듣게 된다.

“말두 말우, 거긴 지금 육지야. 바다에 방둑을 쌓아 놓구, 추럭이 수십 대 씩 돌을 실어 나른다구.”

“뭣 땜에요?”

“낸들 아나, 뭐 관광호텔 여러 채 짓는 담서 복잡하기가 말할 수 없데.”

“동네는 그대로 있을까요?”

“그대루가 뭐요. 맨 천지에 공사판 사람들에다 장까지 들어섰는걸.”

작정하고 벼르다가 찾아가는 고향이었으나, 정씨에게는 풍문마저 낯설었다. 그는 방금 마음의 정처를 잃어버렸다. 그는 산업화하는 고향의 개발 사업 때문에 고향에서 소외되었다. 인물의 욕망이 상황에서의 소외로 매듭된 것이다.

2) 방황하는 인물

어떤 상황을 만나면 그것을 헤쳐 나가려고 노력하지 않거나, 노력해도 그 상황에서 벗어나지 못하고 방황하는 인물이 있다. 자기가 나아갈 방향이나 목적을 찾지 못한다. 이러한 인물은 상황의 벽 때문에 자기를 포기하거나 방관하게 되어 죽음을 생각하기도 한다. 내면적으로 방황하면서 삶과 죽음의 사이를 오가며 고뇌한다. 방황하는 인물이 도달할 해결방법은, 그가 서 있는 현재에서는 알 수 없는 상태이지만, 소설이 인간을 구원하는 매체일 때, 그 인물은 방황의 끝에서 삶의 자리로 되돌아가게 될 것이다.

「웃음소리」(최인훈)에는 인물의 방황이 들어있다. 이 작품의 인물인 ‘그녀’는 기차를 타고 P온천으로 간다. 하숙집에서는 죽기가 싫어서 자신의 시체를 눕힐 장소로 달려가는 것이다. 그녀가 죽음과 삶의 사이에서 방황하는 것은 P온천으로 가기 위한 비용을 마련할 때부터 나타난다. <바 하바나>의 마담에게 약속한 돈을 받게 된다. 그녀는 말없이 수표를 핸드백에 받아 넣으면서 인제는 죽을 수 있게 되었다고 생각하다가, 문득 자기는 이 돈이 되지 않기를 바랐던 것은 아닐까하고 생각하자 화가 나는 것이었다. 죽으려 하지만, 약속한 돈이 마련되지 않았으면 죽으러 갈 수가 없는 것인데, 이제 죽으러 갈 수밖에 없게 된 것이다. 삶에 대한 미련이 엿보인다. 그녀가 죽으려 한 것은 한 남자가 그녀에게서 도망을 쳤기 때문이다. 찾을 수가 없었다.

　황혼 무렵에 P온천에 도착했다. 목적지에 온 지금 그녀의 마음은 더욱 비어있다. 사보텐마저 없어진 사막 같다. 골목길에 천주교회가 있다. 창안을 들여다본다. 예수를 바라보았다. 예수는 황금의 두 팔을 힘없이 올리고 고개를 숙이고 있다. 이런 상황에서 그녀는 삶과 죽음의 사이에서 또다시 방황한다. 저기 매달린 남자, 저 황금의 팔을 가진 사람이 그 팔을 들어 나를 부른다면, 나는 죽는 것을 그만 두어도 좋다고 그녀는 느끼는 것이었다. 그녀는 저울의 이 쪽 접시에 올라 앉아있다. 그리고 다른 쪽 접시에 그녀의 결심을-죽음의 결심을 얹었던 것이지만, 그것은 풍선처럼 가벼워서 살아 있는 그녀의 몸과 맞먹어 주지 않았다.

　그녀는 죽으려는 결심이 흔들리는 것을 부끄러워했다. 다음날 죽을 장소로 정해 둔 산속의 장소로 갔다. 그 공지에는 사람이 있었다. 젊은 남녀 한 쌍이 잔디에 누워 있었다. 다음 날도 그 장소에는 두 남녀가 벌써 와 있었다. 그녀는 곧 돌아서서 여관으로 왔다. 두 남녀 때문에 그 장소에서 죽을 수가 없는 것이다. 만일 그녀가 약을 먹고 잠이 들었을 때, 그들이 도착한다면 일은 틀리게 되는 것이다. 거기서 죽는 일을 단념하는 것은 죽음이 불가능하리라는 강박증에 그녀는 갇혀 있었다. 그 장소가 바로 '그'와의 추억의 장소였다. 거기 그 풀밭에 그녀 자신과 검은 안경을 쓴 해사한 '그'가 정답게 누워 있었던 시절을 기억해 내고, 그 광경 때문에 그녀는 화가 난다. 그녀는 사랑했던 것이다. 몸을 판돈을 선뜻 바치고도 그를 조금도 의심하지 않고 순정을 바쳤다. 그러나 '그'는 자취를 감췄다. 그녀가 방황하게 된 상황의 발생이다.

다음날 점심때가 되어 다시 산으로 올라갔다. 그녀는 오늘도 그들이 와 있기를 기대하고 있었다. 황색의 셔츠를 입은 남자와 그 여자의 자리에 그녀는 마음속에서 자기와 '그'를 놓고 있었기 때문이다. 그런데 남녀가 누웠던 자리에는 거적때기가 덮여 있고, 남자의 셔츠 소매에서 내민 팔이 검푸르게 썩어 있는 것을 그녀는 보았다. 시신을 감식한 경찰은 그들이 죽은 지 한 주일은 되었다고 했다. 그녀는 이미 한 주일 전에 죽어있는 남녀의 시신을 살아서 누워있는 것으로 본 것이다. 그것은 환각이고, 죽음을 결심하고서도 삶에 대한 간절함이 내면에 담담하게 고여 있음을 말하는 것이다. 그것은 그녀의 잘못된 관찰에서 비롯된 것일 수도 있고, 환각일 수도 있지만, 삶과 죽음의 갈래에서 방황한 흔적이다.

일주일을 더 묵고 그녀는 서울로 오는 열차를 탔다. 창밖으로 그녀는 한 풍경 속에서 여자의 짤막한 웃음소리를 듣는다. 아주 귀에 익고 사무치는 목소리였다. 암암하게 들려오는 소리, 그것은 바로 그녀 자신의 웃음소리였다. 그 웃음소리는 죽음에 이르지 못하고, 죽음과 삶의 사이에서 갈등하고 방황하다가 결국 살아남은 자의 자조적인 자기표현으로 보인다.

「그 해 겨울」(이문열)에서도 인물의 방황을 읽을 수 있다. 인물 '나'가 방황하게 된 동기는 이렇다. 여름에 한 숙녀와 맹렬한 사랑을 했다. 가을바람이 불자, 그녀가 얼마동안 서로 떨어져서 바라보자고 했다. 뭔가 당한 것 같다는 비분(悲憤)과, 빌린 돈, 유급이 될 만큼 형편없는 학점, '나'의 오만으로 성난 급우들, 자랑스러운 승리의 기억을 만들어 준 이념의 찬란한 광휘가 꺼지고, 한껏 부풀었던 정신은 움추러 들고, 새로운 빛과 열을 찾기도 전에 몰려온 피로 등, 이 모든 것들로부터 떠나려는 것이 '나'를 방황하게 하는 상황이다. 나는 학교와 도시를 떠난다. 조그만 여행가방 한 구석에는 몇 분 안으로 나를 치사시키기에 충분한 화공약품이 들어 있었다. 처음에 광부가 되려고 강원도로 갔다가 광부노릇을 단념하고, 고기잡이배를 타려다 선주의 노골적인 이죽거림을 받고 그만둔다. 마지막 남은 돈으로 숙박을 하던 술집에 방우(허드레 일꾼)로 산다.

이렇게 '나'가 죽으러 가는 과정에서 직업을 얻어서 생활을 하는 것은 죽음에 대한 유예와 지연이며, 동시에 삶에 대한 내면적 욕망의 표면적 행위이다. 삶으로 기울어져 있는 방황이다. 처음 얼마동안 나는 그 곳의 생활을 만족스러워 했지만, 채 두 달이 되기도 전에 나는 깊은 동면에 빠진 내 의식을 자극하는 두 개의 상반된 목소리를 내부로부터 듣는다.

그 중 하나는 음흉하게 이죽거렸다. …(중략)…. "그래, 이제 너는 까닭 없이 너를 몰아낸 그 허무와 절망의 실체를 파악했는가. 그렇게도 열렬하게 도달하고자 했던 이른바 그 '결단'이란 것에 조금이라도 접근했는가. 혹 너는 자신의 비겁과 우유부단을 피상적인 자기학대로 변명하고 있는 것은 아닌가. 오직 네가 안주하고 있는 것은 회피나 유예에 불과하지 않은가……"
다른 하나는 우울한 목소리로 이렇게 중얼거렸다.
"어쩌면 너의 출발은 용감하고 뜻 깊은 것이었다. 너는 이미 만들어져 있는 세상의 여러 가지를 거부하고 스스로 찾고 확인하기 위해 떠났다. 그렇지만 지금 너는 엉뚱한 곳에서 젊음과 재능을 낭비하고 있는 것이나 아닌지.

나의 내면의 두 목소리는 죽음에 대한 회피와 유예를 질책하면서, 다른 한 편으로 방황으로 삶의 경주에서 뒤처지는 것을 걱정하고 있다. 그때 내게 귀를 기울인 내부의 목소리는 결단을 재촉하는 과격한 쪽이었다. 바다가 나를 불렀다.

나는 그 목소리를 따라 쓴 이 잔을 던져 버릴 것이냐, 참고 마저 마실 것이냐를 결정할 장소를 바다로 택했음에 분명하다.

'나'가 결단의 장소로 바다를 택했지만, 아직도 삶과 죽음의 갈래에서 방황하고 있었다. 바다로 가는 길에 그 지역의 여러 인물들을 만났다. 야당의 시골 당원, 시골 건달, 중등 교원, 전투경찰, 창백한 폐병쟁이, 먼 친척 누님, 칼갈이 사내 등이다. 칼갈이 사내는 자유 또는 평등의 이름으로, 위험하고 거창한 꿈을 꾸다가, 배신자의 고발로 십 구 년간의 옥살이를 마치고, 영락을 거듭하다가 대진에서 머구리배를 타고 있다는 배신자를 찾으러 가는 중이다. 나는 폭설 속에 창수령을 넘다가, 아름다워서 숭고하고, 아름다워서 신성했던 미의 실체를 본다. 창수령을 벗어난 주막에서 칼갈이 사내를 다시 만났다. 다음 마을에서 추위에 떨면서 나는 죽음의 공포를 느끼며, 언 손으로 유서를 써서, 그 편지를 가방 속 깊이 간직했다. 칼갈이 사내와 다시 만났다. 나는 죽으러 가고, 칼갈이 사내는 죽이러 간다고 했다. 그 사내와 헤어졌다. 한 겨울의 볼 품 없는 포구인 대진의 바닷가에 도착하여, 바닷물 속으로 걸어 들어갔다. 그때 작은 사건이 일어났다. 멀지 않은 곳에 떠 있던 조그만 회색 갈매기가 갑작스레 덮쳐 온 파도에 잠겨 끝내 떠오르지 않았다. 그 광경을 보고 '나'는 죽음을 덮고 삶으로 나아간다.

　　갈매기가 날기를 포기했을 때 그것은 이미 갈매기가 아니고, 존재가 그 지속을 포기했을 때 그것은 이미 존재가 아니다. 받은 잔은 마땅히 참고 비워야 한다.

　그 바닷가에서 나는 칼갈이 사내를 만났는데, 그는 바다에 칼을 던지며 오랜 증오를 던졌다고 말한다. 나도 약병을 편지에 싸서 힘껏 바다로 던졌다. 이튿날 활짝 갠 늦겨울의 오후, 나는 중앙선 상행 열차를 타고 있었다.

　위에 예로 든 작품과 같이, 상황에 대하여 방황하는 인물은 비록 그 상황이 대수롭지 않은 경우까지도 삶과 죽음이 맞부딪치는 지점에서 고뇌하며, 끝내는 삶의 어느 한 자락을 붙잡게 된다. 인물의 자기 구원이 이루어지는 것이다.

3) 망설이는 인물

　망설이는 인물은 상황이나 사건을 만나서 주저하고 머뭇거린다. 자신의 가치판단에 따른 어떤 결정이 분명하지 못하기 때문에 이리하지도 저리하지도 못하는 경우도 있고, 내심으로는 자기 판단이나 가치기준이 서 있다 하더라도, 남의 입장과 처지를 헤아려서 망설이기도 한다. 그런데 소설에서 망설이는 인물을 말할 때는 자기 기준이 서 있고 어느 정도의 결정이나 판단을 했으면서도, 남에 대한 배려나 자신의 어떤 행위가 이루어졌을 때에 자기처신이 문제가 되는 경우이다. 이러한 인물의 망설임은 다른 인물의 개입이나 상황의 변화로 어떤 결정에 이르게 되지만, 다시 상황의 반전이 이루어지면 망설임의 상태로 되돌아오기도 한다.

　「무진기행」(김승옥)은 인물의 망설임을 보여준다. 이 작품의 인물인 '나'는 장인의 회사에서 전무로 승진시키기 위해 주주총회에서의 인준을 준비하는 동안 고향인 무진에 다니러 간다. 이 작품에서 망설임은 상황에 대한 인물의 중심적인 태도이다. '나'의 망설임은 고향에 대한 기억 속에서 처음으로 들어난다. 6·25 사변으로 대학의 강의가 중단되어 고향에 돌아왔을 때, 의용군의 징발도 국군의 징병도 모두 기피하고 홀어머니에게 몰려서 골방에 숨어 있었다. 이러한 나의 과거 행적은 '나'가 골방보다는 전선을 택하고 싶어 하는 것을 아는 어머니의 만류 때문이었다. 그런데 나의 행위는 실제로 어머니의 만류라는 상황에 대하여 나의 욕구가 뒷걸음질한 망설임에서 비롯한 것으로 보아야 한다. 나의 망설임이 어머니를 의지한 것이다.

　'나'의 망설임은 음악선생인 하인숙과의 만남과 헤어짐에서 분명하게 드러난다. 친구인 세무서장 조의 집에서 만나, 돌아가는 길에 동행이 된 하인숙은, 앞으로 오빠라고 부를 테니 서울로 데려가 주겠느냐고 묻는다. 나는 서울에서의 생활이 반드시 좋지도 않고 책임뿐이라고 말한다.

　나는 하인숙의 청을 거절해 보지만, 그녀의 재촉에 뒤로 물러서서 생각해 보자고 한다. 망설임의 심리적 정황을 나타내는 한 양상이다. 그런데 상황의 변화를 겪으면서 나의 망설임은 확신과 의지로 변하여 갔다. 친구 조에게서 지난봄에 절에 놀러가 하인숙을 어떻게 해 보려다 무안만 당했다는 이야기를 들었고, 그리고 바다로 뻗어나간 방죽의 어느 집에서, "누군지가 자기의 손에서 칼을 빼앗아 주지 않으면, 상대편을 찌르고 말 듯한 절망을 느끼는 사람으로부터 칼을 빼앗듯이, 그 여자의 조바심을 빼앗아 주었다." 그런 후에 그녀가 자기 자신이 싫어졌다며, "선생님, 저 서울에 가고 싶지 않아요." 라고 했을 때, "손을 내밀고 그 손을 잡는 사람이 있으면, 그 사람을 가까이 좀더 가까이 끌어당겨 주기로 하자."고 다짐한다. 그러나 이러한 다짐은 '나'가 급히 상경하라는 아내의 전보를 받고, 흔들리게 된다. 나는 그녀에게 "저를 믿어 주십시오. 그리고 서울에서 준비가 되는 대로 소식을 드리면 당신은 무진을 떠나 제게 와 주십시오. 우리는 아마 행복할 수 있을 것입니다." 라고 쓰고 나서, 그 편지를 읽어보고 찢는다. 이러한 행위는 앞서의 자기 다짐에 대한 망설임이다. '나'는 무진을 떠나며 심한 부끄러움을 느낀다. 이 부끄러움은 세속적 현실 때문에 자기의 다짐을 실천하지 못하는 망설임에 대한 자기 질책이다.

「하나코는 없다」(최윤)의 망설임에는 현대인의 내면심리가 잘 나타나 있다. 현대인은 사회와 문화의 가르침을 통해서 그의 현실적 처신과 내면적 욕구가 이원화되어 있다. 현대인은 외면적인 자기 모습을 남들에게 보여주면서 살아가는 동안 내면적인 자기를 드러내고 싶은 욕망을 가지게 된다. 억제하거나 억압당하고 있는 무엇을 누구 또는 어디에다 쏟아내고 싶어 한다. 그러한 욕망은 말과 행동으로 드러나기도 한다. 분출의 욕망이고 발설(發說)의 욕구이다.

한편 현대인은 자기의 언행이 자기를 알고 있는 사람들에게 낱낱이 알려지는 것을 거부한다. 자기를 가려 줄 적당한 울타리가 필요하다. 그러면서도 그 울타리 안에서 무엇이 일어났는지를 밖에다 알려주고 싶어 한다.

그러나 비밀이 보장되기를 바란다. 은닉(隱匿)의 욕구이다. 자기의 언행이 알려지는 것을 싫어하면서도 누구에겐가 털어 놓고 싶은 배리적인 심리가 있다. 은닉과 노출의 양면을 함께 지니고 있다.

　이 작품에서 '그'는 사업상의 업무로 로마에서 일을 보고 베네치아에 도착했다. 무거운 장식을 머리에 이고 있는 건물들이 가득 떠 있는 도시, 그것은 침몰 직전의 거대한 유람선처럼 수로 위에서 흔들리고 있었다. 그의 목적지는 이 도시가 아니었다. 이 도시에서 아주 가까운 또 다른 도시의 한 주소였다. 여인숙의 작은 방, 그는 잠시 전화기 앞에서 망설였다. 수화기를 들고 윙하는 소리를 듣고 있다가 다시 놓았다. 그는 한 여자를 만나기 위해 이곳에 와 있지만, 선뜻 전화를 하지 못하고 망설이는 것이다. 하나코, 그것은 그와 그의 친구들만의 암호였다. 한 여자를 지칭하기 위한 그들 사이의 암호. 그녀는 그들이 대학과 사회생활을 시작할 때 함께 만났던 여자였다. 그녀의 용모는 그다지 눈에 띄지 않는 반면, 그녀의 코 하나는 정말 예뻤다. 그래서 붙여진 별명이 하나코였다. 그들은 전공이 조각이라는 정도밖에는 그녀의 신상에 대해 별로 아는 것이 없다. 그들은 그녀에게 마치 고해성사라도 하듯이 어느 누구에게도 말할 수 없었던 구질하면서도 내밀한 자신의 얘기를 했다. 자신이 은밀하게 가지고 있는 괴로운 습관 같은 것, 또는 그녀도 잘 알고 있는 가까운 친구들에 대한 숨겨진 불만 같은 것까지도, 말하자면, 하나코는 그들의 비밀스러운 고해가 밖으로 새어 나가지 않게 꼭 담아두고 있는 은닉의 저장소와 같은 인물이었다. 그런데 그는 하나코에 대한 소식을 듣고, 어렵게 수소문을 해서 연락처를 알아내고 망설이는 것이다. 그의 망설임은 표면적으로는 그녀와 어색하고 우스꽝스럽게 헤어졌던 과거의 기억 때문이라고 말할 수도 있지만, 자기를 숨겨준 하나코라는 인물마저도 은닉하려는 완전한 감추기를 꿈꾸다가, 그 인물을 드러냄으로 자기의 숨은 이야기를 기억하기를 거부하는 몸짓인지도 모른다. 그는 망설이면서도 산마르코 광장을 관광하고 도시를 돌아다니면서도 막연히 하나코를 닮은 누군가를 찾고 있었다. 몇 번을 망설인 끝에 하나코와 통화를 했을 때, 그녀는 "반가워요, 오세요."라고 했다. "그녀에게 방해가 되지 않겠느냐"고 물었을 때, 그녀는 대답 대신, 잠시 침묵한 후, "나를 그렇게 몰라요?"라고 반문했다. 그리고 "J씨처럼 전화만 하고 안 오는 것은 아니죠? 혹은 P씨처럼 차 한 잔도 제대로 마시지 않고 떠난다든가? 오세요. 정말 반가운데요."라고 했다. 당장 가겠다고 호탕하게 대답한 것과 달리 그는 로마행 밤 기차를 탄다. 그의 망설임은 하나코를 만나지 않게 한다. 그는 하나코에게서 J와 P의 이야기를 들었을 때, 숨을 곳을 잃어버린 것이다. 숨겨주던 인물에게서 숨은 이야기들이 노출된 것이다. 노출에 대한 거부가 그의 망설임이 이유가 된 것이다. 그 후 그는 일상인으로 성공하여 살고, 하나코는 의자 디자인 전문가가 되어 그들의 은닉으로부터 벗어난다.

4) 소비되는 인물

소비된다는 말은, 필요하면 쓰고 그 용도가 다 되면 버린다는 뜻이다. 현대사회는 물건만이 아니라, 사람의 경우도 물건처럼 쓰고 쉽게 내팽개치는 경향이 있다. 극단적인 이익을 추구하거나 자기 영역을 확장하고 견고하게 하기 위한 과정에서, 반대자는 물론이고 자기의 일을 수행하던 사람들까지도, 사용가치가 떨어지면 거침없이 내버리는 것이 지금 세태의 한 측면이다. 소설에서도 이러한 세태가 반영되어 사회변동으로 별수없이 내밀리거나 타인에게 쓰이고 내버려지는 인물이 등장하게 되었다. 소비되는 인물이다.

「청계천 가는 길」(송하춘)에는 쓰이다가 버려진 인물이 있다. '나'가 삼년간의 해외지사 근무를 마치고 돌아와 보니, '나'를 든든하게 받쳐 주었던 김영석 부장이 자리에 없었다. 영전이 아니라 해고였다. 김부장은 "타협 없이, 아부하지 않고, 오로지 내 힘으로" 회사생활을 하는 인물이었다. 그러던 그가 비서실의 박 실장과의 알력으로 밀려났다. 이 회사는 기역 주유소와 거래를 했다. 박 실장은 자기의 중학교 동기가 운영하는 니은 주유소로 거래처를 바꾸라고 했다. 김부장은 그것을 끝내 버텼고 그러다가 해고되었다. 회사가 다시 살아나기 위해 인적 정리를 하기 위한 과정에서 해고되었다던가, 조직이 살기 위해서 무사안일에 빠져서 창의적인 생산성이 없기 때문에 해직되었다면, 그 나름대로 명분이나 어느 정도의 타당성이 있으므로 객관적으로는 수긍할 수밖에 없는 터이다. 그러나 사적인 관계를 앞세운 사소한 의견 차이 때문에 회사의 간부를 밀어내는 일은 지나친 모욕이며, 인간을 소비하는 행위이다.

「껍질과 속살」(현길언)에도 타의에 의해 왜곡되어 소비되는 삶이 있다. 이 작품의 내용은 대강 다음과 같다.

제주 해녀에 대한 글을 모아 엮은 '바다와 사냥꾼'이란 책은 발간되자마자 전국적으로 큰 화제가 되었다. 해녀의 생활과 역사를 담은 것으로 학술적 가치도 지닌 것으로 호평을 받고 있었다.

그런데 그 중에서 일제시대 해녀들이 일본인 잠수기선에 불을 지르고 해녀 조합을 상대로 싸움을 벌였던, 소위 <남도리 해녀 사건>의 내용에 대해, 사건의 주동자로 알려진 송순녀(宋順女) 여인이 자신은 그 사건의 주동자도 아니며, 그 사건은 일반인들이 알고 있듯이 민족의식에서 발로된 일제의 억압에 대한 항거도 아니며, 더구나 신우회란 청년 단체가 그 배후 세력이었다는 점을 강력하게 부인하고 나섰다. 송 여인은 그 책의 내용은 자기가 말한 그대로 쓰지 않은 것이라고 했다.

그녀는 그 책의 필자인 강근수에게 1937년 7월 당시의 공소장과 법원 판결문 원본까지 복사해서 보내면서 자기의 소신을 증명하려고 했다. 그 내용은, 검찰이 신우회의 조종에 의한 불온한 사건으로 규정하여 치안 유지법과 보안법, 방화폭행, 공무집행 방해죄를 적용하여 3년 6월을 구형한 데 대하여, 법원에서는 단지 방화폭행, 공부집행 방해죄만 적용하고 나머지에 대해서는 증거 불충분으로 징역 1년을 선고했다는 것이다.

남도신문사 기자인 '나'는 송 여인의 주장에 관심을 갖는다. 어렵게 송 여인을 만나 사건의 전말을 듣게 된다. 사람들은 보릿고개를 넘기기 어려워 바다에서 물질을 해야 좁쌀이나마 사다가 들나물이라도 뜯어 넣고 죽을 쑤어 한 끼니라도 채워 나갈 때였다. 그런데 일본 사람들의 잠수기선 두 척이 해녀들이 물질하는 물에서 가까운 얕은 바다를 찬찬히 누비면서 바다 밑 해산물들을 싹싹 쓸어가고 있었다. 잠수기선은 해녀들의 어장 아닌 곳에서 조업을 하게 되어 있었다. 그런데 그걸 어기고 해녀 조업지역에서 해녀들이 채취할 해산물들을 몽땅 긁어가곤 했다.

그네들이 먹고 살 바당을 싹 쓸어가는 놈들을 그냥 놔 둘 수가 없어 울뚝한 김에 포구 안에 들어와 있는 잠수기선에 불을 질러 버렸다. 지서에서는 해녀들을 붙잡아 갔고, 동료들이 잡혀 갔다는 말에 물질하려던 잠녀들은 주재소로 달려갔다. 조합 사무실 겸 구매장으로 몰려가 기물을 부수며 농성을 벌였다. '나'는 그 사건이 배후의 어떤 인물이나 단체의 사주를 받은 것이 아니라, 해녀들의 구체적인 삶의 일부였다는 점을 느꼈다. 농사 지어 놓은 밭에 곡식을 절단 내는 소를 내몰 듯이 잠수기선을 혼내주고 조합에 항의한 것이다. 생존을 위한 애절한 몸부림이다.

이 생존의 몸부림은 그 후 이명균이라는 인물에 의해 공산주의 이념의 껍질이 씌워졌고, 강근수라는 인물은, 당시 총독부의 불법적이고 불평등한 한국어민 수탈에 대한 저항운동으로 시작하여 차차 민족 독립운동으로 확대되어 갔고, 배후에 민족진영 청년 단체인 신우회(信友會)의 후원이 컸다고 썼다. 이에 근거하여 지방 행정 관계자들은 해녀들을 이 지역의 전통적인 여성상으로 정립할 일까지 생각했다. 해녀의 개척 정신이 시민 정신 운동으로 확산되기를 기대하며 학술회의를 개최하기로 했다.

학술회의장에서 '나'는 당시 해녀 사건은 항일운동이나 여성 해방운동이 아니고, 또는 가진 자에 대한 못 가진 자의 싸움은 더욱 아니며, 단지 그것은 생존을 지탱하려는 삶의 현장의 원초적 싸움이었으므로 사실을 왜곡하는 허위를 경계한다. 그리고 역사를 이념화할 때 개인의 진실은 은폐되기 쉽고 개인의 사람 자체를 말살할 수도 있다고 말한다. 그러나 "구체적인 개인의 삶이나 집단의 삶에서 역사적 의미를 발견해내는 것이 지식인의 역할 중 중요한 것"이라는 논리가 회의장을 지배한다. 결국 송 여인의 진실은 이념의 잣대에 의하여 타의적으로 강제되어 소비되고 만 것이다. 이념이라는 사회적 명분과 그 명분에 동조하는 사회적 분위기가 개인의 삶을 왜곡시키고, 사회와 이념의 제물로 소비시키고 만 것이다.

현대사회에서 인간을 소비시키는 양상은 대중문화의 소비자인 대중과 대중문화 생산자의 사이에서도 발생한다. 대중문화를 주도하는 인기인과 대중의 관계에서도 인간의 소비는 이루어지고 있다.

소비되는 인물은 조직이나 단체 또는 대중의 필요에 따라 이용되다가 버려지고, 인물의 의도를 조직이 필요에 따라 각색하고 변형시켜서 본의를 왜곡하는 과정에서, 타의적으로 자기를 상실하게 되는 것이다.

5) 소외되는 인물

소외란 주체가 어떤 범주의 테두리 밖으로 밀려나 있음을 말한다. 근대 이후에 인간의 소외 문제는, 철학적 관점에서의 논의를 거쳐 실존주의 문학에 편입된, 문명 비판적 관점에서 의논되는 것이다. 소외에 대한 관심은 사회비판과 함께 개인의 존재 문제에 이르게 되었고, 인간의 외부적 상황과 함께 내면적 존재의식에 대한 비판적 성찰이 이루어지고 있다.

개인적 존재로서의 인간이 사회 공동체의 일원으로서의 역할과 삶을 보장받는다면, 소외의 문제가 발생되지는 않을 것이다. 인간이 사회적 존재가 되었다는 것은, 근대적 의미로는 사회공동체와 개인의 존재가 상호보족의 관계를 유지한다는 것을 의미한다. 그런데 사회와 개인의 관계는 주체와 객체로서의 존재를 의미하고, 이것은 주체와 객체의 거리가 있다는 것을 의식해야 하는 것이다. 일반적으로 세상살이의 주체는 인간이 되어야 하지만, 소외의 문제가 발생할 때는 사회가 주체가 될 때이다. 사회의 제도와 규범, 지배적 가치체계가 주체의 자리에 서고, 인간이 객체의 자리에 놓이게 된다. 이런 경우에 사회와 개인의 거리가 멀고, 인간은 소외감을 느끼게 될 것이다. 소외감은 존재의 불확실성이나 존속의 위기감에 대한 불안이나 두려움이다.

소외의 동기 내지 원인이 되는 상황은 사회변동에서의 추락, 정치·사회 정의의 실종, 경제적 분배의 균형 상실, 사회혼란과 가치관의 부재, 사회윤리의 파탄, 개인의 사회적 관계 단절 등인데, 이러한 상황들은 불편부당한 폭력으로 나타나고, 이들은 복합적으로 작용한다.

이상의 「날개」에는 정치·사회 정의가 실종된 주권 상실 시대에 지식인의 자기 상실이 나타나 있고, 김유정의 작품들에 그러한 시대에서 다만 생존하기 위한 서민들의 삶의 고단함이 아이러니컬하게 그려져 있다. 손창섭의 작품에는 사회혼란과 가치관이 부재한 시대의 사회변동에서 적응하지 못한 인물들의 불안과 패배가 나타나 있다. 김승옥의 「서울, 1964년 겨울」에는 가치관이 부재한 시대, 그래서 나아갈 길이 막힌 인물들의 어느날이 기록되어 있다. 이청준의 「매잡이」에는 사회변동에서 추락한 인물이 자기 삶의 방식을 고집스럽게 지키려 했고, 윤흥길의 「아홉 켤레의 구두로 남은 사내」에서는 경제적 분배의 균형이 상실된 시대의 인물이 행방을 감추었고, 송하춘의 「청량리역」에는 현대판 고려장이 이루어진 사회윤리의 파탄으로 소외된 인물이 있고, 임철우의 「아버지의 땅」에는 이념에 희생되어 소외된 인물이 땅 속에 누워 있다.

한편 사회와의 소통을 스스로 단절해서 자기를 사회에서 소외시킨 인물에 관한 이야기도 있다. 우애령의 「정혜」는 자기를 스스로 가두어 둔 한 여자의 이야기이다. 그녀의 이름은 정혜이다. 우체국의 직원이다. 정혜는 그 흔한 수영장이나 볼링장에도 가 본 적이 없다. 몸의 드러냄이나 움직임은 늘 죄의 이미지로 그녀에게 다가왔다. 그녀는 될 수 있는 대로 몸을 구부리고 작게 만들어서 남의 눈에 띄지 않도록 하려고 애썼다. 가끔 드라마에서 보게 되는 고부간의 갈등이며, 남편과의 복잡한 문제들, 자녀들의 실망스러운 행동, 이런 것들로부터 모두 자유롭다고 생각하면, 그녀는 자기가 사는 방법에 자부심을 가질 수 있었다. 그렇게 생각하려고 애쓰지만, 그녀의 마음은 늘 쓸쓸했다.

어머니가 세상을 뜬 후 재혼한 아버지는 성공적인 자기 인생의 짐이 될, 위축되고 우울한 딸을 거추장스러워 했을 것이다. 대학을 중퇴하고 간헐적으로 정신과 치료를 받던 그녀는 얼지로 짜맞춘 결혼에 실패하고 집으로 돌아왔다. 일 년 후 하급 공무원 시험에 합격한 후, 아버지는 작은 아파트 하나를 사 주고는 그녀에게서 손을 떼었다. 그녀는 부모의 애틋한 마음이라든가 인간의 따뜻한 사랑이라든가 하는 것을 믿지 않았다. 정혜가 사춘기부터 겪어온 여러 가지 사건들이 그녀를 그렇게 만들었다. 남편은 그녀가 드나든 정신병원을 들먹이며 아버지를 위협해서 돈을 받아 쥔 다음에야, 그녀를 단념했던 것 같았다. 그 이후로 정혜는 남자들이 전보다 더 무서웠다. 아무에게도 신세지지 않고 아무에게도 이용당하지 않고………. 이것이 그녀의 좌우명이었다.

정혜의 침대 맡에는 안데르센의 동화며, 그림동화들이 꽂혀 있었다. 삶이 힘들다고 느껴질 때면 꺼내 읽으면서 공상의 세계로 빠져들곤 하였다. 우체국에서 일하면서 모으기 시작한 우표들도 그녀에게 공상거리를 제공해 주곤 한다.

그녀의 시계는 열 세 살 되던 한 여름에 멎어 있었다. 삶에 대한 환상은 거기서 끝나 있었다. 그때 죽었어야 했는데………. 가끔씩 그녀가 볕 바른 창가에 앉아 있을 때 혼자 하는 생각이다. 열 세 살에 겪었던 악몽……대낮에 친척 아저씨가 그녀에게 행하였던 더러운 짓, 그때 방밖 골목길, 해가 쨍쨍 내리 쬐는 길에서 고무줄놀이를 하며 소녀들이 부르던 어색한 고음의 노래, 착한 아기 잠 잘 자는 베갯머리에 ……. 방문 열리는 소리, 어머니의 비명과 그 이후 불꺼진 삶이 이어져 왔다.

　이상의 이야기는 정혜라는 인물이 남자들을 기피하고, 스스로를 소외시키고, 고통스러운 상처를 다독거리는 일상의 생활을 형상화하고, 그 고통의 근원적 동기가 사회윤리적으로 타락한 타인의 행위에서 비롯되었음을 보여 주고 있다. 자기소외의 이면에 음습하고 부도덕한 올가미가 놓여 있었음을 말하고 있다. 사회 폭력의 피해자인 그녀가 사회와 타인을 향한 소통의 문을 닫고, 자기 내면의 긴장의 끈을 붙잡고 살아가는 모습이, 절망과 좌절 또는 자기분열의 파행으로 나아가지 않은 것은 작가의 인물에 대한 애정이고, 구원의 빌미를 마련한 덕이다.

　작가는 우체국에 와서 소포를 부치다가, 정혜의 "회색 스웨터의 빛깔이 참 좋군요."라고 찬사를 하던 젊은이를 통해서, 그녀가 자기를 스스로 가둔 울타리에서 밖으로 나갈 수 있는 문을 열게 해 주고 있다. 사회와의 관계에서 인물의 자기 존재를 확인시켜 주려고 하는 것이다.

　이상에서 간략하게 논의한 소외된 인물의 문제에 관심을 갖는 작가는 철학적인 관점에서 해명의 열쇠를 찾을 것이 아니라, 그에 앞서 실생활에서 직면하고 있는 현실의 문제에 접근하여, 그에 대한 해명의 단서를 제공하여야 할 것이다.

3. 인물의 제시방법

　소설에서 인물은 어느 때, 아무 곳에서나 예사롭게 등장하는 것이 아니라, 때와 장소와 상황에 따라 그에 적절하게 등장한다. 그리고 인물의 등장은 서술자가 제시하는 여러 방법을 따른다. 서술자는 인물을 제시하면서 겉모습으로부터 속마음에 이르기까지를 말해주거나 보여준다. 현재의 행위와 과거의 행적을 제시해 주기도 한다.

　제시된 인물은 더 이상 변화하지 않고 소설의 끝까지 인물의 됨됨이가 그대로 이어지거나, 앞으로 변화해 나갈 출발점에 서 있을 수도 있다. 어떤 인물의 경우이든 화자는 인물의 전모를 한꺼번에 제시하지는 않는다. 인물의 어느 한 부분을 조금만 보여주고, 사건과 상황이 진행됨에 따라 조금씩 열어 보여 나간다. 그 인물의 안과 밖, 행동과 생각이 모두 독자의 앞에 열렸을 때, 소설은 끝에 이르러 있을 것이다.

　작품에서의 인물 소개는, 정직하다·순진하다·타산적이다·지혜롭다·너그럽다·깐깐하다·의뭉스럽다·우매하다·멍청하다·단순하다 등과 같이 서술자가 직접적으로 한정하는 방법이 있다. 이보다 바람직한 방법으로 인물을 간접적으로 제시하는 방법이 있다. 이러한 인물을 간접적으로 제시하는 과정이나 방법들을 제시하면 다음과 같다.

1) 생김새와 차림새 그리고 행동거지

　인물을 제시하는 일반적인 방법은 외모의 특징을 꼽아서 그 생김새를 말하는 것이다. 얼굴의 특징적인 부분만이 아니라, 신체의 다른 부분이나 차림새 또는 행동거지에 대한 서술이나 묘사로 인물의 됨됨이나 성격을 드러낼 수 있다.

　생김새는 눈·코·입·귀의 모양, 머리·수염, 손·발, 가슴·허리·다리 등의 특징을, 위에서 아래로, 왼쪽에서 오른 쪽으로와 같이 순서를 따라 말하거나, 특징적인 신체 부위를 선별하여 부각시키는 방법이다.

　차림새는 머리에서 발끝에 이르는 모자나 머리장식, 옷차림새, 신발을 신은 모양새, 차림새에 치장한 장신구, 들고 다니거나 메고 다니는 물건들의 모양으로 지시할 수 있다.

　행동거지는 습관적인 행위적 태도를 말한다. 다리를 꼬고 앉는다, 비스듬히 개대어 앉는다, 길거리에 침을 뱉고 다닌다, 코를 후벼 판다, 민망하면 머리를 긁적거린다, 술로 끼니를 대신한다, 여자를 보면 오금이 저려 온다, 남자를 보면 코맹맹이 소리를 한다 등과 같이 인물의 일상생활에서 반복적으로 이루어지는 행위를 말한다. 이러한 인물의 생김새와 차림새 그리고 행동거지는 인물의 역할을 암시하고 앞으로의 행동을 예측하게 하는 매개가 될 수 있다.

　두 번째로 낯설었던 것은 그의 용모였다. 얼굴 한가운데를 가르며 거침없이 내리꽂힌 가느다란 매부리코의 돌격적인 기세는, 그의 뾰족한 턱끝까지도 점령해 버릴 행세여서, 혀끝을 내밀면 금방 코끝이 닿을 수 있을 만치 분수 이상으로 길었다. 그리고 좁은 이마 위로는 자로 잰 듯, 콧등과 일직선을 이루는 정수리 한가운데로 반가르마가 나 있었다. 정수리 한가운데를 세로 지르는 반가르마를 튼 사람을 나는 한 번도 본 적이 없었다. 게다가 좌우로 공평하게 갈라 넘긴 짧은 머릿결은 사내의 인상을 일부러 신경질적으로 만들기 위해 애쓴 것처럼 보였다.
　그런데 그 매섭게 보이는 인상을 단숨에 삭제시킬 수 있는 한 가지 미궁이 그 얼굴에 있었다. 그것은 바로 시원하게 큰 그의 두 눈이었다. 사내의 얼굴이 갖고 있는 다른 부분의 생김새가 그의 성품을 냉혈한같이 만들고 있는 것이라면, 움푹 파인 눈자위에 자리 잡은 크고 횅한 두 눈은 매부리코에서 발산되는 날카로움이 얼굴 밖으로 전달되는 것을 가로막으며, 그때마다 토막토막 잘라 삼키기 위해 존재하는 것처럼 보였다.
　그가 낯설었던 또 다른 한 가지는 그의 옷차림이었다. 신발을 따라 간신히 꿰매달린 듯한 낡고 더러운 갈색 신사복의 목덜미엔 하얀 손수건이 매어져 있었고, 그 차림새와는 어울리지 않는 하얀 구두가 노을빛에서도 유난히 반짝거리고 있었다. 그가 보여주고 있는 모든 것 중에서 가장 눈길을 끌었던 것은 바로, 뒤축에 징을 박았으므로 익명성이 제거된 그 하얀 구두였다. 사내의 그런 난해한 차림새는 그가 감당하고 있는 가난의 세월이 고스란히 들여다보이거나, 이 세상 후미진 곳의 음습한 애환을 모두 끌어안고 있을 법한 또 다른 인상을 느끼게 만들었다.

(김주영, 「홍어」)

이 장면에는 인물의 생김새와 차림새가 모두 들어있다. 생김새는 주로 얼굴의 모양이다. 매부리코가 얼굴에서 차지하는 형태와 반가르마로 매섭게 보이는 인상을 누그러뜨리는 시원하게 큰 으로 그의 용모를 설명하고, 그의 낯설어 보이는 옷차림을 말하고 있다. 차림새를 통해 그의 살림의 형편과 삶의 궤적이 어떠했을 것인가를 말해주고 있다. 생김새로는 그의 인상을 말하고, 차림새로는 생활의 정황을 알려준다.

그는 선배였다. 나이도 학교도 그랬다. 그러나 그의 나이나 모습을 자기 또래의 동급생으로 낮춰 놓고 본다고 해도 그는 아주 다른 사람이었다. 무엇보다도 나이를 짐작할 수 없었고, 수북수북 담아서 또 꾸욱꾸욱 누른 것 같은 낮고 탁한 목소리를 이해할 수 없었고, 들쑥날쑥이라는 말로는 표현할 수 없이 무자비하게 자란 수염을 용납할 수 없었고, 여름이면 소매를 걷어 올렸다가, 가을이면 내려서 입고, 겨울이면 그 위에 하나 더 껴입는 그의 한결같은 옷차림을 납득할 수 없었고, 그리고 그가 가진 이론이나 행위의 정당성을 가늠하기 이전에 그가 가치 있다고 믿는 것에 바치는 그의 열정을 기이하다고 밖에 생각할 수 없었다. 다만 하나, 그가 자신이 옳다고 생각하는 일과 그 일에 대한 믿음을 말할 때 분명한 것이 있었다. 그것은 그에게 압도된다는 것이었다. 논리의 옳고 그름이나, 행위의 많고 적음이 거기서는 계산되어지지 않았었다. 그것은 주술이었다.

(한수산, 「모래 위의 집」)

여기서는 인물의 생김새와 차림새와 행동거지의 특징적인 요소들을 제시해놓았다. 짐작할 수 없는 나이, 낮고 탁한 목소리, 수염의 모습, 계절을 구분하지 않고 입어내는 옷차림새, 믿음에 대한 열정과 같은 행위들로 이해하기 난해한 인물을 준비해 두고 있다.

2) 성장과 생활환경의 서술

인물은 그가 자라온 가족의 구성원으로서의 위치와 관계로 개성을 부여받을 수 있다. 부모의 직업, 가정교육이나 가족 구성원의 가치관, 교육의 정도, 교우관계, 직장에서의 근무 태도와 대인 관계, 사회경력 등을 서술하면 인물의 됨됨이를 간접적으로 알 수 있다.

그가 나아서 성장하고 생활해 온 공간에 대한 기술도 중요한 몫을 담당한다. 대도시와 중소도시 또는 군이나 면 단위의 지역, 상업도시·공업도시·농촌·어촌 등 성장과정에서의 생활방편과 관련된 공간 등의 제시도 성장과 생활환경의 조건이 된다.

> 그녀는 혼자 비죽이 웃었다. 사실 그녀는 어쩌다 보니까 현대그룹, 대우그룹의 총수집 고명딸로 태어나지를 못하여서 비록 중소기업체쯤 되는 동방섬유공업주식회사 말단 여공에 지나지 않기는 하지만, 반듯반듯한 이목구비에 60원짜리 토큰 한 개가 아까와 6킬로도 넘는 길을 걸어 다닌다고는 도저히 상상할 수조차 없을 정도로 충분히 제인 맨스필드, 소피아 로렌을 빼닮은 훌륭한 육체미를 그녀는 가지고 있었고, 역시 남들처럼 비록 고등학교, 대학교는 못 나왔을망정 흰색 샤넬 수츠의 덜 강조된 어깨부분이며, 드레스 타이의 부자연스러운 조색에 대하여 '못말려'하고 코웃음 쳐낼 수 있는 정도의 세련된 안목도 그녀는 아울러 소유하고 있었다. 한스 카롯사의 『성년의 비밀』은 벌써 읽었고, 근자에는 『문학사상』 부록으로 나온 에밀 아자르의 「자기 앞의 생」도 읽었다. 그래서 그녀는 『주부생활』이니 『엘레강스』니 하는 따위 대중지를 보는 여공들을 '구제불능의 속물들'로 확고한 신념을 가지고 매도해 버릴 수도 있다.
>
> 외제라면 환장을 하고 못 죽는 경리과에 미스 우에게 '코에르·가르댕'이라는 별명을 점잖게 선물해 준 것도 바로 그녀이다. 이것은 저 유명한 외제상표 '피에르·가르댕'에 코리아의 '코'만을 살짝 올려다 붙인 것인데, 물론 가짜라는 뜻이다.
>
> (강용준, 「가랑비」)

인물의 현재적 여건과 가치관 그리고 생활태도가 잘 나타나 있다. 동방섬유공업주식회사의 말단 여공이지만, 육감적인 몸매, 옷을 입어내는 세련된 안목, 문학적 소양, 자기 주체적 의식 등을 모두 갖춘 인물이 제시되어 있다. '봉희'라는 이 인물이 앞으로 사건이나 상황을 만나면 어떻게 생각하고 행동할까를 가늠할 수 있을 것이다. 그런데 이 묘사 장면으로 예측할 수 있는 인물은 예상을 빗나갈 수도 있다. 결말에 이르렀을 때, 이 인물은 건실한 가정을 이루고 평범한 주부로 살게 된다.

> 그녀는 이빨이 나기 시작했을 때도 우유만 마셨다고 했다. 엄마는 이유식을 못 먹여서 안절부절못한 걸 생각하면 지금도 화가 나고 가슴이 답답해 온다고 했다. 아이가 지 손가락으로 이것저것 집어먹을 나이가 되었을 때도 밥풀 하나 묻히지 않고 우유병만 찾았다고 했다. 할 수 없이 깨나 다시마 같은 것을 우유에 섞어서 타주면 한 모금 빨아보고는 집어던졌다고 했다. 나한테 맞기도 많이 맞았어. 하루는 어디 네가 이기나 내가 이기나 해보자고 우유를 싹 치워 버리고 굶겼지. 그랬더니 돌도 안 된 게 이틀을 내리 굶는 거야. 난 그때 손들었어. 이거 사람 새끼 아니다 싶어서.
>
> 언니는 우유만 먹고 잘 자랐고 약간 마른 듯 하면서도 별 큰 병치레 없이 커갔다. 약간 이상하고 께름직한 느낌만 없다면, 언니의 편식은 그리 문제될 것도 없었다. 갈비집에 데리고 가면 여느 다른 아이들처럼 게걸스럽게 잘도 먹는데, 구태여 문제를 만들건 없지 않는가. 부모들은 그렇게 여겼고 오히려 제멋대로 먹이지 못한다는 죄책감마저 가지는 듯했다. 저렇게 잘 먹는 고기를 날마다 해 먹일 수 없으니 하는 것이었다.
>
> (김이태, 「식성」)

인물의 성장과정에서 식성만을 말해주고 있다. 언니라는 인물은 어려서는 우유를 마셔댔고, 조금 성장해서는 고기를 몹시 좋아했다. 이렇게 어린 시절의 인물의 식성을 말해 줌으로 성장한 후의 인물의 행적을 암시하고 있다. 이 인물은 자신의 취향을 지키기 위해, 때로는 위선적으로, 때로는 뻔뻔하게 사는 방식을 터득해 가는 인물이 될 수도 있을 것이다.

3) 성격과 심리

인물의 성장환경이나 생김새 또는 차림새로도 성격이나 심리를 잘 드러낼 수 있다. 그러나 이런 경우는 암시적이거나 또는 간접적 방법이다. 성격이나 심리는 인물의 행위를 통해서 가장 잘 드러난다.

성격이란 인물이 사건이나 상황과 만나 이루어지는 사람 됨됨이이다. 쾌활하다, 명랑하다, 시원시원하다, 차분하다, 냉정하다, 소심하다, 소탈하다, 인색하다 등은 인물의 성격을 말하는 것이다.

심리는 어떤 성격을 가진 인물에게나 일어날 수 있는 것으로, 심리적 평형상태가 깨졌을 때나 심리적 에너지의 순환이 제대로 이루어지지 않을 때 발생하는 불안감·두려움·무서움 등이나, 욕망의 진행이 어느 과정에서 막혔을 때 생기는 강박감과 그러한 강박감을 해소하기 위한 대행행위, 불안한 상황을 인식하지 않으려는 의식적인 억압, 가상적인 상황을 설정해서 자기의 불안이나 강박관념을 해소하려고 하는 백일몽, 정반대가 되는 것을 동시에 같은 가치를 가진 것으로 생각하는 양가치, 자기가 도달하고자 하는 목표에 이른 자와 아직 그렇지 못한 자기를 같은 위치에 놓는 동일시, 이루지 못할 것을 대리하는 다른 행위로 바꾸어 실행하여 자기의 욕망을 무마하는 보상, 사회적 인간으로서의 행위에 장애물을 만났을 때 그것을 극복하지 못하고, 자기의 위치가 보장되었었다고 생각하는 시기로 되돌아가고 싶어하는 퇴행 등의 행위들이 심리를 지시하는 행위와 관념이다. 그리고 칼 융이 태고원형이라고 말하는 것으로, 누구에게도 들어내 보이고 싶지 않은 약점인 그림자, 사회적 지위나 교육 등으로 이루어진 가면적 인격인 퍼소나(persona)와 본성적인 자아의 동일시, 자기의 생각을 상대의 생각이라고 덮어 씌우는 투사 등과 같이 무의식의 범주에 속하지만, 의식으로 포착할 수 있는 유형들도 심리에 포함된다.

원래 태화탕이란 말이 있는데, 싱겁고 뼈없이 좋은 사람을 조롱하여 일컫는
다는 것. 자기의 키가 큰 데다 남에게 모난 말을 못하는 성격이라 동료나 후배
기자들이 자기를 '싱겁고 뼈없이 좋은 사람'으로 잘못 알고 붙여준 별명이 '태
화탕'이었다는 것. 어쩌다 이름까지 태화여서 자기가 즐기는 술이 태화탕이 됐
고, 또 좋아하는 안주가 홍어찜이어서, 그것도 신문사 사람들 사이에선 태화찜
으로 통하게 됐다는 것 등이었다.

(김문수, 「가지 않는 길」)

서술자가 인물의 성격, 즉 사람 됨됨이를 사물에 비유하여 직접 설명해
주고 있다. 원래 태화탕(太和湯)은 끓는 물을 가리키는 말인데, 아무 것도
들어간 것이 없는 맹물이 끓는 상태에 비유하여, 싱겁고 뼈없이 좋은 사람
을 조롱하는 말에 이르게 된 듯하다.

그는 좋게 말하면 대범하지만 나쁘게 말하면 무심한 편인 성격의 소유자였
다. 그의 전화가 만일, 내 집에 잠깐 머물렀던 남자에 관한 것이라면, 내가 설령
그 남자와 오늘 당장 혼인신고를 할 작정이라고 말한다고 하더라도, 그는 놀라
지 않을 것이 틀림없었다. 내가 이혼을 했다는 말을 그에게 했을 때에도, 그는
마시던 술잔을 내려놓지 않았으며, 그저 이렇게 말했을 뿐이었다. '장하다. 내
가 못하는 일을 너는 해내는구나.' 내가 이 선배를 편안해하는 이유는 그래서
였다.

(김인숙, 「꽃의 기억」)

이 예문은 인물의 성격에 대하여 직접 서술한 다음에 그러한 성격의 단
면을 예화로 보여주고 있다. 이 인물은 남의 인생에 개입할 생각이 전혀 없
는 사람의 모습이다.

그는 빨리 정신을 추슬러서 온전한 정신을 회복하려 하였지만, 머릿속은 박
제된 짐승처럼 짚이나 솜 혹은 털로 가득 채워진 듯이 빽빽했다. 그는 당분간

아무것에도 정신을 집중시킬 수가 없었다. 얼마동안의 시간이 지난 후에도 머릿속에서는 미꾸라지 한 마리가 온통 휘집고 다니면서 흙탕물을 일으키고 있었다. 그는 그 미꾸라지를 잡기 위하여 머릿속의 손을 재빨리 놀리고 있었다. 그러나 그 길쭉하고 미끄러운 물고기는 도망칠 곳도 없으면서 필사적으로 그의 손을 피하고 있었다.

(최수철, 「고래 뱃속에서」)

위의 예문은 인물의 정신이 혼란스러운 상태를 비유적으로 서술하고 있다. 정신은 엄밀하게 말하자면 성격이나 심리의 범주에 분류해 넣기는 어렵다. 정신의 범위는 성격과 심리를 포괄하고, 관념이나 가치관 그리고 인물의 의지와 신념, 더 나아가 물질과 관념을 존재하게 하는 근원적인 힘 등을 모두 싸안는 광범한 개념으로부터 일상적 생각이나 감정과 같은 평범하고 좁은 의미까지를 모두 포함한다. 위의 예문은 일상적 생각이나 감정이 얽혀진 상태를 말하고 있다.

소학교 3학년 때 가을, 나는 그 즈음 남몰래 즐기고 있는 한 가지 비밀이 있었다. 광에 가득히 쌓아 올린 볏섬 사이에 내 몸이 들어가면 꼭 맞는 틈이 하나 있었다. 나는 거기다 몰래 어머니와 누이들의 속옷을 한 가지 두 가지씩 가져다 깔아 놓고, 학교에서 돌아오면 그 곳으로 기어 들어가서 생쥐처럼 낮잠을 자는 것이었다. 속옷은 하나같이 부드럽고 기분 좋은 향수 냄새가 났다. 장에는 그런 옷이 얼마든지 쌓여 있어서, 내가 한두 가지씩 덜어내도 어머니와 누이들은 알아내지를 못했다. 어두컴컴한 그 광속 굴에 들어앉아 이것저것 부드러운 옷자락을 만지작거리며, 거기서 흘러나오는 냄새를 맡고 있노라면 그보다 더 기분 좋은 일이 없었다. 그러다 나는 스르르 잠이 들고, 잠이 깨면 다시 생쥐처럼 몰래 그 곳을 빠져 나왔다. 그런데 어느 날은 거기서 너무 오래 잠이 들어 있다가 아버지가 비춘 전짓불빛을 받고서야 눈을 떴다. 아버지는 아무 말도 하지 않고 그대로 광을 나가더니 나를 남겨 둔 채 문에다 자물쇠를 채워 버렸다. 그 문은 이틀 뒷날 저녁때 열렸다. 나는 광에다 나를 가두어 놓은 동안

밖에서 일어난 일에 대해서는 아무 것도 모른다. 그러나 문이 열렸을 때 거기 있던 옷가지는 한 오라기도 성한 것이 없이 백 갈래 천 갈래로 찢기어 있었다.

(이청준, 「퇴원」)

이 장면에는 인물이 강박관념을 갖거나 불안할 때, 그것을 심리적으로 방어하지 못할 때 나타나는 퇴행행위인 모태회귀본능이 나타나 있다. 어두운 광의 볏섬사이의 작은 틈에서 어머니와 누이의 속옷들을 깔아 놓고 낮잠을 자며, 옷자락의 촉감과 냄새를 즐기는 것이 모태회귀본능의 현실적 실현이다. 인물의 이런 행위는 아버지의 꾸지람이 두려울 때 나타나는 행위이다. 인물이 아버지의 권위로 상징되는 사회나 관습에 편입하지 못할 때에도 발생하는 회피현상이다. 인간이 성장과정에서 사회화되기 이전에 남과 나가 구분되지 않고, 남과 나를 동일시하던 시기, 구분과 사회적 갈등이 없는 모태적 상황으로 되돌아가려는 것이다. 아버지가 비춘 전짓불은, 인물이 넘어설 수 없는 아버지의 권위를 상징한다. 이 전지불은 작가의 다른 소설인 「소문의 벽」에서는 정체를 알 수 없는 익명적인 폭력과 공포를 상징하는 도구로 쓰이기도 했다.

4) 인물의 말씨

인물이 사용하는 말씨도 사람 됨됨이를 결정한다. 어떤 지방의 토속어, 특정집단에서 흔히 쓰이는 은어나, 속어, 직장에서 쓰이는 직업어 등으로 그 인물의 계층, 세대, 직업, 성정, 대인관계가 나타난다.

서원말 사람으로 우리 집을 가장 자주 드나든 이는 언제나 패랭이를 쓰고 두루마기도 없이 짚세기를 꿴 채 구럭을 메고 다니던 환갑 늙은이였다. 그는 무시로 드나들어 나하고도 피차 얼굴이 익어 있었는데, 그는 동구 앞이나 신작로가에서 놀던 나를 만나면 나보다도 먼저 허리를 굽신대면서 인사를 하곤 했다.

"되련님, 나리만님 지신감유?"

그것이 그가 하는 인사말이었다.

"예, 시방 사랑에 기셔유."

나는 늘 그렇게 대답했던 건데, 한번은 앞서 나서서 사랑 앞에 이르러,

"할아버지 손님 왔유."

"뉘라느냐?"

"워떤 뇌인양반유."

했다가 나중 할아버지한테 호된 꾸중을 듣기도 했었다. 할아버지는 그 패랭이 쓴 늙은이더러 늘,

"오냐, 수복이 왔느냐."

마치 어린아이들에게나 말하듯 해 버리곤 했던 것이다.

(이문구, 「관촌수필」 중 "일락서산")

이 대화의 장면에서는 충청도 지방의 토속적인 말법을 사용함으로써, 인물의 심성을 드러내고 있다. 시간적으로 과거에 해당하지만, 이러한 특징적인 어투는 전통적인 삶의 방식과도 연관되며, 인물들의 가치관 형성에 기여하는 것으로, 작품의 소재나 주제의식을 말하기 위한 장치로 사용된다.

"애, 이제 슬슬 떠나 보련?"

잠바를 입은 사나이는 엉덩이부터 차에 오르고 있는 여차장을 쳐다보고 있다.

"네, 곧 가요."

차장은 질문한 사람이 누구인지를 알아볼 생각이 전혀 없다.

"아직 안 가?"

"곧 가요."

"여기가 중국집인 줄 아니?"

"왜 내가 중국집에 있어요?"

차장은 비로소 뒤를 돌아온다.

"너 곰이로구나?"

"내가 왜 곰이에요? 아저씬 뭔데요?"

"나? 난 네 할배다."

(서정인, 「강」)

이 장면은 시외버스가 마냥 늑장을 부리다가 떠날 즈음에, 차장과 승객이 나눈 대화이다. 승객의 재촉과 차장의 느긋함이 서로 부딪치자, 승객이 비아냥대지만 차장은 상황을 모른다. 대화가 어긋나자 승객은 곧바로 인신 공격을 하지만, 차장은 여전히 엉뚱하다. 이러한 어긋난 대화를 통해서 상황의 긴박함을 이끌어 내기도 한다.

> "또 선생 소리. 그냥 장씨라고 불러 달라구요. 미장이 신세에 선생은 무슨 얼어죽을 선생입니까. 우리처럼 한데서 사는 놈들은 씨자 붙이는 것도 과분하다구요."
>
> "그럴 수야 있습니까."
>
> "참 답답하네. 그러니까 떨려났지, 하하."
>
> "허허."
>
> 둘은 허탈하게 웃었다. 주모는 그러나 그들의 그런 수작에는 전혀 관심을 내비치지 않고, 마치 못난 여자의 주둥아리처럼 가지런히 놓인 닭똥집의 수를 눈어림으로 세고 있었다.
>
> "그건 그렇고, 요컨대 붓대 놀리는 일이다 이거구먼."
>
> "말하자면 그렇지요."
>
> "배운 사람들은 그래서 좋다니까. 소위 먹물들은. 아이구, 실례했소이다. 말이 막 나오네.
>
> "괜찮아요."

(최일남, 「장씨의 수염」)

어느날 초저녁의 포장마차 집에서 두사람의 손님이 주고 받는 대화이다. 장씨라는 인물은 미장이이고, 다른 한 인물은 회사에서 부장으로 있다가 밀려나고, 영어 번역일을 하는 인물이다. 미장이 장씨는 가식이나 허세를 달가와 하지 않는 인물이고, 소위 "먹물"에 대하여 호의적이지만은 않을 것 같은 분위기가 보이기 시작했다. 인물의 됨됨이와 함께 앞으로의 지식인에 대한 그의 태도나 생각이 엿보인다.

5) 사회의식과 가치관

인간의 삶과 죽음이나 사회적 양상들에 대하여 인물이 어떠한 의식이나 가치관을 가지고 있느냐도 인물을 제시하는 중요한 도구가 된다. 인물이 살아온 자취를 되돌아보면서 그에 대하여 어떤 판단을 한다거나, 역사의식이나 특정한 사회적 이념을 가지고 있다거나, 어떠한 사건이나 상황 또는 대상에 대해서 가지고 있는 생각이 무엇인가가 인물을 기술하는 대상이 된다.

삶과 죽음에 대한 관념, 수직적 사고와 수평적 사고, 진보와 보수, 우월감이나 열패감, 개방과 수구, 일원적 중심주의와 상대적 또는 다원적 가치관, 성장과 분배, 자연환경의 보존과 개발, 자연과학과 인문과학 등에 대한 생각이 인물 됨됨이나 작품의 주제의식을 도모한다.

안개도 자욱한 초여름의 이름 새벽이었다. 이슬에 바짓가랑이를 쫄딱 적신 채 아버지와 나는 들길을 거닐었다. 아버지는 나의 손을 잡았고, 잠으로부터 트이기 시작하는 나의 귀는 종달새의 자랑스러운 재잘거림을 듣고 있었다. 아버지는 물기 많은 풀잎에서 폴짝 뛰어오르는 한 마리의 청개구리를 손바닥에 올려놓았다. 아버지의 손톱만한 그놈의 빛 고운 연초록 등판은 윤기가 쪼르르 흘렀고, 얇고 흰 뱃가죽은 놀람 탓인지 연신 팔닥거리고 있었다. 아버지는 말했다. 요 꼬마놈은 매일아침 하루도 쉬지 않고 높이뛰기 연습을 한단 말이야. 첫날은 반 뼘을 뛰지만, 이튿날은 한 뼘을 뛰거든, 다음날은 한 뼘 반을 뛰고 그 다음 날은 두 뼘을 뛰고 그 다음다음날은…… 아버지, 그럼 나중에 하늘에 닿겠네요? 아니지, 하늘에 닿아보려고 뛰지만 결국 하늘에는 닿지 못하지. 왜냐하면 하늘은 끝이 없으니까. 그럼 죽을 때까지 뛰겠네요? 그렇지, 죽는 날까지 매일 뛰지. 참 불쌍한 놈이네요? 아냐, 자기가 뛰고 싶어 뛰니깐. 왜 뛸까요? 그건 아버지도 몰라.

(김원일, 「어둠의 혼」)

이 작품에서 아버지는 좌익운동을 했다는 이유로 죽게 되는 인물이다. 어린 아들의 기억에 남은 아버지에 대한 회상의 장면이기 때문에 '아버지' 가 왜 좌익운동을 하게 되었는지는 알 수가 없다. 그러나 '아버지'는 왜 그러한 행위를 하는지 자신도 모르고, "하늘에 닿아 보려고 뛰지만, 결국 하늘에 닿지 못"한다는 것을 안다. 이념적 갈등의 혼란기를 겪는 인물의 가치관이 불투명하고 이념적 태도가 매우 애매함을 보여주는 것이다. 이러한 불분명한 사회인식도 인물의 됨됨이를 정해 주고, 나아가 인간의 삶이 이념으로 결정되는 것이 아니라는 작가의 의도와도 연계가 되는 것이다.

다음은 삶에 대한 인물의 가치관이 나타난 보기이다.

사실 나는 아직도 절망을 내 존재의 출발로 삼을 만큼 그것에 철저하지는 못하다. 그러나 적어도 한 가지 그 바닷가에서 확인한 절망은 내게 귀중한 자유를 주었다.

객관적이고 절대적인 가치가 우리를 인도할 수 없다면, 우리의 구원은 우리 자신의 손으로 넘어온 것이며, 우리의 삶도 외재적인 대상에 바쳐진 것이 아니라, 스스로에 의해서 시인되고 충만되어야 할 것이었다.

그런 점에서 Y면에서 만난 친척 누님의 말은 옳았다. 절망이야말로 가장 순수하고 치열한 정열이었으며 구원이었다. 그리고 그것은 그 뒤 내가 택한 삶의 형태와도 관련을 맺는다. 나는 아름다움을 내 가치로 택했는데, 그것은 저 창수령에서의 경험 때문이었다.

(이문열, 「그 해 겨울」)

이 장면에는 절망적 삶의 과정을 겪으면서 죽음으로 나아가다가 문득 삶으로 되돌아서게 된 깨달음이 들어 있다. 삶이란 객관적 가치나 외재적 대상에 바쳐진 것이 아니라, 스스로가 자기 구원을 하는 것이라는 신념 내지 주관적 가치관을 말하고 있다.

6) 성장・생활 과정에서의 결여된 사항

성장 과정이나 생활 속에서 일상인으로서는 겪어보지 않아도 될 일들이나 상황을 겪은 경우를 말한다. 정상적인 가정에서 태어나지 않은 태생의 비밀, 가족의 우환, 이념이나 갈등으로 희생된 부모나 형제, 자녀의 결여, 부모 결손 가정에서의 생활 등과 같이 표면에 나타나지 않은 숨겨진 결핍은 소설의 전개과정에서 일어나는 인물의 성격 형성이나 가치관, 그리고 행위의 비밀에 대한 해법의 열쇠가 될 수 있는 재료이다.

> "스무 살 때는 아름답고 자랑스러웠어요. 대학에 들어가던 해였지요. 어제처럼 또렷이 떠오르는걸요. 늘 발이 가렵다고 했지요."
> 그는 더 이상 아내의 말을 듣고 싶지 않았다. 영로는 늘 발이 가렵다고 했었다. 그의 륙색 위에 얹혀 떠났던 피난길에서 걸린 동상이 종내 낫지를 않아 겨울밤에라도 차가운 콩자루 속에 발을 넣고 자야 시원하다고 했었다.
>
> (오정희, 「동경」)

이 장면은 아들에 대한 노부부의 회상이다. 아들은 지금 이들 곁에 없다. 아들은 겨우 스무 살에, 여드름이나 짤 나이에 세상을 뒤바꾸어 놓을 수 있다고, "어느 봄날 바람개비처럼 달려 나갔다. 채 자라지 않은 머리칼을 성난 듯 불불이 세우고." 아들의 부재는 이들 부부의 생활을 결여상태로 만들어 놓는다. 이들의 생활은 나아감이 없는 정지상태의 지속이다.

이외에도 소설에서 인물을 가리키는 가장 두드러진 방법은 이름을 지어 부르는 것이다. 이름은 인물의 개성이나 사람 됨됨이를 드러낸다. 일상에서는 사람의 이름이 한자어와 단순한 독음만으로 표기되기 때문에, 한자로 표기했을 때보다 그 사람의 특성이 제대로 드러나지 않는다. 요즈음에는 한글로 지어진 이름들이 많아서, 한자 독음식의 이름보다는 인물의 개성이나 이름에 나타나 있는 속뜻을 알아보기 수월하다. 소설에서는 어떠한 표기방법으로 이름을 지어 부르든지, 그 인물의 개성이 드러나도록 지어야 한다. 그 이름을 작중에서의 역할에 알맞게 지어 불러야 한다. 그 역할에 맞는 사람 됨됨이와 성장 환경이 녹아들어 있어야 한다.

이름은 성명이 함께 불리어지기도 하지만, 이씨, 김씨, 박씨 등과 같은 성씨나, A, J, K 등의 기호로 표기하기도 하고, 일상의 가족관계에 따른 어머니, 남편, 아내, 조부, 조모 등으로 불리는가 하면, 나, 너, 그, 그녀, 남자, 여자와 같이 대명사나 익명적 명칭으로 이름을 대신하기도 한다. 어떤 이름을 쓸까에 대한 판단은 작품의 주제적 의미나 인물의 역할에 따라야 할 것이다.

4. 인물을 등장시키는 방법

인물의 제시방법은 위에서 말한 것과 같이 직접적이냐 간접적이냐 하는 방법이외에, 인물을 등장시키는 방법도 생각해 볼 수 있다. 「삼포 가는 길」 (황석영)에는 소설의 전개과정에서 인물을 등장시키는 여러 방법이 나타나 있다.

이 작품에 사용된 첫째 방법은, 인물이 인물을 소개하는 방법이다. 서술자가 어떤 인물을 제시해 놓고, 다른 인물을 통해서 그 인물의 행적을 드러내 보임으로써 인물의 됨됨이를 말하는 방법이다.

영달은 어디로 갈 것인가 궁리해 보면서 잠깐 서 있었다. 새벽의 겨울 바람이 매섭게 불어왔다.

서술자는 먼저 '영달'이라는 인물을 겨울의 새벽길 위에 내놓기만 한다. 이 인물의 정체는 아직 알 수가 없다. 그러나 곧 작중의 다른 인물이 그를 알아보고, 그의 행적을 거들먹거리면서 인물에 대한 정보를 독자에게 제공한다.

　　"천씨네 집에 계시던 양반이군."

　　영달이도 낯이 익은 서른 댓 되어 보이는 사내였다. 공사장이나 마을 어귀의 주막에서 가끔 지나친 적이 있는 얼굴이었다.

　　"아까 존 구경했시다."

　　그는 털모자를 잠근 단추를 여느라고 턱을 치켜들었다. 그러고 나서 비행사처럼 양쪽 뺨으로 귀가리개를 늘어뜨리면서 빙긋 웃었다.

　　"천가란 사람. 거품을 물구 마누라를 개패듯 때려잡던데."

　　영달이는 그를 쏘아보며 우물거렸다.

　　"네…… 그런 촌놈은 참."

　　"거 병신 안 됐는지 몰라. 머리채를 질질 끌구 마당에 나와선 차구 짓밟구……. 야, 그 사람 환장한 모양이더군."

위와 같이 인물의 행실이 드러나면, 서술자는 그에 대한 보다 상세한 사정을 전지적으로 알려주어서 한 인물을 작품 안에 내놓고 있다.

　　둘째로는 서술자가 직접 나서서 인물을 묘사하는 방법이다.

　　누군가 밭고랑을 지나 걸어오고 있었다. 해가 떠서 음지와 양지의 구분이 생기자 언덕의 그림자나 숲의 그늘로 가려진 곳에서는 언 흙이 부서지는 버석이는 소리가 들렸으나, 해가 내리쬐인 곳은 녹기 시작하여 붉은 흙이 질척해 보였다. 다가오는 사람이 숲 그늘을 벗어났는데, 신발 끝에 벌겋게 붙어 올라온 진흙 뭉치가 걸을 때마다 뒤로 몇 점씩 흩어지고 있었다. 그는 길가에 우두커니 서서 담배를 태우고 있는 영달이 쪽을 보면서 왔다. 그는 키가 훌쩍 크고 영달이는 작달막했다. 그는 팽팽하게 불러오는 맹꽁이 배낭을 한쪽 어깨에 느슨히 걸쳐 메고, 머리에는 개털모자를 귀까지 가려 쓰고 있었다. 검게 물들인 야전잠바의 깃 속에 턱이 반나마 파묻혀서 누군지 쌍통을 알아볼 도리가 없었다. 그는 몇 걸음 남겨 놓고 서더니, 털모자의 챙을 이마빡에 붙도록 척 올리면서 말했다.

　서술자는 인물의 등장을 멀리에서 가까이 오도록 지켜보았고, 진흙이 몇 점씩 흩어지는 그의 걸음걸이와 맹꽁이 배낭・개털모자・검게 물들인 야전잠바와 같은 차림새로 묘사하는 인물의 됨됨이를 짐작하게 했다.
　세 번째는 등장인물을 다른 사람의 짐작하는 말이나 소문으로 듣게 하여 알린 다음에, 그 인물에 관심을 갖게 하는 장치를 제공한 다음, 작중인물이 그 인물을 직접 만나게 하는 과정을 통해서 인물을 소개하는 방법이 있다. 이 작품에서는 '백화'라는 인물을 등장시킬 때 이러한 방법이 활용되었다. 먼저 인물과 관계된 상황적 행위가 제시되고 있다.

　　주인인 듯한 사내와 동네 청년 둘이 떠들어대고 있었다.
　　"나는 전연 눈치를 못 챘다구. 옷을 한 가지씩 빼내다 따루 보따리를 싸놨던 모양이라."
　　"새벽에 동네를 빠져나간 게 틀림없습니다."

　다음으로는 백화라는 인물을 알아보게 될 정씨와 영달, 그리고 인물에 대한 주관적 정보를 제공하는 술집의 여주인이 제시된다.

　　정씨도 영달이처럼 난로를 통째로 껴안을 듯이 바싹 다가앉아서 여자를 물끄러미 올려다보았다.
　　"색시가 도망을 쳤지 뭐예요. 그래서 불도 꺼졌고, 국거리도 없어서 인제 막 시작을 했답니다."

　백화를 만나게 될 정씨와 영달은 관심을 보이게 된다.

　　남자들 셋이 우르르 밀려나갔다. 정씨가 중얼거렸다.

"젠장. 그 백화 아가씨라두 있었으면 술이나 옆에서 쳐 달랠걸."

술집 여주인의 당부로 백화에 대한 관심을 제고한다.

"부탁 하나 합시다. 가다가 스물 두엇쯤 되고, 머리는 긴데다 외눈 쌍까풀인 계집년을 만나면 캐어 봐서 좀 잡아오슈. 내 현금으로 딱, 만 원 내리다."

이런 과정으로 알려진 백화는 인물들과의 만남의 현장으로 나오게 된다.

털썩, 눈 떨어지는 소리만이 가끔씩 들리는 송림 사이를 지나는데, 뒤에 쳐져서 걷던 영달이가 주춤서면서 말했다.
"저것 좀 보슈."
"뭣 말요?"
"저쪽 소나무 아래."
쭈그려 앉은 여자의 등이 보였다. 붉은 코트 자락을 위로 쳐들고 쭈그려 앉은 꼴이 아마도 소변이 급해서 외진 곳을 찾은 모양이다. 여자가 허연 궁둥이를 쳐들고 속곳을 올리다가 뒤를 힐끗 돌아보았다.
"오머머!"
여자가 재빨리 코트 자락을 내리고 보퉁이를 집어 들면서 투덜거렸다.
"개새끼들. 뭘 보구 지랄야."
영달이가 낄낄 웃었고, 정씨가 낮게 소곤거렸다.
"외눈 쌍까풀인데 그래."
"어쩐지 예감이 이상하더라니……."

인물들과 만나게 된 장면의 설정과, 백화의 말투로 인물 됨됨이를 제시한 방법이다.
소설에서 인물을 제시하는 방법은 위에서와 같이, 서술자가 직접적으로 인물의 외모·행위를 묘사·설명하는 경우, 작중인물의 눈을 통해서 보거나 상황을 겪게 하는 경우, 보조적 인물의 회상·기억·관찰로 제시되는 경우, 남들의 말이나 뜬소문 등으로 먼저 드러내고, 실제 인물을 나중에 만나게 하여, 그 인물이 상황과 사건을 겪게 하면서, 그의 행위나 태도를 통해 인물의 가치관이나 사람 됨됨이·성격 또는 작품의 주제를 드러나게 하기도 한다.

그리고 일반적으로 인물의 유형을, 평면·입체적인물, 직선적·굴절적 인물, 전형적·개성적 인물, 주동인물·반동인물, 주인물·부인물·보조 인물 등으로 구분하여 작중인물로 배치한다. 여기에 이미 성격이 정해진 정형(定型)적 인물과, 앞으로의 전개과정에서 상황과 행동을 통하여, 성격이나 가치관의 변화를 겪거나 비로소 깨달음을 얻게 되는 형성(形成)적 인물의 개념을 활용하여, 인물의 유형을 가늠해 볼 수 있다.

Ⅶ. 소설의 배경

1. 배경의 기능적 역할

소설을 쓰려고 주제를 정하고 인물과 이야기의 소재들을 구상하면, 이제 그 인물이 생각하고 활동할 구체적인 시간과 공간을 결정하여야 한다. 소설의 배경이다. 배경에는 시간과 공간이 기본이 된다. 이 시간과 공간에 사물을 더하여서 현장적 사실감을 부여하거나 시간·공간적 배경 자체 또는 상징물이나 상징적 상황으로 분위기나 주제를 암시적으로 대리하기도 한다.

배경의 기능적 유형으로 인물의 행위가 이루어지는 시간과 공간으로서의 기능을 갖는 '사실적 배경'이 있다. 이러한 배경에서는 만남과 헤어짐이 이루어지거나, 사건이 일어나기도 한다. 인물의 행위들이 일어나는 현장만을 말할 때, 이러한 배경은 사실적 배경으로 소설의 허구적 현장을 일상의 현장으로 생생하게 인식하도록 해준다.

이와는 달리 배경이 인물의 행동에 변화를 가져오게 하거나, 새로운 행동을 시작하게 되는 동기가 될 때, 이를 '상황적 배경'이라고 말할 수 있다.

인물의 행위뿐만 아니라 심리적 변화의 계기를 만들어 주는 경우도 이에 해당한다.

그리고 '상징적 배경'이 있다. 이것은 사물이나 자연현상으로 인물의 심리를 상징한다거나 작품의 처음에서 끝으로 이어져가는 분위기나, 주제를 암시하는 경우이다. 이런 경우는 배경 자체가 "그 본질상 물질적인 현실에서 떠나 정신적 세계 속으로 옮겨가려는 경향"[1]이 잘 드러난 때이다.

사실적 배경에는 시간과 공간 그리고 사물의 형상을 객관적으로 보여 주거나, 시간·공간 그리고 사물의 묘사를 통해서 특정한 분위기를 조성해 준다. 때로는 인물이나 서술자가 직접 나서서 객관적 형상에다가 느낌이나 생각을 덧씌워 놓기도 한다. 이때 분위기나 느낌이 인물의 행위나 심리변화의 동기가 된다면, 그것은 상황적 배경이다. 그러나 그 분위기나 느낌이 있지만 그것이 인물의 행위를 구속하지 않고, 다만 인물의 행위가 이루어지는 시간과 공간으로서의 기능만 이행하는 경우라면, 이것은 사실적 배경이다.

> 소년은 개울가에 소녀를 보자 곧 윤 초시네 증손녀 딸이라는 걸 알 수 있었다. 소녀는 개울에다 손을 담그고 물장난을 하고 있는 것이다. 서울서는 이런 개울물을 보지 못하기나 한 듯이.
> 벌써 며칠째 소녀는 학교서 돌아오는 길에 물장난이었다. 그런데 어제까지는 개울 기슭에서 하더니, 오늘은 징검다리 한가운데 앉아서 하고 있다.
> 소년은 개울둑에 앉아버렸다. 소녀가 비키기를 기다리자는 것이다.
> 요행 지나가는 사람이 있어 소녀가 길을 비켜 주었다.
>
> (황순원, 「소나기」)

이 장면의 배경은 '개울가'이다. 개울가에서 물장난을 하는 인물의 행위와 배경이 함께 어우러져 있다. 이 개울가는 소녀와 소년이 만나게 될 사실

---

[1] 정한숙 : 『현대소설창작법』(도서출판 웅동, 2000.9), 172쪽.

적 배경이다. 이곳에는 아직 어떤 장면을 연출하기 위한 작가의 다른 의도가 보이지 않는다. 다만 징검다리가 놓여 있는 자연적 공간으로서의 사실적 배경일 뿐이다. 이 장면에서 징검다리는 개울의 이쪽에서 저쪽으로 건너가게 해 주는 도구적 사물일 뿐이다.

그런데 징검다리이기 때문에 소녀와 소년이 만났다면, 이 징검다리는 상황을 불러오는 매개물이 될 터이고, 징검다리가 거리나 차이가 있는 무엇인가를 매개하는 사물로 쓰였다면, 상징적 배경을 이루는 소재가 될 것이다. 이 장면에서는 소녀가 징검다리 한 가운데 앉아서 물장난을 하면서 길을 막고 있는 형편이어서 소년은 징검다리를 건널 수가 없다. 소녀가 비키기를 기다린다. 아직 소녀와 소년의 만남이 이루어지지 않았다. 소년은 소녀를 보고 있지만, 소녀가 소년을 보았다는 징후는 보이지 않는다.

만남이란 두 인물 서로 간에 인지가 이루어져야 성립하는 것이다. 소녀가 징검다리에 앉아 소년의 갈 길을 일부러 막았다면 만남의 관계가 이루어진 것이라고 볼 수 있지만, 이 장면에서 징검다리는 지금은 소녀가 물장난하는 놀이터일 뿐이다. 그런데 소녀가 물속에서 하얀 조약돌을 집어내서, "이 바보"하고 소년에게 던졌을 때, 비로소 만남의 관계가 이루어졌다. 이때부터 개울가 징검다리는 소녀와 소년의 만남이 이루어진 공간이 된 것이다. 이때의 징검다리는 사실적 배경에서 상황적 배경으로 형상화된 것이다.

다음의 장면은 사실적 배경이다.

돌아다보니 소녀는 지금 자기가 지나쳐 온 허수아비를 흔들고 있다. 좀전 허수아비보다 더 우쭐거린다.

논이 끝난 곳에 도랑이 하나 있었다. 소녀가 먼저 뛰어 건넜다.

거기서부터 산 밑까지는 밭이었다.

수숫단을 세워 놓은 밭머리를 지났다.

(황순원, 「소나기」)

소년이 소녀와 함께 산으로 가는 도중의 정경이다. 작품 발표 당시의 농촌의 전형적 모습이다. 이 장면은 사실적 배경이기는 해도 이 장면으로 끝나는 배경과 소재가 아니다. 앞으로 이 공간에서 인물들의 행위가 다시 이루어지고, 이 사실적 배경은 상황적 배경으로 전이하게 된다. 이 장면은 상황적 배경이 전개될 예비적 배경으로서의 사실적 배경이다.

인물들이 집으로 돌아가는 과정에서 다시 이곳에 왔을 때, 수숫단은 산을 내려오다가 느닷없이 만난 비를 그은 곳이며, 도랑에는 물이 불어있다. 물이 불은 도랑은 상황적 배경이 된다. 앞서 말한 것처럼 상황적 배경이란 인물의 행위나 심리적 변화의 계기가 되는 상황이 발생한 시간이나 공간이다. 상황이란 용어는 실존주의적 입장에서 말하는 것처럼, 인간의 실존적 자유를 구속하는 공포나 두려움 또는 절대적 상실 등과 같이, 인간이 실존을 위하여 극복해야 할 상황을 뜻하는 의미로 제한하여 사용할 필요는 없다. 소설의 구성에서 상황이란 인물의 행위나 사건의 동기가 되는 조건이나 분위기로서의 기능을 갖는다.

다음의 예문은 상황이 발생한 배경이다.

> 소란하던 수숫잎 소리가 뚝 그쳤다. 밖이 멀개졌다.
> 수숫단 속을 벗어나왔다. 멀지 않은 앞쪽에 햇빛이 눈부시게 내리붓고 있었다.
> 도랑 있는 곳까지 와 보니, 엄청나게 물이 불어 있었다. 빛마저 제법 붉은 흙탕물이었다. 뛰어 건널 수가 없었다.
> 소년이 등을 돌려댔다. 소녀가 순순히 업히었다. 걷어 올린 소년의 잠방이까지 물이 올라왔다. 소녀는, 어머나 소리를 지르며 소년의 목을 그러안았다.
>
> (황순원, 「소나기」)

소녀가 산을 올라갈 때 뛰어 건넜던 도랑은 한바탕 쏟아진 소나기 때문에 엄청나게 물이 불어 있다. 소녀는 뛰어 건널 수가 없게 되었다. 상황이 발생했다. 이때의 배경이 상황적 배경이다. 배경은 시간과 공간에 사물이나 자연적 현상의 작용이 함께 어우러져 분위기를 만들고 상황을 만들며 때로 상징적 기능을 갖기도 한다. 상황은 인물의 행위나 사건을 불러온다. 소년은 소녀를 등에 업는다. 그런데 업는 행위만으로 이야기의 전개가 끝나면, 업는 행위를 일으킨 도랑의 불은 물은 상황이라고 말하기는 어렵다. 비를 맞고 소녀를 업었기 때문에 소녀의 분홍 스웨터 앞자락에는 "검붉은 진흙물 같은 것이 들어 있었"는데, 소녀는 그것이 소년의 등에서 옮은 물이라고 말하고, 소년은 얼굴이 확 달아오름을 느낀다. 그 후 소녀는 "자기가 죽거든 입던 옷을 꼭 그대로 입혀서 묻어 달라."고 했다. 강물이 불었기 때문에 이루어진 이야기의 내용이다. 강물이 불었기 때문에 얻게 된 검붉은 진흙물은 사랑의 정표가 되었고, 소녀는 그 정표를 가지고 떠났고, 소년의 가슴에는 소녀의 순정이 내려앉았다. 이러한 일련의 이야기의 정황을 만들어 준 계기가 되는 '불어 오른 도랑물'은 상황적 배경이 된다. 상황은 작중의 인물이 겪은 것이지, 작품 외적인 자연적·사회적 현상이 아니다.

배경이 상징적으로 쓰일 때는, 작품 전체에 두루 통하는 분위기나 주제와 연계된다. 이때에는 봄 또는 겨울, 낮과 밤, 밝음과 어둠과 같은 시간이나, 산, 바다, 호수, 동굴, 방, 길과 같은 공간만으로도 상징적 의미를 담아내기도 하지만, 이러한 시간과 공간을 바탕으로 소나기, 천둥과 번개, 안개, 까마귀나 까치, 철새 등과 같은 사물이나 자연물 또는 자연현상을 어울러서 은유하는 의미를 생성해 보이기도 한다.

저걸 좀 봐라이. 새들은 사람보담도 몬치 계절을 아는 법이여.
어머니가 말했다. 그녀는 잘게 썬 고구마를 햇볕에 말리기 위해 마당 앞 돌담장 위에 하나씩 널고 있던 참이었다. 토방에 주저앉아 잠자리를 들여다보고 있던 나는 무심코 고개를 들었다. 담장에 기댄 어머니가 목을 젖힌 채 하늘을 쳐다보며 서 있었다. 그녀의 눈길이 가 닿아 있는 쪽 하늘엔 언뜻 작은 점들이 무수하게 흩어져 있는 게 눈에 잡혔다. 새떼였다. 목이 길다란 것이 어쩌면 자연시간에 배운 청둥오리나 재두루미인지도 모른다고 나는 생각했다. 새들은 별로 서두르는 기색도 없이 천천히 허공을 비행하고 있었다.

(임철우, 「아버지의 땅」)

"가을 햇볕이 차츰 온기를 잃어갈 무렵이면 뒷산 등성이를 넘어 날아오는 철새들의 행렬"들을 보면서 '어머니'는 눈빛이 아득하게 풀리곤 했다. 때가 되면 계절을 알아차리고 따뜻한 남녘으로 날아오는 새들의 지극히 자연스럽고도 어김없는 본능적 행위를 보면서, 말 못할 사연을 가슴에 묻어 둔 채 아버지를 기다리는 것이다. 가을의 정경이 인물의 그리움과 기다림을 일깨우는 매개적 상황인 동시에 인물의 심리를 형상화하는 상징적 배경이다. 상황적 배경이 인물의 심리를 일깨우는 동기로 작용한 것이다.

김승옥의 「무진기행」에는 무진이라는 공간의 특성을 안개라는 자연 현상을 빌어다 드러내 보이고 있다. 무진의 안개는 사람들의 힘으로는 헤쳐버릴 수도 없고, 손으로 잡을 수 없으면서도 뚜렷이 존재했고, 사람들로 하여금 해를, 바람을 간절히 부르게 하는 것이다. 안개는 이 작품의 공간적 분위기를 상징하고, 인물의 행위와 주제적 의미를 지시하는 것이다. 삶의 진정한 본질을 추구하면서도 현실에 얽매여 좌절하고, 꿈을 이루어보기 위해 속물적 현실에 기대는 모순된 현대인의 삶의 태도를 무진의 안개로 상징하고 있는 것이다. 분명한 삶의 태도를 가지고 싶으나 마음대로 할 수도 없고, 뜻대로 되지도 않는 불확정적인 삶의 방식이 안개처럼 우리 앞에 가로 놓여 있음을, 이 작품에서 안개라는 상징적 공간배경을 통해 보여 주고 있는 것이다.

이상에서와 같이 소설의 배경은, 인물이 사실적이고 생생한 현장에서 움직이고, 새로운 행위를 일으키고, 심리의 변화를 갖게 하는 바탕이 되는 것이다. 그리고 작품의 전체적 분위기나 주제를 상징하는 기능을 가지고 있을 때, 배경의 설정이 가장 적당하게 이루어졌다고 말할 수 있다.

2. 배경의 유형

　무엇을 소설의 배경으로 삼을 것인가는 소설의 주제와 밀접한 관계가 있다. 작가가 독자에게 말하고 싶은 것은 인물의 행위와 소재를 통해서 이루어져 간다. 인물의 행위가 이루어지고 소재들이 작용을 하는 곳은 배경이다. 그 배경은 자연일 수도 있고, 우리가 사는 사회이기도 하다. 한편으로는 우리의 정신적 영역이 배경이 되기도 한다.

1) 시간적 배경

　배경을 이루는 기본은 시간과 공간이라고 말했다. 소설에서의 시간은, 인물의 경험적 관점에 따라 나누어 볼 수 있다. 시간을 기본적으로 계절의 변화나, 아침-점심-저녁-밤과 같이 반복되어 보이는 일상적 시간이 있다. 소설의 시간은 일상적 시간 중에서 인물의 존재를 인지하게 되는 특정한 경험적 시간이다. 작중 인물이 겪어 나가는 사건·상황이 벌어지는 시간이다. 그것은 개인의 주관적 존재의 시간일 수도 있고, 인물이 사회 구성원으로서 겪어 나가는 그 시대와 역사의 시간일 수도 있다.

　소설의 구성이나 전개에서 서술되는 시간을 기준으로 삼으면, 인물이 경험하는 시간과 경험한 시간으로 나눌 수 있다. 소설의 진행을 시간으로 보면, 인물이 현재 시간의 진행과정에서 겪어 나가는 '경험하는 시간'과 인물이 현재 시점 이전에 '경험한 시간'이 있다. 소설은 시작으로부터 끝에 이르기까지 경험하는 시간만으로 구성되기도 하고, 경험하는 시간 중에 경험한 시간을 삽입하여 구성하기도 한다. 경험한 시간은 인물의 회상이나 기억으로 나타난다. 이에 대해서는 「Ⅲ의 2. 소설의 형식적 구성요소」를 기술한 항목에서 의논했다.

2) 공간적 배경

배경의 다른 한 축은 공간이다. 소설의 공간은 인물의 행위가 전개되는 사실적 현장인 물리적 공간과, 인물의 정신이나 심리의 영역인 의식적 공간이 있다. 물리적 공간은 자연적 배경과 사회적 배경으로 나눌 수 있고, 의식적 공간은 정신적 배경과 심리적 배경으로 구분할 수 있다.

(1) 자연적 배경

자연적 배경은 자연의 상태나 자연적 현상이 바탕이다. 자연적 배경은 인물의 등장이나 행동을 뒷받침하거나, 앞으로의 사건을 묵시적이고 추상적으로 예고한다. 인물의 행위와 어울려서 사건적 상황이나 인물의 심리를 말해주는 밑그림이 되기도 한다.

소설에는 풍경화적 소묘와 같은 자연묘사도 있지만, 이것은 인물이 일회적으로 지나쳐 버리는 정경이다. 소설의 배경이 되려면 인물, 사건·상황, 주제 중의 어느 것에 근접해 있어야 한다.

> 계속해서 비는 내렸다. 어쩌다 한나절씩 빗발을 긋는 것으로 하늘은 잠시 선심을 쓰는 척했고, 그러면서도 찌무룩한 상태는 여전하여 낮게 뜬 그 철회색 구름으로 억누르는 손의 무게를 더 한층 단도리하는 것이었고, 그러다가도 갑자기 하마터면 잊을 뻔했다는 듯이 악의에 찬 빗줄기를 주룩주룩 흘리곤 했다. 아무데나 손가락으로 그저 꾹 찌르기만 하면 대꾸라도 하는 양 선명한 물기가 배어 나왔다. 토방이 그랬고 방바닥이 그랬고 벽이 그랬다. 세상이 온통 물바다요 수렁 속이었다.
>
> (윤흥길, 「장마」)

비가 내리는 자연적 현상을 통해서 무겁고 습기가 가득한 음습한 분위기를 연출해 내고 있다. 이러한 배경은 그 다음에 일어날 사건이나 상황이

어둡고 가슴을 짓누르는 것이 되는 것을 예고하는 것이다. 이 장면의 뒤에는 동족상잔의 아픔이 친척 간에도 도사리고 있었음을 보여 준다.

> 이지러는 졌으나 보름을 갓 지난 달은 부드러운 빛을 흐뭇이 흘리고 있다. 대화까지는 80리의 밤길, 고개를 둘이나 넘고 개울을 하나 건너고 벌판과 산길을 걸어야 된다. 길은 지금 긴 산허리에 걸려 있다. 밤중을 지난 무렵인지 죽은 듯이 고요한 속에서 짐승 같은 달의 숨소리가 손에 잡힐 듯이 들리며, 콩 포기와 옥수수 잎새가 한층 달에 푸르게 젖었다. 산허리는 온통 메밀밭이어서 피기 시작한 꽃이 소금을 뿌린 듯이 흐뭇한 달빛에 숨이 막힐 지경이다. 붉은 대공이 향기같이 애잔하고 나귀들의 걸음도 시원하다.
>
> (이효석, 「메밀꽃 필 무렵」)

이 장면은, 해가 아직 중천에 있건만 파장의 분위기가 되어서 일찍 물건을 거두고, 그동안 은근하게 마음에 두고 있던 충주집마저 젊은이에게 가로채인 허생원의 외롭고 쓸쓸했던 반생이 드러난 뒤의 장면이다. 이러한 자연적 배경에는 앞에 보여주었던 뒤틀린 인생이나 80리 밤길을 걸어 대화로 가는 피곤한 여정이 전혀 엿보이지 않는다. 이러한 분위기는 허생원이 간직하고 있던 아름다운 추억을 되새기게 해 주는 배경이 된다. 젊은 날에 단 한번 물방앗간에서 이루어졌던 성서방네 처녀와의 인연을 회상하게 해서, 삶에 대한 새로운 가능성을 열어주는 상황이 내재되어 있다.

(2) 사회적 배경

사회적 배경은 특정한 시대와 사회를 나타낸다. 여기에는 인물의 삶의 방식이나 삶의 방식을 결정하거나 제한하는 시대적·사회적 여건이 드러나 있어야 한다. 사회적 배경도 그 안에 사건·상황에 대한 빌미가 들어 있는 것이고, 인물의 심리변화를 도모하는 것이다.

사회적 배경은 사건과 상황 그리고 인물의 대화, 서술자의 해설 등을 통

해서 드러난다. 그것은 사회 전반에 영향을 미치는 것이기도 하고, 어떤 특
정한 집단이 사정에 한정되는 것일 수도 있다.

다음의 예문들을 보기로 삼는다.

> "난생 처음 이십 평짜리 땅덩어리가 내 소유로 떨어진 겁니다. 내 차지가 된
> 그 이십 평이 너무도 대견해서 아침저녁으로 한 뼘 한 뼘 애무하다시피 재고
> 밟고 하느라고 나는 사실은 나 이상으로 불행한 어느 철거민의 소유였어야 할
> 그것이 협잡으로 나한테 굴러 떨어진 줄을 전혀 잊고 지낼 정도였습니다. 당시
> 의 나한테는 이 세상 전체가 끽해야 이십 평에서 그렇게 많이 벗어나게 커보이
> 지는 않았습니다."
>
> 가까스로 대지는 마련되었으나, 그 위에 기둥을 세우고 비바람을 가릴 여유
> 는 아직 없어 땅을 묵히다가, 또 간신히 낡은 텐트 하나를 구해서 버티기를 몇
> 달이나 했다. 선거철이었다. 지상낙원 건설의 청사진에 갖가지 공약들이 한 획
> 한 획 첨가되었다. 곳곳에서 기공식들이 화려하게 벌어지고 건설 붐이 일었다.
> 당장 막벌이 날품팔이들의 천국이 눈앞의 현실로 바싹 당겨졌다. 갈수록 선거
> 열풍이 거세짐과 더불어 지가가 열나게 뛰고 사람값이 종종걸음을 치고 하는
> 그 사이를 부동산 투기업자들이 훨훨 날아다녔다.
>
> (윤흥길, 「아홉 켤레의 구두로 남은 사내」)

이 작품에는 1970년대 후반부터 택지개발지역에 불어온 사회의 단상을
보여주고 있다. 내 집 한 칸을 마련하기 위해 그 자리에 살고 있었지만, 택
지개발지역의 입주 조건을 맞출 수 없던 철거민들의 권리를 팔고 사던 어
두운 사회적 분위기와, 부동산 투기업자들의 농간으로 땅값과 집값이 하루
가 다르게 치솟아 오르던 사회적 분위기가 스며들어 있다.

이 작품의 인물은 이러한 사회적 분위기에 휘말려 집 지을 땅에 대한 권
리를 사고, 소유한 땅에 집을 짓지 않으면 토지불하를 취소하겠다는 통고
를 받고, 남에게 돈을 변통해 겨우 집이라고 얽어 놓았으나, 토지 대금을
일시불로 납부하라는 통지서와 토지취득세 부과 통지서를 발부받게 된다.

주민들은 토지불하가격 시정대책위원회를 조직하고, 인물은 속에 식자깨나 든 것으로 알려져 대책위원과 투쟁위원으로 선임되었으나, 참여하지는 않는다. 그러나 이 인물은 당국의 관찰대상자로 지목된다. 이와 같이 사회적 배경은 인물의 행위와 사건 전개의 방향을 정해준다.

> ……나는 좀비인가. 좀비는 물러가라. 좀비를 몰아내야 조직이 산다. 좀비 스스로 떠나지 않으면, 좀 고통스럽더라도 지금 도려내야 기업이 산다. 인류 멸망사의 팔십 프로가 외침보다는 내부의 부패에 원인이 있었음을 돌이켜볼 때, 기업의 좀비는 적자 경영보다도 더 심각한 이십 일세기의 기업 바이러스다. 무사안일에 빠져 있는 사람, 겉보기에 한 점 나무랄 때 없이 원만한 사람, 그는 바로 좀비다. 쉴 새 없이 생각을 굴리지 않고, 몸 바쳐 창의적인 일에 열중하지 않으면, 지금 좀비 바이러스는 그 사람을 공격할 것이다. 좀비병은 감염된다. 하나의 좀비를 지금 처단하지 않으면, 또 다른 좀비는 언제고 생길 가능성이 크다. 우리 다 같이 좀비를 경계하고, 중환자는 신속히 격리시켜야 한다……

(송하춘, 「청계천 가는 길」)

이 작품의 배경은 후기 산업 사회에 들어서면서, 기업의 규모를 팽창시켜 나가면서 문어발처럼 자회사를 늘려가던 시기가 지나고, 이제는 방대해진 기업들이 적자 경영에서 벗어나기 위하여 구조 조정이 이루어지기 시작하던 무렵의 사회적 분위기이다. 이후에 기업들은 서열 중심에서 능력 및 업적 중심으로 인적 자원을 구성해 나아가기 시작했다. 이에 따른 인물들의 방황과 자기 구원의 방법이 작품의 줄거리가 될 것이다.

　"얼라! 이 할머니가 여기 여적 있네."
　그러나 아줌마들까지도 정작 어떤 예감을 털어놓기 시작한 것은 오후 두 시가 넘어서였다. 그들은 그것이 치워야 할 물건인지, 아닌지를 놓고 한바탕 왈가왈부했었다.

“누가 몰래 버리고 갔능갑만, 얼른 치워버려야 쓸 것인디.”

그렇게 말하는 사람은 아무래도 나이가 젊은 축이었다. 그러나 약간만 늙수 그레한 사람이면 그보다는 훨씬 신중한 편이었다.

“산송장인가? 임자 있는 물건이고만 그러네.”

“글매. 임자가 있응께 이만큼이나 꾸며서 내보냈겄지?”

대낮에 이런 데서 산송장을 보는 일이란 그들에게 어려운 일이 아니었다. 그나마 오늘은 자식이 어미를 버렸기 망정이지, 어미가 자식을 버리는 일조차 요새는 심심찮게 보던 것이다.

(송하춘, 「청량리역」)

이 작품에서는 한 가정의 윤리가 깨어져 나가는 사회적 단면을 보여주고 있다. 하늘이 내린 인연이라는 부모와 자식의 관계가 인위적으로 해체되고 있다. 부모가 자식을 버리는가 하면, 자식이 부모를 버리고 있다. 인륜이 밟히고 버림받는 세태가 드러나 있다.

(3) 정신적 배경

정신적 배경은 인물의 개인적인 의지나 신념, 선입견이나 관념적 가치관으로부터 윤리적·종교적 가르침과 철학적 사유 등을 말한다. 인간이 행하는 행위를 지시하는 사랑과 섬김, 나눔과 베품, 용서와 화해, 자유와 평등, 성장과 분배 등과 같은 정신에서 비롯하여 실천으로 옮겨져 가는 의식의 산물이다. 이 정신적 배경은 작품의 어느 한 장면에서 불쑥 나타났다가 스러져버리는 것이 아니라, 작품의 전편을 꿰뚫고 지나가서 마침내는 주제와 만나는 것이다.

제도와 법률을 포함한 사회적 질서란 인간이 가지고 있는 끝없는 이기심이 만인의 만인에 대한 투쟁을 유발시키는 것을 막기 위해 집단적 생활 태도를 획득하게 함으로써, 인간을 동물적 본능으로부터 해방시키려는 것이라는 뒤르

켐의 논리에 그는 동의할 수 없었다. 김혁민처럼 사회적 질서를 거부한 개인은, 이 논리에 따르면 이기심의 충동을 억제하지 못한 동물적 인간으로 정의되기 때문이다. 게다가 질서를 거부한 동기가 왜곡된 정의를 바로잡기 위한 자기희생이었을 때, 이 논리로는 그런 행동을 해명할 방법이 없다. 사회적 질서란 개인이 자신들의 이익을 달성하는 데 유리하다고 판단하여, 지키기로 동조한 것에 불과한 것이라는 말리노프스키의 논리가 더 설득력이 있는지도 모른다.

(박정규, 「흔적」)

위의 내용은 시대의 희생물로 사라져 간 진보적 지식인인 한 인물을 떠올리며, 주인물이 생각한 사회적 질서에 대한 사념이다. 한 인물이 어려운 시기를 맞았을 때, 극복의 대상은 우선은 자기 자신이고, 그 다음으로 자기 집단 내부의 관행과 제도인 사회 질서이다. 사회적 질서를 거부하는 것은 개인적인 고뇌가 끝나고 다음 단계로 이행한 것을 의미한다.

이러한 인물이 왜곡된 정의를 바로잡기 위해, 자기희생을 감수하면서 사회적 질서를 거부했다면, 이 사회적 질서를 어떻게 해석해야 할 것인지에 대한 주인물의 가치관이 드러나 있다. 이러한 경우에 주인물은 사회적 질서란 개인이 자기들의 이익을 달성하는데 유리하다고 판단하여, 지키기로 동조한 것에 불과한 것이라는 의견에 동조하고 있다. 이러한 가치관이 이 작품의 정신적 배경을 이루어 주제의식의 바탕이 되어 있다.

(4) 심리적 배경

심리적 배경은 인물의 욕망을 기본으로 삼는다. 욕망의 발현이나 그것을 제어하고 통제하고 조절하기 위한 대리적 행위들이 심리적 배경이다. 여기에 욕망의 좌절이나 외적인 자극으로 심리적 평형이 깨졌을 때 나타나는 불안, 공포, 좌절, 허무 등이 심리적 상황과, 심리적 평형을 얻으려는 대리만족, 대행행위, 억압, 투사, 동일시 등의 모든 행위들이 심리적 배경이 된다.

다음은 심리적 정황이 사건으로 이어지는 보기이다.

나는, 다음 순간, 영숙을 안고 보리밭 속으로 들어갔다. 그리하여 그녀의 간단한 옷을 벗기고 그 새하얀, 천사 같은 몸뚱어리를 마음껏 욕보이기 시작했던 것이다. 영숙은 어떤 절망적인 공포에 짓눌려서인지, 그렇지 않으면 일종의 야릇한 체념 같은 것에 자신을 내던지고 있었기 때문인지, 간혹 들릴 듯 말 듯한 가는 신음 소리를 내었을 뿐 나의 거친 터치에도 거의 그대로 내맡기다시피 하고 있었다.

그녀는 그때 이미 실신상태에 빠져 있었는지도 몰랐다. 아니 그보다도 역시 자기의 모든 것을, 생명을, 내가 그렇게 원통하다고 울어대던 것의 대가로 치러 주는 것이라고 생각하고 있었는지도 모른다.

이때 까치가 울었던 것이다. 까작 까작 까작 까작 하는, 어머니가 가장 모진 기침을 터뜨리게 마련인, 그 저녁 까치 소리였던 것이다. 그리고 이와 동시 나의 팔다리와 가슴속과 머리끝까지 새로운 전류(電流)같은 것이 흘러들기 시작했던 것이다.

까작 까작 까작 까작, 그것은 그대로 나의 가슴 속에서 울려오는 소리였다. 나는 실신한 것같이 누워 있는 영숙이를 안아 일으키기라도 하려는 듯 천천히 그녀의 가슴 위에 손을 얹었다. 그리하여 다음 순간 내 손은 그녀의 가느단 목을 누르고 있었던 것이다.

(김동리, 「까치 소리」)

이 장면에는 인물의 심리적 에너지의 순환이 멈추거나 제대로 이루어지지 않을 때 생기는, 어떤 무엇도 할 수가 없는 무력감에 빠졌을 때 느끼는 죽고 싶은 심정이 역설적으로 죽여주고 싶은 충동으로 치환되고 있다.

인물 '나'가 까치소리 때문에 죽여주고 싶은 충동을 느끼게 된 과정은 이러하다. '나'가 군대에 들어간 다음날부터, 아침 까치가 울면 손님이 온다는 믿음을 가진 어머니는 까치가 울면 '나'를 기다린다. 까치 소리가 들릴 때마다 편지 한 장 없는 아들을 기다리는 어머니는 기침을 하게 된다.

기대가 좌절되면서 어머니의 마음의 병이 신체적 현상으로 전이되어 나타
난 것이다. 어느 때부터 어머니는 모진 기침 끝에 "날 죽여 다오."라는 말
을 덧붙이기 시작했다. 기침으로 인한 고통이 절망적으로 나타난 것이다.
'나'가 제대한 후에도 어머니는 까치가 울면, 까무러칠 듯이 짓이겨지는
모진 기침 끝엔 '나'의 이름을 부르고는 "날 죽여 다오."라고 했다. '나'는
어머니의 이 말을 들을 때마다 견딜 수 없는 설움과 울분을 누를 길이 없었
다. 어머니를 치료해 드리거나 위로해 드릴 수 있는 힘도 재간도 없음을 한
탄하다가 어머니를 죽여주고 싶은 충동을 느끼게 되었고, 그러한 충동의
고비를 몇 번 넘겨왔다.

　이 장면은 이러한 경력을 지닌 '나'가 사랑하는 여인을 속임수로 빼앗긴
절박한 상황에서 죽고 싶은 날들을 보내던 중에 까치 소리 때문에 죽이고
싶은 충동이 발현된 것이다. 죽고 싶은 심정의 역전적 치환이다.

　다음은 심리적 정황이 제시된 것이다.

　　내 불안감은 내가 정작 필리핀에서 타이베이행 비행기에 올라 좌석을 찾아
앉으면서부터 조금씩 고조되기 시작했다.

　　어떻게든 표현하기 힘든 심장을 죄는 것 같은 황계증(惶悸症)이 가슴 밑바
닥에서 서서히 꿈틀거려 나는 답답함에 심호흡을 했다.

　　나를 둘러싼 공기의 입자 하나하나가 흙먼지를 동반한 뿌연 모래 가루로 내
숨통을 질식시킬 것 같은가 하면, 또한 입자마다 형형색색의 요사스런 빛깔로
독을 뿜으며 내 둘레로 천방지축 난무하는 것도 같았다. 그런가 하면 비행기
동체의 은회색 철판들이 사방에서 나를 향해 조여드는 것도 같았다.

　　마치 소나기 쏟아지기 직전의 서서히 어두워지는 하늘처럼, 그보다도 뇌성
병력 전의 세상을 가르는 번갯불 빛살의 스침처럼 뭔가 음산하고 외경(畏敬)스
런 어떤 일이 내 주위에 드디어 터지고 말 것 같은 불길한 예감이 가슴을 짓누
르는 것이었다.

(김지연, 「연」)

위의 예문은 인물의 심리적 상황이 정감으로 표현된 것이다. 불안감에 대한 심리적 정황을, 심장을 죄는 것 같은 황계중과 같은 신체적 이상 상태와 환상을 나타내고 있다.

이상에서 논의해 온 배경은 이야기를 흘러가게 하는 방수로와 같다. 소설의 배경은 인물의 행위를 엮어주는 바탕이고, 구성에서 사건·상황 전개의 동기가 되는 것이고, 주제를 상징하는 매체가 된다. 소설의 배경은 시간과 공간에 사물이나 자연적·사회적 현상이 담합함으로써 이루어진다.

Ⅷ. 소설의 인물시점과 서술자 시점

1. 인물시점과 서술자 시점

소설의 이야기를 독자에게 말해주는 주체가 누구인가 하는 문제는 그동안 시점의 이론으로 논의되어 왔다. 그런데 이야기를 자세히 들여다보면, 서술자가 말하기 전에 인물의 행위나 사물 등을 보는 자가 있다. 본다는 것은 말하기 이전에 온다. 인물이 본 것을 누가 말해주는가는 소설의 시점을 구분하는 기본적인 기준이다.

소설의 이야기에는 보이는 대상을 바라보는 주체가 있고, 주체가 보는 것을 독자에게 말해주는 전달자가 있다. 이때 보는 주체와 말하는 전달자는 일치할 수도 있고, 분명하게 구분되기도 한다. 일반적으로 알려진 일인칭 주인물 시점의 경우는 대상을 바라보는 주인물과 자기 행위를 전달하는 서술자가 일치한다. 그러나 일인칭 관찰자 시점은 주인물이 보는 것을 독자에게 전달하는 것은 관찰자가 된다. 대상을 보는 자는 주인물이지만, 주인물이 본 것을 관찰하여 독자에게 전달하는 것은 관찰자인 서술자이다. 삼인칭 주인물의 경우에도 대상을 보는 자는 삼인칭 주인물이지만, 그것을 전달하는 것은 서술자이다. 이와 같이 소설의 시점 이론에서는 보는 자와 전달자가 엄밀하게 구분되어야 한다.

그동안 논의되어 온 시점의 이론으로는, 앞선 견해들의 체계화를 시도한 메레디스와 휘츠제럴드의 의견[1]이 있다. 이들의 논의를 요약하면 다음과 같다. 이들의 구분은 서술자가 작품 안에서 어떤 역할을 하느냐에 따른 것이다.

> 1) 1인칭 주인공 서술자
> 2) 1인칭 보조적 서술자
> 3) 1인칭 단역 서술자
> 4) 1인칭 시점 이동 서술자들
> 5) 3인칭 주인물 서술자
> 6) 3인칭 보조적 서술자
> 7) 3인칭 단역 서술자
> 8) 3인칭 시점 이동 서술자들

이러한 구분은 그 명칭으로 보아 대강의 설명이 이루어져 있다. 다만 '시점 이동 서술자들'은 소설의 이야기를 이끌어 나가는 서술자가 둘 이상이 된다는 것을 의미한다. 한 서술자에서 다른 서술자로 시점이 옮겨갈 때 시점이 이동한다는 것이다. 그런데 이러한 구분은 '보는 주체'와 '전달자'가 구분되어 있지 않고, 3인칭 서술자의 구분은 전달자로서의 서술자가 아니라 대상을 보는 주체가 누구인가로 나누어 놓은 것이다. 삼인칭의 인물들은 대상을 보는 자이지, 그가 보는 것을 독자에게 전달하는 자가 아니다.

서술자가 대상에 개입하는 정도에 따른 구분은 바네트·버먼·버토의 이론[2]에서 볼 수 있다. 이들이 논의를 요약하면 아래와 같다.

---

[1] 조남현, 『소설원론』(고려원, 1997.3), 218∼227쪽.
[2] 조남현 : 위의 책, 231∼232쪽.

1. 참여자 시점
  1) 주인물 서술 시점
  2) 부인물 서술 시점
2. 비참여자 시점
  1) 전지적(全知的) 시점
    a. 중립적 시점
    b. 논평적 시점
  2) 선택적 전지 시점
  3) 객관적 시점

이러한 시점의 분류는 서술자가 작중의 인물이냐 아니면 작가인가에 따라 나누어지고, 다시 대상에 개입하는 정도에 따라 구분한 것이다. 대상의 전후 사정이나 내면까지 들여다보면서 서술하는가, 아니면 대상의 외면에서 볼 수 있는 것만 서술하느냐에 따른 것이다. 선택적 전지시점은 여러 인물 중에서 선택된 한 인물에 대해서만 전지적 서술이 이루어지는 경우를 말한 것이다.

이러한 시점의 구분은 대상을 보는 자와 본 것을 전달하는 자가 명백하게 구분되지 않은 것이다. 보는 자가 누구인가는 인물의 시점이고, 본 것을 독자에게 전달하는 것은 서술자 시점이므로, 소설의 시점은 인물 시점과 서술자 시점이 분명하게 구분되어야 한다. 인물 시점은 이야기 속에서 대상을 보는 인물이 누구인가에 따른 구분이다. 이때 대상을 바라보는 인물은 일인칭 주인물이거나 일인칭 관찰자일 수 있다. 일인칭 관찰자는 주인물의 상대이거나 주인물을 곁에서 또는 멀리서 바라보는 보조적 인물일 수 있다. 삼인칭 인물의 경우도 대상을 본다. 보는 자는 주인물이거나 관찰자일 수 있다. 그러나 이야기를 독자에게 전달해주는 서술자가 누구인가를 말할 때는 서술자 시점이 적용되어야 한다. 실제로 소설의 시점은 대상을 바라보는 자가 누구인가보다는 그러한 인물의 행위를 전달하는 자가 누구인가가 보다 중요한 관점이 된다.

2. 소설의 서술자 시점

서술자는 이야기를 이끌어가는 주체가 누구인가에 따라 작중의 인물인가, 작가인가로 구분하고, 서술자가 서술대상의 외모・대화・행위와 같은 객관적이고 시각적・청각적인 사실만을 서술한다면 인물 관찰자 시점, 또는 작가 관찰자 시점으로 나눌 수 있다. 서술대상의 객관적 사실만이 아니라, 그의 과거에 대한 기억이나 과거의 행적, 속마음, 가치관이나 판단 등을 서술한다면 인물 전지적 서술 시점, 작가 전지적 서술 시점으로 구분할 수 있다. 인물의 경우는 그가 주인물이거나 보조인물이어도 서술을 맡을 수가 있고, 또한 관찰자가 서술을 담당하기도 한다.

시점과 거리를 말할 때, 시점은 이야기가 누구의 눈과 입을 통해서 서술되는가를 말하는 것이고, 거리는 서술자와 인물의 거리 또는 독자와 인물의 거리를 말하는데, 관찰자 시점일 때는 이들의 거리가 멀고, 전지적 시점일 때는 거리가 가깝다고 말한다.

시점은 서술자의 태도에 따라 전지시점인가, 관찰시점인가, 탐색의 시점인가로 구분할 수 있다. 전지시점은 인물의 외적 행적과 과거의 기억과 속생각까지도 말해주고, 서술자의 느낌과 생각, 그리고 판단이 제시되는 시점이다. 관찰시점은 서술자가 인물의 행적을 객관적으로 독자에게 보여주는 방법이고, 탐색시점은 어떤 인물에 대하여 의문과 궁금함과 호기심을 가지고, 그 인물의 과거에서 현재의 이르는 행적을 추적하면서 새로운 사실을 발견하여 의문을 해소해 나가는 서술방법이다. 이야기의 전개가 화자의 탐색을 따라 이루어진다. 이것은 이청준의 「매잡이」, 「소문의 벽」 등에 유용하게 활용된 서술방법이다.

서술자 시점을 정하기 위해서는 서술자가 누구인가와 그의 서술 태도를 함께 고려해서 생각해 볼 수 있다. 이 글에서는 서술자 시점을, 인물 서술 시점과 작가 서술 시점으로 구분하고, 서술 태도에 따라 세분하기로 한다. 이에 대한 구분은 다음의 차례와 같다.

1) 인물 서술 시점

인물 서술 시점은 이야기 속의 인물이 대상에서 보고 듣고 느끼고 생각한 것을 독자에게 제공하는 방법이다. 그 인물은 작중의 역할에 따라 주인물이나 보조인물이 될 수 있다. 보조인물은 주인물의 상대인물과 그 외의 부수적 인물을 가리킨다.

(1) 1인칭 주인물 전지적 서술시점

이 시점은 1인칭 주인물이 보고 들은 것뿐만 아니라, 자기의 과거행적이나 속마음을 모두 드러내 보이는 방법이다. 주인물은 보는 자인 동시에 본 것을 전달하는 서술자의 역할을 모두 담당한다. 1인칭 주인물 서술자가 전지(全知)적이라 하더라도, 자기의 일이나 자기가 있는 곳에서 일어난 일에 대해서는 내면의 일까지 서술할 수 있지만, 자기가 없는 곳에서 일어난 일이나 다른 인물의 내면을 들여다 볼 수는 없다. 간혹 어떤 작품에서 1인칭 주인물이 보고 듣지 않은 다른 인물의 행적이나 내면심리를 드러내 보이는 것은 작가 전지적 서술과 혼동을 한 경우이다. 이 시점에서 자기 이외의 다른 인물의 내면을 서술하려면, 그 인물의 고백이나 또 다른 인물이 그 인물에 대한 술회의 방법을 택해야 할 것이다. 다음의 예문은 1인칭 주인물 전지적 서술시점의 보편적인 보기이다.

사실을 말하면 개표를 기다리는 동안에도 약국 앞에 붙은 간이 서점을 기웃거리긴 했었다. 읽을 것이 아닌 그저 볼 것, 머리에는 입력되지 않고 단순히 눈에만 머물렀다가 그대로 날아가 버릴 그런 것은 괜찮지 않을까 생각했었다. 그러나 그곳에서도 나는 읽을 만한 책을 고르지 못하였다.

집에서도 그랬다. 어쩌면 손쉽게 아무 책이나 택해서 손가방 안에 쑥 밀어 넣지 못하는 스스로에 대한 짜증으로 이번 여행엔 아예 어떤 책도 동반하지 않겠다고 다짐했는지도 모른다. 책 속에서 무얼 구할 수 있었다면 왜 여행까지 생각했을 것인가.

그래도 나는 역 귀퉁이의 간이 서점 앞을 그냥 통과할 수가 없었다. 그리고 또 한참을 제목의 숲에서 길을 잃었다. 한참 뒤에 나는 집에서의 다짐을 떠올렸다. 책을 동반하지 말 것. 그 다음에 떠오른 것은 늙은 내 어머니의 푸념 같은 말씀 하나였다.

(양귀자, 「숨은 꽃」)

인물 '나'는 자기의 생각과 행동을 모두 서술해서 보여주고 있다. 여행 중에 읽을 만한 책의 선택 기준이나, 여행에 어떤 책도 동반하지 않겠다는 다짐, 떠오르는 늙은 어머니의 푸념 같은 말씀 등은 주인물의 내면 생각들을 전지적 입장에서 서술하고 있는 것이다.

1인칭 주인물은 하나인 경우가 대부분이지만, 1인칭 주인물이 복수일 경우도 있다. 장면이나 장(章)을 달리 하면서 주인물이 바뀌고, 그 주인물이 모두 1인칭인 경우이다. 다음 예문을 보기로 한다.

(1) 이 짜식 좀 봐라!

순간 발길이 날아왔고, 나는 콘크리트 바닥에 개구리처럼 아무렇게나 쓰러진다. 이내 내 몸뚱이 위로 다투어 덮쳐오는 사내들, 무수히 쏟아지는 발길질과 주먹 그리고 몽둥이…… 등허리와 허벅지, 옆구리 엉덩이 할 것 없이 몽둥이가 떨어져 내릴 때마다 나는 컥컥 숨이 막혀 비명조차 지를 수 없다. 윽윽, 신음만 터뜨리며 내 육신 위로 쏟아져 내리는 사내들의 체중을 고스란히 받고 있어야 할 뿐이다.

(2) 가소로운 녀석. 제까짓 뻗대어 봐야 얼마나 견딜 것 같애? 나는 눈을 지그시 뜨고, 빙긋이 웃음을 흘리며, 녀석의 얼굴이 금방 흙빛으로 변해가고 있음을 지켜본다. 알몸뚱이로 뒹굴며 고통스러워하는 꼬락서니가 천박해 보이기도 하고 우스꽝스럽기도 하다. 짜아식. 피골이 상접한 녀석이 버틸 게 뭐 있다구, 쯔쯧. 하기야 이런 녀석들은 으레 그렇다. 이 방에 데려다 놓으면 대개는 처음부터 기가 팍 죽게 마련인데, 그래도 제법 **뻣뻣하게** 튀기는 치들도 있는 것이다. 영장을 제시해라, 후회할 것이다, 법정에서 따지겠으니 각오해라 - 어쩌고 하면서 제간엔 간덩이 부은 시늉을 해 보이기도 하지만, 춧, 웃기지 마라. 그래 봐야 오 분도 못 되어서 제 꼬락서니가 어떻게 되는지, 눈알이 튀어나오도록 절실히 깨닫게 될 테니까 말이다.

(임철우, 「붉은 방」)

이 작품은 임철우의 「붉은 방」의 일부이다. 이 작품은 보안사범으로 오해를 받은 영문 모르는 피해자 나(오기섭)과 국가권력의 대리인인 나(최달식)의 이야기가 여덟 장으로 나뉘어 서술되고 있는데, 장이 바뀔 때마다 피해자인 '나'와 가해자인 '나'의 서술이 번갈아가며 진행되고 있다. 그러나 이 경우에도 1인칭 주인물의 전지적 입장은 변함이 없다. 다만 1인칭 복수 주인물 전지적 서술이 이루어지고 있다.

(2) 1인칭 보조인물 관찰자 서술시점

1인칭 인물이 관찰자가 된다면 그의 관찰대상은 주인물이 된다. 그리고 관찰한다고 할 때 이러한 행위에는 객관성이 유지된다. 관찰자는 관찰대상의 외모, 행위, 습관, 대화 등의 객관적 관찰만이 허용된다. 인물의 내면의식이나 과거 행적 또는 사건의 동기 등은 인물의 대화 내용이나 다른 인물의 경험적 진술을 통해서 서술하게 된다.

"자, 일어나이소." 내가 할머니의 한 팔을 잡고 일으켜 세우려 했다. "할무이가 좋아하시는 갈치도 꿉었심더." 어머니 귀에 들리지 않게 내가 작은 소리로 말했다. 할머니는 평생 소식(小食)주의였고, 하루 세끼의 식사량이 일정했다. 반찬도 간갈치·간고등어 구운 것이나 짠 젓갈 종류를 즐기셨다. 거기에 비하면 체격이 우람한 여장부인 어머니는 폭식주의였고 입이 걸어 아무 음식이나 잘 드셨다. 혈압이 높으신데도 특히 돼지고기 두루치기를 즐겼고, 생선 지진 국물에 된장을 곁들인 상치쌈이 나오면 지금도 한 그릇 반을 느끈히 비우셨다. 젊을 때 하도 굶어 나는 그저 묵는 재미밖에 없다고 어머니는 자주 말씀하셨다. 어머니는 고양이처럼 쪼작쪼작 자시는 할머니의 식사 모습을 보면 눈총을 주며, 저래 좀살궂게 묵으니 평생 식복이 없어 남의 눈치밥이나 묵지, 하고 타박을 주곤 했다.

(김원일, 「미망」)

이 문장은 관찰적 서술자인 '나'가 할머니와 어머니의 식사 습관을 관찰한 내용을 서술하고 있다. 인물들의 내면 생각들은 그 인물이 말한 것을 서술자가 듣고, 그것을 서술하는 형식을 취하고 있다. 그런데 이러한 서술방법도 관찰대상에 대해서는 객관적 태도를 유지하지만, 관찰자 자신에 관한 서술은 전지적 방법으로 이루어지기도 한다.

(3) 1인칭 보조인물 탐색적 서술시점

탐색적 서술시점은 관찰자 서술시점과 공통되는 부분이 있다. 탐색의 대상이나 관찰의 대상이 주인물이 된다. 두 경우에 모두 대상에 관한 행위가 개입된다. 그런데 관찰적 서술시점의 경우는 관찰자가 개입하는 정도가 의도적이지 않다. 오히려 객관적으로 독자에게 대상을 보여주는 것이 좋은 관찰의 방법으로 평가된다. 그러나 탐색적 서술시점의 경우에도 관찰자가 있지만, 이 관찰자는 매우 의도적이다. 이 관찰적 서술자는 지나쳐 버리기 십상인 사건·상황에서도 의아해하고 의심하며 문제를 발견해서, 그러한 사건·상황이나 인물의 행위의 원인이나 정체를 헤처 나가게 된다. 관찰자에서 탐색자로 변신해 나간다. 다음의 예문을 참고해 본다.

> 아무리 깊은 취중의 일이었다고는 하지만, 그날 밤 내가 박 준을 대뜸 나의 하숙방까지 끌어들이게 된 데는 어딘지 꼭 그럴 만한 이유가 있었을 것만 같다. 왜냐하면 그날 밤 박 준이 처음 나의 눈앞에 나타났을 때까지만 해도 그는 아직 나에게는 얼굴도 성도 모르는 생면부지의 사내에 불과했고, 또 그런 박 준은 아무리 그가 기괴한 모습으로 나를 놀라게 하려 했다 해도, 다방거리나 신문 같은 데서 나는 하루에도 몇 차례씩 그런 돌발적인 사건들을 만나고 있었으니까 말이다. 한데 그런 내가 그런 박 준을 하숙방까지 끌어들여 함께 밤을 지낸 것이다. 아무래도 무슨 이유가 있었을 것만 같다. 하지만 나는 지금 당장 그 이유를 생각해 낼 수가 없다. 도대체 어떻게 해서 내가 그를 나의 하숙방까지 끌어들일 생각을 먹게 되었는지, 스스로 납득할 만한 동기가 떠오르질 않는단 말이다.

(이청준, 「소문의 벽」)

이 부분은 잡지사의 편집장인 '나'가 취중에 생면부지인 박준이라는 사람을 하숙방으로 끌어들여 함께 밤을 지내고, 자신의 그런 행동이 "아무래도 무슨 이유가 있었을 것만 같다."고 생각하는 첫 장면이다. 처음부터 서술자는 무엇인가 이유를 생각하기 시작한다. 탐색의 시작이다. 자기 의문으로 시작해서 상대를 탐색해 나간다. 나는 그가 미치광이인지도 모른다고 생각해서 자기 집 근처의 정신병원을 찾아간다. 그곳의 간호원으로부터 그가 박준일이라는 이름을 듣는 순간, 나는 그 인물이 젊은 소설가인 박 준으로 단정하고, 그가 자신의 이름에 대해서 쓴 짧은 수필 형식의 글을 기억한다. 원래의 이름이 박준일이었는데, 이름 맨 끝에 붙어있는 '일'자가 거추장스러워 떼어버리고 나니 간편하고 개운한 이름이 되었다고 했다. 나는 병원장인 김박사를 만나서도 그의 신분에 관한 사항을 듣지 못했지만, 그는 자기가 미쳤다고 믿고 그렇게 생각하고 싶은 노이로제 증상을 가졌다는 소견을 듣는다.

'나'는 더 많은 궁금증을 지니게 된다. 박준이 어째서 미치광이 시늉을 하고 싶어진 것인가. 그러다가 '나'는 잡지사에 투고되어 있던 그의 소설 「괴상한 버릇」을 읽는다. 그 작품의 인물은 어린 시절에 어른들에게 무슨 꾸중들은 일이 있거나 하면 지레 겁이 나서 곧잘 광속 같은 데로 숨어들어가 잠이 들어 버린 척하곤 했다. 결혼 후에도 긴장과 피로에서 도망치기 위해 가사의 잠을 자곤 했다. 그러다가 그 인물은 영영 그 가사의 잠에서 깨어나지 않는다.

이렇게 진행되는 일인칭 보조인물의 탐색은 소설의 진행을 이끌어가는 주요한 수단이 된다. 사건과 상황으로 작품이 전개되는 것이 아니라, 탐색의 과정으로 이야기가 이어지고 있다. '나'는 다시 박 준이 어두운 것을 싫어해, 저녁부터 아침까지 대낮같이 밝혀두고 지내며, 어둠 속에 나타난 전짓불에 발작을 일으킬 만큼 심한 공포감을 느낀다는 소견을 듣고, 무엇 때문에 그 전짓불에 공포를 느끼게 되는지를 알아내려고 한다. 그러던 어느 날 '나'는 사무실의 화장실에서 휴지를 쓰려고 못에 걸어둔 신문지 조각에서 박 준의 인터뷰 기사에서 6·25때 겪은 전짓불의 공포에 대한 기억을 읽게 된다. '나'는 박 준에게서 그 전짓불이 어떻게 해서 오늘의 증상에까지 발전해 오게 되었는지, 그리고 그 전짓불과 박 준의 소설은 어떻게 관련되고 있는지를 밝혀보고 싶어 한다. '나'는 박 준의 집을 찾아가 그의 누이동생에게서 소설원고 뭉치를 받게 된다. 그 작품 속에도 전짓불에 대한 공포가 드러나 있었다. 전짓불 뒤에서 끝끝내 정체를 드러내지 않은 채 어떤 식으로든 선택을 요구하면서 복수만을 음모하고 있는 사람들과, 그들의 입에서 입으로 건너다니는 정체불명의 소문들에 대한 공포를 말하고 있다.

결국 탐색자인 '나'는, 작가로서 영영 해소될 수 없는 내부의 진술욕과, 그것을 무참히 좌절시켜 버리고 있는 외부의 압력 사이에서, 전짓불은 박 준에게 한 작가로서 끝끝내 정직한 진술을 할 수 없게 만들어 버린 사회적인 방해요인의 상징이라는 것을 밝혀내고, 박 준이 이러한 시대적 상황의 희생자임을 말하게 된다. 이와 같이 탐색적 서술은 의문과 호기심으로 시작하여, 그것의 원인과 문제의 발견으로 진행되며, 탐색의 대상의 행위들이 어떤 의미를 갖는가로 귀결된다.

2) 작가 서술시점

작가 서술시점은 작가가 대리인을 내세우지 않고, 이야기 속의 인물들이 행동하고 보고 듣고 느끼고 생각한 것을 직접 독자에게 전달해주는 서술 방법이다. 이 시점은 작가가 인물에 개입하는 정도나 방법에 따라 다음과 같이 구분할 수 있다.

(1) 작가 전지적(全知的) 서술 시점

이 서술시점은 작가와 인물의 거리가 가깝다. 작가는 인물의 행동과 보고 듣는 것을 말해 줄 뿐만 아니라, 인물의 과거 경험이나 기억, 심리적 상황, 관념이나 가치관 등을 모두 독자에게 보여주고 말해준다.

바다. 그건 그의 뇌리에 자연스럽게 떠오른 낱말이었다. 그렇다! 지금처럼 울적하고 암담하고 사는 문제에 대해서 깊은 회의를 느낄 때마다, 어쩔 수 없이 떠오르는 도피 욕구의 끄트머리에는 항상 바다라는 존재가 버티고 있었다. 바다는 그에겐 아련한 꿈인 동시에 피난처였다. 더군다나 이번에 취재차 다녀오고 나서 바다는 더욱 생생하고 강렬하게 그의 의식을 사로잡고 있었다.

어느덧 그는 사방이 꽉 틀어 막힌 종이먼지와 사람의 체취와 너저분한 잡동사니로 채워진 그 사무실 방에서 빠져나와 배를 타고 바다로 나가고 있었다. 그 파란 물빛, 환한 햇살, 그리고 엔진소리와 뱃사람과 물새들과 더불어 있었다. 곁에서 들려오는 부장을 비롯한 동료들의 말소리는 정말 꿈결처럼 몽롱하게 느껴질 뿐이었다.

(손영목, 「바다가 부르는 소리」)

이 예문에서와 같이 작가는 인물의 뇌리에 떠오른 말, 깊은 회의를 느끼는 심경, 바다가 인물의 아련한 꿈인 동시에 피난처라는 관념적 인식, 꿈결 같은 몽롱한 느낌 등, 인물의 내면을 모두 말해주고 있다. 이 시점에서 작가는 보여주기도 하고 판단하여 설명해 주기도 한다.

(2) 작가 관찰적 서술시점

작가는 인물을 관찰하여 독자에게 보여준다. 이 시점의 작가는 인물의 내면을 드러내 보여주지는 않는다. 인물의 외모와 행위를 객관적으로 독자에게 보여준다. 어떤 인물의 내면을 말하기 위해서는 다른 인물의 입을 빌리는 방법을 사용할 것이다.

> 간밤에 비가 추적추적 내렸다. 만우씨가 새벽에 마당으로 나가니 비는 그쳐 있었는데, 조간 신문이 떨어진 자리에 물이 조금 고여 있었다. 신문은 광고들이 주로 실려 있는 하단부가 물에 젖어 버렸고, 상단부도 물기가 배어들어 흐늘거렸다. 만우씨는 신문이 물러 터지지 않게 그것을 조심스럽게 들고 현관 안으로 들어와, 일단 마루에 한 장씩 펼쳐 놓았다. 한 장에 4면, 20면이면 다섯 장이었다. 신문 다섯 장도 나란히 펼쳐 놓으니 마루 전체를 다 차지할 만큼 꽤 길게 늘어졌다.
>
> (조성기, 「우리 시대의 소설가」)

이 장면에는 인물의 느낌이나 생각, 심리나 관념이 전혀 나타나 있지 않다. 인물의 눈에 보이는 정황이나 행위만이 제시되어 있다. 이러한 서술방법은 독자가 작품 해석이나 이해에 개입할 수 있는 정도를 전지적 서술의 경우보다 훨씬 넓혀두는 것이다. 전지적 서술의 경우는 작가의 개입으로 독자의 이해가 제한적으로 허용되는 경우가 많다.

(3) 작가 탐색적 서술 시점

인물 서술 시점의 경우에서와 같이 작가 서술 시점에서도 탐색의 방법이 사용된다. 작가는 사건이나 상황을 제시해 놓고, 인물이 그것에 대해 의아해하거나 의심하고, 또는 호기심을 갖게 하여 이유나 문제를 발견하여 더욱 더 탐색의 욕망을 키워, 앞으로 전개될 사건·상황을 해명해 내도록 한다.

> "천 기자가 자살을 했을 거라구요?"
>
> 중위가 갑자기 진지한 얼굴로 양주호에게 덤벼들었다.
>
> 이상한 일이었다. 양주호는 정말 엉뚱한 말을 하고 있었다. 천 기자의 사고 경위를 따지지 않는 이유를 그는 천 기자가 아마 자살을 했을 것이기 때문이라고, 선우 중위의 입장만 점점 더 편리하게 해주고 있었다. 하지만 중위는 물론 그 양주호의 말을 무심히 들어 넘길 수가 없었다. 중위 역시 그 천남석의 죽음에는 처음부터 늘 어딘가 석연찮은 구석이 느껴져 오고 있는 터였다. 배에서도 그랬고, 전령선을 내려 이 신문사를 찾아오고 있을 때도 그랬다. 그리고 이 속을 짚어낼 수 없는 사내 앞에서 공식적인 그의 용무를 치러 가면서도 그의 머릿속에는 실상 그 천남석 기자의 죽음에 대한 끝없는 의구가 맴돌고 있던 참이었다. 자살일지도 모른다는 생각이었다. 하지만 중위는 양주호 국장 앞에 그런 말을 하지 않고 있었다. 그는 섣부른 상상이나 추리만으로 사고를 설명할 수는 없었다.
>
> (이청준, 「이어도」)

이 작품은 해군 함정의 파랑도 수색 작전에 파견된 취재기자 천남석 실종사건으로 시작된다. 기자의 소속 신문사에 그의 실종을 보고하러 간 해군 중위 선우 현은 편집국장에게서 천기자가 자살했을 것이라는 단정적인 말을 듣는다. "수수께끼가 숨어있는 것 같았다." 선우 현은 사실을 알고 싶어 했다. 이렇게 인물의 탐색은 시작된다. 이때 인물의 탐색을 지시하는 것은 작가이다. 작가는 인물이 의아해하고, 의심스러워하고, 원인을 생각하게 한다. 행위는 인물이 하지만, 그러한 인물을 서술하는 것은 작가이다. 인물의 탐색을 지시하는 것은 작가의 탐색적 서술이다.

이 작품에서 인물이 의문을 가지고 풀어나간 마디이야기들은 대략 다음과 같다. 인물들과 제주도 사람들은 파랑도를 이어도라고 생각했는데, 왜 그들은 이어도를 구원의 섬이라고 했나. 천남석은 왜 이어도를 저주했나. 편집국장 양주호와 천남석은 어떤 관계인가. 술집 이어도의 여주인과 천남석의 여자에 얽혀진 곡절들. 실종된 천남석이 살아서 돌아오게 된 경위 등이 탐색의 과정으로 서술되어 있다. 이러한 탐색적 서술과정은 독자에게 호기심과 긴장감을 주며, 공동참여의 기회를 제공하는 것이다.

이상에서 논의한 서술시점은, 인물의 행동과 대상을 보고 듣고 느끼고 생각하는 인물의 문제가 아니다. 그러한 인물의 행위를 누가 독자에게 전달하느냐에 그 기준이 있다. 보는 주체와 전달자가 분명하게 구분될 때, 서술시점의 문제는 논의의 핵심에 다가갈 수 있다. 소설에서 서술 방식을 말하는 것은 작가와 독자의 담화 방식을 말하는 것이다. 누가 말하고, 그가 어떻게 말해주고 보여주는가는 소설의 구성 방법과 기술 방식의 중심이 된다.

이 글에서는 독자에게 이야기를 전달하는 서술자와 서술 방법을 논의했다. 서술자의 문제는 그동안의 시점 이론들에서, 보는 자와 전달하는 자의 구분이 혼란스러웠던 점을 지적하여, 대상을 보는 자와 그것을 전달하는 자로 구분하였다. 소설에서 대상을 보는 것은 작중의 인물이므로, 보는 자를 가리킬 때, 그것을 인물시점이라고 말했다. 인물이 본 것을 전달하는 것은 서술자이므로 이 경우는 서술자 시점으로 논의했다.

인물 시점에서, 대상을 보는 인물은 주인물일 수도 있고, 보조적 인물일 경우도 있다. 그것은 일인칭 인물이거나 삼인칭 인물이기도 하다. 이야기를 독자에게 전달하는 서술자 시점의 경우에, 서술자는 1인칭 주인물이거나, 1인칭 보조적 인물 또는 1인칭 관찰자이다. 3인칭 인물이 보는 자일 때의 서술자는 작가가 된다. 작가가 대리인을 내세우지 않고, 직접 나서서 독자에게 이야기를 전달하는 서술 방법이다. 서술자 시점은 서술자의 태도에 따라, 전지적이거나 관찰적 입장에 서게 되는데, 이 글에서는 탐색적 서술에 대하여도 주목해 보았다.

소설의 창작에서 어떤 서술자 시점이 이야기를 전달하는데 유리한 것인가를 가릴 수는 없다. 그것은 개별 작품마다 그 작품의 주제와 미적 효과를 가장 잘 전달할 수 서술 시점과 서술 방법이 무엇인가에 따라 달라질 것이다.

IX. 소설 문장의 길이와 속도

1. 소설 문장의 성격

소설을 쓰려고 하는 사람은 적어도 그 작품의 주제를 생각해 두었을 것이다. 참신한 주제를 마련해 놓고, 거기에다가 구상을 마쳤다면 작품의 반이상을 써 낸 것이라고 생각하기 쉽다. 그런데 소설은 사상으로 쓰이는 것이 아니다. 언어로 쓰는 것이다. 구상적 이미지로 말하는 것이 아니라, 언어적 문자로 기록하는 것이다. 주제와 구상은 언어로 표현될 때 작품이 된다. 우리는 주제에 매달려서 소설의 문장을 대수롭지 않게 생각한 작품들을 본다. 그러나 소설의 언어는 그 작품의 얼굴이고, 독자를 주제에 이르게 하는 길이다. 이 소설의 언어로서의 문장을 잘 다듬어 나가야만 독자의 읽기가 계속될 것이다. 어긋나고 그릇되거나 거친 문장으로 써 낸 작품을 독자가 읽을 것이라는 기대는 하지 않는 것이 좋을 것이다.

산문적 문장으로 쓰여 지는 것은 소설 이외에도 논설·설명문 또는 시평문이나 수필의 경우도 있다. 그런데 이들은 모두 제각기 그 나름대로의 문장성격이 있고, 그것은 소설의 문장과는 다른 것이다. 소설문장과 다른 산문 문장들과의 차이가 무엇인지를 알아보기로 한다.

먼저 논설·설명문으로의 성격이 두드러진 시평문(時評文)을 읽어보기로 한다.

> 인생에서 가장 중요한 선택은 두 가지이다. 하나는 직업이고, 다른 하나는 배우자다. 대부분 젊은이들은 자신이 원하는 직업을 위해 많은 공부를 하고 시간과 노력을 투자한다. 하지만 배우자의 선택과 관련해 체계적인 공부와 노력을 하는 사람은 드물다.
>
> 어떻게 해야 연애를 잘 할 수 있는가, 갑작스러운 이별의 상처는 어떻게 치유해야 하는가, 행복한 결혼을 위해서는 어떠한 노력을 해야 하는가, 부부간의 갈등이 생겼을 때는 어떻게 대처해야 하는가 등의 문제에 대해서는 아무도 체계적으로 가르쳐 주지 않는다. 연애와 결혼이라는 일생일대의 프로젝트를 각자 주워들은 풍월과 상식으로 적당히 알아서 해결해야 하는 것이다.
>
> ①합리성을 숭상하는 현대 자본주의 사회에서 왜 이런 일이 벌어지고 있는 것일까? 왜 사랑에 대해서는 아무도 가르치려 하지도, 배우려하지도 않는가? ②그것은 로맨틱 러브라는 우리 시대의 왜곡된 사랑관념 때문이다. 18세기 후반 로맨스(소설)의 등장과 함께 나타난 로맨틱 러브라는 개념은 영상매체의 출현 이후 하나의 이데올로기가 됐다.
>
> 지금 사랑에 빠져 있는 수많은 연인들은 "사랑 이데올로기라니? 우리의 사랑은 우리 둘만의 것이야"라고 생각할지도 모른다. 그러나 천만의 말씀이다. 사랑에 빠진 우리가 당연하다고 여기는 모든 행위와 대화는 거의 다 영상매체와 대중가요가 어려서부터 우리에게 반복적으로 가르쳐 준 것에 불과하다.
>
> (김주환, <미디어가 심은 사랑의 환상> 중에서, 중앙일보, 2003.4.12)
> * 인용문의 번호와 [　] 등의 기호는 필자가 임의로 붙인 것임.
> 이하 인용문의 경우도 동일함.

위의 보기의 전반부는 소설에서의 서술자 또는 인물의 말하기 중에서 논평과 비슷해 보인다. 그런데 후반부에서는 논설문에서와 같은 ①의 논지제시 내지는 문제제기와 ②와 같은 주장의 내용이 들어 있다. 이 글의 아래 생략한 부분에서는 그에 대한 논증의 과정이 이루어져, "이 아름다운 봄, 연속극 흉내는 그만두고, 스스로 감독과 주인공이 되어, 자신만의 독창적인 사랑 이야기를 만들어 가길 바란다."는 결말에 이르고 있다.

이러한 논설문의 유형들은 대체로 논지를 제시하고 주장을 증명하여 결론이 이르는 과정을 거친다. 소설은 이와는 달리, 인물을 움직이게 할 사건과 상황이 있고, 인물이 행동하는 이야기가 전개되어 결말에 이르게 된다.

이야기의 형식을 끌어들이는 논설문의 글쓰기 방법도 있다. 다음의 예문을 보기로 한다.

① 지난 해 다시 제이슨을 만날 기회가 있었다. 이제 거의 열 살이 된 제이슨은 엄마 뒤에서 나를 열심히 훔쳐보는 장난꾸러기 소년이었다. 제이슨을 처음 보고, 우는 모습에 당황했었다고 말하자, 킹 부인이 대답했다. "제이슨은 지금도 늘 나를 울게 만들지요. 어제도 포크를 여러 번 떨어뜨리면서도, 혼자 식사하려고 노력하는 모습이 너무 대견해 울었지요. 전 눈물은 사랑에서 나온다고 생각해요. 그래서 제이슨은 제게 사랑을 가르쳐 줍니다."

② 킹 부인의 말처럼 사랑이란 결국 아주 쉽고 단순한 감정-불쌍하고 약한 자를 보고 눈물을 흘릴 줄 아는 마음-에서 시작하는지도 모른다. 그래서 오래 전 나훈아는 '사랑은 눈물의 씨앗'이라고 노래했지만, 어쩌면 눈물은 사랑의 씨앗인지도 모른다. 『어린 왕자』를 쓴 쌩텍쥐페리는 눈물을 흘릴 줄 아는 능력이야말로 인간이 가질 수 있는 최대의 부(富)라고 했다. 척박한 세상을 살아가며 모든 사람들의 가슴 속에 숨겨 놓았던 눈물을 찾아 마음의 부자가 된다면, 이 찬란한 봄에 맞는 부활의 아침이 더욱 아름답지 않을까

(장영희, <숨겨놓은 눈물을 찾으세요> 중에서, 중앙일보, 2003.4.19)

이 글은 전체 문장의 후반부에 해당하는 부분이다. 인용문 ①단락에는 인물이 있고, 대화 안에 인물의 행위와 상황이 들어있다. 충분하게 서사적

조건이 갖추어져 있고, 이야기의 효용인 감화적 요소가 들어있다. 그런데 ②단락에는 필자의 주장이 들어있고, 생텍쥐페리를 후견인으로 삼아 자기 주장을 증명하고 있다. 다른 사람의 의견을 논리의 근거로 내세워 자기 주장의 당위성을 제고한 것이다.

이때 ①의 서사적 대화 내용은 ②의 주장을 하기 위해 앞세운 예시로 보아야 한다. 논증에는 감정에 호소하는 경우와 논리에 호소하는 경우가 있는데, 감정에 호소하는 경우는 설득하기 위한 것이고, 논리에 호소하는 것은 독자를 확신시키는 것이다.[1] 이 글은 감성과 이성에 함께 호소하는 기술방법을 적용한 논설문에 해당한다.

설명문은 사물의 본질, 의미, 구성, 작용, 이유, 현상 발생과 존재, 가치, 중요성 그리고 기능, 목적 등의 여러 물음에 대한 대답[2]을 정의, 예시, 비교와 대조, 구분과 분류, 분석과 같은 방법으로 기술한다. 그런데 설명문의 경우에도 서사적인 예시가 사용되지만, 이 경우에 서사적 형태의 글은 어떤 현상이나 본질을 설명하기 위한 예시에 지나지 않는 것이고, 본질적으로는 설명이다.

기사문에는 서사문에서와 같이 누가, 언제, 어디서, 무엇을, 어떻게, 왜의 6하원칙이 적용된다. 다음 기사문을 읽어보자.

    수도권 신도시에서 치과의원을 개업 중인 김모(40)씨는 지난 17일 대학 후배에게 병원의 운영을 잠시 맡기고 미국 보스턴행 비행기에 몸을 실었다. 부활절 방학에 맞춰 3년 전 조기 유학을 위해 보스턴으로 보낸 아들(11), 아내(36)와 함께 모처럼 시간을 보내기 위해서다. 김씨는 출국 직전 ① "미국 학교의 여름 방학이 긴 편(석달)이지만, 그 땐 병원이 성수기여서 떠나지 못할 것 같아 부활절에 출국키로 했다."고 말했다.
    자녀 조기 유학을 위해 가족들을 외국으로 떠나보내고, 국내에 혼자 사는

---

[1] 문덕수 : 『문장강화』(서울, 시문학사, 1993), 105쪽.
[2] 문덕수 : 위의 책, 81쪽.

‘기러기 아빠’들이 부활절을 맞아 대거 출국했다. 미국·캐나다·호주 등지의 학교에서 부활절을 전후해 1∼2주 가량의 임시 방학을 한다. 인천국제공항의 출입국관리사무소 관계자는 ②“지난 주부터 미국·캐나다·호주 등지로 가는 중년 남성 가운데 ‘가족 방문’이라고 쓰는 사람이 부쩍 늘었다.”고 말했다.
(이철재, <‘기러기 아빠’ 만남의 계절> 중에서, 중앙일보, 2003.4.21)

이 기사문은 사건 또는 상황이 나타나 있지만, 객관적으로 기술되어 있다. 사건이나 상황에 대한 느낌과 생각이 전혀 문맥에 묻어 있지 않다. 다만 ①과 ②에서와 같이 관계자의 소견만을 소개하고 있을 뿐이고, 필자의 주관이 전혀 개입되지 않았다.

감성적인 느낌이나 논리적인 생각이 드러나 있는 글로 수필문이 있다. 그런데 서사문인 소설과 다른 것은, 수필은 필자의 직접적인 느낌과 생각을 기술한 것이고, 소설은 작가가 서술자 또는 인물을 대리인으로 내세운 허구적 구성이다. 그리고 수필은 특별한 경우를 제외하면, 줄거리가 있는 이야기의 형태가 아니다.

이상과 같이 소설의 문장과 서사적 요소가 들어 있는 다른 문장들을 대비하여 보았다. 논설문, 시평문, 기사문, 수필문 등에 인물의 행위가 들어 있는 이야기가 있더라도, 그것은 필자의 주장을 말하기 위한 예시이거나, 전제에 해당하는 것이거나, 객관적 보고를 하기 위한 상황의 예시이거나, 필자의 직접적 느낌과 생각을 말한 것이다. 소설의 이야기는 서술자를 매개로 하는 인물들의 이야기이므로, 작가의 느낌이나 생각을 간접적이고 암시적으로 구성한 것이다.

2. 소설 문장의 길이

소설의 문장은 작가의 느낌이나 생각을 표현한 도구이다. 문장에는 작가의 독특한 목소리와 체취가 담겨 있다. 그 작가만의 개성적 문장이 있다. 그것은 작품의 주제나 작가의식에 따라 달라질 수도 있고, 한 작품에서도 사건의 진행, 인물의 심리묘사, 사물의 관찰, 관념의 서술 등의 장면에 따라 차이가 드러날 수도 있다.

문장의 개성적 차이는 수사적 표현의 활용정도, 어휘의 선택과 사용, 어조와 분위기, 문장의 길이 등으로 결정된다. 작가의 문장은 형상화의 대상, 기법적 도구개념의 활용, 문법적 서술방식에 따라 달라진다. 이들 중에서 특정한 어떤 부분에 치우치기보다는, 서로 어우러져 그 작가만이 구사할 수 있는 문장의 색채가 이루어진다.

이 글에서는 소설 문장의 길이와 문장 안에서의 주어의 위치에 따른 문장의 속도에 대하여 의논하기로 한다. 일반적으로 문장의 길이를 말할 때, 문어문에서는 대체로 주어와 서술어의 관계가 몇 번 이루어지고, 어떠한 방식으로 결합되거나 연결되었는가에 따라 그의 유형이 나누어진다. 구어문에서는 발화단위나 억양단위에 따른 구문 유형이 연구되고 있다. 소설의 문장은 독자의 읽기라는 관점에서는 문어문의 성향이 있지만, 서술자 또는 화자의 서술이나 묘사・논평이라는 점을 생각하면, 구어문에 접근해 있다고 볼 수 있다. 그러고 보면 소설의 문장은 엄밀하게 어느 한 기준에 대입하여 설명해 내기는 어려울 것이다. 이 글에서는 문어적 명칭들을 사용해 나가기는 하겠지만, 구어3)에서 발화에 따르는 호흡의 단위도 문장의 길이를 정하는 작업에 함께 적용해 나가기로 하겠다. 그리고 단일문이나 복합문, 혼합문 등의 명칭을 사용하지만, 이 용어들이 국어학의 문법 용어의 개

---

3) "지금까지 구어의 기본 단위에 대해서는,
　　말차례구성단위(turn-contructional unit), 발화단위(utterance unit), 발화문, 억양단위(intonation unit) 등이 논의되어 왔다.(전영옥 :「한국어 억양단위」,『담화와 인지』제10권 1호, 담화・인지 언어학회, 2003.4) 그런데 말차례 구성단위나 억양단위는 소설의 대화문에는 적용이 가능하지만, 소설의 서술・묘사・논평 등에 적용하기 위해서는, 이에 대한 연구 성과들이 더 많이 축적되어야 할 것이다.

넘이나 용도와 일치하는 것은 아니다.

1) 단일문형 문장

단일문형의 문장은 주술관계가 한 번 이하로 이루어진 경우이다. 주어가 생략된 문장도 여기에 포함되는데, 생략된 주어는 그 문장의 상위문 서술어의 주어가 생략된 경우만을 말하고, 그 안에 포함된 하위문 서술어의 생략된 주어는 복원하지 않고 단순한 수식어구로 간주한다. 다음의 예문은 단일문형 문장의 보기이다.

> (1) 그 여자는 어린 아이처럼 나를 따라 오고 있었다. 나는 나의 한 손으로 그 여자의 한 손을 잡았다. 그 여자는 놀란 듯했다. 나는 얼른 손을 놓았다. 잠시 후에 나는 다시 손을 잡았다. 그 여자는 이번엔 놀라지 않았다.
>
> (김승옥, 「무진기행」)

> (2) 소년은 두 손으로 물 속의 얼굴을 움키었다. 몇 번이고 움키었다. 그러다가 깜짝놀라 일어서고 말았다. 소녀가 이리로 걸어 오고 있지 않느냐. 숨어서 내 하는 꼴을 엿보고 있었구나. 소년은 달리기 시작했다. 디딤돌을 헛짚었다. 한발이 물 속에 빠졌다. 더 달렸다.
>
> (황순원, 「소나기」)

(1)문장은 주술관계가 모두 갖추어진 규범적인 단일문형이다. 인물의 행위서술이 주로 이루어지고 있는데, 읽기의 속도가 빠르고, 전달하려는 내용이 명확하다. (2)의 문장은 주어가 생략된 문장들이 있다. 단일문형에서 주어의 생략은 읽기의 속도를 더욱 빠르게 하지만, 주어가 생략된 만큼 동양화에서의 여백과 같은 호흡의 여유가 주어지기도 한다.

2) 복합문형의 문장

문어문 연구에서 복합문에는 내포문과 접속문이 있다. 복합문형의 문장
은 한 문장에서 내포문이나 접속문 또는 내포문과 접속문이 두세 번 쓰인
경우이다. 내포문은 성분절을 안긴 문장으로 안고 있는 문장의 유형이다.
접속문은 문장과 문장이 연속적으로 이어진 경우를 말한다. 접속문은 앞
뒤 문장이 대등하게 이어진 것과, 주종관계로 이어지는 경우가 있다. 대등
접속문[4]은 접속이 나열, 대조, 선택 등의 관계로 표시되고, 종속접속문[5]은
인과, 조건, 목적, 평가, 결과, 첨의, 강조 등의 관계로 이어진다. 다음의 예
문으로 복합문형의 문장을 살펴보기로 한다. 예문에는 단일문형의 문장과
혼합문형의 문장도 섞이어 있는데, 여기서는 복합문형에 해당하는 문장만
을 선택적으로 설명하기로 한다.

(1)　　①나는 이렇게 둘러대고는, [남편이 돌아올] 날을 달력으로 짚어 보았
다. 사흘 남았다. ②[어른들도 무서운 꿈을 꾸냐고] 작은 딸이 물었다. 그
아이에게 [어른이 된다는] 것은 [두려움이 없어진다는] 것하고 같은 뜻일
지도 모른다고 생각하며, 대답대신 등을 토닥거려 주었다.

(박완서, 「꿈꾸는 인큐베이터」)

＊ 인용문의 [ ], ＜ ＞, ( ) 그리고 번호 등의 기호는 필자가 임의로 붙인 것임.
이하의 인용문의 경우도 동일함.

(2)　　나는 어색하게 웃었다. ①[나는 언뜻 그녀에게 미안한] 생각이 들었으
나, [그녀는 전혀 아랑곳 없이] 그림에만 열중하고 있었다. ②내가 잠깐
머쓱해 있자, 미술 선생은 내게 무엇이든 그려 보라고 말했고, 그제야 [나
는 [내가 무엇을 그려야 하는가] 궁리를 해야 함]을 알았다. 그릴 것이 없
었다. ③나는 멍하니 창밖을 내다보다가, 그만 슬그머니 방을 나와 버렸다.

---

4) 권재일 : 『한국어 통사론』(민음사, 1994.3), 256～260쪽.
5) 위의 책, 260～264쪽.

(윤후명, 「별을 사랑하는 마음으로」)

(3)　　그는 여전히 빙글거렸다. ① 서로의 술자리가 차츰 어수선해질 '무렵', 그와 나는 살그머니 술집을 빠져 나왔다. ② 그리고 추운 밤거리에서 그의 팔장을 끼고, 열두 시가 넘어서도 편하게 마실 수 있는 술집을 찾아 헤매는 '동안', 나는 그를 새삼스럽게 쳐다보곤 하였다.

(송기원, 「아름다운 얼굴」)

(4)　　① 그래, 그녀는 [코가 아주 예뻤다.] ② 그녀의 용모가 그다지 눈에 띄지 않는 어떤 분위기를 전달하는 '반면', 그녀의 코 하나는 정말 예뻤다. ③ 정면에서 보건, 옆에서 보건, 일품인 코를 가진 여자. ④ 그래서 붙여진 별명, 하나코. 그러나 이 암호는 그들과 어울려 다니던 시절에 만들어진 것은 아니었다.

(최 윤, 「하나코는 없다」)

윗문장 (1), (2), (4)의 [ ]안의 문장은 내포문이다. (1)의 ①에는 관형절이 내포문으로 들어있고, ②에는 (인용)부사절과 관형절들이 들어 있다. (2)의 ①에는 관형절, 부사절이 들어 있고, ②에는 관형절을 안은 (목적어)명사절이 있다. (4)의 ①은 서술절이 내포되어 있는 복합문형의 문장이다.

　(1)의 ①문장은 종속문장과, 내포문을 안고 있는 주문장이 대등적으로 이어져 있는 복합문형 문장이고, ②는 내포문을 안은 문장으로 이루어진 복합문형 문장이다. (2)의 ③문장은 용언의 어미로 접속관계가 이루어졌다. 일반적으로 접속문은 용언의 어미가 접속관계를 지시하지만, (3)의 ①의 '무렵'이나 ②의 '동안', (4)의 ②의 '반면'과 같이, 명사가 접속의 기능을 가지는 때가 많이 있다. 이러한 경우를 우선 명사접속이라고 불러두기로 한다. 비록 서술어로 끝난 문장이 아니지만, 발화의 호흡 단위가 문으로서의 기능을 충분히 갖추고 있고, 접속의 기능을 명사가 담당하고 있기 때문이다.

명사 접속만이 아니라, 부사어 접속도 이루어지고 있다. 예를 들어, "내가 그를 찾았을 때에는, 이미 자리를 떠난 후였다."라는 문장에서, '때에는'은 부사어로서 다음 문장에 접속되고 있다. 소설의 문장에는 문어문의 문법적 예문과는 달리 이러한 유형의 접속이 빈번하게 활용되고 있다.

소설 문장에서 서술자 또는 화자의 발화가 호흡의 한 단위가 된다면, 한 문으로 간주해야 한다. (4)의 ①의 '그래'는 한 단어이기는 하지만, 발화의 한 호흡 단위가 되고, 내용으로 보아도 휴지(休止)의 한 단위가 되어, 한 문으로 간주하여야 하므로, 이 ①의 문장은 접속관계와 내포관계를 지닌 복합문형이다. ③의 문장도 접속관계가 두 번 이루어진 복합문형의 문장이고, ④의 경우도 대등적으로 접속된 복합문형이다. 그리고 (4)의 ③, ④ 문장에는, 문장의 종결이 용언의 어미가 아닌, 명사로 마무리되어 있기도 하다.

3) 혼합문형 문장

내포적 관계와 접속관계가 두세 번까지 이루어진 문장을 복합문형 문장으로 보았는데, 그러한 관계가 세 번 이상 이루어진 경우를 혼합문형의 문장으로 구분하려고 한다. 접속관계가 대등적인 때와 주종적인 경우를 구분하지 않고 동일하게 적용한다.

(1) ① 선생이 알 듯 말 듯한 미소에 젖어, 조는 듯 서안(書案) 앞에 앉아 있을 때, ② 그리하여 당신의 영혼은 이제는 다만 지난 영광의 노을로서만 파악되는 어떤 유연한 세계를 넘나들 때나, ③ [신기(神氣)가 번득이는] 눈길로 태풍처럼 대필(大筆)을 휘몰아 갈 때, ④ 혹은 뒤꼍 한 그루의 해당화 그늘 아래서 탈속한 기품으로 난(蘭)을 뜨고 거문고를 어룰 때는, ⑤ 그대로 경건한 삶의 한 사표(師表)로 보이다가도, (2) ⑥ 그 자신이 돌보아 주지 않으면, 반 년도 안돼 굶어죽은 송장을 쳐야 할 것 같은 살림이나, ⑦ 몇몇 늙은이와 이제는 열 손가락 안으로 줄어든 문인들을 빼면, 일년 가야 찾아 주는 이 없는 퇴락한 고가나, ⑧ 고된 들일에서 돌아오는 그를 맞는

석담 선생의 무력한 눈길을 대할 때면, ⑨ 그것이야 말로 반드시 벗어나
야 할 무슨 저주로운 운명처럼 느껴졌다.

(이문열, 「금시조」)

위의 인용문은 한 문장으로 이루어졌다. 호흡의 단위가 세 번 이상인 혼
합문형의 문장이다. 이 문장은 전체적으로 보아 상위문 (1)과 (2)가 대등하
게 접속되어 있다. 이때의 접속은 (1)의 상위서술어인 '보이다가도'와 같이
서술어의 어미로 이루어져 있다. 그러나 (1)과 (2)에 들어있는 하위문들의
접속관계는 앞서 말했던 명사접속으로도 설명할 수 없는 경우가 보인다.
(1)의 ①과 ③의 문이 다음 문과 접속할 경우는, '때'라는 명사로 접속되었
지만, ②와 ④에는 '때나', '때는'과 같이 명사에 조사가 첨가되어 있다. (2)
의 ⑥의 '살림이나'와, ⑦의 '고가나'에서도 명사에 조사가 첨가되어 뒷문
에 접속되고 있다. 일반적으로 문어에서는 용언의 어간에 어미가 덧붙어,
그 어미에 따라 접속관계의 유형을 말했고, 그것은 그 문의 서술어인 경우
였다. 이 글에서는 서술어의 어미에 의존하는 접속관계는 서술어 접속이라
부르고, 서술어 이외에 명사나, 명사에 조사가 덧붙어 있거나 다른 품사로
접속된 때는 이를 비서술어 접속으로 구분해 보려고 한다.

비서술어 접속의 경우에도 대등적 접속과 종속적 접속으로 구분할 수
있다. (1)의 ①, ②, ③의 비서술어 접속은 ④의 '때는'과 대등한 관계로 이
어진 것이고, (2)의 ⑥과 ⑦은 ⑧의 '눈길을'과 대등관계로서, 종속절의 서
술어인 ⑧의 '대할'의 목적어들이다. 이와 같은 소설의 혼합문형 문장은
서술어 접속과 비서술어 접속으로 이어진 문장으로, 호흡에 의존하는 휴지
의 단위가 여러 번 이루어지고 있고, 문장의 속도는 느리고, 독서할 때에
집중력이 요구되는 문장의 유형이다.

3. 소설 문장의 속도

소설의 문장에는 속도가 있다. 독자의 읽기 속도이다. 그 속도는 느리고 빠름이 적절하게 조절되어야 한다. 속도가 빠르기만 하면, 독자가 소설의 전개내용을 되새겨 보거나, 때에 따라 필요한 휴지(休止)의 겨를이 적고, 느리게 진행되기만 한다면, 지루하고 산만하여 읽기의 재미를 잃게 될 것이다. 문장 속도의 느림과 빠르기가 적절하게 배합되어야만, 독자의 읽기에서 긴장과 이완이 자동적으로 조절될 것이다.

소설 문장의 속도는 한 문장의 길이 자체와, 그에 따라 한 문장에서 다음 문장으로 건너가는데 소요되는 시간으로 정해진다. 한 문장의 길이가 긴 것보다는 짧은 경우에 속도가 빠르다. 소설문장의 표현양식에서는 비유나 상징보다는 직서적 표현이 속도가 빠르고, 묘사보다는 서술 문장에서 속도감이 느껴진다. 소설 구성의 장면에서는 일반적으로 인물의 행위나 사건 진행의 장면에 속도가 붙어 있고, 사색적이거나 심리적 장면은 더디게 진행된다. 문장의 길이를 따질 때에는 당연히 복합문형이나 혼합문형의 문장보다는 단일문형의 읽기가 빠르게 진행된다. 복합문형이나 혼합문형의 문장에서도 주어가 거듭해서 들어 있어서 상위문과 하위문으로 이루어지는 내포문이나 전제문이 들어 있는 문장보다는, 대등적 접속이나 주종적 접속문형의 문장이 상대적으로 속도가 빠르다. 주종적 접속문보다는 대등적 접속문이 보다 더 일기의 속도가 난다. 이에 대한 문장의 예문은, 앞의 「IX의 2. 소설 문장의 길이」에서 볼 수 있다.

소설문장의 속도는 주어의 위치에 따라서도 정해진다. 다음 문장을 읽어 보기로 한다.

(그는) 뒤도 돌아보지 않고, 질척이는 둑길을 향해 올라갔다. (그가) 둑 위로 올라서더니, 배낭을 다른 편 어깨 위로 바꾸어 메고는 다시 하반신부터 차례로 개털모자 끝까지 둑 너머로 사라졌다. (영달이는) 어디로 향하겠다는 별 뾰족

한 생각도 나지 않았고, 동행도 없이 길을 갈 길이 아득했다. 가다가 도중에 헤어지더라도 우선은 말동무라도 있었으면 싶었다. (그는) 멍청히 섰다가, 잰걸음으로 사내의 뒤를 따랐다. (영달이는) 둑 위로 뛰어 올라갔다. (사내의 걸음이) 무척 빨라서, 벌써 차도로 나가는 샛길에 접어 들어 있었다.

(황석영, 「삼포 가는 길」)

위의 문장은 ( )에서 보는 것처럼 주어가 문장의 머리 부분에 있다. 이러한 주어를 머리주어라 하고, 주어가 그것의 수식어 때문에 문장의 중간에 있거나, 앞에 전제문이나 조건문이 있고, 그 다음 문장의 처음에 주어가 있는 경우는 허리주어 문장이라고 부르기로 한다. 머리주어 문장은 읽기의 속도가 빠르다. 단일문형이 아니더라도, 대등적 접속문의 경우는 읽어 나가는데 호흡의 걸림이 적어서 속도가 붙는다. 위의 보기는 대등적으로 접속된 복합문형 내지는 혼합문형이지만, 머리주어의 문장이고, 인물의 행위가 서술되어 있으므로, 상대적으로 읽기의 속도가 빠른 조건이 모두 모여 있는 문장이다. 머리주어의 문장이라도, 각 문장의 주어가 다를 때보다는 동일할 때 그 속도가 더욱 빨라진다.

다음 문장을 읽기로 한다.

소녀가 속삭이듯이, 이리 들어와 앉으라고 했다. ① 괜찮다고 했다. 소녀가 다시 들어와 앉으라고 했다. ② 할 수 없이 뒷걸음질을 쳤다. 그 바람에 소녀가 안고 있는 꽃묶음이 우그러들었다. 그러나 소녀는 상관없다고 생각했다. 비에 젖은 소년의 몸내음새가 확 코에 끼얹혀졌다. ③ 그러나 고개를 돌리지 않았다.

(황순원, 「소나기」)

이 문장은 짧은 문장이고, ①~③의 문장은 주어가 생략되어 있다. 주어가 생략된 문장의 경우도 읽기의 속도는 빠르다. 일반적으로 완전한 문장의 최소조건은 주어와 서술어의 관계를 갖추어야 하지만, 구어문에서는 서술어만으로도 한 문장이 이루어지는 것을 볼 수 있다. 종결어미로 문장을 마치는 짧은 문형의 문장은, 대등적 연결어미로 이어지는 복합문형의 문장 흐름이 유연함에 비해서, 읽어나가는 호흡에 마디가 지어지는 느낌을 준다.

다음은 허리주어 문장들이다.

①엄지손가락 굵기의 [풀줄기들은] 삽날로 서너 차례 내리쳐야만 쓰러졌다. ②그래도 [땅 표면이 그리 두껍게 얼어 있지 않은 것이] 다행이었다. ③무릎 깊이만큼 파들어 가자, 거기부터는 [흙빛깔이] 눈에 띄게 달라졌다. ④지금껏 우리가 떠올렸던 것보다도 훨씬 습기 차고 검붉은 [흙이] 나타나기 시작한 것이었다.

(임철우, 「아버지의 땅」)

위의 보기와 같이 상위문의 주어보다 앞 선 수식어나 어떤 구문이 있는 경우에는, 주어가 그 문장의 중간에 있다고 해서, 허리주어의 문장이라고 앞에서 말했다.

위의 ①, ④문장은 주어의 앞에 수식어구가 놓여 있어서, 주어가 뒤로 물러난 경우이고, ②는 주어가 명사절로 이루어져 주어의 길이가 길어진 것이며, ③은 전제문이 앞서 있어서, 주어가 문장의 중간에 놓이게 된 것이다. 이러한 허리주어 문장 중에서 수식어구는 그 문장의 의미내용으로 보아 수식대상어에 대한 서술적 기능을 갖기도 한다. 예를 들어, "향기로운 꽃이 피었다."는 문장의 수식어인 '향기로운'은, "꽃이 향기롭다."와 같이 서술내용으로 환원할 수 있어서, 주어 '꽃이'에 '향기롭다'와 '피었다'라는 서술내용이 거듭되는 것이다. 이러한 문형의 문장은 주어를 중심으로 그것의 앞과 뒤에서 동시에 의미를 부여하기 때문에, 의미면에서의 체적감과 형상적 느낌을 주게 된다. 그러나 읽기의 속도는 머리주어 문장에 비해서 더디게 진행되어 간다.

소설의 문장에서, '속도가 빠른 것이 좋은 것이다.'라는 명제는 성립하지 않는다. 문장의 속도는 소설의 주제나, 어떤 사건이나 상황이 진행되는 장면, 작가의 문장 관습 등에 따라서 달라지는 것이다. 그러나 독자의 읽기를 생각한다면, 속도가 빠른 문장과 느린 문장이, 소설의 장면에서의 필요에 따라 적용되어서, 독자를 긴장시켰다가 완화시켜 주고 다시 긴장시키는 도구라는 것을 생각해 두어야 할 것이다. 소설에서 사건이나 상황의 긴박감이나 인물의 심리적 변화의 추이가 독자를 긴장시키지만, 문장의 속도도 그러한 역할의 일부를 담당한다.

X. 소설 문장의 유형

1. 소설 문장에 대한 논의

소설은 특정한 시공간이나 상황에 놓인 인물의 사건적 행위와 심상이 서사양식으로 기록되는 언어적 행위이다. 이러한 언어적 행위는 문자적 기록으로 나타나고, 어떠한 문장으로 표현할까 또는 어떻게 표현되어 있나 하는 문제를 만나게 된다. 이러한 문제들에 대한 해명이 서사양식이라던가, 문장의 유형, 문장의 분류 등과 같은 과제로 연구되어 왔다.

이에 대한 연구들의 성과는, 말하기와 보여주기[1] 또는 서술과 묘사[2] 그리고 장면과 요약[3] 등의 이론으로 대표된다. 이들의 논의는 소설의 문장을 구분하는 기본적인 기준으로서 적정한 것이다.

---

[1] Norman Friedman : *Point of view in Fiction*,
 Edited by Philip Stevick : *The theory of the Novel* (The free Press, New York, 1967), P.118.

[2] 제라르 주네트, 김동윤 옮김 : 「서술의 경계선」, 『현대서술이론의 흐름』(솔, 1997.3), 13쪽.

[3] ① 롤랑 부르뇌프 · 레알 웰레, 김화영 편역 : 「스토리와 서술」, 『현대소설론』(현대문학, 1999.3), 107~113쪽. 롤랑 부르뇌프 등은 소설가가 동원할 수 있는 서술방법들을 세분하여 설명하자면, 장면과 요약에다가 묘사를 추가할 필요가 있다고 하였다.
 ② 김천혜 : 「문장」, 『소설구조의 이론』(문학과 지성사, 1999.9), 131~136쪽.

어느 구분이든 그것은 서술자의 태도에 따른 두 방법을 가리킨다. 서술자가 인물의 행위와 사건에 개입해서 독자에게 보고하거나 해설을 하면서 이야기를 이끌어 나가는 경우와, 서술자가 인물의 행위와 어떤 형상과 상태를 제시해주는 경우로 구분할 때, 프리드만은 앞의 경우를 '말하기'라고 불렀고, 뒤의 것을 '보여주기'라고 했다. 그는 이어서 '말하기'를 '요약적 서술'로, '보여주기'를 '직접적 장면제시'로 설명해 내고 있다.[4] 퍼시 러보크는 '파노라마적 제시'와 '장면 중심적 제시'로 소설의 문장유형을 나누어 설명했다.[5] 제라르 주네트는 "실제적이거나 허구적 사건 또는 일련의 사건들을 표현하는 것"[6]을 '서술'이라고 정의하였다. 그러나 그는 서술행위가 묘사 없이 존재할 수 없으며, 묘사도 서술행위와 관계없이 생각될 수는 있으나, 서술이 자유로운 상태에서 이루어지지 않는다[7]고 하여, 사건의 언어적 표현이 실제로는 서술과 묘사로 이루어진다고 보았다. 롤랑 부르뇌프 등은, 사건을 그 행동 주체들과 더불어 독자의 눈앞에 보이는 것처럼 그리는 것을 '장면'이라고 하였고, 서술자가 독자와 사건 사이에 개입하여 사건을 중개하고 설명하는 방식을 '요약'이라고 구분하여 사용하고 있다.

김천혜는 소설의 문장을 서술대상에 따라, 장면묘사·요약·기술·논평으로 분류하였는데, 장면묘사의 서술대상은, 사건의 진행, 시간이 흐르는 동작이라고 하였고, 필연적으로 대화와 행동의 묘사가 그 내용을 이루게 된다고 하였다. 요약은 인물의 행동을 서술하고 사건 진행을 보고한다는 점에서 장면묘사와 근본적으로 차이가 없지만, 서술되는 시간이 빠르다. 장면묘사는 사건 진행을 세세하고 생생하게 묘사하는데 반하여, 요약은 압축하여 표현하는 것이라고 했다. 기술이란 풍경이나 정물을 주로 서술하는데, 서술되는 시간이 흐르지 않는다는 것이 특징이라고 하였고, 논

---

4) Norman Friedmann : 앞의 책, p.119.
5) Percy Lubbock : *The Craft of Fiction* (Jonathan Cape, London, 1957), p.67.
6) 제라르 주네트, 김동윤 옮김 : 앞의 책, 13쪽.
7) 위의 책, 23쪽.

평은 사건이나 작중인물에 대한 화자(작가) 나름의 견해나 비판에서부터 현실비판, 인생관, 세계관의 표명에까지 화자(작가)가 작품과 연관지어 독자에게 직접 전달하는 진술이라고 했다. 헬무트 본하임은 서술대상보다는 서술방법에 치중하여 서술양식을 발화·보고·묘사·논평으로 구분하고, 행동은 필연적으로 발화나 보고로 제시된다[8]고 하였다.

이러한 견해들에는 각각의 개성적 논의가 들어있기는 하지만, 이 글에서는 포괄적이고 일반적으로 논의되어온 '말하기'와 '보여주기'로 나누어 살펴보기로 하고, 여기에 '들려주기'를 덧보태어 설명하려고 한다.

2. 말하기

말하기는 소설작품의 화자가 인물의 행위, 시간과 공간의 변화, 인물의 장면 드나들기, 시간의 건너뛰기, 상황의 변화 등에 대한 정보를 독자의 바로 앞에 나서서, 상세하게 또는 요약적으로 제시하거나 안내해 주는 방법이다. 말하기는 이야기의 흐름을 이어주고, 진행의 속도나 방향을 조절해 준다. 말하기는 주로 인물의 뒤나 옆에 있음 직한 서술자가 주선하지만, 일인칭 주인물이 서술자가 될 때에는 화자와 인물이 일치한다.

말하기는 독자에게 보고하는 정보의 상세한 정도에 따라서 해설과 요약으로 나누어 볼 수 있고, 인물 또는 화자의 관념이나 정감이 개입하는 상황에 따라 논평, 감상, 고백으로 구분할 수 있다.

해설은 상세한 설명이다. 시간이나 공간의 제시와 변화, 인물의 등장과 퇴장, 사건과 상황에 대한 소개, 인물의 성격이나 심리, 관념과 정서적 태도를 직접적으로 설명하는 방법이다. 해설에서는 형상적 장면이 이루어지지 않는다. 형상적 장면은 구성요소들이 유기적으로 결집되어서, 어떤 의

---

8) 헬무트 본하임, 오연희 역 : 『서사양식』(예림기획, 1998.11), 29쪽.

미나 분위기 또는 정감을 그 안에 숨겨 놓는다. 해설에도 감각적인 정경이 있지만, 그것이 지시적 진술 그 자체이며, 내포된 함축적 의미를 갖지 않는다. 다음 문장을 보기로 한다.

> 현저동 일대에 물난리는 극심했다. 집집마다 수도라는 건 아예 있지도 않았기 때문에 물지게 질 만한 식구가 없는 집에선 물장수를 댔다. 미장이·도배장이 다 능숙한 엄마도 물지게만은 못 졌다. 진다고 해도 물 한 지게 받으려면 한나절을 소비할 만큼 층층다리 아래 있는 공동수도에는 물통이 온종일 장사진을 이루고 있었다. 물장수를 위해서 숫제 빗장을 벗겨 놓고 잤다. 물장수의 물지게에선 삐걱삐걱하는 독특한 소리가 났다. 삐걱삐걱 소리가 가까워지고 대문이 열리고, 철썩 물독에 물 붓는 소리를 듣고 잠이 깼다가도 단잠을 더 자야 날이 밝았다.
>
> (박완서, 「엄마의 말뚝」)

위의 예문은 산동네에서 물난리를 겪는 상황을 해설한 것이다. 상황이 있고 그것의 이유가 설명되어 있으며, 상황의 해결방법도 제시되어 있다. 상황이 감각적으로 서술되었지만 그 안에 숨어있는 내용을 가려낼 필요가 없다. 모두 화자의 진술 과정에서 표면에 드러나 있기 때문이다.

요약은 인물의 행위나 사건·상황의 개요만을 말하는 것이다. 요약은 시간의 서술에서 더욱 두드러지게 나타난다. 시간이 점진적으로 진행되는 것이 아니라, 생략되거나 압축되어 표현된다. 인물의 행위나 사건이 시간적으로 요약될 때, 요약되는 시간은 과거이다. 시간적 요약은 과거의 일을 간추려서 현재의 서술시간에 잇대어 놓은 것이다.

사건이나 상황의 경우에도 그 동기나 과정을 소상하게 말하지 않고, 결과적 사실만을 말하거나 줄거리만을 간추려서 서술하는 방법이다.

> "이후 워디를 가 혹 음석을 먹는 일이 있더래두 게자 새양이 안 든 음석이랑

은 절대 입에 대지두 말아야 쓰느니라.”

　　그로부터 나는 4, 5년 동안 남의 집 김치며 나물 따위를 먹지 않으려고 무척이나 애썼던 것이다. 요즘도 이따금 채중개강(菜重芥薑)이 문득문득 생각킬 정도로 철저히 실행했던 것이다. 음식에 대한 할아버지의 자세는 그만큼 철저한 것이었다. 그 무렵만 해도 관촌부락에서는 대사가 자주 있었다. 어느 해 늦가을엔 처녀총각 해서 무려 다섯이나 혼인한 적도 있었다.

(이문구,『관촌수필』중「일락서산」)

　　위의 글은 과거 어느 시기의 시간을 요약하여, 그 시절의 음식에 대한 기호를 말하고 있다. 4, 5년 동안이라는 기나긴 시간이 한마디로 줄여져 있다. 그리고 “처녀총각이 다섯이나 혼인한 적도 있다.”는 상황이 혼인의 과정에 대한 상세한 말하기나 보여주기 없이 한 문장 안에 요약되어 있다. 결과만을 기술한 것이다. 요약의 방법은 인물들의 과거 행적을 말하는 장면에서도 자주 활용된다.

　　말하기에는 화자가 어떤 사물이나 사건 · 상황에 대하여 자기의 의견이나 느낌을 말하기도 하고, 자신의 마음속의 생각을 드러내 보이기도 한다. 주로 작중 인물이 서술자가 되었을 때 나타나는 말하기 방법이다.

　　논평은 소설의 읽기에 독자가 참여해야 한다는 입장에서는 환영받지 못하는 표현양식이다. 작가가 창작행위의 주체로 승인되던 시대에는 논평이 독자의 깨달음을 일깨워 주는 역할을 해 왔으나, 작가가 서술자를 대리인으로 내세우고, 서술자도 객관적 안내를 종용받으며 독자의 깨달음을 간접적으로 떠받쳐 주어야 할 때, 논평은 서사의 기술방법으로서는 제한을 받아왔다. 그러나 소설은 객관적인 영상물의 대본이 아니므로 논평이 개입된다. 논평은 인물의 행위 및 태도, 사건 · 상황 등에 대한 서술자의 평가 · 감상 · 비판 그리고 주석 및 해설을 비롯해서 작가의 관념이나 가치관 그리고 현실과 세계에 대한 태도의 표명 등을 말하며, 이것을 독자에게 직접 전달하는 진술이다. 이러한 진술은 독자에게 믿음을 갖게 하여, 그 믿음에 따라 행동하기를 기대하는 것이다. 다음 문장을 보자.

> "선생님 서화는 예(藝)입니까, 법(法)입니까, 도(道)입니까?"
> "도다."
> "그럼 서예(書藝)라든가 서법(書法)이란 말은 왜 있습니까?"
> "예는 도의 향이며, 법은 도의 옷이다. 도가 없으면 예도 없다."
> "예가 지극하면 도에 이른다는 말이 있습니다. 예는 도의 향이 아니라 도에 이르는 문(門)이 아니겠습니까?"
> "장인(匠人)들이 하는 소리다. 무엇이든 항상 도 안에 있어야 한다."
> "그렇다면 글씨며 그림을 배우는 일도 먼저 몸과 마음을 닦는 일이겠군요?"
> "그렇다. 그래서 왕우군(王右軍)은 비인부전(非人不傳)이란 말을 했다. 너도 이제 그 뜻을 알겠느냐?"
>
> (이문열, 「금시조」)

위의 장면은 서화에 대한 인물들의 가치평가가 대립적으로 드러나 있다. 한 인물은 서화가 예(藝)라는 입장이고, 다른 인물은 도(道)라는 견식을 가지고 있다. 논평이 직접적으로 서술자의 개입으로 이루어 진 것이 아니라, 인물의 대화를 통해서도 들러낼 수 있다는 것을 보여 주고 있다.

감상은 사물, 자연현상, 상황 등에 대하여 서술자 또는 인물의 정서적 느낌을 말하는 것이다.

산등성이로 올라서자 아래쪽에 작은 마을의 집들이 점점이 흩어져 있는 게 한눈에 들어왔다. 가물거리는 지붕 위로 간신히 알아볼 만큼 가느다란 연기가 엷게 퍼져 흐르고 있었다. 교회의 종탑도 보였고 학교 운동장도 보였다. 기다란 철책과 철조망이 연이어져 마을 뒤의 온 들판을 둘러싸고 있는 것도 보였다. 군대의 주둔지인 듯했는데, 마을은 마치 그 철책의 끝에 간신히 매어달려 있는 것 같았다. 그들은 읍내로 들어갔다. 다과점도 있었고, 극장, 다방, 당구장, 만물상점 그리고 주점이 장터 주변에 여러 채 붙어 있었다. 거리는 아침이라서 아직 조용했다.

(황석영, 「삼포가는 길」)

위의 예문은 산등성이에서 내려다 본 마을의 정경을 묘사했다. 이 부분에서 그 마을의 모습이 "철책의 끝에 간신히 매어달려 있는 것 같았다."라고 한 것은 느낌을 말한 것이다. 직접적 서술이 아니라 비유적 표현이기는 해도 마을의 정경에 대한 감상을 말한 것이다. 읍내에 들어서서도 "거리는 아침이라서 아직 조용했다."라고 거리의 아침 분위기를 직서적으로 말하고 있다. 인물이 아니라 서술자의 감상이 개입된 경우이다.

고백은 인물이 드러내 놓고 싶지 않은 생각이나 정감을 말하는 것이다. 인물의 마음속을 내보이는 것은 대개 인물의 대화나 다른 인물의 대화로 이루어진다. 그런데 인물과 화자가 일치하는 1인칭 주인물 시점에서는 화자가 마음속을 드러낸다.

나는 기운을 얻었다. 나는 그 단벌 다 떨어진 골덴 양복을 걸치고 배고픈 것도 주제 사나운 것도 다 잊어버리고 활갯짓을 하면서 또 거리로 나섰다. 나서면서 나는 제발 시간이 화살 닫듯 해서 자정이 어서 휙 지나 버렸으면 하고 조바심을 태웠다. 아내에게 돈을 주고 아내 방에서 자 보는 것은 어디까지든지 좋았지만, 만일 잘못해서 자정 전에 집에 들어갔다가 아내의 눈총을 맞는 것은 그것은 여간 무서운 일이 아니었다. 나는 저물도록 길가 시계를 들여다보고 하면서 또 지향 없이 거리를 방황하였다. 그러나 이날은 좀처럼 피곤하지는 않았다. 다만 시간이 너무 더디게 가는 것만 같아서 안타까웠다.

(이상, 「날개」)

이 글에는 숨겨두고 내보이지 않으려는 비밀스러운 것은 없어 보인다. 그러나 상황에 대한 인물의 속마음이 서술되고 있다. "시간이 화살 닫듯 해서 자정이 어서 휙 지나 버렸으면"하는 조바심과 아내의 눈총을 맞을까

무서워하는 심리적인 정황을 고백하고 있다.

이상에서와 같이 말하기는 서술자의 시점뿐만 아니라 인물의 시점에서도 이루어진다. 말하기만으로 소설의 장면을 이루기도 하고, 한 장면을 다른 장면에 연결시키는 매개적 기능을 갖기도 한다. 그러나 이러한 경우는 서술자가 소설의 표면에 나서서 이야기의 진행을 결정하기 때문에 인물의 행위나 사건의 진행이 서술자의 관점에서 일방적으로 이루어진다. 이때 인물의 행동은 제약을 받게 되므로, 생동하는 인물을 형상화하기는 어렵다.

3. 보여주기

보여주기의 완벽한 방법은 화자가 객관적 입장에서 대상과 냉정하게 거리를 유지하면서 독자에게 보여주기만 하는 것이다. 서술자의 주관적 개입이 이루어지지 않아야 한다. 그러나 일반적으로 소설의 보여주기 장면에서 서술자의 개입이 나타난다. 이런 경우에도 보여주기의 장면에는 독자가 감지해야 할 서술자의 숨겨놓은 의도가 있게 마련이다. 그것은 주제적 의미이거나 분위기 또는 정감일 경우가 대부분이지만, 앞으로 전개될 사건·상황에 대한 예시이거나 복선일 때도 있다. 보여주기는 묘사로 대표된다.

묘사는 인물의 행위나 심상의 변화를 객관적으로 보여 준다. 일반적으로는 묘사를 서술과 상대되는 개념으로 설명하면서, 정적인 상태, 시간의 흐름을 멈추게 해 놓고 서술을 공간 속에다 펼쳐나가는 것[9]으로 이해하기도 한다.

그러나 묘사는 정지된 장면만이 아니라, 움직이는 장면도 연출해야 하는 것이다. 묘사는 오히려 장면을 움직이도록 만들어서, 그것이 긴박한 사건의 도중에 잠시 호흡을 조절하는 쉼터나 장식물이 아니라, 소설의 순조

---

9) 제라르 주네트 : 앞의 책, 26쪽.

로운 진행을 도모하는 도구적 서술장치로 운용되어야 한다.

　묘사에서는 인물의 행위나 심상의 변화를 현장감 있게 보여준다. 묘사는 시공간의 제한이 있고, 서술이론에 비추어 보면 관찰자적 시점을 따르는 기술방법이다. 묘사는 시간적 연속에서 극적 상황이나 과정을 다루기도 하지만, 인물의 행위가 이루어지는 시·공간적 배경이나 인물의 생김새, 상황이나 현상, 그리고 관념을 감각적으로 제시하는 데에 사용되기도 한다. 묘사는 대상에 따라 행위묘사·인물묘사·시간묘사·공간묘사·사물묘사·상황묘사·심상묘사 등으로 나누어 말할 수 있다.

　다음은 인물의 행위를 묘사한 것이다.

　　그러나 역시 검은 각반은 검은 각반이었다. 수많은 특수훈련과 거친 생활에 단련된 그들은 그 아연한 사태를 당해서도 재빠르게 대처했다. 남은 넷 중 하나가 들고 있던 소주병을 깨뜨려서 휘둘러 생긴 틈으로 다른 하나가 열차 창문을 구둣발로 박살내고, 이어 나머지가 칼처럼 생긴 그 유릿조각으로 무장을 했다.

　　그러고 등을 맞대 원진을 친 그들은 성난 물결 같은 제대병들 속을 헤쳐 나가기 시작했다. 살기를 띤 채 흉기를 휘두르며 활로를 개척해 나가는 그들에게는 기세등등하던 제대병들도 어쩔 수 없는 모양이었다. 욕설과 고함 속에서도 조금씩 틔워 주는 길로 검은 각반들은 조금씩 헤쳐 나갔다.

(이문열, 「필론의 돼지」)

　이 장면에서 묘사는 대상의 정적인 상태만이 아니라, 인물의 움직임과 사건이나 상황을 보여주고 있다. 위의 장면은 객관적인 묘사만으로 이루어진 경우는 아니다. 행위에 대한 서술자의 해석이 개입되어 있다. 행위묘사에 대한 일반적인 보기이다. 이외의 대상에 대한 묘사는 그 보기가 작품마다 드러나 있어서 여기서는 보기를 제시하지 않겠다.

　묘사는 대상에 대한 태도에 따라, 감각적 묘사와 감성적 묘사로 나눌 수 있다. 감각적 묘사는 대상을 인식하는 관찰자의 지각 내용을 그대로 전달하는 묘사방법이다. 감성적 묘사는 일차적인 지각 내용에, 관찰자의 이성적 판단 이전의 느낌·관심·감흥 등을 함께 적어 넣는 서술방법이다. 감각적 묘사는 관찰자의 주관적 개입을 가능한 한 제한함으로써, 독자의 상상력을 도모하여 소설창작 과정에 독자가 참여할 기회를 부여하려는 의도로 소설 작법을 의논하는 견해들마다 권장하고 있고, 그러한 방법을 객관적이라고 부르기도 한다. 그러나 실제로 묘사적 표현에는 감각적 묘사와 감성적 묘사가 복합적으로 사용되고 있다. 다음은 묘사문의 한 보기이다.

> 백화가 먼저 그 집의 눈 쌓인 마당으로 절뚝이며 들어섰다. 안방과 건넌방의 구들장은 모두 주저 앉았으나, ① 봉당은 매끈하고 딴딴한 흙바닥이 그런대로 쉬어가기에 알맞았다. 정씨도 그들을 따라 처마 밑에 가서 엉거주춤 서 있었다. 영달이는 흙벽 틈에 삐죽이 솟은 나무 막대나 문짝, 선반 등속의 땔만한 것들을 끌어 모아다가 봉당 가운데 쌓았다. ② 불을 지피자, 오랫동안 말라있던 나무라 노란 불꽃으로 타올랐다. 불길과 연기가 차츰 커졌다. 정씨마저도 불가로 다가앉아, 젖은 신과 바짓가랑이를 불길 위에 갖다대고, 지그시 눈을 감았다. ③ 불이 생기니까, 세 사람 모두가 먼 곳에서 지금 막 집에 도착한 느낌이 들었고, 잠이 왔다.
>
> (황석영, 「삼포가는 길」)

이 문장은 행위와 상황의 묘사문이다. 인물의 움직임이 있고, 공간적 분위기가 있다. 그리고 대상에 대한 태도가 객관적인 감각적 묘사가 주로 이루어졌지만 ①의 '쉬어 가기에 알맞았다.'라는 느낌, ②의 '오랫동안 말라있던 나무라'와 같은 경험적 인지, ③의 '지금 막 집에 도착한 느낌'이 들었다는 내면적 생각은 이 장면을 감성적 묘사로 이끌어 갔다.

보여주기는 독자에게 현장적 사실성을 제공해서, 독자의 경험적 공감대를 형성하고, 나아가서 상상력을 제고하는 역할을 하는 것이다. 객관적이고 감각적인 보여주기는 독자의 상상력을 유인하는 바람 직한 방법으로 논

의되고 있지만, 보여주기가 의도하는 그 장면의 분위기를 제대로 전달하지
못할 경우에는 마른나무 가지와 같은 처지에 놓이게 되는 경우도 있다. 보
여주기의 장면은 인물의 성격·심리나 사건·상황과 접맥되어야 물오른
나뭇가지와 같은 역할을 하게 될 것이다.

4. 들려주기

들려주기는 인물들의 대화이다. 인물들을 기준으로 삼는다면, 이것이
말하기에 해당하겠지만, 소설의 문장을 서술자가 독자에게 정보를 전달하
는 양식으로 볼 때, 이것은 들려주기가 된다. 서술자가 인물들의 대화를 독
자에게 들려주는 문장의 기술방법이다.

들려주기에서도 인물의 심상이나 관념, 또는 사건·상황에 대한 현재의
상태, 앞으로 전개될 내용에 대한 예고나 암시가 나타나기도 한다. 들려주
기에서는 드러낼 수 없는 인물의 내면적 심상이나 인물의 숨겨진 내력을
드러낼 때에도 유용하게 활용된다. 인물 스스로 자기 고백을 하게 하거나,
다른 인물의 대화를 통해서 어떤 인물의 숨겨진 내면에 대한 정보를 독자
에게 들려주게 한다.

들려주기에는 인물들의 대화나 혼잣말, 혼자 생각 등이 있다. 들려주기
는 인물들의 대화로만 이루어지기도 하고, 인물들의 대화 중에 서술자의
해설이 개입되기도 한다.

> "좀 고달프시겄어……."
>
> 선전(宣傳) 파트로의 전보발령이 내게 떨어졌을 때, 명주 녀석은 진작 그렇
> 게 말했던 것이다.
>
> "부사장님을 지척지간에 뫼시게 됐으니깐 말씀이야."
>
> 나는 묵묵히 담배만 축내고 있었다. 거푸 세 개비 째였다. 녀석은, 참 안 됐

다는 듯이 혀를 끌끌 차더니 곧 덧붙여 말했다.

"하기야 그것도 길들이기 나름일 테지만……."

그러니까 녀석의 심중엔 이미 적절한 처방전이 숨겨져 있었던 것이다.

"길들이다니……. 누가 누굴?"

나는 어릿하게 되물었다. 감히 녀석은 말했다.

"누군 누구야. 네가 그자를 길들이는 거지."

입사 경력 2년, 줄줄이 층층 시어미를 뫼셔야 할 일개 말단 사원은 녀석의 가당찮은 대꾸에 그만 실소를 금치 못하고 낄낄댔다.

(이동하, 「上典 길들이기」)

이 글의 대화는 앞으로 인물이 치루어 나갈 사건의 동기가 되는 상황을 보여주고 있다. 말단 사원의 상전 길들이기에 얽힐 사건을 예시하고 있다. 다음의 대화는 인물의 됨됨이를 보여준다.

"어서 오시요." 댓방 아줌마가 배추를 다듬으면서 말했다.

"날세." 사내가 탁자 위에 쭈그러진 가방을 팽개치듯 내려놓고 그 앞 의자에 걸터앉으면서 말했다. 가게 안에 딴 손님은 없었다.

"아니고! 뭣 헐라고 또 오요?" 여자가 배추포기를 내던지고 일어서서 두 팔을 늘어뜨리고 말했다.

"막걸리나 한잔 주소. 서울서 지금 막 내려오는 길이네."

"어서 가시요. 영달이가 학교 파하고 돌아올 때가 됐소. 가 오기 전에 얼렁 가시요."

"어디서 만 원 두 개만 만들 수 없을랑가 모르겠네."

"돈은 한 푼도 없소. 있어도 당신 줄 돈은 없소."

"영달이 많이 컸제? 가가 지금도 나를 그렇게 미워헝가?"

"한 달에 월사금 육천 원 벌라고 신문배달허요."

"신문배달이야 애비 있는 자석도 허네."

"가가 애비 없는 자석이요?"

"새마을 몇 갑 살 돈도 없능가?"

　"없소."

　"나, 갈라네. 막걸리나 한 사발 딸소."

　사내가 일어서서 쭈그러진 가방을 집어 들었다.

(서정인, 「뒷개」)

　이 문장은 사내의 사람 됨됨이를 묵시적으로 잘 들려주고 있다. 이들은 자식을 둔 부부이지만 별거하고 있고, 서로의 사이가 언짢다. 이런 사정에서 사내가 느닷없이 여자를 찾아와서 나누는 대화에는 그의 사람 됨됨이를 가늠하게 한다. 사내는 여자와 대화하면서 별로 대꾸하지 않고, 자기가 할 말만 계속한다. 외쪽대화이다. 이런 외쪽대화를 하는 인물은 상대를 배려할 마음의 여유가 없거나 무엇인가 집중하고 있는 절박한 사정이 있을 것으로 짐작된다.

　위와 같은 소설의 문장 유형들은 한 장면을 단위로 해서 분명하게 구분되는 것은 아니다. 창작의 실제에서는 한 장면 안에서 말하기와 보여주기 그리고 들려주기의 문장이 혼합되어 사용되고 있기도 하다. 심지어는 한 장면 안에서도 말하기와 보여주기 그리고 들려주기가 뒤섞여 있다.

　"이 방이요."

　① 깡마른 여자는 그렇게 가리키곤 곧장 부엌으로 들어가 버렸다. ② 여인숙 오른손 편에 있는 수수밭에서 제법 시원한 바람이 불어 왔다. ③ 그러고는 곧장 콧구멍에 매캐한 지린내가 물씬 풍겨왔다. ④ 쪽마루가 있고 쪽마루 끝에 굴뚝이 비스듬히 서 있고, 그 굴뚝 아래 버캐가 허옇게 긴 오줌장군이 또한 비스듬히 놓여 있었다. ⑤ 밤중에 일어난 숙박객들이 구태여 마당 건너에 있는 화장실까지 갈 것 없이 쪽마루를 밟고 끝으로 나가서 바지를 헐면 되게 되어 있었다. ⑥ 나는 잠시 난감한 기분이 되었다. 좀더 깨끗한 여관은 없을까. ⑦ 그러나 그 산골에는 여인숙이라곤 딱 두 집밖에 없었는데, 먼저 찾아갔던 집에서는 손님이 차서 빈방이 없었다. ⑧ 해가 진 뒤라면 이나마 방을 구하기가 어렵다고 그 깡마른 여자가 말했었다.

(김주영, 「외촌장 기행」)

윗문장의 "이 방이요"는 들려주기이다. ①, ⑥, ⑦, ⑧은 행위, 심리, 상황 등을 말한 내용이고, ②, ③, ④는 특정 공간의 정경을 감각적으로 묘사한 문장이다. ⑤는 그 정도가 논평에 해당하는 것이다. 결국 이 한 장면은 대화, 서술, 묘사, 논평의 요소들이 함께 어울어진 것이다. 이러한 장면을 문장 유형을 나눈다고 세부적으로 갈래를 만들어 갈라놓는 일은 소모적이다. 일반적으로 소설의 한 장면에서 기술된 문장들은 위와 같이 말하기와 보여주기 그리고 들려주기가 혼합되어 이루어지는 것이다.

서술자가 독자에게 소설의 전개과정을 문자적 언어로 전달하는 방법으로서의 말하기와 보여주기 그리고 들려주기는, 기본적으로 독자에 대한 정보제공의 방법이다. 동시에 독자의 읽기에 기여하는 방법이기도 하다. 독자가 개별적으로 참여할 수 있게 의식의 공간을 보여줌으로써 열어 주기도 하고, 말해 주어서 제한하기도 한다. 소설의 구성만이 아니라, 문장의 기술 방법도 독서의 긴장과 이완, 읽기 속도의 완급을 적절하게 조절해 주는 방법이다. 말하기는 보여주기를 통해서 직선적인 의식의 폭을 넓혀 나갈 수 있고, 보여주기는 말하기로 말미암아 독자의 지나친 주관적 읽기에서 벗어날 수 있다. 들려주기는 말하기나 보여주기로 제한되는 인물들의 내면을 들여다보게 해 주고, 앞으로의 전개를 내어다 보게 해 주는 서술의 장치이다.

이상으로 서술자가 이야기를 전달하는 서술 방법은 말하기와 보여주기와 들려주기로 크게 나누어 보았다. 말하기의 방법은 독자에게 보고하는 정보의 상세한 정도에 따라 해설과 요약으로 구분하였고, 서술자의 관념이나 정감이 개입하는 정황에 따라 논평, 감상, 고백으로 세분해 보았다. 보여주기로는 묘사로 설명하였고, 묘사는 감각적 묘사와 감성적 묘사로 구분하였다. 들려주기는 등장인물들에게는 말하기이지만, 서술자가 독자에게 전달하는 입장에서는 독자에게 들려주는 것이다.

XI. 소설의 직관적 표현기술

소설은 사상으로 쓰지 않고, 언어로 쓰는 것이다. 문학을 문학으로 성립하게 하는 기본적 도구는 표현이다. 우리가 무엇을 표현한다고 했을 때, 우선 어떤 현상이나 대상에 대한 정보를 수집하는 지각의 단계가 앞서고, 그에 대한 느낌이나 관념이 뒤따르게 된다. 느낌이나 관념은 때로는 단편적으로 나누어져 서로의 관계가 애매하거나 유리된 상태이다. 느낌이나 관념이 표현되려면, 작가의 형상화 의도에 맞도록 선택과 재구성의 절차가 뒤따라야 한다. 느낌과 관념의 어느 부분은 덜어내고, 버리고, 덧붙이고, 새로 짜넣고, 위의 것을 아래로, 안팎을 뒤집어 보고, 거꾸로 생각해 보기도 하면서, 필요한 구조적 형상물을 만들어 내야 한다. 이러한 구조적 형상물을 의도하는 대로 전달하려면, 언어적 표현문제가 뒤따른다. 일상적 언어로는 언어 자체의 한계성 때문에 의도한 모든 것을 제대로 전달하기 어렵다. 이를 보완하기 위한 표현방법이 동반되어야 한다. 표현은 구조적·언어적 형상화 작업이다.

문학의 구조를 흔히 서사구조라고 말하고, 이에 필요한 조건이나 요소에 대한 논의들이 많이 이루어져 왔다. 서사적 구조는 문학에만 있는 것은 아니어서, 판소리와 탈놀이, 음악이나 미술, 그리고 영화, 15초짜리의 영상 광고나 가수들이 자기의 노래를 대중적으로 알리기 위한 영상홍보물에도 서사적 절차가 들어 있다. 이야기거리를 영상매체로 표현한 것을 '영상문학'이라고 말하기도 하는데, 이것은 문학의 본성을 이야기거리와 서사적 구조로 이해하고, 그의 매체변용을 당연한 시대적 추세로 받아들이는 태도이다. 서사구조물을 어떠한 매체로 표현하든지, 그것은 다양한 문화적 행위이므로 부정하거나 막아설 일이 아니다. 그러나 그것은 마당놀이이고, 영화이며, 영상문학이다. 우리가 문학이라고 부르는 것은, 이야기거리를 구조적으로 표현할 때, 언어를 매재로 삼은 것을 이르는 것이다.

문학의 표현에는, 이야기거리를, 이야기꾼이, 독자에게 어떠한 방법과 차례를 따라 전달하는가 하는 서사적 구조의 구성적 표현이 있고, 그 전달의 매재가 되는 언어적 표현이 있다. 문학의 언어적 표현은 한 문장 이상의 장면을 표현하는 문장의 성질과 유형에 대한 것이다. 문학적 언어는, 전달자가 특정한 부분을 선택하여 재단하고 해석하여 제시하는 영상물과 비교한다면, 독자가 작품에 참여하는 폭이나 정도를 보다 더 다양하게 보장해 주는 것이다. 언어의 본질적 한계나 그러한 한계를 극복하기 위하여 사용한 특정한 표현방식들은 독자의 상상력을 매개함으로써, 창조적 이해와 행위를 일으키는 디딤돌이 될 것이다. 언어적 상상력을 통한 창조적 행위는 문학이 독자에게 제공할 수 있는 출발점인 동시에 마지막 도착점인 것이다. 이 글에서는 소설의 언어적 표현에 대하여 의논하려고 한다.

표현기술 방법으로서 소설의 언어적 표현은 지시적이냐 함축적이냐로 구분할 수 있다. 이러한 구분은 서술자 또는 인물이 독자에게 소설의 장면을 매개하는 방식에 따른 것이다. 지시적 언어표현은 전달과 이해의 과정이 직접적으로 이루어진 경우로, 현재의 상황을 객관적·관습적·논리적으로 매개하는 것이고, 함축적 언어표현은 비유적 · 상징적 · 심상적 · 비논리적 표현으로서 지시적인 언어표현을 넘어서, 이질적인 요소들의 재구성 또는 연합으로 새로운 심상이나 의미를 드러내는 작업이다. 이 항목에서는 지시적 표현으로서 직서적 방법은 의논에서 제외하기로 하고, 함축적 표현을 수사적 표현방법에 연계하여 논의하기로 한다.

수사적 표현에 대한 연구는 시적 심상을 구현하는 방법으로 깊이 연구되어 왔다. 그러나 소설 창작의 실제에서는 수사적 표현이 효과적으로 활용되고 있지만, 그에 대한 연구는 드물다. 소설은 인간의 삶이나 사회적 양상과의 관계를 직접적으로 묻고 대답하기도 하지만, 때로는 은유와 상징으로 주제의식을 열어 보이기도 하고, 아이러니나 역설로 깨우침을 은근하게 재촉하기도 한다. 소설과 사회의 관계만이 아니라, 소설에서 인물의 행위와 심상 그리고 시 · 공간과 상황이 서사 · 서술 · 묘사 · 논평으로 진행되는 과정에서, 수사적 표현은 독자의 문학적 상상력과 미학적 심상 구현에 기여한다. 소설의 수사적 표현은 비유 · 상징 · 역설과 아이러니 그리고 직관적 언어표현으로 대표된다. 비유 · 상징 등에 관한 내용은 이미 많은 논의가 있었으므로, 이 글에서는 직관적 표현[1)]을 중심으로 논의하였다.

1. 직관의 개념적 이해

1) 직관의 어원적 개념

직관이라는 용어가 그 자체로 오래전부터 동양문화권에서 사용되었다는 전거를 발견하기는 어려웠다. 아마도 근래에 이르러 서양의 Intuition이라는 용어가 동양에 유입되었을 때 직관(直觀)이라는 용어로 번역되어 쓰

1) 윤충의 : 「소설의 표현기술방법론」, 『어문논집』 47집(민족어문학회, 2003.4), 172~189쪽 참조.

이기 시작한 듯하다. 그런데 이 글에서 직관이라고 부르는 용어는 서양철학의 Intuition과는 차이가 있는 것이다. 이 글에서는 직관에 대한 개념을 새롭게 이해하기 위하여, 이 용어가 직(直)과 관(觀)이 합성되어 이루어진 개념으로 이해하려고 한다.

먼저 직(直)은 유가(儒家)사상의 계보에 있어서 학문의 요결이 되는 주요개념이다. 일반적으로 '곧음'으로 옮겨지며, 사욕이 없는 깨끗한 마음과 행위를 뜻한다. 직은 선진시대 유가의 여러 경전에 나타난다. 「시경」, 「상서」, 「좌전」, 「주역」, 「논어」, 「맹자」에 직에 대한 의미있는 언급들이 있다. 그 중 「논어」의 옹야편에는 "사람이 살아가는 것은 직이다"라고 하였고, 「맹자」에는 "호연지기는 직에 의하여 길러지며, 직이 아니면 도가 드러나지 않는다고 하였다."고 했다. 후일 조선의 송시열은 「시경」의 사무사(思無邪), 「논어」의 인(仁), 「중용」의 성(誠), 「대학」의 경(敬)과 같다고 함으로써, 직을 인·성·경 등, 유학의 전통적 주요개념과 나란히 놓아 그 중요성을 부각[2]시키기도 했다. 이러한 유가사상의 맥락에서, 직은 어느 것에도 제약을 받지 않는 공명정대한 마음과 그에 따르는 행위를 의미한다. 인간을 미혹하는 그림자인 현상을 깨뜨리고, 본래의 바른 본성을 확연히 드러내기 위한 인간의 실천적 태도이다.

관(觀)에 대한 견식은 불가(佛家)사상에서 얻을 수 있다. 그런데 이에 대한 견해와 실행방법은 시대와 종파 그리고 선사들에 따라 다양한데, 이 글에서는 대승불가(大乘佛家)의 중관(中觀)사상과 천태(天台)사상의 실천방법인 지관(止觀)에 의지할 수 있을 것이다. 불가의 교설을 일상적으로 읽으면, 세상의 온갖 번뇌를 끊어내고 본성의 진리를 깨달아야 한다라고 말할 수 있을 것이다. 이 말의 진의를 터득하기 위해서는 모든 현상은 연기(緣起)의 원리에 의하여 변화하는 과정에서의 현시적(顯示的) 상태로서의 허상이며, 그 본체로서는 공(空)이라는 논리를 깨달아야 한다. 이 깨달음의

---

[2] 곽신환 : <直>, 『한국민족문화대백과사전』 19(한국정신문화연구원, 1996.1), 371쪽 참조.

수행과정에 중관과 지관이 놓여 있다.

중관사상은 대상을 인식할 때 생기는 편견이나 사견(邪見)인 분별심(分別心)을 세척하여, 마음을 정화해서 올바른 진리관을 정립한다는 사상이다. "중관은 곧 정관(正觀), 그리고 중도(中道)라는 말과 통하는 말"[3]로서, 중도의 원리는 용수(龍樹)의 팔불중도(八不中道)에 잘 나타나 있다. "팔불중도는 생(生)과 멸(滅), 상(常)과 단(斷), 일(一)과 이(異), 거(去)와 래(來) 등, 여덟 종류의 미망(八迷)을 제거해 주는 사상이다. 즉 불생(不生)과 불멸(不滅), 불상(不常)과 부단(不斷), 불일(不一)과 불이(不異), 불거(不去)와 불래(不來) 등의 팔불(八不)로 팔미(八迷)의 양 극단적인 사상을 봉쇄하는 것이다."[4] 이들 중에서 한두 내용을 보면 다음과 같다. 불생불멸은 생이나 멸의 양 극단을 부정한 것으로, 생과 멸은 연기(緣起)의 원리에 따라 나타난 일시적 현상인데, 이것을 실제인 것으로 착각하여 집착하는 것을 바로 잡기 위해 생과 멸을 모두 부정하는 것이다. 불일불이(不一不異)는 현상계의 모든 사물과 현상은 진리의 본체에서 보면 동일한 원리이다. 그것이 다른 것은 일시적인데, 마치 영원히 다른 현상인 것처럼 집착하는 견해를 부정하는 것이다. 이와 같은 중도사상은 현상의 본성은 하나이며, 한결같이 변함이 없는 체성, 즉 무자성(無自性)하고 무아(無我)이며, 소유(所有)가 없는 공사상을 바탕으로 하지만, 여러 인연이 화합하여 형상화된 존재로서의 현상은 유(有)라는 것을 인정한다. 이 중도사상에서의 공은 전혀 아무 것도 없는 공에 편중된 공이 아니라, 현상계의 유를 포용하는 공이므로 중도적인 공이다. "유라 하여도 공을 내포한 유라 하였고, 공이라 하여도 유를 내포한 공이기 때문에 이를 유공(有空)의 중도라고 하였다."[5] 그러므로 현상은 가상이기는 하지만, 그 안에는 본성이 내재되어 있으며, 현상을 통해 본

---

3) 교양교재편찬위원회 편 :「불교학개론」(동국대학교 출판부, 1997), 150쪽.
4) 위의 책, 150쪽.
5) 위의 책, 152쪽.

성을 깨닫게 가르치는 것이 중관사상의 요체이며, 더불어 이것이 관(觀)의 개념이다.

　지관(止觀)은, 인간의 마음 자체는 절대 평등하여 차이가 없다는 전제에서 시작된다. 비록 "절대 평등한 마음이 현상세계의 인연을 따라 상대적인 차별의 세계로 연기하더라도, 우리 마음 자체는 본래의 청정한 모습을 잃지 않고 자연 그대로의 상태를 지켜 본래의 모습이 무너지지 않는다."[6]는 입장에서 실천적 논리가 이루어진다. 그러니까 우리의 마음에는 여러가지 많은 사물들을 표현할 수 있는 작용을 가지고 있어, 현상적으로 사물들이 차별이 있는 것처럼 보이지만, 수행의 과정을 거치면, 본래의 청정한 마음을 회복하게 되어 차별적인 현상을 동일한 하나의 모습으로 환원할 수 있다는 것이다. 이의 실천적 수행의 과정이 지관(止觀)이다. "지관의 지는 모든 심상(心想)을 정지하고 무념(無念)에 머무르는 것을 말하고, 관은 망상의 산란한 마음을 멈추고 참지혜가 나타나서 모든 존재의 참모습을 관찰하는 것이다. 번역하면 지는 정(定)이고 관은 혜(慧)라 한다. 또는 적(寂)과 조(照)라고도 한다. 지와 관은 둘로 나누지만 실제로는 하나"[7]이다. 이러한 지관의 방법에는 사종삼매(四種三昧), 이십오방편(二十五方便), 십승관법(十乘觀法) 등이 있다. 이러한 방법으로 도달하게 되는 깨달음은 본성인데, 차별적인 현상으로부터 본성으로 나아가는 과정에서 상섭(相攝)과 상즉(相卽)에 대한 체득이 이루어져야 한다.

　상섭은 서로 차별적인 것들의 관계가 서로 장애가 되지 않고 하나의 모습으로 포섭될 수 있다는 논리이다. 즉 공과 유, 시간의 길고 짧음이나, 시방세계와 티끌의 크고 작음 등이 성질이나 규모와 관계없이 서로 포섭하고 포섭되는 관계임를 말한다.

　상즉은 현상적 차별의 자리에서 바로 차별이 없는 이치를 터득하는 것

---

6) 남악혜사, 이상섭 역 : 지관의 이론과 실천(삼양, 1995.8), 72쪽.
7) 교양교재편찬위원회 편 : 「불교학개론」, 앞의 책, 172쪽.

이다. 공과 유는 평등하여 차별이 없고, 한순간의 시간과 삼세(三世)는 절대로 평등하여, 한순간이 바로 삼세의 시간이며, 작은 티끌이 바로 시방세계임을 깨닫는다[8]는 것이다. 이러한 심법이 지관이다. 이와 같이 의논해 온 중관과 지관사상으로 추론할 수 있는 관(觀)의 개념은 극단을 부정하는 중도(中道)와 상섭(相攝) · 상즉(相卽)의 인식논리로 대표될 수 있다.

이제 동양적인 직관의 개념을 다시 정리해 보면, 직(直)은 경험적 사실이나 현상으로부터 본성으로 나아가는 실천의 방향과 태도를 말하는 개념이며, 관은 인식과 실천의 방법을 가리키는 개념이다. 동양의 직관은 현상의 틀을 깨뜨리고 본성으로 나아갈 때, 대상을 인식하여 그것을 행위로 옮기는 태도와 방법을 제공하였다. 직관은 이제 추론이나 개념화를 위한 논리적 인식의 전단계나 과정이 아니고, 인식와 실천의 전과정을 말하는 새로운 인식방법이다.

그런데 직관에 따르는 구체적 인식방법이란 무엇인가에 대하여 명쾌한 답변을 하기는 어렵다. 그러나 근대사회이후 진실을 밝히기 위하여 이어져 온 인간의 지적 편력은 인간중심의 논리적 사고와 분석이라는 '나누기'방식에 의존해 왔던 점을 고려한다면, 직관적 인식방법의 개략적인 범주를 정할 수 있을 것이다. 나누기에 의한 인식방법은 구분과 대립을 토대로 삼았기 때문에, 현상의 본질에 다가서기 위해서는 더욱 잘게 나누고 쪼갤 수밖에 없었다. 그러한 인식방법으로는 현대사회의 다양성과 복합성, 그리고 비논리적이고 불확정적인 현상들로부터 진실을 가려내고, 지향해야 할 세계의 모습을 제시하기가 어렵게 되었다. 이러한 현실에서 새롭게 대상을 인식하는 방법이란 나누어진 것들의 관계를 회복시키는 일일 것이다. 그러기 위해서 직관은 이미 있어온 지적 지표의 토대를 버리고, 있음과 없음, 긍정과 부정, 정신과 물질, 인간과 사회와 자연, 큰 것과 작은 것, 하나와 여럿, 길고 짧음 등 서로 반대되고 구분되는 관념이나 현상들을 중도, 상섭,

---

8) 남악혜사, 앞의 책, 164~168쪽.

상즉의 관법으로 바라보면서, 나누어지고 또 더 작게 나누어져 이제는 서로 다른 것들로 인식되는 것들에게 관계의 끈을 맺어주고, 동일성을 회복시켜 주는 인식행위와 표현방법이다.[9]

2) 직관의 동일성과 동시성

직관은, 추론이나 경험으로 인지가 가능한 논리 또는 이성에 기초하지 않는다. 우리가 자주 논의해 온 언어적 표현기술방법들은 추론과 논리적 이해로 설명되어 왔다. 은유가 경험적 유사성이나 유추에 근거하고, 환유는 인접성에 그 바탕이 있고, 상징도 기본적으로 유추관계와 인접성에 근거하며, 그리고 역설과 아이러니는 모순관계의 통합으로 각각 인지의 배경을 삼고 있다. 이들의 논리적 배경을 살펴보면, 여기에도 구분되는 것들의 연락관계를 바탕으로 삼고 있지만, 나누어진 것들의 실체를 차별적 상태로 승인하고 있는 것이다. 직관은 본질적으로 구분되는 것들의 동일성과 동시성을 근거로 삼는다.

직관은 나누어진 것들의 동일성과 동시성을 인지하는 능력과 그의 표현이다. 직관으로 인지하는 동일성은, 이성적 논리가 추구해 온 범주적 태도와 과학적 분석방법 때문에 나누어져 인식되어온 모든 범주가, 본질적으로 차별적이 아니라 동일한 것이라는 이해의 방법이다. 물심이원론, 주체와 객체, 관념과 실체, 현상과 본질 등과 같이, 대상을 일정한 개념적 체계에 귀속시켜 인식하는 태도를 거부하고, 나누어지고 구분된 것들을 포괄적으로 이해하려는 태도이다. 이러한 경우는 과학의 성과로도 해명이 된다.

현대 물리학에서는 이제까지 서로 다른 것으로 알려져 온 현상들 사이의 연관관계를 종합적으로 설명하는 이론들을 제시하고 있다. 땅으로 떨어지는 사과와 하늘에 떠 있는 달은 초기 조건만 다른 만유인력이라는 동일

---

9) 직관의 어원적 개념은,
  윤충의 :『한국문학의 직관과 상황 그리고 표현기술』(국학자료원, 2001.12), 28~33쪽 인용.

한 원리에 지배되는 운동이고, 전자기학 이론의 발전으로 전기현상과 자기현상이 동일한 물리적 근원에서 연유되는 것이며, 빛은 전자기파의 한 형태라는 것이 밝혀졌고, 특수상대성이론은 시간과 공간이 서로 밀접하게 연관되어 있으므로 서로 독립적이지 않다는데서 출발하며, 그리고 일반상대성 이론은 중력과 가속도가 동일하고, 질량과 에너지가 동일하다는 것을 보여 주었다.[10] 이러한 물리적 현상들이 표면적 차이를 넘어서 본질로서는 동일한 것이라는 증명들은, 현상에 대하여 직관적 인식이 도달하려는 결론과 일치하는 것이다.

물질과 정신의 관계에서도 동일성을 예견할 수 있다. 세계를 구성하는 요소들을 물질적 요소와 정신적 요소로 나누어 생각해 보더라도, 인간이 인지하는 물질세계에 대한 이해는, 정신적 작용으로 개념화하고 상징화한 것이며, 관점이나 조건의 차이에 따라 반응하는 현상이 달리 표현된 것이다. 이러한 물리적 현상과 정신작용의 동질성은 질량과 에너지의 관계로 대체할 수 있는 것이므로, 사물·물질과 정신의 동질성에 대한 생각은 낭만적 편견이나 비과학적인 맹신이 아니다. 그러므로 물질과 정신이 어떤 관점에서 동일성을 얻게 되는 접점을 승인할 수 있을 것이다.

3) 문학적 인식의 동시성

직관은 구조나 형상을 구성하는 요소들의 성질이나 상태 및 작용을 동시적으로 인지하는 능력이다. 논리적 추론을 따르는 인식방법은 범주적 개념을 세워, 대상을 특정한 범주에 한정시켜 놓고, 이를 상하의 위상이나 순차적 차례에 따라 계기적으로 이해하는 것이다. 그러나 모든 현상이나 관념을 논리로만 설명할 수 있는 것은 아니다. 논리로 세운 범주적 제한을 벗

---

10) ① 양형진 : <진공과 충만>, 「과학으로 세상보기」(중앙일보, 2002.9.24), 7쪽.
　　② 로버트 H.마치, 신승애 옮김 :『시인을 위한 물리학』(서울 : 한승, 2000.8), 71~90쪽, 185~222쪽, 321~340쪽.

어날 때, 논리로는 알 수 없었던 것을 찾을 수 있기도 하다.

직관적으로 볼 때, 대상을 구성하는 요소들은 한 범주와 다른 범주를 넘나드는 것이다. 이것은 미리 정해진 질서에 따라 발현되는 것이 아니다. 직관은 대상이나 상황에 어떤 작용이 이루어질 때, 요소들이 개별적으로 반응하면서 이루어진 연락관계를 인지하고 표현하는 것이다. 이때 요소들의 연락관계는 계기적이거나 동시적으로 드러난다. 작용의 동시성은 생물체의 생성기능과 지각기능으로 설명할 수 있다.

범주나 영역이 다른 구성요소들의 동시적 작용으로 생성기능을 수행하는 것은 녹색 식물의 광합성으로도 설명된다. 광합성은 태양의 복사에너지를 유기물인 화학에너지로 바꾸어서 저장하는 현상인데, 녹색식물은 빛에너지와 이산화탄소 그리고 물을 재료로 삼아 유기물을 합성하는 것이다. 광합성은 매우 복잡한 중간대사과정을 거치겠지만, 유기물 합성이라는 결과를 이루기 위해서, 범주나 영역이 서로 다른 빛에너지·이산화탄소·물과 같은 요소들의 동시적 작용이 이루어진 것이다.

지각기능의 동시성도, 우리가 사물을 바라볼 때 시각적 영역의 구성요소들이 어떻게 작용하는가를 보면 알 수 있다. 시각영역은 대뇌구조 중에서 후두엽에 있는데, 눈에 빛이라는 자극원에 따라 물체가 비치면, 안구의 굴절체를 통과하여 망막에 있는 시신경을 자극하게 되고, 이어서 흥분이 전도로를 거쳐 대뇌피질의 유발 전압을 일으켜 물체를 인지할 때, 대뇌피질의 17영역(1차 시각영역), 18영역(2차 시각영역), 19영역(3차 시각영역)[11]이 함께 작용하여, 물체의 색·크기·모양·운동 등을 감지[12]하게 되는데, 이 영역들은 각각 일정한 정도의 기능상의 분리가 이루어져 있으며, 평

---

[11] 소명숙·이한기 외 : 『인체생리학』(고문사, 2000.2), 89쪽.
　　지각 작용은 신경원 집단의 모임으로 이루어지는데, 이러한 영역을 신경해부학이나 생리학 분야에서는 지도map라 하고, 브로드만brodmann은 신경세포의 분포상황에 따라 대뇌피질을 52개 영역으로 구분하고, 그 영역에 번호를 붙였다.
[12] 위의 책, 92쪽.

행적이고 상호적 연결로 이어져 있어,[13] 그 작용이 연속적 또는 동시적으로 이루어진다. 그런데 시각적 대상에 대한 감각적 인지만이 아니라, 그에 대한 기억과 개념적 범주와, 그러한 정보를 인체 내의 해당기관에 출력했을 때 그에 따르는 언어와 행위가 이루어지는 과정까지를 생각해 보면, 수많은 구성요소들이 동시적이거나 계기적으로 작용한다는 것을 알 수 있다.

동시성은 요소들의 본질적 동일성을 말하는 것이 아니라, 현상으로서의 범주나 영역이 다르더라도, 대상의 본질이나 특정한 상태 및 작용을 인지하기 위한 요소들의 동시적 연합을 말하는 것이다. 생물체의 이러한 생명현상과 같이, 사회현상에서도 자본주의와 사회주의, 절대론과 다원론, 수평적 사고와 수직적 사고, 개인과 사회, 소유와 분배 등과 같은 상반되어 보이는 구성요소들의 동시적 연합관계를 말할 수 있을 터이다.

문학적 행위에도 동시성이 이루어진다. 작가나 시인이 어떤 대상에 대한 지적 인식이나 감성을 말하려고, 그것과는 범주나 영역이 다른 요소를 이끌어대는 창작행위도 동시적 인식작용의 발현이다. 문학에서의 동시성에 대한 인식은 오래 전부터 이루어져서 비유나 상징에 나타나 있다. 사람의 성정을 말하면서 꽃이나 대 · 솔 · 바위 · 산 등을 매개개념으로 삼아 취의를 얻을 때, 사람과 다른 사물이 동시에 놓이게 된다. 이러한 매개개념을 처음으로 사용한 것은 작가 · 시인의 임의적 선택을 따른 것이고, 이들의 동시성은 주로 생활 속에서의 인접성이나 유사성 또는 유추적 관계에 근거하여 이루어진 것이다. 그래도 그러한 표현이 사용되었던 초기에는 직관적이었다고 말할 수 있다. 그러나 그러한 표현이 자주 인용되어 관습적 문학표현으로 생활의 주변에 머물러 있는 동안, 참신성이나 상상력을 제공하는 힘이 떨어지게 되었고, 비유나 상징이라는 이름으로 범주를 이루는 표현기술방법으로 정착하게 되었다. 직관은 현상으로서의 일상적인 상태나 논리를 넘어서는 탈범주적인 동시성을 일러주는 인식방법일 때 효과적

---

13) 제럴드 에델만, 황희숙 옮김 :『신경과학과 마음의 세계』(범양사출판부, 1998.3), 132쪽.

으로 지속성을 갖는다.

4) 인식의 선택적 동시성

직관은 한 범주나 영역의 요소 또는 그의 성질을 그와 관계가 없어 보이는 다른 범주의 요소들에 적응시켜, 그들의 동일성이나 동시성을 맞추어보는 인식행위이다. 한 범주에 다른 영역을 끌어들이는 것은 선행적인 어떤 정보나 질서에 기대는 것이 아니라, 인식 주체의 자의적인 선택으로 이루어지는 것이다.

주체의 자의적인 선택은 생명체의 진화과정에 잘 나타난다.[14] 생명체는 생명의 항상성을 지속시키기 위해, "비평형상태, 즉 낮은 엔트로피 상태"[15]를 유지하려고 한다. 엔트로피는 비평형상태인 형상을 평형화하려는 자연적인 힘의 원리이다. 생물체의 형상이 평형상태가 된다는 것은 생명이 소멸하는 것을 의미한다. 생물체는 비평형상태를 유지하기 위하여 자기의 형상성을 지향하고, 자연의 에너지 법칙은 생물체의 형상성을 평형상태로 환원시키려 한다. 형상성은 생명체를 존재하게 하는 본성인데, 생물체가 만나는 환경이나 상황은 때때로 형상적인 존재를 평형상태로 환원시키려는 힘이 되기도 한다. 이러한 조건에서 생명체의 형상적 지향성은 스스로를 조절하게 되는데, 환경이나 상황은 생물체의 지향적 동기가 될 뿐이지, 어떻게 변화해야 할 것인지를 구체적으로 지시하는 것이 아니므로, 생물체가 수시로 변화하는 주위 환경에 대응하며 자동적으로 자기를 조절하여 자기 조직화를 해야 한다.[16] 한 구조의 구성요소들은 구조가 형상을 유지하는

---

[14] 위의 책, 「신경과학과 마음의 세계」 117쪽에는, "진화는 지령에 의해서가 아니라 선택에 의해서 진행된다. 진화에는 궁극적인 원인이나 목적이 존재하지 않으며, 전체과정을 이끄는 목표가 없으며, 그것들에 대한 반응들은 개별 경우마다 사후에 생겨난다."고 했다.

[15] ① 프리초프 카프라, 김용정·김동광 옮김 : 「생명의 그물」(범양사출판부, 2001.5), 237쪽.
　② J.E. 러브록, 홍욱희 옮김 : 「가이아」(범양사출판부, 2001.10), 21쪽.
　③ 양형진 : <과학으로 세상보기>, 「중앙일보」(2002.5.6), 7쪽.

[16] 위에서 인용한 『가이아』 및 『생명의 그물』과 『신경과학과 마음의 세계』는 이러한 내용

생명과정에서 어떤 규정이나 작용 방법만을 따라서 움직이는 것이 아니라, 균형과 변화, 생성과 쇠퇴의 과정을 겪으면서 자동조절능력을 갖는다. 이러한 생명체의 자기조절은 항상성을 유지하는데 필요한 요소들을 스스로 취사선택하는 것이다.

인간의 인식 행위도 자동조절능력을 가지고 있다. 사회적 여건이나 자연환경이 변화하면, 그에 따라 인간의 인식이나 실천방법도 변화한다. 사회변화에 적응하고 앞으로 나아가기 위하여, 선택적으로 버릴 것은 버리고, 다른 것을 받아들이거나 새로운 것을 만들어 낸다. 그동안 우리 사회를 떠받쳐온 한 시대의 정신이거나 실천적인 힘들인, 자유·평등·정의·박애·봉사·협동, 생산·성장·분배·소비, 개인·사회·국가·민족, 절대성·상대성·흑백논리·다원성·수직적사고·수평적 사고 등은, 시대의 변화에 따라 사회가 존속하기 위하여 선택적으로 자기조절을 하여 온 결과들이라는 것을 알 수 있다.

인식의 생산물이 시간을 넘어서 존속하게 하려면, 사회변화에 따라 자기조절이 이루어진 생산자의 인식이 반영되어, 구조와 구성요소들이 선택적으로 변화되고 조절되어야 한다. 그것은 순차적인 규칙에 의존하는 것이 아니라, 살아있는 구조와 환경 사이에서 벌어지는 인지적 상호작용으로 수행되는 것17)이다.

소설의 경우에도, 상황과 환경의 여건에 따라 구성요소가 선택적으로 작용한다. 그동안 작가의 가치관이 강조되거나, 화자의 역할이 축소되기도 했다. 소설 행위의 주체가 시대에 따라 작가·독자·서술자로 달리 해석되어 왔다. 소설의 주제영역을 보더라도, 사랑과 이별, 자연과 인간의 삶, 인간의 사회적 존재, 사회변화와 인간의 부적응, 자유와 평등, 소유와 권력 등이 시대에 따라 선택되어 왔다. 구체적으로 평등을 주제로 삼는 경우에

을 중심으로 논의되어 있음.

17) 프리초프 카프라 : 앞의 책, 350쪽.

도, 특정한 시기에 따라, 적서의 신분적 평등, 양반과 평민의 신분적 평등, 남녀의 평등, 경제적 분배의 평등, 권력분배의 평등, 문화향유 기회의 평등과 같이, 시대적 상황에 따라 그 사회의 요구가 선택적·동시적으로 다양하게 수용되어 왔다. 영상문학과 공존하는 지금은, '언어로 기록된 서사구조'라는 소설의 본질을 지키기 위하여, 영상과 구분되는 언어적 표현기술 방법을 소설의 선택적 구성요소로 인지하여야 한다.

직관은 자동조절 과정에서 변화하는 요소와, 상황이나 환경과의 상생에서 새로 구성된 요소를 선택적으로 파악하여, 구성요소들의 동시적 연결고리를 알아차리는 인지방법이다. 직관은 현상의 본질이 사물·감각·정신·시간·공간·성질·상황 등의 교합상태라는 것을 깨닫게 하고, 구성요소들의 선택적 동시성을 인지하는 인식방법이다.

이러한 의논에 근거하여 소설작품에서의 직관적 표현방법을, 현상과 본질의 동일성·차별적 현상의 교류와 동시성·현상과 심상의 교류와 동시성으로 항목을 나누어 보았다.

2. 직관적 표현기술방법의 유형

1) 현상과 본질의 동일성

현상과 본질의 동일성의 문제는 위에서 언급한 과학의 물리적 현상들, 즉 땅으로 떨어지는 사과와 하늘에 떠있는 달이라는 차별적 현상은 그 본질로서는 만유인력이라는 동일한 원리에 지배되는 것이다.

현상으로서는 차이가 나는 전기현상과 자기현상, 중력과 가속도, 질량과 에너지가 본질로서는 동일하다는 등의 과학적 증명들은 현상과 본질의 등식관계를 객관적으로 이해하는데 도움이 될 것이다. 이와 함께 현상과 본질에 관한 관념적 논의들에 대해서도 잠깐 언급해 보겠다.

일반적으로 현상과 본질의 관계를 말할 때, 현상을 가변적 실재로만 생각하는 견해와, 현상에는 가변적 실재와 함께 본질이 내재해 있는 것으로 파악하는 경우로 나누어진다. 그러나 어느 경우든 현상을 깨뜨려야 본질에 도달할 수 있다고 믿는다. 현상과 본질의 관계를 불가(佛家)의 공(空)사상에 근거하여 관념적 이해를 도모하기로 한다.

유마경에서 공(空)에 대한 용수(龍樹)의 핵심사상을 이루는 것은, "사물은 모두 다른 것에 의존해서 생기고 존재하므로 본체로서는 공이다."라는 설법이다. 이 안에는 공이라는 본질의 개념과, 사물이라는 현상의 관계가 함축적으로 제시되어 있다. 공이란 실재론적 형이상학이 구상하는 자립·보편·항상(恒常)·단일한 본체인데, 이것은 현실의 현상으로서 항상하고 있는 아니다. 현실의 모든 현상은 자립적이 아니고, 다른 것에 의존하며, 개별적이며 항상하지 않는 것[18]이라고 한다. 항상하는 본질로서의 공은 어떤 원인과 조건에 의하여 일시적인 무상(無常)한 현상으로 나타난다. 이때의 현상은 본성에다가 현상 자체의 독자적 성질이나 존재적 형상이라는 가변적이고 일시적인 요소와 결합된 것이다. 그러므로 무상(無常)한 가상(假象)을 버리고 진상을 바라볼 수 있을 때, 현상과 본질은 동일한 것이다. 이러한 논리에 근거하면 현상과 본질은 근본적으로 동일한 것이다.

현상을 깨뜨리고 본질에 도달한 경지를 일상적 언어로는 표현할 수가 없다. 언어의 사용을 거부하고 마음으로 전함으로서만 본질에 이를 수 있다고 본다. 그러나 본질에 대한 깨달음을 언어로 표현해야 하는 부득이한 경우에 불가에서는 공안이나 화두, 계송 등에 의탁하게 되는데, 이때에 사용하는 언어는 일상적인 언어 논리나 언어 관습에 기대어 볼 때 역설적이다. 역설적 표현은 언어의 직관적 표현의 한 방법이다.[19]

한편 문학적 표현에서, 어떤 현상의 본질이 무엇인가에 대한 해명은 상

---

[18] 유마힐, 박경훈 역 : 『유마경(維摩經)』(동국대학교 부설 역경원, 1979), 136~140쪽.
[19] 윤충의 : 앞의 책, 68, 70, 72쪽 참조.

대적이다. 물리적 현상에서는 그 현상을 이루는 질량적 최소단위나 통일된 에너지가 본질이 될 수 있으나, 인간의 정신작용에서는 본질에 대한 이해가 동일하더라도, 삶의 경륜에 의한 가치관이나 관점의 차이에 따라, 그것의 언어적 표현이 달라질 수 있다. 다음의 소항목들은 그러한 보기이다.

(1) 차별적 현상의 등식화

이성적 논리나 연상 또는 유추적 상상력으로는 근접하기 어려운 차별적 현상들이 나란히 놓이거나 등식으로 표현된다. 이러한 표현은 상즉(相卽)의 관념, 즉 차별적 현상들은 모두 평등하기 때문에 등식이 성립될 수 있으며, 평등하다는 것은 본성으로서는 동일하다는 인식에 근거하는 것이다. 이러한 병치나 등식은 감성적이거나 논리적 이해를 위한 어떠한 기준도 마련되어 있지 않다.[20]

> ○ 절망이야말로 가장 순수하고 치열한 정열이다. 사람들이 불행해지는 것은 진실하게 절망하지 않기 때문이다.
>
> (이문열, 「그 해 겨울」 중에서)

표면적 문장의 형식으로는 서로 차이가 있는 행위적 현상을 등식으로 제시하였다. '절망'은 현실에서 인간이 회피하고 부정하고 싶은 현상이지만, 그의 본질이 '정열'임을 말해 줌으로써, 절망은 새로운 희망을 이끌어낼 본질적인 힘으로서의 정열이라고 말한 것이다.

> ○ 그녀는 저울의 이쪽 접시에 올라 앉아 있다. 그리고 다른 쪽 접시에 그녀의 결심을 —죽음의 결심을 얹었던 것이지만, 그것은 비눗방울처럼 가벼워서, 살아 있는 그녀의 몸과 맞먹어 주지 않았다.

---

20) 윤충의 : 앞의 책, 38쪽 참조.

(최인훈, 「웃음소리」 중에서)

저울은 무게를 측정하는 도구이다. 무게를 가지는 것은 상식적으로 형체가 있는 것이다. 그런데 이 글에서는 '그녀'의 체중과 '그녀의 결심'의 무게를 가늠해 봄으로써, 서로 차별적인 현상 즉, 신체적 형상과 심리적 상태를 등식으로 놓아두고 있다. 이 글은 그녀의 죽음에 대한 결심이 살고 싶다는 육신의 욕망보다 가벼움을 직관적으로 표현한 것이다.

○ 모든 부드러움에는 자신들이 의식하지 못하는 어떤 잔인함이 있다.

(김애란, 「나는 편의점에 간다」 중에서)

'부드러움'이나 '잔인함'은 인물의 성격을 말한다. 한 인간의 성정에는 서로 상반되는 요소가 내재되어 있다는 것은 심리학이나 정신분석학에서 일반적으로 인지되고 있다. 이때 상반되는 요소라고 말하는 것은 그것들이 서로 구분되어 있다는 것을 뜻한다. 그런데 이 글에서는 인간의 성정에서 부드러움과 잔인함이 구분되는 것이 아니라, 포합 내지는 등식관계로 기술하고 있다.

(2) 모순과 역설의 중도적 수용

모순이나 역설의 중도적 수용은, 표면적 의미의 모순을 제시하여 내면적인 해결을 진술하는 일반적 역설과는 다르다. 현상적인 성질이나 상황이 논리적 이치로는 모순되는 것을 중도적 시각으로 받아들이는 것이다.[21]

○ 아름다움은 모든 가치의 출발이며 끝이었고, 모든 개념의 집체인 동시에 절대적 공허였다. ·············· 아름다움 스스로는 아무 것도 갖고 있지

---

21) 윤충의 : 앞의 책, 42쪽 참조.

않다. 그러면서도 모든 가치를 향해 열려 있고, 모든 개념을 부여하고 수용할 수 있는 것, 거기에 아름다움의 위대성이 있다.

(이문열, 「그 해 겨울」 중에서)

‘출발’이면서 ‘끝’이고, ‘모든 개념의 집체인 동시에 절대적 공허’인 상반 내지 모순된 상황과, ‘스스로는 아무 것도 갖고 있지 않으면서 모든 가치를 향해 열려 있고, 모든 개념을 부여하고 수용할 수 있는 것’이라는 역설적 상황을 ‘아름다움’으로 수용하고 있다. 어느 한편을 부정하지 않고 모두를 함께 받아들여 놓았다.

(3) 현상의 새로운 변형과 본성생성

이것은 한 현상을 변형된 다른 현상과 만나게 해서 본질에 근접시키는 표현방법이다.

○ 그때 내가 아홉 아궁이 앞에서 매일 저녁 경건하게 바라본 것은, 비록 침묵하고는 있었지만, 그들 선악의 두 신의 그림자임이 분명하였다. 또 나는 거기서 엄숙한 정화와 희생의 제전(祭典)을 보았으며, 연소하고 사라지는 가운데서 무엇인가 다시 살아나고 피어오르는 것을 느꼈다.

(이문열, 「그 해 겨울」 중에서)

한 현상이 변형된다는 것은 단순한 변화가 아니다. 아궁이의 장작불은 다만 연소하고 사라지는 것만이 아니라, 엄숙한 정화와 희생의 그 무엇이 살아나고 피어오르는 것이다. 본질의 깨달음이다.

2) 차별적 현상의 교류와 동시성

현상과 본질의 동일성을 말할 때에는, 현상과 본질이 관계가 제시되어 있거나 적어도 그 현상의 본질이 무엇인가가 간접화되어 있다. 그러나 차별적 현상들의 교류나 동시성을 말할 때는 내포된 의미의 동질성이 제시되어 있지 않다. 대상의 본질을 말하기 위해서 대상과, 그와는 다른 범주나 영역의 요소들을 같은 자리에 동시에 제시해서, 상승적인 의미를 도출해 내려는 의도가 내재되어 있는 것이다.

(1) 물리적·감각적 작용과 형상의 교류

㉠ 빛에너지의 도량형화

   ○ 갑자기 햇살이 한없는 무게를 가지고 우리들의 어깨 위에 내려 앉았다.

(한수산, 「사월의 끝」 중에서)

   ○ 아침 햇살이 그 위에 얹혀서 빛나고 있었는데, 그 빛은 가을날처럼 가벼워 보였다.

(한수산, 「타인의 얼굴」 중에서)

햇살은 물리적인 빛에너지의 현상적 작용이다. 그런데 빛 에너지를 무게를 가진 개념으로 표현함으로써 사물화하였다. 햇볕의 양적 정도나 밝기를 표현하기 위한 방법으로 쓰인 듯한데, 그 인지나 표현방식은 직관적이다.

㉡ 감각적 작용의 사물형상화

   ○ 언젠가 여름밤, 멀고 가까운 논에서 들려오는 개구리들의 울음소리를, 마치 수 많은 비단 조개 껍질을 한꺼번에 맞비빌 때 나는 소리를 듣고 있을 때, 나는 그 개구리 울음소리들이 나의 감각 속에서 반짝이고 있는, 수없이 많은 별들로 바뀌어져 있는 것을 느끼곤 했었다.

(김승옥, 「무진기행」 중에서)

'개구리 울음소리'라는 청각적 작용을 '수없이 많은 별'이라는 사물로 형상화해 냈다. 한편, '개구리들의 울음소리'를 '비단 조개껍질을 맞비빌 때 나는 소리'로 대체하여, 감각적 작용을 유사한 다른 감각으로 변이시켰다.

> ○ 사람들은 말없이 이야기하고, 소리없이 들었지, 내 말은 침묵 속으로 빗방울처럼 떨어지네
>
> (한수산, 「사월의 끝」 중에서)

'내 말'은 그 말에 담긴 의미를 말할 수도 있겠으나, 바로 앞의 내용으로 보아 '이야기하고 듣는' 청각작용이다. 감각적 작용을 빗방울이라는 사물과 교류시켜 형상화하였다. 이때의 표현형식이 직유와 같은데, 직관의 표현형식은 직유나 은유 또는 역설 등의 전통적인 수사의 표현과 같아도, 앞서 말한 바와 같이 대상을 인식하는 기본적 발상과 태도에서 차이가 있다.

> ○ 불빛 속을 헤매다가, 나는 때때로 가슴 저 밑바닥에 올려놓고 간 그녀의 웃음소리를 듣는다.
>
> (한수산, 「사월의 끝」 중에서)

웃음소리라는 청각 작용을 가슴 저 밑바닥에 올려놓을 수 있는 사물로 형상화해서 표현했다. 이렇게 해서 귓가를 스쳐지나간 웃음소리를 가슴에 담게 되었다.

> ○ 나팔소리가 들렸다.………소리는 미풍에도 떨리는 꽃잎처럼 그렇게 하늘하늘하다가, 높은 음으로 올라가면서, 눈뜨는 새벽녘의 나뭇잎과 풀들의 겉면을 이루며 이슬을 떨어냈다.
>
> (김원일, 「노을」 중에서)

나팔소리를 미풍에 떨리는 꽃잎처럼 하늘하늘하다라고 사물 형상화하고, 다시 나뭇잎과 풀잎의 겉면을 이루는 것으로 형상화하였고, 마침내는 이슬을 떨어내는 어떤 에너지로 기술하였다. 나팔소리를 사물의 형상과 에너지로 표현하고 있다.

○ 그 소리는 그의 호흡을 타고 튀어 오른다. 피리의 구멍 하나하나를 눌러 내릴 때마다 소리의 실이 풀려서 은빛으로 엉킨다.

(최인호, 「황진이」 중에서)

소리의 음량이나, 강도를 실이라는 사물형상과 동일시하고, 피리소리에 대한 정감적 감흥을 은빛이라는 색채감각과 동일시하여 표현하고 있다.

○ 물살을 가르며 사납게 웅웅대던 바람은 그 첨예한 손톱으로 비듬이 허옇게 이는 살갗을 후비고, 아직도 차안에 질척하게 고여 있는 쇠똥냄새를 한 소끔씩 걷어 내었다.

(오정희, 「중국인 거리」 중에서)

쇠똥냄새라는 후감각적 상태를 '질척하게 고여있는' 액체적 사물로 형상화했고, 다시 '한소끔씩 걷어' 낼 수 있는 사물로 표현했다.

한소끔이라는 용어는 국어사전에는 일정한 시간이나 정도를 나타내는 단어로 설명되어 있다. 그런데 이 용어는 분량을 나타내기도 한다. 이러한 쓰임은 이 문구의 『관촌수필』 중 「여요주서(與謠註序)」에서도 보인다. "저 옭내 새우젓 한 보새기 안 사 먹은 장은 뭣허러 나간대유. 여물 쏠라면 쏘시개 한소끔 늫을 검불 한 젓가락이 욹던디.⋯"에서, '한소끔'이 분량을 나타내는 용도로 쓰였다.

○ 작은 새처럼 경쾌한 캐슬린의 수다는 청중 사이로 비눗방울처럼 가볍게

떠다닌다.

(이혜경, 「그리고, 축제」 중에서)

인물의 '수다'라는 언어적 행위를 비눗방울이라는 사물에 비유하였다. 수다의 경쾌함이라는 감성적 느낌을 비눗방울의 가벼운 무게로 환언하였다.

○ 옛 친구인 신옥에게 해 주고 싶은 충고가 그녀의 입 속에 가득히 들어있었다.

(김지원, 「사랑의 예감」 중에서)

충고는 언어적 행위로 감각적 행위이다. 감각적 행위를 입 속에 가득히 들어있는 사물로 형상화하였다. 말하고 싶은 욕망을 억제하고 있는 상황이다.

ⓒ 감각적 작용의 생명적 형상화

○ 고음의 신나는 행진곡이었다. 마디가 짧고 경쾌한 박자는 여름 오후의 비낀 햇살 속으로 쓸쓸하게 달아나다 아지랑이 속으로 사라졌다.

(김원일, 「노을」 중에서)

소리라는 감각적 작용을 생명체의 행위적 표현으로 대용하고 있다.

○ 여러 가지 냄새들은 저마다의 색깔로 치장을 하고 소리를 내며 꿈틀대는 것 같았다. 그 냄새들이 아우성치며 내 뼛속으로 파고들었다. 냄새는 타오르는 불꽃처럼 따뜻하게 나를 감쌌다.

(문순태, 「늙으신 어머니의 향기」 중에서)

냄새라는 후각적 감각작용을 '아우성치고', '파고들고', '나를 감싸'는 살아있는 생명체의 행위로 표현했다. 냄새를 '불꽃'이라는 사물현상에 비유하였다.

㉣ 감각적 작용의 도구화

○ 바람소리가 먼데서부터 몰아쳐서, 그가 섰는 창공을 베면서 지나갔다.

(황석영, 「삼포가는 길」 중에서)

모든 음원(音源)인 발음체의 진동이 매질의 진동인 음파로 전달되어 청신경을 자극하는 감각 작용인 소리를, 사물이나 생장하는 것으로 표현하고 있다. 바람소리를 창공을 벨 수 있는 도구의 개념으로 등식화하여, 바람소리의 세기를 금속성이 나게 표현하였다.

○ 노을이 질 때면, 그 노을이 눈 안으로 빨려오는 듯 했다. 눈으로 들어온 하늘이 빠져나가지 못하도록 에어매트에 누워서 오랫동안 눈을 감았었다.

(윤성희, 「모자」 중에서)

'눈'이라는 인간의 감각기관을 '노을'이라는 자연현상을 담아두는 도구 개념으로 사용하였다. 객관적으로 말하면 눈으로 본 노을의 정경을 기억으로 남기려 했다는 것을, 눈이라는 감각기관을 도구화해서 표현한 것이다.

㉤ 감각적 작용의 생장적 표현

○ 멀리서 한두 번 젊은 웃음소리가 투명하게 울렸다가는 여운 없이 사라졌다.

(최 윤, 「하나코는 없다」 중에서)

웃음소리를 '젊은'이라는 생물의 생장적 단계로 표현하여, 웃음소리에 생명력과 생동감을 불어넣었다. 감각적 작용과 생태적 상태의 교류가 이루어지고 있다.

> ○ 그녀는 비로소 습기를 쐰 씨앗처럼 천천히 그 답답한 침묵의 껍질을 벗기 시작했는데, 그러나 그녀는 아직도 입을 열어 말을 하는 일이 없었다.
>
> (이청준, 「이어도」 중에서)

인간의 청각기능에 따른 언어적 행위의 한 유형이라고 볼 수 있는 '침묵'이 껍질을 가진 사물로 표현되었다. 이때 침묵은 껍질 안에 담겨져 있는 사물의 알맹이가 될 것이다.

(2) 인간과 자연의 교통

인간과 자연은 예로부터 수많은 문학작품에서 친화와 동일시의 대상이 되어 왔다. 인간은 자연의 한 구성요소로 인식되기도 하고, 인간과 자연이 교통하는 것으로 인식하기도 하였다. 문학에서는 인간의 자연에 대한 감정이입이, 물아일체 · 물심일여 · 주객일체 등과 같은 정황으로 표현되어 왔다.

㉠ 자연현상의 감각화

> ○ 이튿날 아침의…… 창 밖은 온통 소란스러운 안개였다.
>
> (최 윤, 「하나코는 없다」 중에서)

여기서는 '안개'라는 자연현상의 상태를 소란스럽다는 인간의 청각적 언어로 표현했다. 안개라는 자연현상을 감각화하여, 안개의 농도에 대한 화자의 정감적 반응을 드러냈다.

○ 돌을 집어 던지면 깨금알같이 오드득 깨어질 듯한 맑은 하늘, 물고기 등같이 푸르다.

(이효석, 「산」 중에서)

하늘의 맑음이라는 시각적 자연현상을 '오드득 깨어질 듯한' 깨금알에 비유하여 청각적으로 표현했고, 그것의 푸르름을 물고기 등에 비유하여 시각적으로 기술하였다.

ⓛ 자연물과 인공물의 등치(等値)

○ 숲이라는 벼루를 다 갈아버린 듯 창밖은 오로지 묵墨묵墨하다.

(박민규, 「낮잠」)

자연물인 '숲'과 인공적 사물인 '벼루'를 대등한 위상에서 인식하였고, 묵묵(黙黙, 아무 말 없이 잠잠함)이라는 인물의 말과 행동의 상태를 나타내는 언어를, 동음이의어인 묵(墨, 먹)이라는 사물로 대체하여 창밖의 어두운 정도를 표현해 냈다.

ⓒ 자연물과 인간의 교통

○ 비 온 뒤 텃밭의 토란 잎 위에 오롯한 물방울이 꼭 나처럼 느껴졌다. 팽팽한 표면장력으로 오롯한 물방울을 굴려 합치면서, 나는 누군가와 내 비밀을 공유하고 싶었다.

(이혜경, 「그리고, 축제」 중에서)

물방울이라는 사물의 형상을 인간과 동일시했다. 합쳐진 물방울과, 비밀을 공유하는 '나'와 '누구'의 의식을 동일시하였다.

○ 사방은 짙푸른 검정색이었다. 순식간에 추위가 뼛속까지 파고 들어오기
는 했지만, 공기를 들이마시면 심장이 파랗게 물들기라도 할 것 같은 순수
한 대기, 그리고 완벽한 정적.

(최 윤, 「문경새재」 중에서)

자연물인 공기의 순수한 정도를 인간의 생체적 기관의 변화로 표현했
다. 공기가 심장을 파랗게 물들일 수 있다는 것은 자연물과 인체가 서로 교
통하여 작용할 수 있음을 말한 것이다.

(3) 시간과 사물·물질의 동시성

시간은 속도와 관계되는 개념이다. 상대성 이론에서 물리적 시간은 빛
의 빠르기가 중요한 상수(常數)로 쓰인다. 빛의 빠르기는 진공의 상태에서
는 매초마다 약 30만km의 속도로 이동한다고 한다. 이 속도는 절대속도이
다. 그러나 빛이 특정한 물질을 통과할 때는 매재가 된 물질의 질이나 진동
수에 따라 속도가 느려지게 된다. 이때의 속도는 상대적이다.

그런데 문학에서 사용하는 시간의 개념은 지구의 자전과 공전의 속도를
기준으로 삼은, 인간의 일상적 생활에서 경험하는 시간이다. 일상적 시간
에서 아침과 저녁, 봄·여름·가을·겨울, 과거·현재·미래 같이 시간
을 표시하는 개념은, 시간의 속도를 일정한 단위로 묶어서 그 속도를 완화
시키고, 거기에 관념적 공간 이미지를 부여한 시공간적 개념이다. 이러한
시공간에 사물의 형상이나 의미를 부여하는 표현기술방법이 직관적 표현
의 한 방법이다.

봄이라는 시간을 예로 들면, 우리나라를 기준으로 하는 일상의 시간으
로는 3월부터 5월까지 석 달이다. 이 석 달이라는 시간을 함께 봄으로 묶어
놓으면, 매 순간마다 지나가는 시간의 속도는 의식 속에서 지연된다. 봄이
가고 여름이 오는 것이므로, 봄이라고 불리는 시간은 길어지게 되고, 다음

계절인 여름이 올 때까지 매우 느리게 진행되는 시간이다. 계절을 지정하는 것은 빠른 시간을 넉넉하게 붙잡아 두는 시간의 활용방법이다. 여기에다가 봄에 나타나는 현상들, 얼음이 녹아 계곡에 물이 흐르고, 새싹이 돋고, 꽃이 피며, 찬바람을 몰아낸 따뜻한 바람, 먼 산의 아지랑이 등과 같은 현상들은 시간에다가 공간적 상황을 덧입혀 주는 것이다. 새벽이라던가 아침이라는 시간도, 시간과 공간적 상황이 어우러진 시공간적 개념으로, 시간과 사물을 동시적으로 인식하는 것이다.

㉠ 시간의 사물 형상화

○ 그 많은 새벽마다 그녀가 도둑 고양이처럼 홀로 일어나, 아직도 남은 미명의 어둠을 수압 높은 물로 헹구어 내고, 또 새로운 하루를 양은솥에 앉혀 잘 익기를 기다리고 있던 그런 시간에,

(이동하, 「일상의 리듬」 중에서)

미명의 어둠은 새벽녘의 상태를 가리키는 시간 개념이다. 그런데 이러한 시간적 상태를 물로 헹구어 낸다고 했는데, 이것은 시간을 사물로 형상화한 것이다. 그리고 '새로운 하루'도 양은솥에서 익힐 수 있는 물질적 재료로 치환해서 표현했다.

○ 이 겨울의 뿌리는 얼마나 깊은 것일까?

(이문열, 「그 해 겨울」 중에서)

겨울이라는 시공간적 개념을 나무에 비유하여, 길고 긴 겨울 추위를, 뿌리가 깊은 나무라는 자연물로 형상화하였다.

○ 어딘지 원망하는 것 같은 눈동자 속에는 그녀와 내가 공유하는 과거가 들

어있다.

(천운영, 「명랑」 중에서)

　과거라는 시간을 인간의 생체적 형상에 들어갈 수 있는 사물로 표현했다. 한편 과거라는 시간은 그녀와 내가 함께 공유하는 경험적 기억을 의미하는 것이다. 기억은 뇌의 대뇌피질과 해마피질이 연동되어 저장된 심상을 말하는 것인데, 이런 경우는 심상을 사물화한 것이라고도 말할 수 있다.

　○ 유리창 밖에서 저 혼자 익어가고 있던 가을이 쌉쌀한 바람과 함께 밀려들었을 때……

(공지영, 「존재는 눈물을 흘린다」 중에서)

　'가을'이라는 시간을, 자연물의 상태나 정도의 변화를 뜻하는 '익어가고'있는 것으로 사물화하였다. 한편, '바람'이라는 자연현상을 '쌉쌀한' 것으로 표현하여, 자연현상을 감각적으로 환원하였다.

　○ 나이의 껍질을 부수고 십 년 전의 그가 그냥 툭 튀어나오고 있는 것만 같았고, 그것이 그녀에게 잠깐이었지만, 당황스러움과 공포를 가져다 주었다.

(공지영, 「빈 들의 속삭임」 중에서)

　'나이'라는 시간을 사물의 '껍질' 안에 들어있는 형상물로 표현했다.

　○ 청춘을 쓰레기통에 처박은 죄, 나를 내다버린 죄, 내 몸뚱이 곁에 푸른 사과를 놓아주지 않은 죄……

(공지영, 「섬」 중에서)

　'청춘'이라는 인생의 여정에서의 시간을 쓰레기통에 처박을 수 있는 사물로 표현해서, 젊은 시절을 헛되게 보낸 자책감을 보여주었다.

> ○ 달리는 자신의 일생을 두 번 접고 한 번 더 접어 구두의 깔창과 양말 사이
> 에 끼웠다. 갈 길이 멀었다.

(김미월, 「현기증」 중에서)

'일생'이란 점쟁이 사내가 '그'에게 써준 사주가 적힌 종이를 말한다. '종이'라는 사물을 '일생'이란 시간으로 형상화하였다.

ⓒ 시간의 도량형화

> ○ 이 여름에 나는 저울대 위에 아무 것도 올려 놓지 않았다. 한 쪽에 내가 앉
> 고 다른 한쪽에 여름이 올라 앉았을 때, 저울의 눈금은 텅비어 있는 시간
> 의 무료를 가리키며 멈춰 있었다.

(한수산, 「회선」 중에서)

여름이라는 시간의 무게를 달고 있다. 여름의 무게를 측정할 저울추는 '나'이다. 여름과 나의 무게는 시간의 무료함이라고 했는데, 여름을 물질적 무게를 가진 것으로 전이했다가, 그의 무게가 시간의 무료함이라고 하여, 물질적 무게를 심리적 어조로 바꾸어 놓았다. 시간과 물질과 심상이 교류되고 있다.

> ○ 시간이 정지해서 골짜기에 켜켜이 쌓이는 듯했다. 시시각각 변해가는 풍
> 경 속에서 시간의 흐름은 바다를 맞닥뜨린 강물처럼 둔해지는 것 같았다.

(김경욱, 「천년여왕」 중에서)

시간의 정지상태를 '골짜기에 켜켜이 쌓이는' 듯한 부피를 가진 사물로

형상화하였다. 시간의 속도를 강물의 흐름에 비유해서 사물화하였다.

ⓒ 시간적 상태의 도량형화

○ 한 밤중의 역겨운 찬바람을 방안으로 밀어 넣으면서 방문을 열었고, 이미
그 시기 몇 배로 두터워진 어둠 속으로 걸어나갔다.

(최 윤, 「하나코는 없다」 중에서)

‘어둠’은 시간의 상태를 나타내는 개념인데, 이 시간의 개념을 ‘두터워
진’으로 표현한 것은 두께로 치환한 것이다.

○ 밤은 밀려 오고 겹겹이 쌓이고 쌓여, 달이 있어도 한 치의 밖을 보여주지
않는다.

(최인호, 「황진이」 중에서)

‘밤’은 시간적인 상태를 말하는 것인데, 이것을 ‘밀려오고, 겹겹이 쌓이
는’ 부피를 가진 사물로 표현해서 어둠이 짙은 정도를 나타내고 있다.

ⓔ 시간의 생명적 형상화

○ 시간이 날개를 퍼득이며 내려와 앉는 그런 애정이.

(한수산, 「사월의 끝」 중에서)

○ 나무와 나무 사이를 빠져 사라지는 어둠의 날개소리

(최인호, 「황진이」 중에서)

‘시간’과 ‘어둠’이라는 시간의 상태를 ‘날개’를 가진 생명체로 형상화하

여, 운동하는 에너지로 전환하여 생동감을 보여주고 있다.

(4) 행위와 사물의 교류

㉠ 감성적 행위의 사물화

> ○ 아니, 사실상 어머니는 누구보다도 더 잘 알고 있을 터이다. 그녀의 기다
> 림이 얼마나 까마득하게 손이 닿지 않는 먼 곳으로 자꾸만 자꾸만 밀려 나
> 가고 있는 것인가를 말이다.
>
> (임철우, 「아버지의 땅」 중에서)

'기다림'은 감성적 행위이다. 그러한 행위를 무엇엔가 밀려, 자꾸만 손이 닿지 않는 먼 곳으로 나가고 있는 사물로 형상화하여, 감성적 행위와 사물을 동시적으로 인식하고 있다.

(5) 인간과 사물의 교통

인간 또는 유기적 생명체인 인체를 조직하는 생명기관과 그 기관의 작용을 인위적인 사물형상과 대등하게 교통시키는 방법이다. 사물을 의인화하는 방법도 이에 해당한다.

> ○ 몇 년 째 사람의 손길 한번 스쳐본 일이 없는 듯한 방 한 칸 부엌 한 칸의
> 돌지붕 오두막이 그 역시 무슨 생활이 깃들기를 기다리고 있다기보다는,
> 그저 그렇게 힘겨운 세월을 고집스럽게 견뎌내고 있다.
>
> (이청준, 「이어도」 중에서)

'돌지붕 오두막'이라는 사물을, 힘겨운 세월을 '고집스럽게' 견디어 내고 있는 인간의 삶의 태도로 표현했다.

○ 여자란, 존재의 막다른 골목의 담벼락에 붙은 문이란 말이야. 우리는 그 너머로 갈 수 없어.

(최인훈, 「GREY구락부 전말기」 중에서)

‘여자’라는 인간의 존재를 담벼락에 붙은 ‘문’으로 사물화하여, 인간과 사물을 교통하게 하였다.

○ 순간 내 머릿속 암실에는 20여 년 전 어느 여름날 고등학교 1학년 교실의 한 장면이 흩어진 빛을 그러모으고 있었다.

(김경욱, 「99%」 중에서)

‘머릿속’이라는 인체의 기관을 인공적 공간인 ‘암실’로 사물화하였다. 그리고 머릿속에서의 기억을 떠올리는 과정을 암실에서 사진을 현상하는 장면으로 변환하여 표현했다.

○ 몸속의 피가 어느새 스무살 무렵의 지도를 따라 흐르기 시작했다.

(김미월, 「현기증」 중에서)

이 글의 내용은 스무 살 때와 같은 의욕이나 혈기를 말하는 것인데, 피가 흐르는 혈관이라는 인체의 기관을 인위적인 지도에 대비하여 놓았다.

3) 현상과 심상의 교류와 동시성

현상이라는 용어는, 본질의 외면적 표상 또는 사람이 감각기능으로 관찰할 수 있는 사실이나 사물의 상태라는 단순한 사전적 의미로 사용한다. 심상은 인물의 정신과 관념과 심리 그리고 경험적 사실에 대한 기억과, 감성적인 정감이나 느낌 등을 포괄하는 개념으로 사용한다.

정신은 인간의 인지·가치판단·창조의 능력을 작용하게 하는 원천적인 힘과, 아울러 그러한 정신작용으로 이루어진 의식들을 말한다. 관념은 그러한 힘이 작용하는 상태를 말한다. 관념은 정신작용으로 이루어진 사고·판단·추리 등에 기본이 되는 의식 내용이다.

심리는, 인간이 생물체로서의 형상을 존속시키기 위한 본능적 욕망과 욕망을 구현해 나갈 때, 그의 진행을 억제하거나 방해하는 요인을 만나서 이루어지는 방어적 정신의 신호들을 말한다.

정신과 관념을 나누어 보면, 정신은 생성하는 능력이고, 관념은 그에 대응한 상태나 상황이다. 감성과 정감의 관계도, 감성은 수행능력이고, 정감은 그것의 상태를 표현한 것이라고 말할 수 있다.

(1) 정신과 사물의 교류

㉠ 정신과 사물의 동질화

○ 두 젊은 악사는 이 무료한 여름 한 낮의 읍내 귀퉁이와 내 마음을 광쇄로 윤이 나게 닦아내기 시작했다.

(김원일, 「노을」 중에서)

'내 마음'을 윤이 나게 닦아낸다고 해서, '내 마음'을 사물화하였고, 읍내 귀퉁이라는 공간도 함께 사물화 하였다. 그리고 꽹과리 소리로 닦아낼 수 있는 대상으로, '읍내 귀퉁이'라는 공간과, '내 마음'이라는 정신의 감성적 상태를 대등하게 놓았다.

○ 열차에 오르기 직전 그는 자신의 옛 이름을 선로에 슬쩍 떨어뜨렸다. 열차가 버려진 이름을 밟으며 출발하는 순간, 그는 자신을 둘러싼 세상의 공기가 어딘가 달라졌다는 느낌을 받았다.

(김미월, 「현기증」 중에서)

‘이름’은 그 사람의 정체성을 대리하는 것으로, 정신의 범주에 해당하는 것이다. 이름이라는 정신적 범주의 개념을, 선로에 슬쩍 떨어뜨릴 수 있고, 열차가 밟으며 지나가는 사물로 표현하였다. 이 내용은 인물이 본래의 이름을 버리고 자기가 좋아해서 선택한 새 이름으로 바꾸었을 때의 기분을 말한 것이다.

ⓒ 정신의 물질화

○ 대문에는 마름모꼴로 백지 한 장이 붙어 있었고, 거기에 金喪家라고 씌어 있었다. 삼촌의 육신은 이제 땅을 떠나고, 혼만이 한 겹으로 가벼이 남아 저렇게 붙어 나를 맞는구나, 하는 생각이 들었다.

(김원일, 「노을」 중에서)

삼촌의 ‘혼’을 한 겹의 ‘백지 한 장’으로 대치시켜서, 정신과 물질을 동일시하였다.

○ 죽음의 늪에서 나를 일으켜 세운 것은 불이었다. 내 정신의 은밀한 골짜기에서 뜨겁게 타오르고 있는 황홀한 불

(정 찬, 「얼음의 집」 중에서)

죽음을 늪에 비유하였고, 정신을 골짜기에 은유하여 물질화하고, 다시 ‘불’이 정신에서 유래되는 것이라는 관념적 생각은 정신과 사물의 교류를 말하고 있는 것이다.

(2) 정감과 생물·사물의 교류

㉠ 정감의 물질화

> ○ 오래 전의 그 시기, 술병 밑바닥 유리의 어두운 두께로 다가오는 그 시기
> 는 어쩌면 내 일생에서 가장 사건적인 시기인지도 모르겠다.
>
> (최 윤, 「회색 눈사람」 중에서)

특정한 어떤 시기에 가졌던 정감의 정도를 '술 병 밑바닥 유리의 어두운 두께'로 물질적 형상화를 했다.

> ○ 그는 이렇게 비현실적으로 베네치아에 와 있었다. 이탈리아에 도착한 이
> 래 점점 잦아드는 용기를 길어 올리기 위해, 혹은 그의 용기를 부추기는
> 무언가에서 도망하는 것처럼
>
> (최 윤, 「하나코는 없다」 중에서)

'길어 올린다'는 샘이나 우물 등에서 물을 바가지나 두레박으로 떠서 올린다는 의미로 쓰인다. '용기'라는 정감적 작용을 '길어 올리는' 것으로 표현하는 것은, 정신을 물과 같은 사물현상으로 표현하여, 용기도 의식의 저 깊은 곳으로부터 길어 올려야 하는 사물로 형상화했다.

> ○ 기분이 슬쩍 구겨지고, 짜증이 뒤섞이는 그런 생소함.
>
> (최 윤, 「하나코는 없다」 중에서)

'기분'이라는 정감의 상태를 구겨지는 것으로 표현한 것은 두께를 가진 사물과 동일시한 표현이다. 일상에서도 흔히 쓰이는 표현이지만 이러한 경우도 직관적 표현방법이다.

○ 마치 모든 인간적인 감정들이 내 몸을 타고 흘러서 연민이라는 깔때기를 타
고 몸 밖으로 떨어져 내린 뒤 돌아오지 않는 것과 같은 씁쓸한 경험이었다.

(한강, 「노랑무늬 영원」 중에서)

'감정'들이 내 몸 밖으로 떨어져 내린다거나, '연민'이라는 정감을 깔때
기를 타고 떨어져 내리는 사물과 등식으로 놓아 정감을 사물화했다.

○ 호소와 갈망과 애증으로 가득찬 눈.

(천운영, 「명랑」 중에서)

이러한 표현은 일상적으로 쓰이는 것이다. 눈이라는 인간의 생체적 기
관인 물리적 형상에 정감을 가득 담았다. 감성적 심상을 물질로 표현했다.

○ 채 걷어 들이지 못한 큰오빠의 미련이 질질 끌렸다. 거기에 휘말릴까봐,
그 기대의 싹을 쳐내느라 나는 그만 행선지까지 말해 버렸다.

(이혜경, 「고갯마루」 중에서)

'미련'이라는 정감을 '질질 끌렸다'라는 사물의 움직임과 관련된 개념으
로 표현했고, '기대'라는 정감적 행위를 '싹'이라는 식물의 형상과 나란히
놓았다.

○ 겉으로는 살 맞은 짐승처럼 꿈틀댔지만, 그 안쪽에서는 표면장력으로 팽
팽한 절망의 비커를 붙들고, 쓰디쓴 고통의 한 방울도 쏟지 않으려 안간힘
을 쓰고 있었다.

(권여선, 「사랑을 믿다」 중에서)

'절망'이라는 정감을 '비커'라는 사물과 대등하게 놓았고, '고통'이라는
정감을 '한 방울'이라고 물질의 단위로 표현하고 있다.

ⓒ 정감의 생장적(生長的) 표현

　　○ 아픔은 늙을 줄을 모른다. 아픔을 치유해 줄 무언가에 대한 기구가 그만큼
　　생생하고 질기기 때문일까?

(최 윤, 「회색 눈사람」 중에서)

아픔이라는 심리적 정감을 '늙는다'는 인간의 생장의 한 단계에 대입하
여 생물화하고 있다.

ⓒ 정감적 행위의 체적화

　　○ 방안을 가득 채우고도 남아도는 어머니의 진한 핏빛 울음은 어느덧 두루
　　마리 멍석이 되어, 어둠에 잠긴 마당 쪽으로 끝없이 풀려 나가고, 그 위로
　　꺼끔해졌다가 되거세어지는 장마비가 소리를 지르면서 두텁디 두텁게 깔
　　리고 또 깔리었다.

(윤흥길, 「장마」 중에서)

울음이라는 청각적 정감 행위를 핏빛으로 시각화했고, '방안을 채우고
도 남아도는' 부피를 가진 것으로 제시했다. 그리고 '두루마리 멍석이 되'
었다는 표현은, 울음을 다시 사물화하였고, 울음이라는 소리의 전파를 두
루마리 멍석이 마당에 펼쳐지는 형상에 대입하여서 물리적 작용으로 전이
한 것이다.

　　○ 내뱉지 못하는 의혹은 강요된 침묵을 양분 삼아 내 영혼의 오지까지 뿌리
　　내렸다.

(김경욱, 「99%」 중에서)

'의혹'이라는 정감적 행위가 뿌리를 내리는 사물로 전환되었고, '영혼의 오지'는 영혼을 공간적 개념으로 인식하고 있는 것이다. '침묵'이라는 청각적 언어행위도 생물을 성장하게 하는 '양분'이라는 사물로 표현하고 있다.

ⓒ 감성적 행위의 물질적 표현

○ 권력은 한 올의 사랑도 용납하지 않는다. 그 한 올의 사랑 때문에 내 얼음의 집은 허물어졌다.

(정 찬, 「얼음의 집」 중에서)

사랑이라는 감성적 행위를 '한 올'이라는 물질적 단위로 제시하여, 사랑의 크기를 가늠하는 도구적 개념으로 사용하였다.

(3) 심리 · 관념과 사물의 동시성

㉠ 심리의 행위화

○ 천민 의식 또한 그런 종류의 열등감은 내 마음의 가장 깊은 곳에 눙쳐 누었다가, 낮밤을 가리지 않고 불시에 머리를 내밀어 내 얼굴을 달게 하고 숨길을 괴롭게 만듦은 비단 어제오늘의 일이 아니었다.

(김원일, 「노을」 중에서)

천민의식 또는 열등감과 같은 관념이나 심리적 상황을, 눙치고 누었다가 머리를 내미는 생명체의 행위로 표현하여, 관념이나 심리 작용의 변화를 행위화하였다.

   ○ 모래알처럼 씹히는 불안감을 은밀히 감추어 왔는지도 모른다.

(이동하, 「일상의 리듬」 중에서)

불안감이라는 심리적 상태를 모래알처럼 씹히는 것으로 표현해서 물질화하였다. 불안감을 사실적으로 감지하도록 의도한 표현이다.

   ○ 지난달보다 실적이 나아야 한다는 강박이 허공에서 채찍질했다.

(이혜경, 「고갯마루」 중에서)

강박관념을 채찍이라는 사물과 대등한 위상에서 사용하고 있다.

   ○ 민들레 홀씨처럼 어디선가 날아온 호기심의 씨앗이 남자의 속에서 이미 싹트고 있다.

(하성란, 「곰팡이꽃」 중에서)

호기심은 어떤 욕망을 열게 되는 시작으로서, 심리적 형상이다. 이러한 심리적 형상을 농작물의 종자인 씨앗과 대등하게 놓아서 심리를 사물화하였다.

   ○ 어느 날 아침 그 집에서 나오는 한 여인을 보았다. 나는 그냥 지나쳤다. 그리고 골목 모퉁이를 지나자 나의 가슴에는 불시에 무엇인가 화끈 치밀어 올라와 목을 타고 뒷통수 근처에서 뭉게뭉게한 구름이 되었다.

(최인훈, 「우상의 집」 중에서)

가슴에서 불시에 무엇인가 화끈하게 치밀어 오른 것은 어떤 심리적인

정황이 작용을 한 것이다. 이러한 심리적 정황을 '뭉게뭉게한 구름'으로
사물형상화하고 있다.

 ○ 걷다가 자신의 심장 깊숙한 곳에 박혀 있던 낚싯바늘을 빼내 길가의 쓰레
  기통에 넣었다.

(김미월, 「현기증」 중에서)

'심장 깊숙한 곳에 박혀 있던' 것이라면, 일상적으로 마음에 상처를 주
는 어떤 심리작용을 뜻한다. 이 작품에서는 자기의 구애를 거절한 '그녀'
에 대한 알 수 없는 이끌림을 말한다. 이러한 심리작용을 낚싯바늘이라는
사물로 대체하였다. 그리고 그것을 쓰레기통에 버렸다는 것은 심리적 강박
관념에서 벗어나겠다는 의지를 나타낸 것이다.

ⓒ 관념의 물질화

 ○ 나는 얼마 전까지 그 여자와 주고 받던 얘기들을 다시 생각해 보려 했다.
  많은 것을 얘기한 것 같은데, 그러나 귓속에는 우리의 대화가 몇 개 남아
  있지 않았다. 좀더 시간이 지난 후, 그 대화들이 내 귓속에서 내 머릿속으
  로 자리를 옮길 때는 그리고 머릿속에서 심장 쪽으로 옮겨 갈 때는 또 몇
  개가 더 없어져 버릴 것인가.

(김승옥, 「무진기행」 중에서)

'주고받던 얘기'들을 사물의 숫자를 헤아리는 '몇 개'로 표현하여 대화
라는 감각적 행위의 내용인 관념을 사물화하여, 관념과 사물을 한 자리에
모아두었다. 그리고 대화가 귓속과 머릿속과 심장으로 옮겨 간다고 한 것
은 사물화한 관념을 다시 관념으로 되돌려 놓은 것이지만, 이때에도 옮겨
다니는 단위를 '몇 개'라고 해서 물질화한 것이다. 대화라는 관념을 물질

화하여 동시적으로 표현한 방법이다.

> ○ 삶에는 추억이라든가 기억이라는 이름의 구슬들이 널려 있는데, 그것을 어
> 떤 실에 꿰어서 목걸이를 완성하는 것은 우리들의 몫이 아닐 지도 모른다.
>
> (권지예, 「뱀장어 스튜」 중에서)

추억과 기억이라는 관념을 구슬로 사물화하였다.

> ○ 광솔처럼 홀로 단단해졌던 기억은, 그 기억에 동참한 남편의 체온으로 녹
> 어 송진이 되었다. 녹아내린 송진이 끈끈했다. 그토록 여유롭던 그 남자의
> 표정이 머리에서 떠나지 않았다.
>
> (이혜경, 「그리고, 축제」 중에서)

기억은 감각적 작용으로 얻은 정보가 대뇌피질에 저장되었다가, 어떤
기회에 다시 재생되어 의식의 표면에 떠오른 것이다. 기억의 내용은 관념
이나 심리 등이 그 자체만으로서, 또는 서사적 상황과 함께 이루어지는 경
우도 있겠지마는, 이 글에서는 포괄적으로 생각의 범주인 관념으로 이해하
기로 한다. 이 글은 기억이라는 관념적 상태를 광솔과 송진이라는 자연적
물질에 대비하였다.

> ○ 눈을 감은 순간, 갑자기 소름이 돋는다. 접혀 있었던 기억의 귀퉁이가 활
> 짝 펼쳐진다. 그 사진이 무슨 사진인지 갑자기 알 것 같다.
>
> (한강, 「노랑무늬 영원」 중에서)

관념적 범주에 해당하는 기억을 귀퉁이가 접힐 수 있는 납작한 평면적
사물로 인지하고 있다.

이상에서 논의한 직관적 표현기술방법들은 상상력에 바탕을 둔 것으로,

인물의 관념이나 심리를 제시하는 길목에서 주로 사용되고 있다. 이러한 표현기술방법이 작품에서의 상황이나 어떤 사정과 관계없이 빈번하게 사용되는 일은 경계해야 할 일이지만, 소설의 읽기에서 구성의 미로를 따라 잡는 일만이 아니라, 문장의 표현기술의 그 오묘함을 찾을 수 있도록 활용되어야 한다.

XII. 소설의 수사적 표현과 구성

1. 수사적 표현의 방법과 기능

작가들은 근대문학 이후로, 소설의 작법에서 인물이 겪는 갈등과 그 결과를 긴장된 어조로 기술하여 진지한 주제를 제시하는 것으로 창작의 모범을 삼는 듯했다. 이러한 작법은 근대사회와 산업사회가 진행되는 동안 의식의 표면으로 떠오르게 된, 속박에서의 자유와 분배의 평등이 주요한 화제가 되었을 때는 매우 유효한 방법이었다. 독자에게는 소설에 공감하여 마음의 상처를 다독이고 신념을 확인하는 매개적 수단으로 작용하였다. 한편으로는 새로운 가치관의 발견이나 정서적 순화의 매개물로 인식하기도 했다. 이러한 유형의 소설은 규범적 소설이라고 할 수 있다.

그러나 반복적인 유사 소재와 주제는 소설 독서의 기피현상을 이끌어 왔고, 영상문학이나 인터넷상의 서사적 생산물들은 소설문학의 침체에 영향을 미쳤다. 이제 소설이 독자의 읽기에 기여하려면, 진지한 주제의 무게를 감소시키고 독자의 정신적 부담이나 지루함을 덜어주어야 한다. 독자에게 읽기의 재미를 보태주어야 할 것이다. 소설읽기의 재미와, 탐색의 지적 능력을 제공하는 한 방법이 수사적 표현과 구성방법이다.

수사적 표현방법은 동서양을 막론하고 철학적 사유나 정치적 의도를 논리적으로 펼쳐서 상대를 설득하기 위한 방법으로 쓰이기 시작하였다. 문학에 수사적 방법이 쓰이기 시작한 것은, 추상적 관념에 감각적 사실감을 제공하거나, 감성을 자극하여 미적 인식을 도모하기 위하여 이용되었다. 한편으로 직접적 또는 직설적으로 말하기가 어려울 때, 그것을 안으로 숨기거나 우회적으로 드러나는 방법으로 쓰이기도 하고, 지식인의 여유로운 한담(閑談)에도 활용되었다.

리얼리즘의 시대에도, 수사적 표현의 한 방법인 풍자가 "순수하고 폐쇄적인 문학형식이 아님"[1]에도 불구하고, 사회적 어둠을 밝히려는 숨은 의도로 아주 유용하게 쓰이고, 신비평론자들은 아이러니를 문학의 중심 화두로 삼기도 하였다. 그런데 지금, 문학이 예전과는 달리 독서의 중심에서 벗어나 있을 때, 독서의 재미와 독자의 지적 탐구의 욕구를 보조하기 위해서는, 수사적 표현과 수사적 구성방법[2]의 적극적인 활용이 필요하다.

사람이 다른 동물과 차별화되는 것 중의 하나는 호기심을 바탕으로 하는 탐구정신이다. 인류의 문명 내지 문화는 호기심과 탐구정신의 결정체이다. 소설은 그동안 모르는 것을 알려고 하는 지적 호기심에 관여해 왔고, 이성에 묶이어 내재되었던 감성을 해방시켰으며, 제도와 이념과 타의에 억압되었던 자기의 발견에 기여해 왔다. 이러한 성과는 소설이 그 시대가 요구하는 사람들의 탐구 정신에 호응한 것이었다. 이들 소설의 성과는 구성방법과 표현방법 그리고 작가의식이 어울어진 결과였다. 그러나 리얼리즘적 작가들은 형식보다는, 작가의식·작가정신·세계인식·세계관·가치관·주제의식 등의 유사한 의미의 용어들을 쏟아내면서 구성과 표현에

---

[1] Arthur Pollard, 송낙헌 역 :『풍자』(서울대학교 출판부, 1980.12), 10쪽.
[2] 이에 대해서는,
  윤충의 :「소설의 수사적 표현과 구성」,『인문과학연구』제17집(안양대학교 인문과학연구소, 2009.12), 7~72쪽 인용.

소홀한 경향이 있다. 이제 소설은 수사의 도움을 얻어서, 독자가 구성과 표현을 통해서 탐색하고, 내재된 의미를 발견할 수 있도록 봉사하여야 한다. 이 글에서는 수사적 표현방법이 장면과 구성에 기여하는 바에 대하여 논의하려고 한다. 수사적 표현은 한 문장이나 장면을 단위로 삼는 경우를 포함해서 작품의 구성에 이르기까지를 모두 포괄하는 개념으로 이해한다.

소설 쓰기에 지적 행위를 요구하고, 읽기에 재미를 보태주는 수사적 표현기술방법으로, 풍자·아이러니·알레고리·역설·해학·유머·기지 등과 같은 용어들이 제시되고 있다. 이러한 용어들은 논리학이나 철학 등에서 이해와 설득의 방법으로 쓰이다가 문학에서 활용되어온 방법들이다. 그동안 이들 용어들에 대한 개념과 방법은, 오랜 기간에 걸쳐 다양하게 논의되는 과정에서 기능과 표현 방법이 증보되면서, 시대나 연구자에 따라 한 개념에 다른 개념이 포함되기도 하고, 특정한 상위 개념에 대한 하위 개념의 관계가 연구자의 주제가 무엇이냐에 따라 역전되기도 했다.

"아이러니는 풍자의 한 어조이지만, 풍자적인 아이러니도 존재한다"[3] 고 하는 견해나, 풍자의 어조가, "기지, 조롱, 아이러니, 비꼼, 조소, 냉소, 욕설"[4]이라고 하는 한편, "비웃음, 조소, 우롱, 경멸, 모멸, 빈정댐, 야유" 등의 구어적 관용법을 아이러니의 배아(胚芽)[5]라고 하는 논의들을 보면, 풍자와 아이러니가 서로 상대적 개념을 하위 개념으로 안고 있거나, 그러한 표현방법 내지 기능이 서로 중복되기도 한다. 이것은 수사적 표현방법과 기능적 역할을 구분하지 않았기 때문에 생기는 문제이다.

아이러니와 풍자를 비교한다면, 아이러니는 소설 구성의 진행과정에서 이루어지는 수사적 표현방법이고, 풍자는 소설 구성의 결과로써 주제적 의미로서의 기능적 역할을 말하는 것이다. 웃음의 유형이 다르기는 하더라

---

[3] Arthur Pollard, 송낙헌 역 : 앞의 책, 10쪽.
[4] 위의 책, 85쪽.
[5] D. C. Muecke, 문상득 역 : 『아이러니』(서울대학교 출판부, 1984.5), 29쪽.

도, 아이러니와 풍자는 웃음을 불러오기도 하는데, 이와 함께 웃음을 불러 오는 구조적 요소들은, 그것으로 도달하는 과정에서 이루어지는 표현기술 방법과 그것으로 결과된 기능으로 구분되어야 한다. 한 예로 해학을 유모 어로 이해하는 것도 과정과 결과를 구분하지 않고 동일시한 경우이다.

웃음을 불러오는 수사적 표현방법들 중에서 결과적 기능에 해당하는 것 은 풍자와 해학이다. 이들은 차이가 있다. 풍자는 문제적 인물·상황에 비 판적으로 접근해서 부정적 요소를 가려내 보이지만, 그것은 직접적으로 접 근하지 않는다. 비유하거나 우회적으로 암시하려고 한다. 변죽을 울려서 복판을 때리는 방법이다. 풍자의 비유나 암시에는 교정이나 개선에 대한 분명한 기대가 들어 있는 것이다.

해학은 문제적 상황의 긴박감을 에둘러 해소하고, 갈등하는 인물들을 화 해시키는 기능을 가지고 있다. 인물이나 상황에 부정적 요소가 있는 경우에 는 숨김없이 그대로 드러내 놓지만, 독자에게 질책이나 개선에 대한 요구보 다는 동정심을 앞세우게 하는 것이다. "조롱은 하지만 받아들이고, 비판은 하지만 가치를 인정하며, 그 대상을 조소하지만 같이 웃는 것이다."6)

풍자로 기능하게 하는 수사적 표현방법으로는 반어·역설, 아이러니, 우언·우화 등이 있고, 해학적 방법으로는 아이러니, 유우머, 기지, 지혜 ·슬기 등이 있다. 아이러니는 풍자와 해학의 범주에 모두 종사하지만, 기 능적인 차이가 있다.

2. 풍자(諷刺)

1) 풍자의 개념과 어원

풍자는 이미 준비되어 있는 작자의 이상과 현실의 정황이 어긋날 때 나

---

6) Arthur Pollard, 송낙헌 역 : 앞의 책, 10쪽.

타난다. 현실의 정황이나 인물의 행위가, 작자가 생각하는 원칙이나 본질
과 차이가 나거나 반대될 때, 그 어긋나는 것을 원칙이나 본질로 되돌리기
위한 과정을 거쳐 이루어진 결과가 풍자이다. 결과를 가리키는 개념으로서
풍자의 목적은 사회의 관습·제도·규범·권력 등이 불합리하거나, 인간
의 욕망·관념·가치관의 발현이 억압되었을 때, 그 불합리한 것이나 억
압의 동인(動因)을 우회적으로 공격하여 깎아 내리고, 그 잘못을 교정하거
나 개선하기를 종용하는 것이다.

　그렇다면 풍자의 방법은 무엇인가. 이 용어의 어원을 살펴보면, 그에 대
한 해명의 고리를 발견하게 된다.

　'풍자'라는 용어는 『모시(毛詩)』(鄭玄 箋, 127~200년 사이) 권일(卷一)
의 「국풍(國風)」 중 <주남관저고훈전제일(周南關雎詁訓傳第一)>에 "윗
사람은 민요로 아랫사람을 교화하고, 아랫사람은 민요로 윗사람에게 간언
(諫言)한다. (上以風化下 下以風刺上)"[7]라고 한 부분의 '풍자(風刺)'에서
비롯되었다. 이때 풍(風)이라는 용어는 민요의 뜻으로 쓰였음 직하지만, 민
요를 매개로 하여 아랫사람의 잘못을 교화하고, 윗사람의 그릇됨을 간언한
다면, 민요인 풍(風)은 비유개념을 안고 있는 풍(諷)으로 이해된다.

　『문심조룡(文心雕龍, 499~501?)』의 「서기(書記)」에도 글쓰기의 방법
을 말하는 가운데 '자(刺)'가 있는데, 이를 설명하는 가운데 풍자라는 용어
가 쓰였다.

　　"자(刺)라는 것은 두루 통하는 것이다. 『시경』에는 윗사람과 아랫사람이
　　(민요로) 비유하여 서로 소통하였고, 『주례』에는 삼자(三刺)가 있는데, (죄가
　　있으면 중앙관리들과 지방관리들 그리고 백성들에게 물어 조사하여)[8] 일의
　　차례를 서로 통하게 하는 것이 바느질로 (조각천을) 두루 꿰매어 (옷을) 지어내

---

7) 漢 毛氏傳 鄭氏 箋, 孔子文化大全編輯部 : 『毛詩』(山東友誼書社, 1990.9), 20쪽.
8) 漢 鄭玄 撰, 孔子文化大全編輯部 : 「周禮卷第九」, 『周禮鄭氏注』(山東友誼書社, 1992.5), 661쪽.
　＊『주례』의 삼자(三刺)는 재판관의 편견에 좌우됨이 없이 공정하게 죄를 다스리려는 제도임.

는 것과 같다.(刺者達也 詩人諷刺 周禮三刺 事敍相達 若針之通結矣)"9)

* 해석 중 한문 본문 이외의 ( )안의 내용은 이해를 도모하기 위하여 필자가 첨가한 것임. 이하의 문장에서도 동일하게 사용함.

이 내용을 보면, 풍(諷)은 비유의 방법이고, 자(刺)는 일을 서로 통하게 하는 결과를 가리키는 개념이다. 풍자는 그릇된 일을 비유하여 말하는데, 궁극적으로 서로 소통하게 하여 모두 조화롭게 하는 것이라는 뜻이다.

『안씨가훈(顏氏家訓)(531~591)』의 「교자(敎子)」와 「문장(文章)」편에도 '풍자'가 쓰이고 있다. 「교자」에는 "『시경』에는 (불륜한 소행)을 풍자하는 시가 있고, 『예기』에는 (사람들이 서로) 꺼리고 의심하는 것을 경계하고 있다.(詩有諷刺之詞 禮有嫌疑之誡)"10)고 풍자의 기능을 소개했다. 그런데 「문장」에서는 "풍자의 화(禍)는 세속으로 빠르게 퍼져 나간다.(諷刺之禍 速於風塵)"11)라고 하여, 풍자가 규범적인 언행이나 문장양식이 아닌데, 그것이 세상 사람들에게 유행할까 걱정하고 있는 듯하다.

이와 함께 소박한 사전적 의미로도 풍자의 기능에 대한 설명이 어느 정도 이루어지고 있다. 풍자의 사전적 의미는, "① 남의 결점을 빗대어서 공격함, ② 문학작품 따위에서 현실의 부정적 현상이나 모순 등을 빗대어 비웃으면서 폭로·공격하는 일"12)이다.

이러한 개념들을 근거하면, 풍자의 방법은 '빗대기'이고, 목적은 폭로와 공격이며, 그 대상은 현실의 부정적 현상이나 모순이고, 독자의 정서적 반

---

9) ① 유 협, 최신호 옮김 : 「문심조룡」(현암사, 1975.5), 290쪽.
  ② 中文大事典編纂委員會 : 『中文大事典』 제8책 (臺北市, 中國文化大學出版部, 中華民國 74년 5월, 1985.5), 1078쪽.
10) ① 안지추, 조희명 註 : 「교자 제2」, 『안씨가훈 주』 권제1(예문인쇄관, 중화민국 62년 10월, 1973.10), 46쪽.
  ② 중문대사전편찬위원회 : 앞의 책, 1078쪽.
11) ① 안지추, 조희명 주 : 「문장 제9」, 위의 책 권제4, 191~192쪽.
  ② 중문대사전 편찬위원회 : 앞의 책, 1078쪽.
12) 신기철·신용철 편저 : 『새 우리말 큰사전』(삼성이데아, 1998.9), 3579쪽.

웅은 비웃음이다.

풍자에 대해서는 포괄적이고 다양한 내용이 논의되어 왔다. '풍자의 내용은 독백·대화·연설·서술·풍속 묘사·성격 묘사 등에 드러낼 수 있고',[13] 조소·비꼼·냉소 등의 공격적인 직접 개입의 방법과, 반어·역설, 아이러니, 우언·우화와 같이 슬며시 돌려서 결점을 찌르는 간접적 방법이 이용된다. 이 과정에서 인물의 희화화가 이루어지고, 유형을 달리하는 웃음이 유발되지만, 풍자는 궁극적으로 개선과 교정을 기대하는 것을 결과로 삼는다.

그런데 풍자의 방법을 '빗대기'라고 한다면, 적어도 직접적으로 공격하는 것은 풍자의 정당한 방법이 아니다. 빗대기는 비교하거나 대조하면서 이루어질 수도 있고, 비유로서도 가능하다. 그런데 조소·비꼼·냉소·경멸 등의 방법으로 대상이나 상황을 직접적으로 공격한다면, 이는 풍자의 '빗대기'에 적합한 수사적 방법이 아니다. 조소, 경멸, 비꼼 등은 반어[14]로 표현될 때, 풍자의 적당한 수사적 표현방법으로 대접될 것이다.

2) 고발·반어·역설

문학에서 현실의 부조리나 모순을 드러내 보인 작품을 흔히 풍자문학이라고 말한다. 풍자라는 용어를 포괄적으로 결과적인 주제에 대입하면 틀린 말은 아닐 것이다. 그런데 풍자라는 용어가 결과를 말하는 것이기는 하지만, 풍자가 '빗대기' 또는 '비유'하여 부정적 상황을 개선·교정할 목적을 가진 것이라면, 이것은 구성의 방법과 함께 의논되어야 한다.

빗대기나 비유는 드러내려고 하는 것을 숨겨 두었다가 어떤 매개 장치

---

13) Arthur Pollard, 송낙헌 역 : 앞의 책, 9~10쪽 참조.
14) 반어(反語)라는 용어는 음운론에서는 반절(反切)의 뜻으로 쓰이기도 했지만, 수사적 개념으로 쓰인 것은 단성식(段成式, ?~863)의 「法酒贈同絲詩」(『중문대사전』 제2책, 392쪽)에서 발견된다. 반어는 그 의미가 확장되어 아이러니와 같은 개념으로 쓰이고도 있지만, 이 글에서는 좁은 의미의 반어, '긍정과 부정을 반대로 말하는' 경우의 개념으로 쓴다.

를 통하여 나타내는 수사적 표현 방법이다. 매개 장치는 서술자·인물의 언행에 암시되어 나타나거나, 상황을 반전시키는 방법 등으로 작품 안에 은폐되었다가 나타낸다. 작품 안에서는 전혀 빌미나 낌새를 알아채지 못하게 해 둔 경우에는 독자의 읽기로 알아낼 수 있어야 한다. 독자는 작품의 역사·사회적 읽기나, 인간의 본질적 심성, 윤리·규범적 가치체계 등의 자의적 매개 장치에 비추어 작가의 의도를 알아내기도 한다.

풍자는 기본적으로 숨김과 드러냄의 구성과정이 있어야 한다. 이러한 과정 없이, 부조리하고 모순된 현실을 반영한 작품을 풍자적 작품이라고 하기는 어렵다. 그런 경우는 풍자가 아니고 고발문학이라고 해야 할 것이다.

채만식의 『태평천하』(1938, 천하평춘, 천하태평춘)는 일제하의 대지주인 윤두섭 일가의 가족 편력을 다룬 작품이다. 윤두섭은 '직원(直員)'이라는 향교의 수장 자리를 돈으로 사서, 양반 행세를 하는 인물이다. 이 작품은 인력거 삯을 깎아내리고, 잔돈을 두고도 차비로 큰 돈을 내서 결국은 버스에 무임승차하고, 명창대회에 하등표를 사서 상등석에서 관람하는 등의 부도덕하고 몰상식한 윤직원의 언행으로 시작된다. 그의 가계는 그의 선친 윤용규로 비롯되는데, 그의 인물 됨됨이는 다음과 같다.

말대가리 윤용규 그는, 삼십이 넘도록 탈망 바람으로 삿갓 하나를 의관삼아 촌 노름방으로 으실으실 돌아다니면서 개평푼이나 뜯으면 그걸로 되돌아앉아 투전장이나 뽑기, 방퉁이질이나 하기, 또 그도 저도 못 하면 가난한 아내가 주린 배를 틀어쥐고서 바느질품을 팔아 어린 자식과(이 어린 자식이라는 게 그러니까 지금의 윤직원 영감입니다) 입에 풀칠을 하는 것을 얻어 먹고는……(중략)……. 그런데, 그런 게 다 운수라고 하는 건지, 어느 해 연분인가는 난데없는 돈 이백 냥이 생겼더랍니다. 시골돈 이백 냥이면 서울돈으로 이천 냥이요, 그때만 해도 웬만한 새끼부자 하나가 왔다갔다할 큰 돈입니다.

노름을 해서 딴 돈이라고 하기도 하고, 혹은 그 아내가 친정의 머언 일갓집 백부한테 분재를 타온 돈이라고 하기도 하고, 또 누구는 도깨비가 쪄다 준 돈

이라고 하기도 하고 하여 자못 출처가 모호했습니다.[15]

　이렇게 종잣돈을 만든 윤직원 부자는 대를 이어 돈놀이, 곱장리를 놓고, 토지의 공문서(空文書)를 헐값에 매수하는 등 탈법적이고 비윤리적 방법으로 재산을 증식하였다. 만석꾼으로 가세가 넉넉해지자, 이윽고 세상이 평안한 뒤엔 집안의 문벌 없음을 섭섭히 여겨, 가문을 빛나게 할 필생의 사업으로 네 가지 방책을 꾸몄다.

　　맨 처음은 족보에다가 도금(鍍金)을 했습니다. 그럼 직한 일가들을 추려 가지고 보소(譜所)를 내놓고는, 윤두섭의 제 몇 대 윤아무개는 무슨 정승이요, 제 몇 대 윤아무개는 무슨 판서요, 제 몇 대 아무는 효자요, 제 몇 대 아무 부인은 열녀요, 이렇게 그럴싸하니 족보(族譜)를 새로 꾸몄습니다. 땅 짚고 헤엄치기지요. (중략)
　　족보는 아무튼 그래서 득실이 상반이었고, 그 다음은 윤두꺼비 자신이 처억 벼슬을 한 자리 했습니다. (중략) 이 향교의 맨 우두머리 가는 어른을 직원(直員)이라고 합니다. (중략) 장의(掌議)라고, 바로 직원의 아랫길 가는 역원들이 있는데, 그 사람들한테 사음이며 농토 같은 것을 줄 수 있는 다액납세자라면 직원 하나쯤 수월한 모양입니다. (중략) 그래 그는 직원이 되었습니다. 그래서 윤두섭이란 석 자 위에 무어나 직함이 붙기를 자타가 갈망하던 끝이라 윤두꺼비는 넙죽 뛰어 윤직원 영감이 되었던 것입니다. (중략)
　　그 다음, 윤직원 영감이 집안 문벌을 닦는 데 또 한 가지의 방책은 무어냐 하면, 양반 혼인이라는 좀더 빛나는 사업이었습니다. (중략)
　　그 다음 마지막 또 한 가지가 무엇이냐 하면, 이게 가장 요긴하고 값나가는 품목입니다.
　　집안에서 정말 권세 있고 실속 있는 양반을 내놓자는 것입니다.
　　군수 하나와 경찰서장 하나…….
　　게다가 마침맞게 손자가 둘이지요.[16]

---

15) 채만식 :『태평천하』, [한국소설문학대계] 15(동아출판사, 1995.5), 33쪽.

이 작품은 이와 같은 윤직원의 야망이 가솔들의 갈등, 방탕, 패륜, 사회주의 운동에 연루 등으로 물거품이 되고 마는 과정을 그리고 있다. 그런데 이 작품의 발단에서 결말에 이르는 과정에는 풍자의 기본적인 비유적 수사, 즉 숨김과 드러냄이 없다. 위에서 번잡하게 인용한 내용들에서 알 수 있듯이, 인물의 형상이 적나라하게 표면에 그대로 드러나 있다. 인물의 언행에 대한 서술에, 서술자의 빈정거림과 경멸과 조소가 그대로 나타나 있다. 이러한 서술자의 태도는 구성의 시작에서 끝까지 일관되게 지속된다. 이것은 풍자의 구성 방법이 아니라, 현실의 비상식적이고 비윤리적 인물의 행태를 그대로 반영한 직접적인 고발과 응징으로, 비판적 사실주의 방법에 근거하고 있는 작가의 현실인식이 그대로 표현된 것이다.

한편 이 작품의 결말 부분의 다음 내용이 풍자의 기법인가를 생각해 보아야 할 것이다.

> 재산이 있댜야 도적놈의 것이요, 목숨은 파리 목숨 같던 말세년 다 지내가고오…… 자 부아라, 거리거리 순사요, 골골마다 공명헌 정사(政事), 오죽이나 좋은 세상이여…… 남은 수십만 명 동병(動兵)을 히여서, 우리 조선놈 보호히여 주니, 오죽이나 고마운 세상이여? 으응……? 제 것 지니고 앉아서 편안허게 살 태평세상, 이것 태평천하라구 허는 것이여, 태평천하……![17]

윤직원은 일제가 자신의 재산과 목숨을 지켜주니까 그런 세상을 태평천하라고 한 것이다. 이 작품의 서술자는 윤직원이 이렇게 어처구니없는 한심한 인간이라는 것을 보여준 것이다.

이러한 표현을 수사적으로 역설이나 반어로 생각할 수도 있을 것이다. 역설은 논리와 경험, 그리고 자연과학적 방법 등의 이성적 작업의 결과로 이루어진, 구분되고 차별화한 것들을, 등식으로 동일시하여 새로운 의미를

---

16) 위의 책, 50~53쪽.
17) 위의 책, 219쪽.

구현하는 방법이다. 역설의 표현 양식은 이성이, 모순되거나 차이가 있는 것으로 나누어 놓은 사물·상황·관념·상태 등을 등식으로 동일시하거나 교통하게 하는 것이다.

다음은 역설적 표현의 보기이다.

① 님은 갔지마는 나는 님을 보내지 아니하였습니다.

(한용운, 「님의 침묵」)

② 나는 향기로운 님의 말소리에 귀 먹고 꽃다운 님의 얼굴에 눈 멀었습니다.

(한용운, 「님의 침묵」)

③ 타고 남은 재가 다시 기름이 됩니다

(한용운, 「알 수 없어요」)

④ 길은 항시 어데나 있고 길은 결국 아무데도 없다

(서정주, 「바다」)

⑤ 절망이야말로 가장 순수하고 치열한 정열이다

(이문열, 「그 해 겨울」)

위의 글 ①의 떠남과 머뭄, ②의 향기로운 말소리와 귀먹음, 꽃다운 얼굴과 눈멈, ③의 재와 기름, ④ 어데나 있음과 아무데도 없음, ⑤의 절망과 정열은 논리나 상식으로 보아서는 모순되거나 차이가 있는 것들이다. 역설은 이렇게 모순된 것을 등식으로 놓아, 의미의 상승적 작용을 통해 새로운 의미를 구현하려는 방법이다.

역설의 다른 표현 양식은 동일한 것, 동질적인 것을 등식으로 놓는 것이다.

① 산은 산이요, 물은 물이로다

(성철, 「법어」, 1981.1)

② 풀잎에 파란 색이 있듯이
　　풀에는 풀로 된 시가 숨었다.

(신현득, 「시를 잡아라」)

산을 산이라고 하고, 물을 물이라 하고, 풀에 풀로 된 시가 숨었다고 말하고 있다. 같은 것을 같다고 말하고, 서로의 유사성을 말하는 것은 상식적이고 당연해 보일지도 모르지만, 이런 표현방법도 그 안에 숨어서 상생(相生)하는 내면적 성찰을 드러내 보이는 것이다. 역설은 모순의 등식화, 차이의 등식화, 동일의 등식화 방법을 통해, 논리와 경험과 일상에 구속되어 있는 읽기 방법에 새로운 통로를 열어주는 것이다.

역설은 일반적으로 시 창작의 방법으로 의논되어 왔지만, 소설에서도 상황이나 상태에 대한 인물의 언어적 역설이 가능할 것이다. 소설에서의 역설은 구성방법에서도 적용이 가능하다. 임철우의 「붉은 방」은 역설의 구성을 보여준다.

이 작품은 까닭 없이 시국사범으로 붙잡힌 교사인 '나'(오기섭)와 그를 심문하는 형사인 '나'(최달식)의 이야기가 장면을 달리 할 때 번갈아가며 화자로 나선다. 이 작품은 민족의 분단에 따르는 이념의 폭력을 고발하고 있다. 피해자인 오기섭은 보지도 못한 큰아버지가 월북을 한 과거의 이력이 어렴풋하게 기억에 남아있는 인물이고, 군대 동기의 부탁으로 수배 중이던 인물을 자기 집에서 재워준 일 때문에 '붉은 방'으로 이끌려 간다. 가해자인 최달식은 6·25 때 경찰 가족이라는 이유로 일가족이 몰살당하는 비극을 어린 나이에 겪은 인물로, '붉은 방'에서 오기섭을 심문한다. '붉은 방'은 오기섭에게는 절망과 분노를 가져다 주는 공간이고, 최달식에게는 마음을 차분하게 가라 앉혀주는 아늑하고 친숙한 장소이다.

작가는 장면을 바꾸어 가면서 서로 상대되는 인물의 행적과 생각과 함께, 한편으로는 이들이 모두 한 집안의 가장으로서 일상적 소망을 가지고 사는 보통 사람으로서의 생활도 보여주고 있다. 가해자와 피해자인 '나'들은 그대로 가해자이며 피해자일 때, 이 작품은 체재의 폭력, 폭력으로 왜곡된 현실을 말한 고발이라고 볼 수도 있으나, 서로 상반된 이념 때문에 가해자나 피해자가 겪는 절망과 분노를 동질의 것으로 상정해 놓은 역설이라고 보면, 인간의 생각과 삶의 방식을 다르게 나누어 놓는 이념의 폭력에 대한 심대한 우려와 이념의 어느 편에도 들어서지 않고, 자유롭기를 간절하게 소망함을 내면에 담고 있다고 볼 수 있다. 이렇게 역설에 대한 이해를 수용할 때, 위에서 윤직원의 태평천하는 역설이 아니다. 그것은 모순과 차이를 통해 서로 상생하는 상승적 의미를 지닌 것이 아니기 때문이다.

역설은 아이러니와는 다른 것이다. 모순이나 차이를 통해서, 작가의 의도를 전달하려는 수사 방법으로서는 비슷하다. 그러나 역설은 표면적 진술 또는 상황과, 모순된 진술 또는 상황이 함께 드러나 있다. 아이러니는 모순된 상황이 숨김과 드러남의 과정에서 이루어지는 것이다. 주제의식의 도출에 있어서, 역설은 모순이나 차이가 나는 진술이나 상황의 어느 한 쪽에 기우는 것이 아니라, 두 요소의 상승적 의미를 함축하는 것이다. 아이러니는 모순된 두 상황을 어느 한쪽의 입장에서 해소하는 방법이다. 역설의 모순에 대해서는 화자나 작자의 평가가 개입되지 않지만, 아이러니는 화자나 작가의 가치관이 개입된 판단이 작용한다.

그러면 '윤직원의 태평천하'는 반어로 볼 수 있는가. 반어는 아이러니와 동의어로 사용하는 연구들도 있지만, 이 글에서는 아이러니를 포괄적 개념으로 사용하고, 반어는 언어적 측면에서, 좁은 의미인 부정과 긍정을 '반대로 말하기'의 개념으로 쓴다.

반어가 성립하려면, 상황과 화자의 진술이 있어야 한다. 이때 진술에 앞선 상황 그 자체나 진술 자체에는 모순이 없다. 그러나 상황과 진술을 연계하게 되면, 서로가 엇갈리거나 모순이 생긴다. 가령 눈보라가 치고 칼끝 같은 바람이 세차게 몰아치는 상황이 있고, 이런 상황에 대해, 화자가 "그것 참 날씨 한 번 좋구나."라고 한다면, 반어가 성립한다고 말할 수 있다. 상황과 진술의 상반관계가 반어적 표현의 기본이 된다.

현진건의 「운수 좋은 날」에는 반어가 들어 있다. 인력거꾼 김 첨지는 이 날 운수 좋게 인력거 삯을 넉넉하게 벌었다. 선술집에서 술을 마시고, 취중에도 설렁탕을 사 가지고 집에 이른다. 아내의 기척이 없자, "이 난장 맞을 년, 남편이 들어오는데 나와 보지도 않아, 이 오라질 년." 이라고 고함을 친다. 이 대화 내용은 이 자체로는 반어가 아니라 욕설이다. 이것이 욕설이 아니라 반어가 되려면, 이 대화에 앞서 이것을 반어로 성립시킬 상황이 있어야 한다. 이 작품에서의 상황은 이러하다. 김첨지는 가난에 찌들어 산다. 아내는 병들어 몹시 아프다. 돈이 없어 약 한 첩도 써 본 일이 없다. 굶기를 먹다시피 하는 형편인데, 아내는 사흘 전부터 설렁탕 국물을 마시고 싶다고 남편을 졸랐다. 이 날 아침에는 아내가, 자기가 아프니 오늘은 나가지 말아 달라고 모기소리같이 중얼거렸지만, 김첨지는 대수롭지 않게 여기고 일을 나섰다. 이와 같은 상황이 전제된 상태에서 앞에 인용한 대화 내용을 보면, 그것이 욕설이 아니라 아내의 죽음을 예견한 안타까움과 애처로움의 반어적 표현이다. 물론 이 작품은 김첨지의 운수 좋은 어느 날에 일어난 아내의 죽음이라는 상황의 반어가 이루어졌다고도 볼 수 있겠으나, 김첨지의 반어는, 상황의 형상화 속에 있지 않고, 상황에 대한 화자의 언어적 진술에 있는 것이다. 만일 아내의 죽음이 삶의 어려움을 겪게 한 사회의 탓이라는 암묵적 전제가 깔려있는 것이라면, 반어적 상황이 성립했다고 말할 수 있을 것이다. 이런 경우에는 이 반어가 풍자의 범위에 드는 것이지만, 다만 개인적 사정에 대한 불안감을 말한 것으로 이해한다면, 이런 경우는 풍자라고 말할 수는 없다.

이러한 이해를 따라 윤직원이 태평천하라고 말한 것이 반어인가를 살펴보겠다. 먼저, 윤직원이 서술자로서 태평천하라고 말한 것이라면, 이 진술이 반어가 되기 위해서는 상반된 상황이 전제되어 있어야 한다. 그런데 이 작품의 처음부터 결말에 이르기까지 전개된 내용으로 보아 윤 직원에게는 그 사회가 살만한 좋은 세상이었으므로 상반된 상황이 아니다. 상황과 진술의 관계가 상반되는 것이 아니라 오히려 일치하는 경우이다. 그러므로 윤직원이 화자인 경우에 반어는 성립하지 않는다.

작가가 서술자로서, 작중인물을 통해 모순되고 부정한 상황을 반어적으로 진술하게 하였다고 본다면, 이것은 전제된 상황에 대한 언어적 반어가 아니라, 상황적 반어가 이루어진 것이다. 그런데 이 경우에도 전제된 배경적 상황이 일제시대이고, 인물의 사건적 행위로서의 상황이 부도덕하고 부정적이기 때문에, 작가나 독자의 입장에서는 이를 전제로 하여 윤직원의 태평천하를 반어로 생각할 수 있겠으나, 작품 밖의 타자의 의식에, 서술자의 진술을 대입하여 이해하려는 것은 논리가 어긋나는 것이다. 반어는 서술자의 진술이 작품안에서 이루어진 상황과의 모순된 관계에서 성립하는 것이다. 이러한 논의에 근거하면, 채만식의 『태평천하』는 서술자가 나서서 윤 직원과 같은 부정한 인물의 행적을 보여줌으로써, 독자를 일깨워주는 고발 문학의 범주에 드는 것이다.

이 자리에서 이제까지 채만식의 『태평천하』에서 논의해 온 고발과 반어가 풍자의 범주에 드는 것인지를 다시 생각해 보아야 할 것이다. 이 글에서는 화자의 인물에 대한 빈정거림, 조소, 경멸 등을 고발이라고 말했는데, 고발은 화자의 가치판단이 직접 개입된 것으로 풍자의 본질인 숨김과 드러냄이 들어있어야 하는 비유를 간과한 것이다. 물론 소설에서 작중화자의 직접적인 고발과 폭로가 풍자라고 볼 수도 있다. 소설이 현실을 반영한 허구라고 말할 때나, 사실주의 이론들이 말하는 내재된 모순적 현상을 깨뜨리고 그 본질을 표면화한 것이라고 할 때에, 소설은 이미 현실에 대한 비유일 수 있다. 이 비유적인 작품에서 고발과 폭로가 이루어진 것이므로, 풍자는 비유로 이루어져야 한다는 논리를 근본적으로 충족시킨 것이라고 말할 수 있다. 그러나 풍자의 수사적 표현방법이라고 말하는 것은, 현실과 소설의 관계를 묻는 것이 아니다. 소설 그 자체를 기준으로 삼아, 그 안에서 이루어진 풍자적 매개장치들과 기술방법을 논의하는 것이므로, 작중 화자의 직접적 고발이나 폭로는 주제적 관점에서의 풍자일 수는 있지만, 수사적 표현방법으로서는 풍자가 아닌 것이다.

한편 언어적 반어는 상황에 대한 화자의 진술이므로, 소설의 한 장면에 적용되기는 하겠지만, 작품의 구성 전체의 적용될 수 있다고 보기는 어렵다. 상황적 반어인 경우는 '아이러니'의 범주에서 논의해야 한다. 그리고 역설은 모순된 것의 상승으로, 시에서뿐만 아니라, 소설의 풍자적 수사기능으로도 유효한 방법이다.

3) 아이러니

풍자의 방법으로 자주 활용되는 수사적 방법은 아이러니이다. 아이러니라는 용어와 개념은 그리스 비극의 전형적 인물인 에이론(eiron)에서 비롯되었다. 에이론은 자신을 다치게 하지 않으려고 자기를 비하시키는 인물이다. 이와 반대되는 인물인 알라존(alazon)은 자기를 실제 이상의 존재인 것처럼 가장한다든가, 그렇게 되고자 애쓰는 기만적인 인물이다.[18] 이들 두 인물은 아이러니컬한 인물의 기본 유형이다.

아이러니가 성립하려면, 사건·상황을 만들어 내는 연출자와 그 연출에 희생되는 자, 그리고 그러한 상황을 독자에게 전달하는 서술자가 있어야 한다. 서술자가 1인칭 주인물일 때는 서술자·연출자·희생자는 모두 일치할 수도 있고, 서술자와 연출자가 동일할 수 있다. 1인칭 관찰자가 서술자가 되면, 연출자와 희생자가 모두 달라진다. 작가가 서술할 때는 작가는 서술자가 되고, 연출자와 희생자는 서술자가 지시하고 정하는 데로 따르게 된다.

---

[18] Northrop Frye ; 앞의 책, 39~40, 172~174쪽.

아이러니의 구성요소들의 관계는 대립적이다. 인물들의 관계뿐만 아니라, 인물과 상황, 인물과 독자의 의식 사이에서도 대립이 이루어진다. 이들은 작중인물의 언술이나 태도 또는 사건적 상황에서 대립되는데, 풍자의 아이러니는 모순관계에 근거하고, 해학의 아이러니는 차이로 인한 부조화·불균형·상반의 상태로 나타난다. "이들의 관계는 서로의 정당성을 부정하기도 하고, 그 의미를 전복시키며 상처를 입히기도 한다. 그러나 대립요소는 서로에게서 벗어날 수 없어서 필연적으로 긴장을 수반한다."[19]

아이러니에 의한 표현이나 구성에서는 대립요소들 간에 거리가 존재한다. 일반적으로 소설에서의 거리는, 서술자와 인물, 인물과 인물, 인물과 독자 사이에서 소통되는 인물이나 사건·상황에 대한 정보의 양과 질의 문제이다. 정보 소통 당사간에 알고 있는 정보를 알려주는 정도나, 알게 되는 정도에 따라 거리의 차이를 말하는 것이다. 이때는 대개 객관성을 기준으로 멀고 가까움을 정한다. 그 정보가 직접관찰이 가능한 객관적인 것일 때 거리는 멀고, 내면적 요소가 표면에 드러날수록 거리는 가깝다고 말한다. 이 경우의 거리는 화자와 인물과 독자의 상호간의 거리이다.

아이러니에 의한 구성에서도 숨김과 드러남의 거리를 생각해야 한다. 아이러니에서의 숨김과 드러냄은 의도적이어서 거리는 여러 형태로 나타난다. 아이러니컬한 요소가 작품에서 숨겨진 지점과 그것이 드러난 지점의 거리, 그러한 요소를 아이러니의 연출자가 드러낸 지점과 희생자가 그것을 알아차리는 지점의 거리, 화자가 제공한 요소를 독자가 인지하는 거리가 있다. 이러한 거리의 유지는 독자의 읽기에 긴장감을 제공하는 것이므로, 숨김을 드러내는 적정한 시점이 어느 지점이냐에 따라 아이러니의 효과가 달라질 수 있다. 숨김을 드러내는 방법은 제공자의 폭로, 다른 인물의 정보 제공, 상황의 역전, 대립되던 인물의 처지의 전도, 독자의 인지 등과 같은 방법이 있고, 숨김이 드러나게 되면, 그동안 이어져 왔던 긴장이 와해되면

---

[19] 박유희 : 『1950년대 소설과 반어의 수사학』(도서출판 월인, 2003.2), 37쪽.

서, 그와 함께 웃음을 유발하게 된다.

　이러한 아이러니에 대한 이해는 다음과 같은 기준에 따라 그 유형을 나누어 볼 때 이해에 도움이 될 것이다. 먼저 연출자가 상대에 대하여 처신하는 태도나 역할에 따라서, 자기 희화의 아이러니, 상대희화의 아이러니, 동반(同伴)희화의 아이러니로 구분한다. 연출자가 작중의 주인물이나 관찰자로서, 자기를 비하하거나 과장을 한다면 자기희화의 아이러니가 되고, 상대를 비하하거나 기만하면 상대 희화의 아이러니가 될 것이다. 동반희화는 "소크라테스의 대화방식, 즉 무지와 어리석음을 가장하여, 짐짓 모르는 체 딴전을 피우고, 가르침을 받으려고 열심인 체하며 계속 물어서 결국은 상대의 주장을 약화시키거나 불합리한 귀결에 이르게"20) 할 때, 무지와 어리석음을 가장하는 자기희화와 상대의 모순을 드러내 보이는 상대희화가 이루어지고, 이런 상황은 결과적으로 서술자의 자기희화와 상대희화가 동시에 나타나는 동반희화의 아이러니가 성립하게 된다. 연출자가 작가인 경우에 대상인물의 허위와 과장 또는 무지함을 드러내 보이는 것은 인물비하의 아이러니이다. 그런데 판단의 주체가 주인물 자신이면서 자기의 무지함을 모른 채, 상대에게 기만을 당하는 경우는 무지한 인물의 아이러니이다.

　아이러니한 인물들의 유형으로는 순진하거나 자신에 찬 무지한 인물, 자기비하자, 자기과장자, 어처구니없거나 터무니없는 자, 권위적이거나 부도덕한 자, 서툰 자, 어리석은 자21) 등이다. 이들은 모두 상식이나 사실에

---

20) ① 한용환 : 앞의 책, 291쪽.

　② 이명섭 : 세계문학비평용어사전(을유문화사, 1991.1), 320쪽.

21) 아이러니한 인물의 유형에 대해서는 다음 내용을 참고하였음.

　① 뮤케는, 비꼼, 비개성적 아이러니, 자기비하의 아이러니, 순진의 아이러니, 자기 폭로의 아이러니, 순수한 부조화의 아이러니로 나누어 설명했다. 아이러니의 제 요소로는 순진 또는 외관은 단지 외관에 지나지 않는다는 자신에 찬 무지, 현실과 외관의 대조, 희극적 요소, 거리의 요소, 미적 요소를 말했다.

　- D. C. Muecke, 문상득 역 : 앞의 책, 46~67, 92~100쪽.

　② 노드럽 프라이는, '작가는 자기를 비하하기도 하고, 소크라테스처럼 무지를 가장하기도 하며, 자기가 아이러니를 사용하고 있는 것마저 모르는 체한다.'라고 하여, 작가와 독

서 벗어나 있기 때문에, 이들이 믿거나 내세우는 언행의 외관(外觀)은 사실이나 실제와 어긋나게 된다.

아이러니가 작품에서 구현되는 양태에 따라서는 '언어적 아이러니, 상황적 아이러니, 구조적 아이러니'[22]가 있다. 언어적 아이러니는 작품의 인물이 어떤 상황이나 상태에 직면해서, 의도하는 숨은 의미와 겉으로 드러낸 발화 내용을 반어적 관계로 제시하는 방법이다. 이러한 경우는 한 장면 안에서 화자의 서술이나 인물의 대화·독백으로 이루어진다. 상황적 아이러니는 한 장면에서 서술자 도는 인물이 어떤 사건이나 상황에서 모순되거나 대조되는 행위와 태도 사이에서 발생한다. 또는 장면과 장면 간의 표면적 태도와 숨은 의미가 병치되거나 대립되는 경우를 말한다. 구조적 아이러니는 처음·중간·끝이 있는 작품 안의 일화나, 작품의 시작부터 마지막까지 전개되는 과정에서 이루어지는 반전 내지는 역전에 의하여 숨은 의미가 드러나게 하거나, 화자와 독자는 알고 희생적 인물은 모르던 사실을, 그 인물이 알게 되는 숨김과 드러남의 구조를 말한다. 그런데 이들 아이러니의 유형은 개별적으로 이루어지는 경우도 있지만, 이들이 서로 병합(竝合)되어 아이러니를 구현하는 것이 일반적이다.

아이러니는 풍자의 방법 중에서 가장 친숙한 형식이다. 우화의 경우는 특정한 상황에 대입해서 읽을 때에 그 숨은 의미를 알게 되지만, 아이러니는 숨김과 드러남의 모순관계를 포착해 가는 과정이나 반전의 설정으로 읽기의 재미를 보태주기도 한다.

아이러니에 의한 풍자의 한 양상을 이청준의 「벌레이야기」로 읽어본다.

자의 관계에서 논의했다.
　-Northrop Frye : 앞의 책, 40쪽.
[22] 이들 용어들은 다음에서 논의되어 있다.
　① 이명섭 : 앞의 책, 317, 319쪽.
　② 김윤식 : 문학비평용어사전(일지사, 1981.7), 182쪽.
　③ 한국문학평론가협회 : 문학비평용어사전(국학자료원, 2006.1), 396쪽.
　④ 한용환 : 앞의 책, 293쪽.

이 작품의 아이러니는 '실제'와 '명분'의 모순관계로 이루어진다. 이 작품의 '실제'에 해당하는 이야기는 다음과 같다.

초등학교생인 아들이 실종되었다가 시신이 되어 돌아왔다. 그동안 아내(아들의 어머니, 화자 '나'의 아내)는 그런저런 방법으로 아이를 찾기 위해 모든 노력과 정성을 다했다. 범인 추적수사가 이루어지고, 아내는 이웃 김 집사 아주머니의 도움으로 절망과 자학에서 속절없이 무너져 가는 자신을 추스렸다. 그녀의 믿음은 처음에는 아이를 찾고 보자는 기복행위에 불과했다. 아이의 종말이 밝혀지자 아내는 주님의 능력과 사랑을 신용하지 않았다. 그저 원망할 뿐이었다. 범인이 잡혔지만 아내의 원한은 풀릴 수가 없었다. 아이가 당한 것처럼 복수하고 싶었다. 그(범인)가 사형확정수로 운명의 날을 기다리는 처지가 되자, 아내는 복수의 표적을 잃었다. 김 집사는 그자의 죄에 대한 사람의 심판은 끝났고, 남은 것은 하느님의 심판뿐이라고 했다. 가능하면 그를 용서하고 동정할 수 있어야 한다고 했다. 김 집사의 설득과 '나'의 권유 때문인지, 아내는 놀라운 열성으로 예배와 기도를 올렸다. 아이의 영혼과 내세의 구원을 위한 것이었다. 그러다가 주님의 참사랑을 깨닫기 시작하고, 그를 마음으로 용서하게 되었다.

여기까지의 이야기는 아내의 갈등에 증폭이 있고, 갈등의 해소를 종교에 의지하는 몇 단계의 과정을 거쳐 이루어진다. 그리고 마음의 평정을 얻고 그를 용서하게 된다. 갈등의 고조·해소·평정의 단계가 점진적으로 이루어졌다. 그러나 인물의 마음의 평정은 잠정적이고 한시적인 것이다. 이 용서의 평정심은 분노로 반전하게 된다.

아내는 원망과 복수의 표적이던 그를 상대로, 자기 마음속의 용서에 대한 확신을 얻으려 했다. 그를 면회하기로 했다. 그에게 직접 자신의 용서를 확인시켜 주고 싶어 했다. 그러나 그를 만나고 나서 그를 용서할 수가 없었다.

"아내는 한마디로 그의 주님으로부터 용서의 표적을 빼앗겨 버린 것이었다.

그리고 그를 용서할 기회를 잃어버린 것이었다. 아내에겐 이미 원망뿐 아니라 복수의 표적마저 사라지고 없었다. 뿐만이 아니었다. 그녀가 용서를 결심하고 찾아간 사람이 그녀에 앞서서 주님의 용서와 구원의 은혜를 누리고 있었다."23)

그가 '그의 하나님'에 의지하여 용서와 구원을 얻은 것은 종교적 명분이다. 그것은 가해자의 자기위안이고 자기용서이다. 그의 자기용서는 형장에서 남기고 간 마지막 말에서 아내의 분노와 절망을 극대화시킨다.

> 저는 그분들의 희생과 고통을 통하여 오늘 새 영혼의 생명을 얻어 가지만, 아이의 가족들은 아직도 무서운 슬픔과 고통 속에 있을 것입니다. 저는 지금이나 저 세상으로 가서나 그분들을 위해 기도할 것입니다. 아이의 영혼을 저와 함께 주님의 나라로 인도해 주시고, 살아남아 고통받는 그 가족분들의 슬픔을 사랑으로 덜어 주고 위로해 주십사고…….24)

그는 자기 용서를 넘어 피해자인 상대의 구원을 기도하기까지 했다. 실제적 용서인 피해자의 용서를 무화시키고 만다. 이것은 가해자의 자기용서와 피해자의 상대용서의 주체가 전도된 것이다. 이러한 상황은 사회제도가 정해준 죄값을 받는 행위나, 종교가 정해준 죄의 사함으로 죄값을 청산할 수 있다는 명분이 정당한 것인가, 가해자나 피해자에게 동일하게 적용되는 종교적 사면이 공정한 것인가를 되묻게 한다. 명분은 실제를 담보로 이루어져야 한다. 실제가 승인하지 않는 명분은 허위이고 가식이다.

이 작품은 실제와 명분이 전도된 아이러니로 이루어졌다. 피해자가 분노와 절망에서 평정심을 회복하게 되는 것은 종교에의 귀의라는 명분으로 이루어졌다. 작가는 가해자의 태도나 생각에 대해서는 끝내 함구하면서 숨겼다가, 절정에 이르러서야 피해자가 평정심을 찾게 된 것과 동일한 종교

---

23) 이청준 : 「벌레이야기」, [한국소설문학대계] 53(동아출판사, 1995.5), 636쪽.
24) 이청준 : 위의 책, 639쪽.

에의 귀의로 자기위안을 삼고 있음을 일시에 드러내 보였다. 피해자와 독자의 거리는 가깝고 밀접하게 유지하면서, 가해자와 독자, 피해자와 가해자의 거리는 측정할 수 없게 진행해 오다가, 절정의 시점에서 한꺼번에 이들의 거리를 좁혀 놓으면서, 실제와 명분의 엇갈림을 구조적으로 구현했다.

아이러니에 의한 풍자의 보기는, 풍자를 말하는 자리에서 자주 만나게 되므로, 이 글에서는 더 이상 작품을 예시하지 않는다.

4) 우언(寓言) · 우화(寓話) · 알레고리

(1) 우언의 개념

"알레고리(Allegory)는 '무언가 다른 것을 말하기'의 의미를 지닌 그리스어 알레고리아(allegoria)를 어원으로 한다."[25] 이 어원에 근거하면, 어떤 것이 있지만, 그것의 표면적 의미나 지시적 의미를 그대로 말하려는 것이 아니라, 그 어떤 것을 매개로 하여 내면적 의미 또는 숨겨놓은 의미를 알아내도록 말하는 방법이다.

알레고리와 유사한 동양적 개념으로 우언(寓言)이 있다. 우언의 개념을 알기 위해서는 먼저 장자의 삼언(三言)에 대한 이해가 앞서야 한다. 『장자』 「잡편」의 <우언>[26]조에는 세 종류의 언어전달 방법이 있다. 치언(巵言)과 중언(重言)과 우언(寓言)이다. 장자는, 치언은 "(내가) 늘 사용하는 말인데, (차이가 나고 구분된 것을) 조화롭게 함으로써 천예(天倪)[27]가 되도록

---

25) 한국문학평론가 협회, 최동호 : 앞의 책, 406쪽.
26) 장자, 이석호 역 : 노자 · 장자(삼성출판사, 1982.2), 452~453쪽.
　　* 우언에 관해서는 『장자』, 「잡편」의 <천하>에도 언급되어 있다(위의 책, 512쪽).
27) 『장자』에서 논의한 철학적 사유를 따를 때,
　　천예(天倪)는 장자의 도의 본질인 무위자연(無爲自然)을 말한다. 인간이 짧은 지식와 안목 그리고 욕망으로 이루어진 모든 구분과 차이와 시비(是非) 등에 대하여, 어느 한 쪽에 치우치는 말을 하지 않는 것을 치언이라 했다. 이것은 시비를 판단하는 인위적인 것을 말하지 않는 무언(無言)이다. 이 무언을 통하여 인위적인 것이 자연의 모든 것과 원형대로 가지런해지는 천균(天均)이 되어, 자연의 섭리인 천예(天倪)한 본성에 이르게 된다는 것

하는 것이다. (옳고 그름을) 말하지 않으면 (세상의 모든 일이) 가지런해진다. 가지런한 상대에게 (자기의 편견이 담긴) 말을 해 주면 가지런해지지 않게 된다. 그러므로 (시비를 가리거나 편견을 주장하지 않는) 무언(無言)이어야 한다.(卮言日出 和以天倪……不言則齊 齊與言不齊 故曰無言)"라고 하였다. * 해석문의 ( )안은 필자가 이해를 도모하기 위하여 첨가한 것임. 이하에서도 동일하게 사용함.

치언은 시비를 가리거나 편견을 주장하지 않는 무언(無言)의 담화방법이다. 그런데 이 무언의 진실을 전달하기 위해서 중언과 우언을 사용한다. 중언은 "(연륜과 덕망 있는) 웃어른의 말로서 (옳고 그름과 분별하는 세상 사람들의) 말을 그치게 하는 것이다."(重言十七 所以已言也 是爲耆艾)라고 하였다. 선현(先賢)들의 견식을 논거로 삼는 방법이다.

우언에 대해서는, "10분 9나 되는 우언은 '다른 것'을 빌려서 '그것'을 말하는 것"[28]이라고 하였다. 이때 '그것'은 그 앞에 기술한, "치언은 늘 사용하는 말인데, 조화롭게 하여 천예가 되게 하는 것이다."에 이어서 기술한 내용임을 고려하면, 자연의 섭리인 '천예(天倪)'를 가리키는 것이다. 시비를 가리거나 편견을 고집하지 않는 치언 또는 무언(無言)으로 말하는 천예에 관한 이야기를 다른 것을 빌려서 말한다는 것이다.

그렇다면 자연의 본성인 천예와 구분되는 '다른 것'이란 무엇인가. 그것은 시비와 편견이 있는 현실의 말(言), 즉 현실에서 구분과 차별이 이루어져 있는 제도나 세속적인 인간의 언행일 것이다. 장자는 자신의 철학적 진술을 이해시키고 설득하기 위하여 범속한 인물의 언행 또는 세속적 제도·관습, 경험적으로 인지할 수 있는 사물과 자연의 현상이나 상태 등을, 서사적 설명이나 묘사적 설명을 통해 비유하거나, 역사적 고사와 고인의 언행을 통해, 자기의 견해를 대신하여 설득하는 기술방법을 사용하고 있다.

이다.

28) 장자, 이석호 역 : 앞의 책, 452쪽.

　　寓言十九, 重言十七 卮言日出 和以天倪 寓言十九 藉外論之.

그것은 우언과 중언이다.

(2)『장자』우언의 언어전달 유형

『장자』에는 철학적 담론인 우언을 전달하는 언어적 전달방법이 여러 유형으로 제시되어 있다. 해설·논평의 방법과 경구적 비유, 서사적 설명, 서사적 비유, 서사적 구조 등이 보인다. 『장자』의 우언의 구성방법을 구체적으로 살펴보는 것은, 앞으로 '우언'과 '우화소설'의 차이를 의논하기 위한 것이다.

① 우언의 해설·논평

우언을 해설하고 논평하는 경우를, 「내편」의 <소요유>에서 볼 수 있다.

1. (1) 궁발(窮髮)①의 북쪽에 명해(冥海)②가 있는데 천지(天池)③다. 거기에 물고기가 있는데, 그 넓이가 수천 리나 되고 그 길이를 아는 자가 없다. 그 이름을 곤(鯤)이라 한다. 또 거기에 한 마리 새가 있는데 그 이름을 붕(鵬)이라 한다. 등은 태산(泰山)과 같고 날개는 하늘에 드리운 구름과 같은데 회오리바람을 타고 구만리를 솟아올라 구름을 벗어나고, 청천을 등에 진 연후에야 남쪽을 도모하여 남쪽 바다로 간다.

   (2) 종달새가 이를 비웃어 이렇게 말한다. "저들은 바야흐로 어디로 가는 것일까? 우리는 뛰어올라 두어 길도 못 가서 도로 내려와 쑥대밭 속에서 펄떡거리는데. 그리고 이런 정도도 최고의 비행인데, 저들은 대체 어디로 가는 것일까?"

   (3) 이는 작은 것과 큰 것의 구별을 의미한다. 그러므로 대체로 지혜가 겨우 한 관직이나 담당할 만하고, 행동이 그 고을 사람에게만 칭찬받을 정도이며, 덕은 그 나라 한 임금의 비위에나 맞는 정도라서, 한 나라의 신하로 임명된 자가 스스로 뽐내는 것은 이 종달새와 같은 것이다.

   <주해> ① 초목도 자라지 않는 북극지방의 불모지. ② 끝없이 넓은 바다 ③ 천연적인 연못[29]

　* 각종 아라비아 숫자 표시와 다음에 쓰이는 ( ) 안의 내용들은 필자가 이해
　를 돕기 위해 임의로 붙인 것임.

　위의 인용문의 (1)은 장자의 담론을 드러낸 치언(巵言)이다. 장자의 큰 뜻을 숨겨서 안고 있는 상징이다. 이대로는 무엇을 말하는 것인지 알 수가 없다. 이해하려고 한다면 개인의 주관에 따라 자의적으로 해석할 수밖에 없다. 그렇다면 장자가 말하려고 하는 내용과는 사뭇 거리가 멀어지게 되고, 의도하는 바를 전하지 못하게 된다. 그러므로 이해를 위한 치언의 이해를 매개하는 우언을 빌어온다. (2)가 (1)의 이해를 위한 우언이다. 이 우언은 비유이다. 치언의 상징적 의미가 우언의 비유로 숨은 뜻을 드러내게 된다. 비유는 추상적 개념의 숨은 의미를 감각적이거나 경험적으로 암시하기 위하여, 인지가 가능한 사물・현상・상태・행위 등을 제시하는 것이다. (2)의 우언은 그 자체만으로는 숨은 의미를 내놓지 못한다. 치언에 해당하는 (1)의 숨은 의미와 대조되어 비유되고 있기 때문이다. 그런데 장자는 우언의 비유가 물고기나 새의 일을 말하는 것이 아니라, 인간의 일이라는 것을 (3)의 해설 내지 논평으로 마무리하고 있다. 이러한 과정에서 밝혀진 치언의 내용은, 자신의 지혜와 덕에 자족하여 자만하는 한계를 경계하고, 지인(至人)과 성인(聖人)의 경지에서 더 나아가 초월자의 자유세계에서 소요하여야 한다는 장자의 의론을 보여주고 있다.『장자』에는 삼언, 즉 상징적 치언, 비유적 우언, 의견논거에 해당하는 중언이 있는데, 이 글에는 치언과 우언이 있고, 여기에 우언이 비유되어 있는 것이어서 그에 잠긴 뜻을 전달하는, 작자의 직접적인 해설 및 논평이 있다. 서사적 구조와 관련한 구성요소를 보면, (1)에는 시간과 공간, 행위의 주체를 서술했고, 주체의 형상과 행위가 묘사되었다. (2)에는 종달이의 자문자답 안에 행위가 묘사되어 있다.

　이 문장은 '추상적 상황의 은유적 제시 → 감각적 사물・정황에 의한 은

---

29) 장자 : 이석호 역, 「소요유」,『노자・장자』(삼성출판사, 1982.2), 190쪽.

유적 비교·대조 → 해설 및 논평'의 방법이 쓰였다. 은유적 상황을 제시하는 처음 부분에서는 '주체의 형상과 행위를 묘사'하여 말하려는 담론을 숨겨 두었고, 비교·대조 부분에서는 종다리의 '행위적 상황을 서술'한 다음, 끝부분에서 앞서 제시한 은유적 상황을 서술자가 직접적으로 해설하고, 세상 사람들에 대한 훈계로 논평을 삼았다.

② 우언의 경구적 비유

다음의 보기는 선인의 고사를 활용한 중언이다. 서사적 설명은 주체의 행위나 상황으로 경험적 사실감을 부여하여 설명하는 기술방법이다. 이글은 우언에 대한 서사적 설명을 경구적(警句的) 비유로 이끌어 내고 있다.

> 2. 요(堯)가 천하를 허유(許由)에게 양도하면서 말했다. "해와 달이 떠 있는데 횃불을 계속 밝히고 있으면, 그 횃불의 빛을 나타내기란 또한 어렵지 않소? 제 때에 알맞은 비가 왔는데 오히려 인력으로 물을 댄다면, 그 적시어 주는 것이 또한 헛수고가 아니겠소? 그대가 서야 천하가 잘 다스려질 텐데, 내가 아직도 그 자리에 있으니 내 자신이 볼 때 부끄럽소. 그러니 청컨대 천하를 맡아 주시오."
>
> 허유가 이렇게 대답했다. "그대가 천하를 다스렸으므로, 천하는 이미 잘 다스려지고 있소. 그런데 내가 그대를 대신한다면, 나는 장차 명예를 위하라는 말이요? 명예는 실질의 빈객(賓客)인데 나를 빈객이 되라는 말이요. 뱁새가 깊은 숲에 깃들어도 한 개의 나뭇가지에 의지할 뿐이고, 두더지가 강물을 마셔도 그 배를 채우는 데 불과하오. 그러니 당신은 돌아가시오. 나는 천하가 쓸데가 없소. 요리사가 음식을 잘 만들지 못한다 해서, 신주(神主)가 술단지와 도마를 뛰어넘어 가서 대신 음식을 만들 수는 없는 법이요."[30]

위의 글은 '요'의 부탁과 '허유'의 답변에 대한 고사를 인용한 것이므로,

---

30) 장자, 이석호 역 : 「소요유」, 위의 책, 193쪽.

외면적 형식으로는 중언에 해당한다. 그런데 '요'의 부탁하는 말이나 '허유'의 거절하는 답변은 비유가 들어 있는 우언이다. 요는 허유를 해와 달에 비유하고 자신을 횃불에 빗댄 지인(至人)이고, 허유는 요를 요리사에 비유하고 자기를 신주(神主)에 대입하여 속세의 일을 뛰어 넘는 자연인임을 천명한 것이다.

이 부분의 앞뒤에는 앞에서와 같은 치언이나 해설 및 논평이 없다. 장자는 자기를 드러내지 않고, 허유의 고사에 가탁하여 자신의 철학적 의론을 넌지시 말하고 있는 것이다. 장자의 삼언 가운데 중언의 형식으로 우언을 말한 것이다. 중언식 우언[31]이다. 이곳의 우언의 수사적 표현방법은, '해와 달이 떠 있는데, 횃불을 밝히면 횃불의 빛을 나타내기란 어렵다.'거나, '뱁새가 깊은 숲에 깃들어도 한 개 나뭇가지에 의지할 뿐이고, 두더지가 강물을 마셔도 그 배를 채우는 데 불과하다.'라던가, '요리사가 음식을 잘 만들지 못한다 해서, 신주가 술 단지와 도마를 뛰어 넘어가서 대신 음식을 만들 수는 없다.'와 같은 경구적 서술이 들어있다. 이것은 우언의 풍유적 비유 방법이다.

장자의 서사적 설명은 인물이 있고 행위도 있다. 때로는 처음－중간－끝의 전개가 이루어진 경우도 있다. 그러한 전개를 통해 의도하는 '의미'를 드러낸다면 이야기가 될 것이다. 그러나 장자의 진술방법은 말하려고 하는 것을 드러낸 다음, 그것을 증명하기 위한 설명으로서 서사의 방법을 사용하고 있는 것으로, 이것은 문학적 서사가 아니라 논증을 위한 서사적 설명이다.

장자의 우언은, 말하려고 하는 것을 그와 반대되거나 차이가 있는 다른 것을 끌어다가 서사적으로 설명하거나 비교・대조하는 진술로 이루어진 것이다. 이러한 진술 방법은 포괄적인 비유일 수는 있으나, 은유의 한 방법

---

[31] ① 양승민 : 『우언의 서사문법과 담론 양상』(학고방, 2008.5), 45쪽.

② 권석환 : 「선진우언연구」(성균관대 박사학위논문, 1993), 8쪽.

으로 보기는 어렵다. 은유는 매개적인 내용을 바탕으로 표면적 내용의 숨은 의미를 유추하여 알아내도록 하는 방법이다. 그러나 장자의 우언은 일반의 상식으로는 이해하기 어려운 철학적 담론을 표면에 제시해 놓고, 그것을 해명하고 설득하기 위해서 매개적 내용을 끌어다 쓰고 있다. 그런데 이때 표면적 진술은 매개적 내용을 자료로 삼아 추론할 수가 없게 된다. 매개적 내용도 그 자체로 표면적 진술의 숨은 의미가 되는 것이 아니라, 숨은 의미를 말하기 위해 비유된 대조나 비교의 내용이기 때문에, 경험적 이해를 매개로 숨은 뜻을 추론해야 할 것이다.

이 문장의 구성은 '물음대답'의 구조이다. 물음과 대답이 모두 '경구적 서술'로 이루어져 있다. 이 글에서는 화자가 드러나지 않았다. 고사의 인물을 빌려다가 자기 자신을 대리하는 '인물의 가탁'이 쓰이고 있다.

③ 우언의 서사적 설명

다음의 인용문은 위와 동일한 「내편」의 <소요유>에 실려 있는 글이다.

3. 혜자(惠子)가 장자(莊子)에게 말했다. "위(魏)나라 왕이 나에게 큰 박씨를 하나 보내주어서, 이것을 심었더니 닷 섬 짜리 박이 열렸네. 그 속에다 마실 것을 채워 두었더니 무거워서 들 수가 없었고, 다시 두 쪽으로 쪼개어 바가지를 만들었으나 너무 넓어서 쓸 수가 있어야지. 텅 비어 크기는 했지만, 나는 아무 소용없어 그것을 부수어 버렸네."

장자는 이렇게 대답했다. "자네는 참으로 큰 것을 쓸 줄 모르는군. 송(宋)나라 사람 중에 손 트는 데 쓰는 약을 잘 만드는 자가 있었지. 그러나 그는 대대로 세탁업을 하고 있었네. 어떤 사람이 그 소문을 듣고 그 약방문을 백금(白金)을 주고 사려 하였네. 그래서 그 사람은 가족을 모아 놓고, '우리는 대대로 세탁업을 해왔지만 겨우 몇 푼 벌이밖에 못해 왔다. 이제 그 약방문을 팔면, 하루아침에 백금을 얻게 되니 얼마나 좋은가? 팔아버리자'하였다네. 그런데 약방문을 산 손님은 이 약방문을 가지고 곧 오왕

(吳王)을 찾아가 그 약방문에 대하여 유세를 했네. 그 후 오(吳)나라는 월
(越)나라와 전쟁을 하게 되었는데, 오왕은 그 사람을 장군으로 삼았네. 겨
울에 월나라와 수전(水戰)을 하여 월나라 군사를 크게 쳐부수었네. 그래
서 오왕은 그 사람에게 땅을 베어 봉토(封土)를 주었네. 이로 볼 때 손 트
는 데 쓰는 약방문은 한 가지이지만, 한 사람은 땅을 하사받았고, 한 사람
은 세탁업을 면하는 데 그쳤으니, 이는 쓰는 법이 달랐기 때문일세.

　　지금 자네는 닷 섬 짜리 바가지를 가지고 있으면서, 어째서 그것으로 큰
통을 만들어 강호(江湖)에 띄울 것을 생각지 못하고, 그것이 넓어서 쓸 데
가 없다고만 근심하는가? 자네야말로 아직도 몹시 옹졸한 생각밖에 가지
고 있지 못하군"32)

　　이 글은 대화형식으로 되어 있다. 대화는 주체자와 상대자가 있고, 객체
가 있다. 주체자와 상대자는 대화의 상황에 따라 화자가 되기도 하고 청자
의 역할을 한다.

　　이 글의 도입부분은 장자의 상대자인 혜자가 화자가 되어, 문제가 되는
상황을 말했다. 다섯 섬을 담을 수 있는 큰 박이 있는데, 이렇게 써도 소용
이 안 되고, 저렇게 하여도 쓸모가 없다는 것이다. 문제제기 부분이다. 전
개 부분에는 대화의 주체자인 장자가 화자가 되어, 문제가 되는 상황을 해
소하는 방법을 비유적으로 암시하고 있다. 같은 약방문이라도 어떻게 사용
하느냐에 따라 그 결과가 사뭇 달라진다는 것이다. 한 사람이나 그 가족을
위해서 쓸 것인지, 한 나라의 이익을 도모할 것인지에 따라, 그 사람의 처지
가 달라진다는 것이다. 결말 부분에는 장자가 화자가 되어, 도입 부분에서
문제거리가 되었던 큰 박의 용도를 제시하고 있다. 이 부분은 전개 부분의
비유적 예화에 대한 직접적 해명이기도 하다. 이러한 구조로 이루어진 이
글은 인위적인 세속의 관습이나 사유로 이루어진 가치 체계로 볼 때에는 쓸
모가 없어 보이는 것이라도, 인위를 벗어난 무위(無爲)자연의 자유로운 관

---

32) 장자, 이석호 역 : <소요유>, 위의 책, 193쪽.

점에서는 유용함을 볼 수 있다는 장자의 철학적 담론을 가탁한 것이다.

이 글의 전개 부분의 예화로 보여준 우언의 형식은 처음·중간·끝이 있는 이야기구조이다. 비록 화자가 전개과정을 서술하고 있기는 하지만, 우언이 가탁하는 내용을 서사 구조로 담아내고 있다는 것을 보여 준다. 이 글의 외형적인 전체 구조는 문답식의 대화이지만, 전개 부분에 이야기 구조의 매개적 가탁내용이 삽입되어 있다.

이 글의 구성은, '문제적 사건·상황의 비유적 제시 → 문제적 상황 해소의 서사적 비유 → 문제적 상황 해소의 직서적 권유'의 과정으로 전개되었다. 문제적 상황이 비유적으로 제시되었고, 이에 대해 서술자가 일상적 경험을 바탕으로 한 '서사구조를 갖춘 이야기'로 해결방법을 암시하고, 다시 직접적으로 해결방향을 일러준다.

④ 우언의 서사적 비유

『장자』, 「잡편(雜篇)」[33]에는 줄거리를 가진 이야기가 들어있다. 다음은 <외물(外物)>편에 들어있는 내용이다.

> 4. 장주는 집이 가난했기 때문에 감하후(監河侯)①에게로 곡식을 빌리러 간다. 이에 감하후는 말하기를, "좋네. 내가 장차 내 봉읍(封邑)으로부터 사금을 받아들이려 하는데, 그것을 받거들랑 삼백금쯤 꾸어 주어도 되겠는가."하였다. 이에 장주는 화를 내며 안색을 고치고 말했다. "제가 어제 이리로 올 때에 도중에서 누가 부르는 자가 있어 돌아다보니, 수레바퀴 자국의 고인 물 속에 붕어 한 마리가 있었습니다. 제가 그 놈을 보고 묻기를, '붕어야, 너는 왜 그러니'하자, 그 붕어는 말하기를, '저는 동해의 파신(波臣)②입니다. 당신은 어떻게 한 말이나 한 되쯤 되는 물을 가져다가 저를

---

33) 『장자』의 「외편」과 「잡편」은 「내편」의 사상을 해석한 것으로, 장자 사상의 흐름을 계승하는 후인들의 제2차적 저작으로 보는 것이 일반화된 견해이다. 「외편」과 「잡편」에 실린 우언의 경우에도 후인들의 시대에 이루어진 유형으로 추정된다.

살릴 줄 수 있겠습니까?' 하였습니다. 그래서 저는 '좋다. 나는 남쪽으로 가서 오나라와 월나라가 만나는 서강(西江)의 물을 터놓아 너를 맞아가게 하려는데, 그래도 좋겠는가'라고 하자, 그 붕어는 화를 내고 안색을 고치며 말하기를, '저는 지금 제게 있어야 할 물을 잃어, 저는 있을 곳이 없습니다. 저는 한 말이나 한 되쯤 되는 물만 있으면 살 수가 있습니다. 그런데 당신은 그렇게 말씀하시니, 일찌감치 재빨리 건어물(乾魚物) 가게로 가서서 저를 찾는 것만 같지 못합니다.'라고 했습니다.

<주석> ① 성현영(成玄英)의 소(疏)에는, 감하후(監河侯)는 위(衛)나라 문후(文侯)라고 했음. 일설에는 하천의 감독관이라고도 함.

② 파랑(波浪)의 소신(小臣). 일설에는 수관(水官)이라고도 함.[34]

위의 글은 감하후에게 곡식을 빌리러 간 장주의 다급한 사정을, 수레바퀴 자국의 고인 물속의 붕어의 처지에 비유하고 있다. 이 비유는 매개적 상황으로 장주의 딱한 사정을 붕어의 처지에 가탁하여 은유하고 있지만, 이것은 표면적 의미이고, 장주와 붕어의 사정은 모두 인간의 세상사에 대한 숨은 의미를 내포한다. 미래의 어느 날을 막연하게 기약하다가 처방할 때를 놓쳐버릴 것이 아니라, 지금 주어진 환경에 적합한 최선의 방법을 강구해야 한다는 삶의 방법을 말하고 있다. 이 우언은 은유에 따르는 매개적 의미와 그것의 숨은 뜻이 들어있고, 이야기의 소재가 있다. 여기에다 '일찌감치 재빨리 건어물 가게로 가서서 저를 찾는 것만 같지 못합니다.'라는 붕어의 말 속에는 모든 것이 때를 놓치면 쓸모가 없게 된다는 풍유적 비유가 들어 있다.

이 글에서 장자와 붕어의 대화에는 이야기로서의 서사구조가 들어 있음직하다. 그런데 이야기가 되려면, 처음에서 중간을 거쳐 끝에 이르는 전개과정이 있어야 한다. 잘 갖추어진 서사구조가 되려면, 발단된 사건이나 상황이 전개되고 해소되는 진행과정이 들어있어야 한다. 결말에 이르는 도중

---

34) 위의 책, 444쪽.

에 사건이나 갈등이 점층적으로 상승하다가 하강하던가, 위기와 역전의 변이과정을 거친다. 적어도 서사구조로서의 이야기가 되려면, 발단-전개-결말의 간단한 형태가 갖추어 져야 한다.

이 글의 구성을 다시 들여다보면, 전체적으로 '문제 상황과 해결 방법'을 전제해 놓고, '해결 방법에 대한 비판 내지는 논평'으로 구성되었다. '문제와 해결' 방법의 변형이다. 이 중에서 해결방법을 비판하는 내용을 따로 떼어놓고 보면, 발단에 해당하는 붕어의 부탁이 있다. 이에 대한 '서강의 물을 터놓아 너를 맞아가게 하겠다'는 장주의 답변은 전개가 이루어진 것이고, 이에 대한 붕어가 '건어물 가게에 가서나 저를 찾는 것만 못하다.'는 답변은 문제에 대한 결말에 해당한다.

이야기 구조에다가 풍유적 비유가 복합된 우언이다. 이 글은 서사적 구조라고 주장하기에는, 보는 이에 따라 미흡한 것이라고 할 수 있다. 그것은 이야기의 결말이 붕어가 직접 겪은 행위나 상황에 따른 것이 아니라, 붕어가 살 수 있는 물을 얻지 못하는 경우에 예상할 수 있는 일(건어물 가게의 물건이 됨)을 결말로 삼았기 때문이다. 이런 경우는 우언의 서사적 설명으로 볼 수 있다. 이글은 '문제적 상황의 사실적 제시－문제적 상황의 풍유적 해결'의 구조이다. 문제적 상황을 비유하거나 묘사하지 않고 사실적으로 제시하고, 문제적 상황의 부당하거니 부적합한 해결 방안에 대하여, '서사적 설명'이 들어있는 '풍유적 비유'로 부당함을 경계하고 있다.

⑤ 우언의 서사적 구조

다음은 처음－중간－끝의 이야기 구조를 갖추고 있는 매개적 우언으로 숨은 의미를 추론하도록 기술되어 있다. 「외편」의 ＜전자방(田子方)＞에 들어있는 글이다.

5.

(1) 송나라 원군(元君)이 그림을 그리게 하였더니,

(2) 많은 화공들이 몰려 들었다. 그들은 명령을 받고 읍(揖)을 하고 서 있으면서, 붓을 빨고 먹을 갈고 법석인데, 경쟁자가 너무 많아 반수는 실외에 있었다. 그러자 한 화공이 늦게 와서, 유유히 달려오지도 않고 명을 받고 읍을 하자마자 서지도 않고 방 안으로 들어가 버렸다. 원군이 사람을 시켜 그의 행동을 엿보게 하였더니, 그는 옷을 벗고 두 다리를 쭉 뻗고 나체로 있었다.

(3) 원군은 이런 소리를 듣고, "좋다. 이 사람이야말로 참된 화공이다."하였다.[35]

이 글의 (1)은 발단이다. (2)는 전개과정인데, 이 부분의 전반부는 일반적 상황이고, 후반부가 사건적 상황이다. 일반적 상황 속에서 사건적 상황이 발생한 것이다. (3)은 결말에 해당한다. 짧은 이야기이지만 서사적 구조가 제대로 갖추어져 있다.

이와 함께 우언의 조건을 만족시키는 은유적 표현기법이 그대로 적용되고 있다. 여기에는 표면적 진술에 해당하는 내용이 없다. 매개적 이야기가 있을 뿐이고, 이를 통해 숨어 있는 함축적 의미를 추론하도록 꾸려져 있다. 물론 추론은 이 매개적 이야기와 장자의 철학적 담론을 근거로 이루어질 것이다. 장자는 인위적으로 만들어진 형식과 제도를 거부하고, 자연 그대로의 삶과 생각을 존중하였으므로, 송의 원군이 선택한 화공은 인위적인 사회제도와 그에 따라 학습된 사람이 아니라, 격식과 체모를 모르는 자연인으로서 규범이나 관습에 얽매이지 않는 진정한 화공의 자질을 갖춘 인물이다. 장자는 무위자연한 인물을 제시하여 참된 삶의 태도가 무엇인가를 보이려 했을 것이다.

이 글은 '서사적 발단-서사적 전개-서사적 결말'의 구조로 이루어져

---

[35] 위의 책, 381쪽.

있으며, 이 서사구조가 서술자의 해설이나 논평을 완전히 배제하고, 서술자가 말하려고 하는 담론의 매개적 자료로, '이야기 구조의 가탁'이 활용된 경우이다.

이상의 『장자』의 문장들에서 우언을 표현하는 수사적 기법들은 다음과 같다. 1 문장에서는 우언을 '형상과 행위묘사'로 제시하여 말하려고 하는 것을 숨겨 두었다가 해설하고 논평하였다. 2 문장에서는 물음과 대답에 고사를 인용한 경구적 서술이 쓰였다. 이것은 경구 내지는 잠언을 연상하게 한다. 3의 문장에서는 문제적 상황과 그의 해소가 서사적으로 설명되었고, 4에는 서사적 비유가 들어 있고, 5에는 서사 구조가 적용되었다. 『장자』의 우언의 기술방법은 대체로 풍유적 비유를 기반으로 형상과 행위의 묘사, 경구적 서술, 서사적 설명이 주류를 이루고 있고, 서사구조의 형식도 나타났다. 이러한 우언의 유형은 그의 후대에 이루어진 우언의 양식들과 상통하는 바가 있다.

(3) 우언과 우화의 구분

우언은 지금에는 우화(寓話)라는 명칭과 함께 쓰인다. 우화라고 쓰는 경우에도 우언의 개념과 다름이 없이 사용하고 있다. 그러나 이 용어는 구분하여 사용하여도 무방할 것이다. 이들은 기능으로 보아서 매체에 가탁하여 설득하거나 풍자한다는 점에서는 동일하다. 그러나 매체의 양식이 처음－중간－끝의 줄거리를 가진 비유적 이야기일 때와 단순한 비유적 문장이나 해설일 경우가 있다. 간단히 자전(字典)의 뜻풀이를 보면, 언(言)은 말·시문의 구절·문장 등이고, 화(話)는 이야기·담화 등이다. 이러한 단순한 기술을 따라도 이야기가 없는 비유적인 것은 '우언'이라고 하고, 이야기가 들어 있을 때를 '우화'라고 구분하여 사용할 수 있을 것이다. 다음의 예문을 보기로 하자.

　　뱁새가 깊은 숲에 깃들어도 한 개의 나뭇가지에 의지할 뿐이고, 두더지가
강물을 마셔도 그 배를 채우는 데 불과하오.[36)]

　　오리 다리가 비록 짧아도 이어주면 걱정을 하고, 학의 다리가 비록 길어도
잘라주면 슬퍼한다.[37)]

　　이 인용문들은 장자가 철학적 담론을 설명하기 위해 사용한 비유문들이
다. 이들은 격언이나 잠언으로 쓰일 수 있는데, 여기에는 매개적 의미로서 비
유가 이루어져 있지만, 이야기 구조는 없다. 이러한 문장을 우언이라 한다.
　　다시 다음의 예문을 보기로 하자.

　　1)　남방의 굴뚝새는 깃털로 둥지를 만들어 터럭으로 얽어서 갈대에 붙들어
　　　　매지만, 바람이 불면 갈대가 꺾어져 알은 깨지고 새끼는 죽는다. 둥지가
　　　　불완전한 것이 아니라, 붙들어 맨 곳이 불완전하기 때문이다.[38)]

　　2)　서방의 부채꽃나무는 줄기라야 4치밖에 안 된다. 높은 산의 꼭대기에서
　　　　생장하여 백 길이나 되는 저 아래 연못을 내려다보고 있으니, 먼 곳에서도
　　　　눈에 잘 띈다. 나무의 줄기가 우뚝해서가 아니라 서 있는 자리가 높기 때문
　　　　이다.[39)]

　　3)　군자는 좋은 마을을 택해서 거처를 정하고, 반드시 선비를 맞아 교유하

---

36) 위의 책 : <소요유>, 194쪽.
　　鷦鷯巢於深林 不過一枝 偃鼠飮河 不過滿腹.
37) 위의 책 : <변무>, 262쪽.
　　鳧脛雖短 續之則憂 鶴脛雖長 斷之則悲.
38) 순자(筍子), 안병주 역 :「권학편」,『한비자, 순자, 묵자』(삼성출판사, 1982.2), 379쪽.
　　南方有鳥焉 名曰蒙鳩 以羽爲巢 而編之以髮 繫之葦苕 風至苕折 卵破子死 巢非不完也 所
　　繫者然也.
39) 순자(筍子), 안병주 역 : 위의 책, 379쪽.
　　西方有木焉 名曰射干 莖長四寸 生於高山之上 臨百仞之淵 木莖非能長也 所立者然也.

여야 한다.[40]

　위의 인용문에서 1)은, 말하려고 하는 3)의 내용을 이야기에 의탁하여 은유적으로 표현하고 있다. 이야기는 처음·중간·끝이 있고, 상황이나 사건이 정체되어 있지 않고, 진행되어 결과에 이르고 있다.

　그러나 2)는, 3)의 내용을 말하기 위한 비유인데, 상황 또는 상태로 정지된 장면이다. 1)과 마찬가지로 은유가 이루어져 있지만, 이야기가 아니라 장면의 묘사이다. 그래서 1)은 우화가 되고, 2)는 우언이라고 말할 수 있다. 이와 함께 앞에서 『장자』, 「외편」의 <전자방>과 「잡편」의 <외물편>에서 인용한 예문과 같은 이야기 구조는 우화라고 본다. 물론 우언이라는 용어는 역사적 전통을 가진 것으로, 우화가 우언의 범주에 드는 것이기는 하지만, 우화가 갖는 이야기 구조의 양식적 형태가 우언과 차이가 나는 것이므로, 우화를 우언에서 구분해야 할 것이다.

　이러한 우언·우화의 유형에 대해서는 다음의 견해를 참고할 수 있다. 천푸칭(陳浦淸)은 중국의 우언을 시대의 변화에 따라 여러 단계로 나누어 기술하고 있다. 선진(先秦)시대, 그 중 전국시대는 당시의 우언 작품이 제자(諸子)의 산문에 집중되어 있으며, 자기 학파의 철학과 정치적 주장을 천명하기 위한 것으로, 이를 '철리우언(哲理寓言)'이라고 부를 수 있다. 양한(兩漢)우언은 한(漢) 왕조의 통치기반을 다지기 위한 방편으로, 역사의 경험과 교훈을 선전하여, 정치와 생활에서 실천하게 하려는 것으로, 이를 '권계우언(勸戒寓言)'이라고 부를 수 있다. 위진남북조(魏晉南北朝)의 우언은 과도기적 성질을 지니고 있다. 당송(唐宋)의 우언은 풍자성이 강화되고 철리성(哲理性)이 약화된 것이 특징으로 이를 '풍자우언(諷刺寓言)'이라고 부를 수 있다. 우언에 독립된 편명을 붙이고(예 : 「삼계(三戒)」), 우언을 따

---

[40] 순자(筍子), 안병주 역 : 위의 책, 379쪽.
　　故君子居必擇鄕遊必就士.

로 편집한 것(예 : 『애자잡설(艾子雜說)』)도 이 시기에 시작됐다. 원명청(元明淸)의 우언은 차가운 조소나 강한 풍자의 우스개적 성분이 증가한 점이 특징인데, 그 중 대다수의 우언을 '해학우언(諧謔寓言)'이라고 했다.[41] 이 기술은 우언의 역사적 변화단계를 말한 것이지만, 그대로 우언・우화의 유형과 맞닿아 있는 것이다.

한편, 우리나라에 우화라는 용어가 쓰이기 시작한 것은 이솝우화[42]가 전래되면서 비롯된 듯하다. 개화기의 번역문학 중에 「이솝스 우화 초역(寓話 秒譯)」(1907)[43]과 「이솝의 이약」(1909)[44]이 있다. 이솝의 저작물을 '이야기'로 받아들였고, 우언과는 달리 '우화'라고 표기한 것이다.

일반적으로 우화라는 용어가 지배하는 분위기는, 이솝 우화의 영향 때문에 동물을 의인화한 교훈적인 이야기로 인식된다. 그러나 우화는 비유적 기법을 기본으로 하는 것이므로, 매개적 이야기를 동물로 제한하는 것은 우화의 기능을 지나치게 위축시키는 일이다. 우화로 한 인간이나 어느 사회의 숨겨진 의미를 탐색하기 위해서는 다른 인간, 다른 사회 또는 인위적 사물・자연물・추상개념 등으로 매개적 소재나 자료의 범위를 확대하여야 한다.

우언으로 번역되는 서양의 알레고리(allegory)[45]의 초기 예시로 거론되는, 기원 전 그리스 시대의 플라톤의 『파이돈』[46] 등에는 우언이 드물게 쓰

---

41) 천푸칭(陳浦淸), 오수형 옮김 : 『중국우언문학사』(소나무, 1994. 6), 23~24쪽.

42) 이솝 우화의 서사적 내용이 소개된 것은, 한 말의 초등학교 교과서인 『新訂尋常小學』Ⅰ, Ⅱ, Ⅲ券(학무편집국 刊, 1896)이다.
- 김병철 : 『한국근대번역문학사연구』(을유문화사, 1975.3), 185, 186쪽.
그러나 여기에는 '이솝 우화'를 직접 가리키는 명칭은 없다.

43) 蒼蒼生(李亨雨 譯), 『대한유학생학보』 제1호~제2호, (1907.3.13~4.7)
- 김병철 : 위의 책, 174쪽.

44) 稻葉翠浪編 譯, 최남선 重譯, 『소년』 1~11, 2~10(1908.11.1, 1909.10.1)
- 김병철, 위의 책, 174쪽.

45) 이에 대해서는, John MacQueen, 송낙헌 역 : 『알레고리』(서울대학교 출판부, 1980.8) 참조.

46) 플라톤/아리스토텔레스, 최명관 옮김 : 『향연・파이돈/니코마코스 윤리학』(을유문화사,

였고, 우화가 보이기도 한다. 그런데 이 시기의 그리스에서는 이미 이솝의 우화를 독서[47]하고 있었다. 우언과 우화가 같은 시기에 알레고리의 범주에서 논의되고 있었다. 서구의 알레고리는 철학·정치적 담론과 성경의 해석에서도 발견되며, 서사시와 도덕극(道德劇) 소설에서도 활용되고 있다. 도덕극『관대(寬大, Magnytycence)』(John Skelton, 1460~1529)[48] 에는 행복·자유·중용·영색(令色), 교언(巧言), 음모(陰謀), 독직(瀆職), 시정(是正), 신중(愼重), 인내(忍耐)와 같은 추상개념을 의인화하여 알레고리 수법을 적용하였다. 근대로 오면서 소설문학의 알레고리는 우화의 길이가 길어지고 풍자적 기능을 덧입게 되었지만, 이는 우화의 소재가 동물만이 아니라, 관념적 개념에까지 널리 사용되고 있었음을 말해주는 것이다.

(4) 우리나라의 우언·우화

우리나라의 우화는 삼국시대에,『삼국사기』의「김유신」조의 <거북과 토끼의 이야기>,「설총」조의 <꽃 이야기>,『삼국유사』의「탑상」의 <조신(調信)의 꿈> 이야기와 단군왕검·고주몽·박혁거세 등의 건국 신화에 들어 있다. 고려 때에는「국순전」[49]과「공방전」(임춘, 1150년경~?),「국

2003.2).

47) 이솝의 우화가 기원전 6세기 경의 그리스에서 존재했다는 논의는,

    ① 존 맥퀸, 송낙헌 역 : 앞의 책, 11쪽, 57쪽.

    ② 천푸칭, 오수형 역 : 앞의 책, 18쪽.

    ③ 헤로도토스, 박광순 역 :『역사』(범우사, 1687.9), 181쪽.

    ④ 플라톤/아리스토텔레스, 최명관 옮김 : 앞의 책, 116쪽.

48) 존 맥퀸, 송낙헌 역 : 앞의 책, 87쪽.

49) ① 고려시대 가전문학은 임춘이 한유(韓愈)를 사숙(私淑)하고 그의「모영전(毛穎傳)」에 영향을 받아「국순전」을 창작하면서 시작되었다.

  - 김건곤 :「고려가전문학의 성립과정」,『정신문화연구』제6권 통권 19호(한국정신문화연구원, 1983), 103쪽.

  ② 한유(768~824)의 붓을 의인화한 모영전(毛穎傳)과 가죽신을 의인화한 하비후혁화전(下邳候革華傳)이 그 당시에 읽혔다는 근거는, 이규보의『동국이상국집』21권에 있는 '이윤보의 시 발문'에 있다.

선생전」과 「청강사자현부전」(이규보, 1168~1241), 「죽존자전」과 「빙도
자전」(혜심, 1178~1234), 「죽부인전」(이곡,1298~1351), 「저생전(이첨,
1298~1351), 「정시자전」(석식영암, 1340?), 「무장공자전」(이운보) 등의
가전문학으로 일컬어지는 우화가, 술·엽전·거북·대나무·얼음·종
이·지팡이·게 등을 의인화하고, 인간의 성정(性情)에 가탁하여, 사회와
인간을 풍자50)하거나 파한(破閑)의 한 방편51)으로 삼았다.

우리나라에 우언이라는 용어가 보이는 곳은 성현(成俔, 1439~1504)의
『부휴자담론(浮休子談論)』52)의 「우언」편이다. 이 책은 정치·인생·인
간에 대한 부휴자(저자의 호)의 주장을 직서적으로 서술한 아언(雅言) 40
화(話), 고사(故事)의 내용을 첨삭하여 당대의 세태에 대한 권계를 삼은 보
언(補言) 32화가 실려 있다. 우언으로는 일명 '저산생(樗散生)과 주씨(朱
氏)'외에 36편이 들어있다.

성현의 우언 구성은 대체로 발단·전개·결말로 구분하면, 발단에서는
고뇌하는 허구적 인물의 물음이나 서술자의 서술로 '문제적 상황'이 시작
된다. 전개 부분은 역사적 사적이나 고사를 인용한 허구적 현자(賢者)의 답
변이나 대화로 이루어진다. 결말에는 인물들의 태도나 처신, 또는 인물의
권유(勸諭)로 마감된다. 소설의 언어적 기술방법을 말하기, 보여주기, 들려
주기로 나눌 때, 『부휴자담론』의 우언의 전개는 대체로 말하기에 의한 이
야기 구조를 이루고 있다. 그런데 이것은 문학적 서사구조가 아니라, 담론
의 주제가 되는 인의와 도덕을 논증하고 설득하기 위한 서사적 설명이다.
발단 부분에서 문제를 제기하고, 전개부분에서 그 문제를 해결하기 위한

- 이규보 : 민족문화추진회 :『국역동국이상국집』5(한국학술정보, 2006.11), 39쪽.
- 이정탁 :『한국우화문학연구』(이우출판사, 1982.10), 21쪽.
50) 이정탁 : 위의 책, 14쪽.
51) 작자 자신의 문재(文材) 과시욕과 가전의 희필적(戱筆的) 성격에 의한 연문학(軟文學)에
대한 기호 내지는 파한의 한 방편으로 이루어진 결과이다.
- 김건곤, 위의 글, 116쪽.
52) 성 현, 이래종 역주 :『부휴자담론』(쇠경출판, 2004.2) 참조.

함축적 논제를 해명하기 위한 서사적 예시로 사용되기 때문이다.

　조선조[53] 전기에는, 대나무를 의인화한 「포절군전」(정수강, 1454~1527), 남자의 성기를 의인화한 「주장군전」(송세림, 1479~?), 술을 의인화한 「국수재전」(최연, 1545년 전후) 등이 있다. 임란을 전후하여 사람의 마음인 '천군(天君)'[54]을 의인화한 우화가 등장한다. 「천군전」(김우옹, 1540~1603), 「수성지」(임제, 1549~1587), 「천군연의」(정태제, 1612~1669), 「의승기」(임영, 1649~1696), 「남영전」(이옥, 1760?~1807?), 「천군본기」(정기화, 1786~1840) 등은 인간의 마음을 성(性, 인의예지)와 정(情, 희노애락애오욕)으로 나누어 의인화하고, 이들의 대립과 해결을 보여주는 내용을 기본으로 한다. 이것은 인간의 길흉화복이나 치란(治亂)이, 하늘이 정한 것이 아니고 사람에게서 비롯되는 것이므로, 인간의 성정을 바로 잡아야 한다는 성리학의 인간중심 사상이 그 밑바탕에 놓여 있는 것이다.

　이 시기에는 꽃과 나무를 의인화한 우화도 있다. 「포절군전」은 대나무를 의인화하여 선비의 절의를 빗대었고, 「화사」(남성중, ?), 「화왕전」(이이순, 1754~1832)은 매화, 모란, 작약, 부용 등을 의인화하여 나라의 흥망성쇄를 보여 주기도 했다.

　한편으로 사물을 의인화한 우화도 있다. 「여용국전(女容國傳)」(안정복, 1712~1791)은 여인네들이 얼굴 화장하는 도구들, 연지·곤지·분·비누·수건·세수·족집게·비녀·빗·참빗을 의인화하여, 이(虱)를 잡고 때를 씻어내고 얼굴을 단장하는 여인의 이야기로, 사회의 부패함과 인간의 태만함을 경계했다. 「규중칠우쟁론기」(미상)는 부인들이 바느질할

---

[53] 조선조의 우화에 대해서는,
　① 김광순, 『한국의인소설연구』(새문사, 1987.8), 102~136쪽.
　② 김창룡 편역 : 『한국의 가전문학』 상, 하(태학사, 2006.1)를 참조함.
[54] 마음을 천군(天君)이라 한 것은 『순자(筍子)』의 「천론」편에서 처음 보이고, 범준(范浚)의 「심잠(心箴)」에도 보인다.
　- 김광순, 위의 책, 123쪽.

때 사용하는 바늘·실·골무·가위·자·인두·다리미를 의인화하여, 서로의 자기자랑을 늘어놓는 이야기로 인간의 자만과 겸손에 대한 비유이다. 「관자허전」(이덕무, 1741~1793)은 대나무와 그를 재료로 삼은 붓, 화살, 퉁소, 죽간, 낚싯대, 지팡이, 발(簾), 부채 등을 의인화하여 군자의 풍모와 절의를 비유하였다.

「오원전」(유봉학, 1770?~?)은 고양이를 의인화하여 약삭빠른 인물의 교만한 치세를 징계하였다. 이외에 「서동지전」(미상), 「두껍전」(미상), 「까치전」, 「메기장군」 등의 동물우화가 있다.

조선조의 우화 형식은 개화기에도 남았는데, 「시새전」(변영만, 1931)은 웃지 않는 적이 없는 시시덕(施時德)과 웃는 일이 없는 새침덕(賽沈德)이라는 인물을 등장시켜, 서로 상반되는 인간의 성격을 형상화한 우화이다. 이러한 우화들은 조선후기에 판소리의 성행과 판소리계 소설의 성립과 함께 우화소설로서의 면모를 갖추게 된다.

이와 같이 사물이나 동식물 또는 인간의 심성 등에 가탁하여 인간의 일을 말하는 의인우화(擬人寓話)는 이미 고려조부터 서사구조를 갖추고 있었다. 조선조에서도 의인우화는 조선말에 이르기까지 명맥을 유지했다. 한편 임란을 전후해서 서사구조를 가진 인물우화가 보인다. 그동안 이루어진 의인우화의 서사구조를 보면, 인물우화가 서사구조를 갖출 수 있음을 쉽사리 알 수 있다. 더구나 임란 후 소설의 본격적 생산이, 우언이 우화로 변이되어 가는 과정을 재촉하였음을 짐작하게 한다. 거기에다 민간설화나 야담과의 접촉이 우화의 이야기 구조를 활성화시켰을 것이다. 다음의 이야기를 보기로 한다.

두메산골에 사는 어떤 여자가 서울 시장에는 청동 거울이란 게 있는데 보름달 모양과 같이 둥글다는 소리를 들었다. 한 번 보고 싶었으나 기회가 없었다.

남편이 서울을 갈 때면 늘상 보름달을 이용하는지라, 여자는 '거울'이라는 이름을 잊어버리고는 남편에게 말했다.

"서울 시장에는 저 달과 같은 물건이 있다고들 합니다. 꼭 사 오세요. 내가 한번 보게."

남편이 보름에 시골에서 떠나 서울에 다다라, 하늘의 달을 보니 이미 하현달이 되어 있었다. 시장에 나가 비슷한 것을 찾느라 기웃거리니, 나무로 만든 머리빗이 반달같이 생겼기에, '아내가 갖고 싶어 하는 것이 바로 이것이구나!' 하고는 빗을 사 가지고 돌아왔다.

그 사이 달은 보름달이 되어 있었다. 남편은 빗을 내 놓고 아내에게 말했다.

"서울 시장에 달과 같은 것이라곤 이것밖에 없었소. 그래서 곱을 주고 사왔소."

남편이 사온 것을 보니 자기가 구하는 것이 아니어서 싫었다. 그래서 달을 가리키며 남편을 질책했다.

"이 물건이 어째서 저 달과 같습니까?"

"서울에 있는 달은 이랬는데 시골 하늘의 달은 그렇지 않으니, 참 괴이하구나."

그래서 다시 사러 갔는데, 보름달에 맞추어 서울에 당도했다. 시장에 가서 보름달과 같이 생긴 것을 찾으니 거울이 있기에 사긴 샀지만, 그것이 얼굴을 비춰 보는 것이라는 것을 알지 못했다.

집에 도착하여 펼쳐놓고 아내에게 보여주었다. 아내가 비치어 보니 자기 남편 곁에 어떤 낯선 여자가 앉아 있었다. 아내는 평생 자기 얼굴을 본 적이 없었던지라, 남편 곁에 자신이 있음을 알지 못하고, 남편이 새 사람을 사 온 줄로만 알고 화를 내면서 투기하기 시작했다.

남편은 놀랍기도 하거니와 해괴하기까지 했다.

"내가 한번 보아야겠군."

거울을 들여다보니 아내 곁에 남자가 앉아 있었다. 남편도 일찍이 자기 얼굴을 한 번도 본 적이 없었던 터라, 자기가 곁에 있는 줄을 알지 못하고, 아내가 다른 사내를 구했다고 생각했다. 매우 화가 나서 서로 붙잡고 싸웠다. 거울을 가지고 관가에 가서 소송을 벌렸다.

"남편이 여인을 하나 얻어 왔습니다."

"아내가 다른 사내를 하나 얻었습니다."

"그렇다면 거울을 올려 보거라."

드디어 책상 위에 올려놓고 열어보았다. 사또도 일찍이 거울을 본 적이 없는 지라, 자기 얼굴이 비치는 줄 알지 못했다. 위의와 관복이 자기하고 똑같은 자가 사또자리에 앉아 있는지라, 신관사또가 온 줄 알았다. 급히 급창을 불렀다.

"신관 사또가 이미 왔으니, 속히 업무를 교대하도록 봉인하라."

드디어 관아를 물러났다.

야사씨(野史氏)는 말한다. 옛날 어떤 어리석은 자가 자기 그림자가 따라 오는 줄 모르고 급히 달아나다 그늘에 숨으니 그림자가 그쳤다 한다. 이들 부부가 거울 속에 있는 자신들의 모습을 알지 못하여 관청에까지 나가 송사질을 해 댔으며, 사또 또한 그림자를 신관 사또로만 알고 달리 생각할 여유조차 갖지 못했다. 그늘에 있으면 그림자가 없어진다는 것을 알지 못하는 자나 한가지이니, 세 천치라고 할 만하다.[55]

이 이야기는 조선 후기 인물우화 중의 하나이다. 이 이야기의 발단 부분은 성현의 『부휴자담론』에서 인물이 문제제기를 하고 그에 대한 해명을 하는 전개과정과는 다르다. 소설의 구성과 같은 발단이 있고 전개와 결말이 있다. 전개 과정에서는 '달과 같은 물건'을 구입하는 과정에서의 기대의 어긋남, 거울의 반영에 대한 아내의 오해와, 남편의 오해에 따르는 갈등의 심화과정이 있고, 거기에 사또의 아이러니로 반전되어 결말에 이른다. 인물들의 무지에 의한 아이러니가 중심이 되는 이야기 구조이다.

이 글은 거울이라는 새로운 문물에 대한 무지한 반응을 말하고 있지만, 거울의 상징적 의미가 '자기 성찰'이라는 일반적 이해를 대입하면, 자신의 처지에서만 사건이나 상황을 해석하려는 인간의 부족함을 말하려고 한 것이다. 이야기는 서사구조의 결말로 끝나지 않고, '야사씨는 말한다.' 이하와 같이 이야기에 대한 해설이 부연되어 있는 구조이다.

---

[55] ① 유몽인 : 「명협지해」, 『한국문헌설화전집』 7권(동국대한국문학연구소, 민족문화사, 1981), 356쪽.
② 윤주필 주편 : 『한국우언산문선집』 12(도서출판 박이정, 2008.9), 26~28쪽.

이렇게 서사구조가 처음·중간·끝으로 이루어진 경우는 우언이라고 하기보다는 우화라고 부르는 것이 좋을 것이다.

우화는 다시 사물·동식물·심성 등을 의인화한 의인(擬人)우화와, 사람을 행위의 주체로 삼은 인물우화로 구분하여 볼 수 있다. 의인우화는 연구자에 따라 가전문학, 가전체문학, 의인문학으로 분류되어 온 것으로, 고려조에서 조선말에 이르기까지 학자와 문인들의 문집에서 자주 발견되고 있다.56) 우화는 조선 후기로 가면, 앞 시대의 의인우화가 주인물의 일대적 삶을 그려 냈던 데서 벗어나, 인물우화나 의인우화가 '현실의 생활에 부딪치는 사소하고 단순한 사건을 소재로 하고 있고', '역사적, 정치적인 것이 아니라 조선 후기 당대의 경제적, 도덕적 차원의 문제가 주로 다루어지고 있다.'57) 대체로 중세 봉건 사회의 해체 조짐과 그로부터 파생된 문제들을 담고 있다.

우화는 비유의 고리를 풀어헤치지 않고도 그 자체로 고발이나 교훈을 담고 있는 작품이 대부분이다. 우화는 동식물이나 사물만이 아니라 인간과 사회적 상황에 대한 풍유적 수사 방법으로 역사·정치·윤리도덕·종교 등의 다양한 과제를 대상으로 한다.

현대소설에서도 우화는 주요한 수사적 기능으로 작용한다. 김성한의 「바비도」(1956)는 종교의 권력과 인간의 양심에 대한 우화 소설이다. 이 작품의 줄거리는 이러하다. 바비도는 재봉직공이다. 그가 살던 15세기 초엽에 일찍이 위대하던 것들은 이제 부패했다. 교회와 성직자들의 권위와 신성함은 사라졌다. 사제와 주교들은 세속화하고, 부정이 만연했다. 백성들은 성서의 교리를 성직자들에게 전해 듣기를 거부하고, 영역 복음서를 통해 진실을 얻으려 했다. 교회는 라틴어 성서를 통해, 그동안 독점해 온 권력을

---

56) ① 윤주필 주편 : 앞의 책 1, 2.

   ② 양승민 : 앞의 책.

57) 신해진 편역 :『鼠類 訟事形 寓話小說』(보고사, 2008.3), 24쪽, 30쪽.

지키기 위해, 영어성서 읽기를 이단으로 규정하고, 이를 어기는 자를 분형(焚形)으로 다스리기로 했다. 영역 복음서 비밀독회에 참석하는 바비도는 이단이란 죄목으로 종교재판정에 서게 된다. 그동안 성경만이 진리요, 그 밖의 모든 것은 성직자들의 허구라고 열변을 토하던 경애하는 비밀독회의 지도자도, 성서의 정당성을 목숨으로써 지키기를 맹세했던 같은 직공들도 모두 재판정에서 눈물로 회개하여 목숨을 구했다.

바비도는 쉬운 자기 말로 복음의 혜택을 받는 것이 사형을 받아야 할 만큼 극악무도한 것인지를 알 수가 없었다. 내가 옳다고 생각하는 것을 내 자신만 행할 권리, 가슴에 간직할 권리마저 빼앗기는 것이 한스러웠다. 재판정에서 사교는 회개를 종용하지만, 바비도는 사제의 비리와 교리의 허구성을 공격하고 잘못을 빌지 않는다. 형장에서 분형이 거행될 즈음, 헨리 태자는 그의 용기와 기개를 가상하게 여겨 그를 회유하였지만, 바비도는 끝내 거절하고 만다. 헨리 태자는 그에게서 양심과 정의를 보았다.

작자는 작품의 첫머리에, "바비도는 1410년 이단으로 지목되어 분형(焚形)을 받은 재봉직공(裁縫職工)이다. 당시의 왕은 헨리 4세, 태자는 헨리, 후일의 헨리 5세다."라고 기술해 놓고 있다. 이것이 역사적 사실인가, 아닌가는 따질 필요가 없다. 이러한 기술방법은 소설은 허구이지만, 독자에게 사실감을 제공하기 위한 한 방편으로도 쓰일 수 있는 것이기 때문이다. 어떻든 작가는 이 작품을 15세기 초의 영국 역사의 한 장면으로 창작해 놓은 것이다. 작품 중에는 함축적 의미를 알아낼 만한 어떠한 정황도 제시해 놓고 있지는 않지만, 매개적 암시가 제공되어 있다. 헨리 태자의 혼잣말 속의 '양심'과 '정의'가 그것이다. 이러한 매개적 암시에 기대어서 작가가 이 작품을 쓴 1950년대 중반 한국전쟁 후의 우리 사회상을 덧입혀 보면, 작자의 우화적 의도가 보인다. 인간 존재의 존엄성과 정의, 양심의 문제가 당대의 과제이었을 것이다. 우화소설에서 매개적 암시가 없더라도 비유적 상황을 유추하는 것은 독자의 자의적 판단에 의존해서 타당성이 인정되어야 한다는 전제적인 묵시적 조건이 있다. 우화소설은 이 작품에서와 같은 인간의 본성과 신념의 문제만이 아니라, 윤리·도덕, 사회·정치·경제적 정황에서도 문제를 발견하여 은폐된 비유의 의미공간을 열어준다.

임철우의 「그들의 새벽」(1981)은 숨겨진 주제의식이 사회·정치와 접점이 보이는 작품이다. 이 작품의 줄거리는 대강 이렇다.

그녀는 어떤 발소리에 눈을 떴다. 세든 사람이 이사를 간 그녀의 집 이층에서 들려오는 크고 대담하게 울리는 둔중한 소리였다. 침입자는 굳이 자신을 은폐하려 들지 않았다. 그녀는 두려움으로 구원을 청했다. 파출소에 몇 번을 신고해도, 잃어버린 물건이 없냐는 형식적인 대꾸만 할 뿐 모른 척 했고, 토요일이 되어서야 집에 온 남편도 술에 취해 괴한과의 대결을 선언하지만, 그것도 그의 허약함을 은폐하는 자기기만일 뿐, 그녀의 바람막이기 되어 주지 못한다.

그녀는 잠든 남편에게서, 표범처럼 초원을 질주하던 석기시대, 그 당당하기만 한 어느 자유인의 얼굴을 대하고 있는 듯한 느낌이 들었다.

그녀는 꿈을 꾼다. 원형 경기장에서 카드 섹션이 한창 벌어지는 중, 어느한 사람이 순서가 틀린 카드를 집어 들자, 곁의 사람들도 어정쩡하게 함께카드를 바꿔버린 탓에 카드군에는 일대 혼란이 일어난다. 모두 판단력을 상실한 채 어떤 카드를 들어야 할지 갈팡질팡할 뿐이었다.

혼자 깨어 발소리를 두려움으로 지켰을 아이가 그녀를 깨웠다. 다시 들려오는 발소리에 그녀의 가슴이 딸각 무너졌다. 그녀는 어서 날이 밝기를 바랐다. 아무 일도 없었다는 듯이 그녀와 아이를 찾아올 새벽을 기다리고 있었다.

이 이야기는 일상적 삶의 질서를 깨뜨려 놓은 두려움과, 그 두려움을 떨쳐낼 아무런 행동도 하지 못한 부끄러움을 말한 것이다. 그러나 이러한 현실에서, 허약한 남편에게서 보는 석기시대의 어느 자유인에 대한 공상이나, 무심하게 엉뚱한 카드를 집어 드는 실수로 시작된 카드 섹션 집단의 대

혼란을 겪는 것을 본 꿈 등은 이 작품을 우화로 매개하는 요소들이다. 이 글이 발표된 시기가, 5·18을 광주 시민 항쟁이 아니라 폭동으로 규정했던 때이고, 그 시절의 그 때를 겪었을 작자의 경험적 여건들이 사회적 읽기를 통한 우화적 읽기의 가능성을 보여준다.

이제까지 이 글에서 우언과 우화를 구분하려 했다. 『장자』에서 우언의 개념을 도출하여, 우언이 자연의 본성을 따르는 인간의 삶의 방식을 말하기 위하여, '다른 것', 즉 세속적 제도나 인간의 언행을 비유적으로 빌려 말하는 방법임을 알아보았다. 우언은 표면적으로 제시된 의미를 어떤 매개 개념을 통해 내면에 숨은 진정한 의미를 걸러내는 수사적 표현 행위인 것이다. 『장자』에서 활용된 우언의 내면적 의미를 추론하게 하는 표현 방법은, 우언에 대한 직접적 해설이나 논평, 우언을 경구적으로 서술하여 비유의 비유를 거듭하는 이중비유, 우언의 서사적 설명, 우언의 서사적 비유, 우언의 서사적 구성의 방법이 채용되었다. 이러한 방법들 중에서, 서사적 구조를 가진 경우를 우화로 분리해 내려고 하였다. 우화도 포괄적으로는 우언의 범주에 소설되는 것이지만, 서사 문학의 한 수사적 방법으로 이야기 구조를 가진 우화가 실제로 우리 서사문학의 한 몫을 차지하여 이어져 내려온 것을 고려하고, 우언이 이야기 구조를 가질 때에도 논평이 개입되거나, 경구적 비유가 쓰이는 경우와 구분하기 위한 방편이다. 이것은 우언의 본래적 의미를 살리는 방법이고, 우언이 우화화 함으로써 본색이 퇴색하는 것을 방지하는 일이기도 하다.

물론 우화라는 용어가 동식물의 이야기를 통해 인생의 교훈을 주는 짧은 이야기라는 일반적 통념에서 벗어나는 것이 과제이다. 우화는 동식물·사물의 이야기만이 아니라, 인간의 세상살이에서도 그 소재를 선택하여 비유적으로 가공한 이야기이다. 우화는 숨은 의미의 매개적 상황을 서사화한 것이고, 독자의 경험을 앞세운 매개적 암시를 통해서, 매개적 상황에 대한 표면적 감상의 단계를 넘어서, 독자의 의식 안에서 의미의 재해석을 유인하는 서사의 수사적 표현 방법이다.

이상에서 의논한 풍자는 그 개념과 용도는 잘 알려져 있는 바와 같다. 이 글에서는 수사적 표현방법과 결과적 기능을 구분하여. 풍자를 결과적 기능에 해당하는 개념으로 설명하였다. 풍자의 방법으로는 반어와 역설, 아이러니와 우언·우화를 논의하였다. 반어는 상황과 진술 간의 관계이고, 역설은 모순되는 상황의 상승 기능이다. 풍자의 아이러니는 모순관계를 통해서 개선과 교정의 필요성을 우회하거나 비유하여 말하는 방법이다. 우언과 우화는 포괄적 의미망에서는 차이가 없으나, 우언은 논리적 명제나 윤리적 규범 등을 제시하고, 그것을 해명하여 실천을 권장하는 과정에서 경구적 비유나 서사적 설명을 수사적 방법으로 사용했고, 우화는 논술의 내용이 없는 서사적 구조를 가진 이야기로 우언과 차별화된다. 그리고 풍자적 방법으로 흔히 인용되는 빈정거림, 비아냥, 경멸, 조소 등은 직접적 공격과 징계의 방법으로써 고발문학의 도구이고, 빗대기 또는 비유를 기본적 태도로 삼는 풍자의 방법으로는 적절하지 않은 것이다. 이러한 풍자의 방법은 사회적 현상이나 인간의 성정이 그 본질과 전도되었을 때에 사용되겠지만, 본질이 실현할 수 없는 낭만이나 이상에 매달려 있는 것일 때에는, 메아리 없는 공허한 독백에 지나지 않을 것이다.

3. 해학(諧謔)

1) 해학의 개념

해학은 차이나 간격이 있는 문제적 사건이나 상황을 완화시키거나 무마하기 위해서, 또는 조화시키기 위한 방법으로 사용한다. 해학에서는 인물을 웃음거리로 만들기는 하지만, 여기에는 동정과 이해와 화해[58]가 뒷받

---

58) 김인환 : 『한국문학이론의 연구』(을유문화사, 1987.3), 177쪽.

침하고 있는 것이다.

해학(諧謔)이라는 용어가 보이는 문헌은 당대(唐代)에 기술된『진서(晉書, 644)』의「고개지전(顧愷之傳)」과『남사(南史, 643~659)』의「유회신전(劉懷愼傳)」이다.『진서』,「고개지전」에는, "고개지가 해학을 좋아하여서, 사람들이 그를 사랑하여 허물없이 지냈다(愷之好諧謔 人多愛狎之)"[59]는 기록이 있고,『남사』,「유회신전」에는 "골계가 바로 해학이다.(滑稽善爲諧謔)"[60]라는 문장이 있다.

이보다 앞서 육조시대의 유협(劉勰)의『문심조룡(文心雕龍), 499~501 추정』의「諧隱」에는 "해사(諧辭)"와 "희학(戲謔)"[61]이라는 용어가 쓰이고 있다. 그리고 "해학의 말은 널리 (영향을) 미친다. 말씀이 천박하고 속세의 것을 모은 것이지만, 모두가 즐겁고 웃음을 짓게 한다.(諧之言皆也 辭淺會俗 皆悅笑也)"[62]라고 해서, 해학의 소재와 기능을 말해 놓았다. 그러나 "다만 근본 바탕이 품위 있는 것이 아니므로, 유행을 좇다가는 폐해에 떨어지기 쉽다.(但本體不雅 其流易弊)"[63]라고 하여, 한편으로는 해학적 문장을 경계하고 있다.

조선조에 해학이라는 용어가 사용된 것은, 서거정(1420~1488)의『태평한화골계전(1482)』에서 볼 수 있다. 제135話에, "상사(上舍, 성균관 유생)인 이불민(李不敏), 한호생(韓虎生), 한산로(韓山老)가 매번 해학을 했다.(上舍 李不敏 韓虎生 韓山老 每諧謔)"[64]에 해학이라는 용어가 쓰였는데, 다음 문장의 예화로 보아, 우스개 소리의 개념으로 쓰이고 있다. 제216

---

59) ① 唐 房玄齡 筆撰 : ＜文苑＞,「列傳 第六十二」,『晋書』券九二,『晋書』第8册(중화서국, 1993), 2404쪽.

　　② 중문대사전편찬위원회 : 앞의 책 제8책, 1808쪽.

60) 중문대사전편찬위원회 : 위의 책, 1808쪽.

61) 유협, 최신호 옮김 :『문심조룡』(현암사, 1975.5), 255, 256쪽.

62) 위의 책, 255쪽.

63) 위의 책, 255쪽.

64) 徐居正, 朴敬伸, 對校・譯註 :『太平閑話滑稽傳』2(국학자료원, 1998.9), 15쪽.

화에서도 이 용어의 쓰임이 보인다. 상사(上舍)인 민석(閔釋)과 최탁(崔倬)
과 윤심(尹深)은 오랫동안 과거에 응시했으나 합격하지 못했다. 삼각산 중
흥사의 나한전을 찾아서, "세 사람이 향을 피우고 목욕하고 삼(蔘)을 캐었
는데, 윤(尹)은 성격이 해학을 좋아해서, 계속 노래 부르기를 그치지 않으
면서 말하기를(三人薰浴採蔘尹性諧謔行歌不已曰)……"65) 이라는 대목에
도 해학이라는 용어가 쓰였는데, 이때에도 해학은 '우스개 소리'의 의미로
사용되었다.

　조선조 이규경(李圭景, 1788~1856)의 『오주연문장전산고(五洲衍文長
箋散稿)』 권7의 「소설 변증설」66)에도 '해학'이라는 용어가 보인다. "원중
랑 굉도가, 주생이 『수호전』을 설창하는 것을 듣고 시를 지었는데, '소년
시절에는 해학에 빠져서, 골계전에 탐닉하였네. 훗날에 와서 『수호』를 읽
고 문자가 더욱 기이하게 변했지.'(袁中郎宏道聽朱生說水滸傳 詩曰 少年
工諧謔 頗溺滑稽傳 後來讀水滸 文字益奇變)"라는 내용이 있다. 원굉도(袁
宏道, 1568~1610)는 명나라 공안(公安) 사람으로, 그의 『원중랑집』 권9에
「청주생설수호전(聽朱生說水滸傳)」67)이 실려 있다. 원굉도가 명나라 사람
임을 고려하면, 조선 중기에 그의 저서가 유입되었을 것으로 보인다.

　이 용어가 논설·비평문의 표제어로 사용된 것은, 1931년 <매일신보>
(7월 18일~7월 23일)에 연재된 김춘식의 「해학 소설에 관하여」가 있다.
이곳에서는 해학을 "유머"로 이해하고 있다.

　해학에 대한 논의가 구체적으로 이루어지기 시작한 것은, 1958년 김사
엽의 「웃음과 해학의 본질」68) 에 대하여 이어령이 「해학의 미적 범주」를
발표한 이후부터이다. 그는 미적 범주를 숭고(The sublime)와 골계(The comic)

---

65) 서거정, 박경신 대교·역주 : 216화, 위의 책 2, 276쪽.
66) 이규경 편저 : 『오주연문장전산고』 상(명문당 영인, 1982.6), 229~231쪽.
67) 원굉도, 심경호·박용만·우동환 역주 : 『역주 원중랑집』 3(소명출판사, 2004.12), 280
　　~281쪽.
68) 김사엽 : 「웃음과 해학의 본질」, 『어문집』 2집(한국어문학회, 1958.7), 1~36쪽.

로 나누고, 다시 골계를 객관적 골계, 소박성의 골계, 주관적 골계로 구분한 다음, 주관적 골계의 하위 요소에, 해학(humor), 아이러니(irony), 풍자(satire), 기지(wit)[69]를 세분해 놓고 있다.

일반적으로 해학의 외형적인 모습은 웃음으로 나타난다. 웃음이 일어나게 되는 동기에 대해 명백한 근거를 제시한 논거는 흔하지 않지만, 우선 아리스토텔레스와 베르그송의 고전적인 견해를 참고할 수 있다. 아리스토텔레스는 「시학」에서,

> 희극은 보통 이하의 악인의 모방이다. 그러나 이때 보통 이하의 악인이라 함은 모든 종류의 악과 관련해서 그런 것이 아니라, 어떤 특정한 종류, 즉 우스꽝스러운 것과 관련해서 그러한 것인데, 우스꽝스러운 것은 추악의 일종이다. 우스꽝스러운 것은 남에게 고통이나 해를 끼치지 않는 일종의 실수 또는 기형이다. 비근한 예를 들면, 우스꽝스러운 가면은 추악하고 비뚤어졌지만, 고통을 주지는 않는다.[70]

라고 했다. 그에 의하면 웃음의 동기는 왜곡된 것, 비정상적인 것에서 유래된다고 보고 있다. 우스꽝스러운 것을 추악한 것의 일종으로 보고 있지만, 타인에게 고통이나 해악을 끼치지 않는 것이라고 규정한 것으로 보아, 그가 말하는 웃음은 풍자와는 확연히 구분되는 것이라고 보아야 한다.

베르그송은 웃음의 동기를 '인간적인 모습'이라고 말하고 있다.

> "우리가 동물을 보고 웃을 때에도, 그 동물에서 인간적인 표정이 엿보이기 때문이고, 모자의 형태에서도 어떤 인간적인 심상이 보이기 때문에 웃음이 수반된다."[71]

---

69) 이어령 : 해학의 미적 범주」(사상계 6권 11호, 1958.11), 287쪽.
70) 아리스토텔레스, 천병희 역 :『시학』(문예출판사, 1988.3), 42쪽.
71) 베르그송, 최석규 역 :『웃음』(신구문화사, 서울, 1964), 301쪽.

위의 견해들이 말하는 웃음은 기쁨, 즐거움, 만족에서 비롯되는 일상적
인 웃음과 엄밀하게 구분하고 있다는 점이다. 실제로 웃음은 기쁨의 부류
에서 일어나는 것과 해학적인 요소에 의해서 촉발되는 경우에 차이를 두어
야 할 것이다. 웃음을 유발하는 촉매가 충만한 마음에서인가, 해학적 요인
에서인가를 구분하는 작업은 해학을 이해할 수 있는 위치에 접근하고 있음
을 시사하는 것이다.

해학이라는 용어도 결과적 개념에 해당하거나, 또는 과정과 결과를 함
께 아울러 가리키는 개념이다. 해학에서의 가치판단의 기준은 일상적 상식
이다. 해학에 이르는 수사적 표현 방법으로는 아이러니, 유모어, 기지, 지
혜·슬기 등이 있다.

해학과 풍자를 다시 비교해 보면, 풍자는 모순에 근거하고, 해학은 차이
에 바탕을 둔다. 해학이 모순된 상황을 말한다 하더라도, 그 모순은 가치관
의 차이에 의한 것이다. 풍자의 모순은 특정한 상황과 이와 다른 상황이 서
로 양립할 수 없어서 상대를 반대하여 물리치는 상태이다. 사회적 양상이
서술자의 이상과 어긋날 때, 서술자의 이상은 사회적 양상을 배척한다. 이
때 서술자의 이상은 관념적 가치관에 근거하는 것으로, 서술자의 의견과
행위는 이성적 능력에 따른 것으로, 사회적 양상을 비합리적이거나 부도덕
한 것으로 간주하여 질책하고, 화자의 이상을 따르도록 개선하고 교정하려
고 하는 것이다.

차이는 어떤 것과 다른 것이 일치하지 않는 것이다. 이때는 가치관이 개
입한다 하더라도, 진위나 옳고 그름을 판단하지만 배척하지는 않으며, 그
대로 인정하는 것이다. 차이가 나는 것은 부조화하거나 불균형 상태를 이
루더라도 그 상태가 지속되는 것이다.

그런데 해학이 작용하는 것은 차이가 나는 두 상황이 서로 대립관계가
이루어져, 한 편이 기울어지는 상황이 연출될 때이다. 이때 독자는 작품에
서 서술자가 어떠한 가치판단의 결과를 내놓는지와 관계없이, 자기의 감성

에 의존하여 동정함으로써, 작중 인물들을 화해와 조화의 단계로 이끌어 가게 된다. 풍자의 경우에 독자는 서술자의 가치 판단에 동조하고 승인하도록 요구받는다.

   2) 아이러니

   해학의 표현 기술방법으로는 아이러니가 있다. 아이러니는 풍자의 방법으로도 위에서 설명하였다. 풍자의 아이러니는 이상적인 명분을 암묵적으로 전제한 상태에서, 현실의 모순이나 부정적 요소를 비판하고 개선해야 함을 지시하는 것이다. 해학의 아이러니는 일반적 상식이나 일상적 규범에 어긋나거나 의외의 언행이 이루어져 핀잔이나 타박을 불러 오지만, 동정과 화해가 귀결점이 되는 것이다.

   다시 위에서 인용한 웃음에 관한 견해에 관심을 돌려 보면, 우리가 해학에 접근할 수 있는 한 계기를 발견하게 된다. 아리스토텔레스는 우스운 것을 왜곡과 비정상에서 포착하고 있고, 베르그송은 비인간적인 것의 인간적인 모습에서 웃음이 수반된다고 본다. 그런데 웃음은 그것의 동기에 따라 몸짓과 표정을 수반하는 복합적인 것이다. 미소, 폭소, 홍소, 박장대소와 같이 정화작용을 하는 웃음과, 교소(嬌笑)와 같이 목적을 달성하기 위한 빌미로서의 웃음, 조소·냉소와 같은 상대비하의 웃음, 실소·자조(自嘲)와 같은 자기비하의 웃음과 같이 그 양상이 다양하다. 이와 같이 다양한 웃음을 유도하는 매개적 형상을 모두 해학적 요소라고 간단히 단정할 수는 없을 것이다. 그것이 해학적 요소가 되려면, 앞에서 논술한 '왜곡과 비정상적인 인간'이 연출될 수 있는 조건이 제시되어야 하고, 행위를 구사하는 연출자와 행위를 받는 상대자 (때로는 희생자), 그러한 작희(作戲)를 관람할 방관자가 필요하다. 실제 문학작품에서는 독자가 방관자의 역할을 담당하기도 한다. 이러한 해학적 아이러니의 유형은 앞서 풍자적 아이러니에서 논의한 내용과 대체로 유사하다. 다만 그 결과에 따라 해학 또는 풍자로 쓰인 아이러니의 유형이 구분된다.

현진건의 「B사감과 러브레터」는 해학적 아이러니의 구성 방법 중에서 대상인물 희화의 아이러니를 일러주는 본보기가 되는 작품이다. 이 작품은 다음과 같은 이야기 구조로 이루어져 있다.

1. ① C여학교 교원 겸 기숙사 사감인 B여사는 딱장대요 독신주의자요 차진 야소꾼으로 유명하다.

   ② 사십에 가까운 노처녀인 그는 죽은 깨 투성이 얼굴에 시들고 거칠고 마르고 누렇게 뜬 품이 곰팡 슬은 굴비를 생각나게 한다.

2. ① 뾰족한 입을 앙다물고 돋보기 너머로 쌀쌀한 눈이 노릴 때엔 기숙생 들이 오싹하고 몸서리를 치리만큼 그는 엄격하고 무서웠다.

   ② B여사가 제일 싫어하고 미워하는 것은 ‘러브레터’였다. 그런 편지를 받는 여학생은 훈계와 설법의 수난을 당한다.

   ③ 둘째로 싫어하는 것은 부모나 동기간이더라도 남자가 면회오는 것이다. 무슨 핑계로 하든지 기어이 못 보게 한다.

3. B 사감이 감독하는 기숙사에 금년 가을 들어서 괴상한 일이 ‘발각되었다.’ 모든 기숙생이 곤한 잠에 떨어졌을 때, 세 처녀는 사랑에 겨운 남녀의 허물어진 수작들을 듣게 된다.

4. 세 처녀의 얼굴은 호기심에 번쩍이기 시작한다. 애인을 보려고 학교 근처를 뒤돌고 곰돌던 사내 애인이 타는 듯한 가슴을 걷잡다 못하여 이슥한 밤을 기다려 담을 뛰어 넘어들어 사랑의 속살거림에 찾아졌는지 모르리라.

5. 세 처녀는 구경을 가기로 한다. 소리는 나는 곳은 사감실이었다. 사내라면 못 먹어하고 침이라도 뱉을 듯하던 B여사의 방이다.

   러브 레터가 여기저기 두서없이 펼쳐진 가운데 B여사는 애원하는 표정으로 입을 쫑긋이 내밀어 보기도 하고 앵돌아지기도 하며, 누군가를 뿌리치기도 하는 듯 손짓도 하다가는 제물에 자지러지게 웃는다. 그러다가 편지 한 장을 집어들고 얼굴에 문지르며, “정 말씀이야요. 나를 그렇게 사랑하셔요. 당신의 목숨같이 나를 사랑하셔요? 나는, 나는.” 하고 몸을 치수르는데 그 음성은 울음의 가락을 띠었다.

6. “에그머니, 저게 웬일이야.” 첫째 처녀가 소곤거렸다. “아마 미쳤나 보아, 밤중

에 혼자 일어나서 왜 저리고 있을꾸.” 둘째 처녀가 맞방망이를 친다……. “에그 불쌍해!” 하고, 셋째 처녀는 손으로, 긘 때 모르는 눈물을 씻었다…….

이 작품은 엄숙·근엄·긴장된 상황을 반전시켜 희화함으로써, 웃음을 유발하고 긴장을 해소한다. 전개의 반전은 작품의 결말에 즈음하여 발현시키는 경우가 보편적이다. 그런데 희화적 반전을 극대화시키기 위해서는, 반전 이전의 전제되는 인물·사건·상황의 경직성을 강화하여 긴장을 고조시키고, 희화적 동기는 숨겨 둔다. 이때에 인물과, 다른 인물 또는 독자와의 거리를 멀어야 한다. 긴장이 고조된 정도에 비례해서 반전에 따르는 희화적 효과는 커진다.

이 작품의 1의 ①에는 B사감의 권위적 자기 정체성을 제시하였고, ②에는 그 권위적 정체성이 위선일지도 모르는 것이라는 희화적 동인(動因)을 매설하여 놓고 있다. 2에는 인물의 위선적 정체성을 구체적으로 유형화하여 보임으로써, 심화 과정을 거치며 독자들에게 경험적 사실감을 제공하고 있다. 인물의 가식적 정체성을 굳히고 있다.

인물의 희화적 아이러니는 그 효과를 극대화하기 위해서는, 반전이 이루어지는 전 단계에, 인물의 가식적 자기정체성, 또는 인물의 자기중심적 정체성을 보여주는 구체적 사건·상황을 병렬하거나 점층적으로 형상화하여, 앞으로 전개되는 반전 이후의 희화적 상황의 의외성을 도모하게 한다. 소설에서 인물의 정체성은 인물의 성격이나 심성을 말하는데, 인물의 부정적 정체성은『흥부전』의 놀부의 심술에서, 인물의 가식적 자기정체성은 위의 작품에서, 그리고 인물의 자기중심적 정체성은『태평천하』의 윤직원과 같은 인물의 설정에서 볼 수 있다. 그러나 인물의 부정적인 자기중심적 정체성을 이야기의 발단과 전개 부문에 설정하는 경우에는『태평천하』의 경우와 같이 고발 문학이 되고, 부정적 인물이 반전하여 긍정적 인물로 결말을 맺는 경우에는 계몽소설이 되기 쉽다.

이 작품의 구성으로 되돌아가면, 3에서는 반전의 계기가 마련되어 있다. 이 작품은 급격한 반전 대신 점진적 반전 방법을 채용했다. 4에서는 반전을 위한 인물의 관찰이 이루어지고, 반전을 통한 희화화에 앞서 그것이 B사감의 행위가 아닌 상식적인 젊은 연인들의 일처럼, 희화적 사실에 대한 미혹(迷惑)의 과정이 들어있다. 인물과 독자와의 거리는 여전히 존재하지만, 독자는 상황의 전모를 목격하게 되는 직전 단계에 있다. 5에는 탐색과 발견으로 반전이 이루어져 희화적 상황이 연출되었다. 여기는 독자의 반사적 반응이 이루어질 지점이지만, 화자는 독자의 반응을 유보시킨 채, 6에서 세 처녀들의 동정과 연민으로 마감하였다. 물론 독자의 읽기의 경우에도 B사감의 어처구니없는 희화적 행동이 우습기도 하겠지만, 세 처녀의 경우와 같은 동정과 연민이 일어날 것이다. 해학적 아이러니는 배척이나 질책이 아니라, 연민과 동정의 서사적 형상화이다.

이 작품의 구성 과정을 다시 확인해 보면, <인물의 권위적 정체성> → <권위의 회화적 동인 매설> → <권위적 정체성의 구체화·심화> → <반전의 계기> → <반전을 위한 호기심의 발현> → <사실의 미혹> → <탐색과 발견(반전)> → <동정과 연민>의 과정으로 이루어져 있고, 이러한 전개과정이 해학적 아이러니 구성의 보기이다.

김유정의 소설에도 해학적 아이러니가 작품의 기본적 구성 방법으로 적용되고 있다. 그의 작품에는 무지하거나 순진한 인물의 아이러니가 대부분이다. 그 중에서 「봄봄」의 인물은 순진하고 무지한 인물의 전형을 보여준다. 다음은 이 작품의 줄거리를 요약한 것이다.

'나'는 점순이의 키가 자라면 성례(成禮)를 시켜준다는 장인님의 말을 믿고 데릴사위로 들어간다. 그러나 삼년 칠 개월이 지나도, 점순이의 키가 자라니 않았다는 이유로 성례는 이루어지지 않는다. 나는 점순이의 키가 자라지 않을까봐 물동이도 대신 들어주고 서낭당에 돌을 올려 놓고 점순이의 키 좀 크게 해 주십사고 치성도 한두 번 드린 것이 아니다. 구장에게 청원했지만 설득만 당하고 돌아오자, 점례는 성례시켜주지 않는 장인의 "쉼을 잡아채지 그냥 둬, 이 바보야."하고 성을 내고 샐쭉한다.

나는 아내가 될 점순이가 병신으로 보는 것이 따분하고 심통이 나서 일을 하지 않는다. 장인님은 역정이 나서, '나'의 바짓가랭이를 담박에 웅켜 잡고 매달려서, 내가 까무러치게 되니까 놓는다. 사지가 부르르 떨리면서 나도 엉금엉금 기어가 장인님의 바짓가랭이를 꽉 움키고 잡아 낚았다. 점순이가 보고 "에그머니, 이 망할 게 아버지 죽이네!"하고 내 귀를 잡아 당기며 마냥 우는 것이 아니냐.

이 작품의 '나'는 무지한 인물이기보다는 순진한 인물이다. 사리분별을 할 줄 아는 인물이지만, '장인님'의 기만과 점순이의 충동질을 매개로 장인님의 바짓가랭이를 움켜잡는 아이러니가 행사된다. 그러나 효성(孝誠)스러운 점순이의 변심으로 "나는 얼빠진 등신이 되고 말았다." 기만과 변심에 의한 순진한 인물의 아이러니이다.

「금따는 콩밭」에는, 허황된 믿음을 사실로 여기는 무지한 인물의 아이러니가 있다. '영식'은 '수재'의 꾐에 빠져, 소작하고 있는 콩밭을 파헤쳐 노다지를 찾는다. 한 끼니 죽거리가 없어도 빚을 내다가 산제(山祭)를 지내는 등 정성을 다한다. "콩밭에서 금을 딴다는 쑥맥"이 있느냐는 아내와 마름 노인의 만류에도 불구하고, 결국은 애꿎은 콩밭만 결단내고 만다.

이러한 해학적 아이러니는 인물의 행위가 무모하고 무지하더라도, 부도덕하거나 비인간적인 범위를 크게 넘어서는 것이 아니므로, 오히려 인물에 대한 안타까움이나 애틋함을 불러일으키게 된다. 독자는 동정하고 연민함으로써 인물을 옹호하게 된다.

3) 유모어

해학적인 웃음을 불러일으키는 기술 방법으로 유모어를 사용한다. 유모어는 유럽의 경우에, 중세와 르네상스기에 생리학 분야에서 개인의 기질과 관계된다는 인간의 체액을 가리키는 용어였다. 네 가지의 체액 중에서 어느 하나가 과다하면 괴팍한 사람이 된다고 보았다. 청중의 웃음을 자아내기 위해, 17세기 영국 희극에 이 괴팍한 기질의 사람을 의도적으로 등장시키게 되었고, 이러한 인물에 대하여 불쾌하다든가 병적이라기보다는 우습고 재미있다는 통념이 생기기 시작했다. 풍자나 조롱과는 달리, 정답고도 긍정적인 형태의 희극성을 가리키게 된 것은 18세기의 산문 문학이 발달하면서부터이다.[72]

동양에서는 이와 유사한 개념으로 골계(滑稽)라는 용어가 있다. 이 용어는 『사기』의 「열전」 중 권126의 「골계열전」에서 처음 볼 수 있다.

「골계열전」[73]에는 순우곤 등의 이야기 여덟 편이 들어 있는데, 갈등적 상황을 해결하는 지혜나 기지가 나타나 있다. 이곳에서의 '골계'는 비유하여 간언(諫言)함으로써 문제적 상황을 지혜롭게 해결하는 방법을 가리키는데, 그 과정에 때로는 웃음을 유발하는 경우도 있기는 하지만, 웃음을 본질로 삼는 해학과 비교하면, 골계에는 풍자적 요소가 가미되어 있다.

우리나라 조선조의 『태평한화골계전』[74]에 실려 있는 271편의 이야기에는, 한담(閑談), 풍자, 기지, 아이러니, 언어유희를 이용한 이야기들이 실려있다. 이런 내용을 참고하면, 골계는 웃음을 유발하는 언행들을 모두 포괄하는 개념으로 이해할 수 있다. 유모어를 넓은 의미로 이해할 때는 골계와 의미의 소통이 이루어진다. 그러나 이 글에서는 유모어를 제한적 개념으로 이해하려고 한다.

유모어는 부조화하거나 불균형한 상황을 해소하는 언행이다. 유모어는 논리나 합리성에 근거하지 않는다. 때로는 관습이나 상식을 뛰어 넘지만 부도덕하지는 않은 것이다. 무료하고 평정한 상태를 깨뜨리고 생동감을 불어넣는 재치를 말하기도 한다.

---

[72] 이상섭 : 『문학비평용어사전』(민음사, 1989.12), 29쪽.
[73] 사마천, 양종현・학지달 주편 : 『사기』(천진고적출판사, 1997.8) 제5권, 573~604쪽.
[74] 서거정, 박경신 대교・역주 : 『태평한화골계전』1, 2(국학자료원, 1998.9).

한편 방관자에게는 웃음을 줄 수 있는 핀잔·비아냥·빈정거림 등의 공격적 언행에 상대가 난처하거나 궁색한 처지에 놓이게 될 때, 가해자나 구경꾼에게는 재미와 웃음을 줄 수 있겠지만, 피해자인 상대에게는 폭력이나 위협이 될 수 있다. 이런 경우에 공격적 언행은 유모어로 성립하지 않는다. 가해자인 공격자와 구경꾼에게는 웃음을 주지만, 피해자는 심리적 압박감을 받는다. 부도덕하거나 부정한 피해자를 공격해서 쾌감을 얻을 때는, 이것은 고발과 징계이지 유모어가 아니다. 유모어는 조화로운 것을 부자연스럽게, 어긋나는 것을 다시 어긋내거나, 부족하거나 넘어서는 것 등을 말과 행동으로 연출해서 웃음이 슬며시 배어나게 하거나 혹은 갑자기 터져 나오게 하는 것이다. 이때 서술자와 상대는 공감대가 있다. 상대는 자기의 실수나, 서술자가 제시한 부정적이거나 부도덕한 상황을 인정하고, 웃음이라는 행위로 서로의 간격을 무마하는 것이다.

다음은 장편(掌篇) 소설 중에서 유모어가 수사적 방법으로 쓰인 작품들이다. 한수산의 「두꺼비표 주냉이」는 부정확한 지식으로 무장한 지나친 자신감의 끝을 보여준다. 이 작품에서 유모어가 이루어지는 대강의 내용은 이렇다.

'친구녀석'은 서울에서 제주에 사는 '나'를 찾아왔다. 우리는 개발이라는 이름으로 치러지는 변화가 애석했고, 제주에서도 제주답게 하는 것들이 사라져가고 있는 것을 안타까워했다. 친구녀석은 "그곳의 말을 모르고 어떻게 그 지방의 삶을 이해하냐? 말이야말로 문화이며 특성"이라고 했다.

"회에는 그래도 소주라야지. 야, 두꺼비표 주냉이로 가져 와라."

횟집에서 친구 녀석은 종업원 아이에게 이렇게 주문을 한다. '나'도 아이도 그것이 무슨 뜻인지 모르는데, 친구 녀석은, 제주에서 살면서 제주말을 모른다고 핀잔하며, 그것도 무슨 말인지 모르냐며 '나'와 '아이'를 다그친다.

"주냉이란 바로 술(酒)이란 말의 제주도 사투리다."라고 제주에서 몇 년을 산 '나'를 호기롭게 가르친다. 친구는 그 말을 바닷가에서 술병을 들고 주냉이를 찾는 사람들에게서 듣고, 그것이 술을 가리키는 제주말이라고 얼른 알아들었다고 했다. 그런데 '주냉이'는 '지네'라는 제주말이다.

> "아니, 그러면……아니 그렇다면? 나는 어떻게 되냐?"
> "어떻게 되긴. 두꺼비표 주냉이 둘 달라고 했으니까, 두꺼비 모양의 지네 두 마리 주십쇼 한 거지. 난 소주 마실 테니, 넌 지네나 회로 먹고 있어라, 인석아."[75]

이 이야기는 잘못된 정보나 지식의 실체나 본의가 드러날 때까지 이루어진 자신에 찬 무지가 빚어낸 유모어이다.

박범신의 「사랑의 말」은 남녀의 '사랑표현' 방식의 차이로 이별을 겪게 된 이야기이다.

'나'는 그 여자를 만나 꼭 3년을 교제하였다. 우리는 사랑이 무엇인가에 대해서 자기 생각을 말하곤 했는데, 우리는 희생·성찬·불－공유·긴장·물과 같은 말로 대신하면서도, 각자 "사랑해."라는 말을 삼가고 있었다. '나'는 그 여자를 만날 때마다 자주 '너를 사랑해'라고 말하고 싶어 안달이었다. 그러나 "'사랑해'라고 말해 버리면, 그때부터 그 여자에 대한 나의 사랑은 상품처럼 되어버릴 것 같아서 나는 두려웠다."

나는 '사랑해'라는 말이 차마 입이 안 떨어져서 그 말을, 마침 만지작거리고 있던 '이쑤시개'와 같은 대리어로 바꿔 부르면 어떠냐고 제안했고, 그 여자는 자리를 박차고 일어났다. 세월이 많이 흘러가자 내 가슴에 그 여자는 다 불타버린 재로 남았다. 불씨는 남아 있지 않았지만, 뼈가 하나 잿속에 있었다. 어느 날 그 여자를 만날 기회가 있었다. 그 여자는 내가 20년이나 품었던 의문의 뼈를 보이자 미소부터 보였다.

---

75) 한수산 외 : 『두꺼비표 주냉이』(도서출판 일선기획, 1989.6), 15쪽.

　　"이쑤시개로는 안 되지요. 나는 선생님이 사랑해라고 말하길 3년이나 기다렸어요. 설명을 기다린 게 아니고요. 외마디소리를요. 사랑해라는 말은 비명이나 다름없지요. 선생님은 늘 논리적으로 설명하려 들었어요. 설명 가지곤 이해는 구할 수 있을지언정 사랑을 구하진 못해요. 여잔 그렇다구요."76)

　　이 이야기는 사랑을 표현하는 방식과 기대하는 것이 서로 어긋난 경우이다. '나'는 '사랑해'라는 말이 사회에서 너무 흔하게 쓰여서 사랑이 이미 일반화된 상표 같다는 느낌을 받아, 그렇게 말하면 그들의 사랑이 오염될 것 같다고 생각하는 고정관념을 가지고 있었고, '그 여자'는 '사랑해'라고 말하길 3년이나 기다리다 떠나버렸다. '나'는 자기의 고정관념을 상대에게 이입하려다 실패한 것이다. 또한 여기에는 '사랑해'라는 말을 '이쑤시개'로 대신하자고 제안하는 것과 같이, 비동질적인 것을 동질화하겠다는 어처구니없는 발상도 유머의 요소로 작용했다.

　　전상국의 「중신아비」에는 인물의 예상에 대한 반전이 들어있다. '나'는 그 '거머리 같은 녀석'을 청량리 지하철 입구에서 만난다.

　　거머리를 알아본 아내의 얼굴이 사색이 되었다. 풍문을 통해서, 혹은 내가 그동안 몇 차례 치러낸 경험을 들어서 알고 있는 아내인지라, 오지게 잘못 걸렸다는 생각을 하고 있을 것이었다.77)

　　거머리는 어릴 때부터 그의 별명이었는데, 그가 얼마나 아이들을 못살게 굴었는지, 그의 별명만 들어도 그를 상종하기 꺼려 도망치는 친구가 많았다. 나와 아내도 그와 국민학교 동창이다. 거머리가 내 아내 오숙희를 치근치근 따라 붙으며 못살게 애를 먹인 일들을 동창생들이 다 알고 있었다.

　　국민학교를 졸업하자 거머리는 다른 지방으로 이사를 했고, 그 뒤 우리

---

76) 박범신 : 위의 책, 53쪽.
77) 전상국 : 위의 책, 146쪽.

들의 화제에서 사라져 갔다. 나는 고등학교 때부터 오숙희와 연애를 했는데, 옛날 거머리가 오숙희를 괴롭히던 얘기 때문에 싸우다가 그 싸움이 사랑이 되어 결혼했다. 거머리가 중신아비가 되는 셈이다. 거머리의 소식이 들린 것은 3년 전쯤이었는데, 술 중독에 걸려 폐인이 되어 고향에 나타나 친구들에게 피해를 입힌다는 것이었다. 2년 전 쯤, 그가 내 직장에 나타나 자기 애인을 빼앗아 결혼했으니, 그 대신 술값을 내 놓으라고 수작을 떠는 바람에 쥐구멍을 찾기도 했고, 그 뒤에도 꼭 세 번을 더 들렀는데 오늘 또 만난 것이다. 우리는 결혼 5주년을 맞아 아내의 뜻에 따라 인천으로 바다 생선 요리를 먹으러 가는 참이었다.

'나'는 사정대로 얘기하고 이 다음에 술 한 잔 사겠다고 얼러서 그를 뿌리치고 싶었지만, 내 말 끝에 그는 술을 끊었다고 했다. 나는 어서 그에게서 도망치고 싶어 우리 세 식구가 즐길 예산의 5분의 1쯤 되는 돈을 그의 앞에 쑥 내밀었는데, 그는 사뭇 정색한 표정으로 자기를 섭섭하게 한다고 말하며, 나와 아내의 기쁜 날을 축하해 주어야 마땅하다고 했다.

> 그러면서 그는 잠바 주머니에서 내가 내민 돈의 세 배쯤 되는 돈을 꺼내 내 딸아이의 저고리 주머니 속에 쑤셔 넣으며 다시 말했다.
> "잘들 놀고 오게나. 나 오늘 청량리 시장에 잡화 좀 떼러 왔다가 우연히 자네들을 만나게 된 걸세."
> 그리고 그는 어정쩡한 자세로 멀어져가는 우리를 향해 소리쳤다.
> "어이, 자네들 나 장가 좀 가게 얌전한 색시 하나 소개해 주게나."[78]

이 이야기는 평소의 행태를 생각하고 예상해 온 인물의 태도가 예상에서 어긋나서, 나와 아내라는 인물을 의아하게 만들었다가, 그의 새로운 면모를 보여 주는 유쾌한 반전이 이루어진 작품이다. 물론 이 경우도 고정관

---

[78] 전상국 : 위의 책, 152쪽.

념을 깨뜨리는 반전을 수사적 방법으로 채용한 것이다.

4) 기지(機知)

기지(機知)라는 용어는 유향(劉向, B.C. 77~B.C. 6)이 지은 『설원(說苑)』
의 「반질(反質)」편에서 발견된다. 제4장에는 부추밭에 물을 대는 장정들의
이야기가 있는데, 이들 장정들의 언행에 '기지'와 관련된 내용이 들어있다.
위(衛) 나라에 다섯 장정이 있었다. 함께 물장군을 지고 우물에서 몸을 길
어 부추밭에 물을 주는데, 하루 종일 해야 한 구역 밖에 못했다. 등석(鄧析)
이 지나가다가 (이를 보고) 수레에서 내려, 뒤를 무겁게 하고, 앞쪽을 가볍
게 한 교(橋)라는 기구를 사용하면, 하루 종일 부추밭 구역에 물을 주어도
고단하지 않을 것이라고 가르친다. 그러나 다섯 장정들은 "우리 스승께서
말씀하시기를 '기계를 이용할 줄 아는 교묘한 솜씨가 있으면, 반드시 그것
의 마땅치 아니함도 있다.'라고 하셨다. 우리는 알지 못하는 것이 아니지만
그렇게 하려고 하지 않는다.(吾師言曰 有機知之巧 必有機知之敗 我非不知
也 不欲爲也)"[79]라고 하는 대목이 있다.

이때의 '기지(機知)'는 '기계를 이용할 줄 아는 능력'이다. 그런데 우물
에서 물을 길어 물장군으로 날라다 밭에 물을 대주는 행위를 원칙 내지는
정석(定石)이라고 생각하는 장정들의 입장에서 보면, 그것은 임기응변(臨
機應變)하는 행위이고, 올바른 행위나 방법이 아니라는 것이다. 그러나 이
러한 어원적 해석으로 비롯된 이 용어는 지금에 이르러서는, 난처한 상황
에서 벗어나는 재치나 지혜라는 개념으로 일반화되어 쓰이고 있다. 한자어
표기에서도, 기지(機知)는 지식(知)을 활용하는 능력(智)이라는 의미로, '알
지(知)'와 함께 '지혜 지(智)'로도 표기되어, 긍정적 개념의 용어로 사용되

---

79) ① 劉向, 左松超 註釋 :「反質」,『新譯 說苑 讀本』(三民書局股份有限公司, 中華民國 85년
9월, 1996.9), 729쪽.
　② 중문대사전 : 앞의 책, 제5권, 482쪽.

고 있다.

　기지는 불합리하거나 부조리한 상황을, 합리적인 상황으로 이끌어 내는 매개기능이다. 이때의 합리적 상황은 앞서 불합리하다고 판단한 관점을 기준으로 삼는 것이 아니라, 다른 관점에서의 합리성이다. 다른 관점에서 본 합리성을, 앞서 불합리하다고 판단한 주체가 그것도 역시 타당하다라고 생각하는 공감대가 이루어야 그것을 기지라고 말할 수 있다.

　기지와 다음에 기술할 지혜·슬기의 예문은 소설 작품이 아닌 일화를 예로 들어보았다. 다음에서 인물의 기지를 보여주는 일화는 비교적 잘 알려져 있는 이야기이다.

　　김선생(金先生)이라는 사람이 우스개소리를 잘했다. 일찍이 친구 집을 찾아갔더니, 주인이 술상을 차렸는데 안주가 단지 채소뿐이었다.
　　주인이 먼저 사과해서 말하기를,
　　"집안이 가난하고 시장(市場)이 멀어서, 먹을 만한 것은 없고 오직 덤덤하니, 이것이 부끄러울 뿐이네."
　　라고 했다.
　　그때 마침 뭇 닭들이 마당에서 어지럽게 모이를 쪼고 있었다.
　　김(金)이 말하기를,
　　"대장부는 천금(千金)을 아끼지 않나니, 내 말을 잡아서 술 안주를 해야겠네."
　　라고 했다.
　　주인이 (말하기를)
　　"한 마리뿐인 말을 잡아 버리면 무엇을 타고 돌아가겠나?"
　　라고 했다.
　　김(金)이 대답하기를,
　　"닭은 빌려서 타고 돌아가지."
　　라고 하자, 주인이 크게 웃고 닭을 잡아 대접하고는 둘이서 크게 웃었다.[80]

---

80) 서거정, 박경신 대교·역주 : 앞의 책, 제 22화, 216~217쪽.

기지는 문제에 대한 갈등 없는 해결이다. 이 글에서 문제가 되는 것은 술 상차림의 안주가 채소뿐이었는데, 김 선생은 마침 마당의 닭 요리를 안주로 삼기를 바랐다. 그러나 저기 안주감으로 닭이 있지 않느냐고 할 수는 없는 일이다. 김 선생은 친구를 벗하기에는 재물을 아끼지 않는다는 당시의 친교(親交)의 도리를 내세워, 자기의 말을 잡고 주인집의 닭을 빌어 타고 가겠다고 했다. 닭이 사람이 타고 다닐 것이겠는가. 이 글은 손님이 우회적으로 비유하여 변죽을 울려서, 주인의 생각을 바꾸어 놓은 기지의 예이다.

다음은 기지가 가해자가 아닌 피해자에게서 나타났다.

> 어떤 마음 싸구려 객주집에 한 나그네가 나타났다.
>
> "하룻밤 신세를 져야겠는데, 비싸도 상관없으니까 밝고 깨끗한 방을 주게. 난 지독히 깔끔해놔서."
>
> "좋습니다."
>
> 주인이 싱글싱글 웃으면서 대답했다.
>
> "곧 안내해 드리지요. 분명 만족하실 겁니다."
>
> 나그네는 방문을 열어보았지만 어느 방이고 모두 마땅치 않았다. 나그네는 꺼림칙하다는 듯 코를 킁킁거리며 여기저기 만져보다가 갑자기 놀라며 소리쳤다.
>
> "아이구, 여기 빈대가 있는걸."
>
> "걱정하실 것 없습니다. 날 보십시오. 이 빈대는 죽은 겁니다."
>
> 그 마을에는 달리 객주집도 없었고 그렇다고 읍내까지는 꽤 멀었으므로, 그 나그네는 할 수 없이 그 집에 묵을 수밖에 없었다.
>
> 이튿날 일찍 일어난 나그네는 객주집 사람들을 전부 깨워놓고서는 곧 떠나겠다고 했다. 얼굴이 몰라볼 만큼 부르터 있었다.
>
> 그러자 주인이 다가와 사근사근한 목소리로 물었다.
>
> "안녕히 주무셨습니까? 나리, 빈대는 확실히 죽은 것이었습죠?"
>
> "음, 확실히 죽은 것이더군. 하지만 문상객이 굉장히 많더군."[81]

---

81) ① 정명원 :『짧은 웃음 긴 느낌을 주는 157가지 이야기』(평단 문화사, 1999.9), 9~10쪽.

이와 같은 상황에서는, 나그네가 주인의 거짓된 안내에 대하여 항의해야 마땅하다. 주인의 자기의 거짓말을 사과하거나, 나그네는 숙박비를 다시 흥정함 직하다.

이때 나그네가 주인의 거짓을 질책했다면 해학이 성립하지 않는다. 나그네가 주인에게 빈대들과 합숙을 했으니, 숙박비를 합숙비로 다시 정산하자고 했다면 유모어가 된다. 비인간적인 것을 인간화해서 나그네와 빈대를 동일시하는 것은 유모어적 수사의 한 방법이다. 그런데 이 글에서 나그네는 주인이 죽은 빈대를 강조하는 뻔뻔스러움에 맞서지 않고, 죽은 빈대의 문상객이 굉장히 많더라고 에둘러 말함으로써, 주인을 면박하지 않고, 곤란을 모면할 기회를 마련해 줌으로써, 정면으로 부딪힘을 무마했다. 기지는 갈등의 노출을 막아주는 해결의 원천이다.

5) 지혜(智慧)·슬기

지혜·슬기의 사전적 의미는 "사물의 이치를 깨달아 밝혀, 시비와 선악을 가려내는 능력"[82]이다. 이것은 학습으로 이루어진 단순한 지식이 아니다. 지식과 함께 깨달아 터득한 것으로서, 인격이 스며 있는 실천적 능력이다. 해결해야 할 과제를 이성과 논리로 해결하기보다는, 순리적 본성에 따라 세상살이하는 인간의 존재에 대한 근본적 이치를 말과 행동으로 보여주는 것이다. 지혜·슬기는 웃음을 유발하지만 유쾌하거나 발랄한 웃음은 아니다. 가슴을 적시어서 얼굴에까지 은근하게 퍼지고, 머리를 끄덕이게 하는 긍정의 그윽한 마음을 펴보이는 웃음이다. 그러나 지혜·슬기가 지식을 배제하는 것이 아니다. 지식을 통찰하고 특정한 판단기준에 따라 긍정 또는 부정되는 모든 것을 융합한, 참된 지식의 실천방법과 그 결과이다.

---

[82] 신기철·신용철 편저 : 『새우리말 큰사전』(삼성이데아, 1988.9), 2041쪽.

다음은 황희의 슬기를 보여주는 일화이다.

> 하루는 여종들이 서로 싸우다가 '갑'이라는 여종이 정승 앞에 와서 이러쿵
> 저러쿵해서 싸웠는데, 나는 잘못이 없다고 호소하니, 정승은 "네 말이 옳구
> 나."라고 한즉, 이번에는 싸움의 상대인 '을'이 와서 또 변명을 하니 역시 또
> "네 말이 옳구나."라고 했다. 그러자 이제까지 옆에서 잠자코 듣고 있던 조카
> 딸은 숙부의 이것도 옳고 저것도 옳다는 것이 안타까워서 "저 애는 저랬고, 이
> 애는 이랬으니, 마땅히 저 애가 나쁜데 왜 모두 옳다고 하십니까?"하고 대드
> 니, 이번에도 또 정승은 "네 말도 역시 옳다."라고 대답하고는 하던 독서를 계
> 속하였다.[83]

이 글에서 황희 정승의 태도는 물에 물 탄 듯, 술에 술 탄 듯해서 주관이
없어 보인다. 논리나 관습·제도를 기준으로 삼으면, 정승의 태도는 무책
임해 보인다. 그러나 일시적으로 옳고 그름을 분별해서 어느 한편을 이익
되게 하는 것은, 정승과 그 여종의 생각이 일치하거나 유사할 뿐이지, 올바
름을 말해 주는 것은 아닐 터이다. 누구나 그때의 자기의 형편이 있었을 것
이고, 그것이 남에게 해악이 되지 않으면, 거기에는 맞고 틀림이나 옳고 그
름이 있을 수 없다는 정승의 슬기가 넌지시 보인다.

다음의 예화에도 지혜·슬기가 들어 있다.

> 조선 성종 때의 일이었다.
> 어떤 사람이 자손이 잘되기를 빌어 절에다 전답을 있는 대로 다 바쳤다. 그
> 러나 기다려 보아도 잘 되기는커녕 갈수록 형편만 못되어 가므로, 후손이 스님
> 을 걸어서 관가에다 송사를 제기했는데, 어떻게 된 일인지 몇 해가 가도 도무
> 지 판결이 나지 않는다. 내가 옳거니 네가 그르거니 서로 다툼질만 하고 있는
> 새에, 이 소문은 마침내 상감님에게까지 들려 올라갔는데, 상감께서는 친히 백

---

83) ① 장덕순 : 『한문인과 해학』(시인사, 1986.11), 62쪽.
　　② 이상근 : 『해학형성의 이론』(경인문화사, 2004.10), 132쪽.

성과 중을 불러 판결을 해 주시는데,

"너희들 그렇게 시비할 것이 없다. 생각해보아라. 백성이 부처님에게 논밭을 시주할 적에는 복을 얻자함이 아니었겠나! 그런데 부처가 영험이 없어서 그렇게 되었던지 어쨌건 자손이 빈한해졌으니, 전답은 본 주인에게 돌려주고 복은 부처님에게 도로 돌려주면 될 게 아니냐!"[84]

이 일화에서, 관가의 송사는 시비판단에 주관이 개입되는 것이므로, 재판관의 입장에 따라 판단이 뒤바뀔 수도 있다. 객관적으로 시비를 가리자면 모두가 죄인이 될 수 있다. 한쪽은 부처님의 복을 받으려고 스님에게 부적절한 공양을 했고, 다른 편은 약속을 지키지 않은 사기이다. 그러나 상감은 자기 백성을 모두 죄인으로 만들지 않았다. 다만 복을 받으려면 사람의 도리를 다해야 되지만, 노력하지 않은 맹목적인 기대와 그런 기대를 이용한 허황된 속임수에 기댄 약속을 파기함으로써, 논밭과 복을 원래대로 복귀시켜 주는 빌미를 마련한 것이다. 이 빌미가 사람답게 사는 자리를 만들어주는 지혜·슬기로 이룰 수 있는 배려인 것이다.

위에서 의논한 해학은 차이 때문에 서로 어긋나서 불균형하거나 조화롭지 못한 인물이나 상황을, 웃음으로 여과하여 평정한 상태로 회귀시키는 것이다. 해학적 아이러니는 인물을 희화화하지만 질책하거나 비난하지 않고 동정과 연민을 바탕으로 인물들의 화해를 내포하는 방법이다. 유모어는 인물의 행위나 상황에서 일어난 서로의 간격과 차이, 옳고 그름을 어느 한편이 묵시적으로 인정함으로써 긴장을 완화시키는 수사방법이다. 기지는 문제의 인식이나 해결의 차이를 갈등 없이 해소하는 지적 능력이고, 지혜·슬기는 옳고 그름의 차이에 대하여 사회적 판단을 지양하고, 인간의 순수한 본성에 접근시키려는 실천적 행위다. 이러한 해학적 수사는 독자의 읽기에 대한 욕구를 재생하는 효과적 방법이다.

이 글은 위와 같이 소설의 수사적 표현 기술방법으로서의 풍자와 해학

---

84) ① 이주홍 : 『한국인의 웃음』(성문각, 1978), 197쪽.
　　② 이상근 : 앞의 책, 148쪽.

에 대하여 논의하였다. 그동안 풍자와 해학이 구분되어 차별적으로 이해되어 오기는 했지만, 전개과정의 표현 기술방법인지, 독서 결과의 기능을 가리키는 개념인지가 명료하게 지시되지 않은 채로 논의되어 왔다. 이 글에서는 풍자와 해학이 독서의 결과적 기능이며, 이러한 결과를 도모하는 소설의 수사적 표현방법이 무엇인지를 밝히려 했다.

풍자적 표현기술 방법으로는 고발과 반어·역설, 아이러니와 우언·우화의 방법이 있고, 해학의 수사적 방법으로는 아이러니와 유모어, 기지, 지혜·슬기의 방법이 있음을 말했다. 그리고 이러한 용어들의 어원에 대해서도 간단하게 고찰하였다.

수사적 표현기술 방법을 의논하게 된 것은 지금 소설과 독자의 관계가 원만하지 못한 까닭이었다. 소설은 문자로 기록되어 왔으나, 이제 소설로 대표되어 온 서사양식은 문자 매체만이 아니라, 영화, 드라마 등의 영상으로도 구현되는 것이며, 동영상 광고의 구성이나 일상생활에서의 각종행사에서도 원용되는 것이다.

서사양식은 이제 소설의 독점물이 아니다. 인쇄매체에 의존하는 소설은 때로 시대에 뒤떨어진 양식으로 간주될 수도 있다. 그러나 소설은 문자적 기록으로서, 언어적 문자가 가지는 지시적 의미의 한계를 넘어, 독자의 상상력과 감성의 창조적 능력을 매개하는 기능을 가진 것이다.

소설은 시대를 넘어 시대를 이어온 이야기구조이다. 소설이 특정한 이데올로기나 특정한 표현 양식에 지배되는 것은 올바르지 않다. 이제까지 소설의 규범이 되어온 리얼리즘의 양식은 한 시대의 일시적 경향이지, 소설의 핵심적 본질이 아니다. 소설의 끈을 이어온 서사양식들은 현실을 고발하고 개선을 요구하기도 했지만, 지혜롭게 우회하여 변죽을 울려 복판을 때리기도 했고, 우스개소리로 현실의 문제를 넘어서기도 했다.

세상사는 일이 어디 문제를 발견하고 그것을 해결하는 일에만 몰두할 수 있을 것인가. 고생 끝에 즐거움이 오더라는 이야기가 거부되고, 배려와 베풂이 사람 사는 일이라는 이야기가 백안시 되어서는 안 된다. 소설이 사는 길은, 고통을 고뇌하다가 세상을 배반하고 자기를 배반하는 이야기는 이제 중단해야 하는 것이다. 소설은 인간을 구원해야 한다. 절망한 인간을 더욱 더 절망으로 밀어 넣어서는 안 된다. 그런 이야기를 하고 싶더라도 수사적 표현 기술 방법을 세밀하게 적용해서 독자의 탐색의 욕구를 헤아려야 한다.

소설을 이데올로기의 노예에서 해방시켜야 한다. 소설은 특정한 이데올로기의 실천 교습서가 아니다. 이데올로기는 시대와 상황에 따라 소멸·생성되는 것이다. 인간은 이데올로기에 종속하는 한낱 구성분자가 아니라, 세상을 사는 주체이다. 주제의식이나 표현 기술방법에서의 이데올로기를 넘어서고, 무거운 주제의 무게를 덜어주는 소설쓰기 방법 중의 한 측면이 수사적 표현기술 방법이다. 그리고 소설의 길이도 제한하지 말아야 한다. 이야기가 있고, 말하려고 하는 것이 드러난 이야기이면, 그것이 엽편(葉片)이거나 장편(掌篇)이어도 소설인 것이다.

✗ 참고문헌

1. 작품

한국문학대계 1~100, 동아출판사, 1995.5.

한국현대문학대계 3~7, 민음사, 1994.8.

한국3대문학상 수상소설집 1~7, 가람기획, 1998.6.

현대문학상 수상소설집, 현대문학사.

이상문학상 수상작품집, 문학사상사.

황순원문학상 수상작품집, 중앙일보사.

기타, '각주'에 표기된 작품들.

2. 논저

간호윤 : 한국고소설비평연구, 경인문화사, 2002.

구인환 : 소설론, 삼지원, 1997.1.

권석환 : 선진우언연구, 성균관대 박사학위논문, 1993.

권재일 : 한국어 통사론, 민음사, 1994.3.

권택영 : 소설을 어떻게 볼 것인가, 문예출판사, 1996.9.

권택영 : 영화와 소설의 욕망 이론, 민음사, 1995.12.

김건곤 : 고려가전문학의 성립과정, 정신문화연구 19호, 한국정신문화연
　　　　구원, 1983.

김경희 : 성격, 대우학술총서・인문사회과학 34, 민음사, 1988.11.

김광순 : 한국의인소설 연구, 새문사, 1987.8.

김사엽 : 웃음과 해학의 본질, 어문집 2집, 한국어문학회, 1958.7.

김욱동 : 은유와 환유, 민음사, 1999.9.

김윤식 : 문학비평용어사전, 일지사, 1981.7.

김인환 : 한국문학이론의 연구, 을유문화사, 1987.3.

김종구 외 역 : 현대소설 플롯의 시학, 태학사, 1999.4.

김천혜 : 소설구조의 이론, 문학과 지성사, 1999.9.

김학주 : 중국문학사, 신아사, 2007.8.

박유희 : 1950년대 소설과 반어의 수사학, 도서출판 월인, 2003.2.

소명숙・이한기 외 : 인체생리학, 고문사, 2002.2.

송하춘 : 발견으로서의 소설기법, 현대문학사, 1993.8.

신기철・신용철 편저 : 새 우리말 큰 사전, 삼성이데아, 1998.9.

신채호 : 단재 신채호 전집 상・중・하・별집 , 형설출판사, 1987.

양승민 : 우언의 서사문법과 담론 양상, 학고방, 2008.5.

양형진 : 과학으로 세상보기, 중앙일보, 2002.5.

오세영 : 시론, 현대문학사, 1992.3.

우한용 : 한국현대소설구조연구, 삼지원, 1997.2.

유태영 : 현대소설론, 국학자료원, 2001.8.

유택일 편 : 한국고소설비평자료집성, 아세아문화사, 1994.9.

윤충의 : 한국 근대소설론 연구, 고려대학교 민족문화연구소, 1994.7.

윤충의 : 한국문학의 직관과 상황 그리고 표현기술, 국학자료원, 2001.12.

이강수 외 : 욕망론, 경서원, 1995.

이명섭 : 세계문학비평용어사전, 을유문화사, 1991.1.

이상근 : 해학형성의 이론, 경인문화사, 2004.10.

이상섭 : 문학비평용어사전, 민음사, 1989.12.

이수웅 : 중국문학사, 다락원, 2001.8.

이어령 : 해학의 미적 범주, 사상계 6권 11호, 1958.11.

이정탁 : 한국우화문학연구, 이우출판사, 1982.10.

이해조 : 신소설·번안(역)소설, 제5권·제8권, 아세아문화사, 1978.

전영옥 : 한국어 억양단위연구, 담화와 인지 제10권 1호, 담화·인지언어
　　　　학회, 2003.4.

정규복 : 한국문학과 중국문학, 국학자료원, 2001.5.

정명원 : 짧은 웃음 긴 느낌을 주는 157가지 이야기, 평단문화사, 1999.9.

정문길 : 소외론 연구, 문학과 지성사, 1998.5.

정범진 : 중국문학사, 학예사, 2007.

정주동 : 고대소설론, 형설출판사, 1986.8.

정한숙 : 현대소설 창작법, 도서출판 웅동, 2000.9.

조남현 : 소설신론, 서울대학교 출판부, 2005.10.

조남현 : 소설원론, 고려원, 1997.3.

최봉원 외 : 중국역대소설서발역주, 을유문화사, 1998.8.

한국문학평론가협회 편 : 문학비평용어사전 상·중·하, 국학자료원, 2006.1.

한국현대소설연구회 : 현대소설론, 평민사, 1997.4.

한수산 외 : 두꺼비표 주냉이, 도서출판 일선기획, 1989.6.

한용환 : 소설학사전, 고려원, 1992.6.

김창룡 편역 : 한국의 가전문학 상·하, 태학사, 2006.1.

동국대학교 부설 동국역경원 편 : 조당집 1·2, 동국대학교 부설 동국역경
　　　　원, 2001.

서거정, 박경신 대교·역주 : 태평한화골계전 1·2, 국학자료원, 1998.9.

석찬선사 편, 박문열 역 : 백운화상어록, 청주고인쇄박물관, 1998.

성 현, 이래종 역주 : 부휴자담론, 소명출판, 2004.2.

신해진 편역 : 서류(鼠類) 송사형 우화소설, 보고사, 2008.3.

어숙권 : 패관잡기, 대동패림 27 : 국학자료원, 1992.

유몽인 : 「명협지해」, 한국문헌설화전집 7권, 동국대한국문학연구소, 1981.9.

윤주필 주편 : 한국우언산문선집 1·2, 도서출판 박이정, 2008.9.

이규경 편저 : 오주연문장전산고 상, 명문당 영인, 1982.6.

이규보, 민족문화추진회 : 국역동국이상국집 5, 한국학술정보, 2006.11.

공자 : 논어.

노신, 조관희 역주 : 중국소설사략, 서울, 살림, 1998.

당 방현령 필찬 : 진서, 중화서국, 1993.

방정요 저, 홍상훈 역 : 중국소설비평사략, 을유문화사, 1994.

사마천, 양종현·학지달 주편 : 사기, 천진고적출판사, 1997.8.

순자(筍子), 안병주 역 : 한비자·순자·묵자, 삼성출판사, 1982.2.

안지추, 조희명 주 : 안씨가훈 주, 예문인쇄관, 중화민국 62년 10월(1973. 10)

용운 역해 : 조당집 상·하, 미가출판사, 2006.

원굉도, 심경호·박용만·우동환 역주 : 역주 원중랑집, 소명출판사, 2004.12.

유협, 최신호 옮김 : 문심조룡, 현암사, 1975.5.

유향, 좌송초 주석 : 신역 설원 독본, 삼민서국고분유한공사, 1996.9.

이 방 등 모음, 김장한 외 옮김 : 태평광기, 1~21(學古房, 2000.12.10~2005.
    1.30.

장자, 이석호 역 : 노자·장자, 삼성출판사, 1982.2.

중문대사전편찬위원회 : 중문대사전, 대북시, 중국문화대학출판부, 중화민
    국 74년 5월(1985.5).

진평원 지음, 이보경·박자영 옮김 : 중국소설사, 이룸, 2004.4.

천푸칭(陳浦淸), 오수형 옮김 : 중국우언문학사, 소나무, 1994.6.

한 모씨전 정씨 전(漢 毛氏傳 鄭氏 箋), 공자문화대전편집부 : 모시, 산동우

의서사, 1990.9.

한 정현 찬(漢 鄭玄 撰), 공자문화대전편집부 : 주례 정씨 주, 산동우의서사,
　　　1992.5.

김병욱 편, 최상규 역 : 현대소설의 이론, 예림기획, 1997.

노스럽 프라이, 임철규 옮김 : 비평의 해부, 도서출판 한길사, 2007.6.

딜런 에반스, 김종주 외 역 : 라캉 정신분석 사전, 인간사랑, 1998.7.

로버트. H. 마치, 신승애 옮김 : 시인을 위한 물리학, 한승, 2000.8.

롤랑 부르뇌프 · 레알 웰레, 김화영 편역 : 현대소설론, 현대문학사, 1999.3.

르네 지라르, 김윤식 역 : 소설의 이론, 삼영사, 1994.8.

뮤케, 문상득 역 : 아이러니, 서울대학교 출판부, 1984.5.

미하일 바흐찐, 이득재 역 : 바흐찐의 소설미학, 열린책들, 1988.9.

자크 라캉, 민승기 · 이미선 · 권택영 역 : 욕망이론, 문예출판사, 1999.

베르그송, 최석규 역 : 웃음, 신구문화사, 서울, 1964.3.

빅토르 어얼리치, 박거용 역 : 러시아 형식주의, 문학과 지성사, 1989.

쉬클로프스키, 문학과 사회연구소 역 : 러시아 형식주의 문학이론, 청하, 1986.

스탄젤, 김정신 역 : 소설의 이론, 1992.1.

시모어 채트먼, 김경수 역 : 영화와 소설의 서사구조, 민음사, 1997.5.

아니카 르메르, 이미선 옮김 : 자크 라캉, 문예출판사, 1994.7.

아더 폴라드, 송낙헌 역 : 풍자, 서울대학교, 출판부, 1980.12.

아리스토텔리스, 천병희 역 : 시학, 문예출판사, 1988.3.

제라르 주네트, 김동윤 옮김 : 현대서술이론의 흐름, 솔, 1997.3.

제럴드 에델만, 황희숙 옮김 : 신경과학과 마음의 세계, 범양사 출판부, 1998.3.

쥬네트 · 리쾨르 외, 석경정 · 여홍상 외 역 : 현대 서술 이론의 흐름, 솔,
　　　1997.3.

지그문트 프로이트, 박찬부 · 임홍빈 · 홍혜경 외 역 : 프로이트 전집 1～20,

열린책들, 1997.12.

칼 융 외, 설영환 역 : 융 심리학 해설, 선영사, 1999.9.

테렌스 호옥스, 심명호 역 : 은유, 서울대학교 출판부, 1982.3.

프란츠 카텐젤, 안삼환 역 : 소설형식의 기본유형, 탐구당, 1990.

프로이트, 설영환 옮김 : 프로이트 심리학 해설, 선영사, 1999.5.

프리초프 카프라, 김용정·김동광 옮김 : 생명의 그물, 범양사 출판부, 2001.5.

피터 딕슨, 강대건 역 : 수사법, 서울대학교 출판부, 1982.3.

필립 위라이트, 김태옥 역 : 은유와 실재, 문학과 지성사, 1983.11.

헤로도토스, 박광순 역 : 역사, 범우사, 1687.9.

헬무트 본하임, 오연희 역 : 서사양식, 예림기획, 1998.11.

J. E. 러브록, 홍욱희 옮김 : 가이아, 범양사 출판부, 2002.5.

E. M. Forster : *Aspects of the Novel*, Penguin Books, New York, 1977.

Edwin Muir : *The Structure of The Novel*, New York, Harbinger Book, Harcourt, Brace & World, Inc, 1975.

Norman Friedman : *Point of view in Fiction*, Edited by Philip Stevick : *The theory of the Novel*, The free Press, New York, 1967.

Northrop Frye : *Anatomy of Criticism, Four Essays*, Princeton University Press, New Jersey, 1973.

Percy Lubbock : *The Craft of Fiction*, Jonathan Cape, London, 1957.

Richard Eastmann : *A Guide to the Novel*, San Francisco, 1965.

Wayne. C. Booth : *The Rhetoric of Fiction*, Second Edition, The University of Chicago Press, Chicago60637, 1983.

기타, '각주'에 표기된 논문·저서들

2. 인용작품

* 저자의 이력 및 저서

윤충의

고려대학교에서 학사·석사·박사학위를 취득함
현재 안양대학교 인문대학 국어국문학과 교수
문학평론가, 우리어문학회 부회장, 민족어문학회 회장
안양대학교 학생·교무·기획처장, 교수협의회장
도서관장, 교육대학원·대학원 원장 역임

저서

한국근대소설론 연구(고려대학교 민족문화연구소, 1994)
한국어문학의 이해(공저, 국학자료원, 1997)
한국문학의 직관과 상황 그리고 표현기술(국학자료원, 2001)
언어와 표현(공저, 교음사, 2002)
언어와 문장(공저, 교음사, 2004)
현대소설의 구성과 표현기술(국학자료원, 2010)

현대소설의 구성과 표현기술

초판 1쇄 인쇄일	2010년 12월 06일
초판 1쇄 발행일	2010년 12월 10일

지은이	윤충의
펴낸이	정구형
총괄	박지연
편집 · 디자인	이솔잎 채지영
마케팅	정찬용
관리	한미애 김민주
인쇄처	월드문화사
펴낸곳	**국학자료원**

등록일 2006 11 02 제2007-12호
서울시 강동구 성내동 447-11 현영빌딩 2층
Tel 442-4623 Fax 442-4625
www.kookhak.co.kr
kookhak2001@hanmail.net

ISBN	978-89-279-0107-5 *93800
가격	29,000원

* 저자와의 협의하에 인지는 생략합니다.
  잘못된 책은 구입하신 곳에서 교환하여 드립니다.